Liebes Herr Volpe,

mit den besten
Empfehlungen und
Grüßen

Hans K. Reiter

Mit besonderem Dank an alle,
die mich mit Informationen versorgt und
durch Anregungen, Korrekturen und Probelesen
unterstützt haben.

Hans K. Reiter

Tilt

Tödliche Affäre eines Konzerns

www.tredition.de

© 2016 Hans K. Reiter

Umschlaggestaltung
www.timokuemmel.wordpress.com
http://www.facebook.com/timo.kummel
Lektorat, Korrektorat
Nina Reimesch - n.reimesch@web.de
Inka Sattler - inka.sattler@web.de

Verlag: tredition GmbH, Hamburg
ISBN 978-3-7345-3955-8 (Paperback)
ISBN 978-3-7345-3956-5 (Hardcover)
ISBN 978-3-7345-3957-2 (e-Book)

Printed in Germany

Das Werk, einschließlich seiner Teile, ist urheberrechtlich geschützt. Jede Verwertung ist ohne Zustimmung des Verlages und des Autors unzulässig. Dies gilt insbesondere für die elektronische oder sonstige Vervielfältigung, Übersetzung, Verbreitung und öffentliche Zugänglichmachung.

Bibliografische Information der Deutschen Nationalbibliothek:
Die Deutsche Nationalbibliothek verzeichnet diese Publikation in der Deutschen Nationalbibliografie; detaillierte bibliografische Daten sind im Internet über http://dnb.d-nb.de abrufbar.

Das Buch

Im Januar 2007 und den Folgemonaten berichten die Medien über massive Vorwürfe von Korruption und der Bildung schwarzer Kassen in einem deutschen Konzern. Gierige Manager haben hunderte von Millionen verschoben, aber die Öffentlichkeit scheint mit der Zeit das Interesse zu verlieren, als immer neue Fragmente des Skandals bekannt werden. Kontrollorgane des Konzerns sind in den illegalen Handel verstrickt. Durch Zahlung gewaltiger, millionenschwerer Bußgelder zieht der Konzern den Kopf aus der Schlinge.

Die Geschichte dieses Buches reicht weit über die öffentlich bekannt gewordene *Wahrheit* hinaus. Passagen hinzugefügt, öffnet sich ein tiefer Abgrund verbrecherischen Handelns. Die illegal entnommenen Gelder sind jeglicher Kontrolle entzogen und werden zum Fundament eines korrupten Systems zur Beschaffung von Aufträgen. Aber nur einer kennt dieses System und weiß, wo die Millionen gehortet sind. Und, sie sind Menschen mit Schwächen und Neigungen, die dem Sog des Geldes verfallen. Die Geschichte entblößt die dubiosen und verschlungenen Wege der Geldbeschaffung und schildert die skrupellose Dynamik, mit der verbrecherische Subjekte einen Teil des Kuchens an sich reißen wollen. Fehler werden mit dem Leben bezahlt. Der Journalist Harald Brenner recherchiert und gerät in tödliche Gefahr.

Der Text enthält Passagen mit sexuellem Inhalt, die für Jugendliche nicht geeignet sind.

Die Namen der Personen im Buch sind frei gewählt und weder mit lebenden noch toten Personen identisch. Jede Namensgleichheit wäre rein zufällig und nicht beabsichtigt.

Der Autor

Der Autor lebt heute am Bodensee. Schon in seinem ersten Roman, *Der Tod des Krämers*, nimmt er die allerorts üblich gewordene Korruption ins Visier. Über Jahrzehnte war der Autor in leitender Funktion im In- und Ausland für den in die Schlagzeilen geratenen Konzern tätig. Danach arbeitete er für viele Jahre als selbständiger Berater. Der Autor kennt die Strukturen von Großkonzernen und deren Denkweise. Das Beschaffen von Aufträgen bestimmt die Moral - ethische Leitlinien verkümmern oft nur zu Phrasen, um wahre Sachverhalte zu kaschieren.

Rechtsgeschäfte, die gegen die guten Sitten verstoßen, gelten von Anfang an als nichtig (§138 Abs. 1 BGB).

Vorgeschichte

Am Montag, den 15. Februar 1999, lud Donald J. Johnston seine engsten Mitarbeiter zu einer Feierstunde in den Georg Marshall Room im Château de la Muette, der Residenz der OECD in Paris. Die Uhr zeigte 16:11, als der Generalsekretär den Raum durch die vier Meter hohe Doppelflügeltüre betrat und, wie es der Zufall wollte, exakt 17:11, als er ihn auf demselben Weg wieder verließ. Eine volle Stunde für seine Mitarbeiter, das war viel Zeit für den beschäftigten Mann.

Donald J. Johnston geizte mit unnötigen Worten und so beschränkte er sich auch zu diesem Anlass auf das Nötigste. Vor etwas mehr als zwei Jahren, am 17. Dezember 1997, war die Konvention gegen die Bestechung ausländischer Amtsträger im internationalen Geschäftsverkehr zur Unterzeichnung durch die Mitglieder aufgelegt worden. Zwei Jahre später waren unter seiner Regie die Bedingungen für ihr Inkrafttreten erfüllt.

Alle 34 OECD-Mitglieder, sowie die vier Nicht-Mitglieder, Argentinien, Brasilien, Bulgarien und Südafrika, sind seitdem der Konvention beigetreten.

Am 10. September 1998 hat Deutschland mit dem Gesetz zur Bekämpfung internationaler Bestechung die Umsetzung des Pariser Abkommens vom 17. Dezember 1997 vollzogen.

Nicht ratifiziert dagegen hat Deutschland bis heute die UN-Konvention gegen Korruption (UNCAC), die am 16. September 2005 in Kraft getreten ist.

Das Einrichten schwarzer Kassen in Unternehmen ist strafbar, entschied der Bundesgerichtshof 2011. Damit sollte in Deutschland ein weiterer Riegel gegen Korruption und organisierte Kriminalität vorgeschoben werden.

(1)

Karl Reiser drängte in die überfüllte Espressobar in den *Fünf Höfen*. Zu kalt für einen Kaffee im Freien. Elf Uhr dreißig. Noch eine gute halbe Stunde.

Reiser gab dem Barkeeper ein Zeichen: „Espresso." Mit ausgestrecktem Arm hangelte er das Getränk durch die schwatzenden Menschen am Tresen und schlürfte das bittere Elixier in kleinen Schlucken aus der dickwandigen braunen Tasse.

Vinzenz Stangassinger wollte ihn sprechen. Sein Gedächtnis zeichnete nur ein vages Bild des Mannes. Er war ihm irgendwann einmal bei einer Veranstaltung begegnet. Damals, als er noch bei SimTech gearbeitet hatte. Das war Jahre her, musste etwa um 98 oder 99 herum gewesen sein.

Am Sonntagnachmittag war Stangassinger völlig überraschend am Telefon gewesen. Er müsse ihn dringend sprechen, hatte er gesagt. Also war er jetzt hier. Ein wenig geeigneter Ort für ein Treffen, wie Reiser fand. Zu viele Menschen, zu eng. Wahrscheinlich war das Lokal sonst an einem Dienstagvormittag weniger gut besucht. Wie soll man sich hier unterhalten können?

Beiläufig erhaschte er die Überschrift einer aushängenden Zeitung. *Keine Gnade für Klar! Bundespräsident Köhler lehnt Begnadigung des Ex-RAF Terroristen Christian Klar ab.*

Welche Ereignisse würden im Dezember die Aufmerksamkeit der Medien für ihre zahlreichen Rückblicke erringen? Vieles von dem, was bis dahin erst noch geschehen würde, wäre ohne die unstillbare Sucht nach Rückblenden längst wieder vergessen gewesen. Vielleicht war es das Quäntchen Voyeurismus, der in jedem steckt und der die Medien anspornt, den alten Quark wiederzukäuen, dachte Reiser.

Am Eingang sah Reiser eine Hand winken. Er bahnte sich einen Weg durch die lärmende Menge und steuerte auf diese Hand zu.

„Grüß Sie, Stangassinger", sagte der Mann, als er ihn schließlich erreichte.
„Grüß Gott! Ist zu voll hier! Wollen wir nicht lieber hinausgehen?", fragte Reiser.
„Einverstanden, gehen wir rüber zum Spatenhaus."
„Was ist denn heute nur los? Wir schreiben den achten Mai in diesem bisher eher eintönigen Jahr zweitausendsieben. Nicht gerade ein ausgefallenes Datum für besondere Anlässe, nicht wahr?"
„Das stimmt wohl", antwortete Stangassinger und lachte. „Aber irgendetwas gibt es doch immer hier in München und wenn es nur ein paar Reisegruppen sind, die aufeinandertreffen."
Stangassinger wechselte ein paar Worte mit jemandem vom Service und sie bekamen einen Tisch im ersten Stock mit Blick auf die Oper. Sie sprachen über Belangloses, während sie ihre Bestellung aufgaben, und Reiser war gespannt, wann Stangassinger auf den Punkt kommen würde. Er erinnerte ihn irgendwie an den Schauspieler Krassnitzer. Das Gesicht ein wenig voll, trotzdem männlich, aber nicht besonders energisch. Freundliche Augen. Mund geschwungen, vielleicht aus weiblicher Sicht sogar sinnlich. Das war also der Mann, der ihn sprechen wollte und an den er sich kaum erinnerte, obwohl er ihn dann doch sofort wiedererkannt hatte.

„Wissen Sie noch, damals in Feldafing? Ging es nicht um die Zukunft nach 1998?", fragte Stangassinger schließlich.
„Ehrlich gesagt, ich weiß es nicht mehr. Eine lange Zeit, seitdem. Aber ich erinnere mich, wir waren noch an der Bar hängen geblieben. Jetzt, wo Sie es sagen, Deutschland hatte die OECD Richtlinien in nationales Recht übernommen. Bestechung stand fortan unter Strafe und Aufwendungen hierfür konnten nicht mehr von der Steuer abgesetzt werden. Wir durften nicht mehr tun, was wir ohnehin nie getan hatten, wenn man den Beteuerungen mancher Bosse Glauben geschenkt hat."
Mit einem Lächeln griff Stangassinger den Faden wieder auf: „Sehen Sie, genau das ist der Punkt, warum ich mit Ihnen sprechen will. Vor ein paar Monaten ist die Blase geplatzt!"

„Sie meinen den Skandal mit den schwarzen Kassen?", fragte Reiser dazwischen.

„Genau diesen."

„Inwiefern haben Sie damit zu tun?", warf Reiser ein.

„Nichts, was diese ominösen Kassen betrifft, aber haben Sie sich einmal Gedanken gemacht, warum die Staatsanwaltschaft ermittelt?"

„Wie? Den Zusammenhang müssen Sie mir erklären. Sie arbeiten doch nicht mit diesen Leuten zusammen, oder doch?", fragte Reiser sichtlich konsterniert.

„Nein, das tue ich nicht, noch nicht. Könnte aber sehr gut sein, dass es dazu kommt. Was Sie vielleicht nicht wissen: Ich bin Chef der ZUF."

„Die *Zentrale Unternehmensführung*, wenn die Organisation noch so aufgebaut ist wie damals in den Neunzigern?"

„Ja, das ist meine Funktion bei SimTech", antwortete Stangassinger.

„Also, dann bitte mal schön der Reihe nach. Was haben Sie mit dem Skandal zu tun und was wollen Sie von mir? Ich bin doch schon seit Jahren nicht mehr bei der Firma und habe mit der geplatzten Blase, wie Sie es bezeichnet haben, gewiss nichts zu tun."

„Nein, nein", beschwichtigte Stangassinger, „das ist nicht der Grund unseres Treffens. Ich verstehe Ihre Reaktion. Muss sich für Sie mehr als merkwürdig ausnehmen. Geben Sie mir ein paar Minuten. Ich werde Ihnen einige Dinge erklären, über die sonst niemand Bescheid weiß. Danach werden Sie begreifen, warum ich Sie kontaktiert habe. Ich brauche Ihre Hilfe, so einfach ist das."

„Sie brauchen meine Hilfe", wiederholte Reiser skeptisch. „Dann lassen Sie mal hören. Ich bin gespannt, zu erfahren, was Sie konkret meinen."

„Haben Sie bitte ein wenig Geduld", sagte Stangassinger. „Ich muss etwas weiter ausholen, damit Sie die Zusammenhänge und meine Situation besser verstehen können. Im Spätherbst 2004 war ich unterwegs nach Südafrika und landete nach einem Elfstundenflug in Pretoria. Eine gepflegte Stadt mit fast zwei Millionen Einwohnern. Viel Polizei. Alles war irgendwie bewacht. Parkplätze,

Einkaufszentren, Restaurants, einfach alles. Private Sicherheitsfirmen hatten Hochkonjunktur. Geplant war ein Meeting am 19. November mit den Chefs der Niederlassung. Niemand würde diesem Meeting fernbleiben. Auch wenn sie hierfür eine gute Stunde mit dem Auto aus Johannesburg anreisen mussten. Ich sollte ab Januar Chef der ZUF werden und als solcher war ich natürlich in den Köpfen der Leute bereits angekommen.

Am Flugplatz erwarteten meine Begleiter und mich drei Limousinen direkt an der Maschine. Ich registrierte auch ein Fahrzeug mit bewaffneten Männern. Ein Beamter nahm die Pässe entgegen, brachte den obligatorischen Stempel an und reichte die Papiere zurück. *Ihr Gepäck wird direkt ins Hotel gebracht*, sagte einer der Uniformierten. Reibungslos erreichten wir nach kurzer Fahrt das auf einer Anhöhe gelegene Sheraton. Ich war in der siebten Etage untergebracht, meine Leute in der sechsten. Beide Etagen waren nur per Lift und über eine Codierung auf der Schlüsselkarte zu erreichen. Meine Suite bot einen faszinierenden Blick auf die Stadt. Die reichlich vorhandenen Attraktionen würden, wie üblich auf Dienstreisen, auch dieses Mal zu kurz kommen. Ein paar schnelle Blicke aus dem Wagen während der Fahrt, das war's.

Pretoria bot den Vorteil, die zahlreichen Termine schneller abarbeiten zu können als von Johannesburg aus. Außerdem gefiel mir die Stadt einfach besser. SimTech hatte seine Mitarbeiter auch während der Apartheid anständig behandelt. So zählten wir immer noch zu den größten ausländischen Niederlassungen. Ich war also ein gern gesehener und für das Land wichtiger Gast. Das ließ man mich überdeutlich spüren. Für mich gab es keine Wartezeiten. Einen Tisch in den besten Restaurants? Kein Problem. Jeder Wunsch wurde umgehend erfüllt. Gespräche mit hochrangigen Regierungsmitgliedern waren selbstverständlich.

Einen ersten Eindruck davon erhielt ich bereits am Flugplatz und auf der Fahrt zum Hotel. Kurz bevor sich unser kleiner Konvoi in Bewegung setzte, tauchten aus dem Nichts zwei Polizeieskorten mit weißen BMW-Motorrädern auf. Wir hatten freie Fahrt bis zum Hotel. Nicht eine rote Ampel. Kaum angekommen eilte der Direktor herbei, begrüßte mich und versicherte, welche Ehre es sei, mich zu beherbergen. Ich fragte mich, ob das nicht alles ein wenig übertrieben war. Einer der Niederlassungsbosse erklärte mir die Situation beim Meeting am Freitag. Ich war Gast des Wirtschaftsministers und da gehörten eben verschiedene Ehrungen dazu. Ich würde mich daran gewöhnen müssen.

Mein Terminkalender war ausgereizt. Veranstaltungen mit hochrangigen Vertretern aus dem Ausland, Gespräche mit dem Minister und ein Forum zu Fragen des industriellen Engagements in Südafrika. Den Abschluss würde eine Konferenz in Kapstadt bilden, bei der verschiedene gesellschaftliche Gruppen zu Wort kommen sollten. Kleine, aber wichtige Details. Unser Konzern wollte seinen Anteil an den großen Projekten der Zukunft haben, Position beziehen, kein Jota zurückweichen. Engagement zeigen, das war die Verpflichtung. In jeder Hinsicht, wie ich noch erfahren sollte.

Am Dienstagabend wurde ich gegen neunzehn Uhr von einer Limousine mit getönten Scheiben abgeholt. Nach wenigen Minuten erreichten wir das *La Pentola*. Das Restaurant war an diesem Abend für geladene Gäste reserviert. Nach und nach trafen bekannte Gesichter ein, die ich auch schon tagsüber auf Veranstaltungen gesehen hatte. Dazu zwei Regierungsvertreter und schließlich der Botschafter mit Begleitung. Small Talk ohne Ende. Ich wartete darauf, dass jemand etwas sagen würde oder auf andere Weise der formale Aspekt der Einladung zum Ausdruck käme. Ich wartete vergebens. Alle unterhielten sich zwanglos und stellten sich irgendwie auch gegenseitig vor, aber es schien bei einer rein privaten Begegnung zu bleiben. Nach dem Essen standen alle noch in Grüppchen herum, wechselten diese gelegentlich und führten den allgemeinen Plausch fort. Etwa gegen halb zehn wurde es dann doch plötzlich ruhig, und der Botschafter sagte ein paar Worte, nicht viel, wünschte gute Geschäfte und verließ mit seinen Leuten das Lokal. Dies bedeutete aber offensichtlich noch nicht das Ende des Abends. Vielmehr schien es so, als würde der eigentliche Anlass erst jetzt beginnen. Wieder bildeten sich Gruppen, lösten sich auf, um in neue einzumünden. Ohne einen besonderen Grund erkennen zu können, war ich mit einem Mal auch Teil einer solchen Gruppe. Genau genommen waren es zwei der Anwesenden, die mich auf ein Glas Roten an einen der freien Tische bugsierten. Der eine stellte sich als ein Dr. sowieso vor und war Geschäftsführer einer großen deutschen Straßenbaufirma. Der andere repräsentierte eine deutsche Bank. Bei dieser Gelegenheit wurde mir bewusst, dass keine einzige Frau zu den Gästen zählte.

Sie sind das erste Mal hier in Pretoria?, fragte mich der Bankvertreter.

Ja, geschäftlich ja. Privat hatte ich schon einmal das Vergnügen vor zwei Jahren. Ein Südafrikaurlaub, ein paar Exkursionen eingeschlossen, antwortete ich.

Dann sind Sie mit den Gepflogenheiten noch nicht so vertraut, vermute ich, sagte der Repräsentant der Straßenbaufirma.

Mit welchen Gepflogenheiten? Was meinen Sie?, fragte ich.

Sehen Sie, übernahm der Bankvertreter wieder das Wort, *Geschäfte werden hier etwas anders getätigt, als Sie das aus Deutschland kennen. In gewisser Weise spricht man sich ab.*

Wie - man spricht sich ab? Was wollen sie damit sagen?

Ich sehe schon, Sie haben wirklich keine Ahnung, wie das hier läuft, warf der Straßenbauer ein. *Wir tauschen uns aus. Veranstaltungen wie heute Abend werden zu diesem Zweck organisiert. Wir reden über neue Projekte, besprechen Probleme bei laufenden Vorhaben...*

Und ganz wichtig, drängte sich der Bankvertreter dazwischen, *wir stimmen uns ab, was die Förderungen anbelangt. Wir versuchen das in Grenzen zu halten. Sehen Sie, es kostet ohnehin schon eine Menge Geld, die gesetzlichen Vorgaben über die Besetzung von Führungspositionen zu erfüllen. In den meisten Fällen müssen wir neben die lokalen Leute jemanden aus Deutschland oder anderen europäischen Ländern setzen. Wenn wir überhaupt noch jemanden hierher bekommen. Wissen Sie, mit Familie ist das nicht so einfach, die hohe Kriminalität, überall marodierende Gangs. Nun gut, im Klartext heißt das: In unseren Betrieben ist das Management etwa zu einem Drittel doppelt besetzt. Das ist die augenblickliche Quote. Die Einheimischen sind zu wenig qualifiziert, sie beherrschen diese Jobs nicht. Sie werden aber bezahlt, als würden sie tatsächlich einen entsprechenden Beitrag leisten.*

Ich hatte davon schon gehört und wartete gespannt darauf, was mir die beiden Herren sonst noch erzählen würden. Und sie erzählten ohne Pause. Ich bekam einen Schnellkurs in Sachen Südafrika.

Die Regierung kennt natürlich die wahren Sachverhalte, steht aber auf dem Standpunkt, nur so, also per Dekret, die Qualifizierung ihrer eigenen Leute erzwingen zu können. In Wirklichkeit, auch das weiß jeder, haben wir es mit der Vergabe von lukrativen Jobs an auserwählte Personen zu tun. Wer sich wohl verhält und die Interessen der Regierenden mitträgt oder einen Verwandten in einem hohen Amt hat, der sitzt an der Quelle und wird bedient, fuhr der Straßenbauer fort.

Eine andere Sache ist das Sponsoring, übernahm der Bankvertreter wieder das Gespräch, *ohne gewisse Abgaben läuft ebenfalls nichts. Wer hierbei nicht mitmacht, geht bei den großen Vorhaben leer aus. Auch in dieser Hinsicht stimmen wir uns ab. Wir alle hier. Ich denke, Sie verstehen jetzt besser, wie die Dinge bei uns in Südafrika gehandhabt werden.*

Die beiden gaben mir ihre Karten und versicherten, ich könne sie jederzeit kontaktieren. Dann erhoben sie sich und gesellten sich zu anderen Gruppen. Ich für meinen Teil hatte erst einmal genug gehört. Ein Kellner informierte mich, dass mein Wagen vorgefahren sei. Mit einem kurzen Gruß in die Runde verließ ich das Restaurant. Kaum jemand, der meinen Gruß erwiderte. Die Leute waren mit ihren Absprachen beschäftigt.

In der Club-Lounge des Hotels fläzte ich mich in einen der bequemen Ledersessel, genehmigte mir noch ein Bier und resümierte den Abend. Ich war nicht so naiv, dass ich die Botschaften nicht verstanden hätte. Die erste Frage, die mich beschäftigte, war, ob meine beiden Gesprächspartner auf mich angesetzt waren, ob sich dies zufällig so ergeben hätte oder ob jeder Neue in der Runde eingewiesen wurde, damit er von Anfang an Bescheid wusste, wie man die Dinge in diesem Land handhabte.

Die zweite, weitaus schwierigere Frage ergab sich aus dem Gehörten. Die Großen sprachen sich also ab. Mit welchem Tiefgang, blieb erst einmal offen. Wie ich vermutete, würde dies je nach Sachverhalt variieren. Ich konnte mir gut vorstellen, wie dieser

Personenkreis intensiv bemüht war, alle Mittel einzusetzen, um an die begehrten Aufträge zu kommen.

Der Abend war von einer Afrika Consulting oder so ähnlich organisiert worden. Ein Forum für deutsche Unternehmen in Südafrika. Dies konnte eine völlig harmlose Veranstaltung sein, sie konnte aber auch dem Ziel dienen, die Unternehmen mit wichtigen Informationen zu versorgen und ihnen die Chance einzuräumen, die Konsequenzen aus dem Gehörten sofort an Ort und Stelle zu erörtern.

Aber es ging darüber hinaus, sie stimmten sich ab, das wurde mir deutlich so gesagt. Über was stimmten sie sich ab? Konditionen, Preise, Leistungsinhalte? Sicher nicht unwahrscheinlich. Sie sprachen über das, was meine Gesprächspartner als Sponsoring bezeichnet hatten. *Sponsoring*, ich verstand, auch wenn ich dies während des Gespräches verdrängt hatte. Dieser Kreis sprach über die Mittel, die zum Erhalt von Aufträgen einzusetzen waren. Sie sprachen über Bestechung.

Die Deutsche Botschaft wusste davon offiziell natürlich nichts. Der Botschafter und seine Leute hatten die Zusammenkunft zu diesem Zeitpunkt bereits verlassen. Geblieben aber waren die Regierungsvertreter. Sie waren geblieben! Meine Gedanken formten ein Bild der möglichen Zusammenhänge. Sollte ich am Freitag beim Meeting mit den Leuten der Niederlassung darüber sprechen? Was wussten die Verantwortlichen? Ich nahm an, sie wussten es nicht nur, sondern waren Teil des Systems. Hatte man mir nicht deutlich zu verstehen gegeben, wer nicht mitmache, bekäme auch keine Aufträge? Kein Zweifel, sie machten mit, alle machten mit. Ich war in der Zwickmühle. Spräche ich das Thema offen an, würde ich als Mitwisser gelten. Das ging also nicht. Ich musste einen anderen Weg finden. Ich brauchte Fakten, keine Hypothesen. In wenigen Wochen würde ich Chef der ZUF und damit auch Chef der obersten Revision des Konzerns sein. Auch aus diesem Grund durfte ich diese Sache nicht ignorieren."

Reiser war Stangassinger aufmerksam gefolgt und begann zu ahnen, in welchem Dilemma dieser steckte.

„Wie haben Sie Ihr Problem gelöst? Vielleicht erzähle ich Ihnen bei Gelegenheit, was ich zu diesem Thema aus meiner Vergangenheit weiß. Soviel kann ich Ihnen aber jetzt schon sagen: Sie haben damals die richtigen Schlüsse gezogen. Die Geschäfte liefen und laufen wahrscheinlich immer noch so. Da wird sich nicht sehr viel verändert haben. Die Methoden vielleicht. Die Herrschaften mussten schließlich vorsichtiger werden, nicht nur wegen der OECD. Auch wegen der Amis, aber dazu später mehr, wenn's passt. Jetzt sind Sie wieder dran."

„Nachdem es für mich klar war, dass ich erst einmal niemanden offiziell über meine Schlussfolgerungen in Kenntnis setzen konnte, begann ich damit, Fakten zusammenzutragen. Meine neue Position half mir dabei und verschaffte mir Einblick in diverse Vorgänge. Ich kann das, was ich Ihnen jetzt sagen will, nur kurz umreißen und bitte Sie deshalb, es mir erst einmal so abzunehmen, wie ich es sage. Ich studierte die Berichte der verschiedenen Revisionen unserer Niederlassungen. Ich führte persönliche Gespräche mit den Revisionsleitern. Nichts. Es gab keine Hinweise, die meine Erfahrungen in Afrika auch nur ansatzweise gestützt hätten. Ich ging sogar soweit, für ausgewählte Revisionsvorhaben besondere Schwerpunkte zu setzen. Vorsichtig, um nicht aufzufallen. Alle Zahlen standen mir offen. Unzählige Gespräche wurden geführt. Ich fand auch weiterhin nichts. Keine Anhaltspunkte. Wenn aber meine Vermutung richtig war, konnte es hierfür nur eine Ursache geben: Die Akteure hatten die Dinge geschickt verschleiert.

Da wusste ich plötzlich, wie es lief. Es war zu einfach. Die Revision der Bereiche machte mit. Sie deckten das Spiel. Du kannst nichts finden, wenn diejenigen, die es überprüfen sollen, mit denjenigen, die es tun, unter einer Decke stecken. Also fing ich an, mir die Revisionsberichte noch einmal vorzunehmen. Da fand ich den Schlüssel. Sie haben es buchhalterisch gemacht. Verstehen Sie, sie haben die Regeln eingehalten oder besser gesagt, sie haben die Regeln benutzt und ihre Machenschaften darin verpackt. Sie wurden Teil des Systems. Jetzt hatte ich zwar eine Vorstellung davon, wie es dem Prinzip nach funktionierte, ich wusste aber immer noch nicht, wie sie es im Detail ausführten. Schließlich mussten große Summen bewegt werden und das ist nicht zu machen, ohne Spuren zu hinterlassen. Also musste ich diese Spuren finden. Damit möchte ich zum Punkt für heute kommen und Sie noch über meinen Anteil am Platzen der Blase im Herbst aufklären. Die Staatsanwaltschaft in München bekam eine anonyme Anzeige und nahm die Ermittlungen auf. Bereits davor waren Ermittlungen in Liechtenstein in Gang gekommen. Das war's. Den Rest übernahm jetzt der Arm des Gesetzes."

„Sie haben es wirklich getan? Das Schreiben an den Staatsanwalt? Ich fasse es nicht. Sie haben tatsächlich das Gebäude zum Einsturz gebracht. Tilt! Aus! Ein neues Spiel? Wird es ein neues Spiel geben oder spielen sie bereits wieder das alte? Ist das der Grund, warum wir uns heute getroffen haben?"

„Ja und nein. Die Zusammenhänge sind sehr komplex und ich wage nicht zu behaupten, ich hätte alles schon durchschaut. Das Prinzip ja, aber nur wenige Details. Meine Gedanken kreisen zudem um eine Vermutung, die mich nicht mehr loslässt und die über den bekannten Skandal hinausreicht. Überlegen Sie einmal: Diese Leute saßen an der Quelle, konnten mit Millionen jonglieren und da sollen sie nichts beiseitegeschafft haben? Privat, für ihr Leben danach. Ich bin mir ziemlich sicher, dass auch die Staatsanwälte nicht alles aufklären werden. Sie waren geschickt, sehr geschickt sogar. Aber ich will sie packen, will es ihnen wieder abjagen. Sie werden andere vor Gericht in die Pfanne hauen und bald wieder oben schwimmen. Das will ich verhindern. Mit Ihrer Hilfe. Ich brauche jemanden außerhalb des Konzerns. Wir müssen eine Menge recherchieren. Alleine kann ich es nicht schaffen. Vielleicht zusammen mit Ihnen. Ich weiß es nicht."

„Sie werden selbst in den Fokus geraten. Der Chefrevisor, der nichts bemerkt hat? Sie werden darlegen, warum das so ist, gut, aber wollen Sie ihre Kollegen und Mitarbeiter wirklich beschuldigen? Sie werden auch nicht erklären, von wem die anonyme Anzeige stammt, nicht wahr? Wie stellen Sie sich das vor?"

17

„Wissen Sie Herr Reiser, so problematisch wird das gar nicht werden. Die Staatsanwälte werden die Verbindungen zwischen den einzelnen Personen rasch selbst aufdecken. Die Betroffenen werden reden. Ich muss also niemanden anschwärzen, sondern höchstens bestätigen, dass dieses Einvernehmen die interne Aufklärung durch die zentrale Revision verhindert, sogar unmöglich gemacht hat. Dies wird im Übrigen auch durch externe Treuhänder bestätigt werden. Wie Sie wissen, unterliegt der Konzern einer ständigen Kontrolle. Aber auch diese Spezialisten haben nichts bemerkt. Weder ich noch die Staatsanwaltschaft würden so weit gehen, zu behaupten, dass sie unter einer Decke mit den Drahtziehern gesteckt hätten. Ich denke, das kann man wirklich ausschließen."

„Bleibt noch eine Frage offen: Wieso kommen Sie ausgerechnet auf mich?"

„Das ist schnell beantwortet. Ich habe noch in Erinnerung, dass Sie sich damals bei der Veranstaltung zum gleichen Thema sehr zurückhaltend gezeigt hatten. Im Gegensatz zu manch einem Ihrer Kollegen. Sie sind beruflich ungebunden, seit Jahren ausgeschieden, keine Verbindung mehr zum Konzern. Sie haben Erfahrung, waren früher Teil des Systems. Sie wissen eine Menge praktischer Details, die mir fehlen. Ich war niemals operativ tätig, Sie dagegen über viele Jahre schon, im Inland und im Ausland. Das sollte genug sein, meinen Sie nicht auch?"

(2)

Reiser hatte Stangassingers Bericht am Vormittag per Kurier erhalten. Ihr Treffen lag nur wenige Tage zurück und er fragte sich, worauf er sich da einließ. Welche Möglichkeiten hatten sie denn überhaupt?

Ein paar Informationen über Stangassinger hatte er im Internet gefunden. 1965 in München geboren, Abitur 1984, Bundeswehr, BWL- und Jurastudium, seit 1997 bei SimTech, abgeworben von der Deutschen Telekom, mehrere Funktionen im Konzern und jetzt mit vierzig Chef der einflussreichen ZUF.

Ausgerechnet dieser Mann war dabei, dem Konzern ans Bein zu pinkeln? Es war nicht der Konzern, da lag er, seinem ersten Impuls folgend, falsch. Dieser Mann hatte es auf die kriminellen Subjekte abgesehen, ihnen wollte er das Handwerk legen. War es das oder welche Absichten verfolgte Stangassinger wirklich? Gab es da etwa Motive, über die er ihm am Dienstag nichts gesagt hatte? Er würde ihn danach fragen. Absolute Klarheit, das war die Voraussetzung. Nichts durfte zwischen ihnen stehen, was ihre Zusammenarbeit unmöglich machen könnte.

Reiser nahm das Dossier und begann darin zu blättern. Ordentlich aufgelistet, eröffnete sich vor Reiser Stangassingers chronologische Wiedergabe seiner Feststellungen über die letzten mehr als eineinhalb Jahre. Wenn nur halbwegs stimmte, was er hier las, dann würde es nur eine Frage der Zeit sein, bis die Beteiligten dem Druck von Staatsanwalt und Polizei nachgäben und anfingen zu reden. Gleichzeitig sah er aber auch Stangassingers Argwohn bestätigt. Millionen liefen durch ihre Hände. Es wäre ein leichtes Spiel gewesen, Millionen abzuzweigen.

Aufmerksam las er, wie sich die Affäre aus Ermittlungen in Liechtenstein heraus entwickelt hatte. Wie so oft wurde auch in diesem Fall beteuert, wie aufklärungswillig die in den Fokus Geratenen wären. In Wirklichkeit wurde blockiert und verschleiert, wo es nur ging. Zugegeben wurde lediglich, was mehr oder weniger bereits bewiesen war. Die Liechtensteiner ermittelten wegen des Verdachts auf Geldwäsche und Bestechung. Was war der Anlass?

Bei einer Liechtensteiner Bank waren zwischen 2003 und 2004 mehrere Konten eröffnet worden. Manche dieser Konten lauteten auf Firmen, andere auf Privatpersonen. Auffallend war nun, dass diese Privatpersonen allesamt Mitarbeiter oder ehemalige Mitarbeiter der SimTech waren und gleichzeitig Kontovollmacht jener Firmen besaßen. Die Firmenkonten, und auch das war aufgefallen, wiesen einen ungewöhnlich hohen Bargeldverkehr auf. Eine Summe von siebzig Millionen Euro war einbezahlt und wieder abgehoben worden. Auf die Konten der Privatpersonen waren ebenfalls Bareinzahlungen geflossen. Diese waren als Festgeld oder in Wertpapieren angelegt. Abhebungen dagegen gab es nicht.

Einer der SimTech Mitarbeiter war Ferdinand Seifert, Prokurist und kaufmännischer Leiter eines Geschäftszweiges der Kommunikationssparte.

Ein ehemaliger Mitarbeiter, bis November 2000 im Zentralbereich Finanzen der SimTech beschäftigt, erklärte bei Vernehmungen durch die Liechtensteiner Staatsanwaltschaft, die fraglichen Beträge seien allesamt legal, aufgrund von Verträgen zwischen SimTech und diesen Firmen, einbezahlt beziehungsweise abgehoben worden. Was die Beträge auf den Privatkonten anbelangt, habe man Vorsorge für notwendige Auslagen zur Akquisition von Aufträgen im hart umkämpften Markt treffen wollen.

Die gleiche Aussage machte Ferdinand Seifert. SimTech und insbesondere Dr. Hubert Schrofen, Leiter der Rechtsabteilung des Konzerns und oberster Compliance Beauftragter, waren über alle Details in der Sache Liechtenstein informiert.

Zu dieser Schlussfolgerung gelangte Stangassinger aufgrund der Kopie eines Protokolls einer Sitzung des Zentralvorstandes, bei der Schrofen die näheren Verwickelungen erläuterte und ausführte, wie SimTech sich in der Sache verhalten wolle. Dr. Hubert Schrofen hatte selbstverständlich sofort die besten Anwälte zur Hand. Was Seifert und dessen Kompagnon in Liechtenstein aussagten, trug eindeutig die Handschrift dieser Anwälte. Spannend, was Stangassinger da ausgegraben hatte. Als er dann über seine Verbindungen herausfand, dass man die Sache Liechtenstein wohl in den Griff bekäme und eine spontane Hausdurchsuchung der Staatsanwaltschaft München bei SimTech Anfang 2005 keinen Erfolg gehabt habe, weil man gerade noch rechtzeitig einen Wink erhalten und wichtige Unterlagen in einen Stahlschrank im Aktenkeller habe verbringen können, begann Stangassingers Plan zu reifen, die anonyme Anzeige zu erstatten.

Reiser erkannte aber auch die Schwachstellen des Berichtes. Wie haben die Akteure das Geld konkret beschafft? Es ging schließlich um große Summen. Wer wusste davon, war Teil des Systems? Weshalb wurden weder von der internen Revision noch von den externen Treuhändern Unregelmäßigkeiten festgestellt?

Spontan sagte er sich, das konnte nur gehen, weil jemand aus dem Rechnungswesen beteiligt war, aber auch das Management musste Kenntnis gehabt haben. Stangassinger hatte bereits den Verdacht geäußert, die Revision müsse das System unterstützt haben.

Die Involvierten mussten im Besitz umfangreicher Vollmachten gewesen sein. Millionen lassen sich nicht einfach so mir nichts dir nichts verschieben.

Es gab viele Fragen, gestand sich Reiser ein, auf die er allerdings heute, am Freitag, den 11. Mai 2007, ein halbes Jahr nachdem die Schiebereien aufgeflogen waren, auch keine Antworten parat hatte.

(3)

Kollegen taxierten Harald Brenner als einen der schärfsten Enthüllungsjournalisten der deutschen Presselandschaft. Brenner selbst mochte diesen Begriff nicht und bezeichnete sich, wenn danach gefragt, lieber als Aufklärungsjournalist. Den maßgeblichen Unterschied sah er darin, dass er nicht Verborgenes enthüllte, sondern Vorhandenes, Dinge, die in der Öffentlichkeit stattfanden, in den richtigen Kontext setzte, also aufklärte. Es entsprach allerdings den Tatsachen, dass ihm nichts entging, wenn er sich erst einmal in ein Thema verbissen hatte.

Mit siebenunddreißig hatte er sich in der Tat bereits einen Namen gemacht. Vor ein paar Jahren war er Zeuge einer nächtlichen Polizeiaktion gewesen, bei der Autofahrer regelrecht abgezockt worden waren. Er hatte darüber in einer Rosenheimer Regionalzeitung berichtet und einen Sturm politischer Gegenwehr und hinterhältiger Pressekampagnen entfacht. Im Auftrag des Münchener Verlages, zu dem die Regionalzeitung gehörte, begann er zu recherchieren und zerrte unglaubliche politische Verstrickungen und übelste korrupte Machenschaften an den Tag. Ohne es zu ahnen, brachte er dadurch sein eigenes Leben in höchste Gefahr und überlebte nur knapp einen Mordanschlag. Nach seiner monatelangen Genesung bezog er ein Büro in der Münchener Verlagszentrale und übernahm fortan Sonderaufgaben. Im Laufe der Jahre verfeinerte er seine Methoden und schon bald zählte eine Reihe sehr einflussreicher Personen zu seinem Bekanntenkreis. Sie versorgten ihn immer wieder mit Informationen jeglicher Art.

Die Zeiten hatten sich gewandelt. War es in seinen Anfangsjahren der Name des Verlags gewesen, der ihm die Türen öffnete, reichte es heute, sich als Harald Brenner vorzustellen. Es gab keinen Politiker, keinen Wirtschaftsfürsten, keinen Banker, der ihm ein Gespräch verweigert hätte. Harald Brenner hatte es geschafft, er war ganz oben angekommen. Seine Recherchen führten ihn in alle Gesellschaftsschichten. Er bewegte sich ganz unten mit der gleichen Beharrlichkeit und Eloquenz, und vieles von dem, was ihm später bei der Aufklärung oft obskurer Sachverhalte weiterhalf, kam gerade aus solchen Schichten. Im Gegenzug half er Menschen in schwierigen Situationen, indem er seine Kontakte nach oben nutzte. Das sprach sich in diesen Kreisen sehr schnell herum und war für ihn Türöffner, wo es anderen mit noch so viel Mühe nicht gelang, undurchdringliche Mauern des Schweigens zu überwinden.

Seit Tagen schob Brenner die SimTech Geschichte vor sich her. Einer seiner Kollegen hatte über die Affäre der schwarzen Kassen berichtet. Es gab viele Mutmaßungen, keiner wusste etwas Genaues. Was man so hörte und was aus der Ecke der Polizei durchsickerte, umfasste der Skandal mehrere hundert Millionen. Irgendwie verschobenes Geld, so wurde vermutet. Etwas Genaues, aus erster Hand, war allerdings nicht bekannt. Die Zunft begann damit, voneinander abzuschreiben und aufzubauschen. Sogenannte Experten meldeten sich zu Wort, die genau so wenig wussten wie ihre schreibenden Interviewer. So entwickelte sich der Fall SimTech langsam aber stetig, genährt aus einem Wust von Halbwahrheiten.

Dr. Helmut Brandner, Chef des Verlagsvorstandes, hatte Brenner das Thema auf den Tisch gelegt und gebeten, er möge prüfen, ob sich daraus nicht etwas mit mehr Substanz machen ließe, als das, was darüber bisher in den diversen Blättern zu lesen gewesen war. Eine derartige Bitte kam eigentlich einer Anweisung gleich und er durfte sie nicht ignorieren. Also griff er zum Telefon und tätigte einige Anrufe. Schon nach dem ersten Gespräch war ihm die Brisanz klar. Unter dem Siegel der Verschwiegenheit und dem ausdrücklichen Versprechen, die nächsten zwei Wochen keinen Gebrauch von dem Gehörten zu machen, erfuhr Brenner Erstaunliches. Die Staatsanwaltschaft München, und dort keine Geringere als die leitende Oberstaatsanwältin Dr. Gertrud Hölzl, hatte ein Ermittlungsverfahren gegen ehemalige und aktive Manager der SimTech eingeleitet. Der Vorwurf: Geldwäsche, Bestechung und

Veruntreuung zulasten der SimTech AG. Ein Freund beim bayerischen Landeskriminalamt in der Orleansstraße in München, der ganz zufällig in die Ermittlungen eingebunden war, bestätigte ihm einige Namen und das ließ Brenner aufhorchen. Er hatte die letzten Jahre eine Nase dafür entwickelt, wenn es stank und übel wurde, und hier stank es gewaltig. Es gab keinen Zweifel, in diese Affäre waren Topleute des Konzerns bis hin zum Vorstand verstrickt.

Lange war es noch nicht her, dass dieser Schlamassel aufgeflogen war. Heute, Anfang Februar 2007, würde er sich also fast noch auf jungfräuliches Terrain begeben, wenn er sich mit dem Thema befasste. Es war Freitag und vor ihm lag ein entspanntes Wochenende. Wenn er Brandner am Montag über seine Entscheidung informierte, sollte das reichen, dachte Brenner und griff gleichzeitig zum Telefon und schob die Gedanken von soeben beiseite.

„Grüß Gott Herr Brandner, Brenner hier. Ich habe mir SimTech angesehen und ein wenig herumgefragt. Um es kurz zu machen, das Ding ist ein Knüller. Da steckt mehr drin als nur die eine oder andere Bestechung. Da wurde im großen Stil manipuliert und es werden Köpfe rollen. Ich mache es. Wird Zeit und leider auch etwas Geld kosten. Wenn Sie einverstanden sind, bin ich ab Montag dabei."

Nach dem Telefonat packte Harald Brenner verschiedene Unterlagen zusammen, schaltete den PC aus, klemmte das Laptop unter den Arm, schloss sein Büro ab und machte sich auf den Weg zu einem im rückwärtigen Teil des Verlages liegenden schmalen Treppenaufgang. Er steuerte auf den Lift links davon zu und drückte den Knopf. Ein winziger Aufzug fuhr zwei Stockwerke nach oben. Nur mit einem Schlüssel war er für diese Fahrt zu aktivieren. Brenner erreichte das Vorzimmer seines Büros, das direkt unterm Dach lag und nur über diesen Lift oder die schmale Treppe zu erreichen war.

Das Büro war ausschließlich für Brenner reserviert und er nutzte es immer wieder mal, wenn er mit besonders heiklen Fällen befasst war. Auch dieser Umstand ging auf eine Geschichte vor Jahren zurück, als Unbekannte in sein Büro eingedrungen waren und PC, Laptop und Unterlagen mit Säure vernichtet hatten.

Hier unterm Dach waren er und seine Utensilien sicher. Die Tür zum Treppenaufgang war von außen nur mit einem Schlüssel zu öffnen. Schlüssel für den Lift besaßen nur er, Brandner und der Sicherheitsdienst.

Er richtete sich ein, öffnete die breiten Dachfenster, überprüfte Telefon, Fax und WLAN. Alles funktionierte. Am Montag würde er mit der Arbeit beginnen, aber jetzt, in den Abendstunden des Freitags, herrschte Ruhe im Verlag und er wollte diese Stille nutzen, um seine Gedanken zu ordnen und einen ersten Plan zu entwerfen.

Harald Brenner liebte die Logik. Das folgerichtige Aneinanderreihen von Gedanken war der Grundstock seines Erfolges. Nicht Zufälliges, aus dem Bauch Geborenes, traf den Leser seiner Artikel, sondern akribisch Recherchiertes, unwiderlegbare Fakten, denen sich niemand entziehen konnte.

(4)

Dr. Hubert Schrofen zuckte mit keiner Wimper, als Harald Brenner ihn begrüßte und dabei den Doktor wegließ. Bei SimTech wurde er für gewöhnlich mit Doktor Schrofen angesprochen. Nur Doktoren untereinander sprachen sich ohne Titel an. Eine Gewohnheit, wie sie auch bei anderen großen Firmen und in Behörden gepflegt wurde. Brenner sprach niemanden mit Titel an. Keine Ehrenbezeugung, die, einmal ausgesprochen, später nicht mehr zurückgenommen werden konnte. Titel konnte man kaufen, man konnte sie erlangen, indem man Arbeiten von anderen abschrieb, die ihrerseits schon abgeschrieben hatten. Kurzum ein Sumpf.

Schrofens Büro in der Konzernzentrale im Stadtzentrum spiegelte die Bedeutung seiner Position wider. Wenigstens um die 50 qm, ausgestattet mit USM-Haller, Besucherbereich mit gediegenen Ledersesseln, große Fensterflächen, klimatisiert, zwei moderne Bilder an der Längswand, keine Drucke, Originale. Die dick gepolsterte Türe zum angrenzenden Sekretariat fiel mit einem sanften Schmatzen ins Schloss, als der übliche Kaffee und einige andere Getränke gebracht wurden.

„Was verschafft mir die Ehre?", hob Schrofen an, nachdem der Kaffee in den Tassen sein Aroma verbreitete.

„Sie werden vielleicht denken, ich hätte mich besser mit der Presseabteilung ins Benehmen setzen sollen, als Ihre wertvolle Zeit zu stehlen, aber ich möchte ein paar Dinge mit Ihnen besprechen, denn wer könnte besser informiert sein als Sie? Als Leiter der Rechtsabteilung Ihres Konzerns müssen Sie doch quasi zwangsweise in die Ermittlungen involviert sein."

„In welche Ermittlungen?", unterbrach Schrofen Brenner.

„Ich wäre soeben auf den Punkt gekommen", fuhr Harald Brenner fort. „Es gibt wohl derzeit kaum ein Thema, das die Öffentlichkeit mehr interessiert als die schwarzen Kassen bei SimTech. Unsere Zeitung ist der Meinung, ich solle mich darum kümmern, deshalb dachte ich, spreche ich mit Ihnen. Ich will mehr wissen als das, was den Flyern der Presseabteilung zu entnehmen ist."

„Wie stellen Sie sich das vor?", fragte Schrofen. „Recht viel mehr als das, was in den Zeitungen zu lesen ist, wissen wir selbst nicht. Was soll ich sagen - uns hat das Ganze ebenso überrascht wie die Öffentlichkeit."
„Sie sind überrascht? Von was?", bohrte Brenner nach. „Von der Dimension? Oder davon, dass die ganze Kacke überhaupt bekannt geworden ist? Ich nehme stark an Letzteres. Wissen Sie, ich verfüge über Quellen und es gehört zu meinen Grundsätzen, mich auf Meetings wie das unsere vorzubereiten. Deshalb weiß ich, dass Sie schon seit geraumer Zeit, sagen wir seit etwa einem guten Jahr, darüber informiert sind, dass die Staatsanwaltschaften in der Schweiz und Liechtenstein hinter SimTech her sind. Soll ich Ihnen die Kanzleien nennen, die Sie mit der Wahrung Ihrer Interessen beauftragt haben? Oder Ihnen die Namen der involvierten Mitarbeiter aufschreiben? Die Frage ist also nicht, was wissen Sie, sondern, was sind Sie bereit, von Ihrem Wissen an mich weiterzugeben?"

Schrofen wollte etwas sagen, aber Brenner winkte ab. „Warten Sie noch einen Augenblick. Sie haben jetzt die Möglichkeit, mein Bild über diese Affäre zu revidieren, indem Sie Ihr Wissen mit mir teilen. Andernfalls muss ich meine eigenen Schlüsse ziehen, und ob wir da deckungsgleich sind, wage ich zu bezweifeln."

Trotz des angenehmen, künstlich erzeugten Raumklimas verrieten kleine Schweißperlen an den Schläfen die Anspannung Schrofens. Die ganze Situation, der Besuch an sich, war ihm äußerst unangenehm.

„Ich kann Ihnen nichts sagen. Würde ich es tun, befänden wir uns im Reich der Spekulation. Wie soll ich Ihnen etwas erklären, dessen Details sich mir selbst noch nicht einmal im Ansatz erschließen? Fragen Sie Ihre Quellen, wie Sie es nennen, und reihen Sie sich ein in die Kette der Berichterstattung aus Halbwahrheiten und Erfindungen. Wissen Sie, wir haben beschlossen, nicht auf die einzelnen Zeitungsartikel zu reagieren. Schreiben Sie, was Sie wollen. Wir beschäftigen uns später damit und ich meine damit juristisch, falls nötig. Es wird noch eine ganze Weile viel geschrieben werden, aber dann wird das Interesse erlahmen. Wer will schon monatelang immer wieder das Gleiche hören. Andere Ereignisse werden Sie und Ihre Kollegen in Bann nehmen. SimTech wird dann längst wieder mit positiven Nachrichten aufwarten, eine gesicherte Auftragslage vorweisen, Arbeitsplätze erhalten und so weiter. Das wird die Leute auf der Straße weit mehr bewegen als die x-te Nachricht über irgendeinen Manager aus unserem Konzern."

Brenner musste Schrofen wohl oder übel beipflichten. Die beste Story war nach einer gewissen Zeit ausgelutscht und gab nichts mehr her in den Gazetten. In der Regenbogenpresse, dem primären Meinungsmacher, sowieso nicht. Dort ließ man alles nur solange köcheln, wie es für die Auflage gut war. Meldeten die Sensoren Gefahr, sprich Rückgang der Auflage, wurde blitzschnell gegengesteuert. Für solche Fälle hatten die Redaktionen immer eine andere Hammerstory parat, die den Leser gnadenlos an sich zog.

„Sie mögen recht haben", sagte Brenner deshalb. „Sie unterschätzen allerdings meine Motivation. Ich arbeite nicht für ein Boulevardblatt und bin deshalb auch weniger an schnelllebigen Storys interessiert. Ich recherchiere gewissenhaft alles: Hintergrund, Motiv, Philosophie - und schließlich nehme ich die beteiligten Personen unter die Lupe, erlange Aufschluss über ihre Beziehungen im Unternehmen und ihre Positionen in der persönlichen Karriere. Dann, lieber Herr Schrofen, stülpe ich ihre damaligen Erfolgsgeschichten um. Ich finde heraus, welche Aufträge sie gegen die Konkurrenz gewonnen haben, obwohl das eigentlich gar nicht zu erwarten gewesen wäre. Dann habe ich sie wieder am Haken. Die feinen Herrschaften werden zappeln und sich verplappern, und ich werde darüber berichten. Die Aktualität von heute, da mögen Sie recht haben, wird in einigen Monaten niemanden mehr interessieren. Der Öffentlichkeit aber zu zeigen, wie das Unternehmen weiterhin schmutzige Praktiken betreibt, so, als wäre nichts geschehen, das wird zünden."

„Sie wollen sich also auf unser Unternehmen einschießen. Warum, was haben Sie davon? Wir sind einer der größten Arbeitgeber, nicht nur in Deutschland. Der Schuss könnte nach hinten losgehen!"

„Machen Sie sich keine Sorgen um mich. Ich verstehe schon, was Sie mir sagen wollen. Ich soll die Finger davonlassen, weil Sie beziehungsweise *Ihr* Konzern mächtig ist und mit anderen Mächtigen dieser Welt zu tun hat."

Das Gespräch hatte zum eigentlichen Sachverhalt nichts erbracht und trotzdem seinen Zweck erfüllt. Harald Brenner wollte nicht mehr erreichen, als eine Spur zu legen. Schrofen würde selbstverständlich den Vorstand über das Meeting informieren und dadurch den Weg in die Köpfe des Managements ebnen. Schon sehr bald würden sie wissen, dass Brenner an der Sache dran ist. Die Hartgesottenen würde das vielleicht nicht weiter stören, aber die etwas Sensibleren würden anfangen nachzudenken und manche von ihnen würden damit beginnen, ihm Hinweise zuzuspielen, spätestens, wenn sie sich in die Enge getrieben fühlten. Der Konzern würde niemanden schützen, der Vorstand darauf bedacht sein, sich in erster Linie selbst aus der Schusslinie zu manövrieren. Bauernopfer wären da sehr willkommen. Bis die Betroffenen merkten, dass sie dazu zählten, würde es für die meisten keinen Ausweg mehr geben.

(5)

Als Vinzenz Stangassinger sein erstes Gespräch mit Karl Reiser führte, hatte er nicht in Betracht gezogen, dass es noch andere Interessenten geben könne, die zu ähnlichen Schlussfolgerungen gelangt waren wie er.

Zu der einen Gruppe zählte Harald Brenner, die andere befand sich noch im Stadium des Entstehens und würde ausschließlich darauf gerichtet sein, den Aktivisten der SimTech die beiseite geschafften Millionen abzujagen. Der oberste Drahtzieher jener weit verzweigten Organisation, der diese Gruppe angehörte, saß in Palermo. Er bediente sich regionaler Bosse und trat selbst so gut wie nie in Erscheinung. Einer dieser Regionalfürsten lebte in einem Vorort Münchens.

Dann gab es noch die Gruppe der Staatsorgane: Polizei, Staatsanwaltschaft und Gerichte. Diese Gruppe dachte zwar in eine ähnliche Richtung wie Stangassinger, verwarf diese Gedanken aber, als die Ermittlungen keine Beweise, wie man es juristisch ausdrückte, für eine persönliche Bereicherung der Angeklagten erbrachten. Allerdings keimten Zweifel auf, ob diese Schlussfolgerung nicht in Absprache mit SimTech zustande kam. Aber auch davon hatte Stangassinger keine Kenntnis.

Die Gruppe der Kriminellen hingegen zweifelte zu keinem Zeitpunkt an diesem Umstand. Sie besaßen ein Gespür für Illegales und sie waren in der Lage, Ideen darüber zu entwickeln, wie die SimTech-Manager es angepackt haben könnten, ihre Pfründe an den Augen der Polizei vorbei in Sicherheit zu bringen.

Harald Brenner besaß ebenfalls eine Vorstellung davon, über welche Möglichkeiten die aufgeflogenen Manager verfügt haben mochten, und so war es auch für ihn nur logisch, in diese Richtung zu recherchieren.

Was Stangassinger und Reiser von jenen Gruppen hauptsächlich unterschied, war die Tatsache, dass sie über die schlechtesten Voraussetzungen zur Aufklärung der Zusammenhänge verfügten. Sie hatten keine Erfahrung in dem Metier und nur eine vage Vorstellung darüber, wie sie ihre Recherchen anlegen sollten. Weniger ins

Gewicht fiel der zeitliche Vorsprung der anderen. Sie waren zwar bereits seit Monaten an der Sache dran, jedoch stocherten sie wie alle mehr oder weniger im Nebel der intransparenten Halbwahrheiten herum. Einen Vorteil hatten Stangassinger und Reiser allerdings: die Quellen Stangassingers im Zentrum des Geschehens.

Schon sehr bald, nachdem die ersten Berichte im Dezember 2006 und Januar 2007 die Schlagzeilen in den Zeitungen bestimmten, bat ein älterer Herr zwei andere Herren, etwa um die Mitte vierzig, zu sich in seine Villa nach Pullach im Isartal. Paradoxerweise war die Villa nicht allzu weit entfernt von der Zentrale des Bundesnachrichtendienstes, kurz BND, dem der ältere Herr kein Unbekannter war. Gelegentlich hätte man Gesprächen lauschen können, die ein leitender Direktor des Dienstes mit dem älteren Herrn führte, was allerdings in den Räumen des BND, dank modernster Abschirmtechnik, nicht möglich war. Nur wenige wussten überhaupt um diese Gespräche. Der BND war permanent an allen denkbaren Informationen interessiert und der ältere Herr schien über erstaunliche Quellen zu verfügen, um diesen Wissensdurst zu befriedigen.

Beim BND hatte man sehr wohl eine Vorstellung davon, welchen Geschäften der ältere Herr nachging, aber es interessierte den Dienst nicht sonderlich, solange er Vorteile aus dieser Verbindung zog. Vielleicht hätte man von einem Gentleman Agreement sprechen können, hätte es sich bei den Beteiligten um solche gehandelt. Zumindest bei dem älteren Herrn durfte dieses zu Recht bezweifelt werden. Der Direktor des BND unterlag diesbezüglich wahrscheinlich anderen Kriterien.

Der ältere Herr wurde von den Ankommenden mit höflichem Respekt begrüßt, und sie folgten ihm ohne weitere Worte in ein mit allerlei Antiquitäten ausgestattetes Arbeitszimmer. Sie nahmen in bequemen Ledersesseln an einem runden Tisch aus Mahagoni Platz. Einige iMacs und Laptops auf zwei überdimensionierten, massiven Schreibtischen und ein an der Stirnseite des Büros angebrachter großer Flachbildschirm ließen die technische Perfektion des Büros erahnen. Die Fenster und Schiebetüren aus Glas waren zum Garten der Villa hin durch Jalousien abgedunkelt und das Büro durch eine moderne indirekte Deckenbeleuchtung erhellt.

Die Männer bedienten sich aus verchromten Thermoskannen mit Kaffee und wandten ihre Blicke dem älteren Herrn zu.

„Ich danke Ihnen, dass Sie die Zeit gefunden haben, meiner Einladung kurzfristig zu folgen. Sie haben die Berichte über die Affäre SimTech verfolgt? Keine Sorge, wir sind da nicht involviert. Da haben andere zusammengearbeitet, und das nicht besonders gut. Eine Clique von Managern hat versucht, ein System schwarzer Kassen zu etablieren. Die Herrschaften brauchten Geld, um an Aufträge zu gelangen. Gewaltige Mittel sollten für allerlei zur Verfügung stehen. Bestechung an vorderster Stelle. Sie haben wohl auch schon einiges abgewickelt. Sicher mehr als zweihundert Millionen alleine über die letzten beiden Jahre. Der Staatsanwalt ermittelt und es gibt Verbindungen in die Schweiz und nach Liechtenstein. Lassen Sie uns später darüber sprechen, wie sie es im Detail gemacht haben könnten.

Ich habe Sie zu mir gebeten, weil ich überzeugt davon bin, dass einige der Akteure die Gelegenheit genutzt haben, um erhebliche Millionenbeträge in die eigene Tasche zu stecken. Wir sollten herausfinden, wo sie dieses Geld aufbewahren und es unseren Konten zuführen. Wir werden ein wenig nach bewährter Methode recherchieren. Die Herrschaften werden sich unserem Ansinnen ganz gewiss nicht verschließen."

Ein gemeines Grinsen im Gesicht seiner Gäste begleitete diesen letzten Satz.

Die Besucher verständigten sich mit einem kurzen Blick und taten ihre Zustimmung durch ein Nicken kund.

„Dann sind wir uns also einig, was ich auch nicht anders erwartet habe. Alles Weitere besprechen wir nachher. Lassen Sie uns essen gehen. Ich habe einen Tisch im *Fausto* gleich unten am Tierpark reserviert."

(6)

Reiser überlegte übers Wochenende mehrere Alternativen, wie er und Stangassinger vorgehen könnten. Herumstochern und auf einen Zufall hoffen, der sie weiterbrächte, schied als Option aus. Seiner Überzeugung nach hing ihr Erfolg zu einem erheblichen Teil davon ab, wie es ihnen gelänge, eine Antenne für die gängige Praxis zu entwickeln. Dinge besitzen eine Historie und haben sich im Laufe der Zeit zu dem entwickelt, wie sie heute sind. Diese Entwicklung müssen wir kennen, denn an deren Ende steht das Desaster, die Affäre SimTech.

Am Samstag, dem 19. Mai, brach Reiser zeitig am Morgen auf, steuerte seinen Wagen durch den noch spärlichen Verkehr und erreichte in wenigen Minuten die Autobahn nach Salzburg und eine knappe Stunde später Gut Ising am Chiemsee. Stangassinger traf sich dort gelegentlich mit Freunden zum Golfen und hatte das Gut als Treffpunkt vorgeschlagen. Er hatte eines der Zimmer gebucht und erwartete Reiser bereits.

„Hier wird uns keiner aus der Firma über den Weg laufen", bemerkte Stangassinger. „Ich schlage vor, wir bestellen uns ein Frühstück und konzentrieren uns dann auf Ihre Idee, die ich übrigens voll teile."

Die Sonne brach sich Bahn, blinzelte durch die Scheiben der Fenster und verbreitete einen Hauch von Frühling.

„Ich dachte, ich erzähle Ihnen, wie das früher so gelaufen ist. Es gab immer wieder Situationen, wo Aufträge nur zu bekommen waren, wenn bestimmte Forderungen der Auftraggeber erfüllt wurden. Manchmal war es Geld, manchmal waren es Gegengeschäfte und manchmal auch beides. Es ist so: Wenn Sie als Auftragnehmer beurteilen sollen, ob das, was man von Ihnen verlangt, tatsächlich notwendig ist, um die begehrten Aufträge zu ergattern, dann tun Sie sich schwer. Wie wollen Sie überhaupt die richtigen Kontakte herstellen? Solche Leute geben ja kein Inserat in der Zeitung auf. Also hat man sich bei SimTech, und ich bin überzeugt, auch bei anderen Unternehmen, darauf verlassen, dass entweder die eigenen Leute, zum Beispiel die regionalen Niederlassungs- oder Vertriebsleiter, die richtigen Kontakte geknüpft hatten oder sogenannte Consultants, also Berater, die sich zuhauf meldeten und vorgaben, sie könnten alle möglichen Geschäfte vermitteln. Bei den Externen wussten sie niemals mit letzter Sicherheit, ob deren Empfehlungen auch tatsächlich zum gewünschten Ziel führen würden. Übrigens natürlich auch nicht bei den eigenen Leuten. Um sich halbwegs abzusichern, wurden mit den Beratern Verträge abgeschlossen. Sie haben gelernt, nicht in Vorkasse zu gehen, solange die entsprechenden Aufträge nicht unter Dach und Fach waren. Im Augenblick brauchen wir nicht in Details einzusteigen und aufzeigen, an welcher Stelle SimTech jeweils Lehrgeld bezahlt hat, weil trotz Zahlung horrender Beträge das Erwartete nicht eintrat und die Aufträge an andere gingen. Es gab durchaus Berater, die sich zum selben Thema gleich mit mehreren Firmen ins Bett legten und von jedem kassierten. Später ist man dann schlauer geworden und hat solche Dinge zumindest vertraglich ausgeschlossen. Was diese Consultants aber wirklich getan haben, wussten wir nicht. Wir glaubten ihnen, dass es ihren Verbindungen zu verdanken war, wenn Aufträge ins Haus kamen."

„Es hat sich also eine bestimmte Kultur entwickelt?", bemerkte Stangassinger dazwischen, obwohl er die Antwort bereits kannte.

„Man sprach ganz allgemein von nützlichen Abgaben oder diskreten Zahlungen und das noch nicht einmal hinter vorgehaltener Hand", fuhr Reiser fort. „Das war bei Großprojekten Bestandteil jeder Preiskalkulation, so einfach war das. Und legal! Solche Ausgaben waren steuerlich voll abzugsfähig. Sie gehörten zu den Kosten des Vertriebes. Bis 1998 ging das so, dann sollte mit einem Mal Schluss damit sein. Die OECD-Richtlinie gegen die Bestechung ausländischer Amtsträger war in nationales Recht überführt worden und fortan stand unter Strafe, was man bis dahin bis zur Perfektion entwickelt hatte. Es gab eingespielte Kanäle und Wege, wie die jeweiligen Beträge beschafft und verteilt wurden. Selbstverständlich ist auch vor achtundneunzig keiner einfach zur Bank gegangen und hat die Bestechungsgelder überwiesen. Solche Zahlungen hat man immer schon sehr bedeckt gehandhabt und die gewählten Wege verschleiert. Ich kann mich noch erinnern, dass solche Dinge schon damals über jemanden zu schleusen waren, dessen Namen man kürzlich sogar in der Zeitung gelesen hat. Da müssen wir ansetzen! Lassen Sie uns im ersten Schritt herausfinden, wie sie es früher gemacht haben. Wenn wir das wissen, kennen wir den ersten Teil der Wahrheit und werden dann die Entwicklung auf diesem Gebiet besser verstehen und ein Gespür dafür entwickeln, wie sie es heute gemacht haben könnten."

„Respekt, Herr Reiser! Wissen Sie jetzt, warum ich auf Sie gesetzt habe? Das ist genau das Bindeglied, das mir fehlte. Sie kennen die Details aus der Praxis, ich hingegen nur aus der Theorie. Ich denke, wir werden da einiges ausgraben können. Ich muss wohl oder übel einsteigen und ein paar längst vergessene Kapitel aus den Aktenkellern fischen. Das ist etwas, was ich machen kann und das niemandem besonders auffallen wird, denn was sonst tun denn Leute aus der Revision: sie buddeln in alten Kamellen."

(7)

Harald Brenner saß unterm Dach in seinem Büro und grübelte über SimTech nach. Wenn von schwarzen Kassen und Schiebereien in großem Stil auszugehen war, dann musste es ihm sehr schnell gelingen, die verschlungenen Wege der Geldtransfers aufzudecken. Sein Gespräch mit Schrofen war auf langfristigen Erfolg angelegt. Es würde seine Zeit dauern, bis sich daraus Früchte für ihn ergäben und so lange konnte er nicht warten. Es war zudem fraglich, ob sie ihm bei der Lösung der gestellten Aufgabe überhaupt helfen würden. Er griff zum Telefon und wählte eine Nummer in München.

„Sie wünschen bitte", war die sehr einfache Antwort seines Gesprächsteilnehmers, ohne einen Namen zu nennen.

„Brenner. Ich müsste Sie sprechen."

„Passt Ihnen siebzehn Uhr heute Nachmittag?"

Gegen 16:45 Uhr parkte Brenner seinen Wagen in der Hubertusstraße, ging die paar Meter zu Fuß und drückte Punkt siebzehn Uhr auf die Klingel am Haus Nummer 13a in der Romanstraße.

Wenige Augenblicke später öffnete eine jüngere Frau, sah ihn an und fragte: „Sie sind Herr ...?"

„Brenner", vollendete er den Satz.

„Folgen Sie mir bitte!", antwortete sie und geleitete ihn zu einem Büro im ersten Stock.

Als Brenner eintrat, erhob sich der Mann hinter seinem Schreibtisch, ging auf ihn zu, begrüßte ihn und wies auf eine winzige Besucherecke.

„Wie geht es Ihnen? Ist eine Weile her, dass ich von Ihnen gehört habe", sagte der Mann.

Die Fenster des Büros gaben den Blick frei auf das Gebäude der schräg gegenüberliegenden Polizeidirektion West, und Harald Brenner fragte sich zum wiederholten Male, ob dies ein Zufall war oder ob sein Gesprächspartner Kontakte zu dieser Behörde pflegte. Letztlich war es ihm egal. Der Mann, drahtiger Typ, randlose Brille, darüber dunkle, buschige Augenbrauen, schmaler Mund mit

Ansatz eines Oberlippenbartes, der sich schmal an den Mundwinkeln entlang zum Kinn hin verlor, war Spezialist für jegliche Analysen kriminologischer Zusammenhänge, kurz, ein Ass beim Entwirren komplexer Zusammenhänge. Brenner arbeitete des Öfteren mit ihm zusammen, wenn ihm seine eigenen Möglichkeiten zu vage erschienen oder wenn er schnelle und fundierte Ergebnisse benötigte.

„Es gab nicht so viel Aufregendes in letzter Zeit, aber jetzt habe ich einen dicken, fetten Fisch an der Angel." Brenner erläuterte den Fall SimTech.

„Ich verstehe", sagte der Mann, „nicht ganz einfach, aber lösbar. Ich habe mich ohnehin schon gefragt, warum Sie sich bisher noch nicht gemeldet hatten. Ist doch etwas, das genau Ihrer Kragenweite entspricht, nicht wahr?"

„Ja, Sie haben recht", antwortete Brenner, „aber ich wollte erst sichergehen, dass an der Sache mehr dran ist als nur die üblichen Gerüchte. Als ich dann schließlich erfahren habe, dass Gertrud Hölzl im Namen der Staatsanwaltschaft in dieser Angelegenheit das Zepter schwingt, bin ich hellhörig geworden. Wenn die Oberstaatsanwältin auf den Plan tritt, dann muss an der Geschichte etwas dran sein, finden Sie nicht?"

„Ich weiß, dass die Hölzl ermittelt", sagte der Mann schlicht. „Ich weiß sogar noch mehr. In dieser Sache gibt es einen Vorlauf - und der beginnt in Liechtenstein. Den zuständigen Behörden dort sind Unregelmäßigkeiten bei diversen Kontenbewegungen aufgefallen, die über verschiedene Firmen zu einer Person führen, die dem Direktionskreis der SimTech angehört."

„Liechtenstein, sagen Sie?"

„Ja, Liechtenstein. Sie können sich vorstellen, dass es um auffällig hohe Beträge gegangen sein muss, wenn von dort aus ermittelt wird. Sonst hält man sich im Fürstentum in diesen Dingen doch eher bedeckt. Es geht um mehr als siebzig Millionen, sagen meine Quellen. Reicht Ihnen das fürs Erste?"

„Ja und nein. Es reicht mir, um sicher zu sein, dass sich da Abgründe gigantischen Ausmaßes auftun werden, weshalb ich Ihre Unterstützung brauche. Alleine komme ich nicht weiter. Ich muss die Wege der Transfers kennen und wissen, wie sie es gemacht haben und wer darin die steuernden Kräfte waren oder vielleicht sogar noch sind."

„Haben Sie überlegt, natürlich haben Sie das, dass wir vermutlich einen Pfuhl betreten, dessen Schlamm üble Dinge nach oben spülen wird?"

„Was glauben Sie, warum ich hier bin? Dieser Klüngel hat Schmutziges zur Normalität erhoben. Sie haben gewusst was sie tun. Und nicht nur das, sie haben sich für unfehlbar gehalten und geglaubt, eine Art Mission zu erfüllen."

„Wird nicht ganz billig werden, aber es wird Wege geben, Ihren Wissensdurst ein wenig zu befriedigen. Lassen Sie uns einen Modus festlegen, nach dem wir vorgehen wollen."

„Schlagen Sie den Takt! Wenn ich etwas herausfinde, melde ich mich bei Ihnen. Ich habe wieder mein Spezialbüro bezogen, wir können uns also auch dort ungestört treffen."

(8)

Der Spezialist besaß eine Reihe exzellenter Verbindungen zu Behörden. Gelegentlich arbeitete er sogar für einige von ihnen. Er unterlag keinen Dienstanweisungen oder Vorschriften. Das gab ihm mehr Freiraum bei der Arbeit, und seine Auftraggeber schätzten gerade diesen Umstand, wenn er Dinge tun konnte, die ihnen nur schwer möglich gewesen wären. Er beschaffte Informationen und Details, ohne deren Kenntnis sie sich an manchen Fällen die Zähne ausgebissen hätten. Der so erlangte Background war oft der Schlüssel, Ermittlungen von Polizei und Staatsanwaltschaft in die richtige Richtung zu lenken oder überhaupt an Beweismaterial heranzukommen.

Vor Gericht spielte er keine Rolle, dort hatte man noch nicht einmal Kenntnis von seiner Existenz. War es unumgänglich, die Herkunft spezieller Informationen zu erläutern, sprach man im Allgemeinen von Informationen aus der Szene. Gelegentlich räumte man ein, diese über V-Leute oder eingeschleuste Undercover-Beamte erhalten zu haben. Zum Schutz der Beamten war es freilich nötig, ihre Namen geheim zu halten. Auch vor Gericht durften sie nicht erscheinen. Das verstand jeder Richter und es wurde nicht darauf bestanden, die Leute vorladen zu wollen. Selbst pfiffigen Verteidigern gelang es trotz aller möglichen Einsprüche nicht, die Gerichte zu einem anderen Verhalten zu bewegen. Das war der Deal. Anders hätte er nicht für sie gearbeitet.

Umgekehrt hatte der Spezialist über diese Verbindungen auch Zugang zu Informationen für seine privaten Aufträge. Man gab sie ihm und war sicher, dass die Quellen niemals offengelegt würden. Auch das gehörte zum Deal.

Nach Brenners Besuch in 13a, wie seine Schaltzentrale von den meisten seiner Besucher genannt wurde, führte der Spezialist ein Telefonat und traf sich bereits am nächsten Tag mit einem Mann in seinem Alter, Mitte vierzig. Sie tranken einen Kaffee in der Innenstadt und er erläuterte, was er benötigte.

„Das lässt sich machen", sagte der Mann und so lagen jetzt vor ihm Kopien von Vernehmungsprotokollen und Berichten der polizeilichen Ermittlungsarbeit im Fall SimTech AG aus der Orleansstraße, dem Sitz der mit dem Fall betrauten Gruppe des LKA. Es handelte sich um eine Dienststelle des Sonderdezernats für Korruption der Staatsanwaltschaft München unter der Leitung von Oberstaatsanwältin Dr. Gertrud Hölzl.

Seinen wirklichen Namen kannte kaum einer. Stattdessen verwendete der Spezialist Pseudonyme, wenn ihn tatsächlich mal jemand danach fragte. Eine Ausnahme bildete lediglich ein leitender Beamter des LKA in der Maillingerstraße. Dieser Mann kannte ihn aus seiner aktiven Zeit bei der Polizei und er hatte auch die Verbindung hergestellt, als man ihn für diffizile Aufgaben einschalten wollte. Das war zehn Jahre her.

Er hatte eine steile Karriere vor Augen, als er sich entschied, den Polizeidienst nach einer Ausbildung beim SEK und einigen prekären Einsätzen als Sonderermittler zu verlassen und seine Fähigkeiten privat zur Verfügung zu stellen. Er suchte sich ein schlagkräftiges Team zusammen, zog nach 13a in der Romanstraße und funktionierte das Haus zu einer modernen Schaltzentrale um.

Sein Team deckte Korruptionsfälle auf, vereitelte Erpressungsversuche, befreite Geiseln, enttarnte Versicherungsbetrüger und einiges mehr.

Es gab eine Tatsache, die nicht einmal seinen Leuten bekannt war: Eigentümer von 13a war seine Mutter, die im Grundbuch unter ihrem Geburtsnamen eingetragen war, weshalb keine Namensgleichheit existierte. Sein Vater war verstorben und seine Mutter in zweiter Ehe mit einem Italiener verheiratet, dessen Namen sie führte. Mit Akribie hätte jemand diese Zusammenhänge herausfinden können, aber es gab niemanden, der sich dafür interessierte.

Unwillkürlich schmunzelte er, als er das kleine Bündel Papier aufschlug und in präzisem Amtsdeutsch las, welche organisatorischen Veränderungen SimTech im anklagegegenständlichen Zeitraum erfahren hatte und welche Personen darin eine besondere Rolle spielten. Formulierungen wie *anklagegegenständlich* waren eben Amtsdeutsch. Die Staatsanwaltschaft hatte sich ganz konkret auf den Bereich Telekommunikation eingeschossen.

Die Angeschuldigten, wie die aufgeflogenen Manager in den Unterlagen bezeichnet wurden, waren im Sinne der polizeilichen und staatsanwaltschaftlichen Ermittlungsarbeit erwähnenswert kooperativ. Sie erzählten alles, was man von ihnen hören wollte, und oft noch mehr. Sie erzählten so viel, dass an manchen Stellen die ausgeprägte Fantasie der Angeschuldigten sogar der Staatsanwaltschaft verdächtig schien und sie in Zweifel zog, ob bestimmte Sachverhalte sich tatsächlich so zugetragen haben konnten.

Das war gut nachvollziehbar. Einige der Angeschuldigten saßen von November bis Dezember 2006 über vier Wochen in Untersuchungshaft. Das zerrt an den Nerven, da wird man leicht gesprächig. Je mehr sie sagten, desto geringer war die Wahrscheinlichkeit, sie weiterhin wegen Fluchtgefahr in Untersuchungshaft behalten zu wollen. Da gab es Einverständnis zwischen der Staatsanwaltschaft und den Anwälten der Angeschuldigten.

Der Spezialist kannte dieses einfache Phänomen nur zu gut. Im Gefängnis leben war nichts für diese Leute. Um jeden Preis wollten sie so schnell wie möglich wieder nach Hause zu ihren Familien, ins behütete Umfeld. Nicht mit anderen Kriminellen Flur und Tisch teilen. Das war nicht ihre Welt, nicht ihr Niveau. Das hielten sie nicht lange durch. Das genau wussten auch die Staatsanwälte, also wendete man dieses Mittel an, um Leute gesprächig zu machen. Meistens hatten sie Erfolg damit.

Als *diskrete Zahlungen* hatten sie bei SimTech ihre Schmiergeldeskapaden bezeichnet.

Bereits zwanzig Jahre früher waren Aufträge mittels solcher Zahlungen im Ausland akquiriert worden. Über sogenannte Promotoren wurden Bestechungsgelder an Personen weitergeleitet, die für die Vergabe von Aufträgen zuständig waren. Es handelte sich dabei meist um Personen in hochrangigen politischen Schaltstellen. Daneben gab es noch die Zunft der externen Berater, die mehr oder weniger den gleichen Zweck erfüllten, sich aber oftmals auch noch um die Auftragsabwicklung kümmerten, also wenigstens eine gewisse Gegenleistung erbrachten.

Obwohl Bestechungsdelikte im Ausland damals noch nicht gegen Bestimmungen des deutschen Strafrechtes verstießen, unternahm SimTech einige Anstrengungen, um derartige Zahlungen zu verschleiern. Niemand sollte erfahren, dass der Konzern zahlreiche Auftraggeber über Jahre hinweg reihenweise geschmiert hatte. Selbstverständlich lag dies auch ganz im Interesse der korrupten Geldempfänger.

Wie hatten sie es gemacht?

SimTech unterhielt in ihren Geschäftsräumen eine Kasse. Dort konnten Abrechnungen von Mitarbeitern, wie zum Beispiel Reiseabrechnungen oder Bewirtungen direkt in bar ausbezahlt werden. Aus dieser Kasse waren aber auch gewaltige Beträge für andere Zwecke verfügbar. Hunderttausende und sogar Millionen in bar waren keine Seltenheit und wurden den Abholern auf den Tisch gezählt. Dieses Geld wurde stets von den gleichen Personen in Empfang genommen und die besondere Brisanz war, dass diese Personen ab einem gewissen Zeitpunkt, so um das Jahr 2000, sogar ermächtigt waren, sich die entsprechenden Beträge zur Auszahlung selbst zu genehmigen.

Die Kontrollen des Verantwortlichen für den kaufmännischen Sektor im Vorstand des Bereiches nahmen sukzessive ab und blieben schließlich vollständig aus.

Dies erklärte sich aus dem Umstand heraus, dass ab 1998 Bestechung von Personen in öffentlichen Ämtern im Ausland auch nach deutschem Recht strafbar geworden war.

Also verzichteten die Herren Vorstände einfach darauf, sich, wie bis dahin Usus, solche Vorgänge zur Genehmigung vorlegen zu lassen. Stattdessen räumten sie ihren unmittelbar mit der Ausführung befassten Mitarbeitern grenzenlose Vollmachten ein. Ein Name tauchte dabei immer wieder auf: der des Prokuristen Ferdinand Seifert. Er war sozusagen der Geburtshelfer und Erfinder des neu entstehenden Systems der schwarzen Kassen bei SimTech. Durch ihn sei die umfassende Aufklärung der Staatsanwaltschaft erst möglich geworden, sagte die Anklageschrift.

„Da werden wir wohl noch etwas nachbohren, mein Freund", dachte der Spezialist. „Wir werden herausfinden, was du wirklich auf dem Kerbholz hast. Wir haben andere Methoden, als der Staatsanwalt oder die Polizei. Verlass dich darauf: Wenn du dir etwas unter den Nagel gerissen hast, wirst du es uns sagen."

Es gab Empfänger, die wollten das Geld überwiesen haben, auf Konten in Liechtenstein, in der Schweiz und anderen Ländern, die das Bankgeheimnis sehr hoch taxierten und gerne auch anonyme Nummernkonten vergaben. Damit die Zahlungen reibungslos funktionierten, empfingen Seifert oder der von ihm beauftragte Mitarbeiter die Beträge in bar von der Kasse am Standort und zahlten diese bei einer Bank in München mit gleichzeitigem Überweisungsauftrag auf Konten in Innsbruck und Salzburg ein. Von hier aus ging das Geld an die Banken der Empfänger oder zur weiteren Verschleierung zuerst an Firmen, die es an die Empfänger weiterleiteten. Waren die Beträge zu hoch oder der Vorrat in der Standortkasse zu gering, holte man sich das Geld per Scheck bei einer Münchener Bank ab, ging quasi über die Straße, zahlte es bei einer anderen Bank wieder ein und veranlasste den geschilderten Überweisungsweg.

Auf diese Art flossen über das Salzburger Konto bis zu 200 Millionen und auf das Innsbrucker Konto wenigstens 20 Millionen pro Jahr. Manchmal verbrachten Seifert und Kollegen das Geld auch in bar nach Österreich. Dass Bestechung im Ausland seit 1998 strafbar war, interessierte offensichtlich niemanden.

Formal war zwar ein sogenanntes Compliance-Programm etabliert worden, und die Angehörigen des Managements bis hoch zum Vorstand mussten schriftlich bestätigen, dass ihnen die gesetzlichen Tatbestände über Korruption hinreichend bekannt waren und sie jede Form von Bestechung unterlassen würden.

Die realen Konsequenzen waren jedoch völlig andere. Nicht etwa alles daran zu setzen, die Gesetze wirklich einhalten zu wollen stand im Fokus, sondern die Suche nach Möglichkeiten, wie man diese umgehen könne. Findige Köpfe wie Seifert fanden, wie sie glaubten, den Schlüssel hierfür. Die OECD Richtlinien bezogen sich ausdrücklich auf das Verbot der Bestechung von ausländischen

Amtsträgern und Staatsbediensteten. Also versah man die entsprechenden Zahlungsbelege einfach mit dem Vermerk: Empfänger sind nicht Amtsträger oder Staatsbedienstete im Sinne der OECD-Richtlinien.

Zu keinem Zeitpunkt fand jemals eine Überprüfung statt, ob diese Behauptung auch tatsächlich zutraf. Eine solche Überprüfung war weder erwünscht, noch wäre sie in den meisten Fällen im etablierten Verteilungs- und Verschleierungssystem überhaupt möglich gewesen.

Das war die Stunde des Ferdinand Seifert. Seine Befugnisse wuchsen ins Unermessliche. Es gab vermutlich im gesamten Konzern niemanden mit weitreichenderen Vollmachten.

Wie es an einer Stelle in einem der Untersuchungsberichte hieß, wurde Seifert bewusst völlig freie Hand gelassen. Er war weder verpflichtet Buch zu führen, noch bei etwaigen Anfragen von Vorgesetzten Auskunft zu geben. *Nach Abfluss der Gelder aus ihrem Vermögen war es für SimTech nicht mehr nachzuvollziehen, wo sich die Gelder befanden*, so das Ergebnis der Ermittlungen der Staatsanwaltschaft.

Und weiter hieß es: *Da niemand, außer Seifert und in manchen Fällen von ihm eingesetzte Dritte, die Details des Systems kannte, war eine Rückführung der Gelder ohne deren Mithilfe, die bei Krankheit, Tod oder Unwillen jederzeit entfallen konnte, unmöglich.*

„Das ist starker Tobak", dachte der Spezialist. Er hatte schon vieles erlebt, aber eine solche Dimension an Dreistigkeit war ihm bisher nicht untergekommen.

Seifert war klar, dass die bisher gepflegten Wege der Geldtransfers nicht mehr weiter zu beschreiten waren. Er schloss nicht aus, dass die Banken aufgrund von Vorschriften gezwungen wären, die Finanzbehörden über dubiose Vorgänge zu unterrichten. Seine innigen Beziehungen zu Banken bestätigten ihn in dieser Vermutung. Bevor solche Vorschriften dann tatsächlich in Kraft traten, hatte Seifert verfügt, die Beträge allmählich zu reduzieren und schließlich die Konten in Österreich völlig zu schließen, was bis 2002 dann auch tatsächlich der Fall war.

Auf welche Weise beschaffte Seifert das so dringend benötigte Geld aber danach? Weitere Recherchen waren erforderlich. Der Gewährsmann des Spezialisten beim LKA konnte jedoch nicht auf alle Akten gleichzeitig zugreifen. Mehrere Ermittler waren involviert und die auf Band aufgezeichneten Vernehmungen waren erst in Text zu übertragen, bevor sie als Papier in einem Ordner landeten. Da waren manche Beamte schneller als andere. Die Tonkassetten wurden nach Abschrift zusammen mit einer Kopie der Textfassung zentral in einem verschlossenen Stahlschrank verwahrt.

Für den Zahlungstransfer brauchte es nach Meinung des Spezialisten auch weiterhin Bankverbindungen und wahrscheinlich auch Briefkastenfirmen im Ausland. Ob dabei die alten Stränge genutzt oder neue generiert wurden, war zunächst ohne Bedeutung. Konten einzurichten unterlag den Gesetzen des jeweiligen Landes. Seifert würde damit ohnehin kein Problem gehabt haben. Man kannte ihn ja überall und wer Millionen mitbringt, genießt Privilegien. Die Frage war also nicht wie Überweisungen funktioniert haben, sondern, wie es Seifert gelungen war, hunderte von Millionen ins Ausland zu schaffen? Hatte er es nach der alten Methode gemacht oder eine neue erfunden? Und Frage zwei: Von woher hatte er das Geld genommen?

„Wir werden dich und dein System schon knacken, mein lieber Seifert!", brummte der Spezialist vor sich hin.

(9)

Im *Fausto* besprachen die drei Herren aus Pullach die Grundzüge ihrer Strategie. Das Essen war gut und man konnte unschwer erkennen, dass für die Herren ein kräftiger Roter aus der Toskana auch mittags nicht ungewöhnlich war.

Einer fragte, ob man wie üblich vorgehen wolle. Der Zweite gab zu bedenken, dass dies aber dauern könne, da man an die Leute derzeit nur sehr schlecht herankäme. Sie seien zu sehr im Fokus von Staatsanwaltschaft und Polizei und man könne deren Reaktion auf jede noch so vorsichtige Annäherung nicht vorhersagen.

Der Ältere hörte eine Weile zu und sagte schließlich: „Meine Freunde, wir müssen unsere Methoden anpassen. Im Augenblick sind sie darauf bedacht, sich selbst ins rechte Licht zu rücken und zu erläutern, wie unschuldig sie im Grunde genommen doch sind. Da würde es geradezu in ihr Konzept passen und von ihren tatsächlichen Verstrickungen ablenken, wenn sie der Polizei auch noch Hinweise über uns geben könnten. Nein, das werden wir nicht tun. Keine Kontakte! Niemand darf überhaupt nur den Hauch einer Ahnung davon bekommen, dass wir auf sie aufmerksam geworden sind. Also auch keine Begegnungen mit deren Familien und Freunden. Nicht jetzt! Wir kommen später darauf zurück, wenn sie vor Gericht gestanden sind und ihre Strafen erhalten haben. Wenn sie glauben, damit aus dem Schneider zu sein und nichts mehr befürchten zu müssen, dann ist der Zeitpunkt gekommen, an dem wir zuschlagen werden."

Der Sprecher lächelte wissend und fuhr fort: „Wenn die Last der Vergangenheit von ihren Schultern fällt und ihre Herzen sich befreien von der Angst um die Zukunft, dann stehen wir vor ihnen und versehen diese schwachen Herzen mit neuer Angst, mit einer bisher von ihnen nicht gekannten Angst um ihre Liebsten, um ihr Leben. Dann werden sie reden oder sterben."

Mit glänzenden Augen hatten die beiden anderen zugehört. Sie liebten ihn. Er war ihr Patrone, ohne Wenn und Aber. Verstohlen wischten sie sich über die feuchten Augen und griffen nach seiner Rechten. Eine Ehrenbezeugung, unmissverständlich und klar.

Der ältere Herr räusperte sich: „Ist gut meine Freunde. Wir werden in der Zwischenzeit nicht untätig bleiben. Unsere Familie ist groß und unsere Freunde sind zahlreich, so bin ich zuversichtlich, schon sehr bald mehr über diese Personen zu erfahren. Es wird uns nicht verborgen bleiben, was sie alles ausplaudern. Wir zahlen etwas Geld dafür, aber das ist gut angelegtes Geld, man könnte sagen, eine Investition in die Zukunft, nicht wahr?"

Die anderen hingen an den Lippen ihres verehrten Gastgebers, als wollten sie jedes Wort in sich aufsaugen und nickten beifällig. Sie verstanden nur zu gut, was von ihnen erwartet wurde. Sie mussten sich an den Vorlaufkosten beteiligen und würden dafür Informationen über die Aussagen der Betroffenen bei der Polizei und Staatsanwaltschaft erhalten. Der Gastgeber würde seine Verbindungen aktivieren. Verbindungen, die ihm keine Bitte ausschlagen würden. Das war der Plan. Alle Informationen sammeln, analysieren und die notwendigen Schritte vorbereiten für den Zeitpunkt nach den Gerichtsverfahren. Dann aktiv werden, zuschlagen, abkassieren und untertauchen. Ihr normales, tägliches Leben. Der Patrone wartete auf eine Antwort, und sie musste sehr schnell kommen, sollte er nicht glauben, sie hätten ihn nicht verstanden oder würden seine Anweisungen nicht befolgen.
„Wir haben verstanden", sagte der eine. „Wir werden uns selbstverständlich beteiligen. Ich für meinen Teil übernehme die Hälfte dessen, was du für richtig hältst."
„Dem kann ich mich nur anschließen", sagte der andere. „Die Hälfte, keine Frage."
„Ich habe es nicht anders erwartet", antwortete der Ältere und kritzelte eine Zahl auf das Stück einer abgerissenen Zeitungsseite, die zufällig in Reichweite lag.
Nachdem sie es gelesen hatten, nahm es einer der beiden in den Mund und schluckte es hinunter.
Der Pakt war besiegelt.

(10)

Karl Reiser kaute gedankenverloren auf einem Bleistift und zermarterte sich sein Gehirn nach Lösungen. Wochen waren verstrichen, aber er und Stangassinger waren nicht sehr weit gekommen.

Stangassinger kam an die alten Unterlagen nicht heran. Ohne aber zu wissen, wie SimTech die Schmiergelder früher beschafft hatte, waren Rückschlüsse auf aktuelle Methoden nicht möglich.

„Das Zeug ist entweder ausgelagert oder vernichtet", hatte Stangassinger gesagt.

Natürlich! Wir sind auf der falschen Fährte, blitzte es plötzlich durch Reisers Gedanken. Er griff zum Telefon: „Heute Abend neun Uhr im Dolce Sosta?"

Stangassinger kam knapp eine viertel Stunde später. Sie benutzten das Restaurant gelegentlich für ihre Treffs. Es war kaum anzunehmen, dass sie hier einer kannte.

„Tut mir leid - der Verkehr", sagte er, Reisers Hand schüttelnd.

„Grüß Sie, macht nichts. Ich habe es mir schon gedacht. Hat plötzlich nach Gewitter ausgesehen, kommt aber erst morgen, sagt der Wetterbericht", entgegnete Reiser und erwiderte Stangassingers Händedruck.

Sie wählten ein paar Kleinigkeiten aus der Karte.

„Wir kommen nicht recht voran, weil wir einen Gedankenfehler gemacht haben."

„Einen Gedankenfehler? Was meinen Sie?", fragte Stangassinger.

„Sie werden keine Unterlagen finden können. Die Leute waren auch vor 1998 vorsichtig. Sonst hätten wir doch damals gewusst, wie es lief, nicht wahr?"

„Und was schließen Sie daraus?"

„Die Zahlungen wurden buchhalterisch verschleiert und tauchen in den diversen Statistiken nicht als eigenständige Position auf", erklärte Reiser seine Vermutung. „Wie man es eben machen kann, wenn mehrere Stellen sich einig sind."

„Folglich finde ich auch nichts in den üblichen Unterlagen. Ich müsste dazu die Archive der Zentralabteilung durchforsten, was aber ohne Rechtfertigung nicht so einfach möglich ist."

„Selbst wenn", ergänzte Reiser, „man wird dafür gesorgt haben, wie Sie schon vermuteten, diese Dinge zu vernichten oder an einem anderen Ort aufzubewahren. Nehmen wir an, solche Zahlungen wurden aktiviert, also als Teil der Herstellkosten gebucht, dann finden Sie auf Anhieb natürlich nichts. Man konnte solche Buchungen in Teilbeträge zergliedern und über beliebig viele Projekte verteilen. Eigentlich eignen sich hierfür nahezu alle Buchungskonten, auf denen Kosten erfasst werden. Stellen Sie sich mal vor, welcher Aufwand erforderlich wäre, wenn Sie das lückenlos nachvollziehen wollten. Vielleicht ist es sogar unmöglich. Sie haben nicht den Hauch einer Chance, die Buchhaltung zurückliegender Jahre aufzudröseln, und schon gar nicht als Einzelner und dazu auch noch inoffiziell. Das geht nicht, Sie bräuchten ein Team von Spezialisten."

„Das stimmt schon, aber wie sollen wir dann ausfindig machen, wie die Gelder gelaufen sind?", fragte Stangassinger leicht frustriert. „Wir können die Geldströme nicht verfolgen, nicht wahr?"

„So ist es, verfolgen läuft nicht, das müssen wir begraben. Was können wir sonst tun? Damals, zu meiner Zeit, wurde angedeutet, es würde über andere Banken geschleust und man könne nichts zurückverfolgen. Sicher ist auch, dass der Finanzbereich eingeschaltet war."

„Sie meinen die Zentrale?", fragte Stangassinger.

„Ja, mein damaliger Chef hielt den Kontakt dorthin. Ich kannte die Höhe der Provisionen, aber nicht deren Empfänger. Oft gab es mehrere Adressaten, hatte ich den Eindruck. Das war aber mehr von statistischem Interesse. Für die Kalkulation war letztlich der Gesamtbetrag entscheidend, soundso viel Prozent vom Auftragswert. Da haben sich manche Kollegen verdammt schwer getan mit der Mathematik. Ich meine das Hineinrechnen der Werte in den Preis, aber das nur am Rande. Aber ich hätte da vielleicht eine Idee."

„Lassen Sie hören", sagte Stangassinger.

„Wir haben ja nicht sehr viele Optionen, so wie ich das sehe", meinte Reiser, überlegte noch eine Sekunde und sagte schließlich: „Es dürfte nicht sehr schwer sein, festzustellen, mit welchen Banken SimTech damals verkehrte. Eine oder mehrere dieser Banken werden vermutlich auch mit den fraglichen Transfers zu tun gehabt haben. Sehen Sie, jetzt wären wir schon einen Schritt weiter. Wir bräuchten nur noch herausfinden, welche Banken dies gewesen sind."

„Wie stellen Sie sich das vor? Sie werden es uns sicher nicht freiwillig auf die Nase binden, oder?", warf Stangassinger ein.

„Das werden sie nicht, aber meine Idee ist noch nicht zu Ende. Natürlich können weder Sie noch ich da einfach hineinspazieren und sagen, wir hätten da mal gerne dieses oder jenes gewusst. Wir brauchen hierfür einen Partner, der das kann und dem sie eine Antwort nicht verweigern werden."

„Einen Partner? An wen haben Sie gedacht?" Stangassinger wirkte plötzlich wie alarmiert. Mit hochwachsamem Blick sah er Reiser an.

„Ich dachte an jemanden von einer Zeitung."

„Von einer Zeitung?"

„Ja, von einer Zeitung. Und zwar ein Kaliber, ein Profi, der solche Dinge anzupacken weiß."

„Die Idee ist gut, aber werden wir dann zusammen auch die gleichen Interessen verfolgen?"

Reiser war dieser Gedanke auch gekommen, aber hatten sie Alternativen? „Warum nicht", sagte er, „wenn es für uns beide in Ordnung ist, dass nicht wir, sondern die Zeitung am Ende die Lorbeeren einstreicht, profitieren doch alle."

Stangassinger runzelte die Stirn, ließ ein paar Sekunden verstreichen und sagte: „Ihre Idee gefällt mir, sie gefällt mir sogar immer besser - und wissen Sie warum? Wir schlagen zwei Fliegen mit einer Klappe. Wir erreichen unser Ziel und brauchen den Dreck nicht selbst auszukippen."

„Gut, dann schlage ich vor, Sie bleiben erst einmal im Hintergrund und ich versuche den Kontakt herzustellen."

„Sie haben bereits vorsondiert?"

„Ich denke wir brauchen den Besten, also werde ich morgen im Südverlag nach Harald Brenner fragen."

„Ja, Sie haben recht, *der* könnte es schaffen. Versuchen wir es."

Reisers Gedanken wanderten zurück, als er in den Siebzigern nach Afrika reiste. Später, in den Achtzigern, dann nach Pakistan. Einmal mussten er und sein Kollege zeitig am Morgen von Islamabad nach Peshawar aufbrechen. Ein Fahrer wartete auf sie. Der Verkehr lief nach Regeln ab, die sich Fremden nicht auf Anhieb erschlossen. Sich selbst ans Steuer zu setzen wäre absurd gewesen. Irgendwie und irgendwann erreichten sie ihr Ziel.

Peshawar bestand in seiner Erinnerung aus staubigen Straßen, wenige davon asphaltiert, hin und her hastenden Menschen in langen Kaftanen, dazu unablässig Autos und Motorräder. Lastwagen und Busse in bizarr anmutenden Blechgehäusen. Ja, so konnte man diese Vehikel tatsächlich bezeichnen. Zusammengeflickte Blechgehäuse. Alles glänzte. Plattgeklopfte Coladosen und andere Bleche, die in stundenlanger Arbeit auf das passende Maß zurechtgedengelt wurden. Alle Fahrzeuge waren aufgemotzt durch vielerlei Schnickschnack mit den aberwitzigsten Beleuchtungsvarianten, die man sich kaum hätte vorstellen können. An den Frontscheiben baumelten Figuren, Schmuck, Lichterketten und vieles mehr. Es blieb ein Rätsel, wie die Fahrer durch diesen Trödel hindurch überhaupt etwas sehen konnten. Vielleicht lag darin auch die Ursache für die mehr als gewöhnungsbedürftige, teilweise gefährliche Fahrweise dort. *Würden Sie nur ein paar Wochen hier leben, wäre Ihr Fahrstil der gleiche, glauben Sie es mir,* hatte er irgendwo aufgeschnappt.

Sie hatten bei einer Behörde zu tun. Militär. Da oben war jede Menge Militär zusammengezogen. Eigentlich wollte man sie hochfliegen ins Gebirge zu den Achttausendern. Aber es ging nicht. Es sei zu gefährlich, sagte man.

„Die Russen sind in Afghanistan, wie Sie wissen. Es kommt in den Bergen immer wieder zu Gefechten", erklärte ein Militärchef. „Es ist besser, sich fernzuhalten!"

Wie war das damals gewesen? Für die besonderen Abgaben war bei der Kalkulation ein vorgegebener Wert einzurechnen. Je mehr dieser Abgaben, desto höher der Preis. Die Zeche zahlte letztlich der Staat, dessen Führungsriege korrupt war. *Nützliche Abgaben* gab es also bereits auch zu dieser Zeit. Wer etwas bekam, das wusste er jedoch nicht.

Ganz ähnlich verhielt es sich in Afrika. Reiser verhandelte ein Programm, das von Südafrika finanziert wurde. Abgaben auch in diesem Fall, Empfänger unbekannt. Und so gab es viele Beispiele dieser Art. Korruption war etwas Alltägliches.

Mitte der Neunziger wurde Reiser einmal von einem US-Amerikaner angesprochen, ob SimTech nicht die Sonderabgaben, wie er es nannte, übernehmen könne. Man war gerade dabei, ein Konsortium auf die Beine zu stellen und SimTech sollte darin eine führende Rolle spielen. Bei den Amis stand allerdings schon unter Strafe, was bei den Deutschen noch erlaubt war und sogar steuerlich gefördert wurde. Reiser hatte es abgelehnt. Nicht, weil er plötzlich von einem Unrechtsbewusstsein ergriffen worden wäre, sondern aus ganz praktischen Überlegungen heraus. Hätte er den Anteil der Amis auf seine Preise umgelegt, wären diese unverhältnismäßig hoch gewesen und hätten weit über dem Durchschnitt des Marktes gelegen. Das wollte er nicht tun. Der Kollege meinte darauf hin, dies sei kein Problem, sie würden es dann eben über Firmen im Ausland laufen lassen. Verboten war und unter Strafe stand ja nur, was in den USA passierte.

Von dieser Scheinheiligkeit umgeben, verstärkten die Amis den Druck auf die OECD und erreichten ihr Ziel. Die OECD-Richtlinien zur Abwehr von Korruption im Ausland waren geboren. Die Amis hatten rechtzeitig vorgesorgt, die Europäer nicht. Dies würde den Amerikanern einen Vorsprung im internationalen Geschäft verschaffen. Und welche Antwort gaben die Europäer? Sie versuchten, möglichst rasch aufzuholen. Gefragt waren Ideen, um die bisherige Praxis fortzusetzen. Anders wären die zahlreichen Berichte über Korruptionsfälle nicht zu erklären.

SimTech befand sich da in guter Gesellschaft. Sie wollten ebenfalls weitermachen wie bisher, hatten es aber nicht geschafft!

(11)

Kurz vor 17 Uhr betrat Karl Reiser das Verlagsgebäude. Er war erstaunt darüber, wie leicht es gewesen war, einen Termin mit Harald Brenner zu bekommen. Ein Anruf am Vormittag im Verlag und ohne Probleme war er durchgestellt worden.

„Ich hätte so um 17 Uhr Zeit", hat Brenner gesagt und so war er jetzt hier.

„Wenn Sie bitte kurz warten wollen, Herr Brenner holt Sie ab", sagte die freundliche Stimme an der Rezeption.

Von irgendwoher eilte wenige Minuten später ein Mann auf ihn zu. Mitte dreißig, vielleicht ein wenig darüber, sportlicher Typ, Frisur Freestyle, lässig gekleidet, Jeans, Pulli mit V-Ausschnitt, Ärmel nach oben geschoben, gewinnende Ausstrahlung, taxierte Reiser den Mann im Bruchteil einer Sekunde.

„Harald Brenner", streckte ihm der Mann die Rechte zum Gruß entgegen.

„Karl Reiser", war die ebenso knappe Antwort. Ein fester Händedruck, registrierte Reiser.

„Kommen Sie, gehen wir in mein Büro. Dort sind wir ungestört."

Reiser folgte Brenner in dessen Büro mit dem direkten Aufzug.

„Wollen Sie etwas trinken, Kaffee, Espresso, Wasser? Ich habe alles hier, bin sozusagen Selbstversorger." Brenner zeigte auf eine kleine Espressomaschine.

„Gerne, einen Espresso und ein Wasser." Reiser verbarg seine Überraschung nicht.

„Ich verdanke dieses Büro einer alten Geschichte und ich habe es behalten. Hier bin ich ungestört."

Und unkontrolliert, wollte Reiser beinahe anfügen, schluckte seine Antwort aber hinunter.

„Sie haben am Telefon Andeutungen gemacht, etwas über SimTech zu wissen?"

„Nun, es ist etwas diffiziler. Es geht nicht so sehr darum, was ich weiß, sondern vielmehr darum, was wir gemeinsam mit Ihnen erreichen könnten."

„Sie sagten wir?"

„Geben Sie mir fünf Minuten und ich erzähle Ihnen eine kurze Geschichte. Danach werden Sie meinen oder besser unseren Vorstoß verstehen."

„Schießen Sie los!"

Karl Reiser ließ nichts aus, kürzte aber ein wenig und hielt die Rolle Stangassingers bedeckt.

„Habe ich das richtig verstanden? Sie wollen mich quasi für Recherchen einspannen, die Sie selbst nicht durchführen können? Haben Sie sich eigentlich schon einmal damit beschäftigt, wie die Arbeit eines Journalisten aussieht?"

„Ich verstehe Ihre Skepsis, aber sehen Sie, der Punkt ist ja nicht, dass wir nur etwas herausfinden wollen. Wir wollen feststellen, ob und gegebenenfalls wohin diese Leute Millionen in die eigene Tasche verschoben haben. Das ist die einzige Antriebsfeder, aber wir schaffen das nicht ohne Hilfe."

„Und wie stellen Sie sich eine Zusammenarbeit vor?"

„Wir haben Zugang zu internen Quellen von SimTech und Sie wissen, wie man fehlende Hinweise von anderer Seite beschafft. Dies in den richtigen Zusammenhang gebracht, sollte uns zum Ziel führen. Letztlich wird es Ihr Bericht, Ihre Story in Ihrer Zeitung sein."

„Sie wissen, ich arbeite bereits an dem Thema, sonst säßen wir jetzt vermutlich nicht hier. Sie haben meine bisherigen Artikel dazu gelesen. Es könnte tatsächlich so etwas wie eine neue Qualität hinzukommen, wenn Ihre Vermutungen stimmten und sich am Ende eine noch größere Sauerei herausschälen würde, als der bestehende Skandal für sich ohnehin schon ist. Gesetzt den Fall wir kämen zusammen, könnte dies nur unter zwei Bedingungen geschehen: Sie arbeiten exklusiv mit mir, keine anderen Zeitungen, keine Verlage, kein Fernsehen et cetera, und Sie arbeiten auch dann weiter mit mir, sollte sich Ihr Verdacht nicht bestätigen. Und Geheimniskrämerei gibt es bei mir nicht. Ich lerne Ihren Partner kennen. Vielleicht bleiben Sie das Sprachrohr, aber ich muss auch mit ihm direkt sprechen können."

„Einverstanden, wollen Sie etwas Schriftliches?"

Brenner lächelte: „Nein, das brauchen wir nicht, unser Wort gilt. Glauben Sie mir, es wäre töricht, sich nicht daran zu halten. Ich sage das nur, damit keine Missverständnisse aufkommen."

„Ich werde mit meinem Partner sprechen und Sie anrufen. Vielleicht können wir schon sehr bald ein Treffen zu dritt arrangieren. Den Ort müssten wir allerdings so wählen, dass mein Partner nicht Gefahr läuft, erkannt zu werden."

„Machen Sie sich da keine Sorgen. Der Verlag besitzt nicht nur einen Haupteingang. In mein Büro können wir völlig unbemerkt gelangen. Einer der Vorteile, weshalb ich es behalten habe."

Reiser beschlichen Zweifel, ob er das, was unweigerlich käme auch tatsächlich wollte. Brenner, Stangassinger und er würden SimTech auseinandernehmen und aufdecken, wie Bestechung und Korruption immer schon zur Kultur in diesem Konzern gehört hat. Machten es die anderen sogenannten Global Player aber nicht genau gleich? Stangassingers Erlebnis in Südafrika kam ihm in den Sinn und seine Erfahrungen früherer Jahre bestätigten es auch.

Im Mittelpunkt ihrer Arbeit würden ein paar Manager stehen und nicht der Konzern selbst. Machte das einen Unterschied? Es sind immer die Menschen in einem Unternehmen. Es machte keinen Unterschied, war Reisers Fazit.

(12)

Am 30. Juni 2007 fanden sich gegen 21 Uhr in einem Lokal in der Bräuhausstraße in München ein paar Leute zu einem Abendessen ein. Etwas abseits war ein Tisch für sie reserviert und, obwohl das Restaurant gut besucht war, blieb der Tisch daneben unbesetzt. *Reserviert* war auf einem Schild zu lesen, aber die Gäste schienen nicht zu kommen.

Zwei Männer und eine Frau begrüßten sich mit knappen Worten, nahmen Platz und vertieften sich in die vom Chef des Lokals gereichten Speisekarten.

„Vittorio", fragte einer von ihnen auf Italienisch, „was kannst du uns empfehlen? Speisekarten sind nichts für uns."

Vittorio überlegte eine Sekunde und erläuterte ausführlich, welche Köstlichkeiten seine Küche zu bieten hatte. „Dazu einen guten Roten aus Donnafugata", schloss er seine Lobpreisung.

„Wir nehmen das, und streng dich an!", sagte einer, nachdem sich die drei kurz per Blickkontakt verständigt hatten.

Sie warteten, bis Vittorio sich entfernte und führten, wie es schien, eine fröhliche, angeregte Unterhaltung. Es wurde viel gelacht, ganz so, wie man es von italienischen Touristen erwartet hätte. Nur, sie waren alles andere als das. Und nach dem Dessert steckten sie ihre Köpfe zusammen.

„Wir haben uns also einen Zugang verschafft?", fragte einer der Männer.

„Haben wir", antwortete die Frau lächelnd. „Ich habe mich mit einem der Leute angefreundet."

„Du hast ihn ins Bett gezogen", bemerkte der andere Mann.

„Wir haben brillante Aufnahmen davon. Ich habe sie schließlich selbst gemacht. Würde mich jederzeit als Filmpartner zur Verfügung stellen", sagte er anzüglich auf die Frau blickend.

„Behalt deinen Schwanz bei dir oder suche dir eine Nutte, wenn's nicht anders geht, aber verschon mich mit deinem Schwachsinn. Ich hab's für die Familie gemacht und nicht, um dich aufzugeilen, Drecksack."

„Ist schon gut", beschwichtigte der Mann, „ich hab's nicht so gemeint. Willst du weiter berichten?"

„Okay, halt dich künftig einfach zurück!"

Es war offenkundig, die beiden waren nicht unbedingt das, was man Freunde nennt.

Eines Tages jage ich ihm eine Kugel durch seinen blassen Schädel, dachte die Frau und fuhr fort: „Um es kurz zu machen: Ich habe ihm die Bilder und auch das Video gezeigt und ihm versprochen, den ganzen Mist seiner Frau und den Kollegen in seiner Kanzlei zu schicken, wenn er nicht tut, was ich von ihm will."

„Ist er darauf eingegangen?", fragte der andere Mann.

„Ist er", antwortete die Frau.

„Dann lass hören! Ich fahre nachher noch raus nach Pullach. Der Patrone wartet."

Die Frau entnahm ihrer Handtasche ein Kuvert und schob es über den Tisch. „Darin findest du alles, Bilder und Video auf einem Stick und eine CD mit Kopien einiger aufschlussreicher Protokolle der Polizei."

Einer der Männer gab Vittorio ein Zeichen.

„Ist in Ordnung und grüßen Sie mir ...", er räusperte sich und schluckte den Namen gerade noch hinunter.

„Wir richten es aus", meinte der Mann, „und sag deiner Küche, das Essen war wirklich hervorragend."

Mit einem Nicken verabschiedeten sich die drei und stiegen in einen Wagen, der vor dem Lokal wartete.

Die Frau und der Mann, den sie nicht mochte und dessen Tod sie sich oft als Befreiung vorstellte, stiegen am Hotel Hilton Park aus. Der andere Mann fuhr weiter nach Pullach. Der Fahrer drückte auf den Knopf eines schmalen Gerätes, das per Clip an der Sonnenblende befestigt war, wartete, bis das Tor sich öffnete, und fuhr auf das Anwesen am Isarhochufer. Die ehrwürdige Villa stand inmitten eines kleinen Parks mit altem Baumbestand. Eine von breiten Handläufen gesäumte Treppe aus Granit führte zum Hauseingang im Hochparterre. Der Mann stieg aus, eilte die paar Stufen nach oben und schickte sich gerade an, auf die Klingel zu drücken, als sich die schwere Türe öffnete und ein Mann, gekleidet wie ein Butler oder Hausdiener, den Ankömmling bat, einzutreten.

„Wenn Sie mir bitte folgen wollen!", sagte der Diener leise und bugsierte den Besucher in eines der zahlreichen Zimmer. „Warten Sie bitte hier!", sagte er auf einen Sessel zeigend und verließ gemessenen Schrittes den Raum.

Der Besucher nahm diese Person erst jetzt richtig wahr. Als erstes fiel ihm das Schulterholster auf, das zwar von einem gut geschnittenen Sakko verdeckt war, aber eben nicht ausreichend genug. Es konnte auch Absicht sein, um ihm zu zeigen, dass sein Gegenüber bewaffnet war. Der Mann war breit gebaut und machte einen überaus durchtrainierten Eindruck. Ähnlich wie die Waffe verdeckte die Kleidung des Mannes dessen Muskelpakete nur sehr unzureichend.

Kein Diener, durchfuhr es den Besucher, ein Bodyguard! Kurz darauf fand er seine Vermutung bestätigt. Der Mann mit dem Schulterholster war nahezu geräuschlos zurückgekommen und forderte ihn auf, seine Taschen komplett zu leeren und sich danach mit gespreizten Armen und Beinen gegen die Wand zu lehnen. Er förderte eine Pistole zutage und lehnte sich wie gewünscht gegen die Wand. Geschickte Hände tasteten ihn ab und der Mann bedeutete, ihm zu folgen. Nur wenige Schritte später betraten sie ein weiteres Zimmer mit einer Verbindungstüre. Auf Geheiß setzte er sich in einen der Sessel. Einige Minuten mochte er so gewartet haben, als sich die Verbindungstüre öffnete und ein älterer Herr den Raum betrat. Er machte Anstalten, sich aus dem Sessel zu erheben, aber der Butler bedeutete ihm, sitzen zu bleiben.

„Ich grüße Sie, Patrone", sagte er auf Italienisch.

„Wir sprechen hier deutsch, also tun Sie es bitte auch. Was führt Sie hierher?"

„Patrone, ...".

„Lassen Sie dieses Patrone! Ich habe einen Namen, und wir sind hier nicht im Süden, capish?"

„Sehr wohl", sagte der Besucher, „wie soll ich Sie nennen?"

„Ich heiße Lordano, ist das so schwer?"

„Keinesfalls, Signore Lordano, wie Sie wünschen. Ich bin hier, weil unser Auftraggeber mich angewiesen hat, das Ergebnis unserer Arbeit persönlich bei Ihnen abzuliefern."
„Gut, dann zeigen Sie mir, was Sie haben."
„Hier ist ein Kuvert. Darin finden Sie alles, Bilder und Texte, gespeichert auf einem USB-Stick und einer CD. Eine unserer Vertrauten hat sich an einen Anwalt herangemacht, dessen Kanzlei ein Mandat von einem der überführten Manager besitzt. Die daraus folgende Begegnung in einem Münchner Hotel haben wir dokumentiert. Der Anwalt hat uns Kopien der verlangten Dokumente beschafft. Es handelt sich dabei um sehr aufschlussreiche Vernehmungsprotokolle aus dem LKA in der Orleansstraße. Der Mann wird zu weiteren Diensten bereit sein, sonst entfernen wir ihn oder was immer Sie für Anweisungen haben."
„Gute Arbeit! Kann er die Frau identifizieren?"
„Er kann sie beschreiben, aber sie hat sich im Hotel als seine Frau ausgegeben und deshalb sind Personalien von ihr nicht registriert. Sie war auch, wenn sie mit ihm zusammen gewesen ist, anders gekleidet als sonst. Ebenso waren Schminke, Haarfarbe und Frisur verändert."
„Gut, das sollte reichen. Wenn wir ihn noch einmal brauchen, sprechen Sie mit ihm. Die Frau soll ihm nicht mehr begegnen. Sie können gehen, danke."
Der Mann grüßte, erhob sich, und der Butler brachte ihn zum Ausgang.

Senior Lordano öffnete das Kuvert, schob Stick und CD in ein Laptop, warf einen kurzen Blick auf die Bilder und widmete sich ausführlich den Vernehmungsprotokollen. Ihn interessierten weniger die Details der Geldtransfers; sein Fokus lag auf den Namen der beteiligten Banken.
„Wer sagt's denn", murmelte er vor sich hin. Er drückte eine bestimmte Taste auf dem Laptop, worauf wie von Geisterhand bewegt der Butler im Raum stand. „Francesco, ruf diesen Mann an und sage ihm, ich erwarte ihn morgen früh um neun!"
Der Butler nahm einen Zettel entgegen und verließ das Zimmer.

(13)

Am Vormittag des Tages, als Lordano Einblick in die laufenden Ermittlungen erhalten hatte, betrachteten zwei Männer die Schaufenster eines Sportgeschäftes in der Münchener Innenstadt. Sie schienen unschlüssig, ob sie das Geschäft betreten sollten, als ein dritter Mann die Straße überquerte. Sein Konterfei spiegelte sich kurz in den Scheiben und die Männer folgten diesem Mann wie zufällig in einigem Abstand. Vielleicht vierzig Meter weiter stand das Tor einer Einfahrt einen Spalt breit offen, gerade ausreichend, um den Männern den Durchgang zu ermöglichen. Danach glitt es in seine Ausgangsposition zurück.

Die beiden folgten dem dritten Mann, bis sie einen Lift erreichten, der sie nach oben brachte. Niemand war ihnen auf dem Weg begegnet.

„Machen Sie es sich bequem!", sagte Harald Brenner zu den beiden.

Vinzenz Stangassinger und Karl Reiser blickten sich kurz um und ließen sich auf ein paar bequeme Sessel nieder.

„Ich bin gleich bei Ihnen, schmeiße nur schnell die Espressomaschine an." Zwei Handgriffe später saß ihnen Harald Brenner gegenüber.

„Wir kennen uns noch nicht", eröffnete Brenner die Runde. „Ich bin Harald Brenner und bei unserer Zeitung so etwas wie ein Unikum. Ich gehöre nicht der normalen Redaktion an, sondern bin auf Sonderaufgaben fixiert. Unsere Verlagsleitung hat den Fall SimTech als solche eingeordnet." Er blickte auf Stangassinger und nickte ihm zu.

„Vinzenz Stangassinger. Ich bin Chef der Zentralen Unternehmensführung, kurz ZUF genannt, und der Mann bei SimTech, wie Ihnen Herr Reiser bereits erläutert hat."

„Sie wollen das tatsächlich so machen, wie Herr Reiser mir berichtete. Gemeinsam mit mir, einem Journalisten, diesen ganzen Schmutz aufwirbeln?"

„Ja, wir sehen beide keine andere Möglichkeit. Es fehlt uns ganz einfach das nötige Know-how für Recherchen in diesem Metier.

Wir könnten es vielleicht trotzdem schaffen, aber mit welchem Zeitverzug? Haben diese Leute ihre Verfahren erst einmal hinter sich gebracht, könnten sie von der Bildfläche verschwinden und wir könnten unsere Arbeit einstellen."

„Da haben Sie wohl recht", pflichtete Brenner bei. „Überlegen wir also, wie wir zusammenarbeiten wollen."

Zwei Stunden später war der Rahmen abgesteckt.

„Ich bin optimistisch: könnte tatsächlich eine Riesenstory werden", sagte Brenner und bot ein paar Erfrischungen an. Der Kühlschrank gab Tabletts mit Häppchen frei. „Ihr Schachzug ist auch aus einem anderen Grund clever", sagte Brenner zwischen zwei Bissen.

Stangassinger und Reiser sahen ihn fragend an.

„Ganz einfach: Pressegeheimnis. Ich muss meine Quellen nicht offenlegen, das heißt, Sie bleiben beide im Verborgenen. Niemand wird von unserem Pakt wissen, solange Sie das wünschen. Mit einer einzigen Einschränkung: Ich muss dem Chef unseres Verlages gegenüber offen sein, wenn er es von mir verlangt."

Stangassinger und Reiser verständigten sich mit einem Blick und nickten.

„Dann lassen Sie uns doch die nächste Stunde in medias res gehen. Wissen Sie, ich habe gewisse Möglichkeiten, Quellen, die ich natürlich konsultiert habe. Ich arbeite ja nicht an einer Story, ohne mir vorher die Fakten anzusehen." Brenner fasste zusammen, was ihm der Spezialist einige Tage zuvor mitgeteilt hatte. „Meinen Fundus selbst kann ich natürlich nicht offenlegen, aber glauben Sie mir, es stimmt alles genau so."

„Ich habe ebenfalls in diese Richtung gedacht", sagte Reiser, „es entspricht dem, was man sich früher hinter vorgehaltener Hand auch erzählt hat. Stangassinger hat hierfür nur keine Anhaltspunkte in den Archiven gefunden, was logisch ist. Jetzt sind wir aber einen erheblichen Schritt weiter. Wir müssten irgendwie an die Banken rankommen. Was meinen Sie?"

„Natürlich, das ist nur konsequent und ich sage Ihnen auch, wie wir das machen. Ich lasse mir Termine geben. Ich wäre überrascht, wenn das nicht klappen sollte. Inzwischen könnten Sie mal sehen, ob Sie nicht Kopien der Protokolle aus den Vorstandssitzungen Ihres ZV beschaffen können. Insbesondere jene, bei denen Herr Schrofen teilgenommen hatte. Hier wird es nämlich interessant. Was hat Schrofen und damit der Zentralvorstand wirklich gewusst? Als Chef der Rechtsabteilung wird er seinen Vorstand sicher über brisante Themen informiert haben. Es fällt schwer, sich vorzustellen, die Créme de la Créme bei SimTech sei völlig ahnungslos gewesen. Das glaubt doch noch nicht einmal der kleinste Pförtner. Die Frage ist jedoch: Gibt es hierfür Beweise?"

„Ich werde sehen, was ich tun kann", sagte Stangassinger. „Ich nehme mir auch noch einmal die internen Revisionsberichte vor und gleiche sie mit denen der externen Treuhänder ab."

„Das ist gut; vielleicht finden wir weitere Ungereimtheiten", meinte Brenner. „Herr Reiser, überlegen Sie, welche Details Ihnen aus Ihrem früheren Wirken so in den Sinn kommen. Vielleicht lassen sich auch daraus noch weitere Rückschlüsse ziehen."

„Mache ich", sagte Reiser einfach.

„Einen Vorschlag zum Schluss noch", sagte Brenner, als sie in den Lift stiegen, „wir sollten uns mit Vornamen ansprechen, das gibt nicht so viel preis. Eine Vorsichtsmaßnahme - außerdem sind wir jetzt ein Team!"

(14)

Es war kühl und verhangen, als Harald Brenner nachmittags gegen halb drei den Verlag über einen Seiteneingang verließ. Sein Ziel lag nicht weit entfernt. Langsam schlenderte er die Kaufingerstraße hoch zum Stachus, warf einen Blick in die Schaufenster von *Obletter*, er liebte Spielzeug, und betrat etwas später die Bankfiliale in der Sonnenstraße. Ein Lift brachte ihn nach oben, ein paar Schritte und er war im Sekretariat des Filialleiters.

„Herr Direktor, Herr Brenner", sagte eine Angestellte, als sie ihn ins Büro des Chefs bugsierte.

„Eisner. Kann ich Ihnen etwas anbieten?", stellte sich der Boss der Filiale vor.

„Nein danke, lassen Sie nur", erwiderte Brenner.

„Was möchten Sie von mir wissen, Herr Brenner?"

„Ich recherchiere im Fall SimTech und bin dabei auf Verbindungen gestoßen, die schnurgerade in Ihre Bank führen. Diese Zusammenhänge möchte ich besser verstehen können, deshalb bin ich hier."

„Verstehe. Sie wollen mich aber nicht in eine unmögliche Lage bringen, nehme ich jedenfalls an?"

„In was für eine Lage denn?", fragte Brenner überrascht und registrierte mit Genugtuung, wie unbehaglich sich sein Gegenüber schon jetzt fühlte.

„Sie wollen von mir etwas wissen, das nur unsere Bank und den Konteninhaber etwas angeht. Das kann ich nicht machen. Wir haben immer noch so etwas wie ein Bankgeheimnis, und unsere Klienten genießen absoluten Vertrauensschutz."

„Sehr interessant", sagte Brenner in den Redefluss des Direktors hinein. „Sie wissen schon, was ich fragen will, bevor ich überhaupt eine Frage gestellt habe. Vielleicht überrascht es Sie, aber ich will gar nichts über Ihre Beziehungen zu SimTech wissen, obwohl es hierzu Grund genug gäbe. Ich müsste Sie sonst fragen, ob es Ihnen oder den seinerzeit Verantwortlichen nicht merkwürdig vorgekommen ist, wenn Mitarbeiter von SimTech hier aufkreuzten und Millionenbeträge in bar abgehoben haben, über die Straße gingen und das Geld just bei einer anderen Bank wieder eingezahlt haben. Ich würde Sie weiter fragen, warum Ihnen diese Vorgänge nicht so merkwürdig erschienen, dass Sie im nächsten Moment einen Vorstand oder den Chef der Finanzabteilung um Aufklärung baten. Aber, wie gesagt, ich frage Sie nicht danach. Mir geht es um eine, sagen wir, banktechnische Frage.

Der Bankdirektor verlor ein wenig Farbe im Gesicht und suchte nach einer passenden Antwort.

„Dann sagen Sie mir doch bitte, was Sie konkret wissen wollen", stammelte er schließlich.

„Einen Moment, ich komme sofort auf den Punkt, möchte Ihnen aber vorher noch etwas sagen. Ich besitze einen recht guten Background über die SimTech Affäre. Es wäre deshalb reine Zeitverschwendung, ständig um den heißen Brei herumzureden."

„Nun gut", flocht der Bankdirektor ein, der sich wieder unter Kontrolle hatte, wie Harald Brenner registrierte. „Ich zweifle nicht daran, aber wissen Sie: Kommt es nicht stets auf den Standpunkt an, von dem aus wir die Dinge betrachten? Ist es nicht so, dass manches, was wir heute als richtig ansehen, sich morgen als falsch erweist und umgekehrt?"

Brenner lächelte in sich hinein, genau da wollte er den Herrn von der Bank haben, bereit zu reden, jedoch gewarnt, etwas Falsches zu sagen. Die menschliche Psyche reagiert manchmal durchschaubar einfach. Sie instruiert: Rede, wenn du etwas verbergen willst! Irrigerweise glaubt der Mensch, seine Redebereitschaft signalisiere Kooperation, was den Gesprächspartner milde stimmen und von ungeliebten Themen ablenken würde. Genau an diesem Punkt war sein Gegenüber, über alles Mögliche reden zu wollen, nur nicht über das, was schmerzte, wo Brenner den Finger in die Wunde gelegt hatte.

„Ich möchte von Ihnen wissen, wie es theoretisch möglich wäre, diskret große Summen anzusammeln. Verstehen Sie, mich interessiert lediglich die Antwort auf eine hypothetische Annahme."

„Wenn Sie es nachher nicht so darstellen, als habe ich ihnen quasi einen Bausatz für kriminelle Geldbeschaffung geliefert, kann ich versuchen, Ihre Wissbegierde zu stillen."

„Seien Sie völlig unbesorgt, alles, was Sie mir sagen, bleibt, was die Quelle anbelangt, unter uns."

Als Brenner beinahe zwei Stunden später die Bank verließ, besaß er eine Vorstellung davon, wie SimTech es gemacht haben könnte. Ein Blick auf die Uhr, eine knappe halbe Stunde bis zum nächsten Termin, Zeit genug für einen Cappuccino im *Segafredo* in der Residenzstraße.

Von hier aus war es nur ein Katzensprung zu jener Bank, bei der ein großer Teil der Bareinzahlungen erfolgt ist.

Das Muster wiederholte sich. Der Direktor zurückhaltend bis pikiert. Man habe ganz gewiss nichts getan, was gegen bestehende Regeln und Gesetze verstoßen hätte.

„Wie ich schon sagte", stoppte Brenner die Ausführungen des Mannes, „ich interessiere mich nicht für Schnee von gestern. Ich will lediglich wissen, was ich tun müsste, um größere Summen im Ausland zu deponieren."

Das psychische Raster schnappte zu. Der Bankdirektor wurde friedlicher und die Informationen sprudelten aus ihm heraus, nachdem Brenner den rein hypothetischen Charakter seiner Frage noch einmal untermauerte.

„Mich interessiert nur, wie man es theoretisch machen könnte. Also kein Bezug zu früher, keine Erklärungen, nichts dergleichen!"

Was er zu hören bekam, unterschied sich nicht sehr von dem, was er heute Nachmittag schon einmal vernommen hatte. Die Herren aus dem Bankengeschäft waren Visionäre, was das Beschaffen von Mitteln und das Verschleiern ihres Aufbewahrungsortes anbelangte. Er hatte eine Menge gelernt und freute sich richtiggehend auf das nächste Treffen mit dem Spezialisten.

Was für ein Unternehmen war SimTech, bei dem eine derartige kriminelle Energie Tagesgeschäft und Strategie bestimmten?

Im Internet hatte er ein wenig über die Historie des Konzerns recherchiert. Der Firmenname ging auf den Gründer *Walter Simek* zurück. Simek war einerseits Physiker, aber auch ein Tüftler, der gegen Ende des neunzehnten Jahrhunderts mit der Übertragung von Nachrichten mittels elektromagnetischer Wellen experimentierte. Später gründete er in Berlin die Simek GmbH. Der Schwerpunkt seiner Forschung lag in der Verbesserung der Qualität bei der Übermittlung von Sprachnachrichten. Simek konnte einige spektakuläre Patente anmelden, die lange Zeit für die gesamte Nachrichtentechnik bahnbrechend waren. Aus diesen Anfängen entstand schließlich die SimTech AG.

Eine vorbildliche Story mit schwarzen Flecken, was die Nazizeit anging, aber nach dem Krieg eines der großen, schnell wachsenden Industrieunternehmen Deutschlands.

Im Laufe dieser Zeit musste dann sehr rasch die Idee um sich gegriffen haben, das Wachstum mit allen Mitteln, also auch durch Schmiergelder oder, wie Reiser sagte, durch nützliche Abgaben, zu beschleunigen.

Brenner wusste natürlich aus zahlreichen Recherchen und verfassten Zeitungsberichten, dass SimTech keinen Einzelfall darstellte. Über den ganzen Globus verteilt drangen immer wieder Fälle von Korruption an die Öffentlichkeit. Aus dem Stehgreif war ihm jedoch kein Fall dieser Dimension bekannt.

Das war der Punkt, an dem SimTech heute stand und der das Unternehmen zu zerreißen drohte.

(15)

Das Telefon schrillte exakt um 22:30 Uhr.

„Sie wissen, wer dran ist?", fragte die Stimme, anstatt einen Namen zu nennen.

„Ja", sagte Lordano einfach. Die Stimme war unverkennbar die des Bankdirektors.

„Ich hatte heute Besuch von Harald Brenner."

„Der Mann von der Zeitung?", murmelte Lordano wie zur Selbstbestätigung.

„Genau der. Der Mann weiß einiges. Das kann er nur aus erster Hand haben, und ich denke nicht, dass diese bei SimTech liegt. Er muss eine Möglichkeit gefunden haben, Einblick in die Akten der Polizei zu nehmen. Ich wollte nur, dass Sie das wissen. Unser Gespräch vom Montag gewinnt dadurch an Brisanz."

„Ich denke darüber nach, danke für Ihren Anruf."

Das Gespräch war beendet.

Lordanos Gedanken arbeiteten auf Hochtouren. Natürlich, Brenner, warum hatte er nicht gleich an diesen Mann gedacht? Der war hautnah dran, vielleicht näher als er selbst. Wer war Brenners Quelle? Lordano war eins klar: Brenners Wissen durfte nicht in die Zeitung. Das würde die Leute warnen und es um einiges schwerer machen, an die Millionen heranzukommen. Auf der anderen Seite könnte Brenner ungewollt wertvolle Dienste leisten, wenn es gelänge, seine Informationen anzuzapfen. Dieser Punkt, fand er, sollte nicht allzu problematisch zu lösen sein. Auch wenn die Vorgehensweise seinen neueren Prinzipien widerspräche, aber ein wenig einschüchtern könnte vielleicht schon ausreichen. Falls nicht, würde man mit etwas körperlicher Gewalt nachhelfen. Menschen werden dann meistens einsichtig und tun, was man von ihnen verlangt, und Brenner würde da sicher keine Ausnahme bilden. Besser fand er es allerdings, zumal er eben Gewalt als Mittel ablehnte, wenn es Alternativen gab. Sich Brenners Wissen zu Nutze zu machen ohne dessen Kenntnis, würde nicht nur mehr bringen, sondern auch einfacher zu bewerkstelligen sein. Ein Lächeln umspielte Lordanos Lippen, als er zum Telefon griff.

„Verbinde mich bitte mit ... oder nein, lass es!", sagte er zu Francesco, dem Mann, der Butler und Bodyguard in einem war und sich um sein Wohlergehen kümmerte. Lordano nahm einen Zettel, kritzelte einen Namen darauf, rief Francesco herein und sagte: „Sorge dafür, dass diese Dame an einem der nächsten Tage Zeit findet, sich mit mir in einem Restaurant zu treffen! Nicht die üblichen, ich will nicht, dass man uns dort kennt."

Sein Plan war einfach, aber wirkungsvoll, wie er hoffte. Vor einiger Zeit war ein junger Mann in die Fänge der Polizei geraten, nichts Aufregendes, etwas Cannabis in der Tasche und leider auch ein paar Promille zu viel im Blut. Die Polizei ergriff ihn bei einer Routinekontrolle in einem Etablissement in der Innenstadt, als er versuchte, sich der Kontrolle durch einen gewagten Sprint zu seinem Wagen vor dem Lokal zu entziehen. Die Beamten warteten genau solange, bis er den Schlüssel ins Schloss steckte und den Motor startete. Dann griffen sie zu. Er war einfach zu blöd oder zu voll gewesen, um die Situation richtig einzuschätzen. Als sich im weiteren Verlauf herausstellte, wer der junge Mann war, wurde Lordano von einem seiner Spitzel aus der Polizeiwache verständigt. Ja, so war das, für wenig Geld oder mal einen Gefallen da und dort hatte er sich über die Jahre ein Netz von Informanten aufgebaut, die ihm alles Mögliche zutrugen. Der junge Mann war der Bruder einer Assistentin just in dem Verlag, für den auch Brenner arbeitete. Und das an einer wichtigen Schaltstelle. Sie war so etwas wie die rechte Hand des verantwortlichen Redakteurs für Politik und Wirtschaft. Sie konnte in Erfahrung bringen, was Brenner zu schreiben beabsichtigte oder worüber gelegentlich im kleinen Kreis diskutiert wurde. Er hätte noch andere Fäden spinnen können, wollte es aber für den Augenblick dabei belassen.

Bereits am nächsten Tag machte sich Lordano mit Francesco um die Mittagszeit auf den Weg. Sie steuerten ein kleines Bistro in der Morassistraße beim Deutschen Patentamt an. Viel Betrieb um diese Zeit. Ein kleiner Tisch in der Ecke, Francesco sorgte dafür, dass er mit seinem Gast ungestört blieb.

„Ich grüße Sie. Schön, dass Sie es gleich einräumen konnten", begrüßte er die junge Frau, die bald nach ihm das Lokal betreten hatte.

Damals, als die Sache mit ihrem Bruder geschah, war sie mit einem von Lordanos Leuten bekannt geworden. Wie zufällig war ein äußerst penibel gekleideter Mann wegen einer Bagatelle, wie es schien, in der Polizeiwache aufgekreuzt, in der ihr Bruder festgehalten wurde. Ebenso zufällig schien dieser Mann mitzubekommen, um was es sich handelte, als die junge Frau nach ihrem Bruder fragte.

„Ich sehe", hatte er sie angesprochen, „Sie sind wegen Ihres Bruders in einer, sagen wir, dummen Situation. Wenn Sie wollen, kann ich Ihnen vielleicht helfen, ich bin zufällig Anwalt."

Der Mann sah gut aus, vielleicht knapp vierzig, gewinnendes Lächeln, und so hatte sie ohne zu zögern sein Angebot angenommen. Der Mann sprach daraufhin mit dem Chef der Wache und nur wenige Augenblicke später war ihr Bruder frei.

„Wie können wir Ihnen nur danken", fragte sie.

„Lassen Sie nur, ich helfe gerne, wenn ich kann. Vielleicht sehen wir uns mal wieder und Sie können mir dann einen Gefallen tun?", hatte der Mann nur geantwortet und die Wache mit einem kurzen Gruß verlassen.

Gestern nun hatte sich der Anwalt bei ihr gemeldet und gesagt, sie solle zu einem Treffen in dieses Bistro kommen, einer seiner Mandanten wolle mit ihr sprechen. Also war sie jetzt hier, etwas überrascht von der ganzen Situation, aber auch geschmeichelt, als sie der ältere Herr mit vorzüglichen Manieren bat, Platz zu nehmen.

„Lordano", hatte er sich vorgestellt und dem Kellner ein Zeichen gegeben. „Mein Anwalt hat Sie so vorzüglich beschrieben, dass ich Sie auf Anhieb erkannt habe", säuselte er. In Wirklichkeit besaß er ein Foto von ihr. „Sehen Sie", säuselte er weiter, „ich könnte Ihre Hilfe gebrauchen, nichts Großes, für Sie ein Klacks, für mich aber von einiger Bedeutung."

Die junge Frau sah ihn fragend an, ohne etwas zu sagen. Als sie das Bistro gegen 14:30 Uhr wieder verließ, hatte sie ein Kuvert mit 5.000 Euro in der Handtasche.

Lordano hatte es über den Tisch geschoben, und bevor sie etwas äußern konnte, hatte er schon das Wort ergriffen: „Machen Sie sich keine Gedanken, es ist nur etwas Geld, und junge Frauen haben doch immer ein paar Wünsche. Sie brauchen auch nicht zu befürchten, ich alter Knacker würde etwas Unseriöses von Ihnen wollen. Meine Interessen sind ganz einfach. Bei Ihnen im Verlag arbeitet Herr Brenner und ich möchte gerne wissen, was er so über die Affäre SimTech zusammenträgt, bevor es in der Zeitung steht. Ich verfolge in dieser Sache selber ein paar Spuren, verfüge aber leider nicht über die Quellen eines Harald Brenner. Alles, worum ich Sie bitte, ist mir einen kleinen Wissensvorsprung zu verschaffen. Sagen Sie mir einfach, was in der Redaktion darüber gesprochen wird! Das ist schon alles."

„Aber, ich kann doch nicht ..."

Lordano ließ sie auch jetzt gar nicht erst zu Wort kommen und sagte ganz einfach auf seine charmante Art: „Sehen Sie, wir helfen uns doch nur gegenseitig. Es wird keine Nachwirkungen für Ihren Bruder geben, verlassen Sie sich da ganz auf mich und es wird ja niemand wissen, wenn Sie mir den kleinen Gefallen erweisen."

Ihr Bruder! Irgendwie hatte sie keinen Zweifel an dem, was ihr Gegenüber soeben gesagt hatte. Er würde ihrem Bruder helfen, dafür sorgen, dass nichts an ihm hängen blieb. Was war dagegen schon dieser kleine Vertrauensbruch, den er von ihr verlangte. Er hatte doch recht: Niemand im Verlag würde etwas davon wissen.

„Gut", sagte sie schließlich, „ich mache es."

Lordano lächelte gewinnend. „Es freut mich, es mit einer klugen Frau zu tun zu haben. Wissen Sie, da wo ich herkomme, zählt Freundschaft sehr viel. Sollten Sie einmal Sorgen oder Probleme haben, kommen Sie zu mir, sagen Sie mir, wo der Schuh drückt, und ich werde sehen, was ich tun kann. Jetzt wollen wir aber unser Essen genießen."

(16)

Der Spezialist war die letzten Monate mit weiteren Kopien von Protokollen und Berichten aus der Orleansstraße versorgt worden. Ein Telefonat mit Harald Brenner rundete seinen Kenntnisstand über die Geldbeschaffung insofern ab, als verschiedene Merkmale zwischen dem, was Brenner bei den Banken gehört hatte, übereinstimmten mit den relevanten Abschnitten der ihm vorliegenden Unterlagen.

Seifert war zweifelsfrei der Mann bei SimTech gewesen, der die Fäden in der Hand gehalten und der von seinen grenzenlosen Vollmachten ausgiebigen Gebrauch gemacht hatte. Er war erfinderisch, ein Mann mit großen Talenten. Der Spezialist bat eine Assistentin, ihn mit verschiedenen Rufnummern in der Schweiz, Dubai und Guernsey zu verbinden. Es war nicht nur brisant, es war gewaltig, was sich ihm beim Lesen der Papiere offenbarte.

Laut der Ermittlungsakten begrüßte Albert Kögel am 31. Januar 2003, einem grauen, kalten Freitag, vier der wichtigsten Manager aus seinem Bereich. Ferdinand Seifert, Sebastian Hartl, der Revisionsleiter und ein weiterer Topmanager aus der kaufmännischen Riege waren seiner Einladung in den *Alten Wirt* in Forstenried gefolgt. Das einzige Thema: Beschaffung von Geldmitteln zur Unterstützung der Akquisition.

Also: Beschaffung von Schmiergeld. Seit über fünf Jahren war das zwar strafbar, nicht nur nach den Bestimmungen der OECD, sondern auch nach dem geltenden Recht der Bundesrepublik Deutschland: Aber das schien die Hochkaräter der SimTech nicht zu stören. Anstatt ihren Verstand dafür einzusetzen, wie sie das Unternehmen vor unlauteren Handlungen schützen könnten, wie es ihre Pflicht gewesen wäre, hatten sie anderes im Sinn.

Albert Kögel, immerhin kaufmännischer Bereichsvorstand einer der größten Sparten bei SimTech und damit Herr über viele Milliarden, hatte sich vorgenommen, die alte Schiene beizubehalten und zu diesem Zweck Ferdinand Seifert mit ungeahnten Vollmachten auszustatten. Seifert, seit Jahren Prokurist, war als solcher ohnehin berechtigt, das Unternehmen im Außenverhältnis zu vertreten. Was hinzukam, war die nicht limitierte Vollmacht, Geldmittel in beliebiger Höhe aus dem Unternehmen zu ziehen, um einen Pool für Schmiergelder zu füllen. Damit es funktionieren konnte, waren die anderen drei Herren ebenfalls zu diesem Treffen geladen worden.

Der kaufmännische Topmanager der Runde bedankte sich bei Seifert und hob hervor, wie sehr er es schätze, dass Seifert ihm die Last der Mittelbeschaffung abnähme.

Hartl, Chef des Rechnungswesens, musste eingeweiht sein, denn ohne sein Plazet hätte es aus rein buchhalterischen Gründen natürlich nicht funktioniert.

Der Leiter Audit, Verantwortlich für das Überprüfen und Einhalten von Rechtsvorschriften und internen Anweisungen, sagte zu, sich künftig auf formale Prüfungen zu beschränken, soweit sie Seiferts Aktivitäten beträfen.

Niemand fragte allerdings danach, wie Seifert es bewerkstelligen wollte, und keiner wollte es auch so genau wissen, auch Kögel nicht. Er wollte eine weiße Weste haben, sollte etwas schieflaufen. Wie übrigens auch seine Vorstandskollegen.

Seifert war in diesem Augenblick zum ungekrönten König über zig Millionen geworden. Er war fortan niemandem mehr rechenschaftspflichtig, konnte nach Gutdünken Gelder für den Pool generieren und er allein sollte auch darüber bestimmen, wer aus dem Pool bedient würde.

Kögel und die anwesenden Manager vertrauten blind auf die Loyalität Seiferts und sie waren zutiefst überzeugt davon, das Richtige für SimTech getan zu haben.

„In schweren Zeiten dürfen und können wir nicht hinten anstehen", hatte Kögel gesagt. „Wir müssen tun, was alle tun, oder wir bleiben auf der Strecke. Wenn wir nicht wollen, dass die anderen immer einen Schritt voraus sind, und wir unsere Position am Markt nicht nur halten, sondern weiter ausbauen wollen, dann gibt es keine Alternative."

Niemand widersprach ihm.

Eine denkwürdige Zusammenkunft, dachte der Spezialist. Zweifellos war dies die Geburtsstunde der Affäre SimTech gewesen. Ohne moralische Bedenken hatten diese Leute Kögels Weisungen hingenommen und fern jeglicher Skrupel auch realisiert. Spannend würde es nun für ihn werden, Seiferts Puzzle der systematischen Geldbeschaffung zu knacken. Wie es der Theorie nach funktioniert hatte, ergab sich aus den Unterlagen, die vor ihm auf dem Tisch lagen. Seine Aufgabe bestand nun darin, aufzudecken, wie es Seifert gelungen sein könnte, Geld für sich beiseite zu schaffen und vielleicht auch noch andere damit zu versorgen.

Wenn es tatsächlich so gewesen war: Wohin hat Seifert diese Gelder verschoben?

Für den Spezialisten stand fest: Er musste sich einen besseren Einblick verschaffen, denn das Aktenstudium alleine würde ihn nicht an die Wurzeln des Falles heranführen. Folglich beschloss er, einige von Seiferts Wirkungsstätten aufzusuchen. Was er zu diesem Zeitpunkt nicht ahnte war, dass seine Aktivitäten nicht unbemerkt bleiben würden. Aber selbst er, ein Mann, in dessen Leben die Gefahr zu einem ständigen Begleiter geworden war, konnte die Folgen seines Handelns nicht vorhersehen.

(17)

Sonntag, 15. Juli 2007: Karl Reiser war noch nicht richtig aus dem Bett gekommen, als es schellte.

„Mist", entfuhr es ihm. Stangassinger hatte sich angekündigt. Nun war Vinzenz hier und er turnte noch im Schlafanzug durchs Haus. War spät geworden gestern. Freunde und ein paar Flaschen Toskaner. Er hörte seine Frau zur Tür gehen und beeilte sich.

„Bin gleich unten", rief er.

Etwas zerknittert begrüßte er nur wenig später Stangassinger, der es sich im kleinen Wintergarten bei einem Kaffee bequem gemacht hatte.

„Deine Frau hat mir schon gesagt, dass du heute Morgen noch nicht so richtig auf dem Damm bist", lachte Stangassinger. „Soll ja gelegentlich in den besten Familien vorkommen", fügte er an.

„Nein, nein, geht schon", brummte Reiser und unterdrückte ein Gähnen.

„Ich wollte dich über meine Ausbeute unterrichten, damit du beim nächsten Treffen mit Brenner den aktuellen Stand kennst."

„Schieß los! Bin gespannt, ob wir endlich einen Schritt weiterkommen."

„Es ist mir gelungen, Protokolle verschiedener Vorstandssitzungen einzusehen und ein paar Stichworte zu notieren, die ich später aus dem Gedächtnis ergänzt habe."

„Wie hast du das geschafft?", fragte Reiser neugierig.

„Etwas kurios, zugegeben. Ich war am Donnerstag in der Zentrale und habe den Kopf kurz ins Büro eines ehemaligen Kollegen reingesteckt, der es mittlerweile in diese Riege geschafft hat. Er war nicht da, aber seine Sekretärin kennt mich natürlich von früher. Wir haben ein paar Worte gewechselt und da fällt mein Blick auf einen Schrank, Rollo offen, und was sehe ich da? Mehrere Ordner stehen da, beschriftet, und was steht drauf?"

„Mach's nicht so spannend", flocht Reiser ein.

„*ZV-Sitzungen* war da zu lesen, sorgfältig nach Jahren geordnet. Also frage ich einen Augenblick später die Sekretärin, ob ich mal einen Blick in die Jahre 2005 und 2006 werfen könne. Ich müsse mich auf ein Thema vorbereiten und die Protokolle könnten mir dabei helfen. *Kein Problem,* sagt sie und drückt mir zwei Ordner in die Arme, *Sie können solange in das Büro des Chefs gehen, er ist heute den ganzen Tag außer Haus.* Das lasse ich mir nicht zweimal sagen und verschwinde im angrenzenden Büro."

„Hast du etwas gefunden?", fragte Reiser schmunzelnd, während er sich langsam von seinen Lebensgeistern wiederbelebt fühlte.

„Der gesamte Vorstand weiß schon seit langem von Ungereimtheiten bei bestimmten Konten und dubiosen Zahlungen. Bereits in 2005 hat Schrofen, der Chef der Rechtsabteilung, wie du weißt, die Herrschaften darüber in Kenntnis gesetzt, dass in Liechtenstein gegen einen Mitarbeiter der SimTech wegen des Verdachts auf Untreue ermittelt wird. Der Mann hat dort unter eigenem Namen ein Konto geführt, über das Millionenbeträge gelaufen sind. Jetzt kommt der Hammer! Nachdem SimTech, vermutlich Schrofen, der Staatsanwaltschaft in Liechtenstein mitgeteilt hatte, es liege keine Unterschlagung vor und der Mann habe sich nicht bereichert, ermittelte die Staatsanwaltschaft dort fortan wegen Korruption. Der Name des Mitarbeiters ist zwar in den Protokollen nicht genannt, aber unschwer ist zu erkennen, dass es sich dabei nur um Ferdinand Seifert gehandelt haben kann. SimTech weiß also, was Seifert so treibt und denkt gar nicht daran, diesem Treiben ein Ende zu setzen. Sie stellen ihm vielmehr eine Reihe hochkarätiger Anwälte zur Seite, die das Ding aus der Welt schaffen sollen. Interessant sind auch eine Reihe weiterer Ausführungen Schrofens. Demnach gehört Korruptionen bei SimTech zur Strategie. Wie ein roter Faden ziehen sich Schrofens Berichte durch die Vorstandssitzungen. Verdacht auf Bestechung da und Ermittlungen von Staatsanwälten dort. In allen möglichen Ländern, auch quer durch Europa. Im Juli 2006 hat die Schweizer Bundesanwaltschaft SimTech-Konten bei einer deutschen Bank in Genf beschlagnahmt. Begründung: Ungelöste Zahlungsströme eines Konzernmitarbeiters. Der kam aus dem Mittelmeerraum. Mein Erlebnis damals in Südafrika war keine Ausnahme. Mitarbeiter richten im Ausland Konten auf ihren eigenen Namen ein und füllen diese mit

Firmengeldern. Das kann nicht ohne Wissen ihrer Vorgesetzten bis hin zum Vorstand geschehen sein. Sie verfügen dann über diese Konten nach eigenem Gusto. Bei aller Loyalität: Würdest du mir widersprechen, wenn ich behaupte, da zweigt auch mal einer Geld für sich ab? Nur: wie soll man es beweisen? Gefälschte Belege von etwaigen Empfängern oder ganz einfach eine Erklärung, man habe diesen oder jenen Betrag an diese oder jene Person übergeben, die ihrerseits ein Bevollmächtigter von irgendjemanden gewesen sei. Jeder akzeptiert, dass solche Empfänger keine Quittungen ausstellen. Verstehst du, da ist Tür und Tor geöffnet."

„Ich will dir nicht widersprechen", entgegnete Reiser. „Erinnere dich, was Brenner uns erzählt hat. Manchmal haben sie das Geld an Firmen weitergeleitet. Um das aber ausführen zu können, braucht es entsprechend fingierte Rechnungen, weil es ja keine adäquate Gegenleistung gibt. Erfasst werden diese Beträge vielleicht sogar in den Auftragskosten, vielleicht als Herstellkosten. Damit sind sie aktiviert, das heißt, sie sind als Provisionen nicht mehr erkennbar. Mischbuchungen sind denkbar. Jede Prüfung tut sich fortan schwer, die wahren Zusammenhänge aufzudecken. Ich werde mit Brenner reden. Da müssen wir weiterbohren!"

Stangassinger und Reiser fingen an, in trüben Gewässern der SimTech zu fischen. Was auf dem Grund schlummerte, war nicht zu erkennen. Über Jahrzehnte hin war daran gearbeitet worden, jede noch so winzige Transparenz auszuschalten. Dies konnte seine Wirkung aber nur entfalten, weil es Einvernehmen gab zwischen den unterschiedlichen Verantwortungsbereichen. Vertrieb, Rechtsabteilung, Finanzbereich und Revision bildeten eine verschworene Gemeinschaft, die angeführt wurde von den zuständigen kaufmännischen Chefs der Bereiche.

Reiser erinnerte sich, wie es schon in den Siebzigerjahren einer Art Auszeichnung gleichkam, wenn man als Mitarbeiter in Nuancen in das System der Bestechungsmaschinerie eingeweiht wurde. Es war alles sehr geheimnisvoll gehandhabt worden und man galt irgendwie unausgesprochen als privilegiert, wenn man zu diesem Kreis von Personen zählte. Aber man war auch damals schon so clever gewesen, das Wissen um alle Details und Zusammenhänge niemals vollständig aus der Hand zu geben. Da gab es Personen, die wussten, wer das Geld bekam und andere, die es verstanden, die Zahlungen zu verschleiern. Niemals sollte der Weg des Geldes zurückverfolgt werden können. Obwohl zu dieser Zeit noch völlig legal und sogar als Betriebsausgaben steuerlich absetzbar, empfanden es die Beteiligten als anrüchig, den Konzern mit derartigen Praktiken in Verbindung zu bringen.

Es würde niemals mehr feststellbar sein, wie Milliardenbeträge auf diese Weise ihre Besitzer gewechselt haben. Es gehörte zur Normalität. Und logisch war es irgendwie auch, dass diese Normalität nicht einfach per Gesetz unterbrochen wurde oder gar zum Stillstand kam. Es entspricht der menschlichen Verhaltensnorm, etwas Erfolgreiches nicht einfach aufzugeben. Dies hatten die OECD-Initiatoren nicht bedacht. Oder etwa doch? Die Amis fielen Reiser wieder ein, die schon seit Anfang der Neunzigerjahre offiziell nicht mehr tun durften, was sie dennoch taten. Sie steuerten es über eigens hierfür gegründete Auslandsfirmen, wie man ihm damals berichtet hatte. Dinge, die derart verwoben und undurchschaubar waren, würden niemals aufgeklärt werden können.

Weder Stangassinger noch Reiser zogen in Betracht, dass man bei SimTech sehr genau darauf achtete, dass dies auch so bliebe. Sie würden es nicht erfahren, aber schon sehr bald nach Stangassingers ersten Recherchen wurde man auf dessen besondere Interessen aufmerksam. So wäre es erklärbar gewesen, warum Stangassinger nur sehr unbefriedigende Ergebnisse beim Studium alter Akten erzielte. Wichtige Unterlagen wurden aus den Archiven entfernt und ausgelagert. Wohin, das wussten nur wenige.

„Behalten Sie Stangassinger im Auge", sagte einmal ein Vorstand zu Schrofen.

„Ich werde das Nötige veranlassen", erwiderte Schrofen dienstbeflissen.

Stangassinger ahnte von alledem nichts. Vielleicht wäre er sonst noch etwas aufmerksamer gewesen.

(18)

Die Maschine der Lufthansa setzte sanft auf und rollte zum Abfertigungsgebäude. Dubai International Airport, kurz vor Mitternacht, aber hier schien niemand zu schlafen. Eine Stewardess bat den Spezialisten um einen Augenblick Geduld, die anderen Passagiere verließen inzwischen die Maschine über den Ausgang für First Class Passengers. Nur wenig später näherte sich ein Mann, zeigte dem Sicherheitsbeamten einen Ausweis vor, den er an einer Kette um den Hals trug, und wurde in die Maschine vorgelassen. Zielsicher steuerte er auf den Spezialisten zu. Sie umarmten sich herzlich und wechselten ein paar Worte auf Arabisch.

„Ich freue mich, dich wieder einmal bei uns begrüßen zu können", sagte der Mann mit dem Ausweis in fließendem Deutsch. „Komm mit, unten wartet ein Wagen auf uns!"

Der Spezialist bedankte sich mit einem freundlichen Lächeln und folgte dem Mann die schmale Wendeltreppe rechts an der Brücke hinab zum Flugfeld. Einreiseformalitäten gab es für den Spezialisten nicht und seinen Koffer hatte man schon im Wagen verstaut. Nach kurzer Fahrt erreichten sie eines der Fünf-Sterne-Hotels. Anwar, der Mann mit dem Ausweis, begleitete seinen Gast, den er Ron nannte, an die Rezeption, wo man ihm ohne weitere Formalitäten sofort eine Schlüsselkarte aushändigte.

„Mach es dir gemütlich!", sagte Anwar zu Ron. „Wir sehen uns morgen früh. Ich lasse dich so gegen zehn Uhr abholen. Ist das okay für dich?"

„Bestens", antwortete der Spezialist.

Eine kurze Umarmung und Anwar entfernte sich. Ein etwas älterer Hotelangestellter wartete in höflichem Abstand und geleitete ihn auf ein Zeichen hin zu seiner Suite. Hier war er also. Sein Freund Anwar übte als enger Vertrauter eines Scheichs ein Amt aus, wenn man es überhaupt so bezeichnen konnte, und war damit auch Teil des politischen Machtgefüges. Sie kannten sich bereits aus seiner Zeit beim SEK und später waren sie sich noch oft in seiner Eigenschaft als Sonderermittler begegnet. Jetzt hielten sie immer wieder Kontakt, wenn der eine den anderen bei seiner Arbeit unterstützen konnte. Er führte Aufträge für Anwar in einigen europäischen Ländern aus und umgekehrt war Anwar seine Anlaufstelle im arabischen Raum. Anwar würde ihm auch in diesem Fall weiterhelfen können. Wenn nicht er, wer sonst sollte die verschlungenen Pfade arabischer Netzwerke und Freundschaften kennen?

Das Frühstück war den westlichen Erwartungen angepasst. Man konnte aber auch zwischen zahlreichen arabischen Köstlichkeiten wählen. Ein letzter, zuckersüßer Mokka, als ein Chauffeur in Livree auf ihn zusteuerte. Anwar Al Safi erwartete ihn in seinem Office im Stadtzentrum.

„Mein lieber Freund", sagte er, „du denkst also, die Leute könnten Gelder genommen haben, privat, für schlechte Zeiten sozusagen, die jetzt schon Realität geworden sind. Du musst wissen, die ganze Affäre hat viel Verdruss gebracht, für Freunde von mir, für angesehene Familien. Sie waren, sagen wir, nicht sehr geschickt, vertrauensselig, sagt man auf Deutsch, glaube ich. Sie haben nichts getan, was unseren Staat schädigt. Jetzt natürlich schon, wegen des Ansehens und der Reputation. Die Welt zeigt ja sehr schnell und sehr gerne mit dem Finger auf uns, gerade auch die Politiker in Deutschland, die nichts von uns wissen, nicht verstehen, wie wir leben, welche Werte uns wichtig sind."

„Ich verstehe, was du sagst, Anwar, aber es geht mir nicht um diese Familien, das ist nicht meine Intention. Ich möchte lediglich wissen, wie es die aufgeflogenen Manager zuwege gebracht haben könnten und wohin sie dieses Geld transferiert haben. Wenn jemand einem Scheich etwas weggenommen hätte, würdet ihr ihn nicht auch ohne Gnade jagen, bis ihr seiner habhaft geworden seid, ihm nehmen, was ihm nicht gehört und es dem Scheich zurückgeben?"

„Du bist schlau, mein Freund. Wie kann ich dir helfen?"

„Lass uns mit jemandem sprechen, der mir einen Hinweis geben könnte!"

Bereits am Nachmittag fuhren sie nach Jumeirah, in eines der Beach Resorts. Dubai wuchs. Wie Finger schossen die Tower aus dem Boden und es gab viele Baustellen hier, aber unten am Meer war es angenehm. Sie steuerten ein etwas abseits gelegenes Refugium an. Unauffällige Bedienstete eilten herbei und wiesen auf einer Anordnung bequemer Sessel, die großzügig um einen runden Tisch gruppiert waren. Tee und Kaffee wurden serviert, dazu süßes Gebäck.

Sie mochten vielleicht zehn Minuten so gesessen und die Aussicht auf das Meer genossen haben, als sich ein Mann in weißer, arabischer Kleidung näherte. Um ihn Gefolge, jüngere Männer in dunklen Anzügen, die in Rufweite stehenblieben. Der Mann kam direkt auf sie zu. Der Spezialist nahm die winzigen zu Spiralen geformten Drähte wahr, die über den Nacken zu einem Ohr hinreichten. Bodyguards, kein Zweifel. Anwar ging dem Mann ein paar Schritte entgegen, während der Spezialist abwartend stehenblieb. Sie begrüßten sich wortreich auf Arabisch.

„Das ist Jaavid Faraad aus dem Iran, mit zahlreichen brüderlichen Geschäftsbeziehungen in unser schönes Land. Er lässt sagen, es freue ihn, meinem deutschen Freund einen Gefallen zu erweisen."

Der Spezialist, der langsam nähertrat, ergriff die gereichte Hand: „Sehr erfreut."

„Jaavid Faraad spricht kein Deutsch; Englisch würde gehen und Persisch natürlich, aber er bevorzugt es, wenn ich übersetze, er spricht auch lupenreines Arabisch, seine Wurzeln liegen in dieser Welt. Ist das okay für dich?"

„Selbstverständlich", beeilte sich der Spezialist zu versichern.

Auf eine Handbewegung Faraads hin nahmen sie wieder Platz.

„Du musst wissen", setzte Anwar Al Safi die Unterredung fort, „Herr Faraad kennt den Vorgang sehr genau. Seine Familie hat einem der Herren, die heute von der deutschen Justiz belangt werden, einen Gefallen erwiesen. Das bringt ihn jetzt in große Verlegenheit, weil er sich hierfür erklären muss."

„Ich kenne die Theorie aus Papieren, die mir Freunde beschafft haben. Ich weiß nicht, kann ich direkt fragen, ohne unhöflich zu wirken?"

Anwar Al Safi sagte etwas zu Jaavid Faraad, was dieser mit einem Kopfnicken quittierte. „Nur zu! Herr Faraad ist zwar amüsiert über die Sichtweise der deutschen Justiz, aber er will dir helfen, deine Neugierde zu stillen."

„Warum ist er amüsiert? Sieht er die Zusammenhänge anders als die meisten Menschen, jedenfalls in Deutschland?"

Die beiden tauschten sich in Arabisch aus. Eine schöne Sprache, dachte der Spezialist. Schade, dass ich nur wenige Worte spreche.

Nach einiger Zeit schienen genügend Worte gewechselt zu sein, denn Anwar Al Safi fasste zusammen: „Ich muss etwas weiter ausholen, damit du einen wichtigen Umstand verstehen kannst. Bei uns helfen sich Freunde, das ist nichts Besonderes, es gehört zu unserem Alltag, eine Selbstverständlichkeit. So funktioniert auch unser System, das Modell, wie du es vielleicht nennen würdest, wie die Menschen zusammenleben. Bei euch ist alles perfekt organisiert. Wenn jemand feststellt, dass es da noch einen Bereich gibt, der nicht geregelt ist, fragen sie nicht als erstes, ob es gut wäre, den Menschen diesen kleinen Freiraum zu belassen, sondern sie verwenden sofort viel Energie darauf, auch noch diesen Bereich Regeln zu unterwerfen. Nimm als Beispiel die vielen, als unsinnig empfundenen Verordnungen aus Brüssel. Trotzdem werden sie erlassen und befolgt. Bei uns gilt in erster Linie die Familie als Regulativ. Das mag in jeder Familie in Nuancen abweichend gehandhabt werden, aber im Großen und Ganzen stellt dies eine Einheit dar. Der Staat, bei uns die Monarchie, gibt hierzu nur den Rahmen vor. Natürlich kümmern sich die entsprechenden Organe um die Aufgaben und Befugnisse der Polizei und des Militärs. Natürlich unterhalten auch wir einen Geheimdienst wie ihr und alle anderen Staaten dieser Erde und natürlich gibt es auch bei uns Vorschriften allgemeiner Art, in denen zum Beispiel Steuern, Gesundheitsversorgung oder Wohlfahrt geregelt sind. Bei euch hat die Familie nicht mehr den Stellenwert früherer Jahre, bei uns schon! Genauso ist es mit Freundschaften. Unser Freund im weitläufigen Sinn ist, wer dem Staat hilft und ihn unterstützt, seine Ziele und Vorhaben zu erreichen. So musst du auch dein Thema in diesen Kontext stellen, wenn du eine befriedigende Antwort erhalten willst."

„Ich bin gespannt, wie du mir jetzt gleich erklären wirst, wie Korruption in diesem System Platz findet."

„Warte es ab, es kommt schon noch. Etwas Geduld. Korruption, was ist das? Verstehen wir unter dem Begriff das Gleiche? Prüfe es für dich selbst. Wenn wir jemandem etwas dafür geben, dass er etwas für einen tut, sehen wir das als eine Selbstverständlichkeit an. Tut ihr das Gleiche, sprecht ihr sofort von Korruption. Wie lächerlich ist es, einen schlecht bezahlten Arbeiter der Müllabfuhr dafür zu bestrafen, weil er von einem der Anwohner ein wenig Geld genommen hat? Es kommt auf die Verhältnismäßigkeit an, findest du nicht? Gebe ich einem Richter Geld dafür, dass er ein gefälliges Urteil fällt, dann ist dies etwas anderes. Dann hat er nicht mehr nach dem Recht gehandelt, das jedem gleichermaßen zusteht. Nun zu unserem Thema. Wir haben im Land eine Menge von Bedürfnissen, die wir ohne fremde Hilfe nicht bedienen können. Das meiste müssen wir aus dem Ausland beschaffen. Damit das funktioniert, werden eine Reihe von Menschen tätig, auch viele Berater. Wir brauchen sie als Bindeglied zwischen den Interessenten und uns als Auftraggeber. Sie stellen die Kontakte her, sie kümmern sich um die Prozedere und vieles mehr. All jene, die Aufträge erhalten haben, zahlen diese Berater, führen einen Teil ihrer Umsätze ab. Diese Leute wiederum bedienen nun ihr System. Jeder in der Kette bekommt seinen Teil. Es ist keinesfalls so, wie viele bei euch meinen, dass der den Auftrag erhält, der am meisten bezahlt. Einen Auftrag bekommt, wer das beste Produkt zu den besten Konditionen liefert. Und jeder führt einen Teil seiner Einnahmen ab. Verstehst du, jeder! Es sind zahlreiche Geschichten im Umlauf, die mit der Realität nichts zu tun haben. Was glaubst du, wie viele Leute darüber entscheiden, wer als Lieferant ausgewählt wird? Denkst du, nur eine Person ist mächtig genug, solche Entscheidungen zu treffen? Ich meine jetzt nicht den alltäglichen Kleinkram. Ich spreche von großen Vorhaben, solchen, wie sie diese deutsche Firma abwickelt. Wie viele Menschen, glaubst du, müssten bestochen werden? Das ist absurd."

Der Spezialist war fast geneigt, eine Antwort zu geben, aber er schluckte sie hinunter. Sein Ziel war es nicht, die moralischen

Wertvorstellungen seiner Gesprächspartner zu kritisieren, sondern herauszufinden, wie Geld beiseitegeschafft wurde. Vieles von dem, was Anwar ihm da gesagt hatte, war Unsinn. Er war überzeugt, Anwar wusste das nur zu genau, suchte aber nach Formeln, die das Verhalten von Faraad rechtfertigten. Dieser sagte nichts und nickte nur aufmunternd, Anwar möge fortfahren.

„Ja, die Familie Faraad hat einem Mann aus diesem Unternehmen geholfen. Eines Tages hatte dieser Mann Jaavid Faraad um eine vertrauliche Unterredung gebeten."

„Kann Herr Faraad den Namen des Mannes nennen?", flocht der Spezialist ein.

„Überlege doch mal", fuhr Anwar Al Safi fort, „selbstverständlich könnte er das, aber das eine ist, eine Geschichte zu erzählen, das andere, jemanden zu denunzieren. Herr Faraad würde niemals jemanden denunzieren, das musst du begreifen. Sei also zufrieden mit der Geschichte und ziehe deine Schlüsse daraus!"

Der Spezialist verstand die Beweggründe sehr wohl. Er war nicht zum ersten Mal in einem arabischen Land, aber einen Versuch war es wert gewesen.

„Ist okay", sagte er nur schlicht.

„Dann lass uns fortfahren!"

Die nächsten 30 Minuten berichtete Anwar Al Safi, wie diese Unterredung schließlich in ein System einmündete, das aus Firmen bestand, die der Familie Faraad nahestanden. Es handelte sich dabei um real existierende Firmen in den Emiraten, an denen Faraad teilweise hohe Beteiligungen besaß. In sogenannten Side-Agreements war vereinbart, dass die Gewinne ausschließlich Faraad zustanden. Der Einheimische fungierte tatsächlich nur als Strohmann, was ungewöhnlich erscheinen mochte, aber nicht illegal war. Es gab aber auch Verbindungen nach Guernsey und den British Virgin Islands. Faraad besaß viele Freunde, die ihm gerne gefällig waren. Der Mann aus Deutschland benötigte sehr viel Geld, um Verpflichtungen zu erfüllen und er wollte dieses Geld vertraulich verwenden können. Er musste also einen Weg finden, ein Depot anzulegen, das außerhalb des Konzerns lag und das damit nicht in den offiziellen Statements des Konzerns auftauchte.

Logischerweise war es damit auch dem Zugriff der deutschen Behörden entzogen, an erster Stelle den Finanzbehörden.

„Das wollte dieser Mann, nicht Herr Faraad. Ein feiner Unterschied, aber ein wichtiger. Herr Faraad hat keinen Anlass und kein Interesse, deutsche Gepflogenheiten zu umgehen", hatte Anwar Al Safi erklärt.

In blumiger Ausschmückung und im stetigem Bemühen, die Rolle Faraads herunterzuspielen, blieb als Fazit, dass die Firmen aus Faraads Netzwerk fingierte Rechnungen ausstellten, ohne je dafür Leistungen für den deutschen Konzern erbracht zu haben und ausschließlich nach den Vorgaben des Mannes, dessen Name Faraad nicht nennen wollte. Auf diese Weise wurden zig Millionen generiert, die das Depot füllten. Das passte alles bis ins Detail mit den vorliegenden Aussagen Seiferts zusammen. Folglich konnte der von Faraad nicht genannte Name nur Seifert sein.

„Anwar, sei so gut und frage Herrn Faraad, wie der Mann nun konkret an die Mittel gelangt ist! Bisher habe ich nur gehört, es habe fingierte Rechnungen gegeben, das hieße aber, die Gelder wären im ersten Schritt bei den beteiligten Firmen aufgelaufen."

Anwar Al Safi und Jaavid Faraad unterhielten sich wieder eine Weile auf Arabisch.

„Mein Freund, es war ganz einfach, der Mann hat es sich abgeholt, in bar oder manchmal auch Anweisung erteilt, es auf Konten zu transferieren. Ein kleiner Obolus blieb für die Freunde Faraads zurück, das ist ja selbstverständlich", erklärte Al Safi.

„Selbstverständlich", wiederholte der Spezialist. „Kann mir Herr Faraad die Banken und Konten nennen? Gibt es Quittungen, wenn der Mann es bar geholt hat?"

Anwar Al Safi überlegte, fragte kurz bei Faraad nach und antwortete: „Du kannst die Namen haben. Ich schreibe sie dir nachher auf. Es handelt sich um Banken in Guernsey, hier in Dubai und in der Schweiz. Die Konten liefen auf Firmen. Wenn der Mann solche Transfers anwies, legte er Rechnungen dieser Firmen vor. Zu deiner zweiten Frage, es gibt keine Quittungen. Selbst wenn es welche gäbe, könntest du nichts damit anfangen. Sie wären in Arabisch oder Persisch, je nachdem was gerade passte."

„Ich verstehe", sagte der Spezialist, „es mag zwar Belege in den jeweiligen Firmen geben, Kopien würden für mich aber ohne Bedeutung sein, weil sie keine Spur zu dem Mann legten."

„Ich freue mich, wie schnell du lernst", sagte Al Safi. „Du bist Herrn Faraad sympathisch, deshalb möchte er dir noch einen Hinweis geben. Er meint damit das, was ich dir eingangs schon versuchte zu erklären: Freunde helfen sich gegenseitig. Er hilft dir jetzt, und vielleicht braucht er einmal deine Hilfe, später. Er wird es dich wissen lassen."

„Ich schätze mich glücklich, Herrn Faraad zu meinen Freunden zählen zu dürfen", antwortete der Spezialist mit einem Lächeln zu Jaavid Faraad.

„Siehst du, wie einfach die Welt doch sein kann, wenn es Freunde gibt", seufzte Al Safi mit einigem schauspielerischen Talent. „Du wirst dich bei den Banken und Firmen erkundigen. Achte auf die Konten! Wenn du das geklärt hast, wird der Rest ganz einfach sein. Und Herr Faraad meint auch, ein paar Tage Erholung auf Guernsey würden den Geist und die Seele erfrischen, was meinst du?"

Das Treffen war beendet. Mehr war im Augenblick nicht zu bekommen. Was er mitnahm, war doch eine ganze Menge. Die Bodyguards folgten Jaavid Faraad in gebührendem Abstand.

Anwar Al Safi und er begaben sich in die Lounge, nahmen einen gesüßten Pfefferminztee und Anwar schrieb ihm ein paar Namen auf einen Zettel.

„Ich hole dich gegen halb zehn vom Hotel ab. Wir sollten zum Abschied keinen leeren Magen haben, das verdirbt die Freundschaft. Ach, damit ich es nicht vergesse, Herr Faraad wollte dich noch wissen lassen, dass einer der ehemaligen Manager eine Wohnung hier in Dubai besitzt und sich offiziell in Immobilien versucht. Er hat es mir zum Abschied noch mit auf den Weg gegeben. Es scheint, als schätze er dich. Ich sage dir später beim Essen, um wen es sich handelt."

Der Spezialist war zufrieden. Bei aller Verschwommenheit der Sprache blieb doch eine klare Botschaft zurück: Seifert war hier in Dubai gewesen und hatte zusammen mit Faraad einen Teil seines

Systems zementiert, wenn nicht sogar das Fundament hierfür gegossen. Es führen Spuren nach Guernsey und den British Virgin Islands, die er überprüfen würde und er solle auf die Konten von Banken und Firmen achten *und Briefkastenfirmen*, ergänzte der Spezialist gedanklich. Dies konnte ja nur bedeuten, die Verzweigungen der Geldbewegungen würden ihm dann deutlich werden und er könne daraus Rückschlüsse ziehen, auf welche Weise Geld abgezweigt worden sein könnte. Schließlich gab es noch den Hinweis auf einen der Manager, der in Dubai offiziell als Immobilienmakler tätig war, in Wirklichkeit aber wohl einer anderen Beschäftigung nachging. Wer es war, würde er von Anwar noch erfahren oder er würde es herauszufinden. Es war nicht wenig, was er mit nach Hause nahm.

Ohne ein Netzwerk guter Leute an den richtigen Schaltstellen wäre es ihm unmöglich gewesen, brauchbare Informationen zu bekommen. Der Spezialist fragte sich deshalb, wie viele andere Wissbegierige es geben mochte, die in dieser Angelegenheit exakt den gleichen Kenntnisstand hatten wie er und zu welchem Zweck sie ihn benötigten. Er arbeitete für einen Journalisten. Für wen arbeiteten diese Menschen, wenn es sie überhaupt gab? Er trieb manchmal solche Spielchen. Es half ihm gelegentlich, Parallelwege und Aktivitäten zu erkennen.

Heute halfen ihm diese Überlegungen nichts. Er fand keine plausiblen Antworten auf seine Frage.

(19)

Um 11:30 Uhr schnarrte Reisers Handy. Donnerstag, knallheiß.
„Reiser", sagte er mit einer vor Trägheit triefenden Stimme.
„Ich weiß, kein Vergnügen bei diesen Temperaturen, aber wir müssen etwas besprechen. Bei mir unterm Dach?"
„Okay, wann? Gleich? Von mir aus, bin schon auf dem Weg."
Reiser schmiss sich in ein Taxi und war dreißig Minuten später bei Brenner.
„Ich habe interessante Informationen über eine der Methoden der Geldbeschaffung. Meine Quelle ist sich ziemlich sicher, dass Seifert in Dubai Verbindung zu einem in den Emiraten tätigen Geschäftsmann aufgenommen hat. Der Mann, selbst Iraner, stellt Seifert eigene Firmen und Unternehmen von Freunden zur Verfügung. Diese generieren fingierte Rechnungen und schon sprudelt das Geld aus dem Konzern. Soweit nichts Neues, das wussten wir schon, aber wir kennen nun die Verflechtungen im Detail bis hin nach Guernsey und den British Virgin Islands. Es ist anzunehmen, dass Seifert wenigstens in einer der Firmen Kontenvollmacht besitzt und Beträge nach eigenem Gutdünken in bar oder per Transfer abziehen konnte. Insofern sind sie ihrer Linie treu geblieben. Alles geht letztlich über private Konten oder in bar."
„Wo war das Interesse der beteiligten Firmen?", warf Reiser eine Frage dazwischen.
„Gute Frage. Auch hierzu sind noch weitere Recherchen notwendig, aber ich bin sicher, alleine der Geldfluss war für diese Firmen lukrativ und bescherte Kapitalkraft ohne eigene Leistungen zu erbringen. Stell dir nur mal vor: Die haben auf diese Weise monatelang Millionen zur Verfügung. Es gab auch Provisionen, wie mir mein Partner bestätigte."
„Seifert konnte also Geld für seine Zwecke generieren und damit die schwarzen Kassen füllen oder es beiseiteschaffen. Niemand, der es kontrolliert hätte. Alles sehr aufschlussreich, aber wohin hat er das Geld geschafft?", fragte Reiser.
„Wir beide fliegen nach Guernsey – liegt erfreulicherweise näher als die Virgin Islands. Ich bin sicher: danach wissen wir mehr."

„Einverstanden, das können wir gerne machen. Ich treffe später noch Vinzenz. Sollte er etwas ausgegraben haben, rufe ich an."

Vinzenz Stangassinger nickte zwischendurch bedächtig, unterbrach aber Karl Reiser bei der Schilderung seines Treffens mit Brenner nicht. Wie schon des Öfteren saßen sie im Dolce Sosta.

Reiser schob Stangassinger ein gefaltetes Blatt über den Tisch. „Hier findest du die Namen der Firmen, derer sich Seifert bedient hat. Vielleicht kannst du Vorgänge dazu finden. Wer zum Beispiel hat die diversen Rechnungen anerkannt und zur Zahlung angewiesen? Und warum haben weder die Revision noch die externen Prüfer etwas davon bemerkt?"

„Wenn wir davon ausgehen, dass Korruption systematischer Bestandteil der Firmenstrategie gewesen war, dann kannst du dir die Antwort auf deine letzte Frage selber geben. Von Brenner wissen wir von dem Treffen im *Alten Wirt*. Erinnere dich, der Chef der Revision war mit von der Partie! Da wollte man nichts aufdecken oder, anders ausgedrückt, es wäre nichts aufzudecken gewesen, was der Chef nicht ohnehin schon wusste."

„Und die Externen?", warf Reiser ein.

„Die Externen geben vorher die Themenfelder ihrer Prüfungen bekannt. Die Experten des Netzwerks *Schwarze Kassen* waren nicht nur erfahren im Umgang mit den Prüfern, sie wussten auch genau, wo es Schwachstellen geben konnte und wie diese zu flicken waren. Da kommst du nicht weiter. Sagen wir mal: Keiner der Externen konnte annehmen, dass ausgerechnet ihr Pendant, die Revision, Teil der Verschleierung war. Da schließt sich der Kreis."

(20)

Signore Lordano hatte in seine Villa nach Pullach eingeladen. Anwesend waren die zwei Herren, mit denen er sich bereits im Januar im *Fausto* getroffen hatte. Jeder der Männer steckte ihm zur Begrüßung ein Kuvert zu.

„Wenn du mehr brauchst, sag es uns."

„Wir kommen gut voran", eröffnete Lordano die Runde. „Wir kennen jetzt einen der Wege, wie das Geld beschafft wurde, und wir haben zwei neue Namen im Spiel. Einer ist Harald Brenner, der Journalist, ihr kennt ihn, und der andere ist ein Karl Reiser, ehemaliger Manager bei SimTech. Brenner und dieser Mann arbeiten irgendwie zusammen und stöbern im gleichen Sektor wie wir. Ich besitze eine Quelle bei Brenner, die Information ist deshalb gut. Die beiden waren von Montag bis Mittwoch auf Guernsey. Brenner hat dort eine Firma aufgesucht, und Reiser zur gleichen Zeit eine Bank. Was treibt unsere Freunde um, fragen wir uns? Auch darauf gibt es die Antwort. Die Firma in Guernsey ist Teil einer Kette, die ihren Ursprung in Dubai hat. Ein mir unbekannter Jaavid Faraad hat sich mit einem der SimTech Leute eingelassen, der ihn um Hilfe gebeten hatte. Nun ratet mal wofür? Das Firmennetzwerk Faraads lieferte durch fingierte Rechnungen den Ausgangspunkt für den Abfluss von Geld bei SimTech. Hier kommt nun Guernsey ins Spiel. Die Firma auf der englischen Insel ist lediglich eine Papier- und Briefkastenfirma mit einem Bankkonto. Versteht ihr, meine Freunde? Eigentümer und alleiniger Inhaber aller Vollmachten ist Ferdinand Seifert. Den Namen kennt ihr, der Mann, den die Staatsanwaltschaft ins Herz geschlossen hat. An dieser Stelle, darauf verwette ich meine Golfschläger, hat der Mann eine Menge Geld für sich beiseitegeschafft. Wir werden es ihm wieder abnehmen. Hört mir jetzt genau zu!"

Lordano erläuterte, was die beiden Männer zu tun hätten. „Er hat es bei einer Bank geparkt, also finden wir heraus, bei welcher."

Die Unterredung war zu Ende und Francesco brachte die Männer zur Tür. Ohne sich umzublicken, stiegen sie in den wartenden

Maserati Quattroporte. Sie ahnten nicht, dass Lordano fortan jedes im Wagen gesprochene Wort mithören konnte.

Lordano wartete, bis Francesco zurück war und sagte: „Wenn die beiden das nicht hinbekommen, müssen wir einen anderen Weg gehen."

Francesco nickte wissend und schwieg.

„Ich brauche einen Mann aus dem Süden. Sprich mit unserem Kontakt! Er soll den Besten schicken. Quartiere ihn im *Mandarin* ein! Was er braucht, bekommt er von uns. Er soll völlig unverdächtig anreisen. Den Auftrag bekommt er von mir selbst, wenn es soweit ist."

Auf ein Zeichen Lordanos hin hantierte Francesco an einem Gerät, das einem Kofferradio ähnlichsah. Bald darauf waren deutlich die Stimmen seiner vorherigen Besucher auf Italienisch zu vernehmen: „Was der Alte so daherredet, als wären wir von gestern. Ist ja nicht das erste Mal. Wird doch nicht so kompliziert sein, diese Engländer mit unseren Methoden zum Reden zu bringen. Dieser Monolog der sanften Massage, wie er es nannte! Bloß keine Gewalt! Wir machen es so wie immer! Was zählt, ist letztlich das Ergebnis."

„Ist gut, zeichne den Quatsch der beiden auf und höre es dir später an! Informiere mich, wenn es etwas Wichtiges gibt!"

Lordano, alleine in einem seiner Arbeitszimmer, genehmigte sich einen kräftigen Roten aus Sizilien. Genau was er befürchtet hatte: Diese Leute waren für den Auftrag nicht zu gebrauchen. Sie waren nicht in der Lage, ihre angeborene grobschlächtige Art abzulegen. Unfähig für Diffiziles, so sein Resümee, aber sie wussten bereits zu viel und konnten der Sache schaden und, nicht zu vergessen, sie hatten ihm Geld gegeben, sich sozusagen eingekauft.

Welche Optionen hatte er? Ihnen anbieten, sich herauszuhalten, gegen einen Obolus? Nein, diese Leute waren gierig, sie würden sich nicht mit einem Taschengeld zufriedengeben. Sie unter Druck setzen? Zu kompliziert, er müsste Unbeteiligte mit hineinziehen. Es blieben also genau zwei Alternativen. Eine war, er konnte sie von Leuten aus dem Süden kaltstellen lassen, ihnen einen Aufenthalt in einem Krankenhaus verschaffen, der sie Monate binden würde. Die andere Alternative: Er ließ sie beseitigen. Beides gefiel ihm nicht sonderlich. Im ersten Fall hätte er sich unversöhnliche Feinde geschaffen. Bei Option zwei hätte er die Familien der beiden auf den Fersen. Er wäre aber nicht Lordano gewesen, hätte er nicht eine Idee gehabt, wie die Angelegenheit gewaltfrei zu bereinigen war. Er drückte einen Knopf des Telefons und Sekunden später stand Francesco im Raum. „Rufe bitte meinen Kontakt beim BND an und bitte ihn für heute Mittag in irgendeines unserer bevorzugten Lokale in der Stadt! Sag ihm, ich hätte etwas zu besprechen, das keinen Aufschub duldet!"

Lordano war mit dem Verlauf der Angelegenheit trotzdem zufrieden. Ein wenig Störfeuer gab es immer wieder mal. Dass die beiden nicht geeignet waren, hätte er allerdings wissen müssen. Er arbeitete ja nicht das erste Mal mit ihnen zusammen. Manchmal war ihre derbe Art durchaus von Vorteil, aber für Feinfühliges waren sie einfach nicht zu gebrauchen. Ein Problem war, dass er die Männer so ohne weiteres aber auch nicht ignorieren konnte. In der Organisation gab es Regeln und an diese musste auch er sich halten. Er war der Boss hier in der Region, aber gerade deshalb durfte er seine Leute nicht übergehen. Das war ein ungeschriebenes Gesetz. Anders hätte die Organisation nicht bestehen können. Jeder musste an seinem Platz bedingungslos funktionieren, durfte aber auch darauf vertrauen, dass er seiner Stellung entsprechend behandelt wurde. Und diese beiden Chaoten waren halt so etwas wie Führungsleute, Unterbosse. Gab es Dreckarbeit, sie würden sie ohne viel zu fragen einfach und präzise erledigen. Ohne solche Leute geht es nicht, da war er sich mit seinem Boss in Palermo einig. Er lächelte vor sich hin. Es gab immer eine Lösung.

(21)

Damals im Mai 2003 hatte die Welt noch nicht jene bohrenden, Übelkeit und Kopfschmerzen verursachenden Elemente beinhaltet. Da führte er noch ein sorgenfreies, unbeschwertes Leben, war angesehen im Unternehmen und besaß Vollmachten, von denen andere nur träumten. Millionen liefen durch seine Hände. Er war der Mann, mit dem es sich keiner verderben wollte. Er bestimmte, an wen welche Beträge ausbezahlt wurden. Er beschaffte das Geld und er verwaltete es, und nur er. Niemand, der Rechenschaft verlangt hätte. Niemand, der an Details seiner Transaktionen interessiert gewesen wäre. Sie hatten ihm freie Hand zugesagt, damals im *Alten Wirt*. Er hatte das wörtlich genommen. Nur er kannte die Menge der bereits generierten Millionen und nur er hatte eine Vorstellung davon, wie viele hundert Millionen noch folgen würden, und nur er kannte das System - sein System.

Seine Gedanken schweiften weiter ab, verursachten ein wohliges Empfinden, auch jetzt noch, vier Jahre später, als er hier in der Orleansstraße saß, in einem dieser nüchternen Büros, ohne Komfort, für die Polizei möbliert, zweckmäßig eben, nichts für ihn.

„Können Sie uns etwas dazu sagen, Herr Seifert?", hörte er einen der Beamten fragen, dessen Stimme wie durch Nebel erstickt kaum zu ihm durchdrang, wohl seine Ohren erreichte, aber keine Chance hatte, in sein Gehirn vorzudringen.

Zu real waren die Erinnerungen an früher, fesselten seine Gedanken, gaben keinen Raum für Profanes.

Damals im Mai, glitt er in seiner Bilderwelt wieder zurück, eine Limousine hatte ihn vom Flugplatz in die Stadt gebracht. Hotelservice, üblich für Leute wie ihn. Für die Gäste dort war Geld kein Thema. Sie besaßen schwarze Kreditkarten mit Limits von 100000 Euro oder darüber. Im Hotel gab es alles und nur vom Feinsten. Die Suiten, ein Traum, Blick auf den Genfer See. Er konnte sich alles leisten, hatte von *seinen* Millionen gezahlt, musste schließlich repräsentieren, wer er war, welche Macht er besaß. Seine Gesprächspartner, hochrangige Kunden oder deren Vertreter, hätten alles andere als unglaubwürdig abgetan. So hatte er seinen Lebensstil jedenfalls stets vor sich selbst gerechtfertigt. Zuhause, in Deutschland, passte er sich selbstverständlich an, unterschied sich nicht von anderen leitenden Managern.

Kurz nachdem er eingecheckt hatte, klopfte es an der Tür. Er öffnete, und sie stand vor ihm. Claire Polingo. Eine Frau, wie er sie früher in seinen kühnsten Träumen nicht für möglich gehalten hatte; schon existent, aber für ihn unerreichbar. Er sah ihre leicht geöffneten, vollen Lippen, deren Dunkelrot mit dem Perlweiß ihrer makellosen Zähne kontrastierte, und fühlte, wie ihn heftige Erregung überkam.

„Später", hatte sie gesagt, die seinen Zustand sah und kannte.

„Nein", hatte er gestöhnt, sich an sie geschmiegt, dabei mit beiden Händen ihre üppigen Brüste aus dem von zwei Bändern gehaltenen Top gedrängt. Kein BH, alles Natur. Er liebte große Brüste und wenige Augenblicke später liebte er sie noch mehr, als sie über sein Gesicht strichen, nur leicht, sich wieder entfernten, näherkamen, die Brustwarzen seinen Mund berührten, ihn aufforderten, sie liebkosend mit seinen Zähnen zu umkreisen, sich ihm aber wieder entzogen. Und immer wieder traf die Peitsche mit klatschendem Geräusch, überall, am Penis, der bis zum Zerbersten nach Entspannung lechzte, immer wieder, immer wieder, bis er nicht mehr konnte und seine Sinne, von einer Explosion getrieben, dem Spiel ein Ende bereiteten. Völlig erschöpft und erschlafft lag er auf einer der Couchen. Schweiß bedeckte seinen Körper und leichte Rötungen verrieten die Trefferzonen der Peitsche, eine lange Bullpeitsche, nach vorne hin schmaler werdend, bis sich schließlich ihr Ende in zwei Schlaufen aus Leder verlor. Claire beherrschte ihr Metier und handhabte das Lustinstrument mit viel Sensibilität. Irgendwie liebte er sie, nicht im allgemeinen Sinne, nein, er liebte dieses besondere, unnachahmliche Flair, diese Selbstverständlichkeit, mit der sie seine Wünsche erfüllte. Wieder überkam ihn eine gewaltige Erregung, als er sie so vor sich sah, die schweren Brüste leicht nach vorne geschoben, ein aufreizendes Lächeln in den feuchten Mundwinkeln, beinahe abweisend, die Beine ein wenig gespreizt. Sie leistete keinen Widerstand, als er sie umschlang und mit einem kaum verhaltenen Keuchen seinem Verlangen nachgab.

Staatsanwalt und Polizei sind bisher nicht auf Claire Polingo gestoßen, und so rückte er von der bedingungslosen Zusammenarbeit mit den Behörden großzügig ab. Er erwähnte Claire Polingo nicht. Übrigens wusste selbstverständlich auch seine Frau nichts von ihrer Existenz. So sollte es seiner Vorstellung nach auch bleiben. Er bezahlte sie sehr gut für die geleisteten Dienste, für alle Dienste. Claire Polingo war über Monate von ihm in einem Umfang gebucht, der sie von ihren sonstigen Kunden fernhielt. Das wollte er. Sie sollte nur für ihn da sein, *sein* Geld nehmen, mit ihm reisen, sein Leben versüßen.

Seifert riss sich los, zerrte seine Gedanken zurück in die Gegenwart. Er musste wachsam sein, kontrollieren, was er sagte, keine Fehler machen, an die Zukunft denken. Die Zukunft!

„Was ist denn heute los mit Ihnen?", hörte er wieder die Stimme des Beamten.

„Ist Ihnen nicht gut, sollen wir abbrechen?"

„Nein, nein, geht schon", sagte er. „Es ist nur die Situation, der Stress und alles. Würden Sie Ihre Frage bitte noch einmal wiederholen?"

„Ja, selbstverständlich. Wir hatten Ihnen den Namen einer Firma in Monaco genannt. Was können Sie uns hierzu sagen?"

Seiferts Gedanken rasten, dann vermeinte er zu wissen, was man von ihm erwartete. Kooperation.

Über einen Monat war er bis kurz vor Weihnachten 2006 in der JVA Stadelheim in Untersuchungshaft gesessen. Sie haben ihn freigelassen, weil er bereit war, alles zu sagen und mit der Staatsanwaltschaft zusammenzuarbeiten. Er musste und er wollte auch zeigen, wie bereit er dazu war. Je schneller der ganze Spuk vorüber war, desto schneller konnte er seinen Frieden wiederfinden.

Also sagte er etwas über diese Firma aus, das seinem Bauch entsprang, seinem Gefühl für das, was er glaubte, dass man von ihm erwartete. In Wirklichkeit wusste er nichts über diese Firma, hatte vielleicht mal ihren Namen gehört, aber sie war ganz sicher nicht Teil seines Systems gewesen. Zum damaligen Zeitpunkt war er noch nicht einmal zuständig für den Geschäftsbereich, der mit dieser Firma Verträge geschlossen hatte.

Trotzdem sagte er nach einer Weile: „Ich bin sicher, diese Firma hatte nur Scheinverträge geschlossen, die ausschließlich dazu dienten, Schwarzgeld herzustellen, das zur Bestechung von Auftraggebern, soweit ich weiß aus dem Osten, diente. Es kann sein, dass es auch noch andere Länder betraf, aber ich bin ziemlich sicher, es war hauptsächlich der Osten."

„Was meinen Sie mit *Osten*?", fragte der Beamte dazwischen.

„Russland, Länder, die zum ehemaligen Bereich der Sowjetunion gehörten."

In diesem Moment dämmerte ihm ein Deal seiner ehemaligen Kollegen. Es war gut möglich, dass sie den Namen dieser Firma verwendet hatten, um Geld für sich selbst abzuziehen. Dunkel erinnerte er sich an einen Vorgang, wo angeblich größere Beträge, so um die 25 Millionen Dollar, in bar gebraucht wurden, für einen Deal mit Handys. Er hatte sich angeboten, war aber zurückgewiesen worden, man hätte eigene Quellen, und in diesem Zusammenhang war dann der Name dieser Firma gefallen, eine Consulting Firma, wenn er sich recht erinnerte. Einer seiner damaligen Mitarbeiter war zwar involviert, aber er selbst nicht. Die haben sich 25 Millionen unter den Nagel gerissen, an mir vorbei, sinnierte er. Schweinerei, und ich hab's nicht gemerkt! Je mehr er darüber nachdachte, desto sicherer war er. Dieser Berater aus Monaco war überhaupt nicht im Geschäft mit Handys und schon gar nicht in der Schweiz, wo der Deal abgewickelt worden sein soll. Das konnte er jetzt allerdings nicht sagen, das erwartete man nicht von ihm. Also blieb er bei seiner Story.

Einen kleinen Seitenhieb gegen seinen ehemaligen Mitarbeiter wollte er aber noch lancieren: „Fragen Sie doch ...", Seifert nannte einen Namen, „der könnte vielleicht mehr dazu sagen. Ich war nicht ständig in alle Details des Tagesgeschäftes involviert. Die Zeit hätte ich gar nicht gehabt, deshalb hatten ja einige Mitarbeiter ebenfalls weitreichende Vollmachten."

Seifert erfuhr nichts über die Bewertung seiner Aussage durch die Staatsanwaltschaft.

„Der gefällt sich in seiner Rolle als Kronzeuge. Wir müssen höllisch aufpassen, sonst erzählt der uns alles, was wir hören wollen und nicht, was sich tatsächlich zugetragen hat."

Und das LKA hatte festgehalten: *Details zwischen der Aussage Seiferts und den Ergebnissen unserer Recherchen stimmen nicht überein.*

Staatsanwalt und Polizei wussten selbstverständlich um das Phänomen, dass Beschuldigte, einmal in die Enge getrieben, manche Sachverhalte gänzlich erfinden oder bruchstückhafte Erinnerungen aufpäppeln.

Gertrud Hölzl, Oberstaatsanwältin und Chefin des Teams *Sim-Tech*, erließ deshalb die Order, zweifelhafte Aussagen von Beschuldigten durch weitere Quellen abzusichern. Das bedeutete zusätzliche Arbeit, die Zeit kostete. Zeit, die den Ermittlern fehlte, wenn sie zu schnellen Ergebnissen kommen wollten. Komplexe Zusammenhänge aber verlangen nach akribischer Genauigkeit. Sie zu entwirren wird andernfalls zunehmend schwieriger, vielleicht sogar unmöglich.

Die Anwälte der Beschuldigten wussten dies auch. War es also denkbar, dass Taktik den Wahrheitsgehalt der Aussagen bestimmte? Dies würde ein ungelöstes Rätsel bleiben, die Arbeit von Staatsanwalt und Polizei aber entscheidend beeinflussen und eine lückenlose Aufklärung am Ende sogar verhindern. Gertrud Hölzl mochte soweit nicht gehen, aber ausschließen konnte sie es auch nicht.

(22)

Der Juli war verstrichen und der Sommer schien den August übergangslos in Besitz zu nehmen. Reiser saß im Schatten einiger Bäume und dachte nach. Ziemlich verwirrend, was die Zeitungen und Magazine immer noch aufwirbelten. Manches war wiedergekaute Kost, alles schon mal geschrieben, aber mit neuen Facetten versehen, Erfindungen der Journalisten oder Redakteure, Halbwahrheiten und Spekulationen.

Es war zu lesen, die Staatsanwaltschaft sei zu dem Ergebnis gekommen, die Akteure hätten sich nicht persönlich bereichert und man habe deshalb die Ermittlungen in diese Richtung eingestellt.

Interessant, dachte Reiser, worauf sich wohl ihre Erkenntnisse stützten? Welcher Schaden war dann wirklich entstanden? Wer war tatsächlich materiell geschädigt? *Vielleicht der Fiskus*, schrieb er gedankenverloren auf ein Blatt Papier. Er hatte sich einen Stapel davon mit in den Garten genommen. Sondieren, aufschreiben, wegwerfen - bis am Ende vielleicht etwas Brauchbares übrigblieb.

War der Fiskus wirklich geschädigt worden? Soweit Beträge der schwarzen Kassen als Betriebsausgaben durch die Bücher gelaufen waren, war dies mit einem *Ja* zu beantworten. Solche Ausgaben schmälerten den zu versteuernden Gewinn. Dagegen könnte man anführen, wie es die Beschuldigten getan haben, dass es ohne die Bestechungsgelder auch weniger Aufträge gegeben hätte. Also auch weniger Steuern aus den Auftragsgewinnen. Das Zweite kann man nicht belegen, das Erste schon.

Der Konzern war allenfalls ideell geschädigt, wenn überhaupt. Der Konzern: Das sind in diesem Fall einzelne Personen, denen Gerichtsverfahren ins Haus stehen. Das Unternehmen selbst bleibt streng genommen ziemlich unberührt. Ein Bußgeld in Millionenhöhe - von 200 Millionen war in diversen Blättern zu lesen. Im Gegenzug kam es zur Einstellung eines strafrechtlichen Verfahrens. Staatsanwalt und Konzern einigen sich. Die Idioten bleiben die Akteure und vielleicht jedoch noch nicht einmal das, wenn sie mit

Bewährungsstrafen davonkommen, und dafür gab es nach Ansicht zahlreicher Juristen, Strafrechtler, gute Chancen.
Persönliche Bereicherung ausgeschlossen, Gewinnermittlung korrigiert, Steuern nachbezahlt, fertig. Wo ist das Problem? Es wird bis in die Konzernspitze hinein neue Stellenbesetzungen geben, Experten werden neue Richtlinien und Überwachungsmechanismen installieren. *Sonst noch etwas?*, fragte sich Reiser sarkastisch. Früher oder später werden dann die Neuen fortführen, was die Alten vorgemacht haben, aber anders, cleverer, wie sie meinen, bis zu dem Tag, wo sich das Spiel wiederholt. Vielleicht lernen sie aber auch dazu und lassen es. Aber: Wie ist die Welt da draußen? Die Welt der Auftraggeber? Werden sich Menschen tatsächlich ändern? Sollte man nicht schleunigst darangehen und Korruption in einem völlig neuen Stil, in anderen Mustern und Modellen sehen? Wenn dies gelänge, könnte tatsächlich eine reelle Chance bestehen, den Kampf gegen sie zu gewinnen.

Es war Urlaubszeit, aber er musste mit Stangassinger und Brenner reden. Wie weit waren sie bisher gekommen? Gab es überhaupt eine Chance, ihr Ziel zu erreichen?

Vor einer Woche hatten Brenner und er ein paar Tage in Guernsey zugebracht. Ein Konto einzurichten war überhaupt kein Problem gewesen. Er hatte es getestet und war nun im Besitz eines solchen Kontos. Dass er zufällig keinen Pass mit sich führte, schien den Mitarbeiter der Bank nicht sonderlich zu stören. Er hatte seinen Führerschein vorgelegt, vielleicht hätte es auch ein anderes Dokument getan.
Brenner hatte inzwischen die von Faraad genannte Firma aufgesucht. Er habe den Eindruck gehabt, dass man ihn dort bereits erwartete, schilderte Brenner seine Begegnung. Ohne Umschweife bestätigte man ihm, was er ohnehin schon wusste. Alles Geld, abzüglich einer kleinen Marge, das nach mehreren Zwischenstationen bei dieser Firma landete, war entweder auf ein von Seifert benanntes Konto einer weiteren Firma auf Guernsey transferiert oder gegen Quittung in bar mitgenommen worden. Das Konto Seiferts

war von der gleichen Bank ausgestellt, bei der er, Reiser, das Testkonto eröffnet hatte. Die andere Firma war nicht mehr als eine Briefkastenadresse gewesen mit Seifert als Inhaber. So war er auch der alleinige Bevollmächtigte des Bankkontos.

Diese Briefkastenfirma gab es nun nicht mehr, und ebenso war das Konto gelöscht. Vermutlich eine Reaktion auf die Vorfälle in Deutschland, entweder noch von Seifert veranlasst oder durch die Staatsanwaltschaft in München über Amtshilfe beantragt.

Wohin die Millionen diffundiert waren, wusste außer Seifert niemand. Seifert war mehrmals in Begleitung einer Frau, etwa Anfang bis Mitte dreißig, langes dunkelbraunes Haar, schmales Gesicht, mandelförmige Augen, gesehen worden. Brenner hatte das in dem Hotel herausgefunden, das Seifert regelmäßig benutzt hatte. Sie waren meistens für einige Tage geblieben und hatten sehr großzügig gelebt, auch mit Trinkgeld hatten sie nicht gegeizt, und das prägte sich natürlich bei den Angestellten ein. Der Name der Frau war nicht bekannt, das Zimmer stets auf Seifert gebucht worden. Einer der Kellner meinte zwar gelegentlich den Namen Claire gehört zu haben, aber sicher war er sich nicht. „Zu viele Gäste, wissen Sie", hatte er gesagt.

Reiser bekam seine Kollegen nach ein paar Versuchen an die Strippe. 19:30 *Eisbach*, das Lokal gleich hinter der Oper.

„Das Problem ist", kam Brenner sofort zur Sache, „wir haben jetzt zwar eine recht gute Vorstellung davon, wie Seiferts System funktioniert hat, wir hängen aber an dem Punkt, wo es um seine privaten Transfers geht. Ich gehe sogar noch einen Schritt weiter und lege mich fest: Eine Melkstelle lag in Guernsey. Seifert konnte dort jeden beliebigen Betrag beiseiteschaffen, zum Beispiel auf das Konto eines Strohmannes."

„Der das Geld an Seifert zurückgab oder ihm eine Kontenvollmacht einräumte", fügte Reiser hinzu.

„Aber damit dürfte es doch so gut wie unmöglich sein, diesen Geldern jemals auf die Spur zu kommen", schloss sich Stangassinger an.

„Schwer, aber nicht unmöglich", sagte Reiser und Brenner nickte beifällig. „Wenn man in die Bewegungen auf Seiferts Konto in Guernsey Einsicht bekäme, könnte es gelingen, den oder die Strohmänner zu identifizieren", ergänzte Reiser.

„Nahezu aussichtslos sehe ich das bei den Barabhebungen", meinte Stangassinger.

„Ich stimme dir zu, aber nur bedingt. Sehen wir es doch mal so: Seifert holt sich Riesensummen in bar. Was bitteschön macht er mit dem Geld? Er fährt es doch nicht im Auto spazieren und mit sich herumschleppen kann er es auch nicht. Ergo, ein Teil des Geldes, und zwar der kleinere, bleibt in bar verfügbar, den größeren Teil zahlt er bei einer Bank ein. Bei welcher Bank, fragen wir uns? Auch das wäre herauszubekommen, hätten wir Einblick in Seiferts Reisetätigkeit", führte Reiser seinen Gedankengang fort.

„Diese Überlegungen wird doch die Staatsanwaltschaft auch angestrengt haben und trotzdem schließen sie aus, dass die Leute etwas genommen haben", sagte Brenner.

„Schließen sie es aus, weil sie das Problem der Beweislage erkannt haben", ergriff Reiser wieder das Wort, „oder weil dies nicht zum Deal mit SimTech passen würde?"

„Hinzu kommt", meinte Brenner, „die Staatsanwaltschaft müsste im Ausland ermitteln und in Bankkonten herumschnüffeln. Das dürfte einigermaßen schwierig werden, also lassen sie es. Sie lassen es vielleicht auch deshalb, weil sie einen Verdacht haben, wohin dieses Geld geflossen sein könnte, nämlich in ein Land, wo sie sich die Zähne ausbeißen würden. Sie lassen es, weil das den gesamten Prozessfortgang belasten und hemmen würde."

„Wir brauchen also Seiferts Reiseplanung", dachte Stangassinger laut und fügte mit Blick auf Brenner hinzu:

„Könntest du da nicht rankommen?"

„Okay, ich werde es versuchen. Ich möchte euch aber vor zu großen Erwartungen warnen. Wenn Seifert die Konten tatsächlich von Strohleuten einrichten ließ, kommen wir mit der Reiseplanung auch nicht weiter."

„Das verstehen wir, aber sollten wir nicht jeder noch so vagen Spur nachgehen?", meinte Stangassinger.

„Gut, dann lasst es uns versuchen." Brenner gab der Bedienung ein Zeichen. „Ich darf euch einladen", sagte er, „der Verlag freut sich, so honorige Leute zu seinen Partnern zu zählen."

Zu Hause kam Reiser eine Idee. Umgehend rief er Brenner an: „Entschuldige, mir geht noch eine Frage durch den Kopf."
„Lass hören!", sagte Brenner.
„Angenommen Seifert hat das Geld nicht auf Konten eingezahlt, sondern in Schließfächern deponiert oder in Gold oder Immobilien angelegt oder eine Mischung aus allem, wie wollen wir es dann finden?"
„Jetzt sage ich dir etwas, das du gleich wieder vergessen kannst. Klartext: Wir finden es überhaupt nicht, egal wie Seifert es konkret gemacht hat. Uns fehlt einfach das Know-how dafür. Auch ich komme da nicht weiter, also werde ich mit einer meiner Quellen reden. Wir brauchen jemanden, der über rein theoretische Überlegungen hinaus praktische Erfahrung hat und weiß, wie man so etwas angeht."

Für einen Augenblick ließ Reiser seine Gedanken wieder um die Idee kreisen, wie Korruption vielleicht einzudämmen wäre. Lass die Leute tun, was sie ohnehin tun, überprüfe jedoch ihre Leistungen und Preise durch unabhängige Gremien, in einem Auswahlverfahren, von dem keiner weiß, wann es ihn trifft? Schmiergelder wären dann nicht mehr so ganz einfach hinter überhöhten Preisen oder fingierten Aufträgen zu verstecken. Würden die Unternehmen nicht sehr schnell die Lust daran verlieren? Sie werden dagegen sein, solche Ideen auch nur im Ansatz aufzugreifen. Sie werden sich nicht ändern, weder die Unternehmen noch ihre korrupten Auftraggeber. Es steht zu viel auf dem Spiel.

(23)

Die Regionalnachrichten verbreiteten die Story über den Äther. Der Zivilstreife eines Sonderkommandos waren in der Nacht bei Aachen zwei Drogenkuriere ins Netz gegangen. Im Fahrzeug der Männer wurden Halluzinogene im Wert von mehreren tausend Euro gefunden. Die Männer beteuerten ihre Unschuld, es half ihnen aber nichts. Auch in ihrer Kleidung wurden kleinere Mengen der Stoffe in Tütchen verpackt vorgefunden.

„Sie können gerne einen Anwalt anrufen, ansonsten verschonen Sie uns bitte mit Ihren Beteuerungen", hatte einer der Beamten schließlich gesagt. Dieses Gewinsel war ihm einfach zu viel geworden.

Da war nichts zu machen: Diese Burschen waren unbestechlich und nicht zu beeindrucken.

„Gut", sagte einer der beiden Männer, nachdem feststand, dass weiteres Lamentieren ihre Lage nur verschlechtern würde, „ein Telefonat bitte!"

Einer der Beamten schob dem Mann das zuvor abgenommene Handy über den Tisch: „Drei Minuten, halten Sie sich daran!"

Es mochte so gegen vier Uhr morgens gewesen sein, als Francesco den Anruf entgegennahm.

„Ich habe verstanden", sagte er nach einer Weile. „Ich werde sehen, dass wir Ihnen einen Anwalt zur Verfügung stellen."

Minuten später sprach Lordano mit jenem Anwalt, der vor einiger Zeit der jungen Frau geholfen hatte. „Ich will diese Leute für eine Weile aus dem Verkehr ziehen. Tun Sie also etwas für sie, aber so, dass sie die nächsten Monate nicht zu gebrauchen sind. Ich will, dass sie selbst zu dieser Einsicht kommen."

„Ich habe verstanden, Signore Lordano. Verlassen Sie sich ganz auf mich."

Das war erledigt. Ist gut, wenn man Freunde hat, sagte er zu sich selbst. Sein Kontakt beim BND hatte zuverlässig gearbeitet. Bei Gelegenheit würde er sich erkundigen, wie sie es gemacht hatten.

Das Zeug im Wagen zu platzieren war einfach, aber in den Klamotten? Das interessierte ihn.

„Francesco", rief Lordano, „frag bitte im *Mandarin* nach, ob unser Mann aus dem Süden schon eingetroffen ist, und reserviere für 13 Uhr im Hotelrestaurant!"

Lordano wollte die Dinge beschleunigen. Er war nur an den Millionen interessiert. Komplikationen liebte er nicht. Sie waren nicht vorauszuplanen. Es behagte ihm auch nicht, dass die Angelegenheit sich in gewisser Weise verselbständigte und er deshalb gezwungen war, andere mit einzubinden. Es war klar: Seine Freunde in Palermo waren jetzt hellhörig. Sie schickten ihm einen Mann. Hoffentlich war er gut. Dieser Freundschaftsdienst würde selbstverständlich auch die Provision der Familie erhöhen. Es gab nichts umsonst. Auch der *Vermittler*, der bei solchen Personalthemen immer dazwischengeschaltet war, würde mehr bekommen.

Und natürlich auch der BND würde sehr schnell etwas von ihm erwarten, und er war bereit, es zu geben, gleich, was es wäre.

Und dann war da noch Brenner. Eine beschissene Situation!

(24)

Die Maschine spuckte ihre Passagiere aus. Niemand nahm Notiz von dem adrett gekleideten, südländisch wirkenden Mann im beigen Anzug. Die elegante dunkelbraune Ledertasche lässig in der Rechten, eilte er auf den Ausgang des Flughafenterminals zu. Er wartete, bis er an der Reihe war, stieg in ein Taxi und sagte: „Hotel Fermain Valley".

Er war nicht das erste Mal auf Guernsey. Das neue Terminal, mittlerweile mit Architekturpreisen ausgezeichnet, war damals noch im Bau gewesen. In St. Peter Port, der Stadt selbst, schien sich nicht sehr viel verändert zu haben, wie er während der viertelstündigen Fahrt feststellte. Da und dort vielleicht ein neues Gebäude, ein neuer Blickfang, aber so genau war ihm die Gegend nicht im Gedächtnis haften geblieben.

Vor Jahren hatte er einen Auftrag zu erledigen. Ein unliebsamer Zeitgenosse war der italienischen Polizei aufgefallen. Eine protzige Yacht hatte sich ihren Weg zur Anlegestelle in Palermo gebahnt. Für sich betrachtet nichts Besonderes. Solche Boote gab es öfter. Was den Behörden auffiel, war die Frequenz, mit der das Schiff immer wieder den Hafen ansteuerte, ein paar Stunden oder mal für eine Nacht blieb, um dann hurtig den Kai wieder zu verlassen. Eines Tages hatte die Hafenpolizei den Bootsführer festgesetzt und die Yacht regelrecht auseinandergenommen. Sie waren fündig geworden. Kiloweise Koks. Der Mann wusste natürlich von nichts, und ein paar clevere Anwälte hatten ihn schnell wieder frei. Bei dem Deal soll allerdings eine Menge Geld geflossen sein, das erzählten sich die Leute auf der Straße.

Nach dieser Episode wurde der Mann nie mehr gesehen, auch seine Yacht blieb Palermo fern. Jemand, der sehr einflussreich war und seine Absichten durch den Mann mit der Yacht gefährdet sah, hatte damals den Südländer mit einer Mission beauftragt. So war er nach Guernsey gekommen, wo dieser Mann ein stattliches Anwesen bewohnte. Mit guten Manieren ausgestattet, hatte er sich ordentlich angemeldet und gesagt, in wessen Auftrag er nach einem Termin verlangte. Die bloße Nennung seines Auftraggebers verschaffte ihm noch in derselben Stunde Zugang. So war er dem Mann mit der Yacht gegenübergesessen.

„Ich soll Ihnen bestellen", hatte er gesagt, um sofort ohne Umschweife auf den Punkt zu kommen, „mein Auftraggeber ist sehr betrübt und versteht nicht, warum Sie seine Anordnungen nicht respektieren."

„Seine Anordnungen? Welche Anordnungen? Wieso glaubt Ihr Auftraggeber überhaupt, ich müsse Anordnungen von ihm befolgen?"

„Ich werde es Ihnen erklären", hatte der Südländer geantwortet. „Mein Auftraggeber wünscht keinen Drogenhandel in seiner geliebten Heimat. Sie wussten das, meinten aber, clever zu sein und sich einen Dreck um dessen Wünsche scheren zu müssen. Ist es nicht so? Sie wollen seine Ansichten nicht respektieren. Schade für Sie!"

„Ich werde Ihnen jetzt mal etwas sagen ..."

Der Mann mit der Yacht war nicht mehr dazugekommen, ein weiteres Wort hervorzupressen, und der Südländer hatte noch am gleichen Tag Guernsey verlassen. Die Leiche des Mannes ist wenig später von Hausangestellten gefunden worden. Asthmaanfall oder Herzinfarkt, vielleicht auch beides, hatte der herbeigerufene Arzt diagnostiziert, ein alter Mann im Ruhestand, der sich hin und wieder ein wenig hinzuverdiente. Die Familie des Mannes zog fort, sie wollte nicht mehr auf Guernsey leben.

Sein Auftrag dieses Mal war anders gestrickt. Eine einfache Sache, aus seiner Sicht.

„Keine Gewalt!", hatte ihm Signore Lordano eingeschärft. „Ich will nicht, dass Leute anfangen, nachzudenken, warum gerade einem Banker im fernen Guernsey ein Missgeschick widerfahren ist."

Wenn Signore Lordano das so anordnete, wird er seine Gründe haben. Nicht seine Sache, darüber nachzudenken. Er führte nur Aufträge aus und er machte seine Sache mehr als gut. Niemals einfache Sachen, immer irgendwo ein Haken, den es zu lösen galt. Das war seine Spezialität. Die Familie zahlte ihn fürstlich für seine Arbeit, aber noch mehr für seine absolute Verschwiegenheit.

Signore Lordano war ein wichtiger Mann, soviel wusste er, das war alles. Er besaß ein geschliffenes Auftreten, beherrschte ohne Mühe den Wortschatz eines Akademikers, konnte sich aber auch im derbsten Slang unterhalten - was gerade erforderlich war. Studiert hatte er in Cambridge, besaß zwei akademische Grade in Wirtschaft und Philosophie. Wenn man ihn so sah - modischer Anzug, Hemd, Krawatte und Schuhe aufeinander abgestimmt, schlank, etwa einsachtzig, das schwarze, seidig glänzende Haar von ein paar Naturwellen getrieben, glatt nach hinten gekämmt, typisch südländischer Teint, starker Bartwuchs, und, unschwer zu erkennen, einen durchtrainierten Körper - hätte man ihn eingereiht in die Rubrik erfolgreicher Anwalt, Makler oder Banker. Das war er nicht, hatte er nie sein wollen. Er war fünfunddreißig und übte seinen Job schon mehr als zehn Jahre aus. Als er noch jünger war, gaben sie ihm einfachere Sachen. Er lernte schnell und schon sehr bald war er der Mann für Kompliziertes. Kleine und einfache Aufträge erledigten jetzt andere.

Ein Blick auf seine schlichte, aus feinstem Weißgold gefertigte Armbanduhr mit Glashütte Laufwerk sagte ihm, es wäre noch genug Zeit bis zu seinem Meeting. Das Frühstück im Hotel hatte er ausgelassen. Ihm reichte ein Milchkaffee mit einem Croissant, und hierfür gab es in St. Peter Port genügend Cafés. Pünktlich um 10:30 Uhr betrat er die Bank, verlangte in erstklassigem, akzentfreiem Englisch am Empfang den Direktor zu sprechen, mit dem er eine Verabredung habe. Wenig später saß er dem Herrn gegenüber.

„Sie sagten, es ginge um größere Anlagen?", begann der Direktor das Gespräch, nachdem die üblichen Floskeln ausgetauscht waren und Tee auf dem Tisch stand.

„Ja, darum geht es", bestätigte der Südländer mit leiser Stimme. „Ich will Sie nicht lange auf die Folter spannen. Vor einigen Jahren, sagen wir so um 2003 herum, erschien hier in Ihrer Bank ein Herr, der ein Firmenkonto einrichten wollte. Sie persönlich waren ihm dabei sehr behilflich."

„Ich verstehe nicht", sagte der Direktor reserviert.

„Ich bin ja dabei, es Ihnen zu erklären. Dieser Herr war ein gewisser Ferdinand Seifert. Kommt Ihnen bekannt vor, oder nicht?" Man konnte deutlich erkennen, wie unangenehm dem Direktor der Verlauf dieser Unterredung war.

„Ich weiß nicht, worauf Sie hinauswollen?", sagte er kurz angebunden. „Vielleicht wäre es vernünftiger, dieses Gespräch zu beenden, bevor ich den Sicherheitsdienst rufen muss."

„Sie werden weder Ihre Security rufen, noch das Gespräch beenden, jedenfalls nicht, bevor ich gehört habe, was ich wissen muss. Der Südländer sprach immer noch leise und kontrolliert, ohne jede Aufregung oder Hast, jetzt aber besonders pointiert, darauf bedacht, dass jedes Wort saß. Das verfehlte seine Wirkung nicht.

„Was wollen Sie?", würgte der Direktor hervor.

„Prima, ich werde Ihre Zeit nicht sehr lange in Anspruch nehmen. Also jener Herr Seifert hat mindestens ein Konto eingerichtet. Darauf ist eine Menge Geld geflossen, und ich will lediglich wissen, wohin es dann gewandert ist, das ist schon alles!"

„Ich kann Ihnen doch keine Auskünfte über Interna der Bank geben!", versuchte es der Direktor noch einmal.

„Doch! Sie können und Sie werden auch, denn ich habe Erkundigungen über Sie eingeholt."

„Erkundigungen? Was denn für Erkundigungen?", stammelte der Direktor dazwischen.

„Sie bewohnen zusammen mit Ihrer Frau eine ansehnliche Villa, direkt am Meer, sehr schön gelegen. Sie sind gut versichert, auch gegen Feuer. Aber Sie werden nicht wollen, dass es dort tatsächlich brennt, nicht wahr? Ihre Tochter ist mit einem Immobilienmakler verheiratet. Nicht mit irgendeinem, nein, mit dem renommiertesten hier auf Guernsey, und Sie haben zwei ganz entzückende Enkelkinder, die sehr behütet aufwachsen, und so soll es doch bleiben, was meinen Sie?"

„Sie, ... Sie drohen mir?", rang der Direktor nach Luft.

„Nein, ich drohe Ihnen nicht. Ich sage Ihnen, was geschehen wird, wenn ich hier unverrichteter Dinge abziehen müsste."

Der Tonfall des Südländers hatte mittlerweile einen derben Klang angenommen. Er wusste, das würde energischer auf seinen Gesprächspartner wirken.

„Wer sind Sie, wer schickt Sie?"

„Keine Sorge, ich komme von keiner Behörde, ich vertrete nur private Interessen und ich darf Ihnen versichern", jetzt wieder ganz Akademiker, „ich bekomme immer, was ich will. Machen Sie also keine Umstände und seien Sie kooperativ. Wird auch niemand erfahren."

Er konnte sehen, wie es im Direktor arbeitete. Dessen Gehirn lief auf Hochtouren.

„Geben Sie es auf, es gibt keinen Ausweg", sagte der Südländer. „Egal, was Sie tun, es wird immer auf Sie zurückfallen, auf Ihre Villa, Ihre Frau, Ihre Tochter, Ihre Enkelkinder. Muss ich fortfahren?"

„Nein, hören Sie schon auf!" versuchte der Direktor einen forschen Ton anzuschlagen, aber mehr als ein Krächzen war nicht über seine Lippen gekommen.

Eine halbe Stunde später verließ der Südländer die Bank, schmiss die elegante Ledertasche auf den Rücksitz eines Taxis und ließ sich direkt zum Flugplatz fahren.

(25)

Das Trio Stangassinger, Reiser und Brenner wusste nichts von Signore Lordano und seinen Absichten. Wie hätten sie auch Kenntnis haben sollen? Es gab nur wenige gemeinsame Berührungspunkte, wie den Bankdirektor auf Guernsey, und der hatte keine Veranlassung, sein Wissen zu teilen.

Im Gegenteil. Diesem Herrn war die Situation mehr als nur unangenehm. Er sah sich von allen Seiten in die Enge getrieben. Die deutschen Behörden, Amtshilfe über England und..., ein langer Weg, aber sagen musste er zu alledem etwas, allerdings nicht mehr, als ihm seine Anwälte rieten. Ausgebuffte Burschen, Spezialisten in allen möglichen Steuerfragen und bilateralen Abkommen mit Deutschland. Das Bankgeheimnis auf Guernsey war eben anders verankert als jenes in Deutschland und auch anders als jenes in England. Guernsey besaß einen komplizierten Sonderstatus, gesetzlich geregelt, versteht sich. Viele Rückfragen, über England natürlich, der Amtsschimmel wieherte laut und vernehmlich. Kam etwas auf Deutsch, schickte man es mit der Bitte zurück, alles auf Englisch vorzulegen. Anfragen auf Englisch wurden geschickt interpretiert, der Spielraum der englischen Sprache weidlich ausgenützt. Seine Anwälte kooperierten scheinbar auf das Hervorragendste, und irgendwann nahm die Auskunftswut der Deutschen merklich ab, bis Ruhe eingekehrt schien.

Dann kam plötzlich wie aus dem Nichts dieser südländische Besucher und gleich darauf jener unangenehme Mensch, der ihm mit prekären Details aus seiner Vergangenheit drohte. Was sollte er machen? Da gab es keinen Amtsweg und andere Ausflüchte, hinter die er sich hätte verschanzen können. Diese Leute waren unnachgiebig – bereit, ihn über die Klinge springen zu lassen. Das war es ihm nicht wert. Also gab er ihnen, wonach sie verlangten und hoffte, jetzt endlich seine Ruhe vor dem ganzen Schlamassel zu haben.

Signore Lordano war dank der jungen Frau im Verlag bestens über Brenners Recherchen informiert, die ihn allerdings mit Sorge erfüllten.

„Francesco, sie sind nahe dran", sagte er zu seinem Butler, „wir müssen schnellstens herausfinden, wer Brenner zuarbeitet und Vorkehrungen treffen."

„An wen haben Sie gedacht, Signore?", fragte Francesco respektvoll.

„Ich denke, unser Mann aus dem Süden sollte sich noch einmal mit mir treffen."

„Wäre Ihnen heute Abend recht?"

„Ja", sagte Signore Lordano, „nimm ein normales Lokal, keinen Italiener, den *Schuhbeck* zum Beispiel, ist nicht weit vom Mandarin!"

Gegen 22:00 Uhr, die meisten Gäste waren bereits beim Nachtisch angekommen, öffnete Francesco die Tür zum Restaurant und bedeutete Signore Lordano, es sei alles in Ordnung, er könne eintreten, sein Gast warte schon. Francesco blieb noch für einen Augenblick an der Türe stehen, wartete, bis Signore Lordano den Tisch des Südländers erreicht hatte, und verließ das Lokal.

Lordano und der Mann aus dem Süden begrüßten sich kurz, gaben eine Bestellung auf und studierten die Weinkarte. Lordano schnalzte schließlich mit der Zunge und zeigte auf einen der wenigen sizilianischen Weine.

„Einverstanden?"

Sie unterhielten sich scheinbar über Gott und die Welt, wie zwei italienische Touristen, vielleicht auch Geschäftsleute.

„Ich brauche Sie noch einmal", erklärte Lordano. „Es gibt hier in der Stadt einen Mann, der für eine Zeitung arbeitet, Harald Brenner, und wie ich aus zuverlässiger Quelle weiß, ist dieser Mann hinter den gleichen Informationen her wie ich. Er hat kürzlich von jemandem, der denselben Herrn auf Guernsey besucht hat wie Sie, auch die gleichen Informationen erhalten. Ich müsste nun wissen, wer diese Person ist."

„Ich werde mich darum kümmern. Haben Sie noch mehr Details dazu?"

Lordano kritzelte ein paar Zeilen auf ein Stück Papier, das er seiner Brieftasche entnahm und reichte es dem Südländer. Dieser studierte den Text, zerknüllte das Papier und steckte es unbemerkt in den Mund. Mit einem Schluck des kräftigen Sizilianers spülte er es hinunter.

Das Frühstück im Hotel war zwar reichlich und ausgezeichnet, aber wie viele Menschen aus dem Süden nahm er morgens nur ein oder zwei Cornetti, dazu einen Cappuccino. Im *Segafredo* am Rindermarkt bekam er beides. Ein paar Schritte zu Fuß würden ihm guttun. Die Stadt war um diese Zeit noch erträglich leer. In einer halben Stunde, wenn die Geschäfte öffneten, würde sich das bereits geändert haben.

Nicht weit von hier war der Verlag, bei dem Brenner arbeitete. Kurzerhand wählte er die Auskunft und ließ sich direkt verbinden. Eine freundliche Stimme fragte ihn, was er wünsche. In geschliffenem Deutsch fragte er nach Harald Brenner. Die Frau am anderen Ende bat ihn um etwas Geduld und war wenig später wieder in der Leitung. Herr Brenner sei noch nicht im Haus, ob sie etwas ausrichten könne.

„Ja, bitte sagen Sie Herrn Brenner, ich müsse ihn in einer vertraulichen Angelegenheit sprechen, in der er gerade recherchiert. Ich melde mich später noch einmal, Marco Martella", ein Fantasiename, der ihm gerade einfiel. Er hatte sich dazu entschlossen, den direkten Weg zu gehen. Sollte dieser nicht erfolgreich sein, konnte er immer noch auf andere Methoden zurückgreifen.

„Bitte keine Gewalt", hatte ihm Signore Lordano noch einmal eingeschärft. Er schlenderte durch die Maximilianstraße, warf gelegentlich einen Blick in die Schaufenster und war 20 Minuten später wieder im Hotel. Er wählte eine Nummer und fragte, ob man ihm etwas über einen Harald Brenner sagen könne.

„Einen Moment", sagte die Stimme auf Italienisch. Nur einige Sekunden später fragte ihn eine andere Männerstimme, wer er sei und was er wolle. Der Südländer wiederholte seine Frage von vorhin und sagte, anstatt seinen Namen zu nennen, er arbeite für Signore Lordano. Das schien auszureichen, denn der Mann bat ihn, in fünf Minuten noch einmal anzurufen. Es war nicht sehr viel, was er über Harald Brenner erfuhr. Im Wesentlichen das, was ihm gestern

Signore Lordano schon auf den Zettel geschrieben hatte. Ein Journalist, der im Sumpf wühlte, bis er fand, wonach er suchte.

Der Südländer vertraute auf seine Art, Dinge anzugehen und wählte erneut die Nummer des Verlages. Nein, Herr Brenner war immer noch nicht im Haus. Das lief nicht so an, wie er es sich vorgestellt hatte. Er konnte ja nicht zigmal im Verlag anrufen und sich permanent vertrösten lassen. Brenner musste irgendwo wohnen, also würde er ihn dort abfangen oder jemanden beauftragen, der ihm folgte. Er rief die Nummer von vorhin an und sagte, was er wollte.

„Wir geben Ihnen Bescheid, wenn wir ihn haben", sagte die bekannte Männerstimme.

Am frühen Nachmittag war es dann soweit. Brenner war im Verlag.

„Ich verbinde. Herr Brenner ist jetzt im Büro", sagte die Dame in der Telefonzentrale.

„Herr Martella, hier Brenner, Sie wollen mich sprechen?"

„Ja danke, das Thema ist etwas diffizil und für ein Telefonat nicht sehr geeignet", antwortete der Südländer wohl akzentuiert.

„Können Sie mir einen Hinweis geben?", fragte Brenner.

„Es betrifft Angelegenheiten eines Konzerns, in denen Sie gerade recherchieren."

„Verstehe", sagte Brenner, sonst nichts. Es schien, als würde die Zeit zerrinnen, bis Brenner wieder das Wort ergriff: „Sie möchten sich also mit mir treffen - warum nicht? Kommen Sie morgen um neun Uhr in den Verlag. Ich warte auf Sie an der Rezeption."

„Danke", sagte der Südländer und legte auf.

Vorgestern noch mediterrane Temperaturen, heute nichts mehr davon übrig, regnerisch, kühl. Der Südländer trug einen leichten Trenchcoat über dem feinen, ins Dunkelbraune gleitenden Sommeranzug. Dazu ein sandfarbenes, leichtes Baumwollhemd mit passender Krawatte. Er trug immer Krawatte. Perfekter Kontrast, der seine südländische Herkunft mehr als nur dezent unterstrich. Auf die Minute pünktlich betrat er den Verlag. Bevor er noch den

Empfang erreichte, sprach ihn eine junge Angestellte an: „Herr Martella?"

Überrascht sah der Südländer auf. „Ja, bitte?"

„Wenn Sie mir bitte folgen wollen. Herr Brenner erwartet Sie."

Nur ein paar Schritte später bat ihn seine Begleitung in ein komfortables Besucherzimmer.

Ein Mann erhob sich aus einem bequemen Sessel: „Harald Brenner. Nehmen Sie doch bitte Platz!", stellte er sich vor, noch bevor der Südländer seinen Namen sagen konnte. Es stand alles auf dem Tisch, was die Unterhaltung angenehm werden lassen konnte. Kaffee, Getränke, ein Korb mit Gebäck.

„Greifen Sie zu! Kleine Hörnchen, leider nicht zu vergleichen mit Ihren Cornetti. Sie sind doch Italiener, Herr Martella?", fragte Brenner.

„Ja. Ich lebe schon viele Jahre in Deutschland und habe mich ganz passabel an die hiesigen Gepflogenheiten angepasst", antwortete der Südländer nicht ganz wahrheitsgemäß, aber mit einem gewinnenden Lächeln, das, wie er wusste, seine Wirkung selten verfehlte.

„Was verschafft mir die Ehre?", fragte Brenner auffordernd.

Höflich hob der Südländer etwas den Kopf und beugte sich dabei leicht nach vorne. Eine Geste, die Vertrauen signalisiert, wie er von einem bekannten Fachmann für Physiognomie wusste. „Sie schätzen es, sofort zur Sache zu kommen? Das soll mir nur recht sein und erleichtert meine Mission erheblich."

„Dann sind wir uns zumindest in diesem Punkt einig", warf Brenner ein. Er war äußerst wachsam und nahm seinem Gegenüber die zur Schau gestellte Freundlichkeit nicht ab. Der Mann wollte etwas, etwas von Gewicht, wozu sonst der ganze Firlefanz?

„Lassen Sie mich also erklären", begann der Südländer, „einflussreiche Personen haben mich gebeten, mit Ihnen Verbindung aufzunehmen. Meine Auftraggeber sind an spezifischen Zusammenhängen interessiert, von denen sie wissen, dass Sie, Herr Brenner, exakt in diesem Sektor recherchieren. Manche Ihrer Artikel in der Zeitung lassen vermuten, dass Sie dies mit Erfolg tun. Meine Klienten wissen auch, dass Sie kürzlich Guernsey einen Besuch abgestattet haben und was Sie und ihr Kompagnon, ein gewisser Herr Reiser, dort gemacht haben. Außerdem hat eine von Ihnen beauftragte Person, wie wir vermuten, bei einer gewissen Bank vorgesprochen, um herauszufinden, wohin ein ehemaliger Manager des SimTech Konzerns, Ferdinand Seifert, Beträge überwiesen hat."

„Ich bin überrascht. Sie sind ausnehmend gut informiert", bemerkte Brenner dazwischen.

„Meine Auftraggeber möchten Ihnen eine Zusammenarbeit anbieten. Sie sind davon überzeugt, gemeinsam mehr zu erreichen und auch schneller ans Ziel zu gelangen."

„Ans Ziel? An welches Ziel?", fragte Brenner zurückhaltend.

„Spielen wir nicht Katz und Maus, das entspricht doch nicht unserem Niveau, nicht wahr?", entgegnete der Südländer. „Sie wollen herausfinden, ob bestimmte Personen Millionen abgezweigt haben, und meine Auftraggeber wollen das auch. Ihre Motive und die meiner Aufraggeber mögen vielleicht unterschiedlich sein, das Ziel jedoch ist identisch."

„Warum sollte ich das Ihrer Meinung nach tun?"

„Weil Sie clever sind und Ihnen Erfolg am Herzen liegt. Meine Auftraggeber wünschen auch in dieser Hinsicht das Gleiche."

Was entwickelte sich denn hier, fragte sich Brenner blitzschnell, bevor er antwortete: „Sehen Sie, meine Motive sind einfach und ergeben sich schon aus meinem Beruf. Wie ist das bei Ihren Auftraggebern? Sind sie ebenfalls nur an der Aufklärung interessiert oder was wollen sie wirklich? Warum glauben sie, eine Zusammenarbeit wäre vorteilhaft für beide Seiten?"

Der Südländer lächelte. Mit solchen Fragen hatte er gerechnet. „Ich verstehe, Sie möchten eine Antwort darauf, wer meine Auftraggeber sind und ob wir am Ende tatsächlich am gleichen Strang ziehen?"

„So ähnlich", sagte Brenner knapp.

„Gut, ich werde es Ihnen sagen, aber sollte ich nicht im Gegenzug erfahren, wer für Sie in Guernsey unterwegs war?"

„Fangen Sie an, und ich werde mich ad hoc entscheiden, was ich Ihnen erzählen will."

„Einverstanden, damit Sie unseren guten Willen sehen", sagte der Südländer mit seinem gewinnenden Lächeln. „Meine Auftraggeber gehören zu einer weit verzweigten und weltweit operierenden Gruppe von Menschen, die es sich in den Kopf gesetzt hat, Geldquellen zu erschließen, die auf eine Weise illegal entstanden sind. Die aufgespürten Mittel führen sie einem Fond zu, aus dem soziale Projekte finanziert werden. Nun könnte man natürlich einwenden, diese Praktik mache aus den illegalen noch lange keine legalen Mittel. Streng juristisch gesehen mag dies auch stimmen; meine Auftraggeber legen an dieser Stelle aber andere Maßstäbe an. Sie meinen, der Staat vernachlässige vielerorts eklatant seine sozialen Aufgaben. Der Einsatz illegaler Gelder hierfür sei deshalb gerechtfertigt. Es wäre nun müßig, mit Ihnen über diese Ansichten zu diskutieren. Sie sind gegeben."

Brenner ließ einige Sekunden verstreichen und überlegte, ob das Gehörte ihn nicht als Journalist interessieren und er deshalb auf das Angebot einsteigen müsse. „Ich mache Ihnen einen Vorschlag", sagte er schließlich, „wir führen dieses Gespräch fort, und ich werde einen weiteren Teilnehmer dazu einladen, dann sehen wir weiter."

In diesem Moment war der Südländer überzeugt, er hätte gewonnen oder wäre jedenfalls auf einem guten Weg dazu. „Wie Sie wollen", sagte er freundlich, „es eilt nicht, aber wir sollten trotzdem nicht allzu viel Zeit verlieren. Geben Sie mir Bescheid, wenn es soweit ist!" Er schob Brenner eine Karte mit einer Nummer über den Tisch.

(26)

„Wir hängen immer noch. Kommen irgendwie keinen Schritt voran", sagte Reiser zu Brenner.

„Seiferts Reiseplanung hat uns nicht viel gebracht; wie ich es befürchtet hatte", antwortete Brenner.

Stangassinger war auf Dienstreise, so saßen sie zu zweit irgendwo in Schwabing in einer Kneipe und genossen das kalte Bier. *Vom Fass* stand da und Reiser dachte: *Aluminium oder Holz*, sagte aber nichts. Samstag, früher Abend, und schon bald war es unerträglich voll.

„Lass uns gehen!", schlug Brenner vor, „hier verstehst du ja dein eigenes Wort nicht."

„Gute Idee. Laufen wir doch einfach ein wenig umher. Ein Bier können wir uns später immer noch genehmigen", stimmte Reiser zu. „Hast du noch eine brennende Idee auf Lager?", fragte er.

„Ich hab' nicht nur eine Idee, ich habe sogar schon das Ergebnis dazu", lachte Brenner.

„Da bin ich aber mal gespannt", frotzelte Reiser zurück.

„Du weißt, ich schöpfe gelegentlich aus Quellen, die ich dir zwar nicht nennen kann, die aber verlässlich sind. Eine dieser Quellen berichtet mir Interessantes aus Guernsey. Du kennst die Bank, bei der Seifert ein Konto hatte, so wie du jetzt ja auch. Was machst du eigentlich damit? Also, meine Quelle sagt, der Direktor dieser Bank gibt sich äußerst zugeknöpft. Keine Informationen und Empörung ob der Frage nach vertraulichen Bankdaten. Gespielt oder echt, sei mal dahingestellt."

„Deine Quelle war selbst bei dieser Bank?"

„War sie", bejaht Brenner. „Da sagt mein Mann ganz leise, *hören Sie für einen Augenblick genau zu, ich wiederhole mich nicht gerne. Ich habe etwas über Sie in meiner Datenbank gefunden. Es liegt in Ihrer Hand, ob es dortbleiben soll.* Der Direktor rutscht daraufhin nervös auf seinem Stuhl hin und her, mimt aber den Starken. Er hätte nichts zu verbergen, sagt er und mein Mann würde ihm nur die Zeit stehlen. *Wir kürzen das jetzt ab,* sagt mein Mann. *Ich erkläre Ihnen, was ich besitze und Sie sagen mir, ob Sie mit dabei sind, okay?* Der

Direktor ist verunsichert, wartet aber einen Augenblick zu lange und so fährt mein Mann fort: *Es mag etwa zehn Jahre her sein, da hat man Ihnen mit einem Verfahren wegen Untreue gedroht oder anders ausgedrückt: Sie haben ihren damaligen Arbeitgeber beklaut, so steht es in meinem Speicher. Eine gemeinnützige Organisation. Sie haben sich dann geeinigt und das Geld in ein paar Raten zurückbezahlt. Damit war die Sache vom Tisch. Muss sie aber nicht bleiben, verstehen Sie? Ich habe keine Skrupel, sie hervorzuziehen. Wird ein schlechtes Bild auf Sie werfen, im jetzigen Job, finden Sie nicht?* Jetzt war der Mann plötzlich gesprächig. Fazit: Wir wissen nun, wohin die Gelder gelaufen sind, jedenfalls die Überweisungen."

„Das sind ja mal good news", freute sich Reiser. „Aber woher oder wieso hat deine Quelle derart intime Kenntnisse?"

„Das zu erläutern, würde jetzt etwas zu weit führen. Nimm es einfach, wie es ist. Meine Quelle ist hochprofessionell und es gehört zu ihren Aufgaben, eine Menge über andere zu wissen oder wiederum Quellen zu kennen, die aktuelle Informationen zur Verfügung haben."

Brenner sah keine Notwendigkeit, Reiser über das Netzwerk seines Informanten aufzuklären. Tatsächlich war es ja so, dass auch er nur eine vage Ahnung darüber besaß.

„Sofern du geneigt bist, mich an deinem Wissen teilhaben zu lassen, könnten wir den nächsten Schritt gemeinsam überlegen", stichelte Reiser.

„Gemach, gemach! Du wirst gleich alles erfahren. Es existieren mehrere Konten, die Seifert von Guernsey aus bediente. Unisono alles Firmen. Zwei Konten weichen allerdings in Nuancen von den übrigen ab. Das eine gehört zu einer Bank in Luxemburg und lautet auf eine *Claire Polingo, Management Consulting,* das andere finden wir in der Schweiz, konkret in Zürich, und dieses gehört einer *Stefanie Werger, Management Consulting.* Die Namen dieser beiden Firmen sind einfach die Konstruktion aus dem Namen der Person, auf den die Firma eingetragen ist und eine, sagen wir, Funktionsbezeichnung, und in beiden Fällen gleichlautend. Die anderen Empfänger haben durchwegs ansprechende, auch hochtrabende Namen wie *ABC Technology oder Telecom and Information Services."*

„Der Seifert hatte Strohleute, die für ihn Konten eingerichtet haben?", stellte Reiser fragend fest.

„Es sieht ganz danach aus. Wir werden wohl herausfinden müssen, wer diese beiden Damen sind."

„Stellen wir doch erst einmal fest, ob es diese Konten noch gibt. Ich veranlasse am Montag zwei Überweisungen, kleine Beträge. Sind die Konten geschlossen, wird es nicht funktionieren", sagte Reiser. „Seifert kann das Geld ja kreuz und quer überwiesen haben, um es am Ende bei verschiedenen Banken doch in bar abzuheben."

„... und irgendwo einzubunkern", vervollständigte Brenner den Satz.

„Genau. In diesem Fall dürfte es nahezu unmöglich sein, etwas aufzudecken."

„Nicht ganz", entgegnete Brenner, „vielleicht nicht im Augenblick, aber eines Tages wird Seifert doch an das Geld heranwollen und dann könnten wir zuschlagen."

„Wie wollen wir das herausfinden? Wir können ihn doch nicht vierundzwanzig Stunden am Tag überwachen."

„Wir können das nicht, das stimmt schon. Aber eine meiner Quellen könnte es. Ich meine sogar, wir können den Zeitraum eingrenzen, an dem Seifert an sein Geld will. Nehmen wir an, sein Verfahren beginnt in 2008. Seifert ist voll geständig, gibt sich so, als habe er nichts zu verbergen, kooperiert und nimmt seine Strafe sofort an. Ich gehe übrigens davon aus, dass er nicht mehr als eine Bewährungsstrafe bekommen wird, wie schon gesagt: Kooperation bei der Aufklärung, persönliche Bereicherung ausgeschlossen, wie die Staatsanwaltschaft ihm ja bereits bescheinigt hat."

„Du denkst, er wird nach dem Urteil noch eine kleine Schamfrist abwarten, dann untertauchen und von seinem Gebunkerten ein angenehmes Leben führen?"

„Du hast den Punkt getroffen. Also müssten wir jemanden für ein, zwei Monate an seine Fersen heften, dann hätten wir ihn."

Reiser nickte bedächtig und meinte: „Eine Option, ja, vielleicht. Wäre es aber nicht sehr vage, sich darauf zu verlassen? Was wüssten wir denn schon? Seifert begibt sich wiederholt zur selben Bank im Ausland. Das Geld haben wir deshalb noch lange nicht. Die Bank wird es uns nicht aushändigen, nicht wahr?"

„So einfach wird es natürlich nicht gehen", erwiderte Brenner. „Wenn wir aber wissen, wo der Mammon ist, können wir anders mit Seifert umgehen."

„Was meinst du damit?"

„Sehen wir es einmal so: Seifert ist angeschlagen; die ganze Prozedur, das will er nicht noch einmal erleben. Und genau da setzen wir an. Wir erklären ihm, wie schnell er es wieder mit Staatsanwalt und Polizei zu tun bekommt, sollte er nicht kooperieren."

„Ich verstehe deinen Punkt", sagte Reiser, „aber ehrlich gesagt glaube ich nicht so recht daran. Warum sollte Seifert einknicken? Wir können nichts beweisen und nur der Hinweis auf eine Bank, dafür rührt doch keiner einen Finger. Für die Ermittler und Gerichte ist der Fall abgeschlossen, warum sollten sie ihn neu aufrollen? Sie werden uns als Spinner abtun und dich in die Ecke eines sensationsgeilen Journalisten stellen."

„Könnte durchaus sein", meinte Brenner nachdenklich. „Halten wir uns die Option offen, wenn sich nichts Besseres ergibt."

„Einverstanden", sagte Brenner und realisierte, wie wenig sie doch tatsächlich tun könnten, um an das Geld heranzukommen.

Weder Brenner noch Reiser dachten weit genug. Zu sehr prägte Stangassingers Idee ihr Denken. Diesen korrupten Managern abzujagen, was ihnen nicht gehörte, war vielleicht ein edles Motiv, aber es trübte auch den Blick für manche Folgen ihres Handelns.

Brenner als Journalist trat anderen Menschen ständig auf die Füße und Reiser hatte keine Erfahrung in diesem Metier. Obwohl: Brenner hätte es wissen müssen. Er trieb nicht das erste Mal in einem Strudel tödlicher Gefahr.

(27)

Orleansstraße, neun Uhr früh, es ist unangenehm stickig, bis zu 30 Grad könnten es werden, hat der Wetterbericht auf Bayern 3 vorhergesagt. Keine Klimaanlage, ein schlichtes Büro, einfacher Tisch und Holzstühle.

Wenigstens kann die keiner durchsitzen, dachte Ferdinand Seifert. Ihm gegenüber saßen zwei Beamte. Dieselben, die ihn schon die letzten Wochen mit ihren penetranten Fragen gelöchert haben. Einer öffnete ein Fenster, vierter Stock, nach hinten hinaus. Der Verkehrslärm bahnte sich nur sehr mühsam einen Weg in den Raum, gerade so, als wären sie irgendwo im 30. Stock eines amerikanischen Wolkenkratzers.

Wann würde dieses Schauspiel endlich beendet sein? Seifert machte sich keine Illusionen. Es würde sicher noch eine ganze Weile so gehen. Neue Vorladungen ohne Vorwarnung. Am Abend vorher ein Anruf oder früh morgens. So ging das nun schon über Monate. Kooperieren, hatte man ihm gesagt, brächte eine ganze Menge. Für wen, fragte er sich manchmal. Er musste ja kooperieren, hatte gar keine andere Wahl.

Vier Wochen Untersuchungshaft in Stadelheim hatten ihm gereicht. Enge Zelle, vergitterte Fenster, ganz oben, unerreichbar. Die Luft, nicht zu beschreiben, Gefängnisluft eben, miefig. An das Essen mochte er erst gar nicht denken.

Die Staatsanwaltschaft gierte regelrecht danach, dem SimTech-Konzern eins reinzuwürgen, das konnte er mit jeder Faser seines Körpers fühlen. So viel Unbehagen hatte er in seinem Leben noch nicht verspürt. Es reichte ihm. Er war bereit, alles zu tun, wirklich alles, um einer Gefängnisstrafe zu entgehen. Das hatte man ihm angedeutet: eine Bewährungsstrafe und vielleicht noch eine Buße, ein hoher Betrag. Das scherte ihn nicht. Was er wollte, war, endlich wieder frei sein, tun und lassen können, was ihm gefiel. Keine bohrenden Fragen mehr. Keine Angst mehr, sich in Widersprüche zu verwickeln. Nur er wusste, wie höllisch er achtgeben musste, sich nicht zu verplappern. Ein falsches Wort und alles konnte dahin sein, seine Zukunft endgültig vernichtet. Sie würden es ihm aber nicht entlocken, darauf war seine ganze Willenskraft und Konzentration gerichtet.

Er gab ihnen, was sie verlangten, entwirrte sein Netzwerk, legte sein System offen und sparte dabei nicht mit Seitenhieben, dezent, aber wirkungsvoll.

Sie wollten große Fische fangen und er lieferte sie ihnen. Albert Kögel zum Beispiel, der kaufmännische Vorstand, der ihm den Auftrag erteilt hatte, die Gelder zu generieren. Er lieferte alle ans Messer. Frühere Topmanager genauso wie Zentralvorstände, die heute vorgaben, von nichts gewusst zu haben. Er lieferte Beweise dafür, dass sie Kenntnis gehabt haben mussten.

Manchmal kam es ihm dann so vor, als wollte die leitende Staatsanwältin das alles gar nicht so genau von ihm hören. Also änderte er seine Strategie und sparte mit Anschuldigungen, wurde eher zurückhaltend und bestätigte höchstens noch Fakten, die sowieso auf der Hand lagen.

Die Vernehmungsbeamten gingen absolut clever vor. Sie fragten oftmals das Gleiche in leicht veränderten Nuancen. Mal waren es Namen, mal Örtlichkeiten, mal Zusammenhänge. Aber er verhaspelte sich nicht, blieb seiner Linie treu, fragte da und dort geschickt zurück und gab ihnen ihr Futter. Er machte sich eine Menge Notizen und blätterte schon mal nach, wenn es drohte kritisch zu werden. Das verschaffte ihm Luft. Sie wollten und brauchten ihn ja als ihren Hauptbelastungszeugen. Einen besseren als ihn gab es doch nicht.

Heute war wieder einer jener Tage: Sie fragten zum wiederholten Male nach den Empfängern der Beträge, den Schmiergeldern, wie sie es nannten. Er dagegen sprach immer noch von nützlichen Aufwendungen. Er bekam ja schließlich etwas dafür, Aufträge, große Aufträge, hunderte von Millionen an Aufträgen.

Schon lange vorher hatte er mit solchen Fragen gerechnet und sich gedanklich eine lückenlose Liste zurechtgelegt. Das kam nicht schlecht an, wie er fand, sehr natürlich, denn wer kann sich schon wie aus der Pistole geschossen an alles erinnern? Man räumte ihm Zeit ein, ließ ihn jederzeit auch Einblick in Unterlagen nehmen. Das half immens. Nur er wusste, wo seine Aussagen getürkt waren. Sie nahmen ihm alles ab. Er hatte sich Empfängernamen zurechtgelegt, sie auswendig gelernt, immer und immer wieder repetiert, bis er zum Schluss beinahe selber daran glaubte, diesen Leuten Geld ausgehändigt zu haben. Diese Leute konnte es gegeben haben, aber es war nicht möglich, ihre Spuren zu verfolgen. Er selbst hatte ausgesagt, er habe manchmal daran gezweifelt, dass diese Leute ihm gegenüber tatsächlich ihre wahre Identität preisgegeben hätten. Aber seine Story passte eben, füllte die Lücken der Ermittlungen, schmeichelte der offensichtlichen Cleverness der Ermittler.

Seifert nahm ein Blatt Papier vom Stapel auf dem Tisch und begann, Stichworte zu notieren, strich manches wieder durch, überlegte, ergänzte, kaute auf dem Stift und schrieb Neues hin.

„Ich brauche dringend Einsicht in die Auftragseingangsstatistiken ab 2003", verlangte er nach einer Weile, wie es schien, konzentrierten Arbeitens.

„Bekommen Sie", sagte der Beamte und tippte eine Nummer in sein Handy.

„Wir sind soweit. Kannst du uns die AE Statistiken rüberbringen lassen? Danke."

Wenig später hatte ein Bote das Gewünschte gebracht.

Seifert erläuterte wortreich, warum man die einzelnen Vorgänge in Geschäftsfelder unterteilen müsse. Man könne zum Beispiel Geschäfte in Nigeria oder Griechenland nicht vergleichen mit Geschäften in Russland oder anderen ehemaligen Ostblockstaaten.

„Erklären Sie es uns", forderte ihn einer der Beamten auf, und Seifert begann seine Story zu erzählen.

„Ich muss etwas ausholen, damit Sie die Zusammenhänge verstehen können."

„Nur zu, wir haben alle Zeit der Welt", sagte der Beamte.

„Ich hatte ja nicht nur den Auftrag, eine Menge Geld zu beschaffen, sondern auch dafür zu sorgen, dass es an die richtigen Adressaten gelangte."

Seifert erläuterte, warum die Regionalleiter deshalb sogenannte *Grundsatzpapiere* mit den wichtigsten Projektdaten ausfertigten, wie Land, Projekt, Auftragswert, Provisionshöhe et cetera. Wurde ein solches Papier vorgelegt, sei dies für ihn der Hinweis gewesen, dass zu einem späteren Zeitpunkt Mittel in der genannten Provisionshöhe benötigt würden.

„Waren die Aufträge dann im Haus, teilten die kaufmännischen Leiter auf sogenannte *post it*, Sie wissen schon, die gelben Zettel mit dem Klebestreifen, die vereinbarten Zahlungskonditionen mit, also welche Beträge zu welchen Terminen an wen zu entrichten wären. Ich veranlasste die entsprechenden Überweisungen auf Firmen-, Namens- oder Nummernkonten oder gelegentlich auch Barauszahlungen. Manchmal waren auch Vorabzahlungen zu leisten, das heißt: bevor die Aufträge tatsächlich erteilt waren."

Auf *post it* habe man deshalb geschrieben, erklärte Seifert weiter, damit diese gegebenenfalls schnell entfernt werden könnten. Seifert habe dabei an mögliche Durchsuchungen gedacht oder Akteneinsicht durch Treuhänder. Waren die Zettel entfernt, wies nichts mehr auf konkrete Zahlungsvorgänge hin, so seine Überlegungen.

„Wie konnten Sie da einen Überblick behalten? Es gab doch unzählige Vorgänge", fragte der Beamte dazwischen.

„Das war nicht so schwer. Ich machte mir Notizen, und es gab ja auch Kontoauszüge, auf denen ich Vermerke anbrachte."

„Wo sind diese Auszüge?", fragte der Beamte.

„Einen Teil haben Sie, das heißt die Staatsanwaltschaft, das Übrige war bereits vernichtet. Ich habe das regelmäßig besorgt. Schriftliches aufzubewahren war ja nur so lange nötig, bis die Vorgänge abgeschlossen waren."

„Es ging um zig Millionen", machte der Beamte einen zögerlichen Versuch, „das behält man doch nicht im Kopf."

„Ich habe mich nur an das gehalten, was mein Auftrag verlangte. Da gab es eine klare Anweisung: keine Unterlagen über Konten, Auszüge und so weiter. Nichts, was man hätte verwenden können, um das System transparent zu machen und vor allem nichts im Inland."

Der Beamte gab sich damit zufrieden. „Wir machen eine Pause", sagte er, „dreißig Minuten."

Seifert ging zum Getränkeautomat, zog eine Cola und setzte sich an einen kleinen Tisch in der Nähe, eine Art Pausenzone. Gedankenverloren blickte er aus dem Fenster, registrierte aber nichts.

„Wollen Sie etwas zum Essen? Ich lasse ein paar belegte Semmeln holen", hörte er eine Stimme.

„Ja, gerne, irgendetwas, danke", presste Seifert hervor, dann war er wieder in seine Welt eingetaucht.

Claire konnten sie ihm nicht mehr nehmen, das war Vergangenheit, grenzenlos, keine Tabus, so wie er es liebte, und Geld spielte keine Rolle, er hatte davon so viel er nur wollte. Immer die besten Hotels, diskrete Angestellte, niemand, der Fragen gestellt hätte.

Sie hatte ihn ans Bett gekettet. Kleine Rinnsale von Schweiß nässten das Laken unter seinem Körper. Nackt! Und die Enden der mehrschwänzigen Geißel klatschten wieder und wieder auf ihn nieder. Trafen ihn überall. Brust, Oberschenkel, Penis. Selten hatte er ihn so prall gefühlt, dick geschwollen, zum Zerbersten. Sie würde erst aufhören, wenn er das vereinbarte Wort sagte, aber er wollte noch mehr, mehr, viel mehr, bis es nicht mehr ging, bis er zuckend zusammenbrach und alles von sich schleuderte, überall hin.

Sie trug wieder jenen Lederslip, der ihn rasend machte, und sie wusste es. Sie waren in Locarno, am Lago Maggiore, aber die Stadt interessierte ihn in diesem Augenblick nicht. Morgen Zürich, auch das war ihm jetzt gleichgültig. Er wollte sie spüren, ihre Brüste kosen, aber erst später, nachher. So wollte er es immer, aber jedes Mal ein wenig mehr. In sie eindringen, der Puls noch rasend, keuchend vom gerade Erlebten, aber erst nachher. Und wieder trafen ihn die Enden der Peitsche schmerzhaft am Genital. Aufheulen, den Schmerz aufsaugen, Lust, unbändige Lust, wie lange konnte er es noch ertragen? Das erlösende Wort auf den Lippen, es war zu viel, es ging nicht mehr, er musste es beenden, er konnte nicht, brachte das Wort nicht heraus. Sein Schädel explodierte, rote Schlieren vor den Augen. Er brauchte das erlösende Wort nicht mehr. Es war vorbei.

Irgendwer sagte etwas Banales, riss ein Loch in seine Traumwelt. Konnten sie ihn nicht endlich in Ruhe lassen? Ihn wenigstens ungestört in seinen Erinnerungen schwelgen lassen? Seine Erinnerungen! Niemand konnte sie ihm nehmen. Das gab ihm Trost und irgendwie auch Zuversicht. Schon bald würde er wieder in dieser für im Augenblick so unerreichbaren Welt leben. Er hatte vorgesorgt und sie würden es ihm nicht entreißen!

„Ihre Semmeln", vernahm er die Stimme jetzt deutlich.
„Danke", sagte er noch ganz benommen.

Damals waren sie am nächsten Morgen zeitig nach Zürich aufgebrochen. Sie war jetzt soweit. Seifert hatte es gespürt. Sie war seine Frau im engeren Sinn, ohne Papiere, ohne Trauschein. Das hatte er ja alles schon zuhause.
Sie war seine Frau, mit der er teilte, was nur sie wussten. Aber nun hatte er sie fürs Geschäft gebraucht. Sie würde es machen.
„Claire", hatte er vorsichtig gefragt, „würdest du mir einen Gefallen tun?"
„Jeden", lachte sie. „Hast du noch immer nicht genug? Willst du es hier? Hier im Auto? Ich mache es." Vorsichtig schob sie ihre Hand zwischen seinen Bauch und Hosengürtel, öffnete leicht ihre vollen, roten Lippen, bis das makellose Weiß ihrer Zähne hervorblitzte.
„Nein, das meine ich nicht, nicht jetzt, ich wollte dich um etwas anderes bitten."
„Um etwas anderes?", staunte sie lachend und zog ihre Hand wieder zurück.
„Du weißt, ich bin viel unterwegs. Aber um meine Arbeit gut und mit Erfolg machen zu können, benötige ich immer wieder neue Konten. Ich bewege sehr viel Geld und das geht ohne Banken nun mal nicht. Es wäre vorteilhaft, wenn ich Konten zur Verfügung hätte, die nicht auf meinen Namen lauten, verstehst du das?"
„Ich mache mir nicht die Mühe, es zu verstehen, aber wenn du es sagst, wird es wohl so sein. Was kann ich dabei tun?", fragte sie mit einem offenen Lachen.

„Du könntest solche Konten für mich eröffnen und mir dann Vollmacht darüber erteilen", antwortete er leise, gefasst darauf, sie könnte es ablehnen.
„Wenn's weiter nichts ist, klar, mache ich. Sag mir wann und wo, und du kannst auf mich zählen", sagte sie unbeschwert.

Seifert studierte die vorgelegten AE-Statistiken, machte Notizen, kramte in seinem Gedächtnis.
„Ich würde für heute gerne Schluss machen, wenn Sie erlauben", sagte er zwei Stunden später. „Meine Konzentration lässt nach und da schleichen sich Fehler ein."
„Gut, kein Problem, treffen wir uns morgen wieder, sagen wir um zehn Uhr, wäre Ihnen das recht?"

Seifert nahm, wie er fand, eine Menge unzumutbarer Dinge in Kauf. Er tat es für SimTech, immer noch und trotz der ihm offen gezeigten Ablehnung. Die Vorstände ließen keine noch so winzige Gelegenheit aus, immer wieder zu betonen, wie sehr sie das Vorgehen ihrer Manager missbilligten.

Missbilligen! Das war es, was ihn wirklich tief in seinem Innersten traf. Sie taten heute so, als hätten sie von nichts gewusst.

Was für eine verlogene Bande! Natürlich wussten sie es und nicht nur das, sie unterstützten es. Je mehr Aufträge, desto mehr Einkommen. Hätten sie es nicht genau so gewollt, wie es gelaufen ist, hätten sie nur andere Erfolgsbeteiligungen vereinbaren müssen. Nein, im Gegenteil! Die Auftragsziele wurden immer höhergeschraubt und erreichten bald schwindelerregende Dimensionen. Und Menschen wie er sorgten dafür, dass sie auch tatsächlich erreicht werden konnten.

Seifert war zutiefst davon überzeugt, genau das Richtige getan zu haben. Gesetze, OECD, Vorschriften, in seinen Augen nur Opium für das Volk. Damit die Seele beruhigt ist, dachte er. Damit die Damen und Herren Politiker und Vorstände mit einem tadellosen Gewissen aufwarten können. Damit das Edle als der Antrieb allen Handelns schien. Was für eine verlogene Gesellschaft!

(28)

Deprión & Princeton zählte in den USA zweifellos zu den renommiertesten Anwaltsfirmen. Der Aufsichtsrat von SimTech beauftragte sie deshalb mit der internen Aufklärung der Affäre. Die Herrn Anwälte der US Firma waren teuer, sehr teuer. In manchen Zeitungen wurde berichtet, SimTech koste dieser beispiellose Aufklärungswille 30 Millionen Dollar im Monat, also eine Million pro Tag. Andere waren da etwas skeptischer, was die Beispiellosigkeit anbelangte. Es wurde unverhohlen darüber spekuliert, ob diese Aktion nicht nur deshalb in die Wege geleitet worden ist, um die *SEC*, die Börsenaufsicht der USA, von vernichtenden Strafen gegen den Konzern abzuhalten. Die Idee dahinter: SimTech unternimmt alles, um die Schuldigen zu ermitteln und zur Rechenschaft zu ziehen.

Stimmten diese Spekulationen, stünde, wenn selbstverständlich auch nicht ausgesprochen, das Ergebnis der Untersuchung schon fest: Die Affäre ist das Ergebnis einzelner Drahtzieher, der Konzern selbst aber hat sich nichts zu Schulden kommen lassen, hat stets alles getan, um Derartiges erst gar nicht hochkommen zu lassen. Ob unter diesen Aspekten die Rechnung von SimTech aufgehen würde, das konnte zu diesem Zeitpunkt niemand vorhersagen.

Deprión & Princeton schwärmten mit einem riesigen Aufgebot an Personal ein. Eifrig schrieb SimTech an alle möglichen Adressen Briefe mit der Bitte, Deprión & Princeton bei ihrer Arbeit ohne Wenn und Aber zu unterstützen. Auch Geschäftspartner erhielten solche Schreiben, wurden von jeglicher Geheimhaltung entbunden und um Kooperation gebeten. Es schien tatsächlich so zu sein, als wolle SimTech dem Übel auf den Grund gehen.

Langsam sickerten allerdings Zweifel an dem zur Schau gestellten Aufklärungswillen durch. Das rigorose Auftreten der D&P-Leute wurde kritisiert: *Die verhalten sich wie Tölpel, trampeln alles nieder und stellen alles und jeden unter Generalverdacht. Mit Aufklärung hat das nichts zu tun!* Ein früherer Geschäftspartner berichtete, D&P habe noch nicht einmal Ansätze dazu unternommen, Personen oder Institutionen, auf die er hingewiesen habe, aufzusuchen, um belastende Vorgänge bestätigt zu bekommen. Dies habe ganz offensichtlich nicht in der Absicht von D&P gelegen. Vielmehr habe man versucht, seine Kooperationsbereitschaft zu unterlaufen und ihn mittels unwahrer Behauptungen zu diskreditieren. Er habe dies beweisen können. Entsprechende Schreiben an den Aufsichtsrat von SimTech und Deprión & Princeton seien jedoch ohne Konsequenzen geblieben. Er habe daraufhin jede weitere Zusammenarbeit mit D&P abgelehnt.

Die Staatsanwaltschaft in München hingegen schien vom Eifer der SimTech stark beeindruckt. Zum Wohle des Konzerns wurden die Ermittlungen gegen SimTech eingestellt.

Der Preis: Ein Bußgeldbescheid über runde 200 Millionen Euro. Viel Geld würden manche meinen, Peanuts für SimTech.

Gegen einzelne Mitarbeiter und ehemalige Manager dagegen wurde weiter ermittelt. Das schloss den Kreis.

Nicht der Konzern war schuld, es waren raffgierige Manager gewesen! Das musste auch auf die SEC wirken.

Wie man später erfuhr, konnte in der Tat der drohende Verlust der Börsenzulassung in den USA verhindert werden. Auch hier gegen eine Buße, höher als in Deutschland, aber für den Mammutkonzern kein Problem. Die Aktionäre ließen es geschehen. Alles war im Lot!

(29)

Seit dem Treffen mit Marco Martella waren knapp zwei Wochen vergangen. Brenner konnte ohne den Spezialisten nicht viel unternehmen, und der war irgendwo in der Welt unterwegs. Das verstand Brenner zwar sehr gut, der Mann wurde auch von anderen angeheuert, aber trotzdem: Der schleppende Fortgang brannte ihm auf den Nägeln. Am Donnerstag der letzten Augustwoche bekam er ihn endlich ans Telefon.

„Ich müsste dringend mit Ihnen sprechen. Ich hatte Besuch, und darüber sollten wir uns eine Meinung bilden."

„Was halten Sie von 13a oder ein Stück weiter im Schloss?", fragte der Spezialist. „Ich war zwar unterwegs, habe aber in unserer Sache auch Neuigkeiten."

„Um eins in der *Schwaige*?"

Sie trafen fast gleichzeitig ein. Brenner hatte einen Parkplatz erhascht und gerade den Wagen verlassen, als er die ihm bekannte Stimme hinter seinem Rücken vernahm.

„Ich bin die paar Schritte zu Fuß gegangen", sagte der Spezialist und schüttelte Brenners Rechte.

„Kopf lüften ist gut, wenn es kühl ist, und Sommer haben wir ja wohl heute keinen."

In der *Schwaige* war nicht viel los und die Bestellung schnell aufgegeben.

„Sie zuerst", sagte Brenner.

„Ist mir recht", antwortete der Spezialist lächelnd. „Einer der ehemaligen Manager hat mittlerweile weiter ausgepackt und ein zweites Netzwerk offenbart, mit dessen Hilfe er Mittel generierte. Sehr ähnlich übrigens dem bereits bekannten Netzwerk. SimTech, als Ebene eins bezeichnet, schloss mit mehreren Briefkastenfirmen, drei amerikanische und eine österreichische sind bisher bekannt, Business Consulting Verträge ab. Anhand dieser Verträge wurden Scheinrechnungen ausgestellt oder später nachgereicht, nachdem fingierte *Letters of Acceptance* ausgefertigt worden waren. Damit alles noch etwas verworrener wird, gründeten eben dieser Manager und ein ehemaliger Kollege aus dem Bereich Finanzwesen zwei weitere Briefkastenfirmen auf den British Virgin Islands. Auch hierbei ging es nur darum, Scheinrechnungen zu generieren. Sie verwendeten hierzu längst abgeschlossene Projekte, fügten diesen rückdatierte Scheinverträge hinzu und rechneten auf diese Weise Leistungen ab, die es niemals gegeben hatte.

Das lief sehr gut, und das Depot erfuhr einen riesigen Zuwachs. Die beiden Herren unternahmen auch gerne mal persönlich einen Abstecher in die Karibik. Ist ja schön warm dort, und ein paar Tage Urlaub, was soll's, Geld hatten sie genug."

„Interessant", sagte Brenner und wartete geduldig, bis der Spezialist fortfuhr.

„Es wurden aberwitzige Ereignisse erfunden, bei deren Zustandekommen riesige Beträge als Provisionen oder Honorare zur Zahlung fällig wurden. Häufig nicht in einer Summe, sondern über mehrere Tranchen gesplittet. Die Herren waren clever. Es reichte die Unterschrift eines einzelnen Mannes. Stellen Sie sich das mal vor. Von SimTech zu den Briefkästen, dann zwischen diesen hin und her und schließlich wieder zurück zu SimTech, damit auch alles schön bezahlt wurde. Mindestens ein Mitarbeiter dieses Managers war ebenfalls tiefer verwickelt und mit enormen Vollmachten ausgestattet. War der Boss verreist, unterschrieb der Mitarbeiter die erforderlichen Dokumente und Zahlungsanweisungen.

Die Staatsanwaltschaft verschafft sich gerade einen Überblick über die Größenordnung, aber man spricht von riesigen, kaum vorstellbaren Millionenbeträgen, die da absolut schwarz generiert worden waren."

„Da sollte es doch nicht allzu schwer sein, die eine oder andere Million beiseite zu schaffen, nicht wahr?", bemerkte Brenner.

„Allein über diese Briefkästen mit ihren Fantasierechnungen, Überweisungen und Barabhebungen konnten Millionen im mehrstelligen Bereich abgezweigt worden sein. Viele der Empfänger sind genauso imaginär wie das ganze System. Und alles, was hierüber jetzt bekannt wird, fußt tatsächlich nur darauf, was dieser eine Manager aussagt und zu Protokoll gibt. Kaum zu fassen! Es gibt nur einen einzigen Menschen, der das verzweigte System kennt, der niemandem rechenschaftspflichtig gewesen war und

Geld mittels verschleierter Belege oder auch völlig ohne Belege aus dem Unternehmen ziehen konnte. Da kommt man schon ins Grübeln!", seufzte der Spezialist.

„Sie meinen also, über diese Schiene könnte sogar mehr gelaufen sein als über Guernsey?"

„Was den privaten Zugriff anbelangt, sicher. War ja alles irreal, was da lief, die reine Fiktion von Anfang an."

Brenner wusste natürlich, dass es sich bei dem genannten Manager um Ferdinand Seifert handelte. Unklar war, ob sie dies alles wirklich weiterbringen würde.

„Ich hatte Besuch", sagte er, um sein Thema anzusprechen.

„Besuch? Welcher Art?", fragte der Spezialist.

Brenner erläuterte, was ihm jener südländische Typ vorgeschlagen hatte.

„Hmm, interessant", brummte der Spezialist, „habe nie von einem solchen Freundeskreis gehört. Soziale Motive, um an Millionen zu kommen? Könnte auch eine Finte sein. Aber wozu brauchen die Sie? Woher kennen diese Leute überhaupt die Details? Aus Ihren Berichten in der Zeitung konnte er sein Wissen nicht gezogen haben. Es war ja im Detail so nicht zu lesen."

„Diese Fragen habe ich mir auch gestellt. Es könnte eine Antwort geben."

„Ich bin gespannt", sagte der Spezialist.

„Es geht primär nicht um mich, sondern um Sie. Die wollen wissen, von wem ich meine Informationen habe. Sie wussten immerhin von Ihrem Besuch bei der Bank auf Guernsey."

„Das macht mich stutzig. Woher haben sie diese Information? Kann es eine undichte Stelle im Verlag geben? Haben Sie schon mal darüber nachgedacht?"

Brenner runzelte die Stirn. „Sie haben recht, von irgendwoher müssen die Details ja durchgesickert sein, warum also nicht vom Verlag? Ich muss nachdenken, allzu viele Leute kommen nicht in Betracht. Es sind nur sehr wenige, mit denen ich über meine Arbeit spreche, bevor sie in Druck geht."

„Was wollen wir tun?", knüpfte der Spezialist wieder an. „Sollen wir uns mit dem Knaben treffen, ihm ein wenig auf den Zahn fühlen?"

„Wenn Sie meinen? Ich verabrede einen Termin."

„Okay, einverstanden. Nicht im Verlag. Ich habe eine bessere Adresse. Nehmen Sie das *Lido* am Starnberger See, kurz vor Seeshaupt. Immer viel Betrieb dort, aber wir werden einen passenden Platz bekommen. Rufen Sie an und verlangen nach Fred. Ich gebe ihm Bescheid, dass Sie sich melden."

„Mache ich", sagte Brenner. „Gibt es sonst noch etwas?"

„Ja, wir laufen primär nur hinter einer Spur her. Es gibt aber noch eine zweite, vergessen wir das nicht. Ich meine den Herrn, der in Dubai eine Wohnung besitzt und sein Glück in Immobilien versucht, so jedenfalls die offizielle Version."

„Stimmt, Sie hatten die Information aus Dubai mitgebracht; war das nicht Kögel?"

„Lassen wir die Namen weg. Niemand weiß, wie weit man heutzutage hören kann, aber er ist es. Wie er das gemacht hat, trotz aller Untersuchungen und Ermittlungen, weiß der Teufel, aber er hat es gemacht. Übers Internet geht das ja wohl kaum, folglich hat er einflussreiche Freunde in Dubai."

„Diese Burschen haben ihren Coup auf das Feinste geplant, vielleicht in Zusammenarbeit, vielleicht jeder für sich", sinnierte Brenner.

„So schwer war das vermutlich gar nicht. Der mit den Vollmachten händigt dem aus Dubai Bares aus oder überweist es ihm auf ein Konto in den Emiraten, beziehungsweise auf eine Filiale in München mit Stammsitz in den Emiraten oder so ähnlich. Dabei muss der Erste nicht einmal gewusst haben, was der Zweite vorhatte. Er kann einfach gesagt haben, er brauche so und soviel für bestimmte Kanäle. Da mag der eine zwar seine Zweifel gehabt haben, der andere aber war immerhin sein Boss, von dem er seine unbegrenzten Vollmachten erhalten hatte. Verstanden? Bequemer geht es nicht mehr."

„Wird immer diffiziler. Wie soll man da noch durchsteigen? Das kann ja mehrere Male so gelaufen sein, und seine Freunde in Dubai helfen und schützen ihn", ergänzte Brenner.

„Das Geld liegt gut verwahrt in den Emiraten, auf einem Nummernkonto oder so ähnlich. Der Name des Inhabers taucht deshalb nicht auf und bleibt verborgen. Vielleicht auch nicht, mal sehen. Ich habe ja auch Freunde dort, wie Sie wissen."

Zurück im Büro erkundigte sich Brenner bei einem der Verlagsanwälte, ob man Informationen über Konten in Dubai beschaffen könne.

„Sie meinen, ob wir eine entsprechende Verbindung haben?", fragte der Jurist präzise.

„Ja, genau so", bestätigte Brenner.

„Da muss ich Sie enttäuschen. Aus den Emiraten bekommen Sie nichts. Schon gar nicht jemand aus dem Westen."

Ein präzise durchdachter Sumpf, fuhr es Brenner durch den Kopf. Kögel und Seifert hatten ein Scheitern ihres Systems von Anbeginn mit einkalkuliert. Das war der Knackpunkt. Kögel ließ Seifert freie Hand und würde deshalb zum System selbst keine Angaben machen können, und Seifert verschleierte alles mit einer ausgeklügelten Präzision. Er weiß, bei welchen Staaten es selbst für Ermittlungsbehörden nahezu unmöglich ist, brauchbare Auskünfte über Konten und Geldtransfers zu erhalten. Seifert würde folglich Geschichten erfinden können, sollte das System eines Tages platzen, und niemand wäre in der Lage, sie zu überprüfen. Das war der Plan, davon war Brenner überzeugt. Und Seifert, dieses Szenario vor Augen, baut während all der Jahre bereits an seiner Geschichte für den Tag X. Seifert plant seine Geschichten voraus und passt sie nahtlos in tatsächliche Begebenheiten ein. Er erfindet Personen, die es niemals gegeben hat, gibt ihnen Namen, und lernt alles auswendig. Für die Ermittler ergibt sich ein geschlossenes Bild. Sie zweifeln nicht an dem, was Seifert erzählt. Sie zweifeln nicht, weil alles zusammenpasst. Punkt, Ende und aus.

(30)

Sie hatten zunächst Glück, freilich nur mit dem Wetter. Obwohl der nahende Herbst bereits seine Vorboten sandte und der Sommer für dieses Jahr endgültig vorbei schien, war es heute mit 20 Grad angenehm, einen Tisch etwas abseits im Freien zu bekommen. Das *Lido* war gut besucht, aber für einen Freitag nicht überlaufen.

Marco Martella, oder wie auch immer der Mann hieß, war sofort am Telefon gewesen und hatte für Freitagmittag zugesagt. Sie studierten die Speisekarte, bestellten und begannen eine völlig zwanglose Konversation wie Arbeitskollegen oder Geschäftsfreunde, um die Woche ausklingen zu lassen. Keiner hatte sich mit Namen vorgestellt, gerade so, als würden sie sich schon ewig kennen.

Brenner dachte, es scheine eine Manie zu sein von Leuten in diesen Kreisen: alles bitte, bloß keine Namen.

Unvermittelt fragte der Spezialist: „Sie wollen mit uns zusammenarbeiten, warum?"

Der Südländer lächelte, ob dieses abrupten Themenwechsels. „Ja, ich hatte es schon unserem Gastgeber erklärt und ich denke, ich muss mich nicht wiederholen?"

Mit *Gastgeber* war also er, Brenner, gemeint. Bevor er dazu etwas sagen konnte, hatte der Spezialist bereits das Wort ergriffen. „Das einzige, was ich an Ihrer Story glaube, ist die Tatsache, dass Sie hinter den Millionen her sind, wenn sie denn überhaupt existieren."

Das Lächeln des Südländers wurde um einiges breiter und entblößte makellos weiße Zähne, die in einem wunderbaren Kontrast zum braunen Teint seines Gesichtes standen. „Da haben Sie mich also ertappt", sagte er bewusst ruhig und freundlich.

Der Spezialist gestand sich unumwunden ein: Dieser Mann war außergewöhnlich gut, ein Muster an Disziplin, den nichts aus der Bahn warf. Also legte er nach: „Ich habe ein wenig nachgeforscht." Eine Augenbraue des Südländers zuckte kurz, als er fortfuhr. „Bringen wir es schnell auf den Punkt. Sie haben sich unserem Gastgeber mit einem falschen Namen vorgestellt, ist aber egal, Namen sind Namen, man kann sie beliebig ändern. Sie wohnen nicht in Deutschland, sondern weit unten im Süden am Meer. Habe ich nicht recht? Konkret in der Nähe von Palermo. Schön dort, hatte ebenfalls schon mehrfach das Vergnügen. Ich habe exzellente Verbindungen in dieses, mit besonderem Liebreiz ausgestattete Stück Land. Ich weiß sogar, für wen Sie arbeiten, jedenfalls hin und wieder. Ich weiß auch, dass dieser Auftraggeber alles andere als ein karitativer Mensch ist. Obwohl, in Ihrem Sinn vielleicht tatsächlich doch - zählt die Familie nicht alles? Er sorgt sehr für seine Familie, wurde mir berichtet, und Sie helfen ihm dabei, dass das auch so bleibt, das sensible Gleichgewicht nicht gestört wird, habe ich nicht auch in diesem Punkt recht? Haben Sie nicht in Cambridge studiert? Also lassen wir die Posse. Was wollen Sie von uns?"

Der Mann aus dem Süden hatte Mühe, seinen Gleichmut zu bewahren. Wie zum Teufel war dieser Mann an diese Informationen gelangt? Es machte keinen Sinn mehr, an der von ihm erfundenen Geschichte festzuhalten. Er konnte aufstehen und gehen. Schlechte Performance. Karten auf den Tisch, der einzige Ausweg. Anerkennend sagte er deshalb: „Gratulation, Sie sind gut informiert, sehr gut sogar. Zugegeben, ich habe nicht damit gerechnet, dass meine Geschichte so schnell auffliegt, aber sie war nur als Einstieg gedacht. Nun, es ist, wie es ist. Sie haben in allen Punkten recht, bis auf einen. Meine Mission hier in München hat nichts zu tun mit meiner Familie. Übrigens, jeder besitzt doch eine Familie, Sie etwa nicht? Die meinige kommt aus dem Süden, das stimmt. Ist es falsch, wenn die Söhne für ihre Familien eintreten? Ich bin hier aus Gefälligkeit. Meine Auftraggeber sind hinter den Millionen her und sie werden sie bekommen, glauben Sie mir. Mit oder ohne Ihre Mitarbeit. Steigen Sie mit ins Boot und meine Auftraggeber werden teilen. Jede Partei die Hälfte. Machen Sie nicht mit, stehen sie alleine. Kommen Sie meinen Auftraggebern in die Quere, wird das für Sie kein Vergnügen werden. Sie arbeiten mit anderen Methoden, als Sie sich das vorstellen. Fällen Sie also eine kluge Entscheidung, in Ihrem Interesse! Vielleicht noch eine Anmerkung: Sie können in Ihrer Zeitung schreiben, was Sie wollen. Meine Auftraggeber sind in dieser Hinsicht kulant. Schreiben Sie aber nichts über sie, das wäre unklug!"

„Schön, verstehe", sagte Brenner, „aber warum wollen Sie oder Ihre Auftraggeber mit uns eine Liaison eingehen?"

„Sie und wir verfügen über unterschiedliche Fähigkeiten. Zusammen wäre es für beide bedeutend einfacher. Sehen Sie, am Ende muss vielleicht doch zu unkonventionellen Mitteln gegriffen werden. Leute müssen reden und manche von ihnen werden es nicht freiwillig tun. Unserem Nachdruck hat sich noch jeder gefügt. Darin sind wir stark. Sie nicht. Sie bringen Leute nicht zum Reden, auch wenn es Ihnen in Guernsey doch irgendwie gelungen ist."

„Vielleicht unterschätzen Sie uns, weil Sie nur denken können, was sich seit Generationen in Ihren Familien als praktisch erwiesen hat. Denken Sie mal darüber nach. Gewalt findet als Druckmittel dort ein Ende, wo der Bedrohte entweder unbeeindruckt bleibt oder die Gewalt gegen Sie wendet. Sie können ja schließlich nicht die gesamte Menschheit ausrotten, nicht wahr?", bemerkte der Spezialist.

Der Südländer lächelte, als er antwortete: „Vielleicht ist es so, wie Sie sagen, aber glauben Sie mir, heute ist dieser Zeitpunkt noch nicht gekommen, noch lange nicht!"

Er schob seinen Stuhl zurück, stand auf und sagte mit einer höflichen Verbeugung: „Danke für die Einladung. Sie wissen, wie Sie mich erreichen können. Warten Sie aber nicht zu lange! Ich weiß nicht, wie viel Geduld meine Auftraggeber haben."

Mit festem Schritt entfernte sich der Mann mit den weißen Zähnen und dem braunen Teint.

Lässig lehnte die Frau an ihrem BMW *M3*. In der Linken ein Handy, in der Rechten den Fahrzeugschlüssel. Offensichtlich hatte sie ein Telefongespräch an der Abfahrt gehindert. Sie lachte, sagte etwas, schüttelte den Kopf, lachte wieder, öffnete die Türe des Wagens.

„Ich sehe ihn genau vor mir", sagte sie mit einem erneuten Lachen, das so gar nicht zu dem Gesprochenen passte.

„Ich häng' mich dran. Das Handy lasse ich an, okay, ich steck es nur kurz in die Ladeschale. Ist gut, mein Lieber, also dann bis später."

Gerade als der Südländer den Parkplatz links in Richtung St. Heinrich verließ, startete die Frau ihren Wagen. Mit einem giftigen Fauchen röhrte der M3 in die gleiche Richtung. In gehörigem Abstand folgte sie dem Wagen vor ihr über Münsing weiter nach Starnberg. Vor dem *Al Gallo Nero* am Bahnhof stellte der Südländer seinen Wagen ab und verschwand in dem Lokal. Die Frau blieb etwas entfernt stehen und wartete.

„Soll ich ihm folgen?", fragte sie in die Freisprechanlage, nicht mehr schauspielernd, sondern angespannt, konzentriert.

„Nein, warten Sie, ist zu auffällig! Er soll Sie auf keinen Fall sehen. Der Mann ist eine Viper, dem entgeht nichts", hörte sie die Stimme ihres Bosses sagen.

Etwa 15 Minuten später erschien er wieder, startete, fuhr direkt auf die Autobahn nach München, verließ diese am Kreuzhof, nahm die Fürstenrieder Straße bis zur Laimer Unterführung, bog rechts ab und folgte der Landsberger Straße zur Stadtmitte.

Die Frau musste ihr ganzes Geschick aufbringen, um den Wagen im Verkehrsgewühl nicht zu verlieren. Sie durfte nicht zu nah auffahren, wechselte mehrfach die Spuren, vergrößerte den Abstand und hoffte inständig, keine der Ampeln würde ihr einen Strich durch die Rechnung machen. In der Schwanthaler Straße wäre es beinahe schiefgegangen. Sie musste es riskieren. Die Ampel schaltete gerade auf Rot, als sie rechts in die Sonnenstraße abbog. Er ordnete sich weit vor ihr nach links ein, Sendlinger-Tor-Platz, Altstadtring, Isartorplatz links, durchs Isartor und weg war er.

„Scheiße", entfuhr es der Frau.

„Was ist?", hörte sie ihren Boss fragen.

„Nichts, rot, ich hab's nicht mehr geschafft. Mal sehen, vielleicht taucht er ja noch einmal auf."

Grün, sie fuhr an, kitzelte den hochgezüchteten Motor, brachte die 400 PS auf die Räder, verbrannter Gummi, es stank, aber sie bog ab, bevor der Gegenverkehr es hätte verhindern können. Ihr Wagen schoss durch das Isartor ins Tal. Ganz vorne glaubte sie, ihn zu erkennen. Er bog gerade rechts ab. Endlich erreichte sie die gleiche Stelle, vorbei an der Polizeiwache, bremsen, Gegenverkehr.

Nirgendwo sah sie seinen Wagen. Wo mochte er sein? Da vorne, durchzuckte sie es.

„Das *Mandarin*. Ich fahr hin und geh rein", sagte sie in das Mikrofon der Freisprechanlage.

„Okay - aber Vorsicht!" Die Frau hatte schon das Parkhaus umrundet und wollte die Anfahrzone am Hotel ansteuern, als ein Platz gegenüber bei einem Café frei wurde. Jetzt kam es nicht mehr auf die Minute an. Entweder er war dort abgestiegen, oder sie hatte ihn verloren. Gemächlich schlenderte sie zum Seiteneingang des Hotels, erwiderte den Gruß des Hotelboys, der ihr die Tür aufhielt und begab sich zu einem der freien Tische in der Nähe der Hotelbar gegenüber der Rezeption. Sie bestellte einen Espresso und ein Wasser und stellte sich auf eine längere Wartezeit ein. Irgendwann würde er auftauchen, wenn er hier wohnte, schoss es ihr durch den Kopf. Sie konnte schlecht an der Rezeption nach einem Mann mit südländischem Aussehen fragen. Unter welchem Namen er abgestiegen war, wusste sie nicht, aber bestimmt nicht unter Marco Martella. Im Parkhaus nach seinem Wagen suchen? Aussichtslos, es würde zu viel Zeit in Anspruch nehmen. Sie gab der Bedienung ein Zeichen, bat um ein Blatt Papier mit Kuvert und zahlte.

Als das Verlangte vor ihr lag, tat sie so, als schriebe sie einige Zeilen auf das Blatt, faltete es und steckte es in das Kuvert. An der Rezeption gab sie vor, für einen der Hotelgäste eine Nachricht hinterlassen zu müssen, leider aber dessen Namen vergessen habe, was ihr unsagbar peinlich sei. Sie beschrieb den Südländer, dessen elegante Erscheinung, Anzug, Hemd, Krawatte. Ein Lächeln huschte über das Gesicht des Mannes hinter dem Tresen.

„Sehr trefflich beschrieben, das kann nur Mister Portono sein. Wenn Sie mir das Kuvert geben wollen?"

„Danke, vielleicht bringe ich es gleich selbst hoch."

„Gerne, wie Sie wünschen, einen Augenblick bitte." Der Angestellte wählte eine Nummer, sprach leise, wandte sich dann an die Frau und sagte: „Herr Portono erwartet Sie, nehmen Sie am besten den Lift gleich hier um die Ecke, Zimmer 407."

Franziska Ebel, 38, ehemalige Polizistin, Spezialgebiet *Profiling*, gehörte seit gut fünf Jahren zum Team des Spezialisten. Er hatte sie ganz einfach gefragt, ob sie den Polizeidienst nicht gegen einen Job bei ihm eintauschen möchte. Sie war eine ausgezeichnete Polizistin, was ihr zahlreiche Beurteilungen bestätigten. Schon sehr bald waren Vorgesetzte auf sie aufmerksam geworden und hatten ihren Werdegang gefördert. Der neue Job in 13a reizte sie, versprach Abwechslung und forderte ihr breit gefächertes Wissen heraus. Auch die Bezahlung war um einiges besser und, was ihr besonders wichtig war, jeder im Team arbeitete selbständig. Eigeninitiative und Verantwortung waren gefragt. Das wiederum setzte Fantasie und Selbstvertrauen voraus. Beides besaß Franziska Ebel, und sie besaß die Gabe, kleinste Details an Tatorten, von Menschen, von scheinbaren Nebensächlichkeiten in sich aufzusaugen, zu speichern und später präzise zu analysieren. Von unschätzbarem Wert für das Team, in dem sie jetzt arbeitete.

Sie drückte die Ruftaste des Aufzugs, stieg ein, fuhr zum vierten Flur und nahm blitzschnell die Treppe nach unten. Im zweiten Flur nahm sie wieder den Aufzug und verließ zusammen mit anderen Gästen das Hotel über den Seiteneingang.

Im Auto wählte sie eine Nummer und gab einen Zwischenbericht. Würde Portono das Hotel über den Haupteingang nach rechts verlassen, könnte sie ihn von ihrem Wagen aus sehen. Ins Hotel zurück konnte sie nicht. Beide Zugänge gleichzeitig zu überwachen, war von ihrer Position aus unmöglich.

Sie blieb im Auto sitzen. Er war mit einem Wagen gekommen und würde hoffentlich auch mit diesem Wagen weitere Wege unternehmen. Hotelpersonal holte die Fahrzeuge der Hotelgäste aus dem Parkhaus und fuhr diese zum Seiteneingang. Vorne am Haupteingang gab es keine Parkfläche.

Franziska Ebel konnte also komfortabel warten, bis *ihr* Mann aufkreuzen würde. Ein Blick in den Rückspiegel, den sie leicht nach unten bewegte, bis sie ihr Gesicht sehen konnte, warf ihr ein wenig erfreuliches Bild entgegen. Mit einer Bürste schnell durchs Haar, etwas Gloss auf die Lippen - ein interessantes, auf die Farbe ihrer Haare abgestimmtes Dunkelrot - sanft die Augenbrauen nachgezogen und ein wenig Rouge auf die Wangen, welches sie mit einem buschigen Kosmetikpinsel dezent verteilte. Ein paar

Minuten, während deren sie den Seiteneingang nicht eine Sekunde aus den Augen ließ. Aber *ihr* Mann kam nicht.

Wieder ein kurzes Telefonat. Warten. Nach drei Stunden griff sie zum Telefon, wählte die Nummer des Hotels und verlangte Herrn Portono zu sprechen. Es täte ihm leid, sagte der Portier, aber Herr Portono sei nicht im Haus.

„Scheiße", entfuhr es ihr wenig damenhaft. Er musste doch den Fronteingang benutzt haben. Wo war der Mann? Sie musste warten, bis er zurückkam, vielleicht die ganze Nacht hier in ihrem Wagen. Kein Spaß. Wenn es tatsächlich länger dauerte, musste sie ein Kollege ablösen: Die Müdigkeit; niemand war gegen einen Sekundenschlaf gefeit. Wieder ein kurzes Telefonat. Ablösung um Mitternacht. Stundenlang wartete sie jetzt schon hier, ein wenig die Beine vertreten, eine andere Position einnehmen, der Fronteingang! Ein Blick auf die Uhr, zwanzig nach elf, Nacht.

Zwei Gestalten näherten sich von links, sie kniff die Augen zusammen. Kein Zweifel, einer von beiden war Portono. Ein Foto, sie brauchte ein Foto. Würde das Licht des Hotels ausreichen? Handy herauskramen, Blitz ausschalten, drei Mal abgedrückt, dann waren die Gestalten im Hotel verschwunden.

Ihr Puls beschleunigte. Warten auf Portonos Begleiter, sich an ihn heften, jagten ihre Gedanken durch den Kopf. Fünfzehn, zwanzig Minuten, der Mann kommt durch den Seiteneingang, ein Wagen fährt vor, der Chauffeur steigt aus, öffnet dem älteren Herrn, wie sie jetzt sah, den rechten Wagenschlag, steigt wieder ein, fährt los. Franziska Ebel scherte aus, zwang einen von rechts kommenden Wagen abrupt zu bremsen, hörte wütendes Geschimpfe und konzentrierte sich auf das Fahrzeug mit dem älteren Herrn, zwei Fahrzeuge vor ihr.

Sie fuhren am Isarring entlang Richtung Thalkirchen, rechts den Berg hoch, weiter nach Solln, Pullach. Sie hielten kurz, das Tor zu einer Villa am Isar Hochufer öffnete sich geräuschlos. Der Wagen passierte es und entschwand auf dem Anwesen. Danach schloss sich das Tor, wie von Geisterhand gezogen. Franziska Ebel stellte ihren Wagen ab und näherte sich der Villa. Sie schoss noch ein paar Fotos, diesmal hoffend, die spärliche Straßenbeleuchtung würde genug Licht geben. Durch die Umzäunung konnte sie vage erleuchtete Fenster im Erdgeschoss erkennen, sonst nichts.

Nach einer Weile kehrte sie zu ihrem Wagen zurück und fuhr nach Hause. Leise vor sich hin schimpfend warf sie ihre Handtasche auf einen Sessel, nahm das Handy und stellte eine Verbindung mit dem PC her.

Die Bilder vom Hotel sind gut. Deutlich sind Portono und sein Begleiter zu erkennen. Sie würde die Bilder morgen mit ihrer Datenbank abgleichen und über eine ihrer Quellen prüfen, ob die Polizei etwas über die beiden Männer gespeichert hatte.

Die Fotos aus Pullach lassen die Villa selbst nicht erkennen, nur das Tor und eine Hausnummer ist zu sehen. Kein Name, kein Hinweis auf seine Bewohner. Den Straßennamen hatte sie notiert.

(31)

Für einen kurzen Augenblick meinte Francesco, ein Wagen folge ihnen, aber Lordano beschwichtigte ihn. Er konnte trotz intensiver Musterung des rückwärtigen Verkehrs nichts Besonderes feststellen. Der Mann aus dem Süden hatte ihm von dem Treffen mit Brenner und dessen Informationsquelle berichtet.

„Ein Profi, kein Zweifel. Gut organisiert mit Background. Was er über mich wusste, konnte er nur aus meiner nächsten Umgebung haben. Das heißt, der Mann hat ernst zu nehmende Verbindungen auf unsere Insel, anders wäre es nicht zu erklären."

„Sie reisen morgen wieder ab", sagte Lordano entschlossen. „Ich hätte Sie zwar noch sehr gut hier gebrauchen können, aber das Risiko ist zu hoch. Sprechen Sie mit Ihrem Boss. Ich brauche einen Mann Ihrer Qualität, aber er sollte nicht aus dem Süden kommen. Ich kann nichts riskieren, falls Brenners Quelle ihn identifizieren könnte. Sie möchte ich bitten, die nächsten Monate München fern zu bleiben: zu riskant. Wir haben keine Ahnung, was die Gegenseite unternehmen wird, um an die Millionen heranzukommen."

Lordano analysierte seine Position messerscharf. Wer war der Profi an Brenners Seite? Wer war Reiser? Und wer gehörte noch zu dieser Gruppe? Er tat sich schwer mit dem Motiv dieser Leute für das Beschaffen der Millionen. Welcher normale Mensch würde einen solch enormen Aufwand betreiben, um dann das Geld denjenigen zu geben, deren Politik das Zustandekommen der gejagten Beträge erst ermöglichte? Er war sicher, dass es ohne Duldung der höchsten Chargen unmöglich gewesen wäre, das aufgeflogene System zu etablieren. Da mochten noch so viele Richtlinien und Anweisungen existieren oder Beauftragte ernannt sein, die verhindern sollten, was nicht zu verhindern gewesen war. Solange der Konzern von der latenten Bereitschaft geprägt ist, dem Einfahren von Aufträgen die höchste Priorität zuzuordnen, solange wird es immer wieder zu solchen Auswüchsen kommen. Mal in größerem Umfang wie soeben, mal in kleineren Ausmaßen. Lordano besaß einige Erfahrung in dieser Hinsicht. Es gehörte zu seinem Geschäft, anderen gegen hohe Beteiligungen Erfolge zu verschaffen. In jeder Hinsicht.

Solange die Manager einen erheblichen Teil ihres Einkommens in Abhängigkeit von den erzielten Aufträgen bezogen, würde sich nichts ändern. Das war nicht zu trennen. Alles Gerede von Ethik und Moral: leere Hülsen, Gefasel. Was zählte, war die Menge der Aufträge. Deswegen verstand er das Motiv der Leute um Brenner nicht. Wenn sie das Geld behalten, sich damit ein schönes Leben machen würden, wären sie auf seiner Stufe, und er würde besser nachvollziehen und vorhersehen können, was in ihren Köpfen vorging, aber so?

Lordano wusste nicht, wie nahe er mit seinen Überlegungen den kürzlich angestellten Gedanken Seiferts gekommen war, aber er wunderte sich über die Staatsanwälte und Ermittler, denen diese, wie es schien, einfachen Zusammenhänge entgangen sein mussten. Vielleicht fehlte ihnen auch das Gespür für menschliche Gier.

Das Handy mit der Nummer, die auf der Karte des Südländers angegeben war, lag vor ihm auf dem Tisch. Eine Prepaid-Nummer ohne jeden Bezug zu ihm. Sollte Brenner tatsächlich noch einmal anrufen, was er insgeheim stark bezweifelte, würde Francesco drangehen oder eine Mailbox antworten. Er musste eine Entscheidung fällen. Eine unangenehme und ihm verhasste Entscheidung, aber in diesem Fall die einzig sinnvolle. Wenn es nicht möglich war, Brenners Quelle zu nutzen, musste er sie auslöschen. Dieser Entschluss war unausweichlich, folgte einem Naturgesetz, jedenfalls in seiner Welt. Wer war der Mann, wo lebte er? Der Südländer hatte versucht, eine Aufnahme mit dem Handy zu schießen, doch diese war unscharf, nicht zu gebrauchen. Seine Informantin im Verlag? Kaum anzunehmen, dass sie darüber etwas wusste. So wie die Dinge sich entwickelten, dürfte es ohnehin mehr als wahrscheinlich sein, dass ihre Tage gezählt waren. Brenner würde eins und eins addieren können. Folglich würde schon sehr bald auch dieser Ast abgesägt sein. Dies vor Augen, fällte Lordano eine Entscheidung. Sein ursprünglicher Plan, zu warten, bis die Manager vor Gericht standen, um ihnen den Aufenthaltsort der Millionen zu entreißen, würde zu viel Zeit in Anspruch nehmen. Zeit, die er aus der soeben gewonnenen Erkenntnis nicht mehr hatte.

Er drückte einen Knopf am Tisch – Sekunden, und Francesco stand im Raum.

„Ich brauche eine Verbindung zu meinem Freund in Palermo. Ich muss mit ihm direkt sprechen. Es dauert mir zu lange, bis unser Mann aus dem Mandarin bei ihm ist, und ich muss den Vermittler sprechen."

„Waren Sie mit unserer Arbeit zufrieden, Signore?", fragte die Stimme, statt einen Namen zu nennen.

„Sie haben es wie immer gut gemacht, danke. Diesmal geht es nicht darum, einem Anwalt Informationen aus den Rippen zu schneiden, es ist diffiziler. Ich brauche Ihren besten Mann. Wird das gehen?"

„Kein Problem, Signore. Ich schicke denselben Mann, der Ihnen kürzlich das Material über den Anwalt gebracht hat. Mit ihm können Sie alles Weitere besprechen."

„Gut, ich erwarte ihn morgen, zehn Uhr."

Nur wenige Leute hatten das Vergnügen oder die Ehre, Signore Lordano in dessen Villa zu besuchen. Bestimmte Mitarbeiter des Vermittlers gehörten dazu. Ihm gegenüber wäre jede Verschleierung zwecklos. Er führte Aufträge jeglicher Art aus, war sozusagen der Kontakt fürs Grobe und wusste deshalb über ihn Bescheid, hätte ihn mit seinem Wissen jederzeit ans Messer liefern können. Da war es ohne Bedeutung, ob dessen Leute einige Details mehr wussten als andere Menschen. Pünktlich um zehn Uhr meldete Francesco den Besucher.

„Francesco, zwei Cappuccino, Wasser und ein paar Cornetti!"

Der Besucher ließ sich in einen der Sessel fallen und wartete, bis Lordano das Wort an ihn richtete.

„Gute Arbeit, das letzte Mal. Ich habe das auch Ihrem Boss gesagt. Der Auftrag jetzt gehört einer anderen Kategorie an. Ich muss dringend etwas in Erfahrung bringen, und Sie müssen mir den Zugang dazu verschaffen. Verstehen Sie, die Leute, die das wissen, was ich benötige, sollen es nicht Ihnen sagen, sondern mir, und nur mir. Haben wir uns da verstanden?"

„Signore, selbstverständlich", antwortete der Besucher.

„Wie Sie es anstellen, ist Ihre Sache. Keine Einschränkungen von mir, nur eine Bitte: Ich mag keine Gewalt. Wenn das ginge, wäre es mir eine Prämie wert."

„Ja, Signore, machen Sie sich keine Sorgen, ich erledige das so, wie Sie es wünschen."

„Gut. Ich gebe Ihnen gleich ein Blatt, darauf finden Sie zwei Namen, die unterstrichen sind. Unter diesen Namen stehen weitere Namen, Ehefrauen, Kinder, soweit ich es in Erfahrung bringen konnte. Ihre Aufgabe ist es nun, den zuoberst Genannten zu erklären, jemand wolle eine Auskunft. Sind sie gefügig, geben Sie mir Bescheid und wir besprechen das Weitere. Stellen sie sich quer, sprechen Sie in der passenden Form mit den Frauen und Kindern. Das machen Sie so lange, bis die Personen gefügig sind. Die beiden Männer sind derzeit von Polizei und Staatsanwalt umgeben. Passen sie also auf, dass Sie da nicht in eine Falle tappen!"

Der Besucher prägte sich die Namen auf dem Blatt ein und gab es zurück.

„Ich habe mich vergewissert: Einer der beiden, deren Name auf dem Blatt unterstrichen ist, wohnt noch hier in München. Lordano schob einen Zettel über den Tisch. Der andere eventuell schon nicht mehr, seine Frau aber schon noch: Scheidung, irgendwie verständlich, aber uns egal. Er soll eine Anschrift in Dubai haben. Sie werden es herausfinden, nicht wahr?"

Der Besucher nickte, sah fragend auf Lordano, ließ den Zettel auf dem Tisch liegen und erhob sich.

„Francesco wird Sie hinausbegleiten."

Für 13 Uhr war ein Tisch in der *Villa Antica* in Pullach reserviert. Man kannte Lordano und war stets auffällig um einen zuvorkommenden Service bemüht. Es schien so, als hätte man für ihn sogar besonderes Geschirr und Besteck aufgelegt, Stoffservietten sowieso, die Gläser glänzten nicht nur, sie strahlten. Kein Kellner wäre auf die Idee gekommen, Signore Lordano die Speisekarte vorzulegen. Blumig ausgeschmückt erläuterte der Chefkellner in fließendem Italienisch, welche Köstlichkeiten in der Küche auf ihn warteten. Wie immer nahm Lordano die Empfehlung mit einem Lächeln an.

„Dazu den üblichen Roten?", fragte der Kellner, den Oberkörper kerzengerade, etwas nach vorne gebeugt. „Oder dürfen wir Signore mal einen anderen Sizilianer empfehlen, einen Sàgana de Cusumano? Ein herrlicher Tropfen!", schwärmte der Kellner.

„Ja, warum nicht. Ich kenne den Wein, er ist wirklich gut", antwortete Lordano. Die Familien der großen Weingüter kannte er alle persönlich und natürlich auch ihre Weine. Mit einigen war er auch geschäftlich verbunden. Man half sich eben, wie das im Süden so üblich war. Lordano saß alleine zu Tisch, prächtig entfaltete der Rote sein Bouquet nach fruchtigen Feigen, Pflaumen und Kirschen, und er glaubte sogar, einen Hauch von Zimt und Schokolade zu schmecken. Als gerade der Espresso serviert war, erschien Francesco, ein Handy in der Hand, und bedeutete Lordano, er habe ein Gespräch für ihn.

„Mein Freund", sagte die Stimme, nachdem Lordano ein *pronto* hervorgequetscht hatte. Schlagartig erhellte sich seine Miene und ein Lächeln umspielte seinen Mund.

„Wie geht es dir, mein Lieber? Und die Signorina? Alles gut?"

Sie sprachen sizilianischen Dialekt, schwer verständlich.

„Ich brauche Unterstützung", sagte Lordano dazwischen hinein in das unkomplizierte Gespräch zwischen Freunden.

„Einen Mann von der Qualität des letzten, aber er sollte nicht schon den Stempel des Südländers im Gesicht tragen. Du verstehst, die Leute reden und reden und machen sich ganz falsche Gedanken."

Sein Freund verstand offenbar sofort ohne weitere Erläuterungen.

„Ich habe jemanden für dich. Ins gleiche Hotel?"

„Nein, er soll sich im Königshof einquartieren."

Eine Weile lachten die beiden Freunde noch über das eine oder andere. Lordano war zufrieden, die Dinge gerieten in Bewegung.

(32)

Während Signore Lordano den bitteren Geschmack des Kaffees auskostete und mit sich und der Welt zufrieden schien, herrschte bei der Gruppe um Vinzenz Stangassinger eine gewisse Ratlosigkeit. Genau genommen nur bei dreien aus der Gruppe. Für den Spezialisten galt dies nicht. Aber im engeren Sinne zählte er auch nicht zu diesem Kreis. Schon aus dem Grunde nicht, weil Stangassinger und Reiser nichts von seiner Existenz wussten. Das würde auch so bleiben. Er war nur Brenner verpflichtet.

Franziska Ebel hatte gute Arbeit geleistet, und so wusste der Spezialist seit einigen Stunden, wer auf der anderen Seite den Takt schlug. Es war nicht sehr schwer gewesen, Signore Lordano anhand der von Franziska geschossenen Fotos zu identifizieren. Ein durchaus bekannter Geschäftsmann, wenn auch mit wenig Ambitionen, sich übermäßig in der Öffentlichkeit zu präsentieren. Es gab nur wenige, handverlesene Einladungen und Empfänge, bei denen er sich zeigte. Stets alleine, mit Francesco, einer Art Vertrautem, im Hintergrund. Allerdings barg die Datenbank in Nummer 13a auch einen Hinweis auf Lordanos Verbindung zum BND.

„Na, da schau an!", entfuhr es dem Spezialisten unwillkürlich. Lordano wollte also mit Brenner und ihm einen Deal machen. Informationen gegen einen Anteil an der Beute sozusagen. Er hätte in dieser Hinsicht weniger Skrupel gehabt, aber Brenner würde da ganz sicher nicht mitmachen. Der war eben ein von gewissen Moralvorstellungen geprägter Mensch, was auch immer wieder in seinen Zeitungsberichten zum Ausdruck kam.

Wie konnten sie aber Lordano bei Laune halten, ohne sich mit ihm ins Bett zu legen? Was würde Lordano unternehmen, wenn er merkte, dass sie ihn hinhielten? Er traute Lordano zu, zweigleisig zu fahren. Zum einen, sie in Sicherheit zu wiegen, indem er einen Deal anbot, und zum andern, jemanden auf sie anzusetzen, der sie nach Lordanos Gusto jederzeit ausschalten konnte, und *ausschalten* in Lordanos Sinn bedeutete, von der Bildfläche zu verschwinden, entweder tot oder zumindest nicht mehr handlungsfähig. Das war ein Scheißspiel, gestand sich der Spezialist ein. Brenner konnte er da nicht mit hineinziehen. Der war zwar ein guter Journalist, aber für Grobes ungeeignet. „Also mache ich es alleine", resümierte er.

„Franziska, wir müssen herausfinden, ob Lordano weiß, wer ich bin", sagte der Spezialist. Sie saßen in seinem Büro. Er hatte sie hinzugebeten und in groben Zügen den Fall erläutert. Vieles wusste sie schon, aber eben nicht alles.

„Ich könnte ihn anrufen und sagen, Sie wollen ihn sprechen. Meldet er sich, hat er Ihre Nummer herausgefunden und weiß, wer Sie sind."

„Falls nicht, haben wir leider auch keine Gewissheit dafür, dass er es nicht weiß. Wir stehen nicht im Telefonbuch", erwiderte der Spezialist. „Die Idee ist trotzdem gut, nur wir ergänzen sie etwas. Sie rufen an, aber egal wer sich meldet, Sie verlangen Francesco. Lordano wird die versteckte Botschaft verstehen."

„Eine versteckte Botschaft?", fragte Franziska verwundert.

„Ja, indem Sie den Namen seines Vertrauten kennen, geben Sie indirekt zu verstehen, Sie wüssten Persönliches über ihn."

„Sehr gut, das wird reichen und er wird mit Ihnen sprechen wollen."

„Bingo! Und wir warten, bis das Telefon läutet."

„Moment mal, nehmen wir an, er kennt Sie, kann aber Ihren Anschluss nicht herausfinden?", warf Franziska ein.

„In diesem Fall bräuchten wir uns nicht weiter mit ihm zu beschäftigen, er wäre dann nicht der Profi, für den wir ihn halten, nicht wahr?"

„Okay, dann gehe ich auf einen Sprung rüber ins *Neuwittelsbach*. Krankenhäuser haben meistens einen öffentlichen Fernsprecher."

Der Spezialist formte einen Plan. Es gab keine Alternative. Lordano durfte ihnen nicht zuvorkommen. War er schneller, wäre das Geld für sie nicht mehr erreichbar und damit die ganze Arbeit umsonst gewesen. Ein Umstand, der in der Vorstellung des Spezialisten keinen Platz fand. Seine Reputation stand auf dem Spiel. Schon klar: Lordano besaß eine Organisation, auf die er zurückgreifen konnte. Aber auch er konnte Leute einsetzen, über andere Spezialisten, ähnlich ihm, aber fokussiert auf spezifische Themen. Einen davon rief er an. „13 a", sagte er nur, anstelle eines Namens.

„Was kann ich für Sie tun?" war die in eine Frage gekleidete Antwort des Teilnehmers.
„Ich müsste Sie sprechen, eine knifflige Sache."
„Auf eine Bratwurst am Bahnhof? Okay für Sie?", fragte der andere.
„Ist okay. Sagen wir neunzehn dreißig?"
„Neunzehn dreißig", bestätigte der Mann.

Sie standen um einen der Tische, Semmeln in einem Korb, jeder eine Bratwurst und ein Bier. Zwei Arbeitskollegen, die auf ihren Zug warteten. Allerdings wäre aufgefallen, wie sie, ungewöhnlich für München, am Bier nur nippten.
„Wir haben einen Mann, den Namen sage ich Ihnen nachher, der mir einige Kopfschmerzen bereitet. Ich muss alles über ihn wissen. Ich brauche ein Bewegungsprofil. Wohin fährt er, mit wem trifft er sich, alles eben."
„Wollen Sie, dass wir ihn observieren oder reicht ein Chip?"
„Fürs Erste reicht ein Chip. Halten Sie aber Leute bereit, falls wir ihm näher auf den Zahn fühlen müssen."
„Kein Problem. Wir platzieren den Chip heute Nacht. Ab dem nächsten Start des Wagens wissen wir fast auf den Meter genau, wo sich unser Lämmchen aufhält, wie lange er seinen Wagen abstellt, wie viele Kilometer er wie schnell gefahren ist, Satellitentechnik vom Feinsten. Ich schlage vor, wir machen das zunächst für drei Tage. Reichen Ihnen die gewonnenen Erkenntnisse nicht aus, folgen wir ihm auf Schritt und Tritt."
„Einverstanden. Wie lange wird die Stromversorgung des Chips ausreichen?"
„Hängt vom Chip ab. Wenn wir gut rankommen, bauen wir einen ein, der an irgendeiner Stelle mit der Stromversorgung des Wagens verbunden wird und sich mit Betätigung der Zündung ein- und ausschaltet. Geht das nicht, nehmen wir einen mit einer Knopfzelle, die reicht für ein paar Wochen. Wir könnten einen zusätzlichen Chip in einem Aktenkoffer oder einer Tasche unterbringen, oder sein Handy umpolen, als Aufnahmegerät und Sender verwenden, wenn Sie das möchten."

„Ich glaube nicht, dass es sehr viel bringen wird. Vielleicht verwendet er mehrere Handys und Aktenkoffer, weiß nicht, hat der vielleicht ein halbes Dutzend. Und der Aufwand, nein, lassen wir es erst einmal beim Wagen."

Sie unterhielten sich noch eine Weile darüber, wie die Digitalisierung die Welt und ihre Arbeit doch verändert hätte. Immer noch kleinere Bauteile und Schaltkreise, optisch kaum mehr zu erkennen, wie sie meinten, würden heute Dinge ermöglichen, die noch vor nicht allzu langer Zeit als Utopie gegolten hätten.

Dann nahmen sie noch einen Schluck Bier, schlenderten gemächlich zu einem der Bahnsteige und verloren sich in der Menge der Menschen.

(33)

„Was hat die Frau genau gesagt? Wiederhole es bitte noch einmal, Francesco!"

„Sie sagte, sie wolle Francesco sprechen. Ich sagte, ich sei am Apparat, darauf sie, ich solle Signore Lordano ausrichten, der zweite Mann vom Lido bitte Signore um Rückruf. Bevor ich noch etwas sagen konnte, hatte sie schon aufgelegt."

„Ich danke dir. Lass mich nachdenken."

Lordano durchschaute das Spiel sofort. Sie wollten herausfinden, ob er wusste, wer der andere war und ihm gleichzeitig signalisieren, *wir wissen alles über dich*. Er hatte es zweifellos mit einem Profi zu tun. Genauso wie ihn der Südländer beschrieben hatte. Er wusste über diesen Mann nichts. Missliche Ausgangslage, schlechte Karten für ihn. Aber es gab vielleicht eine Möglichkeit, dies zu ändern. Ein Lächeln huschte über sein Gesicht. Menschen fallen auf einfachste Tricks herein, das Brot jedes Zauberkünstlers. Also wenden wir einen solchen an. Der Knopf am Tisch und Francesco stand im Zimmer.

„Erkundige dich im Verlag, ob Brenner dort ist. Anschließend nimmst du ein Taxi und fährst in die Stadt. Warte in der Seitenstraße des Verlags, in der Nähe des Tores. Von dort rufst du Brenner auf dessen Mailbox an. Du weißt, wie das funktioniert? Sage nur, du würdest im Auftrag seines, also Brenners Partners anrufen, der dringend etwas wegen Guernsey besprechen müsse, er solle doch bitte gleich in dessen Büro kommen. Dann wartest du und folgst ihm. Ich brauche nur die Adresse, mehr nicht. Danach kommst du wieder hierher. Ist Brenner nicht im Verlag, wiederholst du dieses Spielchen so lange bis es klappt."

Francesco deutete eine knappe Verbeugung an und verließ Lordanos Büro.

Ferdinand Seifert, Erfinder des Systems der schwarzen Kassen, und Albert Kögel, der Mann mit Ambitionen in Dubai - die Informantin hatte wertvolle Details geliefert, aber jetzt, was war zu tun? Sie kannte ihn, hatte mit ihm gesprochen, konnte eine Spur zu ihm legen. Seine Freunde auf der Insel im Mittelmeer, deren Vulkan immer wieder spuckte und Lava und Asche verteilte, würden dieses Problem einfach lösen, aber er war schon immer gegen Gewalt gewesen. Schön, wäre sie tot, könnte sie nicht mehr sprechen, aber warum die Aufmerksamkeit staatlicher Behörden auf sich lenken, wenn es bessere Lösungen gab?

Polizei, Ermittlungen, Sorge, ob auch wirklich keine undichte Stelle existierte, sich in die Abhängigkeit anderer begeben, das war nichts für ihn. Er löste seine Probleme ohne jene Methoden, für die viele der Familien berüchtigt geworden waren – *wenn möglich* - diese kleine Einschränkung musste er zugestehen.

Er würde der Frau, die ihm schon so viele wertvolle Informationen aus dem Verlag geliefert hatte, einen neuen, besser bezahlten Job besorgen. Sie war zuverlässig, er würde sie irgendwo als seinen Spitzel einschleusen, es gab immer wieder Quellen von Ärgernis. Er würde es gleich morgen veranlassen, noch bevor Brenner ihr auf den Pelz rücken würde. Fürs Erste konnte sie hier in seinem Haus als Privatsekretärin arbeiten. Das würde Francesco entlasten, den er besser für andere Dinge beschäftigte. Eine kleine Wohnung in der Nähe, kein Problem. Er hatte schließlich Freunde.

(34)

Sie bestellten ihn immer wieder ein. Es schien kein Ende zu nehmen. Langsam ging ihm die Munition aus, und sie würden das früher oder später bemerken. Was sollte er noch berichten oder gestehen?

Einigermaßen lückenlos hatte er ihnen gesagt, nein, er hatte es aufgeschrieben, an welche Stellen, Firmen und Personen Geld geflossen war; sie waren ja so freundlich gewesen, ihm alle möglichen Unterlagen zu überlassen. Sorgfältig hatte er dabei nach Überweisungen und Barauszahlungen differenziert. Niemand schien über Gedächtnislücken verwundert, wenn es um Namen ging. So konnte er manchmal zwar noch sehr präzise Angaben darüber machen, für welche Projekte Geld eingesetzt worden war, und er hatte auch noch einigermaßen exakte Vorstellungen darüber, wer am Ende der Begünstigte gewesen sein könnte; wer die Beträge aber unmittelbar in Empfang genommen hatte, da fehlte ihm dann schon mal ein Name.

Auf die Frage, wie er denn sicher sein konnte, dass die angetroffenen Personen tatsächlich zum Empfang der Beträge ermächtigt gewesen wären, erklärte Seifert, die Namen seien ihm von den Geschäftsgebieten entweder telefonisch genannt worden oder er, Seifert, sei den Auftraggebern als Kontaktperson benannt gewesen. Zweifel der vernehmenden Beamten zerstreute er mit dem lapidaren Hinweis, es müssten die richtigen Empfänger gewesen sein, andernfalls hätte es ja die entsprechenden Aufträge nicht gegeben. Damit gab man sich zufrieden. Eine einfache, aber gleichermaßen logische Erklärung.

Natürlich hatte er weiterhin mit keinem Wort Claire Polingo erwähnt. Sie bezahlte er längst aus den abgezweigten Beträgen. Den genossenen Luxus, wie Hotels, noble Geschenke und dergleichen, rechnete er entweder direkt über seine Reisekosten ab oder ordnete sie ausgewählten Kundenaufträgen zu. Seine Abrechnungen legte er Kögel vor, der diese selbstverständlich ohne weitere Fragen unterschrieb. Alles andere hätte dem etablierten System widersprochen. Ein weiterer Umstand begünstigte diese Praxis noch: Als Prokurist und Mitglied des Direktionskreises musste er den Abrechnungen keinerlei Belege beifügen. Das waren die Richtlinien und das sind sie immer noch. Alles korrekt.

Stefanie Werger kam ihm in den Sinn. Sie war nicht wie Claire. Stefanie war kaufmännische Vertriebsleiterin gewesen und extrem ehrgeizig. Karriere um jeden Preis, das konnte man ihr schon im Gesicht ablesen. Stets ladylike gekleidet, aber erst wenig über 32, was als auffallend oder besonders kontrastreich empfunden wurde. Blond mit einem Hauch silbrigem Unterton, moderner, aber irgendwie doch wie Doris Day, das Gesicht schmaler als die Schauspielerin früherer Jahre, zwei neckische Grübchen in den Wangen und makelloses, auf die jeweilige Kleidung abgestimmtes Make-up. Nicht nur die Blicke der Männer wusste sie auf sich gerichtet, wenn sie auf ihren hohen Hacken durch die Büros wiegte. Sie war clever, paarte Können und Reize und hatte keine Mühe, den einen oder anderen männlichen Kollegen dezent an die Wand zu drücken.

Ohne viel zu fragen, war sie einverstanden gewesen, beim Aufbau ausländischer Konten mitzuhelfen. Sie war wie er selbst von der Notwendigkeit der finanziellen Projektunterstützung überzeugt. Natürlich hatten sie über manche Projekte gesprochen und festgestellt, wie schwer es war, gegen die Konkurrenz zu bestehen.

„Die machen alles", hatte sie einmal gesagt und meinte die anderen, um bestimmte Vorhaben buhlenden Firmen.

„Ich weiß, was da abgeht, glauben Sie mir, da können wir noch eine Menge lernen."

Seinen fragenden Blick als Aufforderung deutend fortzufahren, erzählte sie, was sie konkret gemeint hatte.

„Die chartern Boote, Motorjachten oder Segelschiffe, mit Mannschaft und first class Service. Da bekommen die Männer, in der Regel sind es ja immer Männer, die über Aufträge entscheiden, alles geliefert, was das Herz begehrt. Da wird gevögelt, dass sich die Masten biegen", hatte sie weniger damenhaft hinzugefügt. Diese Offenheit weiblicher Mitarbeiter war ungewöhnlich, jedenfalls hatte er diesbezüglich bisher keinerlei Erfahrungen sammeln können und er war doch schon einige Jahre im Geschäft.

„Machen Sie es doch genau so", hatte er geantwortet.

„Sie meinen, mein Chef würde solche Reiseabrechnungen unterschreiben?"

„Nicht Ihr Chef. Kommen Sie damit zu mir. Richten Sie sich ein Konto ein, in der Schweiz oder anderswo, und Sie bekommen das Geld von mir dorthin überwiesen, mit einem Vorschuss, damit Sie flüssig sind. Das bleibt unter uns. Nichts zu Ihrem Chef und nichts zu irgendjemandem sonst. Bringen Sie dafür die Aufträge."

Sie kapierte sofort, beugte sich leicht nach vorne und gewährte eine Ahnung davon, welche Brüste ihre Bluse spannten und den Knöpfen einige Mühe abverlangten, alles im Zaum zu halten. Natürlich hatte sie bemerkt, dass ihn dieses Gespräch und ihre leicht laszive Haltung erregten. Dabei war es aber geblieben. Vielleicht wäre mehr gegangen, aber innerhalb der Firma? Das hätte seinen Prinzipien widersprochen. *Wenn du dich mit Mitarbeiterinnen einlässt, sind sie fortan keine Mitarbeiterinnen mehr.* Er hatte doch andere Möglichkeiten.

Claire konnte er immer haben. Er bezahlte dafür, aber was bedeutete schon Geld, es war ja nicht seins und brachte doch so viel. Stefanie Werger und Claire Polingo, zwei Frauen, die ihm unschätzbare Dienste leisteten. Die für ihn Konten einrichteten, wo immer er sie haben wollte, die ihn zudem erregten, und bei der einen er seine sexuellen Gelüste ausleben konnte, wann immer er es wollte, und er wollte es immer öfter. Alleine die Gedanken daran bescherten ihm immer noch wohlige Schauder, sein Blick, starr auf einen fernen Punkt gerichtet, nichts um ihn herum mehr wahrnehmend.

Besorgt fragte ihn einer der Beamten nach seinem Befinden und riss ihn damit unwillkürlich aus seinen imaginären Freuden.

Er musste nur höllisch aufpassen: Ein falsches Wort, und sie würden ihn auseinandernehmen.

Was konnte er über Stefanie Werger sagen? Was wussten sie bereits über sie? Sie wussten natürlich über die Konten Bescheid, die sie für ihn eingerichtet hatte. Das konnte er also ohne Bedenken zugeben. Hatte sie aber auch von ihrem Privatkonto erzählt, über das die besonderen Aufwendungen liefen, über das sie ihre Auslandsaktivitäten finanzierte? Auf diesem Konto musste immer noch ein erheblicher Betrag liegen. Er ließ es auf einen Versuch ankommen und sagte nichts. Sie fragten auch nicht nach. Die mit allen Wassern gewaschenen Beamten hatten keine Ahnung.

Fragen, Antworten. Die gleichen Fragen, aber etwas verändert, die gleichen Antworten von ihm. Zermürbend. Die andere Seite ständig auslotend, ob er sich nicht verhaspe, sie ihn packen könnten, einen Punkt nur nachzuweisen, wo sich seine Aussagen widersprächen. Aber es gelang ihnen nicht. Wurde es ihm zu viel, verlangte er nach einem Wasser oder Kaffee, nach einer Unterlage. Er hatte Möglichkeiten, das Geschehen zu beeinflussen, und er nutzte sie dezent, ohne Übertreibung, aber wirkungsvoll.

In Tabellen und Statistiken stöbernd versuchte er ein Bild über Griechenland zu zeichnen. Verworrene Geschichte. Die Niederlassung dort hatte irgendwie parallel zu seinem System ein eigenes installiert, von dessen Funktionsweise er aber tatsächlich nichts oder nur sehr wenig wusste. Sie bezogen zwar auch Mittel von ihm, aber die weitere Verwendung war ihm unbekannt. Genau das sagte er auch. Wie sich zeigte, war das die richtige Antwort. Sie hatten das wohl auch schon selbst herausgefunden, jedenfalls deutete er ihr Kopfnicken auf diese Weise.

Einige Male war er mit Claire auch in Griechenland gewesen: in Athen in einem komfortablen Hotel in der Plaka, am Fuße der Akropolis, in Thessaloniki irgendwo zentral. Den Namen des Hotels hatte er vergessen. In Athen war Claire oft mit dabei gewesen, jeweils separat angereist. Da waren immer viele Touristen, gemischt mit Businessleuten, sodass sie de facto völlig unerkannt blieben. Es fragte aber auch keiner nach, niemand von der Staatsanwaltschaft, niemand von der Polizei.

Sie hatten ein Zimmer ganz oben, auf einen kunstvoll angelegten Innenhof gerichtet, herrlich ausgeschmückt mit mediterranen

Pflanzen jeglicher Art. Eine kleine vor Blicken geschützte Terrasse mit bequemen Sesseln und Liegen. Ihr Handwerkszeug, in einem kleinen Lederkoffer verstaut, blieb dieses Mal ungenutzt. Nur mit einem Laken aus feinem Tüll bedeckt, räkelte sie sich aufreizend und blickte mit ihren tiefen, dunklen Mandelaugen direkt, so schien es ihm, ins Zentrum seiner Fantasien. Das kastanienbraune, gewellte Haar rahmte ihr Gesicht, umspielte ihre Brüste und wartete darauf, von ihm zerwühlt zu werden. Er trug nichts. Den Penis steif von sich gestreckt, riss er das Laken von ihren Schultern, spürte ihr Gesicht näherkommen, die weichen Lippen. Immer wieder trieb sie ihn zur höchsten Ekstase bis zur Explosion aller Sinne.

„Mehr fällt Ihnen zu Griechenland nicht ein?", fragte einer der Beamten.

„Wie? Nein, ich war damit nicht direkt befasst."

„Sagt Ihnen der Name Maledis etwas?"

„Sie meinen Constantin Maledis?", fragte er, um Zeit zu gewinnen.

„Ja, genau den."

Er gab zu Protokoll, was jeder wusste. Maledis war Repräsentant verschiedener Geschäftsbereiche gewesen, hatte Geld auch über ihn bezogen. *Auch* betonte er, weil es durchaus noch andere Quellen gegeben haben mochte.

„Die Griechen haben diese Dinge selbst geregelt. Ich kann Ihnen da nur wenig weiterhelfen. Vielleicht fragen Sie hierzu am besten Kögel oder den für die Niederlassungen verantwortlichen Zentralvorstand. Mit mir hat sich da niemand abgestimmt. Transfers wurden ausschließlich auf Anweisung von Kögel veranlasst."

Er wusste selbstverständlich über Verbindungen von Maledis zu verschiedenen Banken, bei denen auch er Konten unterhalten hatte. Einige der dort laufenden Projekte kannte er, aber mehr auch nicht. Freilich hätte er einiges ins Protokoll diktieren können, was sie im Führungskreis darüber gesprochen hatten, aber das machte er aus Prinzip nicht. Lass die anderen ihr Süppchen selber auslöffeln, war seine Devise, und es hätte auch die Gefahr bestanden, ungewollt Vorlagen für seine eigene Verwicklung zu liefern. Das wollte er schon gar nicht.

Ein anstrengender Vernehmungstag neigte sich dem Ende entgegen. Hohe Konzentration, Ermüdung und immer die Frage im Hinterkopf, ob er Fehler gemacht habe. Bis jetzt schien es gut gegangen zu sein und er wünschte ein baldiges Ende dieser für ihn unwürdigen Lebensphase. Seine Ehe, wahrscheinlich kaputt, nicht mehr zu flicken. Was ihn an diesem Umstand betrübte, war weniger die Tatsache der drohenden Scheidung als vielmehr die Veränderung an sich. Er hatte sich daran gewöhnt, seine Frau gehörte zum Alltag, kümmerte sich um allesmögliche, für das er nie auch nur einen Finger hatte rühren müssen. Auch das würde sich geben, so sein Resümee. Sein Freiraum würde dadurch größer.

Ein wichtiger Punkt, jetzt, wenn er nicht mehr durch die Welt reiste. Er würde keine Ausreden erfinden, niemandem Rechenschaft ablegen müssen. Diesen Raum brauchte er doch für sich und Claire. Mit keiner Silbe drängte sich in sein Gehirn der Gedanke, Claire würde von ihm nichts mehr wissen wollen. Er brauchte sie und er würde sie auch weiterhin bezahlen können. Sein Geld war sicher verstaut. Bares, Gold, Wertpapiere, alles sorgfältig verwahrt in einem Safe. Niemand außer ihm kannte den Namen der Bank, niemand kannte das vereinbarte Codewort, geschweige denn die Ziffernkombination des Kontos.

„Wir geben Ihnen Bescheid, Dienstag oder Mittwoch. Dann sagen Sie uns etwas zu Nigeria."

Für dieses Mal hatten sie ihn an einem Sonntag einbestellt. Ihm bloß keine Ruhe gönnen, stets höflich, aber den Takt angebend. Ihn zermürben, unvorsichtig werden lassen, seine Konzentration auf einem hohen Level fordern, unablässig. Ihn in Widersprüche verwickeln, lauern, zuschlagen wie eine Viper, wenn er es täte. Erschöpft nahm er ein Taxi nach Hause, duschte und fiel augenblicklich in einen traumlosen Schlaf.

(35)

Claire Polingo gab sich keiner Illusion hin. Irgendwann würde jemand vor ihrer Türe stehen und sie auffordern mitzukommen. Wann dieser Tag sein würde, bewegte sie anfangs noch mit einer gewissen Spannung. Je länger sich die Angelegenheit aber hinzog und je weniger die Zeitungen darüber berichteten, desto gelassener wurde sie. Was hatte sie denn schon gemacht? Nichts Besonderes, meinte sie.

Ja, sie hatte für Ferdinand Seifert, Ferdl hatte sie ihn immer genannt, da und dort Konten eingerichtet und ihm Vollmachten erteilt. Was er damit anfing und woher das Geld kam, das er über diese Konten schleuste, darüber wusste sie streng genommen nichts. Andeutungen hatte er gemacht und auch mal mehr, wenn er sich in ihren Fängen befand und vor lauter Geilheit kaum mehr atmen konnte. Da erzählte der Ferdl schon mal, was für ein großer Hecht er doch wäre, und schmiss verbal mit Millionen um sich, als wären es Peanuts.

Was sie aus den Zeitungen wusste, war nicht viel. Groß aufgebauschte Geschichten, manchmal mit dramatischen Andeutungen, aber sie hatte den Eindruck, alle schrieben beliebig voneinander ab. Manchmal war sogar der Wortlaut der gleiche. Sie fragte sich auch, wie es denn möglich gewesen war, an das Material heranzukommen. Es beschäftigte sie, wie Journalisten an Akten und andere Informationen von Polizei und Staatsanwaltschaft gelangten. Waren die Behörden und staatlichen Organe nicht zur Verschwiegenheit verpflichtet? Wie aber konnten dann intimste Kenntnisse aus den Ermittlungen an die Presse gelangen? Sollte es etwa möglich sein, dass selbst dort bei den Behörden korrupte Elemente ihrem Tagewerk nachgingen? Wäre es in diesem Fall aber nicht schizophren, den Verfolgten etwas vorzuwerfen, was die verfolgende Behörde selbst tat? Korruption ist ja nicht per se an die Höhe eines Betrages gebunden.

Eigenartige Welt, dachte sie: Diejenigen, die über Korruption berichten, wenden sie selbst an, um an eben jene Informationen zu gelangen? Eigentlich mochte sie das nicht glauben, aber je mehr sie darüber nachdachte ... egal, nicht ihr Bier.

Der Ferdl hatte in ihre Beziehung immer mehr hineininterpretiert, als es für sie gewesen war, und ihren Part nie recht verstehen wollen.

Sie verdiente ihr Geld damit. Sado, konventionell oder was die Herren sonst so im Kopf spazieren trugen. Sie machte nahezu alles, ein paar Dinge nicht. Für Sauereien, mit Fäkalien zum Beispiel, war sie für kein Geld zu haben. Sie kannte Kolleginnen, die es machten, und wenn es mal vorkam, dass einer danach fragte, vermittelte sie weiter. Freundschaftsdienst für die Kolleginnen, Sozialdienst für den Freier.

Irgendwie gaben sie ja nicht nur ihren Körper hin oder peitschten die Süchtigen aus, bis ihnen der Stängel platzte, sie hörten sich auch allerlei Müll an, Familiendramen, Trennungsgeschichten, Jobprobleme und so weiter. Dann gab's noch diejenigen, die darüber schwadronierten, wie treu sie doch wären, nur ihre Frau liebten, die sie aber betrogen hätte, und sie nun aus lauter Verzweiflung bei ihr gelandet wären. Manche brachen sogar in Tränen aus. Das reinigt, dachte sie dann immer.

Der Ferdl gehörte zu denen, die meinten, mit ihrer Entlohnung gleichzeitig auch ein Ausschließlichkeitszertifikat erworben zu haben. Anfangs hatte sie noch versucht, diesen Irrtum aufzuklären, es dann aber nach und nach sein lassen. Opponieren nützt nichts, zu dieser Erkenntnis war sie sehr schnell gekommen.

Wenn Männern der Blick getrübt ist und sie nur noch daran denken, wie sie möglichst schnell ihren Pinsel entladen könnten, dann war in ihrem Hirn kein Raum für Rationales. Beim Ferdl war es nicht anders. Er zahlte immer gut, sehr gut sogar, spendierte üppige Reisen, Hotels nur vom Feinsten, Luxus pur, und je mehr sie ihm das Gefühl gab, sie sei tatsächlich nur für ihn da, desto spendabler wurde er. Als sie einmal erwähnte, sie brauche so um die Zweihunderttausend für ihre Wohnung und ein paar andere Dinge, fuhr er am nächsten Tag mit ihr zur Bank und gab ihr das Geld. Keine Quittung, kein Vertrag, nur Vertrauen. Dabei hatte er sie wie ein kleiner Junge angesehen, der sich auf Weihnachten freut.

Nachher im Hotel bei schummrigem Kerzenschein und Champagner, als sie ihn mit ihren Werkzeugen einmal mehr malträtiert hatte und er in einen regelrechten Lustrausch gefallen war, wollte er sie kaum mehr loslassen, drang immer wieder ein, winselte und blieb schließlich völlig ausgepowert am Boden liegen. So einen wie Ferdl gab's nicht oft, genau genommen überhaupt nicht. Wenn er dann redete, nachdem er wieder etwas zu Atem gekommen war, musste sie nur zuhören und vielleicht mal ein bewunderndes *Ah* einstreuen, freundlich lächeln, ihre Lippen lasziv an das Sektglas schmiegen, vielleicht auch mal sanft seinen erschlafften Penis kneten, dann erfuhr sie mehr als das, woran er sich später erinnern konnte.

Er versuchte immer herauszufinden, was er alles gesagt hatte, indem er anfing Fragen zu stellen, ob er ihr schon dieses oder jenes erzählt hätte. Manchmal sagte sie ja, das habe er schon erzählt, meistens jedoch spielte sie die Verwunderte und sagte etwas wie, sie wisse nicht, wann er Selbiges gesagt haben wolle. Sie sah ihm jedes Mal an, wie zufrieden er dann war. Im Übrigen gab sie immer wieder zu verstehen, wie wenig sie dieser ganze Businesskram interessierte, dass dies viel zu kompliziert sei und sie doch einem völlig anderen Metier fröne. Das hörte Ferdl gerne und er erzählte weiter, als führe er Selbstgespräche oder müsse repetieren, um bestimmte Dinge nicht zu vergessen.

Als das Treiben mit Ferdl Monate so dahinging, reifte ein Plan in Claire. Er bekam, was er verlangte, und sie machte sich Notizen, nicht über die verschiedenen Praktiken, sondern über das Gehörte. Schon sehr bald besaß sie einen recht guten Überblick über die vielen Millionen, die Ferdl auf den von ihr eröffneten Konten verteilt hatte. Sie verstand, dass er dieses Geld für seine Zwecke dort geparkt hatte und es eines Tages abholen und in einen Safe schließen würde.

„Wir werden noch sehr lange machen können, wozu wir Spaß haben, auch wenn die Geschäfte nicht mehr so laufen sollten", hatte er einmal bei einer seiner Redeorgasmen gesagt. Claire notierte alles. Eines Abends, als er nach mehrfachem Sinnesrausch wieder völlig apathisch in einem Sessel hing, sprach er von einer Bank, die niemand kenne.

Clare war sensibilisiert, sagte etwas wie *na so was* und *du, immer mit deinen Geschäften*, ließ dabei ihre Zungenspitze über seinen Penis gleiten und tat so, als interessiere sie sein Gerede nicht die Bohne.

Später notierte sie fein säuberlich den Namen der Bank. Dort würde er also ein Schließfach mieten und sein gesamtes, beiseitegeschafftes Vermögen deponieren. Für schlechte Zeiten, wie er sagte.

Ein Nummernschließfach mit Kennwort, kein Bezug zu seiner wahren Identität. Diese beiden Informationen brauchte sie noch, und wenn es dann soweit sein würde, war sie sich sicher, dass der Ferdl ihr alles erzählte.

So kam es auch. Der Ferdl muss einen Riecher für die Situation gehabt haben. Kurz bevor alles aufflog, rief er sie im Spätsommer 2006 plötzlich an und sagte: „Pack ein paar Sachen ein, wir verreisen!"

„Wo soll's denn hingehen? Nur damit ich das Richtige mitnehme."

So hatte sie erfahren, dass eines der Ziele der Ort jene Bank war, von der niemand etwas wusste, wie er glaubte. Verschiedene andere Reiseziele waren identisch mit Orten, wo sie Konten eröffnet hatte. Eins und eins zusammenzählen war nicht schwer.

Es war so weit, der Ferdl hatte vor abzuräumen. Sie brauchte noch die Nummer des Schließfachs und das Kennwort, sonst würde ihr Plan nicht funktionieren. Ein paar Tage standen ihr hierfür noch zur Verfügung. Später würde es vielleicht auch noch gehen, aber es wäre ungleich schwieriger, den richtigen Zeitpunkt nicht zu verpassen. Er hätte das Schließfach jederzeit räumen, ein neues Depot anlegen können. Also packte Claire sorgfältig ihren *Werkzeugkoffer*, wählte einige ausgefallene Dessous und vertraute auf ihre Kunst.

Das erste Ziel war nicht Genf, wie Claire angenommen hatte, sondern Locarno. Alles traumhaft: das Wetter, der Blick auf den

See, die Suite, Restaurants und Bars. Ferdl kannte sich gut aus und war mancherorts offensichtlich bekannt. Überall zuvorkommender Service und nur Erlesenes. Sie trug ein luftiges Sommerkleid, das nur wenig von ihren Reizen verhüllte, wenn sie es wollte. Ein raffiniertes Tuch aus Chiffon bedeckte oder legte frei. Sie trug keinen BH, nur eine kaum wahrnehmbare Stütze aus einem Seidengewirk. Er wäre nicht Ferdl gewesen, hätten sich seine gierigen Augen nicht sofort an ihren Brüsten festgesaugt. Wie zufällig gab eine der Brüste den Blick auf den Ansatz der Brustwarze frei. Der Hof dunkelbraun wie ihr Haar, der Nippel prall, sich durch den dünnen Stoff des Kleides abzeichnend. Claire rückte das Tuch zurecht, so als habe sie seinen Blick nicht bemerkt. Im Laufe der nächsten Stunden wechselten sie einige Male die Lokale. Sie trieb ihn währenddessen zum Wahnsinn. Streifte wie zufällig an seinem Penis entlang, dessen Konturen sich unter seiner Hose abdrückten, ließ ihre Brüste seinen Rücken berühren, zog alle Register, wie es in der Öffentlichkeit gerade noch vertretbar war. Noch hatte er sich einigermaßen in der Gewalt, aber schon sehr bald war der Punkt erreicht, wo sie ihn haben wollte, und er ihr im Hotel völlig willenlos ausgeliefert sein würde.

Claire setzte alles ein, was ihr Koffer barg, Peitsche, Geißel, Gummiringe, den Penis schmerzhaft einengend, Fesseln, Klammern, bis er nicht mehr konnte und er, das erlösende Wort auf den Lippen - wie damals in Genf – nicht hervorbringend, röchelnd, winselnd, zuckend und endlich schreiend explodierte.

Ferdl war fertig wie lange nicht, das war nicht schwer zu erkennen. Hoffentlich hatte sie es nicht übertrieben. Er sollte doch reden, von seinen Millionen erzählen, und Ferdl redete, redete sich die Seele aus dem Leib, schluchzte zwischendurch, ob der Nachwirkungen seiner ekstatischen Erlebnisse. Sagte alles, sprach über das Schließfach, das ihm niemand nehmen könne, das Passwort, das nur er kannte, und dass er dies alles nur mache, um mit ihr in die Zukunft zu wandeln. Poetisch, das musste sie ihm lassen. Aber dazu würde es nicht kommen. Die Affäre Ferdl ging dem Ende entgegen, nur er hatte nicht den Hauch einer Ahnung davon.

(36)

Seit knapp zwei Wochen belegte ein Mann um die vierzig eine komfortable Suite im Königshof. Trotz des ständigen Verkehrs am Stachus drang kein noch so kleines Dezibel durch die Fenster. Absolut ruhig. Das mit modernster Technik hergestellte Raumklima war angenehm und verwies den Luftstrom herkömmlicher Klimaanlagen in das Reich der Fabeln.

Signore Lordano hatte ihn hinreichend instruiert. Es war nun an ihm, Resultate vorzuweisen. Ein Albert Kögel und ein Ferdinand Seifert sollen Millionenbeträge gebunkert haben, um dieses Geld ginge es. Keine große Geschichte, wie es schien. Ein wenig mit den Leuten reden, sie davon überzeugen, wie einfach das Leben sein könnte, wenn sie sich nur etwas fügten. Ein Anruf seines Auftraggebers hatte ihn nach München beordert, also packte er ein paar Sachen zusammen, bestieg ein Flugzeug, buchte einen Leihwagen am Flughafen in München und wartete auf Signore Lordano. Musste ein hohes Tier sein, dieser Lordano, aber das hatte ihn nicht zu kümmern. Er wurde bezahlt, erledigte, was man von ihm verlangte und verschwand wieder.

Lordano konnte ihm nur wenig zu Kögels und Seiferts privatem Umfeld sagen. Der eine wohnte in Fürstenried, der andere in Großhadern, Stadtteile Münchens. Beide verheiratet, Seifert hat zwei Kinder. Beide hatten für einige Wochen in Stadelheim Bekanntschaft mit dem Leben im Knast gemacht. Anschließend waren sie gesprächig geworden. Untersuchungshaft ist eben nichts für zarte Gemüter. Jetzt liefen sie frei herum, aber ständig von Polizei und Staatsanwaltschaft gejagt, vorgeladen, vernommen, abgeklopft.

„Das zerrt an den Nerven", wusste er von Freunden. Er selbst hatte eine reine Weste, war mit dem Gesetz noch nicht in Konflikt geraten, was nicht hieß, dass er sich stets an die Regeln hielt. Das Gegenteil traf eher zu, aber sie hatten ihn eben noch nicht erwischt, und er tat einiges dafür, dass es auch so bliebe.

Welche Optionen standen ihm zur Verfügung? Die üblichen Drohungen? Nein, nicht Erfolg versprechend. Der eine lebte in

Scheidung, der andere stand kurz davor. Die Kinder? Auch keine brauchbare Lösung. Der Druck durfte nicht zu stark werden, damit sie nicht auf die Idee kämen, sich nachträglich noch bei der Polizei auszuweinen. Es musste ihm gelingen, die Leute ins Boot zu holen. Gelänge ihm das, würde er sie so tief hineinverstricken, bis sie kein Licht mehr am Ende des Tunnels sähen. Dann würde er zuschlagen! Dies würde wohl auch Signore Lordanos Zustimmung finden. Keine Gewalt, aber die Männer, einer Python gleich, im Würgegriff halten und langsam, aber beständig zudrücken, jeden Tag ein wenig mehr, bis ihnen die Luft ausginge.

Er hatte auch schon eine Idee, wie das gelänge. Er brauchte mehr Informationen über das Umfeld der Männer. Entweder er fand Menschen, die ihnen nahestanden und auf die sie deshalb hörten oder er setzte gezielt eine Person zu diesem Zweck ein. Es dauerte sicherlich nicht sehr lange, bis sie mürbe wären und ihr Ohr offen für seine Vorschläge. Sie waren ohnehin in einer Ausnahmesituation, da wirkte seine Methode gewiss sehr schnell.

Manfred Hochfeller, als der er sich im Königshof ausgewiesen hatte, war schnell in seinen Überlegungen, und ein einmal gefasster Entschluss spornte ihn zu Höchstleistungen an.

Bei all dem Elan konnte Hochfeller trotzdem nicht vorhersehen, dass just der Spezialist zu einer ganz ähnlichen Überlegung gekommen war, die sich jedoch in wesentlichen Punkten von der Hochfellers unterschied. Der Spezialist wollte Druck auf Kögel und Seifert über ihm verpflichtete Personen aus Institutionen wie Banken oder staatlichen Organen wie Steuerbehörden ausüben. Hochfeller dagegen wollte sich mehr auf seine Freunde aus dem ihm vertrauten Milieu verlassen. Ein nicht vorhersehbares Feuer sollte sich entzünden und die Psyche Kögels und Seiferts unter schweren Beschuss nehmen.

(37)

Fröstelnd schlug Vinzenz Stangassinger den Kragen seines Trenchcoats nach oben.

„Wo ich die letzten Tage gewesen bin, da war's dann doch um einiges wärmer", sagte er und erwartete eigentlich keine Antwort.

Harald Brenner, Karl Reiser und er hatten sich auf einen Spaziergang am *Aumeister* im Englischen Garten getroffen.

„Wer von euch hatte denn diese glorreiche Idee?", fragte er.

„Ich dachte, frische Luft tut euch Büroköpfen mal ganz gut, aber wenn ihr natürlich Probleme mit der hochkonzentrierten Sauerstoffanreicherung dieser Parkanlage habt, können wir uns auch reinsetzen", sagte Reiser und machte Anstalten, sein Gesprochenes in die Tat umzusetzen.

„Nein, lass nur, passt schon", meinte Brenner.

„Ich war ja eine ganze Weile weg: Revision der Niederlassung in Johannesburg", bemerkte Stangassinger.

„Man sieht es dir an", sagte Reiser. „Gut genährt, braun gebrannt; habt ihr da zwischendurch auch gearbeitet oder seid ihr nur am Pool oder sonst wo rumgehangen?"

„Wisst ihr, das läuft ja nicht so, dass ich da wirklich in die Tagesarbeit eingespannt wäre, dafür gibt es einen Projektleiter, aber ich mache die Honneurs, Besuche, Meetings, Ministerien, Firmen und so weiter. Es stimmt, es gab immer gut zu essen, feine südafrikanische Weine, schmausen da und schmausen dort."

„Ich habe es schon vermutet, an Überarbeitung wirst du eines Tages nicht eingehen, schon eher wegen deiner kaputten Leber", lachte Brenner süffisant.

„Aber Spaß beiseite, wo stehen wir?", wollte Stangassinger wissen.

„Ich habe versucht, auf die Konten der Management Consulting Firmen von Claire Polingo und Stefanie Werger Geld zu überweisen. Das hat nicht funktioniert, diese Konten gibt es nicht mehr. Über eine Internetauskunftei habe ich weiter herausgefunden, dass die zugehörigen Firmen ebenfalls nicht mehr existieren. Ob wir in diesen Fällen besonders fündig würden, wenn du deinen Mann zu den Banken schickst, wage ich zu bezweifeln", sagte Reiser an Brenner gewandt.

„Da liegst du sicher nicht falsch. Luxemburg und die Schweiz sind nicht Guernsey. Außerdem bezweifle ich, dass von dort aus Überweisungen getätigt wurden. Wenn es so ist, wie wir vermuten, dann handelte es sich bei diesen Konten um zwei Töpfe für unsern Kollegen Seifert."

„Und der hat alles abgeräumt?", flocht Stangassinger ein.

„So sieht es aus", bestätigte Brenner.

„Aber wohin hat er es gebracht? Er wird ja wohl kaum mit Koffern voller Geld durch die Lande gefahren sein", zweifelte Reiser.

„Das wird er nicht. Er wird ein oder mehrere Schließfächer gemietet und den ganzen Zaster da hineingepackt haben", meinte Stangassinger.

„Nehmen wir mal an", sagte Brenner zögerlich, „Seifert will sich später ein schönes Leben machen, okay, dazu braucht er das Geld, soweit ist das nichts Neues. Aber ich frage mich: Will er sich den Stress auferlegen, ständig bei mehreren Banken in die Schließfächer zu schauen? Nein, das will er nicht. Das wäre nämlich mit Reisen verbunden und immer wieder wäre er dem Risiko ausgesetzt, dass er bei einer Zollkontrolle oder einer Routineüberprüfung der Polizei mit seiner Barschaft auffällt. Und wer sagt uns denn, dass sein Vermögen nur aus Barem besteht? Kann er nicht auch Gold, Diamanten oder sonst etwas gekauft haben? Glaubt mir, damit will Seifert ganz sicher nicht durch die Gegend gondeln. Ergo: Seifert hat seinen Zaster bei nur einer Bank deponiert und zwar dort, wo er später auch leben will."

„Verblüffend einfach, wie du das darstellst, aber mehr als logisch. Er wird ja nicht nur Geld zum Leben brauchen. Er will eine Wohnung haben, Möbel und so weiter, versteht ihr, er braucht also ausreichende Mittel vor Ort. Du hast völlig recht", sagte Reiser beinahe überwältigt.

Auch Stangassinger nickte zustimmend. „Die nicht ganz einfache Frage ist also: wo wird das sein?"

„Und wie hat er alles dorthin gebracht?", ergänzte Brenner.

„Ich weiß auch nicht, wohin er es geschafft hat, aber wie er es gemacht haben könnte, da fiele mir schon eine Lösung ein", sagte Reiser bedächtig.

„Lass hören!", sagten die beiden anderen, wie aus einem Munde.

„Gut, stellt euch mal vor, der Seifert hat Freunde, Freunde im diplomatischen Dienst..."

„Gut Karl, sogar sehr gut", fand Brenner, „hätte von mir kommen können. Dieser Jemand tut ihm den Gefallen und schafft den ganzen Plunder als Diplomatengepäck an den Zielort seiner Wahl."

„Offen bleibt aber die Frage, wie das über mehrere Grenzen hinweg funktioniert haben soll. Von Luxemburg in die Schweiz oder umgekehrt und von da aus in seine neue Wahlheimat?", meinte Stangassinger beiläufig.

„Ein guter Punkt", pflichtete Reiser bei.

„Und trotzdem, ganz einfach", sagte Brenner. „Der eine Diplomat, sagen wir aus Luxemburg, bittet seinen Kollegen in der Schweiz, für ihn ein Gepäckstück weiter zu transportieren, zum Beispiel nach Italien. Ich bin sicher, die Damen und Herren Diplomaten helfen sich sehr gerne untereinander, meint ihr nicht?"

Stangassinger und Reiser nickten nur. Seifert konnte es auf diese Art gemacht haben.

„Wo also hat er das Geld gebunkert?", fragte Reiser unvermittelt.

„Weiß einer von euch, welche Sprachen Seifert spricht?", fragte Brenner.

Kopfschütteln.

„Neben Deutsch sicher Englisch", sinnierte Brenner.

„Der Mann hat Abitur, hat als zweite Fremdsprache Französisch genommen, das war zu seiner Zeit so üblich."

„Du willst uns jetzt aber nicht verklickern, Guernsey wäre das Ziel seiner Wünsche?", meinte Stangassinger. „Wozu das Geld dann erst nach Luxemburg und in die Schweiz verfrachten, um es anschließend einigermaßen kompliziert wieder an seinen Ausgangsort zurück zu bringen? Glaube ich irgendwie nicht."

„Da ist was dran", bemerkte Reiser lakonisch.

„Freunde, genehmigen wir uns ein Bier, gelaufen sind wir jetzt lange genug, was meint ihr?"

Im *Aumeister* war wenig Betrieb und ein abseits gelegener Tisch kein Problem.

„Ich weiß nicht", Brenner leckte sich den Schaum seines Bieres von den Lippen, „der Mann ist doch an Luxus gewöhnt, also will er darauf auch in seiner Enklave nicht verzichten. Welche Lage sucht er sich folglich aus?"

„Einen lebendigen Ort mit tollen Hotels und Geschäften, vielleicht auch Frauen und guten Restaurants", fügte Reiser ein.

„Solche Städte gibt es dutzende", bemerkte Stangassinger leicht resignierend.

„Einen Punkt haben wir bisher nicht beachtet", sagte Reiser in die entstandene Pause hinein.

„Der wäre?", fragte einer der beiden anderen.

„Unter welchem Namen soll Seifert künftig all diesem Luxus frönen? Seifert? Geht nicht, da hätten sie ihn schnell wieder am Wickel. Er braucht einen Pass; verlängern oder neu ausstellen, das läuft im Ausland immer über die Deutsche Botschaft oder ein Deutsches Konsulat, und schon wissen die Jungs, wo sich ihr Schätzchen aufhält."

„Hat er eventuell einen zweiten Pass, ich meine eine zweite Staatsbürgerschaft, von der bisher niemand etwas weiß?", überlegte Stangassinger laut.

„Wir sind richtig gut heute", brummte Brenner vergnügt.

„Das ist es. Seifert hat vorgesorgt und sich einen zweiten Pass zugelegt. Legal natürlich, mit Hilfe einer seiner damaligen Geschäftsfreunde. Die kamen doch von überall her und waren stets einflussreich, Personen mit Macht und Verbindungen. Das kostete die ein Fingerschnippen und schon hatte Seifert eine neue Staatsbürgerschaft mit Pass und was man sonst noch so braucht. Wahrscheinlich sogar einen anderen Namen."

„Und damit diffundiert der Knabe, verschwindet ins Nichts und ward fortan nicht mehr gesehen – prost!", murmelte Stangassinger wenig zuversichtlich.

„Läuft eigentlich seine Scheidung noch? Braucht er da nicht einen ladefähigen Wohnsitz für die gerichtlichen Verfahren?", fragte Reiser.

„Das weiß ich nicht, aber könnte es nicht sein, dass die Scheidung ohnehin nur ein Fake ist, damit er leichter untertauchen kann? Seine Frau kommt dann nach, unbeobachtet, weil von Seifert geschieden?", denkt Brenner laut.

„Der steigt eines Tages als Seifert in einen Flieger und landet irgendwo in der Welt als Mister X."

„Keine besonders rosigen Aussichten", bemerkte Stangassinger.

„Lasst mal die Köpfe nicht hängen, ich muss mit einer meiner Quellen sprechen, vielleicht kommt von dort eine Idee, was wir tun können", sagte Brenner und verlangte die Rechnung.

(38)

Langsam hatte er es satt. Immer wieder diese tristen Räume der Orleansstrasse. Würde das denn niemals enden? Er hatte gar nicht richtig zugehört und musste nachfragen.

„Wir wiederholen alles gerne, immer wieder, bis es Ihnen einfällt, Herr Seifert", sagte einer der Beamten.

Was wollten sie eigentlich von ihm wissen? Er verstand nicht, um was es ging. Seine Gedanken waren abgekoppelt, ja, so würde er es bezeichnen.

Heute Morgen, kurz nach halb neun mochte es gewesen sein, zu früh für die Post; unnachgiebig ertönte der Gong. Er wollte das Ding schon lange durch etwas anderes, weniger Aufdringliches, ersetzen. Aber heute war es immer noch dieser widerliche Klang. Ging gong, ging gong: unerbittlich, immer wieder.

Seine Frau schlief noch oder war sonst wo im Haus oder einkaufen, weiß der Teufel, es war ihm auch egal. Sie hatten schon längst getrennte Zimmer und die Kinder waren ausgezogen. Die Scheidung würde unweigerlich kommen, nur der Zeitpunkt war noch unklar. Er dachte, damit zu warten, bis die Verhandlung abgeschlossen sein würde. Sein Anwalt war anderer Ansicht. Der meinte, eine Scheidung würde gerade jetzt sehr gut ins Konzept passen und die Richter sicher zu seinem Vorteil beeinflussen. Der arme, von seiner Frau verlassene Mann, eigentlich mehr Opfer als Täter. Aber das war nicht so einfach. Seine Frau ahnte nichts von seinen Plänen und dabei wollte er es auch erst einmal belassen. Er konnte jetzt wahrlich nicht auch noch eine zweite Stressfront gebrauchen. Verdrossen schlürfte er zur Tür. „Wer ist da und was wollen Sie?", brummte er.

Anstatt einer Antwort wieder ging gong, zum aus der Haut fahren. Missmutig öffnete er die Türe und wollte gerade eine unfreundliche Tirade vom Zaun brechen, als er stattdessen erstarrte. Eine junge Frau, Anfang dreißig, *hübsches Ding*, durchfuhr es ihn, stand da und sah ihn erwartungsvoll an.

„Was wollen Sie?", fragte er ungewollt unfreundlich.

Sie hielt ihm irgendeinen Ausweis unter die Nase, den er ohne Brille ohnehin nicht lesen konnte, und diese lag irgendwo auf seinem Schreibtisch oder in der Küche. Egal.

„Ja, um was geht's, sagen Sie schon", grummelte er weiter.

„Kann ich nicht reinkommen?", sagte die Stimme vor der Türe und schob sich einfach an ihm vorbei ins Haus.

„Hallo, so geht das aber nicht", versuchte Seifert ihr Eindringen vergebens abzuwehren.

Die Knöpfe ihrer Bluse waren bis zur Mitte geöffnet und gaben viel von dem preis, was er bei anderer Gelegenheit durchaus geschätzt hätte.

Er schüttelte den Kopf und sagte unwirsch: „Was soll das? Sie verschwinden bitte sofort oder Sie werden ein Problem bekommen."

Er war höchstens einen Meter von seinem Telefon entfernt. Sie erkannte das auch.

„Entspannen Sie sich! Ich will nichts von Ihnen, soll nur eine Nachricht überbringen."

„Eine Nachricht?"

„Nur eine Nachricht, nicht mehr. Freunde, sehr einflussreiche Freunde, möchten sich mit Ihnen treffen, ein Gespräch führen."

„Was denn für ein Gespräch?", platzte Seifert völlig perplex dazwischen.

„Warten Sie es ab! Man wird Ihnen Bescheid geben. Ein guter Rat von mir persönlich, weil Sie mir eigentlich ganz sympathisch sind", sie wusste, das würde ihm schmeicheln, „ignorieren Sie es nicht! Meine Freunde meinen es gut, sie können Ihnen helfen, verstehen Sie, später, wenn alles vorüber ist."

Blitzschnell war sie an ihm vorbeigeglitten, geschmeidig wie eine Schlange, noch ehe er auch nur ansatzweise hätte reagieren können, und die Türe fiel schmatzend ins Schloss.

Die Beamten des LKA verlangten, er solle sich konzentrieren, ihre Fragen zügig beantworten, aber es ging nicht, beim besten Willen nicht. Der Besuch der Frau und ihre Andeutungen ließen ihm keine Ruhe. Was hatte sie gemeint mit *später*? Sie könnten ihm helfen, später, wenn alles vorüber wäre. Gab es doch jemanden, der sein Geheimnis kannte?

Claire Polingo, schoss es ihm durch den Kopf, fraß sich in seine Eingeweide, verursachte ihm Übelkeit. Hatte er doch mehr erzählt als ihm lieb sein konnte? Nein, beruhigte er sich, Claire würde so etwas nicht machen, sie gehörte doch zu ihm, war seine Gefährtin, seine Frau, nach der Scheidung. Auf sie konnte er sich verlassen. Niemand konnte etwas wissen. Er war clever vorgegangen, hatte alles genau geplant, nur er, er alleine hatte Zugang, nur er alleine wusste, wo der Schatz verborgen lag. Niemand würde es aus ihm herausbekommen, davon war er felsenfest überzeugt.

Allerdings hatte er keine Vorstellung davon, wer die Freunde der Frau von heute Morgen waren.

Es gelang Seifert, dieses Kapitel für den Augenblick hintanzustellen.

Wer hatte Geld in Russland bekommen, wollten sie von ihm wissen, und für welche Vorhaben?

Er schrieb alles auf, erläuterte zum wiederholten Male das System mit den gelben *post its*, erklärte, wer in den Bereichen berechtigt gewesen war, solche Zahlungen anzufordern und wie kompliziert es mitunter gewesen sei, die benötigten Mittel an ihren Zielort zu schaffen.

„Manchmal haben wir es tatsächlich im Auto durch die Lande gefahren", sagte er.

Wenn es sehr viel war, und manchmal waren es Millionen, die befördert werden mussten, habe er gelegentlich schon mal einen privaten Sicherheitsdienst in Anspruch genommen.

In dieser Form ging die Befragung weiter, Stunde um Stunde, bis er physisch nicht mehr konnte.

„Lassen wir es für heute gut sein", sagte einer der Beamten endlich. Wir geben Ihnen Bescheid, wann es weitergeht."

Als Seifert das LKA gegen 22 Uhr verließ, glaubte er, gegenüber die Frau von heute Morgen zu sehen. Er war müde. Solche Tage waren anstrengend und forderten viel von ihm. Vielleicht hatten ihm seine Sinne einen Streich gespielt, einen Wimpernschlag später konnte er sie jedenfalls nicht mehr ausmachen.

Seifert verspürte ein Gefühl, als glitte er immer tiefer hinein in eine Gasse ohne Ausweg. Wie man es oft in Filmen sieht, wenn ein Verfolgter glaubt, den rettenden Ausweg erreicht zu haben, um sich dann im nächsten Moment unvermittelt vor einem unüberwindbaren Hindernis wiederzufinden. Ein meterhoher Zaun, ein Graben, eine Häuserschlucht.

Für Seifert waren es die Ereignisse, die ihm zunehmend bizarrer erschienen und die er nicht einordnen konnte. Juristisch gesehen erhielt er jede Unterstützung, das war nicht sein Problem. Woran er immer noch zu kauen hatte, war das Empfinden, die Firma, für die er doch dieses alles auf sich genommen hat, hätte ihn verlassen und kaltgestellt. Das Arbeitsverhältnis war gelöst. Gegen eine entsprechende Abfindung in beiderseitigem Einvernehmen, wie man so sagte. Aber das war es nicht, was ihn quälte. Es war die spürbare Distanz, die ihm SimTech entgegenbrachte.

Seifert empfand sich der Firma gegenüber als loyal und nicht nur das, er war der tiefen Überzeugung, die Firma sei ohne Menschen wie ihn überhaupt nicht existenzfähig. Die Versuche, ihn kalt abzuschütteln, schmerzten deshalb besonders. Nicht ein einziges Mal hatte man das Gespräch mit ihm gesucht.

Das war die eine Seite. Die andere zeigte SimTech in einem völlig anderen Licht. Sehr schnell schon hatte man die Position bezogen, er und auch andere hätten sich nichts persönlich abgezweigt. Woher sie diese Gewissheit nahmen, war ihm ein Rätsel, denn niemand außer ihm kannte das System.

War SimTech am Ende durchaus im Bilde und wollte auf diese Weise sein Wohlverhalten honorieren? Seifert schloss diese Option nicht mehr aus. Vieles von dem, was SimTech in der Affäre unternahm, war neu zu bewerten. Forderte seine Erkenntnis ihn nicht geradezu auf, sich in manchen Dingen zurückzuhalten, nicht mehr jeden um jeden Preis mit in den Abgrund zu reißen? War die Botschaft nicht klar: Nimm die Schuld auf dich, dafür lassen wir dir das Geld? Seifert verspürte sich plötzlich mit SimTech versöhnt. Sie hatten ihn nicht fallen lassen. Alles nur Taktik. Er war und blieb einer von ihnen.

Ferdinand Seifert war im Grunde seines Herzens ein weicher Typ. Der Umgang mit den vielen Millionen hatte ihn nicht verändert. So sah er sich jedenfalls sehr gerne in den seltenen Augenblicken von Selbstreflexion. Aber es blitzten immer wieder auch Gedanken durch, die ein anderes Bild von ihm zeichneten. Er mochte dieses Bild nicht und versuchte es zu verdrängen. Es verursachte ihm Übelkeit. Übelkeit vor sich selbst, vor seiner Jämmerlichkeit. Nichts als ein sexbesessener, geifernder Mensch war er, der mit dem Geld der Firma seine Gelüste und Fantasien befriedigte. Da lag er, über ihm Claire, die Peitsche in der Hand, mit einem spöttischen Lächeln auf den Lippen, das sagte: „Ich mache es, weil du dafür bezahlst." In solchen Momenten stöhnte er auf, vergrub den Kopf in seinen Händen, als würde dieses Zerrbild dadurch weichen. Aber es gab Tage, da schien es, als dauere es endlos, bis er es endlich abschütteln konnte. Und es kam wieder, in immer neuen Varianten. Dann diese Leute, die ihn bedrängten, die hinter seinem Geld her waren und seine Zukunft vernichten wollten. Wie lange würde er es noch durchstehen können?

(39)

Albert Kögel war nicht ganz zufrieden mit der augenblicklichen Situation. Ohne es zu wissen, erging es ihm nicht recht viel anders als Ferdinand Seifert. Auch er wurde permanent vorgeladen, unregelmäßig, aber das war es nicht, was ihn bekümmerte.

Es war vielmehr die Art der Befragung. Er meinte festzustellen, es habe sich etwas im Stil verändert. Sie behandelten ihn weniger zuvorkommend, als das zu Beginn der Fall gewesen war. Er machte sich seine Gedanken, woran das läge. Aufgefallen war es ihm schon vor Wochen. Sie hatten ihn damals zu spezifischen Dingen im Zusammenhang mit einer Consulting Firma befragt. Er erinnerte sich kaum noch an die Begebenheit. Vage nur drangen Fetzen in sein Bewusstsein.

Wegen eines Projektes war er in die Türkei gereist, das hatte er den Beamten gesagt. Je mehr er aber darüber nachdachte, desto deutlicher sah er, wie er von einem türkischen Sicherheitsbeauftragten aus dem Umfeld des Ministerpräsidenten empfangen wurde. Tee wurde gereicht, die Atmosphäre äußerst unangenehm, fröstelnd. Jetzt erinnerte er sich genau. Fröstelnd, das war ihm damals in den Sinn gekommen. Der Mann hatte ihm unverblümt zu verstehen gegeben, wenn die plumpen Bestechungsversuche der Niederlassung nicht aufhörten, würde der Konzern auf die Liste kommen. Man verbiete es sich, zu glauben, man könne Vorteile durch Korruption erlangen.

So etwas in der Art war es gewesen. Er war in Eile und musste schnellstens zurück nach München, da bot ihm der Präsident jener Beratungsfirma an, ihn in seiner Privatmaschine mitzunehmen.

Jetzt, Jahre später, vermischten sich die Dinge etwas in seiner Erinnerung und so hatte er eine andere Story zum Besten gegeben, hatte ausgesagt, dieser Berater habe ihm einen Termin beim Transportminister verschafft. Was absolut blödsinnig gewesen war. Er hatte dies alles in den Zusammenhang mit einem Militärprojekt gestellt, für das der Transportminister höchstens eine formale Zuständigkeit besaß. Sie haben das natürlich überprüft, dachte er, und waren ohne große Anstrengung genau draufgestoßen. Ergo: Sie fingen an, ihm zu misstrauen.

Für seine Strategie wäre das ein Desaster. Mit einer überschaubaren Strafe könne er doch nur dann rechnen, wenn man ihm attestierte, er habe erheblich zur Aufklärung beigetragen. Das hatten ihm seine Anwälte mehr als deutlich gemacht. Ein Zurück kam aber nicht in Frage, das hätte seine Glaubwürdigkeit noch mehr erschüttert. Es ging ja nicht, einmal so und einmal so, gerade wie es ihm beliebte. Nein, er würde bei seiner Variante bleiben, das Gegenteil würden sie ihm auch nicht nachweisen können. Sollte man ihn darauf ansprechen, würde er schon eine passable Geschichte wegen des Transportministers erfinden. Was blieb, war das Unbehagen; sie hegten Zweifel an seiner Kooperation.

Mehr als das schmerzte ihn aber eine andere Sache. Heute Mittag, als er gerade das Haus verlassen wollte, drängte sich eine junge Frau an ihm vorbei. Er war derart perplex, dass ihm eine Gegenwehr unmöglich war. Er stammelte ein paar Worte, was sie hier wolle, aber sie ignorierte ihn einfach und tapste durch den Flur in eines der Zimmer. Unaufgefordert schmiss sie sich in einen Sessel und bedeutete ihm, das Gleiche zu tun. Wie paralysiert gehorchte er.

„Was wollen Sie?", brachte er nach mehreren Anläufen schließlich hervor. Sein Atem rasselte, und er spürte Schweiß auf der Stirn. Ganz deutlich merkte er, wie seine Hände feucht wurden. Ein untrügliches Zeichen seiner gesteigerten Nervosität.

„Ich will nichts von Ihnen, soll nur eine Botschaft überbringen", sagte sie leise.

„Eine Botschaft? Von wem denn?", fragte er zurück und war sich der Absurdität des Augenblicks bewusst.

„Hören Sie, es gibt da Freunde, die Sie treffen möchten, um einige Dinge zu besprechen."

„Was denn für Dinge?", fragte Kögel. „Ich meine, Sie gehen jetzt besser, bevor ich die Polizei rufe!"

„Nicht so schnell! Was wollen Sie der denn erzählen? Dass ich einfach so an Ihnen vorbei ins Haus gegangen bin. Das glaubt

Ihnen doch niemand, vor allem dann nicht, wenn sie mich hier mit zerfetzter Bluse antreffen, ohne BH." Kögel japste nach Luft.

„Hören Sie also zu! Meine Freunde sind sehr einflussreich, sagte ich das nicht schon? Man wird sich mit Ihnen in Verbindung setzen, um alles Weitere zu besprechen."

So schnell wie sie gekommen war, verschwand sie auch wieder.

Einflussreiche Freunde, was sollte denn dieser Quatsch? Eine Zelle in seinem Gehirn signalisierte aber, er dürfe das nicht auf die leichte Schulter nehmen. Was wollten diese Leute von ihm? Hatte es etwa mit seinem Engagement in Dubai zu tun? War er dort jemandem auf die Füße getreten?

Er besorgte allerlei Geschäfte; offiziell war er mit Immobilien beschäftigt, was er tatsächlich gelegentlich auch als Vermittler betrieb. Hauptsächlich jedoch verkaufte er seine Kontakte. Zahlreiche Firmen waren scharf darauf, mit Dubai ins Geschäft zu kommen. Er kannte die richtigen Verbindungen, also brauchten sie ihn, und er kassierte. Den größten Teil behielt er für sich, ein variabler Anteil ging an die Kontakte. Wie so etwas funktioniert, hatte er bei SimTech hinreichend studiert.

Ein Gedanke blitzte auf. Sollte jemand von seinen privaten Arrangements Wind bekommen haben? Er konnte es sich nicht vorstellen, so übervorsichtig wie er vorgegangen war. Seine Freunde in Dubai - einer davon war durch ihn an ein beträchtliches Vermögen gekommen und behilflich gewesen, seine Millionen hierher zu schaffen. Auf ihn und die anderen konnte er sich bedenkenlos verlassen. Sie brauchten sein Geld nicht, hatten selber genug davon und verdienten mit seiner Hilfe eine schöne Stange hinzu. Trotzdem, der Gedanke ließ ihn nicht los. Undichte Stellen gab es immer mal, warum also nicht auch hier. Jemand aus dem engsten Umfeld seiner Freunde konnte etwas aufgeschnappt haben.

Kögel legte sich einen Plan zurecht. Er wollte erst einmal abwarten, um dann ohne jede Hektik zu handeln, sobald sich jemand meldete. Sein Freund in Dubai würde ihm helfen, dessen war er sicher. Es würde sich vielleicht sogar eine Falle konstruieren lassen. Jetzt fühlte er sich wieder obenauf. Kurz entschlossen wählte er eine Nummer in London.

(40)

Signore Lordano machte eine Ausnahme. Nur selten besprach er seine Angelegenheiten mit dem Personal, wozu er auch Leute wie Manfred Hochfeller zählte, bei sich zu Hause. Aus einer alten Gewohnheit heraus.

Er hatte noch im Ohr, wie sein Großvater und danach sein Vater immer zu sagen pflegten:

„Wichtiges besprichst du niemals zu Hause, jemand könnte mithören. Sie bauen dir Wanzen ein, ohne dass du es merkst."

Das mochte stimmen. Für ihn galt das allerdings nicht. Seine Freunde vom BND hatten ihn mit einem Detektor bester Qualität ausgestattet. Täglich einmal scannte Francesco die gesamte Villa, Zimmer für Zimmer, bisher ohne Erfolg.

Hochfeller war der einzige Gast.

„Ich habe Sie hergebeten", begann Lordano die Unterredung, „weil ich hören will, wie weit Sie gekommen sind."

Francesco war nicht im Raum.

„Nun, ich habe die ersten Angeln ausgelegt."

„Was meinen Sie damit?", wollte Lordano wissen.

Hochfeller erläuterte, wie er die junge Frau auf Kögel und Seifert angesetzte hatte.

„Ich bin sicher, sie haben den Köder geschluckt", sagte er. „Die nächsten zehn Tage passiert nicht viel. Die Frau taucht gelegentlich in deren Blickfeld auf, mal auf der gegenüberliegenden Straßenseite, mal in einem Geschäft. Ich habe ein paar Männer eingeteilt, die beide locker beobachten und mir aktuelle Standorte durchgeben. Ich schicke dann die Frau los."

„Gefällt mir sehr gut", bemerkte Lordano. „Wie soll's dann weitergehen?"

„Es wird nicht ausbleiben, dass sie nervös werden. Ist menschlich. Dann erscheine ich auf der Bildfläche. Ich rufe sie einige Male an, lege auf, ohne etwas zu sagen. Dann kralle ich mir den Ersten, Seifert. Irgendwo, wo er nicht damit rechnet, stehe ich plötzlich hinter ihm und sage, was wir von ihm erwarten. Am genauen Wortlaut werde ich noch ein wenig feilen."

Lordano war beeindruckt, und das kam nicht oft vor. „Genau, wie ich es mir vorgestellt habe, keine blödsinnigen Gewaltakte. Heute sind wir zivilisiert und so müssen wir auch handeln. Das macht mehr Eindruck, glauben Sie mir. Menschen verabscheuen Gewalt, dem Prinzip nach jedenfalls, und sie bewundern den Geschliffenen, der gute Manieren hat, geschmeidig ist, ein Gentleman."

„Wir bekommen die Informationen. Vertrauen Sie mir!"

Der Mann aus dem Norden war der richtige für den Job. Seinen wahren Namen kannte er nicht, aber das war ohne Bedeutung. Lordano hegte die Absicht, einen Abstecher nach Palermo zu machen. Gute Leute waren rar, und wenn es dann schon mal ein solches Pfund gab, sollte man es pflegen, und darüber wollte er mit seinem Freund sprechen.

Lordano konnte zu diesem Zeitpunkt nicht vorhersehen, dass der Verlauf ein völlig anderer werden sollte, als von Hochfeller geplant.

Fast zur gleichen Zeit erwartete der Spezialist Besuch in 13a.

„Kommen Sie rein!", begrüßte er den Mann, mit dem er sich im September auf eine Bratwurst am Bahnhof getroffen hatte.

„Wir wissen eine Menge über Ihren Freund aus Pullach", bemerkte der Mann lächelnd, während er in einem der Sessel versank.

„Das war der Auftrag, nicht wahr?", antwortete der Spezialist und schenkte ungefragt zwei dunkle Weizenbiere ein.

Gewiss, der Mann hatte ihn fortlaufend informiert, aber ein Dossier ist mehr als das. Da sind die Dinge auf den Punkt gebracht, ausformuliert, überlegt, was bestimmte Sachverhalte bedeuteten, Schlussfolgerungen gezogen, Vermutungen gekennzeichnet. Er war gespannt. Der Mann ließ ihn nicht lange im Unklaren.

„Signore Lordano, wie er meistens von seinen Leuten genannt wird, oder Patrone, aber das mag er nicht, also Signore Lordano ist so etwas wie die graue Eminenz einer wichtigen Familie aus Palermo oder einfach ausgedrückt, er ist ihr Stadthalter. Er ist seiner Familie verpflichtet, aber auch anderen Freunden gerne gefällig, was auf Gegenseitigkeit beruht. Wir kennen die Nummern der Anschlüsse, mit denen Lordano von seiner Villa aus gesprochen hat. Wir wissen nichts über Gespräche mit Handys. Er besitzt noch nicht einmal eine Handynummer. Entweder er benutzt Mobiltelefone, die nicht in Deutschland registriert sind oder er verwendet Prepaidkarten. Ganz vage gäbe es noch die Variante, dass er nicht mobil telefoniert, was aber den mitgehörten Gesprächen im Wagen widerspräche. Lordano kooperiert ausgiebig mit dem BND und auch beim Bayerischen Verfassungsschutz ist er kein Unbekannter. Zurzeit arbeitet für ihn ein Mann, den er „Mann aus dem Norden" oder „Mann vom Königshof" nennt. Dort wohnt er nämlich unter dem Namen Manfred Hochfeller. Hochfeller gibt es mehrere, mit Vornamen Manfred nur drei in Deutschland. Unser Mann ist keiner von diesen Dreien. Er verwendet also ein Pseudonym, Papiere wahrscheinlich echt, Name jedoch falsch. Wo er genau herkommt, wissen wir nicht, wir haben auch nichts über seine Vita, aber es ist sicher, dass ihn Lordano bei seinen Freunden im Süden angefordert hat. Formal wickelt er dann solche Aufträge über einen Vermittler, wie Lordano diesen Mann nennt, ab – eine Art Schaltstelle für spezifische Personalanforderungen. Wir haben Hochfeller ein paar Mal observiert. Was er wirklich für Lordano hier tut, konnten wir nicht herausfinden. Er geht immer auf Nummer sicher und versteht es, mit hoch professionellem Geschick sich so zu verhalten, dass eine Observation nicht wirklich funktioniert."

Der Bericht des Besuchers wurde durch den Rufton seines Handys abrupt unterbrochen. Er sagte nichts, hörte aber konzentriert zu. Mit einem schlichten „danke" war das Gespräch nach knapp zwei Minuten beendet.

„Entschuldigen Sie, ich nehme bei Besprechungen für gewöhnlich keine Gespräche an, aber dieses war wichtig. Lordanos Mann, Hochfeller, war bis vor wenigen Augenblicken in dessen Villa in Pullach. Was die beiden dort besprochen haben, ist nicht nur sehr aufschlussreich, wir wissen jetzt auch, warum Lordano diesen Mann angeheuert hat. Meine Leute haben dank moderner Mikroelektronik das gesamte Gespräch aufgezeichnet."

„Wie das?"

„Wir haben in der Wäscherei von Hochfellers Hotel etwas nachgeholfen und einen Chip in die Gürtelschlaufe seiner Hose eingesetzt. Zwei seiner Kleidungsstücke sind auf diese Weise präpariert. Dadurch haben wir überhaupt auch erst von dem Treffen der beiden erfahren. Na ja, der Rest ist ein Kinderspiel."

Der Besucher gab dem Spezialisten ein genaues Protokoll des Gesprächsverlaufes aus Pullach wieder.

„Was sollen wir nun weiter tun? Observieren, was wenig erfolgreich wäre, oder Lordano überwachen? Würde auch nicht sehr viel dabei herauskommen, befürchte ich. Solange die Minizellen genügend Strom liefern und wir vor Ort sind, um mitzuhören, geht das ganz gut, und wir werden uns ein Bild der Aktivitäten machen können. Aber es wird auch Lücken geben."

Der Spezialist überlegte ein paar Sekunden, bevor er antwortete: „Hochfeller hat also eine Frau auf Kögel und Seifert angesetzt. Die beiden werden irgendwie reagieren. Wie, das wissen wir nicht. Aber die Aktion Hochfellers wird nicht ohne Eindruck bleiben. Deshalb nutzen wir die Situation und verstärken den Druck. Sie machen es clever, aber wir machen es besser."

Der Blick des Besuchers sagte: Das habe ich schon verstanden, nur: Was wollen wir konkret tun?

„Ich werde den beiden Herren einen Brief zukommen lassen. Sie führen bitte die Observation Hochfellers weiter fort! Vielleicht macht er ja doch mal einen Fehler, einen kleinen Fehler nur, dann haben wir ihn."

Obwohl es spät geworden war, wählte der Spezialist Brenners Nummer, um ihn über die neueste Entwicklung zu informieren. Brenner brummelte etwas Unverständliches in den Hörer, worauf der Spezialist ohne weiteren Kommentar auflegte. Ihr vereinbartes Zeichen, wenn einer nicht sprechen konnte. So war es in der Tat. Brenners Boss war am Handy. Auch so eine Angewohnheit, die Chefs im Laufe der Zeit entwickeln: Sie denken, ihre Mitarbeiter müssten ständig verfügbar sein, weil sie es selbst auch sind. Allerdings genoss Dr. Helmut Brandner bei Brenner eine besondere Wertschätzung. Deren Wurzeln reichten einige Jahre zurück, als er

Brandner beschuldigte, gemeinsame Sache mit jenen Leuten zu machen, die er wegen Korruption im Fokus hatte. Viele Dinge waren in dieser Zeit verworren, konnten aber schließlich aufgeklärt werden, und Brandner machte dem Hitzkopf Brenner ein Angebot. Seitdem reichte ihr Verhältnis weit über die innerbetriebliche Beziehung zwischen Chef und Mitarbeiter hinaus. Sie waren Freunde, auf eine distanzierte Art.

„Ich dachte, Sie nehmen es mir nicht übel, zur späten Stunde noch anzurufen. Was ich Ihnen zu sagen habe, könnte Sie in Ihrem Fall weiterbringen."

„Sie wissen, dass Sie mich zu jeder Zeit anrufen können", antwortete Brenner.

„Na dann hören Sie mal gut zu!"

Brenner kam aus dem Staunen nicht mehr heraus, weniger über die Informationen, die Brandner auf Lager hatte, sondern über die Tatsache, mit welchem Gespür dieser Mann Fakten als solche erkannte. Ein gewisser Signore Lordano, Italiener mit fließendem Deutsch, stand anlässlich eines Empfangs des Ministerpräsidenten zufällig neben Brandner, als dessen Handy aus irgendeiner Sakkotasche die italienische Nationalhymne erklingen ließ.

„Lordano", hörte er ihn sagen, „... ja, machen Sie das, rücken Sie diesem Brenner auf den Pelz, sobald Sie seinem Kompagnon den notwendigen Besuch abgestattet haben!"

Und etwas leiser, aber den Wortfetzen nach: „Für diese beiden gelten andere Regeln. Wenn nötig..."

Brenner schluckte, es wurde ihm plötzlich warm und kleine Schweißperlen bedeckten seine Stirn.

„Stecken Sie da wieder einmal irgendwo drin, wo Sie meine Hilfe gebrauchen können?", wollte Brandner wissen.

„Nein, nein, alles im Griff. Ich bin nur überrascht, wie eilig es diese Leute haben." Das war schlicht gelogen. Nichts hatte er im Griff. Ganz im Gegenteil. Es schien ein Problem auf ihn zuzurollen, auf ihn und 13a, und er war alles andere als zuversichtlich, dieses auch bewältigen zu können. Lordanos Telefonat konnte das okay für einen Killer bedeutet haben. Es war etwas anderes, einen Artikel über solche Dinge zu schreiben. Auf einmal bist du plötzlich das Objekt, *und wenn es dich trifft, dann schreibst du nicht mehr darüber*, sagte eine innere Stimme mit galligem Humor.

In der nächsten Minute wählte er eine Nummer, die in keinem Telefonbuch oder sonstigem Verzeichnis eingetragen war.

„13a", sagte die Stimme.

„Es ist spät, aber wir müssen uns sofort sehen", sagte Brenner, ohne seinen Namen genannt zu haben.

„Ist gut, kommen Sie raus zu mir!"

Zwanzig Minuten später stieg Brenner zwei Häuser davor aus einem Taxi. Als er gerade die Haustüre von 13a erreichte, öffnete sich diese, wie von einem Automaten gesteuert, und eine Sekunde später hatte das schwarze Loch Brenner verschluckt. Erst jetzt schaltete der Spezialist das Licht an.

„Man kann ja nie wissen", sagte er mit einem süffisanten Lächeln. „Muss höllisch wichtig sein. Mögen Sie noch Rotwein? Etwas Käse und Weißbrot hätte ich auch noch."

Brenner nickte. „Sehr gerne, hatte eh noch keine Zeit für ein vernünftiges Essen."

„Dann kommen Sie mal mit in die gute Stube. Bedienen müssen wir uns leider selber. Meine Butler und Zofen haben heute frei", versuchte der Spezialist, die Situation zu entkrampfen.

Der Wein schmeckte hervorragend, irgendein Toskaner, etwas Säure, vollmundig, dazu Parmesan und etwas Bergkäse aus der Schweiz.

„Lässt sich aushalten", sagte Brenner und berichtete, was er vor einer knappen Stunde von Brandner erfahren hatte.

„Zuerst ich, dann Sie, wenn sich der Telefonpartner Lordanos an dessen Anweisungen hält", bemerkte der Spezialist. „Dann werde ich mich wohl darauf vorbereiten. Sie können es erst einmal dabei bewenden lassen, ein wachsames Auge zu haben. Bodyguard geht leider nicht, sonst wissen die Bescheid, dass wir gewarnt sind. Ich gehe davon aus, dass sie uns unter Druck setzen, damit wir kooperieren, und falls das zu keinem Erfolg führt, dann befürchte ich allerdings für uns beide das Schlimmste. Sie werden uns umlegen, so einfach ist das."

„Ihren Humor habe ich immer schon bewundert. Ich bin auf diesem Gebiet ja auch nicht ganz unbedarft, aber Sie schlagen alles Dagewesene um Längen."

„Wissen Sie, ich übe meinen Job nicht deshalb schon seit Jahren aus, und ich mache ihn gut, das darf ich bei aller Bescheidenheit sagen, weil mich jeder dahergelaufene Killer umlegen könnte. Wenn es so wäre, müsste ich schon mehrfach unter der Erde liegen."

„Sie meinen, wir warten es irgendwie ab?"

„Nein, das meine ich ganz und gar nicht. Sehen Sie, ich trage stets eine Schusswaffe bei mir, sogar jetzt, aber das ist nur ein Punkt. Ich beherrsche einige der dreckigsten Griffe und Schläge verschiedenster Kampfsportarten. Und wenn ich sage, ich beherrsche sie, dann meine ich das auch so und übertreibe nicht. Ich trainiere seit Jahren. Immer wieder besuche ich Meister dieses Genres. Glauben Sie mir, sogar hier in München gibt es einige davon. Aber alleine darauf werde ich mich nicht verlassen."

Der Spezialist trug seine Bezeichnung nicht, weil es seine Kunden toll finden, jemanden wie ihn zu kennen, und es deshalb liebten, ein wenig Geheimnisvolles um ihn herum zu ranken; er war schlicht einer der Besten auf seinem Gebiet und er traf Vorkehrungen. Wenn geballte Kraft zuschlägt, kann niemand Verlauf und Folgen vorhersehen. *Welcher Schutz ist der effektivste, wenn du die Art des Angriffs nicht kennst?* Gedanken, die dem Spezialisten nicht fremd waren. Sie kehrten immer wieder, so oder in ähnlicher Form. Dieses Mal konnte es ihn aus allen Richtungen treffen. Der Gegner war nicht berechenbar, einer lauernden Viper gleich, die zuschlägt, wenn du es am Wenigsten erwartest.

Es war unbequem, aber darauf konnte er keine Rücksicht nehmen. Die Schussweste aus 42 Lagen Kevlar sollte ihn zuverlässig vor Schusswaffen und Messerangriffen schützen. Das war aber nur ein Teil seiner Maßnahmen. Ein Sensor, kaum wahrnehmbar am Gestell seiner Brille befestigt, registrierte das Geschehen in seinem Rücken. Näherte sich jemand auf weniger als fünf Meter, würde er über einen Miniempfänger im Ohr ein Warnsignal erhalten. Die dritte Maßnahme kam von einem befreundeter Security Service. Die nächsten Tage würden ihn ein paar Männer begleiten. Das Risiko dabei war, dass sie eine gewisse Zeit benötigten, bis sie eingreifen könnten. Über ein unsichtbares Mikrofon und dem Empfänger im Ohr war er mit ihnen verbunden. Würde er mit dem Auto unterwegs sein, übernahmen entsprechende Vorrichtungen am Fahrzeug diese Funktionen.

Das sollte für den Augenblick ausreichen, dachte der Spezialist, aber sein Gegner war ebenfalls Spezialist; Spezialist für viele Dinge, auch für das Töten von Menschen.

(41)

Während der Spezialist jeden Moment auf einen Angriff gefasst war, spazierten Stangassinger und Reiser durch die Altstadt. Im legeren Outfit. Den Kragen hochgeschlagen, Schal um den Hals geschlungen, versuchten beide die null Grad zu ignorieren.

„Lass uns irgendwo einen Kaffee trinken. Mich nervt das langsam, sich unablässig durch einkaufstrunkene Menschen zu drängeln", meinte Reiser.

„Hast recht, ich mag auch nicht mehr, außerdem können wir uns drinnen besser unterhalten."

Sie steuerten ein Café in der Theatinerstraße an.

„Hast du die letzten Tage etwas von Brenner gehört?", fragte Stangassinger.

Reiser schüttelte den Kopf, auch er war ohne neue Informationen. Am Nachbartisch nahm indessen ein Pärchen Platz und hantierte an einem Laptop.

„Irgendwie entwickelt sich bei mir nicht das Gefühl, als würden wir zwei Hübschen besonders viel zu unserem Projekt beitragen, was meinst du?"

„Bei uns hat die Aufklärung seit einigen Monaten Deprión & Princeton in der Hand, aber da erfährst du auch nichts", antwortete Stangassinger. „Als Chef der Revision bin ich zwar einigermaßen über deren Ergebnisse im Bilde, uns hilft das aber konkret auch nicht weiter. Sie schoben ihre Ideen eine Weile hin und her, zerbrachen sich den Kopf darüber, an welcher Stelle sie einen besseren Beitrag beisteuern könnten, kamen aber nicht besonders voran.

Das Pärchen nebenan kicherte über irgendetwas amüsiert, um dann wieder auf dem Laptop herumzuhacken.

„Ich habe zusammengeschrieben, was mir von früher im Gedächtnis haften geblieben ist. Wie ich schon sagte, waren diese Dinge von uns Aktiven abgekoppelt. Ich wusste zwar über die Höhe der Provisionen in der Kalkulation Bescheid, für wen aber konkret welche Mittel vorgesehen waren, davon hatte ich keine Ahnung. Das lief über andere Kanäle in der Geschäftsleitung. Manchmal war es dann wieder so, dass ich einen Schimmer davon mitbekam. Meiner Erinnerung nach liefen diese Dinge aber nie ohne den Zentralbereich Finanzen. Von da aus wurden die Zahlungen gesteuert und bestimmte Wege beschritten. Es war mir eigentlich auch egal. Hätte uns jemand danach gefragt: Mein Vertriebskollege und ich hätten nichts sagen können, auch nicht, wenn uns jemand in die Mangel genommen hätte, weil wir nichts wussten. Das war sicher so beabsichtigt", erklärte Reiser.

„Da hat sich gegenüber damals nicht sehr viel verändert. Auch zur Zeit Seiferts und Kögels waren nur wenige informiert. Außer Seifert wusste der Kreis des Treffens beim *Alten Wirt* Bescheid, dann noch ein Komplize aus dem Finanzbereich und vielleicht noch einige der nächsten Mitarbeiter Seiferts. Das war ja gerade die Krux, warum es dem Prinzip nach funktionierte. Begrenze die Zahl der Mitwisser, dann hast du gute Chancen auf Erfolg."

„Mir kommt da eine Idee", sagte Reiser plötzlich, „nicht ausgereift, aber lass uns mal drüber reden. Wenn Seifert der Mann war, der alle Fäden in der Hand hielt, dann hatte es keinen einzigen Transfer ohne seine Zustimmung gegeben. Vielleicht hat er den einen oder anderen Vorgang auf seine Mitarbeiter delegiert, aber gewusst hatte er davon."

„Davon, glaube ich, können wir getrost ausgehen", bestätigte Stangassinger.

„Siehst du, und deswegen haben wir eine Chance, vielleicht eine nur sehr kleine, aber immerhin, wir sollten sie nutzen."

„Wenn du mir jetzt noch sagst, wovon du sprichst, werde ich dir unverblümt sagen, was ich davon halte."

„Wir, das heißt eigentlich du musst dir die Arbeit machen und so viele Zahlungsvorgänge herausfischen, wie irgendwie möglich."

„Und dann?", fragte Stangassinger mehr als neugierig.

„Dann sortieren wir sie. Ich gehe eine Wette ein: Seifert hat sein Schließfach bei der Bank mit den meisten Durchgängen angelegt."

„Was führt dich zu dieser Annahme?", wollte Stangassinger wissen.

„Meiner Theorie nach brauchte Seifert jemanden, der seinem Begehren ohne jede Skepsis nachkommen würde. Er konnte doch nicht einfach zu irgendeiner Bank latschen und sagen, grüß Gott, mein Name tut nichts zur Sache, aber ich bräuchte dringend ein Schließfach als Geheimfach, verstehen Sie, mit Nummernschlüssel oder Kennwort. Das konnte er sich sparen, indem er diese Frage jemandem stellte, der sie ihm nicht ablehnen würde. Na, dämmert es?"

„Also geht er zu jener Bank, mit der er seit Jahren hunderte von Millionen verschiebt?", schlussfolgerte Stangassinger.

„Bingo", Reiser nickte, „genau so!"

„Gute Idee! Wir kreisen die fraglichen Banken ein. Und, wie geht es dann weiter?"

„Höre ich da etwa schon wieder eine kleine Spur von Pessimismus?", konnte sich Reiser nicht verkneifen, anzumerken.

„Nein, nein, du hast ja recht, lass uns einen Schritt nach dem anderen machen!"

(42)

Der Angriff kam unerwartet, aus dem Nichts, und traf hart. Es war gegen 20 Uhr, als der Summer in 13a ertönte. Ungewöhnlich. Der Spezialist erwartete niemanden. Seine Security-Begleiter hatte er nach Hause geschickt, er würde heute hier übernachten. Wer also konnte überhaupt damit rechnen, ihn anzutreffen?

Blitzschnell eilte er zu einem in der Nähe des Eingangs gelegenen Raum, knipste das Licht an und drehte einen der Monitore zu sich. Nach außen würde nichts dringen, kein Licht, kein Signal, auch nicht vom Monitor. Der Raum war hermetisch abgesichert gegen physische und elektronische Lauschangriffe.

Vor dem Hauseingang ein Polizeifahrzeug, Polizisten in Uniform, zwei von ihnen gegenüber an der Zufahrt zur Polizeidirektion, wie er mittels eines Schwenks der Kamera an seinem Haus feststellte.

Was wollte die Polizei von ihm, um diese Uhrzeit und unangemeldet? Er griff ein Mikrofon, drückte einen Schalter, und über einen unsichtbaren Lautsprecher konnten die Leute an der Türe seine Stimme vernehmen. Er fragte, was man wolle. Man hätte sie gerufen, weil jemand ungewöhnliche Aktivitäten eines Mannes am Haus beobachtet habe. Wann das gewesen sein solle, fragte der Spezialist. „Vor circa zwanzig Minuten", bekam er zur Antwort. „Gut, ich mache Ihnen auf, möchte aber nur mit dem Einsatzleiter sprechen."

„In Ordnung", sagte die Stimme von außen. Der Spezialist öffnete die Sicherung seines Holsters, zog die Pistole und steckte sie entsichert wieder zurück. Zwanzig Sekunden später war er an der Haustüre und vergewisserte sich noch einmal über einen neben der Türe eingelassenen Monitor von den Aktivitäten außerhalb. Ein Polizist vor der Tür, sonst war niemand auszumachen. Das Polizeifahrzeug hatte seine Position entweder verlassen oder war außerhalb des Kamerabereiches. Bevor er die Türe öffnete, betätigte er einen Schalter, gleißendes Licht ergoss sich auf den Vorplatz.

Noch keine zehn Zentimeter geöffnet, verspürte er einen heftigen Schlag, der ihm die Klinke aus der Hand riss. Gleichzeitig schoben ihn drei Uniformierte ins Haus und warfen die Türe mit einem dumpfen Plumps ins Schloss.

Der so oft geübte Griff zum Holster, keine Chance. Starke Arme nahmen ihm jede Bewegungsfreiheit. Als er aufblickte, sah er genau in die Mündung einer Waffe.

„Benehmen wir uns doch gesittet", sagte einer der Uniformierten und zeigte auf eine Gruppe von Sesseln. „Nehmen Sie Platz und hören Sie zu, was ich Ihnen zu sagen habe!"

Der Spezialist gehorchte. Für den Augenblick sah er keine Alternative, aber sein Gehirn arbeitete fieberhaft an einer Lösung.

Die Mündung bewegte sich zur Seite und verschwand schließlich. In einem der Sessel kauernd ließ der Wortführer die Pistole um den Zeigefinger seiner rechten Hand kreisen, bereit, sie sofort wieder auf ihn zu richten.

„Also, was wollen Sie?", fragte der Spezialist gepresst. Er hatte den Wortführer erkannt. Kein Zweifel, *der Mann vom Königshof*. Schlechte Karten für ihn, diagnostizierte er. Hätte er ihn aber umlegen wollen, warum hatte er es bis dato nicht getan? Also war das nicht sein Auftrag, jedenfalls nicht sein primärer. Das, so resümierte der Spezialist, erhöhte seine Chancen auf einen Ausweg.

Mit einer Kopfbewegung bedeutete sein Gegenüber den beiden anderen, den Raum zu verlassen. „Sparen wir uns viele komplizierte Vorreden. Sie wissen, wer ich bin, und ich weiß, wer Sie sind. Das sollte erst einmal genügen. Wir sind beide hinter dem gleichen her, aus unterschiedlichen Motiven, zugegeben. Wobei wir Ihre Motive nicht verstehen, das ist aber unerheblich. Mein Auftraggeber ist an einer gütlichen Lösung interessiert, machen Sie sich aber keine falschen Hoffnungen. Wenn Sie auf das Angebot nicht einsteigen, gelten ab sofort andere Spielregeln. Wir werden Sie, ohne zu zögern, ausschalten. Ihre Kumpane sind ohne Sie nichts wert. Alleine werden sie an das Geld niemals herankommen, deshalb reicht es uns völlig, Ihnen unsere ungeteilte Aufmerksamkeit zu widmen."

Es gab keinen Verhandlungsspielraum, das war dem Spezialisten schon lange klar. „Lassen Sie hören!", sagte er.

„Sie arbeiten mit meinem Auftraggeber zusammen. Ihr Anteil: ein Drittel. Ob Sie Ihre beiden Kompagnons beteiligen wollen oder nicht, ist Ihre Sache. Sie haben bis morgen Mittag Zeit, aber versuchen Sie nicht, ein Spielchen zu treiben. Wir spielen nicht. Ich rufe Sie exakt um zwölf Uhr an."

Der ungebetene Besucher erhob sich, die Waffe lässig in der Hand baumelnd, und verließ rückwärtsgehend das Zimmer. Ein paar Worte zu seinen Begleitern, schlurfende Schritte zum Ausgang. Fluchen! Eilige Schritte zurück. Drei Männer, ihre Waffen im Anschlag, blickten konsterniert in den Raum. Keine Spur von dem Mann. Der Raum war leer.

„Verdammt", entfuhr es dem Wortführer, „ich hatte recht. Wir hätten ihn sofort umlegen sollen. Jetzt haben wir die Kacke."

Kaum war der Mann aus seinem Blickfeld entschwunden, hechtete der Spezialist mit drei Riesenschritten zum Schreibtisch und betätigte einen Schalter am Telefonset. Fluchen auf dem Flur. Einen Atemzug später floh er ins angrenzende Zimmer und zog die Schiebetüre ins Schloss. Atem anhalten, Waffe aus dem Holster, abwarten.

Seine Besucher waren jetzt im Haus gefangen - Eingangstüre und Schiebetüre verriegelt. Sobald die Türe des Raumes, in dem die drei Besucher immer noch wie paralysiert auf den Sessel starrten, indem er bis vor wenigen Sekunden noch gesessen war, ins Schloss fiele, würde auch hier der Riegel nicht mehr zu öffnen sein. Das Haus war mit einigen Sicherheitsmechanismen ausgestattet.

In wenigen Minuten würden zudem Mitarbeiter von ihm eintreffen, alarmiert durch den Mechanismus, den er ausgelöst hatte. Noch hatten die Besucher einen geringen Spielraum. Er war eingeschlossen, bis er die Sperre aufhob, was durch einen Sender, den er mit sich führte, möglich war. Schwierige Lage. Betätigte er den Sender, wären alle Bereiche wieder zugänglich, aber auch die Blockade der Haustüre aufgehoben und die Flucht der Besucher nicht zu verhindern.

Die Männer drängten zurück auf den Flur, unschlüssig, was sie jetzt tun sollten. Nach ein paar Sekunden zog ihr Wortführer mit einem Lächeln einen Gegenstand aus der Tasche, ähnlich einer

Signalrakete auf Schiffen. Er legte den Zeigefinger auf die Lippen, bewegte sich ohne einen Laut geschmeidig zurück in den Raum, zog den Sicherungssplint und legte die Patrone am Fuß der Schiebetüre ab, verließ den Raum und zog die Türe ins Schloss. Ein sanftes Schmatzen verriet das Einrasten des Riegels.

Lordanos Mann war nicht so naiv, zu glauben, seine Lage hätte sich nennenswert verbessert. Eine kleine Chance sah er allerdings. Das Tränengas, vermischt mit einem Stick- und Reizgas für die Atemwege, würde sehr schnell das Zimmer ausfüllen und durch den Spalt zwischen Schiebetüre und Fußboden ziehen. Hielt es der Mann im abgeteilten Raum weniger lang aus, als bis die alarmierte Polizei oder andere Kräfte eintreffen würden, dann hatten sie eine Chance. Um sein Gefängnis verlassen zu können, musste er die Sperre aufheben. Niemand konnte dem Gas besonders lange standhalten. Die Sekunden verrannen.

Mit tief vom Gas geschwollenen Augen vernahm der Spezialist die Stimme am Flur. „Was glauben Sie, wie lange Sie das noch aushalten können? Sicherheit hat ihren Preis. Normalerweise könnten Sie jetzt ein Fenster öffnen, aber so geht es halt nicht, habe ich recht?"

Er hatte recht. Der Spezialist zerbrach sich den Kopf, aber es gab keinen Ausweg. Wie lange würden seine Leute noch brauchen? Wenn sie nicht sehr bald einträfen, wäre er verloren. Er konnte in diesem Zimmer ersticken oder erschossen werden, sobald er die Sperre aufhob und die Türe öffnete. Die Klimaanlage! Nein, ein modernes Raumklimasystem, kaum Absaugwirkung, so gut wie kein Luftstrom, moderne Anlage eben, Mist.

„Sie spekulieren damit, Ihre Security werde Sie in Kürze befreien. Wie sollen sie ins Haus kommen? Wir werden schießen! Kommen Sie lieber raus. Seien Sie vernünftig, noch gilt mein Angebot."

Der Spezialist machte sich keine Illusion, es klang verlockend, aber es würde ihm nicht mehr helfen. Er war überzeugt, sie hätten ihn sowieso abserviert, selbst wenn er mitgemacht, aber keinen Nutzen mehr für sie gehabt hätte. Was hatte er zu Brenner noch gesagt, er sei ein Experte im Nahkampf. Sah so jemand mit diesen

Attributen aus? Das Atmen wurde immer unerträglicher und der Tränenschleier vor den Augen nahm ihm jede Sicht. Hoffnungslos! Als winziger Keim fing ein Gedanke an, sich Bahn zu brechen, heranzureifen zu einer Idee, zu einem Plan.

Hektisch suchte er das Zimmer nach einem Gegenstand ab, der sich als Keil verwenden ließ. Dort, ein Brieföffner! Ein unwiderstehlicher Würgereiz bemächtigte sich seiner. Keine Luft mehr, die Kehle! Es schien, als schwelle sie an und drücke seine Luftröhre zu. Kein bisschen mehr zum Atmen. Luft! Nur noch Gas im Raum und es hörte nicht auf. Immer mehr davon quoll unter dem Türspalt hindurch. Völlig apathisch registrierte er, wie die Drei versuchten, über die Türe zum Flur ins Zimmer zu gelangen. Mit letzter Willensanstrengung deaktivierte er die Sperre, nahm noch das schmatzende Geräusch der zurückgleitenden Riegel wahr und klemmte blitzschnell den Brieföffner zwischen Türe und Fußboden. Danach brach er zusammen.

Für Sekunden schwanden ihm die Sinne. Schließlich erfasste er die Wirkung dessen, was er beabsichtigt hatte. Die Türe zum Flur war von den Dreien nur einen Spalt breit zu öffnen gewesen und hatte sich dann verkeilt.

Das Gas war auf den Gang gezogen und hatte dort seine verheerende Wirkung fortgesetzt. Die Bemühungen der Männer, zu ihm ins Zimmer zu gelangen, hörten schlagartig auf. Sie stolperten Richtung Eingang und stießen die schwere Türe auf.

„Halt! Bleiben Sie, wo Sie sind! Keine noch so winzige Bewegung! Legen Sie sich auf den Boden, Arme und Beine gespreizt! Sofort!"

Seine Leute waren hier. Das Gas begann, abzuziehen, die Lunge bekam wieder etwas Sauerstoff. Plötzlich durchdrangen Schüsse die eingetretene Stille, dann wieder Ruhe, absolute Stille, das Staccato der automatischen Waffen war verstummt. Er wankte zum Ausgang und versuchte den noch immer von den Außenscheinwerfern erleuchteten Türrahmen zu erreichen. Auf halber Strecke verlor er das Bewusstsein und sein Körper schlug hart auf dem Boden auf. Nach einer Weile vernahm er die vertraute Stimme Franziska Ebels: „Chef, was ist los, alles okay?"

Ein Notarzt eilte herbei und sagte zu jemandem: „Wir bringen ihn rüber ins Internistische, das liegt am Nächsten."

Polizei in Uniform und Zivil schwirrte umher und versuchte herauszufinden, was geschehen war.

Vergeblich. Der Einzige, der etwas hätte sagen können, war auf dem Weg ins Krankenhaus.

(43)

„So ein verfluchter Mist!", tobte Signore Lordano, was bei ihm selten vorkam. Er legte stets Wert auf gute Umgangsformen und eine gepflegte Aussprache. Was ihm Francesco aber soeben berichtete, ließ selbst bei ihm das Ventil platzen.

„Wo ist dieser Idiot, von dem ich gestern noch glaubte, er sei das absolut beste Genie für diesen Job?"

„Im Hotel", sagte Francesco schlicht, wohlwissend, ein neuerlicher Wutausbruch seines Bosses könne ihn treffen.

„Sag ihm, er soll sofort auschecken. Wir brauchen ihn nicht mehr, soll hingehen, wo er herkam oder noch besser einfach verschwinden."

„Wenn ich mir eine Bemerkung erlauben darf", sagte Francesco zögerlich, „Signore, jener Mann liegt im Krankenhaus, nicht weit von seinem Büro. Vielleicht sollte der Herr vom Königshof seine Arbeit dort noch beenden, bevor er abreist."

„Du hast recht, Francesco. Sollte er dabei draufgehen, kein Verlust. Sag ihm, er soll sich ein anderes Hotel nehmen, unter einem anderen Namen selbstverständlich, er wird schon noch einen zur Verfügung haben. Such eines aus, Francesco, wo wir den Chef kennen oder wenigstens die Rezeption von Freunden besetzt ist!"

„Sehr wohl, Signore, ich werde sofort das Nötige veranlassen. Wenn Sie mich bitte kurz entschuldigen wollen."

Es gab viel Geballere letzte Nacht. Der Mann, der diesem Debakel gerade noch so entkommen war, lag ausgestreckt auf dem weißen Laken seines Bettes und starrte an die Decke. Der Einsatz war danebengegangen, keine Frage. Da gab es nichts zu beschönigen. Er hatte seinen Gegner unterschätzt. Dieser Mann war gut, mehr als gut, er war ein hervorragender Profi, wie er. Obwohl, ihn würden sie nach diesem Fehlschlag in passablen Gegenden so schnell nicht wieder einsetzen. Vielleicht im Balkan, was er hasste. Kein Stil dort, Rabauken, Killer, nur pure Kraft. Angewidert schüttelte er leicht den Kopf. Das hätte er besser lassen sollen. Ein unbändiger Schmerz zerfetzte seine Gedanken. Er hatte Glück gehabt, es war nur ein Streifschuss gewesen. Nur ein wenig mehr nach links und er wäre jetzt ein toter Mann.

Sie hatten die Türe aufgerissen, ein Riesenfehler natürlich, aber dieses Scheißgas, die Augen, das Atmen, da denkt man eben nicht mehr rational. Sie kamen erst gar nicht richtig nach außen, als jemand etwas schrie. Er wusste gar nicht mehr was. Sie sollten sich ergeben, auf den Boden legen oder so ähnlich. Da zogen sie ihre Kanonen und fingen an zu schießen. Er sah noch, wie seine Begleiter plötzlich mit grotesken Bewegungen der Arme ein paar Schritte nach vorne machten, um dann wie vom Blitz getroffen zu Boden zu stürzen. Im selben Moment verspürte er einen Schlag am Kopf und verlor die Besinnung. Als er wieder zu sich kam, lag er in der Nähe des Hauseingangs und hörte, wie jemand sagte: „Die hat's alle drei erwischt." Vorsichtig versuchte er Arme und Beine zu bewegen. Das ging problemlos, aber sein Kopf: höllische Schmerzen. Er musste verschwinden, hämmerten seine Gedanken durch den Schmerz hindurch. Leute rannten umher und niemand schien ihn besonders zu beachten. Zentimeterweise kroch er nach rechts auf eine Buschgruppe zu, um dem gleißenden Licht an der Hausfront zu entkommen.

Irgendwann hatte er es tatsächlich geschafft. Eine Menge Polizei war mittlerweile überall zu Gange. Das nutzte er. In dem bizarren Licht mit den Haufen Figuren fiel er nicht weiter auf. Bald schon war er außer Sichtweite und konnte sich zu seinem Wagen vorarbeiten, den er abseits geparkt hatte. Mit Mühe hievte er sich auf den Fahrersitz, verschnaufte etwas und startete. Für alle Fälle war er mit der Adresse eines Arztes versehen, der keine Fragen stellen würde. Diesen steuerte er an.

„Streifschuss, tiefe Fleischwunde. Ich gebe Ihnen eine örtliche Betäubung, das muss genäht werden. Dann noch eine Spritze gegen die Schmerzen. Kommen Sie übermorgen noch einmal zum Nachsehen vorbei. Am Abend. Ich gebe Ihnen Wundalkohol und Verbandszeug mit. Sie müssen das penibel sauber halten, damit keine Wundinfektion eintritt. Haben Sie das verstanden?"

Er nickte nur, als der Arzt schon fortfuhr: „Macht zweitausend, haben Sie so viel dabei?"
Wieder nickte er nur.
„Gut, und wenn Sie wiederkommen, bringen Sie noch einmal fünfhundert mit, okay?"
„Ist gut", quetschte er zwischen den Zähnen hervor, kramte das Geld aus einer Hosentasche, wie alle Italiener trug er es lose gefaltet bei sich.
Jetzt lag er hier mit einem Pflaster am Schädel und starrte an die Decke. Das Telefon schlug an. Er nahm den Hörer und sagte nur ein „pronto". Die Instruktionen waren knapp. Darauf packte er seinen Koffer, das Laptop verschwand im Halliburton. Ein letzter prüfender Blick, dann verließ er das Zimmer und fuhr mit dem Lift direkt zur Tiefgarage. Ein Freund würde nachher die Rechnung begleichen. Im Wagen kramte er im Aktenkoffer, zog einen Pass heraus, steckte ihn in die linke Brusttasche seines Sakkos und warf den Pass Hochfellers in den Koffer. Er musste nicht sehr weit fahren, verließ den Wagen an der Hotelanfahrt und checkte in dem Hotel ein, das früher ein Bahnhof gewesen war.

Nach ein paar Schmerztabletten konzentrierte er sich auf seinen neuen Auftrag. Allmählich wurde es erträglicher, die Pillen wirkten. Sein Plan war simpel. Die Wunde, das Pflaster qualifizierten ihn als Patienten, sollte er in der Klinik angesprochen oder aufgehalten werden. So einfach würde es gehen. Er brauchte nicht nach der Zimmernummer zu fragen, sie würden ihn bewachen, was einfach auszumachen war. Die Klinik war nicht so groß, als dass er sich hätte verlaufen können. Eine einfache Sache, dachte er.

(44)

Freitag, das Wochenende vor der Tür, und sie quälen ihn natürlich wieder. Wie selbstverständlich holten sie ihn immer dann, wenn er schon geglaubt hatte, es wäre endlich vorüber. Es gab nichts mehr, was er nicht schon zu Protokoll gegeben hätte. Sie sprangen hin und her, verschoben Zeitachsen und Begebenheiten, wollten ihn verunsichern, dazu veranlassen, seine Aussagen zu revidieren, damit sie ihn packen und in Widersprüche verwickeln könnten.

Noch war er in der Lage, sich einzugestehen und zu erkennen, was in ihm wirklich vorging, aber wie lange noch? Er war ein Wrack, so einfach war das. Seine Nerven lagen blank, sein Seelenleben kaputt. Da war es nur logisch, alles und jedes durch die Brille des ewig Missverstandenen zu sehen, des Ausgenutzten, von der Firma Verstoßenen, nicht mehr Geliebten. Es schnürte ihm den Hals zu. Er realisierte sehr wohl, dass es Selbstmitleid war, das ihm die Sinne vernebelte, aber es war so unendlich angenehm, sich diesem Gefühl hinzugeben, darin zu verschmelzen. Tränen einer erhabenen Glückseligkeit stiegen ihm in die Augen und er hatte Mühe, sie zu unterdrücken. Dann der Wechsel hin zu der überschwänglichen Empfindung, doch ein Teil von SimTech zu sein. Gerade so, wie es ihm vor wenigen Tagen erst bewusstgeworden war. Nach außen die kalte Schulter, aber intern, nur für eingeweihte erkennbar, signalisierten sie, wie sehr sie ihn schätzten. Das war die andere Seite, die sein Herz öffnete, die ihn alles hinnehmen ließ, auch diese unwürdige Behandlung, hier in der Orleansstraße. Das war der Preis, den er zu zahlen hatte. Aber bekam er nicht so unendlich viel dafür?

Wenn sie ihn doch nur für ein paar Minuten seinen Gefühlen überlassen und dieses Glück hätten auskosten lassen, er hätte zum Dank jede Aussage zu Protokoll gegeben, die sie wünschten, um die Ermittlungen abschließen zu können.

Es kam doch schon lange nicht mehr darauf an, die Wahrheit ans Licht zu zerren. Es gab so viele davon. Deprión & Princeton spürten eine Wahrheit auf, die Staatsanwaltschaft gab vor, hinter der Wahrheit her zu sein, und doch gab es Momente, die ihn daran zweifeln ließen. Jeder in diesem Verbund verfolgte primär eigene Interessen. Der Staatsanwalt wollte, dass das Gericht seinem Antrag auf das Strafmaß folgte. Depriòn & Princeton bezog ein kaum vorstellbares Honorar dafür, der US-Amerikanischen Börsenaufsicht SEC nicht nur die Unschuld des Konzerns zu beweisen, sondern auch zu belegen, wie unnachgiebig dieser gegen seine Manager vorging, die ihm diesen Schlamassel eingebrockt hatten. Fehler hatten einzelne Individuen gemacht, gierige Manager, aber doch um Gottes Willen nicht der Konzern. Der nicht, das stimmte, konzedierte Seifert. Es waren immer die Individuen, der Konzern bot nur den Mantel, innerhalb dessen diese Individuen ihr Unwesen trieben.

Genauso richtig war es jedoch, dass die Verantwortlichen bis hin zur höchsten Konzernleitung ihren schützenden Mantel über ihn gebreitet hatten. Sie ließen ihn einfach gewähren. Er würde es schon richten, dachten sie. Man hatte dafür gesorgt, dass es keine Verbindungen von ihm zu diesen Leuten gab. Mit einer Ausnahme: Kögel.

Er hatte nichts mehr über ihn gehört. Beide vermieden sie jeden Kontakt, aber unter der Anleitung ihrer Anwälte sagten sie bei Vernehmungen immer das Richtige. Sie widersprachen sich nicht, boten kongruente Aussagen.

Das Hauptobjekt der Strafverfolger war natürlich er. Nur er kannte die Einzelheiten des Systems, hatte er sie doch selbst erfunden und entwickelt. Von ihm hing es ab, wer mit in den Sog geriet. Deshalb genoss er mehr Privilegien als andere.

Dass einige ihn aber ganz bewusst an die Wand fahren ließen, das vergab er nicht. So ließ er keine noch so kleine, unbedeutende Gelegenheit aus, dieser falschen Brut etwas anzuhängen. Den Konzernvorstand sparte er dabei allerdings aus, denn sie deckten ihn ja in gewisser Weise, wie er meinte. Eine persönliche Bereicherung läge nicht vor. Das war die Erklärung des Konzerns gewesen, und die Staatsanwaltschaft hatte zugestimmt. Vielleicht hatte er das früher anders gesehen und auch gegen diese Leute Spitzen abgefeuert, aber jetzt hielt er sich damit zurück. Sollten sie ihn deshalb auf Widersprüche festnageln wollen, würde er schon passende Erklärungen finden.

Bei solchen Gedanken erlebte er eine alles einnehmende Zufriedenheit. Seine Millionen, niemand würde sie ihm nehmen können. Unerreichbar für andere, davon war er überzeugt, schlummerte das schöne Geld auf einer Bank in der Schweiz.

Claire würde in beflügeln, seine Emotionen wiederherstellen, seine Wunden heilen, ihn wieder zu dem Mann werden lassen, der er bis vor Monaten noch gewesen war.

Wieder spürte er jene Hochstimmung, die ihn immer häufiger in Schüben erfasste und die Welt um ihn versinken ließ. Wieder traten Tränen in seine Augen, die er nicht mehr zurückhalten mochte und doch musste.

Durch einen Schleier schwebte sie auf ihn zu, Claire, sein Ein und Alles. In Chiffon wie damals in Athen, darunter nackt, ihre vollen Brüste ihm entgegendrängend, wartend, bis er sie ergriff, sie an sich zog, eindrang, versank, unendlich tief versank.

Plötzlich ein Riss! Irritiert versuchte Seifert das Bild zu korrigieren, aber es gelang ihm nicht. Der Riss wurde größer, zerfetzte, was er bisher geliebt hatte, zerstörte das bisschen Glück, an dem er so sehr hing, und machte aus ihm das Häufchen Elend, das er in diesem Augenblick tatsächlich war.

Halbherzig beantwortete er die Fragen der Beamten.

Seine Gedanken schweiften ab, wollten zurück, wollten aufklären, was diesen Sinneswandel herbeigeführt hatte. Er vermeinte ein Knacken zwischen den Ohren zu spüren. Schwindel ergriff ihn und er wähnte, in einen bodenlosen Abgrund zu stürzen.

War sie wirklich seine Vertraute? Ein Keil trieb unnachgiebig in die Welt seiner Empfindungen, brachte sie ins Wanken und riss sie schmerzvoll entzwei.

Ganz deutlich fühlte er es jetzt. Claire kannte alle seine Geheimnisse, hatte ihn in der Hand und konnte ihn zu einem jämmerlichen Stück Mensch verkommen lassen, ohne Millionen, ohne Luxus und ohne sie, die Frau, die er mit jeder Faser seines Körpers begehrte und liebte.

Seifert war fix und fertig, am Ende jeglicher Konzentration und am Ende seiner Welt. Von einer Sekunde auf die andere erlahmte jedes Interesse; es war ihm mit einem Mal völlig gleichgültig, ob sie ihn einsperrten, durch die Medien zögen oder was sonst noch auf ihn zukommen könnte. Das Gesicht der Frau, die ihn kürzlich besucht hatte und die er immer wieder glaubte, irgendwo gesehen zu haben, tauchte vor ihm auf. Bis sie eines Tages verschwand und er sie regelrecht vermisste.

Niemand, der ihn angesprochen hätte, wie es diese Frau auf dubiose Weise behauptet hatte.

Bitter lachte er innerlich auf. Wenn sie hinter seinem Geld her wären und es sich bewahrheiten würde, was er soeben gedanklich durchlebt hatte, wäre bei ihm nichts mehr zu holen. Würden diese Menschen ihm das abnehmen, wer auch immer sie waren? Vielleicht war doch noch nicht alles verloren. Seiferts verworrene Gedanken fassten einen Plan.

(45)

Obwohl sich Reiser und Stangassinger auf Seifert einschossen, kam die erste brauchbare Spur aus der Ecke Kögel.

Es war Stangassinger, der darauf stieß. Beim Herausfiltern und Sortieren von Belegen fiel ihm ein *post it* mit dem Namen Kögels in die Finger. Eine Riesensumme sollte auf ein Konto bei einer Bank in den Emiraten mit einer Niederlassung in München eingezahlt werden.

Stangassinger vermutete, der gelbe Zettel sei übersehen worden. Erstens hätte er auf der Zahlungsanweisung nichts verloren gehabt und zweitens lagen alle fraglichen Akten im Original bei der Staatsanwaltschaft. In der Firma gab es nur Kopien der Belege, ohne *post it* versteht sich. Wie sich ausgerechnet dieser Beleg verirrt haben konnte, war ad hoc nicht aufzuklären und spielte auch für Stangassingers Schlussfolgerung keine Rolle.

Reisers Telefon spielte irgendein Gedudel ab. Sollte gelegentlich den Rufton ändern, dachte er.

„Vinzenz hier. Können wir uns treffen? Ich glaube, ich habe etwas."

45 Minuten später saßen sie im Dolce Sosta, wie schon viele Male davor. Stangassinger berichtete über seinen Fund und fügte an, er sei davon überzeugt, Kögel habe sein Geld bei dieser Bank deponiert.

„Ich werde gleich morgen weiter in dieser Richtung nachforschen."

„Klingt vielversprechend", meinte Reiser.

„Ich kann mir vorstellen, dass Kögel letztlich das gleiche gemacht hat wie Seifert, nur etwas anders."

Reisers fragender Blick veranlasste Stangassinger fortzufahren: „Wir gehen davon aus, dass beide ein Depot bei einer Bank besitzen, nicht wahr? Seifert hat es aus dem System ausgelagert, Kögel dagegen nicht. Ich stelle mir das so vor: Zahlungen in die Emirate sind über Kögel gelaufen, sozusagen als Mittelsmann, damit sich keiner der Empfänger exponieren musste."

„Ich ahne, worauf du hinauswillst", fügte Reiser ein, „Kögel nutzte diese Vorgehensweise auch für seine privaten Zwecke. Niemand kannte die Empfänger, außer ihm, und somit ließen sich beliebige Beträge verschieben, immer über die gleiche Bank."

Stangassinger fuhr fort: „Die Staatsanwaltschaft findet selbstverständlich kein Geld auf dem Konto vor. Kögel war nicht so dumm, es einfach darauf zu belassen. Entweder er selbst oder, was wahrscheinlicher ist, ein Vertrauter mit Vollmacht hebt die Beträge ab und schafft Kögels Millionen in ein Schließfach unter einem Kennwort bei der gleichen Bank. Der Name Kögel taucht nirgendwo mehr auf."

„Der Staatsanwalt in München entdeckt dies ebenfalls - oder auch nicht, weil er aus den Emiraten nur Auskunft über die Zahlen, nicht aber über Personen bekommt, oder man teilt ihm einen Namen mit, den er nicht nachprüfen kann", ergänzte Reiser.

„Weil es diesen Menschen unter diesem Namen gar nicht gibt oder ein falscher Name verwendet wurde. Wer weiß schon, wie in Dubai die Gepflogenheiten bei der Eröffnung eines Kontos sind", ergänzte Stangassinger.

„Gut recherchiert und logische Schlussfolgerungen gezogen, aber an das Geld kommen wir trotzdem nicht ran", meinte Reiser.

„Wir reden mit Brenner, der kennt die richtigen Leute", schlug Stangassinger vor. „Vielleicht kommt von dort eine Idee."

„Ich hoffe es ... für uns!", sagte Reiser.

(46)

Viele Kinderaugen würden heute am Nikolausabend leuchten. Manche erst bedrückt, ängstlich, die Bäckchen vor Eifer und Erwartung gerötet, dann strahlend, sobald es vorüber war.

Die Augen Brenners leuchteten nicht. Es gab keinen Grund hierfür, schon gar nicht nach dem, was er soeben erfahren hatte. Er wusste natürlich um die Vorgänge am 22. November, jenem Donnerstag, als der Spezialist nur knapp mit dem Leben davonkam. Er selbst hatte im Münchener Teil den Leitartikel verfasst. Was er jetzt aber vernommen hatte, überstieg alles um Längen. Ein zweiter Mordanschlag, im Krankenhaus. Die anwesende Polizei hatte es nicht verhindern können. Der Täter: erschossen. Das Opfer: ein glatter Durchschuss an der linken Schulter. Ein wenig tiefer und ..., Gott sei Dank war es anders verlaufen.

Freitag, 23. November 2007: Die Nachtschicht hatte gerade den Dienst im Krankenhaus angetreten und die Schwestern ihren Rundgang beendet. Manche Patienten brauchten noch ein Schmerzmittel, eine Schlaftablette oder andere Medikamente. Die Schwestern saßen in ihren Zimmern und überwachten ihr jeweiliges Refugium anhand der Kontrolltafeln. Sobald ein Patient einer Hilfe bedurfte und den Alarm auslöste, würden sie eilend das Zimmer verlassen, sich vergewissernd, den Piepser angesteckt zu haben, falls es anderswo gleichzeitig einen Alarm gäbe oder sie von einem der Ärzte gebraucht würden. Aber der Beginn dieser Nacht verlief ruhig. Keine Auffälligkeiten.

Plötzlich ein peitschender Knall! Irgendwo fielen Schüsse. Erst einer, dann nach einer kleinen Weile drei weitere, wobei die beiden letzten Schüsse beinahe zeitgleich erfolgten. Sekunden später nur war die Hölle los. Schwestern, Ärzte, Helfer rannten wie aufgescheuchte Hühner umher, schrien sich etwas zu, das keiner verstand, und blieben schließlich ratlos stehen. Martinshörner, Polizei, Notärzte, mittlerweile war ein riesiges Aufgebot von Einsatzkräften vor dem Krankenhaus eingetroffen. Beamte stürmten in das

Gebäude, ihre Waffen gezogen, aber keiner wusste, wo er hinsollte, wo der Schusswechsel stattgefunden hatte.

Eine kreidebleiche Schwester zeigte mit zittrigen Fingern nach oben, nicht fähig, auch nur ein Wort über die Lippen zu bringen. Einige Beamte in zivil stürmten sofort in die angezeigte Richtung, andere kümmerten sich darum, das eintretende Chaos in Grenzen zu halten.

Dann sahen sie die Bescherung, eine Blutlache. Der Beamte zum Schutz des Patienten lag niedergeschossen am Boden, schien aber noch zu leben. Die Türe zum Krankenzimmer stand offen. Der Patient, quer im Bett liegend, heftig blutend, bewusstlos. Alles war entsetzlich mit Blut besudelt, die Laken, der Boden. Dort lag der Körper eines Mannes, wie von Schmerzen gekrümmt, auf der linken Seite am Kopf ein Pflaster und ein wenig rechts davon ein Loch. Blut! Der Mann war tot, Kopfschuss.

Die Rekonstruktion ergab später, dass der am Boden liegende Tote um 23:28 Uhr auf den Wachposten geschossen hatte. Der Beamte wurde dabei schwer, aber nicht tödlich verletzt. Danach war der Schütze sofort ins Zimmer gestürzt und hatte zweimal auf den Patienten gefeuert. Dieser hatte aber seinerseits bereits eine Waffe gezogen und fast zeitgleich mit dem zweiten Schuss des Täters abgedrückt. Der Spezialist hatte unwahrscheinliches Glück gehabt. Der erste Schuss durchschlug seine linke Schulter, der zweite verfehlte ihn. Adrenalin musste die Wirkung des Treffers verzögert haben, weshalb er noch abdrücken konnte, bevor er ohnmächtig zusammenbrach.

Brenner schluckte. Die Dimension überstieg seine Fantasie um einiges, und doch musste er und kein anderer darüber berichten. Aufhänger auf Seite Eins und die volle letzte Seite unter *Vermischtes*. Viele Leser fingen mit der letzten Seite an.

Das war wieder eine jener Gelegenheiten, bei der Brenner mit seinem Beruf ins Gericht ging. Auf der einen Seite wollte und durfte er die Wahrheit nicht verbiegen, andererseits konnte er nicht schreiben, was er wusste. Er half sich aus der Bredouille, indem er rein sachlich darüber berichtete, was die Pressekonferenz hergab, aber nichts von seiner persönlichen Beziehung in den Fall erwähnte. Kein Wort zur Affäre SimTech, kein Wort zu den gesuchten Millionen, keine Mutmaßungen, einfach nichts.

Andere Blätter waren da weniger zimperlich. Auf eine Verbindung zu SimTech kamen sie zwar nicht, das konnten sie nicht wissen, aber was sie sonst an wilden Spekulationen ablieferten, war schon starker Tobak. Russenmafia, Mädchenhandel, Drogenkartelle, alles musste herhalten, um die abwegigsten Geschichten für ihre Leser zu erfinden.

Kaum ein öffentlicher TV-Sender, der nicht kurzfristig sein Programm änderte, um in den gängigen Talkshows mit Spezialisten für dies und das aufzuwarten. Die Zuschauer fanden es spannend. Nach ein paar Tagen war der Rummel vorüber und neue Schlagzeilen bestimmten das Geschäft.

Das Team war dezimiert, Brenners wichtigster Informant für die nächsten Tage oder Wochen außer Gefecht gesetzt. Was konnte er von Stangassinger oder Reiser erwarten? Die beiden hatten keine Ahnung, was hinter der Schießerei wirklich steckte. Schwierig für ihn, aber er entschied sich dagegen, mit der Wahrheit herauszurücken. Wie konnten sie aber unter diesen Umständen weiter zusammenarbeiten und ihre Sache vorantreiben?

Er legte diese Frage in seinem Gedächtnis unter *ungelöst* ab und beschloss, Signore Lordano einen Besuch abzustatten, gespannt, wie er reagieren würde. Er orderte einen Wagen aus der Fahrbereitschaft, ein Privileg, das er früher schon einmal besaß und jetzt reaktivierte. Der Fahrer würde vor Lordanos Villa warten. Der Chef vom Dienst bekam die Anweisung, ihn halbstündlich übers Handy anzurufen und die Polizei zur angegebenen Adresse zu schicken, sollte er nicht antworten. Das sollte reichen.

Es war 19:30 Uhr, als Brenner auf die Klingel drückte. Erst Ruhe, dann ein Knarren und eine Stimme aus dem Lautsprecher am Tor. Brenner sagte, wer er war und fragte nach dem Hausherrn.

„Einen Moment", sagte die Stimme. Nur wenig später wurde er hereingebeten. Francesco erwartete ihn an der Haustüre und forderte ihn auf, ihm zu folgen. Sie sprachen nichts. Ein paar Meter nur, dann stand Brenner Lordano gegenüber. Der Hausherr machte keine Anstalten, sich aus seinem Sessel zu erheben, sondern deutete lediglich mit einer Kopfbewegung an, Brenner solle Platz nehmen. Francesco blieb im Raum. Nichts wurde angeboten; keine besonders günstige Ausgangslage, taxierte Brenner.

„Was wollen Sie? Kommen Sie bitte gleich zur Sache. Ich habe wenig Zeit", sagte Lordano, noch ehe Brenner saß.

„Soll mir recht sein", antwortete Brenner.

„Ihr Mann ist tot, erschossen von einem meiner Informanten. Sie wissen es, sonst hätten Sie mich wohl kaum empfangen. Wie stellen Sie sich vor, dass die Dinge weiterlaufen sollen?"

Lordano wartete mit seiner Antwort: „Sie verkennen die Situation, Herr Brenner. Sie sind vielleicht ein mächtiger Mann bei Ihrer Zeitung; hier sind Sie ein Nichts, den ich zerquetschen könnte, wie eine Schmeißfliege, aber ich tue es nicht. Und denken Sie nicht, das wäre der Fall, weil vor dem Haus Ihr Fahrer auf Ihre Rückkehr wartet. Ein Leben oder zwei, was ist das schon? Ich tue es nicht, weil ich Gewalt verabscheue. Der Mann, von dem Sie vorhin sprachen, gehört nicht zu meinem Personal. Er war eine nutzlose Leihgabe, mehr nicht. Schön, Sie wissen das, aber was wollen Sie mit diesem Wissen anfangen? Mich etwa erpressen? Blödsinn, das haben schon andere versucht, und in diesem Fall könnte ich tatsächlich ungemütlich werden und meine Vorsätze über Bord werfen. Sie sind doch intelligent und deshalb gebe ich Ihnen einen Rat: Lassen Sie die Finger von der Sache! Mit mir zusammenarbeiten wäre eine Option gewesen, die Sie aber ausgeschlagen haben."

„Dann sage ich Ihnen jetzt ebenfalls etwas unmissverständlich. Ich werde die Finger nicht von der Sache lassen, und glauben Sie mir, Sie werden diese ominösen Millionen nicht ergattern."

„Ich dachte nicht, dass Sie noch so ein Heißsporn sind", erwiderte Lordano. „Sie können nichts tun, und Ihr Mann steht nicht zur Verfügung. Was wollen Sie also? Machen Sie sich nicht lächerlich und kommen Sie mir vor allem nicht in die Quere. Sie sind schneller ein toter Mann, als Sie es für möglich halten. Hinter jeder Türe, an jeder Hausecke könnte Ihr Mörder lauern. Gehen Sie mir einfach aus dem Weg, dann bleiben Sie am Leben."

Der Besuch war beendet, gerade als Brenners Handy läutete.

„Gehen Sie ruhig ran", sagte Lordano jetzt mit einem Lächeln auf den Lippen. „Wird einer Ihrer vereinbarten Kontrollanrufe sein? Glauben Sie mir, hätte ich es gewollt, dieser Anruf hätte sie nicht geschützt. Ich sage es noch einmal: Nichts kann Sie schützen, wenn Sie meine Ratschläge ignorieren."

Zeitig am anderen Morgen wieder im Büro wartete die nächste Überraschung auf ihn.

„Hallo, Herr Brenner, Besuch für Sie, eine Dame, Franziska Ebel. Kommen Sie runter oder sollen wir ..."

„Nein, ich komme", unterbrach er.

Eine attraktive Frau, dachte Brenner und eilte auf sie zu. Brenner wusste über Franziska Ebel nur ein paar Details zu ihrer früheren Tätigkeit bei der Polizei und dass sie zum Team von 13a gehörte. Schmales Gesicht, langes, rotbraunes, leicht gewelltes Haar, energisches Kinn, Lippen geschwungen mit passendem Lippenstift, pastellfarben, Augenbrauen dezent nachgezogen, Augenfarbe braun mit einem Stich grün, Teint schwach Bronze. Weiter kam er in seiner Betrachtung nicht.

„Grüß Sie, Franziska Ebel", sagte sie mit voller, von bayerischem Akzent gefärbter Stimme.

„Hallo, Harald Brenner", stellte er sich vor.

„Mein Chef meint, ich soll seinen Part in Ihrem Projekt so lange übernehmen, bis er wieder einsatzfähig ist, und das kann noch eine Weile dauern."

„Soll mir recht sein", antwortete Brenner. „Kann ich Ihnen etwas anbieten? Kaffee oder Wasser vielleicht?"

„Gerne, Espresso wäre fein, ohne Zucker."

„Fangen wir mit dem aktuellen Stand an", schlug Brenner vor. Die nächsten 30 Minuten erfuhr er nur wenig Neues.

„Wir kennen unseren Gegner, aber es hilft uns nicht weiter, das Problem zu lösen, nämlich an die Millionen heranzukommen. Ich schreibe meine Artikel, bohre nach, finde gelegentlich einen weiteren Skandal in diesem Konzern, das war's dann aber auch schon."

Franziska überlegte und meinte: „Sie haben doch noch zwei Partner im Boot. Sollten wir nicht ein offenes Gespräch zu viert führen, vielleicht entwickeln sich neue Ideen?"

„Könnten wir, jedoch müsste ich Sie als meine Quelle offenlegen, und das gefällt mir nicht."

„Dann lassen Sie uns überlegen, wie wir es anstellen müssen, Kögel und Seifert ihr Geheimnis zu entlocken."

„Mir geht die Frau nicht aus dem Kopf. Lordano ist in diesem Punkt einen Schritt weiter als wir. Er übt Druck aus und macht es nicht ungeschickt."

„Wir können im Augenblick nicht sagen, inwieweit Hochfellers Tod daran etwas ändert", pflichtete Franziska bei.

„Ich denke, es wird sich nichts ändern. Lordano wird seine Pluspunkte nicht deshalb aufgeben. Ein anderer wird die Rolle seines Mannes übernehmen."

„Und da haben wir schon das nächste gravierende Problem. Diesen Neuen müssen wir erst identifizieren. Bis dahin arbeitet er anonym. Ich schlage vor, wir picken uns Seifert und überwachen ihn für ein paar Tage. Irgendjemand wird irgendwie mit ihm in Kontakt treten. Kögel oder Seifert, einer reicht zu diesem Zweck, was meinen Sie?"

Brenner gefiel die Entscheidungsfreude Franziska Ebels.

„Ich bin Ihrer Meinung. Überwachen Sie Seifert und dann sehen wir weiter!"

Die Logik, mit der Brenner und Franziska Ebel die Dinge angingen, hatte zwar etwas Bestechendes, reflektierte aber in keiner Weise die Methoden Lordanos, respektive seines neuen Mannes.

Sie verloren dadurch Zeit. Zeit in einem Spiel, das nur von demjenigen zu gewinnen war, der um den entscheidenden Schritt schneller sein würde.

(47)

Am Dienstag, den 11. Dezember, betrat eine dezent gekleidete Frau eine Bank in Locarno. Volles, dunkelrotes Haar verdeckte ihr Gesicht, aus dem zwei mandelförmige Augen achtsam das Geschehen vor ihr beobachteten. Zielstrebig steuerte sie auf einen der Schalter zu, der ausweislich eines Schildes für Kunden mit Schließfächern zuständig war. Sie schrieb etwas auf ein Formular, das dort auslag, und folgte einem Angestellten, der sie freundlich begrüßte, sonst aber keine Fragen zu haben schien. Es ging eine Treppe nach unten zu einer verschlossenen Türe, die nur mittels einer Codekarte des Angestellten zu öffnen war. Dahinter verbargen sich mehrere Zimmer, wovon sie eines mit der Aufschrift *Manager* betraten. Der Angestellte reichte das Formular weiter an einen Mann hinter einem Tresen und verabschiedete sich.

„Wenn Sie hier bitte noch das Kennwort eintragen wollen", sagte der Mann, nahm das Blatt und hackte auf der Tastatur eines PC.

„In Ordnung. Einen Augenblick noch bitte, ein Kollege wird Sie begleiten."

Kurz darauf befand sich die Dame im Tresorraum. Der begleitende Mitarbeiter steckte einen Schlüssel in eines der Fächer, drehte ihn nach rechts, zog ihn danach wieder ab und verließ den Raum. Der gesamte Tresorraum bestand nur aus Schließfächern unterschiedlicher Größen. Ihres gehörte zu den Größeren, das mit einem Tastenfeld versehen war. Andere Schließfächer bargen zwei Schlitze für Schlüssel. Ein Schloss, das von der Bank zu bedienen war, und eines für den Inhaber des Schließfachs. Die Dame tippte einen sechsstelligen Code ein, worauf die Türe des Schließfachs mit einem dezenten *klick* aufschwang. Sie erstarrte kurz, als sie einen Blick auf den Inhalt geworfen hatte. Es würde komplizierter werden, als sie angenommen hatte. Bündel von Bargeld, soweit sie sah, Euro, Dollar und Schweizer Franken, daneben ein Stapel mit Papieren, Zertifikaten, und Goldbarren. Kurz entschlossen packte sie einige Bündel des Bargeldes in den mitgebrachten Aktenkoffer und drückte danach die Türe des Safes wieder ins Schloss. Sie nickte dem Angestellten zu, der vor dem Tresorraum wartete und eilte den Weg nach oben, zurück zum Schalter.

Freundlich erklärte man ihr, ein weiteres Schließfach anzumieten, wäre kein Problem, sie müsse hierzu nur einen Pass oder eine andere Identitätskarte vorlegen. Eine Kopie hiervon würde mittels einer bankinternen Software verschlüsselt und in einem Datenspeicher abgelegt. Fremden sei somit die Zuordnung zur Nummer und dem Kennwort des Schließfaches nicht möglich. Das Schließfach könne dann jederzeit unter Angabe der Nummer und des Kennwortes geöffnet werden, den Pass benötige man hierzu nicht mehr.

„Ja, dann machen wir das so", sagte die Dame und kramte in ihrer Handtasche.

„Tut mir leid", sagte sie, „ich muss den Pass im Hotel vergessen haben."

Nach einem Blick auf ihre Armbanduhr und der Erkundigung nach den Öffnungszeiten verließ die Dame ohne große Eile die Bank.

Claire Polingo war keine Expertin in diesen Dingen, aber dass sie das Schließfach nicht unter Vorlage ihres eigenen Passes anmieten konnte, das war ihr klar. Wie hatte das der Ferdl gemacht? Wahrscheinlich musste er keinen Pass vorlegen, weil man ihn kannte, oder die Vorschriften waren andere gewesen. Sie brauchte das Schließfach, um darin die Goldbarren zu deponieren. Gold war schwer, das konnte sie nicht einfach mit dem Aktenkoffer abtransportieren. Sie würde den Rest aus Ferdls Fach in ihr eigenes Fach räumen und den Inhalt dann nach und nach zu einer anderen Bank schaffen. Das war der Plan. Woher sollte sie aber einen anderen Pass nehmen? Dieses Problem schien ihr nicht leicht lösbar. Je mehr sie darüber nachgrübelte, desto unmöglicher schien es ihr. Ihre Kunden? War vielleicht einer darunter, der ihr helfen könnte? Sie verwarf diese Idee. Zu kompliziert, für sie. Dann plötzlich blitzte die Lösung auf. Ihr Magen krampfte sich zusammen. Wie einen Klumpen fühlte sie ihn. Erregung überkam sie. Schließlich lächelte sie entspannt und war überzeugt: So könnte es funktionieren, es sollte ganz einfach zu machen sein.

Als die Dame gegen 15:30 Uhr wieder die Bank betrat, auf den Schalter zuging und das Formular für ein Schließfach ausfüllte, hatte ihr niemand angesehen, zu welcher Dreistigkeit sie nur wenig vorher fähig gewesen war. Tatsächlich war es nicht besonders schwer gewesen. Um die Mittagszeit war das zum Hotel gehörende Restaurant voll belegt.

Claire Polingo machte es sich so lange bei einem Glas Champagner an der Bar bequem und beobachtete unauffällig die Gäste. Fast an jedem der Tische saß wenigstens eine Frau, manchmal auch mehrere. Ihr Blick schweifte umher, fixierte jede Einzelne, besah sich die Gesichtszüge, schwenkte zurück und begann wieder von vorne, bis sie schließlich eine Frau etwa in ihrem Alter mit ebenso langem Haar ausmachte. Die Farbe stimmte nicht genau, aber welche Frau trägt schon Zeit ihres Lebens immer die gleiche Haarfarbe? Sie bediente sich ja selbst aus einem Sortiment hervorragend gearbeiteter Perücken. Das sollte kein Problem sein. Sie wartete, bis eintrat, was stets eintritt, und die Frau ihrem Gegenüber kurz zunickte, etwas zu ihm sagte, nach ihrer Tasche griff und das Restaurant in Richtung Toiletten verließ.

Claire eilte hinterher und erreichte die Frau gerade, als sie die Treppe nach unten zu den Toiletten nehmen wollte.

Plötzlich stolperte Claire, wäre um ein Haar gestürzt, hätte ihr die Frau nicht instinktiv die Hand entgegengestreckt. Claire griff danach, wie nach einem rettenden Anker, fing sich wieder, wobei sie, wie unbeabsichtigt, die Tasche der Frau erwischte. Die Frau, von der Situation überrascht, ließ ihre Tasche los, die sich öffnete, und die Treppe nach unten purzelte.

„Entschuldigen Sie vielmals", sagte Claire. „Das ist mir außerordentlich peinlich, aber diese Schuhe!", mit einem unschuldigen Blick zeigte sie auf ihre hohen Hacken.

Die Frau mit der Tasche lächelte daraufhin verständnisvoll. Schnell eilte Claire die Treppe hinunter, räumte alles in die Tasche und drückte sie der Frau in die Hand, die für einen Augenblick bewegungslos stehen geblieben war, entschuldigte sich noch einmal und entschwand.

Claire Polingo schob dem Angestellten am Schalter Formular und Pass zu.

„Einen Augenblick, Frau... Hakonsen", sagte er nach einem Blick in das Dokument und hantierte an seinem PC, schon war der Pass gescannt, verschlüsselt und abgespeichert.

„Merken Sie sich bitte Nummer und Kennwort sehr gut", sagte der Mann am Schalter in einem freundlichen Schweizer Dialekt.

Claire Polingo brauchte einige Zeit bis sie Seiferts Tresor leergeräumt hatte. Zurück im Hotel, bückte sie sich auf Höhe der Rezeption und hob etwas vom Boden auf.

„Da hat jemand seinen Pass verloren. Lag hier", sagte sie und drückte einem der Hotelbediensteten das Dokument in die Hand.

Claires Zukunft sollte sich gewaltig verändern. Endlich würde sie Dinge tun können, die ihr bisher verwehrt geblieben waren. Sie musste ihr Geld nicht mehr damit verdienen, schwitzenden, geifernden, geilen Böcken die Peitsche über ihre fetten oder ausgemergelten Körper zu ziehen. Gutgebaute Männer waren eine Ausnahme, an die sie sich schon gar nicht mehr erinnerte. Dann immer das Gejammer über ihre Frauen, die sie nicht verstanden oder andere Geschichten, die sie niemals wirklich je interessierten. Damit war jetzt Schluss! Jetzt endlich besaß sie genügend Geld, um ein anderes Leben führen zu können.

Und Ferdl? Sie spürte nichts für ihn. Er war nicht anders als die vielen Männer, die sie in ihrem Beruf kennengelernt hatte, selbstbezogen, eine Frau in ihren Augen meistens nicht mehr als das Objekt ihrer Begierden, sich aufplusternde, schwache Charaktere, die vorgaben, etwas zu sein, was sie in Wirklichkeit noch nicht einmal im Ansatz waren. Der Ferdl, dessen Geilheit sie ihren Wohlstand verdankte, war ganz typisch dafür. Schob Millionen durch die Gegend, kam sich riesig vor, lebte nur vom Feinsten und badete in den Gefälligkeiten fremder Leute, Angestellte von Hotels, Restaurants, Bars und Clubs. Die Leute waren nett zu ihm, weil er sie dafür bezahlte, mit hohen Umsätzen und Trinkgeld. Er hatte nie kapiert, dass er diesen Menschen in Wirklichkeit mehr als nur egal war. Hatten sie von ihm bekommen, was sie erwarteten, vergaßen sie ihn schon in der nächsten Minute. Er verbrauchte niemals sein eigenes Geld, aber schmiss großzügig mit dem seiner Firma um sich, und die Firma ließ ihn gewähren. Das war etwas, was sie so gar nicht verstand. Sie sah ihn vor sich, wie es ihm vor lauter Geilheit seine kleinen Schweinsaugen aus dem Kopf trieb. Von ihr erfuhr er ein Gefühl der Geborgenheit, etwas, das er sonst in seinem Leben offenbar vermisste. Sie strengte sich sehr an, ihm zu gefallen, alles so zu machen, dass er glaubte, er sei etwas Besonderes. Dafür bezahlte er gut, mit dem Geld, das ihm nicht gehörte, und sie nahm es ohne Skrupel. Sie horchte ihn aus, er sagte alles, was sie wissen wollte, oft nicht richtig bei Sinnen, von dem durch sie Erlebten. Es ekelte sie nicht, wenn er Dinge von ihr ersehnte, die er zuhause vermutlich niemals hätte bekommen können, und sie ihm diese ohne zu zögern gab. Das gehörte zu ihrem Job. Das war Geschäft. Sie hatte gelernt zu trennen zwischen Job und Privatleben. Was sie wirklich bekümmerte waren nicht diese Typen wie Ferdl, sondern ihr eigenes kümmerliches Privatleben. Besaß sie überhaupt einen Bekanntenkreis, Freunde, einen Freund, mit dem sie ihre Liebeslust hätte teilen können? Das besaß sie alles nicht. Wie auch? Wenn andere ausgingen, machte sie ihre Arbeit. Im Bett hatte sie Männer wie Ferdl, jedoch keinen, den sie liebte, mit dem ihr all diese Dinge, die sie so perfekt beherrschte, Spaß gemacht hätten. Es war noch Zeit genug, vieles von dem lange Vermissten nachzuholen, jetzt, mit Ferdls Geld, aber ohne ihn.

Im Laufe des Dezembers 2007 brach Claire Polingo alle Brücken nach Deutschland ab. Mit einem ähnlichen Trick wie in Locarno beschaffte sie sich erneut einen Pass. Niemand schöpfte Verdacht und Claire mietete unter falschem Namen eine Suite in einem angenehmen Hotel mit viel Komfort am Columbus Circle in New York. Sie genoss es, stundenlang im Central Park umherzulaufen, ihre Mahlzeiten in kleinen Restaurants einzunehmen und faul in den Tag hineinzuleben. Sie schmiedete Pläne für eine sorgenfreie Zukunft. Claire bewunderte Frauen, die eigene Kollektionen entwarfen oder ausgefallene Ideen für Schmuckdesign umsetzten.

Für sie waren diese Dinge allerdings keine Optionen, hierfür fehlte ihr einfach das handwerkliche Geschick. Ihr Spezialgebiet war die Liebe, der Sex, die Lust, das Ungewöhnliche. Hierin war sie Meisterin, auch wenn sie hierfür kein Zertifikat einer Institution vorweisen konnte. Ihre Bestätigung war anderer Art, besaß einen höheren Stellenwert als jedes Zeugnis. Es waren die Männer, ihre Kunden, die es mannigfach in Ekstase hinausbrüllten. Manchmal waren auch Pärchen gekommen. Verrückte Welt, dachte Clare. Sie sah die Frauen, sich vor Geilheit drehend, wälzend, aufbäumend, während sie den Männern die Peitsche gab oder sie sonst wie quälte, bis sie sich explodierend auf ihre Frauen stürzten, manche von ihnen auch auf sie, wenn es so vereinbart war. Claire war in allen Belangen mehr als großzügig, und das wurde gut bezahlt. Viel Geld für wenig Arbeit, wie sie fand. Oft hatte sie davon geträumt, ein eigenes Etablissement zu betreiben, alles nur vom Feinsten. Mit Spezialistinnen für Perfektion und einer Antenne für die Wünsche der Kundschaft, eine Oase für Außergewöhnliches, unter ihrer Regie. Nicht mehr selbst Hand anlegen müssen, aber ihre Erfahrung weitergeben, das mochte sie sich vorstellen.

Claire Polingo träumte gerne in die Zukunft hinein. Alles war dann ganz leicht, gestern, jetzt, morgen, nichts konnte sie dabei aus dem Gleichgewicht bringen. Sie liebte diese Augenblicke, war eins mit sich und dem Universum. Sie empfand das so, auch wenn es vielleicht etwas überzogen klang. Aber dies war ihre Welt und niemand wusste davon.

Vielleicht wäre sie weniger zuversichtlich gewesen, hätte sie einen Hinweis darüber besessen, und wäre er noch so vage gewesen, welch heftiges Übel sich bereits über ihr auftürmte und einem Hurrikan gleich nach Entladung lechzte, mit ihr im Zentrum.

Menschen, die ahnungslos sind, trifft es doppelt hart. Claire gehörte zu dieser Gattung. Sie besaß nicht die Gabe einer vorausschauenden Intuition.

(48)

Lordanos Team war wieder vollzählig. Das Netzwerk seines Freundes aus Sizilien war profiliert. Anders hätte der Freund seine Geschäfte kaum so erfolgreich betreiben können. Ausfälle blieben nicht aus. Er war schließlich kein Gebrauchtwagenhändler und seine Leute wussten, worauf sie sich einließen. Jeder wusste das, auch die Menschen, die dort wohnten. Vielen von ihnen half er immer wieder mal bei Schwierigkeiten und schlichtete auch Streit zwischen verfeindeten Nachbarn. Er duldete keine Zwistigkeiten in seinem Umfeld, und wenn es sie doch gab, dann beauftragte er jemanden, sie zu lösen.

Seine Leute lösten alles und niemand widersetze sich seinen Anordnungen. Wer es dennoch wagte, bereute es schon kurz darauf und diente als Warnung für all jene, die mit ähnlichen Gedanken gespielt hatten. Je nach dem Grad ihrer nichtswürdigen Fehltritte kurierten sie die erlittenen Blessuren zu Hause aus oder fanden sich für Wochen im Krankenhaus wieder. Was er nicht verstand, war, warum es trotzdem immer wieder welche versuchten.

Als Lordano ihn über die Vorkommnisse in München unterrichtete, war es nur logisch, dass er schnellst möglichen Ersatz beschaffte. Jede andere Lösung wäre noch nicht einmal im Ansatz zu denken gewesen. Seine Reputation war unantastbar und dazu gehörte das bedingungslose Einstehen für Probleme, egal wodurch sie verursacht wurden. Der Mann aus dem Norden war seine Empfehlung gewesen. Jetzt war dieser Mann ausgefallen, also besorgte er Ersatz. Das war eine Frage der Ehre.

Tiefe Furchen, eingegraben in ein Gesicht von tragischem Ausdruck. Der Mann hat viel erlebt und durchlitten. Dunkler, dichter Bartwuchs unterstrich diesen Eindruck, und die Bartstoppeln verliehen dem Antlitz etwas Majestätisches. Etwa einsfünfundachtzig groß, sportlich, schlank, dunkler Anzug, weißes Hemd, schmale, dunkelrote Krawatte, Schuhe aus feinem Leder.

Lordano betrachtete den Mann einige Sekunden, dann sagte er unvermittelt auf Deutsch: „Sie kommen aus Florenz?"

Ohne ein Zeichen von Regung antwortete der Gefragte ebenfalls auf Deutsch: „Es kommt darauf an, Signore Lordano, wie Sie es betrachten. Ich bin in Mailand geboren und aufgewachsen. In Florenz wohne ich erst seit fünf Jahren. Ich bin aber auch in Deutschland zu Hause. Es kommt ganz auf meine Arbeit an."

Lordano war zufrieden. Makelloses Deutsch, kein Akzent. Die nächsten zwei Stunden erfuhr der Mann, wie verworren die aktuelle Situation war. Lordano ließ kein Detail aus, bis hin zur Schießerei im Krankenhaus.

„Sie müssen wissen, welch gefährlichen Job Sie übernehmen", sagte er.

„Wissen Sie, mit wem mein Vorgänger hier vor Ort zusammengearbeitet hat? Namen, Telefon?"

„Nein, solche Details interessieren mich nicht. Das kann jeder so handhaben, wie er es für richtig hält. Mich interessiert nur, ob jemand seinen Auftrag erledigt, nicht, wie er es gemacht hat. Mit einer kleinen, aber wichtigen Einschränkung. Ich mag keine Gewalt, wenn sich Dinge durch ein wenig Nachdenken auch anders lösen lassen."

„Soll mir recht sein. Ich habe damit kein Problem. Ich will Ihnen aber auch sagen, dass ich nichts unversucht lassen werde, meinen Job zu erfüllen. Ich mache es gerne so, wie Sie es wünschen, stelle ich aber fest, dass das zu nichts führt, greife ich zu Methoden, auf die bisher immer noch Verlass war."

„Einverstanden", sagte Lordano nur.

Davide Monti war im *Bayerischen Hof* abgestiegen. Unterredungen, wie er sie mit seinem Auftraggeber geführt hatte, brachten für den Job meistens nur sehr wenig, wusste er aus Erfahrung. In diesem Fall war es natürlich wichtig, die vorangegangenen Details zu kennen. Aber das Gefasel über gewaltfreies Vorgehen reihte er unter der Kategorie *Romantik* ein. Er sah die Dinge anders. Sein Boss saß im Süden und nur von diesem würde er Anweisungen bedingungslos akzeptieren.

Mein Freund in München hat ein Problem. Hilf ihm, es zu lösen. Das war sein Auftrag. Nicht mehr und nicht weniger. Über Methoden hatte sein Boss nicht gesprochen, also existierten für ihn auch keine Einschränkungen. Sah Lordano dies anders, so war das dessen Sache. Ihn berührte es nicht.

Wo konnte er ansetzen? Sollte er nach dem Plan seines Vorgängers arbeiten? Ein Anruf in Palermo und er hatte die Nummer des Kontaktes hier in München, den sie *Vermittler* nannten.

Zwei Stunden später war die Frau im Hotel. Sie bestellten Tee und suchten sich einen ruhigen Platz in der Lobby.

„Wie soll ich Sie ansprechen?", fragte Monti.

„Suchen Sie sich einen Namen aus, der Ihnen gefällt. Vielleicht den Ihrer Frau oder Freundin, dann ist es unverfänglich, wenn wir miteinander sprechen."

Monti zeigte blendend weiße Zähne, als er ihre Antwort mit einem breiten Grinsen quittierte. „Und Sie, sind Sie verheiratet? Damit wir das geklärt haben."

„Nein, bin ich nicht." Sie lachte zurück. „Ich meinte das übrigens durchaus ernst."

„Gut, dann der Reihe nach. Ich bin weder verheiratet, noch lebe ich in einer festen Beziehung, und was Ihren Namen angeht, werde ich Sie schlicht Prinzessin nennen."

„Prinzessin, sind Sie verrückt oder schwul oder beides?"

„Einen Teil Ihrer Frage kann ich mit nein beantworten und ich überlasse es Ihnen, welchen."

„Okay, nennen Sie mich Pia. Sie wollen wissen, was bisher gelaufen ist?"

Pia gab eine Zusammenfassung der Ereignisse. „Wir waren den Leuten auf den Fersen, das war sicher. Ich registrierte, wenn sie mich bemerkten und versuchten, mich zu ignorieren, was ihnen aber nicht gelang. Ein zweiter und ein dritter Blick, ob ich auch tatsächlich noch anwesend wäre, aber ich war nur ein Hauch, ein flüchtiger Schatten, der sich ihnen entzog, kaum, dass sie ihn wahrnahmen. Die nächste Phase konnte mein Auftraggeber aus den bekannten Gründen nicht mehr einleiten."

„Nein, er konnte das nicht, aber wir können es. Ich werde exakt seinen Plan fortführen. Starten Sie bitte wieder Ihr Schattendasein,

massieren Sie die Seelen der Männer, dann komme ich, kein Schatten, Realität, und wenn es sein muss, eine sehr böse Realität."
„Ist in Ordnung. Lässt Ihr Job auch noch andere Dinge zu?"
„Was meinen Sie?", fragte Monti.
„Das erkläre ich Ihnen heute Abend."

Während er mit Pia geredet und geflirtet hatte, kamen ihm die Namen zweier Frauen in den Sinn, die in den schriftlichen Berichten seines Vorgängers erwähnt waren. Eine war im Konzern beschäftigt. Die andere war auf eine Weise geheimnisvoll und um sie wollte er sich kümmern. Wer war diese Frau? Claire Polingo. Welche Nationalität verbarg sich hinter ihrem Namen? Im Internet fand er nichts über sie. In Polen kein ungewöhnlicher Name. Stammte sie von dort? Kein Eintrag im Telefonbuch. Vielleicht eine Mobilnummer? Er fand nichts. Irgendwo musste sie ja gewohnt haben, vermutlich in München. Einwohnermeldeamt! Ein Anruf bei einem befreundeten Anwalt und fünf Minuten später war er im Besitz ihrer Adresse. Mit einem Schönheitsfehler: Claire Polingo wohnte nicht mehr hier, war ordnungsgemäß abgemeldet, hatte Deutschland mit unbekanntem Ziel verlassen.

Jetzt begann der erste schwierigere Teil seiner Mission. Wenn jemand verreist, benötigt er ein Transportmittel. Das beliebteste war immer noch das Auto. Ein weiterer Anruf beim gleichen Rechtsanwalt. Es existierte keine Zulassung auf den Namen Claire Polingo in München. Bahn oder Flugzeug, andere Transportmittel wie Reisebusse, schloss er aus. Er kannte niemanden bei der Bahn, der ihm eine Gefälligkeit schuldete, am Flugplatz in München dagegen schon.

Monatelang werden heutzutage Daten jeglicher Art gespeichert und aufbewahrt, das war seine Hoffnung. Es würde etwas Zeit in Anspruch nehmen, hatte seine Verbindung gemeint, wenn die Dame aber von München aus geflogen wäre, würde man es herausbekommen.

Man bekam es heraus. Claire Polingo hatte München mit Zielort New York verlassen. Er notierte Datum und Flugnummer, sogar der Sitzplatz war registriert, First Class. Claire Polingo war also in

New York. Eine große Stadt, dort jemanden zu finden, war verdammt schwer, da machte er sich nichts vor. Davide Monti hatte neben der Eigenschaft, Frauen zu gefallen, eine weitere, die ihm bei seinen diversen Jobs schon sehr oft wichtige Dienste erwiesen hatte: Er konnte messerscharf denken und kombinieren, worum ihn einige beneideten.

„Das kannst du nicht lernen", sagte er, darauf angesprochen, „das musst du in dir haben."

Hätte er bei der Polizei gearbeitet, wäre er sicherlich ein hervorragender Profiler gewesen, vielleicht sogar der beste.

Er legte sich für Claire Polingo ein Muster zurecht, schlüpfte für einen Augenblick in ihre Haut, war Claire Polingo. Um seinem Gehirn wieder etwas mehr Freiraum zu verschaffen, tippte er Stichworte in sein Laptop:

CP lernt FS kennen. Vermutlich nicht dem beruflichen Milieu des FS zugehörig. Begründung: *FS kann auf alle Ressourcen des Konzerns zurückgreifen, eine zusätzliche, externe Spezialistin deshalb unnötig.* Optionen: *CP ist enge Bekannte, Freundin, Gespielin. Sie arbeitet nicht im Konzern. Verwandtschaft scheidet aus. (Überprüfung der Register für Eheschließungen und Geburten der letzten 50 Jahre im Erzbischöflichen Ordinariat in München ergaben keinen Hinweis auf Namen Polingo, weder in Familie des FS noch in der seiner Ehefrau.) In Guernsey wurde FS laut Bericht von einem meiner Vorgänger öfter zusammen mit einer attraktiven Frau gesehen. Im Hotel, das FS regelmäßig benutzte, war diese Frau nicht unter eigenem Namen registriert. Wäre sie eine normale Bekannte gewesen, hätte sie sicher ein separates Zimmer auf ihren Namen gebucht. Also FS Freundin im weitesten Sinne. Vielleicht übt CP Beruf im Erotikmilieu aus, habe dazu aber keine Informationen gefunden. Warum verschwindet CP aus München?* Schlussfolgerung: *CP kommt überraschend an sehr viel Geld, das sie nicht in ihrer gewohnten Umgebung ausgeben kann. Sie trifft Vorsorge, zu diesem Geld Zugang im Ausland zu besitzen und verlässt die Stadt per Flug. Erste Klasse? Sie kann es sich jetzt leisten und will mit Luxus leben.* Vermutung: *CP hat sich Zugang zu FS Vermögen verschafft. Hat sie es beiseitegebracht? Wohin? Unbekannt. Dringendes Bedürfnis nach Abtauchen. CP fliegt nach New York, benötigt dort ein Hotel und kann als Tourist für 90 Tage in den Staaten bleiben. Welches Hotel? Gebucht über Reisebüro? Nein, will unerkannt bleiben. Über Internet? Nein, gleicher Grund oder zu umständlich. Nach US-Regularien ist eine Einreiseadresse nötig! Welche der Münchener Luxushotels gibt es auch in NY? Sheraton, Hilton, Holiday Inn, Marriott, aber sind diese für CP, die den Luxus sucht, ausreichend individuell? Noch ein Hotel, das ihren Vorstellungen nahekommen könnte und das unter gleichem Namen in München existiert, in dem zahlreiche Prominente und andere reiche Leute absteigen. CP könnte im Mandarin Oriental am Columbus Circle, nähe Central Park, wohnen!!!*

Bereits am darauffolgenden Tag, einem Sonntag, saß Davide Monti in einer Maschine nach Newark, New Jersey. Auch er liebte Luxus, und kurz vor Weihnachten gab es kein Problem, noch einen Platz in der Ersten Klasse zu bekommen. Die Einreiseformalitäten waren schnell erledigt. Monti besaß ein Visum und musste sich nicht in die Warteschlangen der Touristen einreihen. Es hatte sogar den Anschein, als würde er irgendwie bevorzugt abgefertigt werden.

Ein Mann in Zivil, dunklem Anzug und trotz der Jahreszeit mit Sonnenbrille winkte ihm zu, und beide begaben sich zu einer kaum wahrnehmbaren Türe, die sich automatisch öffnete, als hätte sie schon auf die Ankömmlinge gewartet.

Davide Monti hatte viele Seiten, einige davon waren auch Lordano unbekannt. So wusste er nicht, dass Monti auch auf der Payroll einer der US-Nachrichtendienste stand. Sein Boss in Palermo dagegen wusste Bescheid und kannte sein gesamtes Leben. Lordano wusste auch nicht, dass sein Kontakt beim BND über Monti von eben jenem US-Dienst in Kenntnis gesetzt worden waren.

„Ich denke, wir können dir helfen", sagte der Mann mit der Sonnenbrille zu Monti.

„Das würde meine Arbeit um einiges vereinfachen. Was habt ihr herausgefunden?"

„Eine Claire Polingo hat tatsächlich ein Zimmer reserviert und zwar über das *Mandarin Oriental* in München. Bezahlt hat sie in München unter Vorlage einer Kreditkarte für drei Nächte. Aber

Mrs. Polingo hat ihr Zimmer nicht in Anspruch genommen, sie hat nicht eingecheckt."

„Könnte sie unter einem anderen Namen ...?"

„Könnte sie schon, wenn sie den dazu passenden Pass vorlegen konnte. Hätte sie denn einen Pass mit einem anderen Namen haben können?"

Monti überlegte eine Weile. „Ich weiß es ehrlich gesagt nicht, weil ich nichts über das Vorleben dieser Dame weiß. Einen Pass bekommst du ja nicht so", er schnippte mit den Fingern. „Dazu brauchst du Beziehungen oder bist in dem Milieu zuhause. Ich glaube, dass für Claire Polingo beides nicht zutrifft. Sie hätte ihr Verschwinden sonst anders organisiert."

„Vielleicht ist sie woanders abgestiegen. Was glaubst du, wie viele Möglichkeiten es hierzu in New York gibt? Unzählige, und wenn da jemand mit dem Meldeschein etwas großzügig ist, findest du die Dame nie!"

Montis Gedanken sondierten die Lage mit der ihm angeborenen Logik. „Nein, das passt nicht in ihr Profil. Sie würde keine zweitklassige Absteige nehmen. Sie sucht den Luxus, den sie jetzt bezahlen kann. Ihr habt sicher die anderen Hotels auch gecheckt?"

„Haben wir, negativ. Keine Claire Polingo, nirgendwo!"

„Kannst du mir noch einen Gefallen tun? Schick ein paar Leute ins *Mandarin*! Die sollen Aufnahmen machen von so vielen Hotelgästen wie möglich. Ich habe so eine Idee, wie sie es gemacht haben könnte."

„Okay, mache ich. Soll ich dich fahren? Wir könnten etwas essen und uns noch einen genehmigen, was meinst du?"

„Gute Idee, sehr gerne", erwiderte Monti.

Gedankenverloren blickte Monti aus der Lobby im 34. Stock des *Mandarin Oriental* auf die Temperaturanzeige des CNN. 39 Grad zeigten die roten Ziffern. Fahrenheit, sagte sein Gehirn, aber er registrierte es nicht. Seine Gedanken kreisten um seinen Job. Claire Polingo war er auf der Spur, was die Flanke *Seifert* abdeckte. Was aber war mit Albert Kögel? Diese Fährte schien ihm vernachlässigt zu sein. Kögel war der Mann an der Spitze gewesen, der Seifert sein Handeln erst ermöglichte. Ergo werden sich die beiden das Leben gegenseitig nicht schwergemacht haben, wenn es um Millionen für die eigene Tasche ging. Claire Polingo konnte ihm hierzu sicher nicht weiterhelfen, dazu brauchte er Seifert selbst. Also geben wir ihm die Chance dazu; sein Fazit: Wenn er kooperiert, lassen wir ihm ein wenig von dem Geld; dafür packen wir Kögel und dem lassen wir nichts.

Rund vier Grad Celsius, ertappte er sich und schüttelte leicht den Kopf. Er war selbst irritiert, verstand die eigenen Gedanken nicht. Nimm die Temperatur in Fahrenheit, ziehe davon 32 ab und dividiere das Ganze durch 1,8. Das ergibt die Temperatur in Grad Celsius. Eine Formel, die er mal gelernt hatte. Unbewusst hatte er sein Telefon genommen, einen Taschenrechner aufgerufen und die Rechenoperation eingetippt. Das ergab aufgerundet vier Grad Celsius. Jetzt weiß ich es! Stimmt genau, sinnierte er weiter. Du nimmst eine Größe, setzt sie zu einer anderen in Beziehung und erhältst das gesuchte Ergebnis.

Er war fasziniert, es war so einfach. Es konnte nur in diese eine Richtung gehen. Von Seifert zu Kögel und nicht umgekehrt. Kögel wusste nichts von Seifert, aber Seifert alles von Kögel. Jeder Euro, jeder Dollar, der bewegt wurde, würde sich in Seiferts Gedächtnis eingebrannt haben, und alles, was durch Kögels Finger gelaufen war, hatte deshalb schon lange vorher Seiferts Aufmerksamkeit erregt. Oder einfach ausgedrückt, Kögel konnte nur bescheißen, weil Seifert ihn ließ.

Monti wählte Pias Nummer, sagte etwas Belangloses und legte auf. Sekunden später ertönte das Rufzeichen seines Telefons.

„Du kannst sprechen, ich bin alleine", sagte die Stimme am anderen Ende.

„Das gehört sich doch wohl auch so, oder nicht?", antwortete er frotzelnd.

„Bilde dir nichts ein, mein Lieber. Ich wollte mit dir ins Bett und das habe ich getan, sonst nichts. Es hat nicht so ausgesehen, als ob es dich eine besondere Überwindung gekostet hätte", sagte sie lachend.

„Nein, ganz sicher nicht, aber hör mir bitte kurz zu, bevor du dich in Details verlierst. Konzentriere dich bitte auf Nummer eins. Nummer zwei brauchst du nur sporadisch angehen, den haben wir, glaube ich, ganz gut im Griff."

„Mache ich", sagte Pia, „und verausgabe dich nicht zu sehr, du wirst noch gebraucht!"

Pia warf ihr Handy auf einen der Sessel, setzte sich in einen anderen und dachte nach. Dieser Monti war ein scharfer Hund, sonst hätten sie ihn wohl nicht geschickt. Sein Vorgänger war auch nicht von Pappe gewesen, hatte den Auftrag aber nicht überlebt. Ihr konnte es egal sein. Sie führte lediglich aus, was man ihr sagte, und ihr Boss saß nicht in Sizilien oder sonst wo im Süden. Er unterhielt sein Geschäft, wie er es gerne nannte, hier in München. Offiziell firmierten sie als *Information & Service GmbH,* eine Kanzlei, spezialisiert auf Markt- und Wettbewerbsanalysen. In einem nicht registrierten und geheimen Zweig des Unternehmens verfolgten die Mitarbeiter andere Aufgaben. Das Team dort bestand aus ausgepufften Profis für Spezialaufträge jeglicher Art. Die meisten hart am Rande der Legalität und viele gingen darüber hinaus. Sie musste immer wieder staunen, wie einfach es im Grunde war, jemanden erpressbar zu machen. Meistens reichten hierfür ein wenig Sex, ein paar Fotos, ein Video, und schon spurten sie und taten alles, was man von ihnen verlangte. Und da gab es keine Unterschiede zwischen Männern und Frauen. Ja, auch Frauen. Es gab aber auch solche, die erst nach einer härteren Gangart gefügig wurden. Auch hierfür hatten sie Experten im Team. Sie gehörte nicht zu den zart besaiteten Menschen und es machte ihr deshalb nichts aus, alle Register zu ziehen. Sex, kein Thema. Mit Männern, mit Frauen, was der Auftrag eben verlangte. Sie wurde gut bezahlt für ihre Dienste und sie war clever, konnte eins und eins zusammenzählen, und manchmal, wenn es sich so ergab, nahm sie auch Aufträge direkt an, ohne ihren Boss. Pia kannte das Milieu und wusste, sich darin zu bewegen und ihre Vorteile daraus zu ziehen. Monti war nicht mehr als eine Figur in diesem Spiel. Eine angenehme zwar, das gestand sie gerne ein, aber eben nur eine Figur, mehr nicht.

(49)

Weihnachten 2007 stand vor der Türe. Die Menschen hatten nichts anderes mehr im Kopf und hetzten hin und her nach Geschenken. Dem Ereignis angemessen war es kalt, und ein wenig Schnee hatte sich ebenfalls eingestellt. Am Heiligabend würde er sich wohl wieder verkrümelt haben. Vielleicht auch nicht.

Kögel war auf dem Weg zum Flugplatz in München. Er würde Weihnachten in Dubai verbringen, einem Ort, wo man dieses Fest nicht zelebrierte. So wollte er es. Im Grunde seines Herzens waren ihm alle Familienfeste irgendwie zuwider. Die zur Schau gestellte Freundlichkeit und das Hochgefühl der Menschen irritierten ihn. Das war für ihn zu imaginär, etwas für Gefühlsenthusiasten. Er zahlte das Taxi, griff einen kleinen Koffer, der als Handgepäck durchgehen würde und eilte in die Abflughalle. Mehr Gepäck brauchte er nicht; alles was für die nächsten Tage nötig war, befand sich in seiner Wohnung in Dubai.

Die Staatsanwaltschaft hatte nichts dagegen, wenn er ein paar Tage verreiste. Sie hatten noch nicht einmal danach gefragt, wohin die Reise ginge. Er kooperierte und das verschaffte ihm Privilegien.

Zielsicher schritt er auf den Lufthansaschalter für First Class Reisende zu. Kurz davor sprach ihn unvermittelt eine Frau an.

„Sie wollen verreisen?"

Verwundert wandte er den Kopf zur Seite und sah eine dezent geschminkte Frau, Mitte 30, dunkles üppiges Haar, das von einer Art Mütze gebändigt wurde.

„Äh - was sagten Sie?", brachte er gerade noch zwischen den Zähnen hervor.

„Ich fragte, ob Sie verreisen wollen?"

„Entschuldigen Sie, kennen wir uns?"

Franziska Ebel ging nicht auf Kögels Frage ein. „Ihre Maschine nach Dubai geht erst in etwa 80 Minuten. Sie sollten die Zeit nutzen und mir ein paar Minuten zuhören."

„Wie komme ich dazu ...?"

Franziska schnitt ihm das Wort ab. „Hatten Sie nicht im November den unfreiwilligen Besuch einer Frau?"

Kögels Kinnlade klappte leicht nach unten. Erst Ratlosigkeit, dann Staunen und schließlich signalisierte sein Gesicht Betretenheit, als ob er bei etwas ertappt worden wäre.

„Sie ... Sie ...", fing er zu stammeln an.

„Beruhigen Sie sich! Ich gehöre nicht zu diesen Leuten. Wir wissen nur über Sie und Ihre dubiosen Geschäfte in Dubai Bescheid und wir kennen Ihre Bank. Reicht das, um Sie etwas gesprächiger zu machen?"

Kögels Gedanken überschlugen sich, raubten ihm jede Möglichkeit einer geordneten Abwehr. Was wollte diese Frau von ihm? Eine Frage, die er sich nicht wirklich stellte; es war ihm durchaus bewusst, was sie wollte. Dieses Zögern entsprang mehr seiner Gemütslage, verschaffte ihm eine zusätzliche Sekunde des Nachdenkens, diente der Beruhigung seiner aufgescheuchten Gedanken.

„Ich weiß nicht, wovon Sie sprechen. Lassen Sie mich in Ruhe!", sagte er, seiner eigenen Überzeugung widersprechend.

„Sie sind gut", antwortete Franziska. „Ich soll Sie in Ruhe lassen, bitte, das können Sie haben. Die anderen werden Sie nicht in Ruhe lassen. Sie werden Sie töten, das ist so sicher wie das Amen in der Kirche. Vorher werden Sie ihnen allerdings anvertraut haben, wo Sie Ihre Millionen versteckt halten. Glauben Sie mir, früher oder später werden Sie es ihnen sagen. Wir sind diesen Leuten einen Schritt voraus. Wir wissen bereits, wo Sie das Geld gebunkert haben. Wir dachten, Sie hängen an Ihrem bisschen Leben und ergreifen die Chance, die Sie mit uns bekommen. Aber...wie Sie meinen..." Franziska ließ Kögel einfach stehen und verlor sich unter den Menschen im Terminal.

Brenner, der das Schauspiel aus einer sicheren Distanz beobachtet hatte, schmunzelte zufrieden. Mehrere Aufnahmen seiner Digitalkamera dokumentierten den Seelenzustand Kögels. Gesichter lügen nicht. Die Schlussfolgerungen Stangassingers und Reisers schienen zuzutreffen, anders war Kögels Reaktion nicht zu werten.

„Ich hatte den Eindruck, viel wäre nicht mehr nötig gewesen und wir hätten ihn gehabt", sagte Franziska zehn Minuten später im *Kempinski* zu Brenner.

„Kann sein, aber jetzt haben wir ihn an der Angel, und er zappelt, und je mehr er zappelt, desto tiefer wird sich der Haken in sein Gemüt bohren. Glauben Sie mir, er wird weich werden und sich noch danach sehnen, mit uns zu sprechen."

„Könnte es sein, dass der Hinweis auf unser Wissen um seine Bank ihn dazu veranlasst, neue Dispositionen zu treffen?", fragte Franziska.

„Durchaus, nur: An sein Geld kämen wir so und so nicht heran, egal bei welcher Bank es liegt."

Franziska Ebel nickte bedächtig und erklärte, sie sei schon seit einiger Zeit der Überzeugung, ihre Anstrengungen würden nicht richtig greifen.

„Wir werden den Konflikt nicht überwinden."

„Welchen Konflikt?", fragte Brenner, der ihre Antwort längst kannte. Sie waren nicht vom Kaliber eines Lordano und Konsorten, die andere Mittel einsetzten, um ihre Ziele zu erreichen. Für diese Sorte Mensch zählte ein Leben manchmal nur sehr wenig und es zählte nichts, wenn der Betreffende im Weg stand.

„Wenn wir Seifert oder Kögel nicht dazu bringen, uns zu verraten, wo der verdammte Zaster liegt, war unsere Arbeit sinnlos und ohne Erfolg", gab Franziska zur Antwort.

„Ich sehe vielleicht noch eine Chance", überlegte Brenner, „wir müssen unsere bisherige Strategie über Bord werfen."

Franziska schaute ihn erwartungsvoll an, unterbrach seine Gedanken aber nicht.

„Wir kriegen sie nicht weich durch fadenscheiniges Geplänkel irgendwelcher Behörden, die ihnen angeblich auf den Fersen wären. Jetzt sowieso nicht mehr, nachdem Ihr Chef ausgefallen ist und damit auch die notwendigen Verbindungen gekappt sind. Das beeindruckt die beiden nicht. Da lagen wir einfach falsch. Lordano hat das gewusst und deshalb von Anfang an eine andere Strategie verfolgt."

„Was schlagen Sie also vor?", fragte Franziska.

„Wir müssen Kögel und Seifert davon überzeugen, dass sie mit uns besser fahren, weil wir ihr Leben schützen können."

„Das ist der Punkt, es geht um ihr Leben, aber geht es nicht auch um Ihr Leben, Herr Brenner?"

Brenner nickte, er hatte sehr wohl die Worte des Spezialisten im Gedächtnis. Lordanos Killer war auch hinter ihm her, vielleicht sogar hinter Reiser und Stangassinger. Wäre er beseitigt, würde das Bindeglied zum Spezialisten gekappt und Stangassinger und Reiser würden damit nahezu wirkungslos sein. Den neuen Mann Lordanos kannten sie nicht und ihr Plan, Seifert zu überwachen, in der Annahme, der Neue würde mit ihm Kontakt aufnehmen, war bisher fruchtlos verlaufen. Brenner und Franziska erörterten noch eine Weile, welche Optionen sie hatten, kamen aber zu keinem Ergebnis.

„Lassen Sie uns ehrlich sein, wir stecken fest. Der Neue arbeitet anders, als wir das angenommen haben und wir haben keine Spur von ihm", resümierte Brenner.

„Haben Sie wenigstens eine Waffe?", fragte Franziska.

„Habe ich, sogar mit Waffenschein. Ein übrig gebliebenes Relikt aus einer Jahre zurückliegenden Zeit. Vielleicht erzähle ich Ihnen bei Gelegenheit davon."

„Können Sie damit auch umgehen?"

„Leidlich, ich bin kein sehr guter Schütze."

„Macht nichts, tragen Sie das Ding ab sofort bei sich! Selbst wenn Sie nicht treffen, Lärm macht es trotzdem und die Polizei ..."

„Bitte hören Sie auf, ich will mich nicht schon wieder mit der Polizei einlassen müssen. Das hatte ich schon einmal. Gehört zu dieser Geschichte, die ich Ihnen gelegentlich schildern will."

„Gut, dann müssen Sie mich ertragen. Mich und vielleicht Kollegen von mir. Ich werde Ihr Schatten."

„Hoppla, vierundzwanzig Stunden lang?", fragte Brenner anzüglich.

„Mein lieber Herr Brenner, keine falschen Hoffnungen, wir spielen hier nicht Abenteuer. Sie sind in Gefahr, aber wenn Sie eine bessere Idee haben, bitte, ich muss nicht ständig in Ihrer Nähe sein", antwortete Franziska mit einem breiten Lachen.

„Nein, Sie haben ja recht. Keine Späße in dieser Hinsicht. Einen Toten haben wir ja schon. Ich wäre nur sehr ungern der nächste."

„Dann sind wir uns einig. Ich bin Franziska. Wir sollten *du* sagen, klingt nicht so gespreizt."

„Finde ich auch, vor allem nachdem wir uns doch jetzt den Tag und die Nacht teilen." Brenner konnte es nicht lassen, weiter zu frotzeln. „Ich bin Harry, eigentlich Harald, aber so nennt mich kein Mensch. Lassen wir den Tag bei einem Italiener ausklingen?"

„Von mir aus sehr gerne. Musst du noch zu Hause Bescheid sagen?"

Brenner schmunzelte. „Du weißt doch schon alles über mich. Eure Dateien haben sicher alles Wissenswerte über mich gespeichert, oder irre ich mich?"

„Okay, ich gebe mich geschlagen. Es stimmt. Ich weiß mehr über dich, als dies umgekehrt der Fall sein dürfte."

„Dann haben wir doch eine Menge Gesprächsstoff für den Abend." Harry grinste.

(50)

Davide Monti blickte gedankenverloren aus seiner Suite im *Bayerischen Hof* über die Dächer Münchens. Kurz vor Weihnachten war er ergebnislos aus New York abgereist. Weder er noch die Kollegen des US-Dienstes hatten Claire Polingo ausfindig machen können.

Über Weihnachten fuhr er zu seiner *Familie* in den Süden, feierte ausgiebig, trank eine Menge Rotwein und vergaß bei all dem Trubel trotzdem seinen Auftrag nicht. Täglich rief er in den Staaten an, aber es gab keine neuen Erkenntnisse, bis zum Neujahrstag.

„Ich glaube, wir haben sie. Hat etwas gedauert; die Fluktuation im Hotel mit ständig neuen Gästen. Wir haben zum Schluss automatische Kameras installiert und einen Abgleich der Gesichter per Software durchgeführt. Sie ist unter einem anderen Namen abgestiegen. Reisepass und Name stimmen überein, eine Kopie des Passes liegt uns vor. Wie sie an den norwegischen Pass gelangt ist, wissen wir nicht. Unser Office hat eine Anfrage in Oslo laufen. Wegen Weihnachten kann es allerdings dauern, bis wir eine Antwort bekommen. Die machen da alle Urlaub."

„Informiert das Hotel euch rechtzeitig, wenn sie auscheckt?"

„Das ist genau der wunde Punkt. Sie war schon fort, als wir sie identifiziert haben. Eine Meldung an die Hotels ist natürlich rausgegangen."

„Was uns nur weiterbringt, wenn sie den Pass noch einmal verwendet", bemerkte Monti.

Wie findest du einen Menschen in New York, von dem du nicht einmal seinen Namen kennst? Für den Augenblick hatte Monti keine Lösung parat. Es lief nicht so, wie er sich das vorgestellt hatte. Seifert war keine Option, davon war er überzeugt. Polingo hatte sein Vermögen abgeräumt, deshalb wäre jede Aktion mit Seifert vergeudete Mühe gewesen. Was war mit Kögel, dem zweiten Mann auf seiner Liste? Ihn würde Pia weichkochen. Das war der Plan, aber würde er auch funktionieren? Dieser Kögel mit seinen Verbindungen in die Emirate war ein weitaus schwierigeres Unterfangen. Wenn er dort gute Freunde hat, werden wir nur schwer an ihn herankommen, war sein Resümee. Monti hatte Erfahrung mit arabischen Freundschaften, die waren kaum zu knacken. Geld interessierte diese Leute nicht, davon hatten sie genug. Wenn er wüsste, worauf Kögels Freundschaft basierte, könnte er einen Keil hineintreiben, immer tiefer, bis sie auseinanderbrechen würde. Er verwarf den Gedanken wieder. Würde nicht sehr viel bringen, denn an das Geld käme er auf diese Weise auch nicht heran. Dies wäre nur möglich, wenn Kögel es ihm aushändigte, und dies würde nur geschehen, wenn seine persönliche Pein und Not ausreichend groß wäre. Ein schlagendes Argument, um mit dem Gequatsche *keine Gewalt*, wie Lordano es gerne pflegte, endgültig aufzuhören.

Monti griff zum Telefon und erfuhr von Pia über Kögels Abreise. Ferner hatte sie beobachtet, wie sich am Flugplatz eine Frau an Kögel heranmachte. Was sie gesprochen haben, hätte sie nicht verstehen können, aber Kögels Mimik war insofern deutlich, als er diese Frau weder kannte, noch ihren Kontakt schätzte.

„Wenn diese Frau zur Gegenseite gehört, dann kopieren sie, was wir ihnen vorgemacht haben, folglich wissen sie von unseren kleinen Aktionen. Macht es da noch sehr viel Sinn, meine Aktivitäten gegen Kögel fortzusetzen? Sie könnten mich identifizieren."

Monti überlegte und stimmte schließlich zu. „Brich es ab! Wir modifizieren unsere Aktionen. Sobald er zurück ist, greifen wir uns den sauberen Herrn."

Während Monti Pläne schmiedete, wie er Claire Polingo in New York finden könnte, und sich zurechtlegte, wie er ein Zusammentreffen mit Kögel inszenieren würde, fand fast zeitgleich ein sehr interessantes Meeting in Pullach statt.

Einer der führenden BND-Leute und ein Spitzenbeamter der Oberfinanzdirektion München saßen sich gegenüber.

„Ich vertraue Ihnen jetzt eine Story an, die Sie von mir nie gehört haben. Haben wir uns da verstanden? Wenn nötig werde ich ableugnen, Sie überhaupt zu kennen", eröffnete der Spitzenmann des BND das Gespräch.

„Ich wäre nicht hier, wenn es daran einen Zweifel gäbe", erwiderte der andere.

„Gut, dann geben Sie mir ein paar Minuten." Er erläuterte die wichtigsten Zusammenhänge der Affäre SimTech und kam dann auf den eigentlichen Punkt zu sprechen: „Wir sind überzeugt, dass einige der involvierten Manager hohe Summen für eigene Zwecke beiseitegeschafft haben und wir wissen auch, dass die Staatsanwaltschaft in diese Richtung nicht ermittelt. Hierfür kann es zwei gewichtige Gründe geben: Erstens, sie haben keine Indizien für ein solches Verhalten vorgefunden; zweitens, sie mutmaßen es, gehen aber nicht dagegen vor, weil es Interessen der SimTech gibt, die Sache ruhen zu lassen. Warum, werden Sie vielleicht fragen, soll SimTech das tun? Aus meiner Sicht ganz einfach, um Dinge gewichtigen Ausmaßes auf kleiner Flamme zu halten. Sozusagen der Preis, den SimTech bereit ist, dafür zu bezahlen, dass diese Manager den Mund halten und gewisse Vorgänge nicht in die Öffentlichkeit zerren. Sie erinnern sich: Die Staatsanwaltschaft hat schon sehr frühzeitig festgestellt, dass man persönliche Bereicherung ausschließen könne. Stellen Sie sich das mal vor: Nach nur wenigen Monaten der Ermittlungen liegt diese Entscheidung bereits fest. Wir nehmen ferner an, Staatsanwaltschaft und SimTech haben diesbezüglich einen Deal. Die Strafverfolger stellen ihre Ermittlungen ein, und SimTech nimmt ohne Gegenwehr ein Bußgeld in Millionenhöhe an. Es sei die Summe von 200 Millionen genannt worden. Nun komme ich auf den Punkt. Als Finanzbehörde können Sie nichts unternehmen, weil Ihnen die Beweise fehlen, und selbst wenn Sie solche vorlegten, würde nichts geschehen, weil Sie ja verlangen würden, die Staatsanwaltschaft solle gegen sich selbst ermitteln. Wir dagegen können etwas unternehmen. Jetzt kommt mein Angebot: Wir beschaffen dieses Geld. Wie wir es machen, tut nichts zur Sache. Sie unterlassen es, irgendjemanden von unserem Deal in Kenntnis zu setzen, auch Ihren Staatssekretär oder Minister nicht. Wir wollen doch keinen Streit über Zuständigkeiten heraufbeschwören, nicht wahr? Wir sind am Ball, und ich denke nicht daran, auch nur einen Krümel an den Verfassungsschutz abzugeben. Wenn wir das Geld haben, teilen wir es. Eine Hälfte für die Staatskasse, die andere für meine Behörde. Wir haben immer Bedarf an Mitteln, die nicht registriert sind."

„Wie wir das so erhaltene Geld deklarieren, ist natürlich unsere Sache, richtig?"
„Richtig."
„Gibt es eine Alternative?"
„Nein, gibt es nicht."
„Gut, dann machen wir es so", sagte der Mann aus der Finanzdirektion.

Wieder allein im Büro wählte der BND-Mann die Nummer des Militärattachés eines befreundeten Staates.
„Ich rufe Sie gleich wieder auf Apparat zwei an", sagte er ohne jede Begrüßungsformel.
Apparat zwei war abhörsicher. Die Verbindung war hergestellt, und der Mann am anderen Ende der Leitung wollte in passablem Deutsch wissen, um was es ginge.
„Ich nenne Ihnen jetzt einen Namen, den Sie sich bitte einprägen, aber nicht notieren!"
„Ich höre", sagte die Stimme mit ausländischem Akzent.
„Dieser Mann hat Freunde in den Emiraten, die ihn schützen. Dagegen ist nichts einzuwenden, ist doch eine schöne Tugend, sich für einen Freund zu verwenden. Dieser Mann nun besitzt etwas, das ihm nicht gehört, deshalb wollen wir es zurückhaben. Sie könnten in Ihrer Heimat jemanden darum bitten, bei Gelegenheit mit den richtigen Kreisen in den Emiraten zu sprechen und unsere Wünsche vortragen. Selbstverständlich offeriere ich ein Geschenk, das Ihrem Land Freude bereiten wird."
„Das wäre?", fragte der Militärattaché.
„Ihr Land will deutsche Panzer kaufen. Ein fortwährend schwieriges Thema in Deutschland, wie Sie wissen. Israel wird wie immer dagegen opponieren. Damit kommen wir zurecht. Die Opposition wird sich aufblasen, auch das kennen wir. Der Bundessicherheitsrat verlangt die übliche Bewertung durch den MAD und unserer Behörde. Sehen Sie, genau an dieser Stelle werde ich dafür sorgen, dass diese Berichte zu Ihren Gunsten ausfallen werden. Keine Divergenzen, das garantiere ich Ihnen."

„Wie sagten Sie vorhin so treffend, es sei schön, wenn Freunde sich für einen verwenden? Sie sind ein Schlitzohr, mein Lieber, aber ich werde sehen, was ich tun kann."

Der BND-Mann rieb sich die Hände. Eine einfache Sache! Sein Bericht war bereits fertiggestellt und selbstverständlich positiv, so wie es die Regierung erwartete. Keine unsinnige Konfrontation, das hatte er in seinem Leben rechtzeitig gelernt und war gut damit gefahren. Man wird nicht umsonst leitender Direktor beim BND. Sein Pendant beim MAD war ein ihm ähnlicher Mann. Er schätzte seine Arbeit als bedeutsam für Deutschland, vermied aber Konflikte, wenn die Würfel längst gefallen waren. Bei jährlich über 10 000 genehmigungspflichtigen Waffenexporten in alle Welt gab es genügend Potenzial für das eigene Ego. Keiner begeht Selbstmord und stellt sich gegen die Kanzlerin. Es war also nur ein Anruf nötig, und die Berichte passten.

Signore Lordano, einer der vielen dubiosen Partner des BND, war also hinter dem Geld der SimTech-Manager her. Er wusste dies seit geraumer Zeit von einem Kontakt in den USA. Selbstverständlich arbeitete er mit den Diensten befreundeter Staaten zusammen und das zahlte sich für beide Seiten aus. Er pflegte aber auch Kontakte zu anderen, man könnte sagen, kritischen Staaten. Sein Geschäft lebte von Informationen und da durfte er nicht wählerisch sein. Das ständige Getue um deutsche Ausfuhren, ein Witz in seinen Augen. Lieferte Deutschland nicht, würde es sofort mit Handkuss einer der Nachbarn tun, die Franzosen oder Engländer, jeder selbstverständlich im Einklang mit den Vorschriften seines Landes und in Übereinstimmung mit EU-Recht und der NATO. Es gab genügend Gummiparagraphen, die jedes Vorgehen deckten. Das galt auch für die Deutschen, aber sie liebten es, sich das Leben besonders schwer zu machen. Einem Ritual gleich kamen dann immer wieder die gleichen abgedroschenen Floskeln auf den Tisch. Geheime Informationen wurden an die Medien lanciert, und die Neurotiker aller Parteien durften sich auskotzen. Sie hatten endlich ihre Bühne. Diese Form demokratischer Willensbildung kannte keine Parteigrenzen und so war es auch gleich, wer gerade regierte, geliefert wurde trotzdem oder gerade deshalb.

Solche Gedanken waren für den Direktor des BND wie Balsam für die Seele. Natürlich war der BND eine politische Behörde, eine Art Geheimdienst zur Abwehr schädigender Einflüsse auf den Staat. Im Laufe der Jahre war das Spektrum der Betätigung einem Wandel unterlegen.

In den 50ern und 60ern war das Feindbild durch den Kommunismus russischer Prägung bestimmt, danach kam der Terrorismus in Gestalt der *Roten Armee Fraktion*, der Fall der Mauer, die Auflösung des Ostblocks und des Warschauer Paktes, Iran, Irak, Golfkrieg, Israel, Palästina und viele weitere Ereignisse der Weltgeschichte.

Immer mehr Asylanten drängten nach Deutschland, der Rechtsradikalismus nahm zu, der Verfassungsschutz geriet immer öfter in Schieflage und wurde Gegenstand der öffentlichen Diskussion. Das Internet und die rasante Entwicklung im IT-Sektor sowie das übersteigerte Verlangen nach Freiheit in jeder Hinsicht bescherten dem BND unablässig neue Herausforderungen. Die Entwicklung auf allen Gebieten war meist schneller, als seine Behörde in der Lage gewesen wäre, die daraus resultierenden Anforderungen schnell genug umzusetzen. Hinzu kamen die unendlichen Diskussionen um Budgets und, ganz brisant, die bohrenden Fragen von Journalisten und Politikern nach Datenschutz und Wahrung der Privatsphäre.

Hacker versuchten, in ihre Datenspeicher einzudringen, um geheimes Material an den Tag zu zerren. Der Direktor stöhnte unbewusst auf. Was denken diese Kindsköpfe und Dilettanten von Politikern aller Parteien, mit wem wir es heute zu tun haben? Hier findet Krieg statt. Mit anderen Waffen, das schon, aber wer nicht ausreichend gerüstet ist, bleibt auf der Strecke. Dachten diese Optimisten, Informationen kommen per Post ins Haus? Es war harte Arbeit, auf dem Laufenden zu sein, die Welt ständig nach Terroristen zu scannen, geplante Terroranschläge rechtzeitig aufzuspüren und zu verhindern. Hinzu kamen die permanenten Versuche anderer Dienste, auch befreundeter Staaten, Deutschland auszuspähen. Er gehörte zu denjenigen, die ihren Auftrag über alles stellten. Eine Reihe hochkarätiger Leute war ausschließlich damit beschäftigt, alles stets so zu drehen und zu wenden, dass bestehende Vorschriften und Gesetze eingehalten wurden. Spielräume wurden immer enger. Kam ein neuer Staatssekretär oder Minister ins Amt, wurden sie noch enger. Um sich abzusichern, verfassten sie zu allererst Anweisungen, die eben das Korsett noch enger schnürten. Die Folge war: Der Dienst beschäftigte immer mehr Personal mit Formalien.

Da ihr Budget extrem beschnitten war, fehlten auch deshalb zunehmend Leute zur Bewältigung der eigentlichen Aufgaben. Einen guten Mitarbeiter für den Außendienst bekam man nicht per Annonce in der Zeitung. Das dauerte seine Zeit. Viel Geduld und Ausbildung waren erforderlich. Du brauchst Typen, Charaktere, Menschen, die nicht bei jeder unliebsamen Gelegenheit einknicken und winseln. Sie sollen mehrere Sprachen beherrschen, geschult sein im Umgang mit Waffen jeglicher Art, vertraut sein mit der Psyche von Menschen, Spezialisten sein in der IT-Welt und vieles mehr. Das war die raue Wirklichkeit und dazu brauchte es Geld. Geld, das sie sich beschaffen mussten, irgendwie.

Seit ein paar Jahren übernahm der Direktor auch Aufträge der Industrie. Das spülte nicht nur Geld ins klamme Unternehmen, es half auch, manch unliebsame Konkurrenz im Zaum zu halten. Die Öffentlichkeit wusste davon natürlich nichts. Wie im Übrigen auch nur sehr wenige aus der politischen Führungsriege Kenntnis davon hatten. Angefangen damit hatten ausländische Dienste. First und Business Class in Flugzeugen waren verwanzt, ja sogar verschiedentlich die Wartezonen von Vielfliegern auf den Flughäfen.

Die Behörde des Direktors rüstete nach und schon sehr bald war der Direktor ein gern gesehener Gast in den Vorstandsetagen. Und so wunderte es ihn nicht, als kürzlich eine ihm wohlbekannte Stimme um ein Treffen in einem Gasthof irgendwo auf dem Lande bat. Dr. Hubert Schrofen und der Direktor trafen sich des Öfteren.

„Dem Vernehmen nach sollen sich hier bereits König Ludwig II. und Richard Wagner vertraulich getroffen haben", eröffnete Schrofen die Unterredung.
„Wenn Sie es sagen", entgegnete der Direktor, „dann wird es wohl stimmen. Aber Spaß beiseite. Was können wir für Sie tun?"
„Die Angelegenheit ist diffizil."
„Dann lassen Sie mal hören. Für Einfaches bräuchten Sie unsere Dienste ja nicht."
„Gut, ich fasse zusammen", fuhr Schrofen fort. „Es ist uns aufgefallen, dass einer unserer Topmanager sich mit Altlasten beschäftigt, deren Aufdeckung, sagen wir freundlich, so gar nicht in unserem Interesse liegt."
„Bohrt vielleicht jemand in der unrühmlichen Vergangenheit eurer Marktstrategien?", unterbrach der Direktor mit einem breiten Grinsen.
„Sie wissen es bereits?", fragte Schrofen verwundert.
„Wissen wäre zu viel gesagt, aber es gehört zu meinen Aufgaben, gewisse Dinge und Zusammenhänge mit einander in Beziehung zu setzen, und ich denke, Sie wären nicht hier, wenn es sich anders verhielte, nicht wahr?"
„Gut, das macht es einfacher. Wir, das heißt ich, habe den Verdacht, der Leiter der ZUF, Vinzenz Stangassinger, zeigt ein erstaunliches Interesse für Uraltvorgänge. Insbesondere stöbert er in Zahlungsvorgängen und versucht ganz offensichtlich etwas über Zahlungswege herauszufinden. Wir mussten bereits mehrmals veranlassen, dass adäquate Akten aus den Archiven entfernt werden. Aber es dürfte nur eine Frage der Zeit sein, bis er fündig wird. Wir können ja nicht alles ständig unter Kontrolle halten."
„Und ", fügte der Direktor ein, „das Treiben dieses Herrn gefällt Ihnen ganz und gar nicht, weil er dahinter kommen könnte, auf welche Weise Ihr Konzern aktuell Dinge betreibt, die er so gar nicht betreiben dürfte und was sehr nachteilig für den laufenden Skandal wäre. Habe ich nicht recht?"
„Ich meine, ja, ich könnte es vielleicht diplomatischer ausdrücken, aber dem Grunde nach ist es so, wie Sie sagen", bestätigte Schrofen.

„Und, was sollen wir jetzt konkret tun?", stieß der Direktor rücksichtslos nach.

„Können Sie den Mann ins Visier nehmen? Wir sollten wissen, was er vorhat, damit wir einschreiten können, bevor er zum Problem wird. Die Kosten übernehmen wir selbstverständlich. Ohne Rechnung, wie üblich."

„Wir übernehmen das. Sie bleiben mein einziger Ansprechpartner, niemand sonst wird von Ihrer Seite involviert, auch keine privaten Ermittler, etwa eine Detektei, haben wir uns da verstanden?"

„Ja, kein Thema", sagte Schrofen.

„Fein. Ich schicke jemanden mit einem Passfoto zu Ihnen. Lassen Sie hierfür einen Firmenausweis für den Direktionskreis erstellen. Unser Mann braucht die nötige Bewegungsfreiheit. Alles andere überlassen Sie mir. Wenn es etwas zu berichten gibt, werden Sie es erfahren."

Schrofen war zuversichtlich, dass Stangassingers Lust an seinen heimlichen Schnüffeleien schon bald ein Ende haben würde. Es gab immer Wege, solche Dinge zu regeln, und es fanden sich auch immer Leute, die sie aus der Welt schafften. Mit einem von ihnen hatte er soeben gesprochen.

(51)

Samstag, 5. Januar 2008, etwas Sonne, Temperatur um die drei Grad. Harald Brenner fuhr seinen Wagen auf das Verlagsgelände. Er gehört zu den wenigen, die dieses Privileg besitzen. Forsch warf er den Schlag zu und ging auf den Lift zu, der ihn in sein Büro bringen sollte.

Hin und wieder arbeitete er gerne an Samstagen, besonders, wenn er an kniffligen Reportagen hing, wie das bei SimTech der Fall war. In diesem Jahr würde es zu den ersten Verfahren kommen und die Öffentlichkeit wartete gespannt darauf, wie die Urteile für die verbrecherischen Dreistigkeiten der angeklagten Manager ausfallen würden.

Brenner sah die Dinge allerdings realistisch. Die rosarote Brille der Anfangsjahre hatte er schon lange abgelegt, obwohl er zugeben musste, dass auch er, trotz aller Erfahrung, vor voreiligen Rückschlüssen, nicht gefeit war.

Stangassinger und Reiser würden später hinzukommen. Er fand, ein offenes Wort sei nötig. Es kam nicht sehr viel von den beiden. Stangassinger brachte immer wieder mal eine neue Erkenntnis aus seiner Revisionsarbeit mit, die Reiser bestätigte oder ergänzte, soweit sich die Dinge noch so verhielten, wie sie zu seiner Zeit bei SimTech gewesen waren. Bei Licht betrachtet brachten sie diese Beiträge dem erklärten Ziel aber nicht näher. Er machte ihnen deshalb keinen Vorwurf, aber die Effizienz begann zu leiden. Natürlich verfügten sie nicht über die Möglichkeiten eines Teams von Franziska Ebel, beide mussten jedoch durchgreifender eingebunden werden, und genau das wollten sie heute besprechen.

Brenner sah den Schatten nicht. Vielleicht, weil das Licht für einen Schattenwurf nicht ausreichte und nur extrem wache und gleichzeitig auf den Punkt fixierte Augen einen Unterschied festgestellt hätten, vielleicht auch, weil er in Gedanken versunken war. Es gab unzählige Begründungen; Fakt war, Brenner sah ihn nicht und hatte deshalb nicht die geringste Chance einer Abwehr. Ein heftiger Schlag an der rechten Schulter ließ ihn nach links taumeln.

Er verlor das Gleichgewicht und drohte, zu stürzen. So weit kam es nicht, denn im selben Moment packten ihn zwei kräftige Hände und hielten ihn mit eiserner Kraft fest. Einen Augenblick vermeinte er sogar, zu schweben. Dann, unvermittelt, ein Schlag von links. Brenner registrierte augenblicklich, dass sein linker Arm wie ein Fremdkörper an der Schulter baumeln. Den Bruchteil einer Sekunde später fluteten Wellen eines unsäglich brennenden Schmerzes durch seinen Körper. Der eben noch taube Arm fühlte sich jetzt an, als würde er überdimensional anschwellen und jeden Augenblick zerbersten.

Nicht mehr fähig, einen klaren Gedanken zu fassen, sah er durch die Tränen, die ihm der Schmerz in die Augen trieb, schemenhaft eine Gestalt. Gleichzeitig vernahm er eine Stimme, die aber nicht von dieser Gestalt ausging. Sie kam von hinten. Die Gestalt entpuppte sich allmählich als ein ihm unbekannter Mann, in dessen rechter Hand er einen Gegenstand ausmachte, der mit einer Schlaufe am Handgelenk baumelte. Der Schmerz ebbte etwas ab und der Gegenstand nahm die Form einer Spirale an. Ein Schlagstock oder Schlimmeres, sagte irgendetwas ihn ihm. Die andere Hand des Mannes hielt ihn fest. Seine Arme, sein ganzer Körper, nur ein Bündel aus Schmerz.

„Hatten wir Ihnen nicht gesagt, Sie sollen sich aus der Sache heraushalten?"

Brenner verstand im ersten Moment nichts.

„Betrachten Sie dies als Warnung und als Zeichen unserer Kulanz, ein nächstes Mal wird es nicht geben, dann werden Sie tot sein. Haben Sie mich verstanden?"

Ohne eine Antwort abzuwarten, ließ ihn die Gestalt unvermittelt los. Er brach zusammen, fand sich auf den Knien wieder und versuchte vergeblich sein Gleichgewicht wiederzuerlangen. Stimme und Gestalt hatten sich entfernt. Ohne Erfolg versuchte er, trotz seines desolaten Zustandes, etwas von ihnen zu erhaschen. Zwei andere Gestalten sah er jetzt auf sich zulaufen. Security, eigens zu seinem Schutz abgestellt. Paradox, dachte er, wozu, wenn sie ihn nicht beschützen konnten. Sie halfen ihm auf die Beine, und schleppenden Schrittes erreichte er den Lift.

„Harte Schläge, rechte Schulter und linker Oberarm", sagte die herbeigerufene Ärztin.

„Sie haben recht, es war ein Schlagstock, eine Spiralfeder aus Stahl vermutlich", ergänzte sie noch.

Es würde einige Tage dauern, erfuhr Brenner, bis er Arm und Schulter wieder uneingeschränkt bewegen könne. Blutergüsse wären allerdings noch länger zu sehen, und schmerzfrei würde er sicher erst in einigen Wochen sein.

„War diese Aktion tatsächlich Lordanos Antwort auf seine Weigerung, mit ihm gemeinsame Sache zu machen?", drängten sich Brenner verworrene Gedanken auf.

Das von der Ärztin verabreichte Schmerzmittel wirkte Gott sei Dank sehr rasch, machte ihn aber auch müde und unkonzentriert. Kurzerhand rief er Franziska Ebel an und erklärte die Situation.

„Hatte ich dir nicht gesagt, du sollst Lordano nicht auf die leichte Schulter nehmen? Ich bin in einer viertel Stunde bei dir im Büro, dann sehen wir weiter."

Sie hatte aufgelegt, bevor er etwas sagen konnte. Sein nächster Anruf galt Dr. Helmut Brandner, seinem Boss.

„Hatten wir ähnliches nicht schon einmal?", fragte Brandner rhetorisch. „Lordano und sein Adlatus wollten Ihnen demonstrieren, wie unantastbar sie wären, deshalb die Attacke im Verlag. Sie hätten es doch viel einfacher anderswo machen können. Selbst die beiden Sicherheitsleute, die Sie zu Ihrem Schutz engagiert haben, nützten nichts. Sehen Sie, an dem, was ich Ihnen damals sagte, hat sich im Grunde genommen nichts geändert. Gegen gedungene Killer gibt es keinen Schutz."

Sein Chef hatte in allen Punkten recht, auch darin, dass er die Finger trotzdem nicht von diesem Fall lassen würde.

Brenners Handy meldete sich, Franziska wartete am Tor. Einer der Sicherheitsleute ging nach unten, um sie abzuholen.

Ein flüchtiger Gedanke an seine verflossene Freundin Katharina keimte auf. Ein paar Jahre war es gutgegangen, aber auf Dauer eben nicht. Sie hatte sich zu einer erfolgreichen Unternehmerin gemausert, er zu jenem Journalisten, den jeder kannte und gelegentlich auch fürchtete. Sie führte die Geschäfte ihres Vaters fort, gewährte private Kredite, kaufte Anteile, baute ihren Einfluss beständig aus. Er deckte dubiose Machenschaften auf, legte sich gerne mit der sogenannten Oberschicht an, traf ins Schwarze und zeigte auf, wie verwundbar auch die ganz oben waren. Katharina und er gehörten hinsichtlich ihrer Ansichten eigentlich zwei getrennten Lagern an. Sie bestand darauf, dass das Leben auf dem Lande anders ablief, als er sich das vorstellen mochte, und sprach in diesem Zusammenhang von einem Mikrokosmos, der ganz bestimmten Regeln und Gesetzen unterworfen sei. Sie war eines der Räder in diesem Kosmos, eine der Größen, die bestimmte, wie dieser Kosmos zu funktionieren hatte. Er dagegen sah immer wieder den Konflikt, der sich genau daraus ergab. Geld, Kredite schafften Abhängigkeiten, die es sonst nicht gegeben hätte, und je mehr sie diese Abhängigkeiten förderte, ja herbeiführte, desto größer wurde ihr Einfluss. Katharina schlug man nichts ab. Katharina bekam Genehmigungen für alles Mögliche, wo andere Jahre gewartet oder sie niemals bekommen hätten. Katharina hatte immer einen Platz in den feinen Restaurants, bekam Eintrittskarten zu Konzerten, Aufführungen, wo andere noch nicht einmal per Losverfahren eine reelle Chance hatten. Katharina war Ehrenmitglied und Schirmherrin bei allen möglichen Vereinen. Katharina strebte kein politisches Amt an, aber sie war trotzdem mitten drin bei allen wichtigen Vorhaben, insbesondere, wenn sie wirtschaftliches Potenzial besaßen. Dann war es zu Ende gegangen. Erst schleichend und dann ganz plötzlich. Sie verstanden sich einfach nicht mehr. Er packte seine Sachen in Katharinas Penthaus in Rosenheim zusammen und ging. Seitdem hatten sie sich nicht mehr gesehen, auch nicht telefoniert. Über ein Jahr war das jetzt her und manchmal dachte er, er habe vielleicht überreagiert. Er wusste sehr wohl um seine persönliche Schwäche, manches zu idealistisch zu sehen. Gelegentlich musste er deshalb Ansichten auch revidieren. So ehrlich war er schon, wenn das Studium der Fakten zu anderen Resultaten führte als die erste Sicht der Dinge.

Der Türsummer ertönte. „Komm rein und mach es dir bequem", sagte er.

Franziska Ebel nickte und setzte sich in einen der Sessel. „Hätte nicht gedacht, dass sie so schnell reagieren."

Brenner ächzte ein wenig, als er gegenüber von Franziska Platz nahm und versuchte, eine witzige Antwort zu geben: „Ich auch nicht, meine Liebe, ich auch nicht. Es wäre vielleicht besser gewesen, sofort auf deinen Rat zu hören und dich neben mir zu erdulden. Meine zwei Bewacher konnten jedenfalls nichts verhindern, wie wir gesehen haben."

„Genau darauf haben sie gesetzt. Auf dem Firmengelände, das erwartet niemand. Ich hätte mich wahrscheinlich anders verhalten, wäre dir in einigem Abstand gefolgt und hätte das Terrain abgesichert. Hätten sie es trotzdem versucht, hätte ich meine Waffe gezogen, und ich schieße gut, sehr gut sogar. Die Attacke wäre sicher anders verlaufen."

Brenner, der seine Arme mittlerweile wieder einigermaßen gebrauchen konnte, hantierte an der Espressomaschine und brachte zwei trinkbare Elixiere zustande. „Was wollen wir jetzt tun? Taugen unsere Pläne überhaupt noch?", warf er zwei brennende Fragen auf.

„Vergiss alles, ich denke, wir sollten uns neu orientieren", antwortete Franziska. „Lordano macht seine Drohung wahr, oder sein Mann arbeitet auf eigene Faust. An dieser Stelle könnten wir den Hebel neu ansetzen. Weiß Lordano nichts von dem Überfall auf dich, wird er seinen Mann zurückpfeifen. War Lordano dagegen der Auftraggeber, muss er davor Angst gehabt haben, du könntest schneller am Ziel sein als er."

„Worauf könnte er diese Annahme stützen?", fragte Harald Brenner.

„Lass uns einfach Ideen sammeln, Brain Storming nennen die Amis das, und in aller Regel haben sie damit Erfolg."

„Einverstanden. Was haben wir zuletzt gemacht?", dachte Brenner laut. „Du hast am Flugplatz Kögel angesprochen und davor...? Ich war bei Lordano in Pullach, schön, aber um was ist es dabei gegangen?"

„Vielleicht um mehr, als du im Augenblick denkst", entgegnete Franziska.

„Was meinst du?"

„Du sagtest ihm auf den Kopf zu, sein Mann sei erschossen worden und so weiter. Was schließt Lordano daraus? Erstens, du kannst ihn als Kopf für folgenschwere Aktionen identifizieren, zweitens, du weißt über seine Absichten Bescheid. Haben wir damit nicht eine ganze Menge Stoff, ausreichend für einen Mann wie Lordano, um Dinge neu zu ordnen? Und dabei bist du ihm im Weg. Ergo lässt er dir eine unmissverständliche Warnung zukommen. Wäre doch ganz nach seiner Art, nicht wahr?"

Brenner staunte über die Präzision ihrer Gedanken und bevor er etwas sagen konnte, fuhr Franziska bereits fort: „Eine weitere Variante wäre, er hat von den Gesprächen meines Bosses in Dubai erfahren, die er in deinem Auftrag geführt hat. Lordano addiert die Fakten und will verhindern, dass du irgendwann darüber in der Zeitung berichtest. Hast du jetzt genügend Gründe für die Attacke gegen dich?"

„Wie wollen wir uns verhalten, wenn gleich Stangassinger und Reiser auftauchen?"

„Du könntest mich als deine Freundin vorstellen oder ihnen reinen Wein einschenken, was immer dir besser gefällt."

„Mir gefallen beide Varianten sehr gut, die erste davon besonders", lachte Harry mit feinen Schmerzintervallen in der Stimme.

„Mein Lieber, du musst es nicht übertreiben, könnte schiefgehen!"

„Ich dachte nur, wo du doch jetzt 24 Stunden am Tag für meinen Schutz zuständig bist."

„Könnte es sein, dass du da etwas gründlich missverstanden hast?"

„Okay, Spaß beiseite, merke schon, bin nicht dein Typ..."

„Wie soll ich dir das erklären? Es hat nichts damit zu tun, ob du mein Typ bist. Dich zu schützen, soweit das überhaupt möglich ist, funktioniert einfach anders, als du dir das vorstellst."

„Dann kläre mich doch bitte auf: Bin ich nicht der Betroffene, das Objekt des Schutzes?", fragte Harry hintergründig.

„Ist ganz einfach. Ich schütze dich nicht, indem ich dich an der Hand nehme oder deine Bettdecke wärme! Ich passe auf dich auf, indem du mich gar nicht wahrnimmst. Ich werde immer in deiner Nähe sein, aber unsichtbar, einem Schatten gleich."

„Was ich sehr bedauere. Wie sollen wir uns näherkommen, ich meine als Team, wenn du dich mir ständig entziehst?"

Sie alberten noch eine Weile herum, als Brenners Handy ein Gespräch meldete.

„Sie sind da", sagte er. Bald darauf klopfte es und ein Mann der Security ließ die Besucher ein. Brenner begrüßte Stangassinger und Reiser und stellte Franziska vor.

„Frau Ebel ist Sicherheitsberaterin unseres Verlages. Ich habe sie gebeten, an unserem Treffen teilzunehmen."

Das kam der Wahrheit ziemlich nahe, ohne die genauen Beziehungen offen zu legen. Er sah für den Augenblick keine Notwendigkeit, diesen Umstand zu ändern.

„Unsere Sache bekommt eine gewisse Dynamik", sagte Brenner und berichtete über die Attacke auf ihn.

„Du wirst am helllichten Tag überfallen, weil dir jemand einen Denkzettel verpassen will?", bemerkte Reiser fragend. „Meinst du nicht, wir sollten ein wenig mehr Background haben, um wirklich verstehen zu können, was da passiert ist?"

Brenner blickte kurz zu Franziska, sie nickte, und er erwiderte: „Gut, ihr müsst ein paar Dinge wissen, damit ihr begreift, in welche Probleme wir gerade hineinschlittern. Es existiert eine zweite Gruppe, die hinter dem Geld unserer Aspiranten her ist."

In groben Zügen erläuterte Brenner, wie er auf diese Gruppe gestoßen war, hielt aber die Rolle des Spezialisten und seines Teams bedeckt. Er sagte nur, er bediene sich verschiedener Informationsquellen, was sie ja bereits wüssten, und zusammen mit einer dieser Quellen sei er in Kontakt mit jener zweiten Gruppe geraten. Da er es abgelehnt habe, mit dieser Gruppe zu kooperieren, sei es heute zu dem geschilderten Überfall gekommen.

„Ich befürchte, diese Leute werden nicht klein beigeben und alles daransetzen, schneller zu sein als wir. Sie sind skrupellos und, was es besonders schwermacht: Wir kennen das Gesicht dieser

Gruppe nicht. Ich kenne den Auftraggeber, weiß aber nicht, wen er zur Durchführung eingesetzt hat. Es könnte jeder sein. Stellen wir uns aber bitte keinen derben, grobschlächtigen Schläger vor. Ich bin überzeugt, wir haben es mit einem Mann zu tun, der nicht auffällt und gute Manieren an den Tag legt. Das macht ihn unberechenbar, wie ich heute erleben konnte, und ich meine außerdem, auch ihr beide könntet in seinem Fokus sein und damit in Gefahr."

„Du denkst, er und seine Schläger beabsichtigten, auch Vinzenz und mir eine Abreibung zu verpassen?"

„Ehrlich gesagt nein, das glaube ich nicht, ich denke, es könnte schlimmer kommen als das. Wenn ich weiterhin nicht kooperiere, werden sie versuchen, uns alle irgendwie kalt zu stellen."

„Du meinst aus dem Weg räumen? Wie im Kino?"

„Ja, genau das meine ich. Wenn sie uns ausschalten, haben sie freie Hand. Außer uns gibt es vermutlich niemanden, der ihnen in die Quere käme."

„Was sollen wir deiner Meinung nach tun?", schaltete sich Stangassinger ein.

„Ihr müsst so gut das geht aus der Schusslinie", antwortete Brenner. „Ich wollte zwar mit euch heute besprechen, wie wir ein wenig schlagkräftiger arbeiten könnten, aber das ist jetzt von sekundärer Bedeutung. Eure Sicherheit geht vor."

„Und du?", fragte Reiser.

„Ich habe zwei Bodyguards und Frau Ebel."

„Hat dir heute aber auch nichts genützt", wandte Stangassinger ein.

„Ich habe die Drohungen zu wenig ernst genommen, das ist der Grund. Frau Ebel hatte mich gewarnt."

„Und jetzt?", wollte Reiser lapidar wissen.

„Wenn ich einen Vorschlag machen darf?", sagte Franziska. „Herr Stangassinger, könnten Sie nicht auf eine Auslandsreise gehen? Je weiter weg, desto besser. Dass man Ihnen folgt, hielte ich nur theoretisch für möglich. Sie sind für diese Gruppe ein weitaus geringeres Risiko als Herr Brenner. Für Herrn Reiser empfehle ich das Gleiche, ohne Ihre persönlichen Umstände zu kennen."

Bevor die beiden antworten konnten, ergriff Brenner das Wort: „Vinzenz, wie wär's mit Argentinien, Buenos Aires soll eine interessante Stadt sein. Lerne dort Tango, das beruhigt! Karl, für dich hätte ich eine andere Idee. Wir beide gehen in die Offensive!"
„In die Offensive?", wiederholte Reiser fragend.
„Ihr habt doch entdeckt, mit welcher Bank Kögel gearbeitet hatte und wir kennen auch die Namen einiger Banken, die zu Seiferts Stamm gehörten. Recherchiert ein wenig und schreibt auf, wie diese Banken im europäischen Ausland verzweigt sind. Ich könnte das auch im Verlag machen, aber ich denke, es wäre effektiver, hierzu in den Firmenunterlagen zu wühlen. Es ist kaum anzunehmen, dass Seifert alle Beträge über No-Name-Banken geschleust hat."
„Das sollte kein Problem sein. Ein Anruf bei Deprión & Princeton dürfte ausreichen. Ich brauche diese Information ganz einfach, um bei künftigen Revisionsprojekten ein Auge darauf zu werfen. Klingt plausibel und unverfänglich", meinte Stangassinger.
„Damit sind wir wieder bei dir, Karl. Nimm dir die Banken vor. Erzähl etwas von einem Buch, das du schreibst, und wie unangenehm es dir wäre, falsche oder halbwahre Informationen zu verwenden. Du wirst sehen, die Leute werden mit dir reden. Lass dich nicht abwimmeln, sprich mit den Chefs, behaupte einfach, du hättest dies und das gehört, wolltest deine Informationen aber überprüfen. Wir können hierzu noch einige Fragen entwickeln. Was meinst du?"
„Keine schlechte Idee. Vielleicht werden einige unruhig und krabbeln aus der Deckung. Aber - inwiefern soll ich dadurch besser geschützt sein?"
Franziska ergriff das Wort. Sie hatte Brenners Plan durchschaut. „Sie reisen; die Gegenseite kann schwer vorhersagen, was Sie als nächstes tun. Sie vereinbaren Termine, buchen Tickets, nehmen an Meetings teil. Dies zu überwachen, würde einen hohen Aufwand bedeuten. Das werden sie nicht machen, sondern sich deshalb auf Herrn Brenner konzentrieren."
„Es bleibt natürlich ein Risiko", ergänzte Brenner ernst. „Ich selbst werde zusammen mit Frau Ebel versuchen, das Gesicht der

Gegenpartei auszumachen. Wenn wir den Mann kennen, haben auch wir durchaus Möglichkeiten, ihm seine Flausen auszutreiben."

Er verschwieg das Szenario um den Spezialisten, dass es bereits einen Toten gegeben hatte und die Verwicklung von Signore Lordano. Seine beiden Partner noch mehr zu beunruhigen, hätte nichts gebracht.

Als er mit Franziska wieder alleine war, fragte er nach den Einzelheiten ihres Planes für seine Sicherheit.

„Ich denke, die beiden Sicherheitsleute folgen dir in einem geringen Abstand überall hin. So können sie dich einigermaßen nach rückwärts sichern. Ich weiche nicht von deiner Seite, und dann warten wir, was auf uns zukommt. Außerdem wirst du ab sofort eine Schussweste tragen. Sollten wir uns trennen müssen, legst du einen Sender/Empfänger an, damit wir über einen Ohrstöpsel und ein Minimikrofon Verbindung halten können."

„Und nachts?", wollte Brenner wissen.

„Dir scheint es schon wieder ganz gut zu gehen. Vergiss es, mein Lieber. Du hast drei Alternativen. Du kannst in ein Hotel gehen, zuhause übernachten oder dich hier oben unterm Dach einrichten. Das Letztere hätte den Vorteil, dass wir den Zugang sehr gut überwachen können. Such dir eine Variante aus! Mehr ist nicht drin."

(52)

Davide Monti beendete seinen Bericht und blickte Signore Lordano offen ins Gesicht.

„Wissen Sie, was ich absolut nicht schätze?", fragte Lordano.

„Sie werden mir die Antwort geben."

„Ich gebe Sie Ihnen. Ich mag diese plumpe Gewalt nicht sonderlich, wenn andere Optionen zur Verfügung stehen, aber das wissen Sie ja bereits."

„Andere Optionen?", fragte Monti und runzelte die Stirn.

„Was glauben Sie, haben Sie mit Ihrer Aktion gewonnen? Sagen Sie es mir!"

„Brenner ist gewarnt. Er weiß jetzt, seine Bodyguards schützen ihn nicht, wir können ihn zu jeder Zeit und überall aus dem Weg räumen."

„Das weiß er, gut, aber hätte es hierfür nicht gereicht, ihm einen Besuch abzustatten ohne gleich zuzuschlagen? Wissen Sie, die Menschen mögen solche Dinge nicht. Sie bewirkt das Gegenteil von dem, was man erreichen will und ist immer nur ein Mittel für den Augenblick."

Monti schaute verdutzt auf Lordano. „Was wollen Sie mir sagen, Signore Lordano?"

„Sie hätten es anders machen sollen, aber jetzt ist es eben, wie es ist."

Monti ließ mit keiner Geste erkennen, ob ihn Lordanos Kritik traf. Eine seiner Stärken war, seine Gefühle zu beherrschen. Manche bezeichneten ihn deshalb oft als gefühlskalt. Das war er aber keinesfalls. Er liebte schöne und edle Dinge, war aufgeschlossen gegenüber jeglicher Form von Kunst, liebte es, Bücher zu lesen, und er liebte vor allem Frauen. Seine jeweiligen Freundinnen hätten niemals geglaubt, dass es einen Mann, wie ihn geben könne. Zuvorkommend, zärtlich, niemals vulgär, einfach ein Mann mit Stil. Das war seine private Seite. Im Business, wie er seine Tätigkeit nannte, konnte er zu einem völlig anderen Menschen werden. Blitzschnell war es ihm möglich, Situationen zu adaptieren, von jovial bis eiskalt, er beherrschte die volle Palette. Jetzt wirkte er aufgeräumt, bestimmend, aber irgendwie auch signalisierend, dass Lordanos Wünsche für ihn das Maß der Dinge wären.

Er war der perfekte Schauspieler. Alle, auch Lordano, fielen immer wieder auf ihn herein. In Montis Leben gab es nur einen einzigen Menschen, bei dem er noch nicht einmal den Versuch gewagt hätte, ihm etwas vorzumachen. Sein Patrone. Dieser Mann war über alles erhaben, für ihn wäre er durchs Feuer gegangen, hätte sich zerfleischt und sein Leben gegeben. Ihn respektierte er ohne Wenn und Aber. Von ihm und nur von ihm nahm er Kritik an und befolgte Ratschläge. Viele dachten und fühlten ähnlich wie er, das war ihm bekannt, aber es gab wohl nur wenige, die für diesen Mann bis zur Selbstaufgabe wirklich alles getan hätten.

„Was denken Sie", fragte Lordano unvermittelt, „sollen wir bis nach den Gerichtsverfahren warten, wie es der Plan ist, oder die Schlinge bereits jetzt zuziehen?"

Monti überlegte eine Sekunde und antwortete mit einem freundlichen Lächeln: „Bei Kögel könnten wir es versuchen, bei Seifert würde es nichts nützen." Er sah Lordanos erstaunte Miene und fuhr fort: „Wir haben diese Frau, Polingo, noch nicht. Sie hat es clever eingefädelt, wir geben jedoch nicht auf. Sie ist in New York, Signore, aber Sie können sich vorstellen, wie schwierig es ist, jemanden, der untertauchen will, in dieser Stadt jemals zu finden."

„Will sie das wirklich?", fragte Lordano zweifelnd. „Will sie nicht im Luxus leben und ihr neu gewonnenes Vermögen genießen?"

„Davon gehe ich aus", antwortete Monti.

„Sehen Sie, wer Luxus liebt und Geld ausgibt, der lebt niemals im Verborgenen, nicht wahr?"

„Das ist richtig, Signore, aber wir sprechen von New York, wo es unzählige Gelegenheiten gibt, ein unauffälliges Leben im Luxus zu führen."

„Denken Sie darüber nach, schlüpfen Sie in die Haut dieser Frau: Wir müssen sie finden!"

„Und Kögel?"

„Schnappen Sie ihn! Es wird gesagt, er habe sein Vermögen in Dubai gebunkert. Sie müssen einen Weg dorthin finden."

Nachdem Monti gegangen war, saß Lordano noch eine Weile bei einem Glas Roten und fasste zusammen. Seifert konnte es so gemacht haben, wie die beiden aus Brenners Team vermuteten. Reiser und Stangassinger hatten nicht bemerkt, wie das Pärchen im Café an der Theatinerstraße ihr Gespräch aufzeichnete.

Seiferts Freundin hatte das Schließfach jedoch ausgeräumt, davon war auszugehen. Wohin hatte sie den Inhalt gebracht? Sie hat es in derselben Bank belassen, durchzuckte ihn ein Gedanke. Logisch, nach und nach schafft sie es dann weg, um es bei einer anderen Bank zu deponieren. Hatte sie das schon getan?

Bei Kögel lag das Problem nicht in dessen Person. Von ihm aus konnte Monti das Versteck aus ihm heraus prügeln. Wenn es aber in Dubai lag, wie ihm ein Freund, Direktor einer Bank, zugetragen hatte, dann kamen sie nicht ohne weiteres daran. „Diese verflixten Araber", fluchte er vor sich hin.

In New York verfolgten die Freunde Montis mehrere Spuren, um Polingo habhaft zu werden. Sie gingen davon aus, dass die Frau einen weiteren falschen Namen benutzte. In dieser Stadt trieben sich zehntausende illegal durch die Straßen, Menschen ohne Gesichter, nirgendwo registriert.

Claire Polingo genoss einen anderen Status. Sie war unter ihrem richtigen Namen in die Staaten eingereist, erst danach benutzte sie Pseudonyme. Bei einer etwaigen Kontrolle würde sie ihren richtigen Pass vorzeigen, für andere Belange andere Pässe. Wie viele solcher Pässe besaß sie und wo hatte sie diese beschafft? Für Letzteres gab es eine ebenso einfache wie plausible Erklärung. Es sei kein Novum, sagten die Spezialisten des US-Dienstes, dass Menschen sich Pässe beschafften von Personen, denen sie ähnlich sahen. Menschen verändern sich im Laufe der Jahre. Ihre Passbilder bleiben aber die alten. Also verwundert es niemanden, wenn der vorgezeigte Pass nicht genau mit dem Gesicht des Passinhabers übereinstimmt. *Das ist normal*, sagte einer der Mitarbeiter des Dienstes. In keinem Hotel der Welt würde das Personal eine besonders strenge Passkontrolle durchführen. So einfach könnte es auch bei Claire Polingo gelaufen sein, mutmaßten sie. Sie begannen damit, die Kopien der Reisepässe, die jedes Hotel machte, mit dem Bild von Claire Polingo abzugleichen, das bei der Passstelle in Deutschland hinterlegt war. Ein Computer erledigte das. Sie grenzten den Zeitraum ein auf fünf Tage ab check in im *Mandarin* New York. Es dauerte nicht sehr lange und der Drucker warf acht Anmeldungen aus, die auf Claire Polingo passten. Dieses Ergebnis teilten sie Davide Monti mit.

„Na also, wer sagt's denn", brummelte er, griff zum Telefon und buchte einen Flug.

Dubai und Kögel waren ebenfalls noch zu lösen. Nach Dubai hatte er allerdings im Gegensatz zu New York keine Verbindung.

Er rief Pia an. „Wir müssen ein wenig modifizieren", sagte er.

„Du bist es! Wie wäre es mit einem Hallo oder etwas in dieser Richtung?", antwortete sie.

„Keine Zeit für Späße", seine knappe Antwort. „In einer Stunde bei mir im Hotel, okay?"

Pia war pünktlich, das war sie immer. „Was ist so dringend?"

„Mein Auftraggeber will, dass wir die Dinge etwas beschleunigen. Ich fliege in den nächsten Tagen nach New York, es gibt da Hinweise. Was mir Sorgen macht, ist Kögel. Er soll die Millionen nach Dubai geschaufelt haben, sagte man mir. Wie kommen wir dort an das Geld?"

„Du wolltest ihn dir vornehmen. Trifft das jetzt nicht mehr zu?"

„Ich befürchte, es wird nichts nützen. Was, außer dem Üblichen, kann ich tun?"

„Du meinst, außer ihn durch die Mangel zu drehen?"

„Das Schließfach öffnet sich nur mit seiner Zustimmung. Was nützt mir da ein krankenhausreifer Kögel? Er wird seine neuen Freunde bei der Polizei um Schutz bitten und ihnen eine erfundene Geschichte auftischen."

„Überlass ihn mir, er ist ein Mann!"

„Dir? Er wird dich sofort wiedererkennen. Denkst du das hilft?"

„Es käme auf einen Versuch an, meinst du nicht?"

„Wo willst du es machen? Warten bis er zurück ist oder in Dubai?"

„Dubai ist zu riskant. Er hat Freunde dort. Andererseits liegt das Zeug dort, sagtest du?"

„Ja, aber er wird es dir niemals freiwillig aushändigen, dort schon gar nicht. Er wird seine Freunde informieren und was dann geschieht, wissen wir nicht. Sie werden ihm sicher zu Hilfe kommen. Araber und arabische Freundschaften, das ist nichts für uns, das verstehen wir nicht."

„Dann hier. Es ist leicht, festzustellen, ob er schon zurück ist. Wir brauchen ein Druckmittel, hier bei uns, wo ihm seine Freunde nichts nützen."

„An was denkst du?"

„Seine Frau, zum Beispiel."

„Aber Kögel lebt in Scheidung oder ist sogar schon geschieden."

„Das macht nichts. Er ist ein Mann, harte Schale nach außen, aber sensibel im Kern. Lass mich nur machen."

„Ganz so wie ich", sagte Monti, grinste schmutzig und zog sie auf die Couch.

(53)

Soweit dies aus Aufzeichnungen, Abrechnungen und Terminplanern möglich gewesen war, hatten die Ermittler Seiferts Reisetätigkeiten aufgelistet. Franziska Ebel beschaffte über ihre Quelle eine Kopie und übergab diese Brenner, der sie weitergab an Stangassinger. Welche Orte besuchte Seifert öfters als andere und welche Banken gab es dort? Stangassinger fand nur wenig in den Archiven der Firma. Das war vorherzusehen gewesen, aber Deprión & Princeton rückten die benötigten Informationen ohne weiteres heraus. So kam Stangassinger schließlich in den Besitz einer Aufstellung von Banken, mit denen Seifert in Verbindung gestanden war, vervollständigte diese mit Hinweisen aus Seiferts Reiseaktivitäten und schickte alles per Mail an Reiser.

Reiser legte sich anhand dieser Liste eine Reihenfolge zurecht und studierte die mit Brenner verfassten Fragen, mit denen er die Chefs der Filialen konfrontieren wollte. Hatten sie vor einiger Zeit herauszufinden versucht, welche Verbindungen es generell zwischen den Banken gab, um die Transferwege zu verstehen, sollte er dieses Mal auskundschaften, zu welchen Banken Seifert ein außergewöhnliches Verhältnis gepflegt hatte. Schwierig, aber nicht unmöglich, dachte er. Ob sich daraus Anhaltspunkte für ein Schließfach Seiferts ergäben, war eine andere Frage.

Reisers Plan sah vor, in der Schweiz anzufangen, danach einen Abstecher nach Liechtenstein zu unternehmen und zum Schluss Österreich einen Besuch abzustatten.

Kleinere Geldinstitute klammerte er aus. Von Brenner wusste er, dass diese zum Kreis der Briefkastenfirmen gehörten und lediglich Durchlaufstationen gewesen waren. Als bedeutend stufte er dagegen jene Banken ein, die ein verzweigtes Filialnetz betrieben. Er war erstaunt darüber, wie drastisch sich dadurch die Anzahl der infrage kommenden Geldhäuser reduzierte.

Gleichzeitig wurde deutlich, warum es so schwer war, das System der Transfers lückenlos zu durchschauen und zurückzuverfolgen. Es handelte sich um eine Mischung aus Barabhebungen und

Einzahlungen sowie Transfers auf der Grundlage fingierter Rechnungen, die über eine Kette von Firmen geschleust worden waren. Irgendwo auf diesen verschlungenen Wegen musste es eine Bank geben, bei der Seifert seine persönliche Barschaft bunkerte. Reiser vermutete, Seifert habe eine kleinere Filiale bevorzugt. Seiner These nach würde Seifert jeden zufälligen Kontakt zu Personen, die ihn kannten, ausgeschlossen haben. Bei den Großen hätte er aber davon überrascht werden können, dass ihm ein bekanntes Gesicht über den Weg lief.

Die drei Länder aus dem deutschsprachigen Raum waren seiner Meinung nach besser geeignet als andere Nachbarstaaten. Sie pflegten ein vergleichsweise strenges Bankgeheimnis, was Seifert entgegengekommen wäre. Außerdem könnte er sich in seiner Muttersprache verständigen.

Der Reihe nach ging er einige Kriterien durch. Liechtenstein hatte eine Anzahl von Trusts und Stiftungen, über die Seifert hätte anonym agieren können. Reiser schloss diese Option jedoch wegen der Ermittlungen im Fürstentum gegen Seifert aus. Seine Anonymität wäre vielleicht geplatzt. Österreich? Reiser wusste nicht sehr viel über die dortigen Gepflogenheiten, fand aber interessante Details im Internet. Demnach solle es dort anonyme Nummernkonten geben, auch Schließfächer, wofür aber die Vorlage eines Ausweises oder Passes notwendig wäre. Nach Reisers Ansicht passte die Schweiz am besten zu Seiferts Vorhaben. Die dort laufenden Ermittlungen richteten sich gegen SimTech und nicht gegen Seifert als Person, und das Bankgeheimnis war ein verbrieftes Siegel.

Zuerst nach Genf, dann Zürich, St. Gallen, Luzern und zum Schluss noch Locarno. Es gab ein Muster, das Reiser beschäftigte. Genf schien eine Art Verteilerknoten zu sein. Hohe Beträge, die dort eintrafen, diffundierten größtenteils per Transfer auf Filialen in den Städten, die er sich als Reiseziele herausgesucht hatte. Empfänger waren meistens Firmen, die, wie er wusste, dem Geflecht von Consulting Firmen angehörten, die mit Seifert gemeinsame Sache machten. Für sein Ziel war dieser Hintergrund ohne Bedeutung. Ihm kam es nur darauf an, herauszufiltern, welche Banken besonders häufig in die Transfers eingebunden waren. Die Unterlagen von Deprión & Princeton liefert hierfür wichtige Hinweise. Fein säuberlich waren die Bankfilialen und die ihnen zugeordneten Transfers mit Betrag und Datum aufgelistet. Verband er nun die Filialen entsprechend der getätigten Transfers mit Linien, ergab sich ein Netz und sehr schnell war die Häufigkeit der Transfers visuell zu erkennen.

Von Genf aus spannen sich die Fäden nach Zürich und Locarno, von Zürich aus nach St. Gallen, von dort nach Luzern, aber immer wieder auch nach Locarno. Die meisten Wege waren identisch mit den dahinter verborgenen Firmen und ihren fingierten Rechnungen. Das waren die Wege der Geldbeschaffung, so Reisers Fazit. Überweisungen und Abhebungen in bar, und vieles davon veranlasst in Locarno. Auch aus anderen Filialen waren solche Vorgänge verzeichnet, teilweise enorme Beträge, über deren Ziel die Unterlagen sowenig aussagten, dass es grundsätzlich unmöglich war, den tatsächlichen Empfänger der Bestechungsgelder zu identifizieren.

Seifert hatte ideale Voraussetzungen geschaffen, um Beträge in beliebiger Höhe zu verschleiern und umzuleiten.

Auch wenn er nicht annahm, dass Seifert sein Vermögen in Genf gelassen habe, so schien es Reiser doch richtig, dort zu beginnen, von wo aus große Beträge verteilt wurden.

Überraschend bekam er sofort einen Termin. Reiser passierte die ehrwürdige Fassade einer Bank, deren riesige Bogenfenster mit schweren, geschmiedeten Eisenstäben und Querstreben geschützt waren, überquerte eine Straße und steuerte auf den Eingang eines modernen Gebäudes zu. Banken, Versicherungen, Verlage und Kanzleien prägten diesen Teil der Stadt, wo die Rhone den Genfer See verlässt.

Reiser meldete sich im Foyer an. Mit ausgesuchter Höflichkeit geleitete ihn eine Angestellte nach oben, klopfte an eine Türe, wartete kurz und bat ihn einzutreten.

Eine Sekretärin brachte ihn schließlich ins Allerheiligste. Ein Mann, Anfang fünfzig, schätzte er, erhob sich, begrüßte ihn freundlich und zeigte auf eine Sitzgruppe.

„Sie schreiben ein Buch?", fragte der Gastgeber interessiert.
Reiser erklärte, er untersuche die Angelegenheit SimTech und gehe der Frage nach, warum niemand auf den Hauptakteur Seifert aufmerksam geworden sei.
„Es müsste doch aufgefallen sein, über welch ungewöhnliche Vollmachten dieser Mann verfügt hat."
„Ihre Frage ist berechtigt und einfach zu beantworten. Sie werden es trotzdem nicht so leicht verstehen, vermute ich."
Reiser erhielt eine Kurzlektion in Sachen Schweizer Bankgeheimnis, erfuhr, welch hohen Stellenwert es besaß.
„Manager von SimTech konnten, wie andere auch, ohne weiteres Konten anlegen, dazu brauchte es nur einen Pass. Kontenbewegungen unterliegen danach einer Routinekontrolle, die Auffälligkeiten über eine mögliche Geldwäsche aufdecken sollen."
„Können Sie mir hierzu etwas mehr sagen?", fragte Reiser.
„Unser System überprüft automatisch jeden Zahlungsvorgang: Woher kommt das Geld und wo geht es hin, könnte man es vereinfacht erklären."
„Dann kennen Sie alle Zahlungsempfänger?"
„Nein, so war das nicht gemeint. Sie dürfen sich hierbei nicht eine quasi persönliche Kontrolle vorstellen. Das System gleicht lediglich ab, ob Zahlungen auf sogenannte auffällige Konten geleistet werden. Das sind Konten, die uns von der Staatsanwaltschaft oder der Bankenaufsicht aufgrund eines richterlichen Beschlusses gemeldet werden. Würde eine solche Zahlung erfolgen, informieren wir automatisch den Staatsanwalt. Bei ihm liegt dann die Entscheidung, wie weiter zu verfahren ist."
„Bei Seifert ist demnach nichts aufgefallen?"
„Nichts, was unser System hätte erkennen können. Ich verrate kein Bankgeheimnis, wenn ich Ihnen das sage. Sehen Sie, alle Zahlungsvorgänge haben die Plausibilitätskontrollen passiert."
„Und wie ist das mit Bargeld?"
„Werden große Beträge in bar eingezahlt, bitten wir unsere Kunden um einen Nachweis über die Herkunft der Mittel. Liegt aber beispielsweise ein Bestätigungsschreiben der Firma vor, für die ein solcher Kunde arbeitet, unternehmen wir nichts weiter. In

der Schweiz ist es jedermanns eigene Sache, in welcher Höhe er mit Barmittel umgeht. Ich verrate Ihnen ebenfalls kein Geheimnis, wenn ich Ihnen sage, dass in dem von Ihnen aufgezeigten Fall eine solche Bestätigung vorlag.

Prima, dachte Reiser, ein perfektes System. Der Vorgang *Liechtenstein* wiederholte sich nicht. Dort waren sie noch unbedarft gewesen und hatten nicht angenommen, dass jemand auf die Idee käme, gegen sie zu ermitteln, bloß, weil sie Konten unter eigenem Namen eröffnet hatten. Sachlich gesehen hatte Seifert zwar exakt das Gleiche gemacht, nur mit dem feinen Unterschied, dass er bereits bei Eröffnung der Konten eine Bestätigung von SimTech vorlegte, die seine Transaktionen als legal bestätigten. Damit fiel er aus dem Raster heraus und konnte schalten und walten, wie er wollte.

War es mit diesem Kenntnisstand überhaupt noch notwendig, weitere Banken aufzusuchen? Sie hätten ihm das soeben Gehörte bestätigt, mehr aber auch nicht. Langsam verstand er auch, wo die Beweggründe für die Staatsanwaltschaft in München gelegen haben mochten, etwaige Privatentnahmen nicht weiter zu verfolgen. Sie hatten erkannt, dass sie nicht nachzuweisen gewesen wären.

Reiser änderte seinen Plan. Er wollte sich jetzt nur noch auf Banken konzentrieren, die für Seiferts Vorhaben besser geeignet gewesen wären als andere.

Anhand der Unterlagen hatte er drei solcher Filialen eingekreist. In zwei Fällen handelte es sich um kleinere Filialen, die aber in engem Kontakt zu jener Bank in Genf standen, der sein erster Besuch gegolten hatte. Die dritte Filiale firmierte unter eigenem Namen, war aber eng mit einer anderen großen Schweizer Bank verbunden. Zwischen den beiden großen Bankhäusern waren erhebliche Summen transferiert worden, und es fiel Reiser auf, dass zahlreiche Beträge ihren Weg auch über eben diese dritte von ihm identifizierte Filiale genommen hatten.

In gut vier Stunden schaffte er es mit dem Auto nach Locarno. Ein Termin war vereinbart und ein Zimmer gebucht. Als er gerade den Parkplatz des kleinen Hotels ansteuerte, nahm er einen Wagen wahr, der äußerst umständlich eingeparkt wurde. Reiser war schon versucht zu fragen, ob er helfen könne, verkniff es sich aber, als er bemerkte, dass hinter dem Steuer eine etwas aufgelöst wirkende jüngere Frau saß. Er hatte ähnliche Szenen schon erlebt und konnte gerne auf die zu erwartende Antwort verzichten. Reiser vergaß den Vorgang, wurde aber daran erinnert, als er am darauf folgenden Tag einen freien Tisch im Frühstücksraum anpeilte, und dabei eine jüngere Frau gegen ihn prallte, anders war der Kontakt nicht zu bezeichnen. Sie murmelte ein *excusé* und setzte sich auf einen der Stühle. Die Frau von gestern Abend am Parkplatz, erinnerte er sich sofort und fragte mit einem Schulterzucken, ob er ebenfalls Platz nehmen dürfe, da leider alles besetzt sei. Er wartete ihre Antwort erst gar nicht ab und setzte sich. Die nächsten dreißig Minuten verbrachten sie schweigend. Ein paar zaghafte Versuche, ein Gespräch in Gang zu bringen, liefen ins Leere. Komische Figur, dachte Reiser.

Kurz vor 11:00 Uhr betrat Reiser die Bank. Ohne weitere Fragen brachte ihn eine Angestellte zum Chef der Filiale.

„Was für ein Buch schreiben Sie denn?", wollte sein Gegenüber wissen.

Kaum älter als 45 schätzte Reiser den Mann. Adrett gekleidet, Anzug, Hemd, Krawatte, Schuhe, farblich abgestimmt. Glatt nach hinten gekämmtes schwarzes Haar, vielleicht eine Spur zu viel Gel oder Pomade. Dunkler Teint, glattrasiert, Gesicht energisch, aber irgendwie auch freundlich, gewinnend.

„Sie kennen die Affäre SimTech?", fragte Reiser rhetorisch, statt eine Antwort zu geben.

In den Mundwinkeln ein zaghaftes Lächeln, zog der Mann die rechte Augenbraue leicht nach oben und sagte: „Selbstverständlich, auch in Locarno haben wir Zeitungen mit internationalen Nachrichten."

„Ich denke, Sie kennen die Affäre nicht nur aus der Presse, nicht wahr?"

„Worauf wollen Sie hinaus?", fragte der Mann, immer noch lächelnd.

„Über Ihre Filiale sind erhebliche Beträge geschleust worden, deshalb möchte ich mit Ihnen sprechen."

„Sie haben sich erkundigt, Respekt. Wir sind eine Bank, das ist Ihnen ja nicht verborgen geblieben, und wir achten das Bankgeheimnis. Da unterscheiden wir uns vielleicht von Ihrem Heimatland. Wer bei uns ein Konto besitzt, kann es auch benützen. Das ist der Zweck eines Kontos, nicht wahr? Was wollen Sie also bitte konkret von mir wissen?"

Was sollte er tun? Er entschied sich dafür, ohne weiteres Geplänkel auf den Punkt zu kommen. „An den Kontenbewegungen bin ich auch nicht interessiert, um ehrlich zu sein."

Die Augenbraue des Mannes gegenüber zuckte um eine Spur nach oben und sein Gesicht verriet plötzlich Interesse.

Reiser fuhr fort: „Es sind zwei Dinge, denen ich nachgehe. Erstens: Haben Sie sich nicht gefragt, was der Konteninhaber mit derart großen Mengen an Bargeld gemacht hat? Zweitens: Wozu hat er auch noch ein Schließfach benötigt? Oder war es Ihnen entgangen, dass Seifert ein solches in Ihrer Filiale gemietet hatte?"

Reiser bemerkte, wie für einen Augenblick die Selbstsicherheit des Mannes unterbrochen schien. Als er antwortete, war davon allerdings nichts mehr zu spüren.

„Wie ich schon sagte, unsere Kunden können mit ihrem Guthaben tun und lassen, was sie wollen. Wir sind hier in der Schweiz. Bei uns zählen Werte wie Vertraulichkeit und Individualismus noch etwas. Das beantwortet vielleicht auch schon den zweiten Teil Ihrer Unterstellung. Ob eine Person namens Seifert, wie Sie bemerkten, bei uns ein Schließfach gemietet hat, wäre, selbst wenn ich es wüsste, mit absoluter Verschwiegenheit belegt."

Es gab scheinbar kein Mittel, um diesen Panzer zu knacken. Vielleicht noch ein letzter Versuch, dachte Reiser. „Ich verstehe, dass Sie mir nichts sagen wollen, aber haben Sie sich nicht gefragt, welche Details ich bereits kenne? Ich wäre doch wohl kaum hierher zu Ihnen gekommen, wenn mir nicht große Teile dieses Puzzles bereits bekannt wären. Sie sollen wissen, dass ich hierzu etwas in meinem Buch schreiben werde. Mit Ihrer Hilfe würde es sicher näher an der Wahrheit liegen."

„Ich will Ihnen etwas sagen", rang sich der Bankchef durch, Reiser doch noch einen Hinweis zu liefern, „ich werde nichts sagen, was die Vertraulichkeit verletzen könnte, aber ich will Ihnen erklären, warum es zwecklos ist, weiter nachzuforschen. Nehmen wir an, sie kämen zu uns und wollten ein Konto eröffnen. Sie müssten Ihren Pass vorlegen. Das wäre kein Problem, würden Sie antworten. Als nächstes würden wir einen Nachweis über die Herkunft der Mittel verlangen, die Sie über das Konto bewegen wollten. Sie müssten belegen, dass diese im Sinne unserer Gesetze nicht aus illegalen Quellen stammten. Haben Sie diese Bedingungen erfüllt, können Sie mit Ihrem Konto machen, was Sie wollen. Es kümmert uns nicht und wir überprüfen das auch nicht. Sie zahlen ein, heben ab, überweisen oder erhalten Transfers. Alles Ihre Angelegenheit, die uns nicht zu kümmern hat. Das verstehen wir unter Freiheit im Verkehr mit Banken. Bei der von Ihnen genannten Person müssen diese Bedingungen erfüllt gewesen sein, sonst hätte sie kein Konto unterhalten können. Ich gebe Ihnen noch einen Hinweis. Unterstellen wir, es wäre so gewesen, wie Sie vermuten, und die eingezahlten und transferierten Beträge wären illegal, so müsste diese Illegalität durch einen Umstand herbeigeführt worden sein, der nicht im Widerspruch zu den Gesetzen unseres Landes steht."

„Sie meinen", ergänzte Reiser, „die Quelle des Illegalen müsse außerhalb der Schweiz liegen und zwar in einem Umfang, dass er nach Schweizer Recht trotzdem legal gewesen wäre?"

„Sie haben den Punkt getroffen. Noch kurz zum Schließfach. Um ein Schließfach einzurichten, müssen Sie kein Konto unterhalten, es muss lediglich eines verfügbar sein. Sie legen Ihren Pass vor und bekommen es. Sie behalten es so lange, wie Sie hierfür die Gebühren entrichten. Die zuständigen Mitarbeiter haben keine Kenntnis über Konteninhaber und umgekehrt. Ich, als Chef dieser Filiale, bin für die Leitung und das Management verantwortlich. Ich vergebe aber weder Konten noch Schließfächer. Ich sorge dafür, dass die geltenden Regeln unserer Bank eingehalten und die Gesetze und Bestimmungen unseres Landes befolgt werden. Sehen Sie jetzt, warum es zwecklos ist, von mir Antworten zu erwarten, die ich nicht geben kann, selbst wenn ich wollte?"

Reiser hatte bestätigt bekommen, was man ihm schon in Genf erklärt hatte. Aus Sicht der Filiale in Locarno war alles in Ordnung, weil der Nachweis der Mittelherkunft geklärt war. Soweit das Geld aus Genf kam, war durch die Filiale nichts weiter zu prüfen, da dies bereits durch die Bank in Genf geschehen war. Hätte Seifert Bareinzahlungen in Locarno vorgenommen, wäre der Nachweis durch ein Schreiben der SimTech wie in Genf belegt gewesen. Der Kreis war geschlossen. Aus schweizerischer Sicht waren die Transfers und Bargeschäfte allesamt legal. Die Besuche in St.Gallen und Zürich konnte er sich sparen. Die Auskünfte wären sicher keine anderen gewesen, und Hinweise auf das Schließfach waren auf diese Weise nicht zu bekommen.

In Pullach, 420 Kilometer entfernt von Locarno, saß der leitende Direktor des BND in einem bequemen Sessel und lauschte dem Bericht der jungen Mitarbeiterin.

„Danke", sagte er, „wir kennen also jetzt Reisers Aufenthaltsort. Ein winziger Chip, gut gemacht. Verfolgen Sie bitte, wo er sich die nächsten drei Tage aufhält und geben Sie mir morgens und abends einen Bericht."

(54)

Albert Kögel besaß eine Wohnung in Dubai. Den deutschen Ermittlern hatte er diesen Umstand nicht verschwiegen, allerdings mit der winzigen Einschränkung, dass er zu Protokoll gab, er habe diese Wohnung gemietet. Die Wahrheit war, dass ein Freund, der ihm auch in anderen Dingen behilflich war, sie als sein Strohmann gekauft und ihm einen fingierten Mietvertrag ausgestellt hatte. Die Eigentümerdokumente lagen unter Kennwort in einem versiegelten Kuvert bei einem Notar in München.

Was ihm Kopfzerbrechen bereitete, waren die Kontakte mit den beiden Frauen. Die eine hatte er hin und wieder gesehen, ohne dass sie etwas zu ihm gesagt hätte. Die andere passte nicht in das gleiche Schema. Er erinnerte sich nur undeutlich daran, was sie gesagt hatte. Er war überrumpelt worden, es war alles so schnell gegangen. Sie gehöre nicht zu den Leuten - welchen Leuten? Zu dieser anderen Frau, die plötzlich im November aufgetaucht war und etwas von einflussreichen Freunden gefaselt hatte? Sie wollten sein Geld, das war mehr als klar. Woher wussten sie überhaupt davon? Zwei verschiedene Gruppen offenbar, denn beide Frauen hatten von *Leuten* gesprochen.

Kögel wählte die Nummer seines Freundes: „Hier Albert, wir müssen reden."

Sie trafen sich gegen 22 Uhr in einem Restaurant am Yachthafen. Die gewaltigen Boote der Superreichen beindruckten ihn jedes Mal aufs Neue.

Sein Freund kam sofort zur Sache. „Ich teile deine Einschätzung. Jemand muss Wind von deiner Angelegenheit bekommen haben."

„Vielleicht bluffen sie nur?", meinte Kögel.

„Nein, das glaube ich nicht. Ein Gewährsmann aus dem vertrauten Kreis unserer königlichen Familie hat sich gemeldet. Die Details spielen keine Rolle, aber jemand mit großem Einfluss hat um Unterstützung gebeten."

„Wie meinst du das?", fragte Kögel nervös.

„Sie wissen von deinem Schließfach oder vermuten jedenfalls, du hättest eines hier in Dubai. Sie kannten sogar den Namen der Bank. Sie wollen wissen, was drin ist, aber ohne Hilfe kommen sie natürlich keinen Schritt weiter."

Kögel fing an, mit den Fingerkuppen auf den Tisch zu trommeln. Sollte alles umsonst gewesen sein?

„Habe ich einen Ausweg?", fragte er schließlich.

„Einen winzig kleinen allerdings nur. Du hilfst unserem Land bei der Vermittlung von Geschäften. Das hat einen großen Wert für uns und den möchten wir nicht verlieren. Andererseits sind wir der anderen Seite, die um Unterstützung gebeten hat, ebenfalls verpflichtet. Folglich hat man versprochen, man wolle sich darum kümmern. Am besten wäre es deshalb, es gäbe kein Schließfach. Wir könnten diese Auskunft dann geben, ohne lügen zu müssen. Du weißt, wir belügen unsere Freunde nicht."

„Was soll ich also tun?", fragte Kögel wieder etwas zuversichtlicher.

„Du musst gar nichts tun. Halte dich ab sofort von dieser Bank fern und vernichte alle Hinweise auf das Schließfach. Ich veranlasse dessen Auflösung so, als habe es niemals existiert. Die andere Seite ist einflussreich und könnte es überprüfen. Es dürfte keinen anderen Weg geben, mein Freund."

„Ja und dann?", fragte Kögel dazwischen.

„Keine Sorge, du wirst nichts einbüßen. Wir schaffen alles in ein anderes Land, gut verpackt mit königlichem Siegel."

Kögel musste seinem Freund wohl oder übel ein weiteres Mal vertrauen. Sein Konto bei der Bank solle er weiter behalten, nur dort eben nicht mehr persönlich vorsprechen. Bewegungen darauf hätten ja nichts zu tun mit dem Inhalt des Schließfaches. Dafür habe sein Freund schon vor Jahren gesorgt. Wohin sie es bringen würden, hatte er noch wissen wollen. Er würde es ihm bei Zeiten sagen, hatte sein Freund geantwortet. Es gäbe zwei Optionen, die er noch ausloten müsse.

„Wir schaffen es nach Qatar oder in den Oman."

Er solle sich nicht weiter darum kümmern und nicht versuchen, eine Verbindung herzustellen, sich einfach ruhig verhalten.

„Du hast doch genügend Geld auf deinem Konto?", hatte sein Freund gefragt. Andernfalls könne er ihm aushelfen.

„Nach einem, vielleicht zwei Monaten holen wir alles wieder zurück. Wir parken es nur vorübergehend anderswo, das ist mein Plan."

Einerseits war Kögel beruhigt, andererseits barg der Plan seines Freundes ein nicht kalkulierbares Risiko. Er würde zwar das Kennwort und den Ort des Schließfaches erfahren, aber der Zugang würde nicht sonderlich einfach werden, wenn es beispielsweise im Oman läge.

Noch etwas peinigte sein Gehirn. Die beiden Frauen und ihre Hintermänner. War sein Vermögen erst einmal aus Dubai entfernt, würden auch diese Leute nicht darankommen können. Es blieb jedoch ein Unbehagen zurück, denn er kannte deren Absichten nicht, wusste nicht, was sie als nächstes vorhätten - und das machte ihn nervös.

(55)

Nachdem Claire Polingo im *Mandarin Oriental* ausgecheckt hatte, fuhr sie mit dem Lift nach unten, rollte ihren Koffer auf den Gehweg und ließ sich von einem Hotelboy ein Taxi herbeirufen. Sie nannte dem Fahrer eine Adresse, stieg aber schon an der Metropolitan aus. Im Café an der Ecke überdachte sie ihre Situation. Sie hatte sich bisher geschickt verhalten, fand sie. Sollte nach ihr gesucht werden, würde es nicht leicht sein, sie aufzuspüren. Was sollte sie jetzt tun? Wohin sollte sie gehen? Bekannte hatte sie hier in New York nicht. Für ein Hotel brauchte sie aber einen neuen Pass, einen Führerschein oder eine Ausweiskarte mit Bild. Sollte sie wieder den bekannten Trick anwenden? Misslang er, landete sie im Gefängnis. Sollte sie etwa den gleichen Pass wie im Mandarin verwenden? Ihre Gedanken rasten hin und her. Nein, sagte sie sich, sollte jemand deine Spur verfolgen, dann haben sie dich.

Stunden vergingen, die Bedienung musterte sie schon komisch. Da kam ihr eine Idee. Sie winkte die junge Frau heran: „Kann ich Sie mal etwas fragen?"

„Ja, natürlich."

„Ich bin von zu Hause abgehauen. Mein Mann... naja, ist ja egal. Wissen Sie vielleicht, wo ich für ein oder zwei Nächte unterkommen könnte? Nicht in einem Hotel. Ich will nicht, dass er mich findet!"

In den Augen der Bedienung blitzte es auf, als hätte sie verstanden. „Warten Sie noch eine halbe Stunde, dann habe ich frei! Eine Frau, gleich nebenan von uns, vermietet Zimmer, Bed and Breakfast. Wäre das etwas für Sie?"

„Danke, ja, das wäre prima."

Für ein paar Tage war sie erst einmal sicher. Sie brauchte eine praktikable Lösung und war eben kein Profi in diesen Dingen. Sie musste schon eine Menge Energie aufbringen, um solche Sachen wie Treppenstürze und ähnliches zu meistern. In Filmen und Romanen gab es immer jemanden, der Leute wie sie mit falschen

Ausweispapieren versorgte. Sie hatte aber keine Ahnung, wie man so etwas anstellte. Eine andere Idee reifte heran.

Claire blieb drei Tage bei der Frau. Tagsüber stromerte sie durch New York auf der Suche nach einer Person, die ihr ähnlichsah. Es war nicht so einfach, wie sie gedacht hatte. Manche waren zu gut gekleidet und man sah, dass sie für einen Deal, wie sie ihn vorhatte, nicht zu haben wären.

Schließlich fiel ihr im Central Park eine Frau auf, die sich mit drei Kindern abquälte und den Eindruck machte, als könne sie Geld gebrauchen.

Kurzerhand sprach sie die Frau an: „Haben Sie mal eine Minute für mich?"

Die Frau blickte verwundert auf und nickte.

„Es mag für Sie merkwürdig klingen, aber ich brauche einen Pass von jemandem, der mir ähnlichsieht. Verkaufen Sie mir den Ihrigen. Ich gebe Ihnen fünftausend dafür. Sie können ihn ja als verloren melden. Was meinen Sie?"

Die Frau sagte zuerst nichts, dann schluckte sie und erwiderte: „Fünftausend sagten Sie? Kommen Sie in drei Stunden wieder. Ich hole ihn von zuhause. Genau hier am Spielplatz."

Sie nahm ihre Kinder und verschwand irgendwo im Gewühl der anderen Menschen. Claire Polingo fühlte sich erleichtert. Doch was ist, wenn die Frau zur Polizei ging? Dazu brauchte sie keine drei Stunden, beruhigte sie sich. Sie wartete, versorgte sich an einem der Kioske mit Kaffee und fühlte, wie unerträglich langsam die Zeit verrann. Sie konnte nichts tun und wollte sich auch nicht zu weit von hier entfernen.

Der Ort wirkte wie ein Magnet. Drei Stunden, hatte die Frau gesagt. Es waren bereits fünfzehn Minuten darüber. Rastlos ging sie auf und ab. Noch ein Kaffee. Zuviel davon. Er machte sie noch nervöser, als sie ohnehin schon war. Siebzehn Minuten über der Zeit. Wie lange sollte sie noch ausharren? Achtzehn Minuten, der Zeiger ihrer Uhr rückte unaufhaltsam vorwärts.

„Das wird nichts mehr", murmelte sie und schickte sich an, den Park zu verlassen.

(56)

Als Montis Maschine am Samstag dem 12. Januar 2008 am JFK-Airport in New York landete und er nach den üblichen Formalitäten die Ankunftshalle endlich hinter sich lassen konnte, empfing ihn frostige Kälte. Den Mantelkragen hochgeschlagen schritt er zügig auf einen Wagen zu, der etwas abseits im Halteverbot stand. Ein breitschultriger Mann im dunklen Anzug stieg aus, öffnete den Kofferraum und hievte Montis Gepäck hinein.

„Wie war der Flug?", fragte der Mann.

„War okay. Ich fliege immer First, da kommst du ausgeruht an."

„Du wohnst im *Riga*?"

„Ja, liegt auch zentral und ist ruhiger als das *Mandarin*."

„Fahren wir zuerst zu uns ins Büro?"

Der Verkehr auf den Express Highways war erträglich, in der Stadt sah es dann anders aus. Über Schleichwege, die nur Taxifahrer kennen und offensichtlich auch Montis Fahrer, schafften sie es schließlich in einer knappen dreiviertel Stunde.

„Ihr habt also einige Frauen identifiziert, die Claire Polingo sein könnten?"

„Ja. Wie ich dir schon am Telefon erklärte, haben wir ihr Konterfei mittels einer Software zur Gesichtserkennung mit den Anmeldungen verschiedener Hotels verglichen. Wir sind sogar sicher, dass sie im Hilton Manhattan wohnt."

Monti runzelte die Stirn.

Der Mann fuhr fort: „Von den acht Genannten hat genau eine öfter als einmal hier in New York eingecheckt."

„Ich denke, ihr habt keine Meldepflicht?"

„Haben wir auch nicht, aber die Hotels machen alle Kopien. Jedenfalls bei den größeren oder besseren musst du dich schon ausweisen. Manche machen auch keine Kopien. Mit einer gewissen Fehlerrate müssen wir halt leben."

„Wie macht sie das eigentlich mit der Hotelrechnung?"

„Was meinst du?"

„Wenn ich einchecke, muss ich eine Kreditkarte vorlegen, manchmal auch bei der Abreise", antwortete Monti.

„Sie könnte bar bezahlen oder eine beliebige Kreditkarte auf einen anderen Namen vorlegen. Dem Hotelpersonal würde es kaum auffallen, solange der Name auf der Kreditkarte mit dem der Reservierung übereinstimmt. Selbst wenn das nicht der Fall ist, würde eine einfache Erklärung, wie die Karte sei auf ihren Mädchennamen ausgestellt, zusammen mit einem ihrer zahlreichen Vornamen, ausreichen. Den Pass, wie gesagt, kopieren sie, aber sie schauen ihn nicht wirklich an oder vergessen es sofort wieder. Also da ist nicht viel zu holen. Stell dir mal die Anzahl der täglichen Reservierungen in einer Stadt wie dieser vor."

Im *Riga* tippte Monti eine Notiz ins Laptop. Eine Angewohnheit, die ein wenig Zeit beanspruchte, aber dafür das Gedächtnis entlastete. Sie glaubten also, Claire Polingo sei im Hilton als Liz Anderson abgestiegen. Angenommen sie war es, wie sollte er sich ihr nähern? Sein messerscharfer Verstand sagte ihm: *Sei vorsichtig, du darfst sie nicht verprellen!* An ihr war er streng genommen nicht interessiert, sondern an Seiferts Geld, das sie sich unter den Nagel gerissen hatte. Er legte sich zwei Varianten zurecht, wie er mit ihr in Kontakt treten wollte. Variante eins, er versucht, sie ganz zufällig kennenzulernen, wie das Menschen eben tun. Variante zwei, er geht ins Hotel und spricht direkt mit ihr. Monti entschied sich für Variante zwei.

Gegen 08:30 Uhr fuhr Monti am nächsten Morgen mit dem Taxi zum Hilton. Er hätte die paar Blocks zu Fuß gehen können, aber er mochte das Gedränge auf den Gehwegen nicht. Er entschied sich für das Frühstücksrestaurant unterm Dach. Auf Wunsch wies man ihm einen Tisch im rückwärtigen Teil zu. Er ließ sich Kaffee und Croissants bringen und beobachtete das Kommen und Gehen der Gäste. Eine alleinstehende Frau, die Claire Polingo hätte sein können, bemerkte er nicht. Nach einer Stunde etwa bezahlte er und fuhr nach unten zur Rezeption.

Er wolle Liz Anderson sprechen, sagte er und wartete, bis der Angestellte hinterm Tresen im Computer nachgesehen hatte.

„Tut mir leid", hörte er den Mann sagen, Frau Anderson sei einige Tage verreist und man wisse nicht genau, wann sie zurückkäme, ob er eine Nachricht hinterlassen wolle?

Monti verneinte, er wolle es in ein paar Tagen noch einmal versuchen.

Sie flaniert also durchs Land und gibt das Geld aus, hinter dem er her war, sinnierte Monti und hoffte inständig, sie würde wieder zurückkommen und nicht sonst wo in den Staaten eine neue Bleibe genommen haben. Wäre dies der Fall, würde er sie wohl kaum noch ausfindig machen können. Warum, fragte er sich, geht jemand auf Reisen und behält sein Zimmer? Weil er dort Sachen liegen hat, die er nicht mitnehmen will. Könnte er in das Zimmer gelangen? Er verwarf die Idee. Was sollte es bringen?

Monti beauftragte verschiedene Leute, im Hilton anzurufen und nach Liz Anderson zu fragen, aber die Tage zogen dahin, ohne dass die Dame aufgetaucht wäre.

Bis Ende Januar wollte er sich gedulden und dann entscheiden, ob die Spur *Polingo* noch heiß wäre. Inzwischen tätigte er einige Besorgungen und verrichtete kleinere Dienste für seine Familie. Er fand es durchaus interessant, mit den hiesigen Leuten des Clans einen Plausch zu halten. Teilweise eigenartige Menschen, fand er, in sich gekehrt oder amerikanisch überschwänglich. Eines verband sie jedoch, und das war der Gehorsam gegenüber ihren jeweiligen Bossen.

Gelegentlich hatte er auch Kontakt zum lokalen Büro des US-Geheimdienstes, mit dem er als eine Art freier Mitarbeiter verbunden war. Seine Angelegenheit war in deren Augen abgehakt. Mehr Zeit hätten sie ihm auch nicht widmen können. Sie hatten immer Aufträge zu erfüllen, die immens wichtig schienen.

Als die Frau bis zum 30. Januar immer noch nicht zurück war, beschloss Monti, Anfang kommender Woche nach Deutschland zurückzufliegen. Ungern musste er sich eingestehen, dass es Claire Polingo gelungen war, sich abzusetzen. Für einen Amateur nicht schlecht. *Eigentlich schade, dass ich diese Frau nicht kennenlernen werde, wer weiß, vielleicht wäre sie auch gut für meine Aufträge einzusetzen gewesen*. Mitarbeiter mit Intuition waren nicht besonders üppig gesät.

Monti hatte gerade die Hotelrechnung bezahlt, als sich sein Telefon meldete und eine seiner Adressen mitteilte, Liz Anderson sei wieder im Hotel. Anstatt zum Flugplatz, wies er den Fahrer an, zum Hilton zu fahren. Ein Hotelboy nahm sein Gepäck und Monti buchte eine Suite in einem der oberen Stockwerke. Sie war also hier. Er brauchte ihre Zimmernummer, ohne an der Rezeption nachfragen zu müssen. Er wollte nicht, dass sich jemand an ihn im Zusammenhang mit Liz Anderson erinnern könnte. Schräg gegenüber im Coffee Shop schob man ihm auf seine Bitte hin ein Telefon über den Tresen und er wählte die Nummer des Hilton.

Er gab sich als Lieferservice eines Kaufhauses aus und war 30 Sekunden später im Besitz von Liz Andersons Zimmernummer.

Weitere 15 Minuten später klopfte es an Liz Andersons Türe und eine gedämpfte, kaum wahrnehmbare Stimme sagte etwas wie *Zimmerservice*. Ahnungslos öffnete Liz Anderson und wurde augenblicklich von einem heftigen Stoß ins Zimmer zurückgeschleudert.

„Was soll das? Was wollen Sie?", stammelte sie erschrocken.

„Setzen wir uns, ich erkläre es Ihnen", antwortete Monti. „Bleiben Sie ganz ruhig! Es geschieht Ihnen nichts", ergänzte er noch.

Verwirrt sah Liz Anderson auf den Eindringling. Ein Gefühl von Ohnmacht stieg in ihr hoch. Sie fand keine Erklärung für diese Situation und das verstärkte ihre Angst. Wer war der Mann? Dass er nicht mit guten Absichten hier sein konnte, lag auf der Hand. Verzweifelt suchte sie nach einem Ausweg, aber was konnte sie schon tun? Sie war diesem Mann ausgeliefert. Ihr Herz begann zu rasen, der Atem wurde knapp, ein Schock. Sie fühlte deutlich, wie das Blut in ihre Beine schoss. Der Kopf wurde ganz leicht. Schwindel überkam sie. Unbeholfen griff ihre Rechte nach vorne auf den Fremden zu. Dann war ihr plötzlich schwarz vor Augen und sie kippte zur Seite.

„Shit!", entfuhr es Monti. Damit hatte er nicht gerechnet. Er nutzte die Gelegenheit und ließ blitzschnell seinen Blick durch das Zimmer gleiten. Auf einem Sessel lag eine Tasche. Er griff sie und kramte darin herum. Ein Reisepass auf den Namen Liz Anderson, einige Utensilien, wie sie Frauen mit sich tragen, aber kein Hinweis auf Claire Polingo. Der Zimmersafe! In einem Schrank, der auch die Minibar beherbergte, fand er ihn, natürlich mit einem digitalen Zahlenschloss gesichert. Ohne Liz Anderson kam er hier nicht weiter. Er sah kurz hinüber, aber sie rührte sich nicht. Kurz entschlossen nahm er eine Karaffe vom Tisch, füllte sie im Bad mit kaltem Wasser und kippte den Inhalt mit Schwung ins Gesicht der Ohnmächtigen. Das zeigte Wirkung. Sie kam zu sich und blickte ihn verwundert an.

„Was ... was wollen Sie von mir?", stammelte Liz Anderson.

„Ist ganz einfach", antwortete Monti, „Sie sagen mir jetzt, wer Sie wirklich sind!"

„Ich verstehe nicht!" Bevor sie noch ein weiteres Wort über die Lippen bringen konnte, schlug ihr Monti mit dem Handrücken ins Gesicht. Die Unterlippe der Frau platzte auf wie sprödes Papier. Tränen schossen ihr augenblicklich in die Augen, aber, sehr zu Montis Erstaunen, kam nicht ein Laut über ihre Lippen.

„Gut, wie Sie wollen", sagte er, „ich kann auch härter."

Und wieder traf sie ein Schlag. Dieses Mal war es seine Faust und sie meinte zu spüren, wie ihr Nasenbein zerbrach. Blut quoll hervor und besudelte ihre Kleidung. Ein Stöhnen entrang sich ihrem Mund.

„Sie sind Claire Polingo, nicht wahr?", zischte er ihr ins Gesicht.

Sie spürte seinen heißen Atem und nur mühsam brachte sie ein paar Worte hervor: „Liz Anderson, ich bin Liz Anderson!"

„Geben Sie mir den Code zum Safe!", forderte er mit gefährlich leiser Stimme.

Sie hatte wohl zu lange mit der Antwort gezögert, denn im nächsten Moment traf sie ein fürchterlicher Schlag in der Magengegend. Es war, als würden ihre Eingeweide explodieren. Dann breitete sich der sanfte Mantel einer erneuten Ohnmacht über sie aus.

(57)

Die Ermittlungen gegen Ferdinand Seifert und Kollegen waren weitgehend abgeschlossen. Es fehlten noch kleine Details, was aber Seifert hierzu noch beitragen könnte, war nach Ansicht der Staatsanwaltschaft marginal. Eine Reihe formeller Dinge war noch zu klären. Etwa der Verkehr zwischen den Banken, oder wer welche Vollmachten besessen hatte, und Ähnliches. Auszuschließen war auch, dass einer der Angeklagten nur deshalb mit einem blauen Auge davonkommen würde, weil es einem geschickten Verteidiger gelingen könnte, aufgrund von Kleinigkeiten die Sorgfalt der gesamten Arbeit in Frage zu stellen.

Seifert und auch die anderen verfügten deshalb nun über mehr Freiraum als die Monate zuvor. Sie nutzten die Zeit, um sich mit ihren Anwälten auf ihre bevorstehenden Gerichtsverhandlungen vorzubereiten.

Als an diesem frühen Morgen das Telefon klingelte, und Seifert noch schlaftrunken den Hörer abhob, waren weder Polizei noch Staatsanwalt in der Leitung, auch kein Verteidiger. Er hörte jemanden sagen, man wolle ihn dringend sprechen, und es wäre nicht zu seinem Vorteil, wenn er dies ablehnte.

„Wer sind Sie?", fragte Seifert, der im ersten Wortschwall nicht verstanden hatte, was man von ihm wollte.

„Wir sind eine Art übergeordnete Behörde und müssen mit Ihnen reden. Keine Sorge, wir gehören weder dem Staatsanwalt noch der Polizei an. Ich erkläre es Ihnen, wenn wir uns sehen."

„Hören Sie, ich habe keine Lust mit irgendjemandem zu reden. Alles, was ich zu sagen habe, ist bereits protokolliert. Fragen Sie doch dort nach und jetzt entschuldigen Sie."

Seifert wollte den Hörer gerade in die Ladeschale zurückstellen, als ein Stichwort sein Ohr traf, das alle Alarmglocken schrillen ließ.

„Warten Sie", sagte der Anrufer, „es geht um Ihr Schließfach!"

Seifert dachte, eine Keule hätte ihn getroffen. Wer um alles in der Welt wusste noch von diesem verdammten Schließfach? „Was denn für ein Schließfach?", stammelte er in den Apparat.

„Also sagen wir in einer Stunde. Nehmen Sie ein Taxi und kommen Sie zum Café Schuntner, gleich oben am Sendlinger Berg!", sagte der Mann nur und legte auf.

Was sollte er tun? Eine Behörde, hatte der Mann gesagt. Was denn für eine Behörde? Seiferts Zuversicht sank rapide. Da lauerte etwas, das er nicht einschätzen konnte. Schon diese Frau im November, die plötzlich vor seiner Tür stand und von einflussreichen Freunden gesprochen hatte, die sich bei ihm melden würden und von denen er dann nie etwas gehört hatte, gab ihm Rätsel auf – und nun dies hier.

Der Kaffee aus der Maschine schmeckte ihm nicht mehr, er goss ihn aus. Er griff sich die Jeans, T-Shirt, Pullover, es war ihm egal, wie er aussah. Das Taxi fuhr vor, und zehn Minuten später stieg er am Café Schuntner aus. Er kannte das Café von früher, als man dort am Sonntagnachmittag zu Kaffee und Kuchen Tanzmusik spielte.

Es war noch wenig Betrieb. Etwas abseits saß ein Mann im dunklen Anzug, der mit seinem Frühstück beschäftigt war. Er schaute kurz auf, erhob sich und kam auf ihn zu.

„Herr Seifert, nehme ich an?", fragte er.

„Ja, was wollen Sie?", antwortete Seifert zögerlich.

„Setzen wir uns doch!", sagte der Mann und wies mit der Hand auf seinen Tisch.

Seifert bestellte einen Kaffee, sonst nichts. Ihm war nicht nach Frühstück. Sein Magen rebellierte eher. Fragend sah er den Fremden an. „Was soll das Ganze? Von welcher Behörde sind Sie?"

Der Fremde antwortete lächelnd: „Warum so gereizt, Herr Seifert? Hören Sie doch erst einmal, was ich Ihnen zu sagen habe!"

Seifert erwiderte nichts und nippte an seinem Kaffee.

„Ich gebe Ihnen jetzt Informationen, damit Sie im Bilde sind, auf was Sie sich einlassen, falls Sie die Absicht haben sollten, nicht zu kooperieren."

Seifert starrte den Fremden an wie ein Wesen aus einer anderen Welt, sagte aber immer noch nichts.

„Es ist so, Herr Seifert: Wir haben uns Gedanken gemacht, ob es theoretisch möglich wäre, dass Sie eine gewisse Menge des Geldes, über das Sie ja während Ihrer Zeit bei SimTech grenzenlos verfügen konnten, für Ihre persönlichen Belange beiseitegeschafft haben könnten. Bei der Staatsanwaltschaft haben Sie diesbezüglich zwar geschwiegen, beziehungsweise dargelegt, was Sie doch für ein anständiger Mensch gewesen seien, der nur zum Wohle der Firma gehandelt habe. Wir sind da allerdings ganz anderer Ansicht."

Seifert starrte den Mann an, und es war nicht zu übersehen, dass er innerlich tobte und sich nur mit großer Mühe beherrschte.

„Ich sage Ihnen, was ich tun werde", sagte Seifert betont ruhig, aber messerscharf pointiert, „ich rufe jetzt die Polizei an und bitte darum, mich von Ihrer Gegenwart zu befreien. Sicher werden Sie den Beamten dann eine Erklärung für Ihren Unsinn geben können. Mich jedenfalls interessiert Ihr Quatsch nicht mehr."

Seifert zog sein Handy aus der Tasche, um eine Nummer einzutippen, als der Fremde gefährlich leise, fast zischend, sagte: „Okay, tun Sie, was Sie nicht lassen können. Was sind Sie doch für ein Idiot! Würden Sie kooperieren, könnten Sie wenigstens einen Teil des Geldes behalten. So aber sehe ich keine Chance für Sie. Sie werden alles verlieren, denken Sie an meine Worte. Sie meinen, ich warte hier, bis Ihre Freunde aus der Orleansstraße eingetroffen sind? Fünfzehn bis zwanzig Minuten werden sie schon benötigen. Bis dahin bin ich weg, und Sie werden mich wohl kaum daran hindern können."

Seifert schien beeindruckt und steckte das Telefon zurück in die Tasche. „Dann kommen Sie auf den Punkt!", murmelte er nur.

„Ich sagte doch, ich gebe Ihnen Informationen, also hören Sie einfach nur zu! Wir kennen Ihre Wege von Bank zu Bank, und da beziehe ich mich nicht nur auf das, was die Staatsanwaltschaft weiß. Gehen Sie einfach davon aus, dass wir etwas mehr wissen!"

Der Mann bluffte sehr gut. Genau genommen hatten sie nicht mehr auf der Hand als die Bankverbindungen und das Netzwerk, mit dem Seifert gearbeitet hatte. Sie wussten von Jaavid Faraad. Alles aus den Akten der Staatsanwaltschaft. Einen einzigen Punkt besaßen sie darüber hinaus noch: Sie kannten die Adressen der Banken, die Reiser kürzlich in der Schweiz aufgesucht hatte. Aber auch das war keine große Ausbeute. Erst war er in Genf gewesen, dann in Locarno, danach war er zurück nach München gefahren.

Sie hatten nicht in Erfahrung bringen können, warum Reiser diese Tour gemacht hatte, aber ihrer Vorstellung nach war er den Spuren Seiferts gefolgt. Reiser gehörte zu den Leuten um den Zeitungsmann Brenner, der wiederum Kontakte zu jenem Spezialisten in München pflegte, der kürzlich angeschossen worden war. Es war nicht schwer gewesen, herauszufinden, dass eine weitere Gruppe von Personen hinter den Millionen her war, nachdem die Kollegen aus den Staaten sie über Lordanos Engagement informiert hatten. Interessant dabei war der Umstand, dass Lordano jemanden angeheuert hatte, der auch auf der Payroll der Amis stand, worüber er aber keine Kenntnis besaß. Das war es aber nicht, was er Seifert erzählen wollte. Er musste Seiferts Widerstand brechen. Nur um das ging es.

„Lassen wir das Versteckspiel, Seifert. Sie haben genau zwei Optionen. Entweder Sie kooperieren, oder Sie werden von den Anderen, die auch hinter Ihnen her sind, aufgerieben. Vielleicht gibt es sogar noch die Option, dass nichts geschieht, aber Sie werden niemals mehr an das Geld herankommen. Warum, werden Sie sich fragen, sollte das so sein? Ich sage es Ihnen: Weil alle Sie belauern und bei dem kleinsten Versuch, Geld zu beschaffen, zuschlagen werden. Wollen Sie ein solches Leben führen?"

„Es gibt noch eine vierte Option", sagte Seifert unvermittelt, „Sie spinnen sich etwas zurecht, und ich werde anschließend mit den Beamten in der Orleansstraße reden. Vielleicht kennt man Sie dort und kann den Unsinn abstellen. Es gibt kein Schließfach!"

„Ich frage mich, warum Sie dann überhaupt zu diesem Treffen gekommen sind? Und noch etwas sage ich Ihnen: Unterschätzen Sie die andere Gruppe nicht, von der ich soeben gesprochen habe. Das sind Leute der Mafia, gnadenlose Killer, aber bitte: wie Sie wollen."

Der Mann gab der Bedienung ein Zeichen, zahlte und fragte bereits im Gehen: „Was haben Sie eigentlich so oft in Locarno getrieben?" Im nächsten Moment hatte er das Lokal schon verlassen. Er war zufrieden. Seifert hatte jetzt eine Nuss zu knacken.

Seifert war keinesfalls so ruhig und gefasst, wie er vorgegeben hatte. Natürlich würde er der Polizei nichts von diesem Treffen berichten. Dieser Mann war gut informiert. Die andere Gruppe, es gab sie, das wusste er, seit ihn diese Frau im November zuhause aufgesucht hatte. Von welcher Behörde war der Mann gewesen? Er hatte seine Frage danach geschickt umschifft. Was Seifert aber wirklich beunruhigte, war die Andeutung des Mannes auf Locarno. Hatte er geblufft oder wusste er tatsächlich etwas? Konnte er, Seifert, mit der Bank in Locarno Verbindung aufnehmen?

Claire Polingo fiel ihm ein. Die schlimmste aller denkbaren Alternativen bemächtigte sich wieder einmal seiner Gedanken: Claire, seine Liebste, als Satan, die ihm sein Geld gestohlen hatte. Er musste irgendwie mit der Bank sprechen, überprüfen, ob mit dem Schließfach alles in Ordnung war. Nein, das würde nichts nützen, denn vom Inhalt konnte er sich nur vor Ort überzeugen. Konnte er nach Locarno fahren, ohne dass jemand davon erfahren würde? Seifert war am Ende mit seiner Weisheit. Ein kleiner Funke von Zuversicht flackerte noch: Ohne ihn konnte niemand das Schließfach öffnen. Wer auch immer hinter seinem Geld her war, sie konnten ihm nichts antun, denn sie brauchten ihn.

Claire trübte diesen Funken nicht. Seifert hatte sie ausgeblendet, wie jemand, der einem Wunsch folgt und nichts mehr gelten lässt, was dessen Erfüllung im Wege steht.

(58)

Als Liz Anderson, alias Claire Polingo, am Boden liegend langsam wieder zu sich kam, sah sie durch einen Schleier von Tränen als Erstes eine Gestalt, die etwa zwei Meter entfernt von ihr links auf dem Sofa saß.

Sie schloss die Augen und erinnerte sich nach einer Weile daran, was geschehen war. Claire fragte sich, was sie falsch gemacht hatte. Wie hatte jemand ihre wahre Identität entschleiern können? Ihr richtiger Pass, Geld und Kreditkarten lagen im Zimmersafe. Der Eindringling wollte, dass sie ihm öffnete. Wer war der Mann?

Claire beschlich Angst. Angst, die von der Magengegend nach oben zum Herzen schlich. Daneben das Gefühl, ein Pferd habe sie getreten. Sie fühlte sich elend. Es war ihr klar, dass dieser Fremde den Code des Safes aus ihr herausprügeln würde.

Ihre Gedanken suchten fieberhaft nach einem Ausweg. Als sie im ersten Anlauf keine noch so winzige Chance sehen konnte, stieg es ihr siedend heiß auf. Lange würde sie die Bewusstlose sicher nicht mehr spielen können. Sie spürte, wie Panik sie ergriff und ihr Herz zu rasen begann. Claire war nicht mehr fähig, klare Gedanken zu fassen. Unwillkürlich entrang sich ihren Lippen ein leises Stöhnen.

Der Fremde musste es bemerkt haben, denn er sah zu ihr her, wie sie durch einen winzigen Spalt ihrer Augenlider sehen konnte. Blinzle nicht, hämmerte ihr Verstand, er wird es sehen, dann bist du geliefert! Claire Polingo wagte kaum zu atmen. Das Herzrasen ließ nach, und sie beruhigte sich etwas.

Dann sah sie es. Eine klitzekleine Chance, mehr nicht, wenn es gelang! So schnell es ihr möglich war, rappelte sie sich hoch, stand wackelig auf ihren Beinen und griff blitzschnell nach der Glaskaraffe auf dem Glastisch neben dem Sofa. Monti reagierte verdutzt, sprang hoch und versuchte mit einem Arm den erwarteten Schlag abzuwehren. Stattdessen traf ihn unvermittelt ein fürchterlicher Hieb zwischen die Beine. Ungläubig blickte er auf Claire Polingo. Mit ganzer Kraft hatte sie zugetreten, gerade so, wie sie es einmal in einem Kurs für Selbstverteidigung gelernt hatte. Monti meinte, seine Hoden würden zerplatzen. Ein schneidender Schmerz breitete sich in Wellen über seinen ganzen Körper aus und blieb schließlich pulsierend im Unterleib hängen. Seine Hände fuhren nach unten zur Quelle des Übels, da schlug Claire ein zweites Mal zu. Mit Wucht traf ihn die Karaffe am Kopf. Das war selbst für einen Mann wie Monti zu viel. Ein schmales Rinnsal von Blut sickerte von seiner Stirn, als er seitwärts zu Boden kippte.

Schwer atmend ließ sich Claire Polingo in einen Sessel fallen. Was jetzt? Nach einer Weile, als sie wieder einigermaßen klar denken konnte, nahm sie einen schmalen Gürtel aus einem ihrer Röcke und fesselte die Beine des Mannes auf Höhe der Knöchel. Dann bog sie seine Arme auf den Rücken und fixierte mit einem weiteren Gürtel dessen Handgelenke. Zu guter Letzt stopfte sie ihm noch mehrere Kleenex in den Mund.

Verdammt, durchfuhr es sie, wie komme ich aus dieser Sache wieder heraus? Dann fasste sie einen Entschluss. Sie packte ihre Reisetasche, holte Pass, Geld und Kreditkarten aus dem Safe und verstaute alles in ihrer Handtasche. Im Bad wusch sie sich das Blut aus dem Gesicht und stellte erleichtert fest, dass die Verletzung optisch nicht besonders auffiel, auch ihr Nasenbein schien in Ordnung.

In der Schublade eines Tisches fand sie eine Schere, die sie in der Nähe des Bewusstlosen auf den Boden warf. Vielleicht könnte er sich damit irgendwie befreien, bevor ihn jemand vom Hotelpersonal fand und die Polizei alarmierte. Sie nahm das Schild *Bitte nicht stören!*, hing es über den Türknauf, zog die Türe ins Schloss und fuhr hinab zur Rezeption.

„Ich muss kurzfristig wieder für ein paar Tage verreisen", erklärte sie dem Hotelangestellten.

„Machen Sie mir bitte die Rechnung. In drei Tagen bin ich wieder zurück."

Claire Polingo schob eine Kreditkarte über den Tresen und sagte beiläufig: „Ein Bekannter von mir ist noch oben im Zimmer. Ich denke, er wird bis morgen Vormittag bleiben; geht das in Ordnung?"

„Kein Problem", sagte der Angestellte und steckte die Kreditkarte ins Lesegerät.

„Wenn Sie hier bitte noch unterschreiben wollen", sagte er, dann stand Claire Polingo vor dem Hotel und ging auf eines der dort wartenden Taxis zu.

Als Liz Anderson konnte sie jetzt keine Buchungen und Reservierungen mehr vornehmen. Unter diesem Namen war sie aufgeflogen. Sie sinnierte, ob die Kleine etwas damit zu tun hätte, die wirkliche Liz Anderson. Als Claire damals den Central Park verlassen wollte, nachdem sie sich noch einmal drei Minuten Wartezeit abgerungen hatte, hatte sie von weitem jemanden wie verrückt winken sehen. Unwillkürlich stoppte sie ihren Schritt und blieb abwartend stehen. Tatsächlich, es war die Frau, die ihr den Pass verkaufen wollte.

„T'schuldigung, es ging nicht schneller. Musste erst noch jemanden für die Kinder finden."

Noch außer Atem zog sie einen Umschlag aus der Tasche. „Mein Pass", sagte sie leise.

Claire Polingo drückte ihr ein Bündel Geld in die Hand.

„Hier, die fünftausend."

Der Deal war perfekt.

„Warten Sie vielleicht zwei oder besser drei Wochen, bis Sie ihn als verloren melden", fügte Claire Polingo noch an.

„Okay, mache ich", sagte die Frau, dann trennten sich ihre Wege.

Als nächstes hatte sie eine Bank aufgesucht, die ihr namentlich aus Deutschland bekannt war, und ein Konto auf den Namen Liz Anderson eröffnet. Sie zahlte fünftausend in bar ein und erledigte noch die Formalitäten für das Ausstellen einer Kreditkarte. Nur wenige Tage später war ihr diese ins Hotel gebracht worden. Das einzige Manko war, dass sie nur einen sehr geringen Kreditrahmen erhalten konnte. Also sorgte sie als nächstes dafür, dass das Konto durch ihre Bank aufgefüllt wurde. Die Überweisung war mit dem Hinweis *Im Auftrag unseres Klienten* versehen. Ihre wahre Identität, so war sie damals der Ansicht, würde damit ausreichend geschützt sein.

Ein Leben in Luxus war erst einmal passé. Vielleicht sollte sie es noch einmal mit Bed and Breakfast versuchen oder die Stadt verlassen, vielleicht nach Chicago, Boston oder San Franzisco gehen? Claire Polingo war unschlüssig, was sie tun sollte. Es gab noch andere Optionen. Sie konnte zurück nach Deutschland oder vielleicht nach England. Sie sprach ein recht passables Englisch, andere Sprachen außer Deutsch leider nicht. Gut, Italienisch ging auch noch; um ein Hotel zu buchen, etwas einzukaufen oder eine Bestellung in einem Restaurant aufzugeben, hätte es gereicht. Zu mehr aber nicht, und das war keine Basis, fand sie, für ein Leben, wie sie es führen wollte.

Sie beschloss, erst einmal in New York zu bleiben. Diese Stadt war so riesig, Millionen von Einwohnern, ein Gewühl von Menschen, dass es mit dem Teufel zugehen müsste, sollte man sie noch einmal auffinden können, wenn sie es nur geschickter anstellen würde als beim ersten Mal. Sie suchte ein Postamt auf, schnappte sich ein Branchenbuch und begann zu blättern. Sie ließ sich eine Telefonbox zuweisen, schloss die Türe und begann damit, Adressen für Vermietungen anzurufen.

Es dauerte nicht sehr lange und sie vereinbarte einen Termin mit einer Agentur, die möblierte Luxusapartments vermietete. Für eine Nacht fand sie ein B & B gleich in der Nähe der Agentur. Es war recht gemütlich und das Frühstück amerikanisch kräftig. Ihr Gepäck konnte sie dort lassen, nachdem sie in Aussicht gestellt hatte, vielleicht noch ein paar Tage dranzuhängen. Sie hatte bar gezahlt, ohne Quittung. Papiere wollte niemand sehen.

Die Agentur entpuppte sich als zuverlässig. Bereits das dritte Apartment fand Claire Polingo recht passabel. Es war in der Nähe des Central Parks gelegen, nur ein paar hundert Meter von der Metropolitan entfernt. Die Formalitäten waren schnell erledigt. Sie zahlte auch hier in bar für einen Monat im Voraus und gab irgendeinen Fantasienamen an. Papiere waren nicht nötig und so war sie jetzt erst einmal sicher.

Claire Polingo war an sich eine vorsichtige Frau. Das brachte ihr Beruf schon mit sich. Sie verstand nicht, wie jemand auf ihre Spur kommen konnte. Von Geheimdiensten wusste sie nichts. Sie hätte sich auch nicht vorstellen können, dass es außer Ferdl noch andere Menschen gab, die hinter seinem Geld her waren. Es gab ihr allerdings schon zu denken, dass Ferdl über derartige Möglichkeiten verfügen sollte, wie sie ihr gestern widerfahren waren. Das passte gar nicht zu ihm. Schließlich verscheuchte sie diese Gedanken und überlegte, ob sie an alles gedacht hatte, als sie Ferdls Schließfach ausräumte. Sie konnte keine Fehler finden und sie besaß mittlerweile auch ein Schließfach bei einer anderen Bank in Locarno. Warum war sie eigentlich nach New York gegangen? Sich einmal im Leben mit Luxus umgeben und Geld ausgeben - einfach nur so. Das war ihre Motivation gewesen. Und jetzt? Jemand verfolgte sie!

Da war es wieder, dieses nagende Gefühl der Ohnmacht. Etwas Unbekanntes umspann sie, aus dem es kein Entkommen zu geben schien. Oder doch?

Claire Polingo fasste einen Entschluss: Sie wollte noch ein paar Wochen in den Staaten bleiben, vielleicht einen Abstecher nach Miami und San Francisco machen, aber dann wollte sie wieder zurück nach Europa. Nach Locarno oder Genf, vielleicht auch nach England, der Sprache wegen. Es wird sich ergeben, dachte sie.

(59)

Nach Wochen der Genesung war der Spezialist an diesem Samstag erstmals wieder im Büro in der Romanstraße. Franziska Ebel hatte ihn von zuhause abgeholt und hierher begleitet.
„Wir haben alles so veranlasst, wie Sie es angeordnet haben", sagte Franziska.
„Ausgezeichnet", erwiderte der Spezialist. „Dann sind jetzt also zusätzliche Kameras und Scheinwerfer für den Eingangsbereich installiert. Recht viel mehr, denke ich, können wir mit vertretbarem Aufwand auch nicht tun. Ich war einfach zu nachlässig, sonst wäre das ganze Debakel nicht geschehen."
„Wird bestimmt nicht noch einmal vorkommen", bemerkte Franziska.
„Das hoffe ich allerdings auch, aber ausschließen können wir es auch nicht. Ein paar Stunden kann ich arbeiten, meinte der Arzt. Ich soll's jedoch nicht übertreiben, die Schussverletzung wäre heftiger gewesen, als es zunächst ausgesehen hat. Harald Brenner wird gleich auf einen Sprung vorbeikommen. Ich möchte, dass Sie bei dem Gespräch dabeibleiben, okay?"
Franziska nickte und bemerkte: „Ich sollte Ihnen da noch etwas sagen, Chef. Herr Brenner und ich, na ja, wir sind uns, wie sagt man..."
„ Etwas näher gekommen?", ergänzte der Spezialist.
„Ja, das trifft es wohl ziemlich genau."
Wenig später kündeten drei durchdringende Hochtöne einen Besucher an. Das Display der Telefonanlage zeigte Harald Brenner, der dieses Spektakel mit dem Klingelknopf ausgelöst hatte. Der Spezialist eilte zum Eingang und öffnete die Türe einen Spaltbreit. Weiter ließ sich das schwere Monster nicht bewegen. Eine Sperre verhinderte ein Aufstoßen der Türe.
„Wir haben uns ein paar Dinge einfallen lassen, die uns ein wenig effektiver vor ungebetenen Gästen schützen sollen", begrüßte der Spezialist Brenner.

„Ich sehe schon, es geht Ihnen wieder besser!"

„Hallo Harry", sagte Franziska und blieb abwartend stehen. Auch Brenner wusste nicht so recht, wie er sich verhalten sollte.

„Merkwürdige Begrüßung für ein junges Glück", half der Spezialist den beiden aus ihrer Verlegenheit.

„Er weiß es?", fragte Brenner mit einem Blick auf Franziska.

„Ja, ich dachte, es wäre einfacher, es ihm zu sagen."

„Sie sind also wieder auf dem Damm?" Brenners Miene drückte dabei eine gewisse Skepsis aus.

„So einigermaßen, weshalb ich dachte, ihr solltet mich auf den neuesten Stand bringen. Franziska hat mir zwar zwischendurch berichtet, wie es läuft, aber es kann nicht schaden, ein Resümee zu ziehen", bemerkte der Spezialist.

Brenner und Franziska fassten die Ereignisse der letzten zwei Monate zusammen.

„Ihr habt genau richtig resümiert: Wir brauchen die Antwort auf zwei Fragen: Wer ist der neue Mann an Lordanos Seite, und wie können wir Kögel knacken? Dass Reiser seine Tour durch die Schweiz abgebrochen hat, finde ich richtig. Die werden dort schon wegen ihres so hoch geschätzten Bankgeheimnisses nicht sehr viel verraten", kommentierte der Spezialist.

„Ganz ehrlich", sagte Brenner, „ich komme mehr und mehr zu der Überzeugung, dass unsere Chancen auf die Millionen Kögels und Seiferts immer vager werden. Wir können noch nicht einmal beweisen, dass sie das Geld tatsächlich gebunkert haben. Was sollen wir also Ihrer Meinung nach noch tun?"

Franziska, die der Unterhaltung bisher schweigend gefolgt war, sagte in die entstandene Denkpause hinein: „Ich werde mich auf jeden Fall noch einmal um Kögel kümmern. Er ist wieder in München."

„Was willst du ihm sagen? *Geben Sie mir doch bitte den Namen der Bank und die erforderlichen Codes für Ihr Schließfach?* Er wird dich auslachen und stehen lassen", wandte Brenner ein.

„Das sehe ich etwas anders. Es sei denn, Sie und Ihr Verlag wollen jetzt aufgeben?", entgegnete der Spezialist.

„Wir müssen die Suppe am Kochen halten, und zwar solange, bis Kögel oder Seifert einen Fehler begehen oder, und darauf sollten wir uns stärker konzentrieren, Lordano ein Fehler unterläuft. Also finden wir als Erstes schleunigst heraus, wer für Lordano arbeitet, und parallel konzentrieren wir uns auf Kögel und Seifert. Konkret: Franziska fühlt Kögel auf den Zahn, ich telefoniere mit meinen Freunden in Dubai und Sie statten dieser Filiale in Locarno einen weiteren Besuch ab. Nehmen Sie Reiser mit! Ich werde sehen, ob ich nicht etwas finde. Irgendeinen kleinen Fleck auf der weißen Weste dieser Bank werde ich schon ausgraben. Wozu hat man denn Datenbanken mit Millionen von Informationen?"

„Welche Vorkehrungen haben Sie übrigens zu ihrem persönlichen Schutz getroffen?", fragte der Spezialist Brenner.

„Franziska hat sich bisher darum gekümmert, aber wir haben das eingestellt. Ich habe noch einen Mann einer privaten Firma an meiner Seite. Es ist nichts mehr vorgefallen. Darf ich die gleiche Frage an Sie zurückgeben?"

„Ich denke, ich halte weiterhin ein Minimum an zusätzlicher Sicherheit aufrecht. Einer meiner Leute begleitet mich, je nach dem, was gerade anliegt, aber wir können nicht permanent den höchsten Sicherheitsstandard fahren. Das geht personell nicht, von den Kosten ganz zu schweigen."

„Wie machen Sie das eigentlich zu Hause? Das hat mich schon immer interessiert. Wenn es den Leuten gelungen ist, hier in Ihr Hochsicherheitsrefugium einzudringen, warum sollte es ihnen dann nicht auch in Ihrem privaten Umfeld gelingen?", fragte Brenner neugierig.

„Der Journalist! Alles will er wissen. Ich will Sie damit aber nicht langweilen, okay?", antwortete der Spezialist mit einem verschmitzten Lächeln.

Keiner von ihnen hatte eine Vorstellung davon, dass mittlerweile auch der BND hinter den Millionen her war. Drei Gruppen, die das gleiche Ziel verfolgten, die sich in der Wahl ihrer Mittel jedoch sehr deutlich voneinander unterschieden.

(60)

Es war dunkel. Nur langsam nahmen die Gegenstände um ihn herum Form an. Die von abertausenden von Leuchtquellen erhellten Straßen New Yorks warfen ein bizarres Licht in das Zimmer und verliehen dem nächsten Umfeld einen unwirklichen Charakter. Es existierten keine Farben. Die Welt schien schwarz und grau. Davide Montis Augen erfassten das Szenario, aber sein Verstand konnte es nicht einordnen.

Sekunden verstrichen, dann wurde ihm allmählich bruchstückhaft bewusst, was vorgefallen war: Diese Frau hatte ihn überlistet! Der pulsierende Schmerz in seinem Genitalbereich war einem dumpfen Gefühl von Taubheit gewichen. Etwas würgte ihn, und er bekam nur unzureichend Luft. Seine Zunge tastete einen Klumpen. Sie hat dir etwas ins Maul gestopft, signalisierte sein Verstand. Mühsam gelang es ihm, den Knäuel mit der Zunge auszustoßen. Es fühlte sich an wie Papier. Ekelhaft! Ein starker Würgereiz überkam ihn. Er glaubte, sich übergeben zu müssen. Ein paar Sekunden lang zog er gierig die fahle Zimmerluft in seine Lungen, bis sie brannten wie Feuer.

Dann stellte er fest, dass er gefesselt sein musste, denn er konnte Arme und Beine nicht bewegen. Das Blut pochte in seinem Schädel, als er mit übermenschlicher Anstrengung versuchte, sich dieser Fesseln durch das bloße Anspannen seiner Muskeln zu entledigen. Es half nichts. Ermattet sackte er zusammen.

Als er wieder etwas zu Kräften gekommen war, verspürte er ein Brennen im Rachen und ein Gefühl von unsäglichem Durst machte sich breit. Seine Zunge schien nur noch aus einem angeschwollenen Klumpen zu bestehen. Wasser! Der Durst trieb ein schauerliches Spiel mit ihm. Je deutlicher ihm seine Lage bewusst wurde und keine Idee aufflackerte, wie er sich befreien konnte, desto unerträglicher wurde der Durst. Es schien ihm, als würden seine Augen aus dem Kopf quellen und seine Zunge ihn jetzt auch noch am Atmen hindern.

Resigniert sackte er wieder zusammen, ein kümmerliches Nichts von einem Mann. Da! Seine Augen sahen es deutlich. Eine Schere!

Auf dem Boden, nicht weit von seinem Kopf entfernt, lag eine Schere. Es gelang ihm, näher heran zu robben und die Schere mit dem Mund zu fassen. Er musste sie öffnen. Es funktionierte, aber er verletzte sich dabei am Mundwinkel und spürte warmes Blut auf der Zunge. Die Arme konnte er nicht befreien, sie waren auf dem Rücken gebunden, also zuerst die Beine.

Die geöffnete Schere krampfhaft mit den Zähnen haltend, krümmte er sich soweit es irgendwie ging nach unten, zog gleichzeitig die Knie nach oben und presste sie gegen die Brust. Aber es reichte nicht. Er musste die Knie spreizen, damit er den Oberkörper weit genug hinunterbeugen konnte, um die Fußgelenke zu erreichen. Er nahm einen schmalen Gürtel wahr. Mühselig versuchte er, eine Schneide der Schere auf dem Gürtel hin und her zu bewegen. Er konnte sie bewegen, aber der Druck reichte nicht aus, um einen Schnitt auszuführen. Mit einem kräftigen Biss versuchte er, den einen Griff ausreichend fest zu umschließen. Dann wieder, hin und her. Die Kräfte schwanden. Er wollte eine Pause einlegen, aber sein Gehirn befahl: Gib jetzt nicht auf, du kannst es schaffen! Und tatsächlich, er meinte, das Material des Gürtels habe nachgegeben. Noch ein paar Schnitte, hin und her. Lange würde er es nicht mehr durchhalten können; eine neue Verletzung, der Geschmack des Blutes wurde stärker. Dann, plötzlich, ein kleiner Ruck, die Schere fiel ihm aus dem Mund!

Beinahe ohnmächtig vor Anstrengung blieb er für Sekunden auf dem Rücken liegen, entspannte Oberkörper und Beine und pumpte Luft in seine Lungen. Schweiß rann ihm übers Gesicht. Sein Hemd klebte am Körper. Rückwärts kroch er schließlich auf einen Sessel zu und schaffte es, sich hineinzuhieven. Immer noch schwer atmend überlegte er, wie er sich am besten der Fesseln an den Handgelenken entledigen konnte. Dann war es ihm klar, noch einmal auf den Boden, die Arme unter dem Gesäß hindurch nach vorne gebracht, beinahe ein Kinderspiel. Jetzt die Schere, gleiche Technik wie zuvor und die Fessel der Handgelenke, ein breiterer Gürtel, auf der Schneide hin und her bewegt. Das ging jetzt einfacher als vorher, und der Erfolg stellte sich schnell ein. Eine letzte Kraftanstrengung, dann war er frei.

Tausend Ameisen schossen in seine Arme, als das Blut langsam wieder normal zirkulierte. Ein Schalter an der Wand betätigt und das Schwarz, Grau wurde abgelöst vom Licht der Deckenspots. Während er die Minibar aufriss und eine Flasche Wasser herausfischte, wurde ihm bewusst, welcher Idiot er doch soeben gewesen war. Warum hatte er nicht gleich die Arme nach vorne gebracht? Er spürte das Blut im Mund und der Durst kehrte zurück. Mit einem Zug leerte er die Flasche.

Sein Verstand arbeitete langsam wieder mit der gewohnten Präzision. Sorgfältig beseitigte er Spuren, die von ihm stammten, dann verließ er das Apartment, fuhr mit dem Lift ein paar Stockwerke nach oben und warf sich auf das Bett in seiner Suite. Er, Davide Monti, hatte diese Frau, Claire Polingo, unterschätzt. Würde er sie noch einmal aufspüren können? Die Chancen hierfür stufte er als sehr gering ein. Vielleicht mit Hilfe seiner *Freunde* hier? Ja, das wäre vielleicht eine Option gewesen, aber er konnte sie nicht einlösen. Es gab niemanden auf dieser Welt, dem er von seinem Erlebnis mit dieser Frau im Hilton berichten konnte. Die Blamage wäre zu groß gewesen. Es sah ganz so aus, als würde Signore Lordano auf die Millionen Seiferts verzichten müssen. Vielleicht würde die Frau einen Fehler begehen und zurück nach Deutschland kommen. Sie dort wieder zu finden, das schien ihm lösbar. Für Signore Lordano hätte er bis zu seiner Rückkehr eine wasserdichte Story parat. Es sollte nicht schwer sein, eine Geschichte zu erfinden. Jeder würde glauben, dass man in New York sehr leicht untertauchen könne.

(61)

Schon bald nach dem Treffen mit seinem Freund in Dubai kehrte Albert Kögel nach München zurück. Sein Anwalt hatte ihn verständigt, dass eine weitere Vorladung bei der Staatsanwaltschaft anstand. Es ging ihm wie Seifert, von dessen Aussagen er allerdings keine Kenntnisse hatte. Sie pflegten keinen Kontakt. Er fragte sich auch, was er noch alles von sich geben sollte. Sein Wissen um die Dinge war längst protokolliert. Mehr wusste er einfach nicht, aber es war ihm auch klar, dass sie ihm das entweder nicht abnahmen, oder dass sie durch neue Fragen zu gleichen Sachverhalten überprüften, ob seine vorausgegangenen Erklärungen deckungsgleich waren. Es war immer wieder das gleiche Spiel. Erst wiegten sie ihn in Sicherheit, waren freundlich, um dann unvermittelt ihre Fangfragen abzufeuern. Bis auf einmal, als er sich hinreißen ließ, erfundene Fakten über diese Consultingfirma in Monaco aufzutischen, meinte er, die Zusammenhänge im Griff zu haben. Und genau an dieser Flanke packten sie ihn jetzt wieder.

Kögel saß in einem der nüchternen Dienstzimmer in der Orleansstraße, vor sich Kaffee und eine Flasche mit Wasser. Der vernehmende Beamte war ihm unbekannt. Vielleicht eine Taktik, mutmaßte er.

„Sie haben bei einer früheren Vernehmung ausgesagt, einer der Zentralvorstände habe sich abfällig über den Inhaber der Consultingfirma geäußert, von der Sie vorgaben, sie habe Ihnen einen Termin beim Kommunikationsminister in der Türkei verschafft", begann der Beamte die Runde.

Ein Aufnahmegerät hielt jedes Wort fest.

„Worauf wollen Sie hinaus?", fragte Kögel.

„Nun, uns liegt eine anwaltliche Erklärung dieses Vorstandes vor. Darin führt er aus, dass Ihre Aussagen nicht zuträfen. Er könne sich an das Gespräch noch sehr gut erinnern, aber er habe weder das von Ihnen vorgebrachte Zitat geäußert, wonach er den Inhaber als *Monaco Franze* bezeichnet haben soll, noch den Rat erteilt, mit dieser Firma keine Verträge abzuschließen. Er kenne weder diese Firma noch deren Inhaber. Er bezeichnete Ihre Einlassungen sogar als absurd, da sie weder seinem Sprachgebrauch entsprächen, noch es in seinem Führungsverständnis gelegen habe, sich in Kompetenzbereiche von Bereichsvorständen einzumischen."

Es entstand eine spürbare Pause und Kögel fühlte, dass er etwas antworten müsse. Nur - was? Bevor er auch nur ein Wort herausgebracht hatte, fuhr der Beamte schon fort: „Des Weiteren hatten Sie ausgeführt, den damaligen Leiter des Bereiches *Festnetze* angewiesen zu haben, mit eben jener Consultingfirma keine Verträge abzuschließen."

Kögel hatte sich mittlerweile gefangen und wollte etwas erwidern, aber er konnte nicht, denn der Beamte fuhr gnadenlos fort: „Wir haben die Ausführungen Ihres damaligen Managers mit den Ihren verglichen. Auch in diesem Fall stellen wir fundamentale Unterschiede fest. Der Mann sagt nämlich genau das Gegenteil. Sie hätten zu keiner Zeit die von Ihnen vorgebrachte Anweisung erteilt, denn logischerweise hätte er diese sonst befolgt. Gestützt wird diese Einlassung von anderen ehemaligen Managern, die von solchen angeblichen Anweisungen durch Sie ebenfalls nichts wussten. Wollen Sie sich hierzu äußern?"

Kögel schluckte, nippte am Kaffee und man konnte spüren, wie unangenehm ihm die Situation war. Er entschied sich, bei seinen Aussagen zu bleiben.

„Ich kann dazu nichts sagen, weil ich nicht nachvollziehen kann, warum die Herrschaften ihre Aussagen so gemacht haben, wie von Ihnen zitiert. Ich jedenfalls habe meinen früheren Aussagen nichts hinzuzufügen."

Mehr wollte man von ihm scheinbar nicht wissen, und das beunruhigte Kögel, denn er hätte noch sehr gerne eine Chance wahrgenommen, seine Loyalität zu demonstrieren. Aber es sollte sich nicht ergeben. Er war entlassen und fühlte sich wie ein begossener Pudel. Geschickt hatten sie ihn in die Enge getrieben, und er war ihnen auf den Leim gegangen. Jetzt fiel ihm eine ganze Menge ein, was er hätte sagen sollen, aber die Chance war vertan. Vielleicht war es auch ein großer Fehler gewesen, ohne Anwalt aufzukreuzen. Andererseits, mit Anwalt, das wirkte immer so steif, roch nach

Verteidigungsstrategie, und er wollte doch genau das Gegenteil demonstrieren.

Sei es, wie es war. Einen Strick konnten sie ihm daraus auch nicht drehen. Er fühlte sich besser und steuerte eine der Gaststätten in Haidhausen an, *dem französischen Viertel,* wie es auch oft genannt wurde.

Kögel saß noch keine fünf Minuten und warf gerade einen Blick in die Karte, als jemand unaufgefordert an seinem Tisch Platz nahm. Irritiert schaute er hoch und erschrak. Es war die gleiche Frau, die ihm schon einmal im November begegnet war.

„Was wollen Sie denn?" stammelte er unbeholfen.

„Bleiben Sie ganz ruhig, keine Panik! Ich will nur ein wenig mit Ihnen plaudern."

„Plaudern...", war alles, was Kögel hervorbrachte.

Die Bedienung näherte sich dem Tisch.

Pia bestellte zwei Kaffee und fuhr fort: „Wie wir gehört haben, soll schon bald Ihr Verfahren beginnen. Meinen Sie, es würde das Gericht beeindrucken, wenn wir uns mit einem Hinweis auf Ihre privaten Umtriebe meldeten?"

„Was denn für Umtriebe?", fragte Kögel linkisch. Er hatte nicht das Stehvermögen, sie einfach aufzufordern, ihn in Ruhe zu lassen.

„Tun Sie nicht so, als wüssten Sie nicht, wovon ich spreche. Es geht um Ihr Schließfach oder genauer gesagt darum, wo Sie die Millionen versteckt halten."

Kögel verlor zusehends an Farbe. Diese aufreizende Art, schon wie sie vor ihm saß! Langes, blondes Haar, vielleicht eine Perücke, durchfuhr es ihn, übertriebenes, grelles Make up, zu viel Farbe auf den vollen Lippen, und ein Oberteil, das provozierend betonte, was es eigentlich verhüllen sollte.

Wie eine aus der Hansastraße, kam es Kögel in den Sinn. Auch er war schon dort gewesen, früher, mit manchen Kunden, die es liebten, sich mit Prostituierten einzulassen. Er war dann auch nicht zu kurz gekommen. Und die Kunden schätzten es, denn solche Abenteuer schweißten zusammen. Jetzt wusste man etwas voneinander, was nicht für fremde Ohren bestimmt war.

Er verscheuchte diese Gedanken, als sie weitersprach: „Zuerst dachten wir, es wäre wichtig zu wissen, wo Sie das Geld verstecken, aber davon sind wir abgerückt. Es interessiert uns nicht mehr die Bohne. Halten Sie es verborgen, wo Sie wollen, es ist uns egal. Nicht egal ist uns jedoch die Summe! Und nun passen Sie ganz genau auf, was ich Ihnen zu sagen habe! Da wir nicht wissen, wie viel Sie beiseitegeschafft haben, und es nur unter gewissen Anstrengungen herauszufinden wäre, verzichten wir darauf. Wir machen es anders: Sie haben von heute an exakt drei Wochen, also einundzwanzig Tage, um mir zwanzig Millionen zu übergeben oder zu sagen, wo und wie ich an das Geld komme. Versäumen Sie den Termin, weil Sie sich für besonders clever halten, oder versuchen irgendwelche Tricks, dann werden Sie an Ihrer Verhandlung vor Gericht nicht teilnehmen. Es wird erst gar nicht zu einer Verhandlung kommen, weil Sie dann ein toter Mann sind. Haben wir uns verstanden? Ich werde Ihnen eine Nachricht zukommen lassen, wo wir uns treffen. Gehen Sie also immer brav ans Telefon und sehen Sie in Ihrem Briefkasten nach. Wir scherzen nicht; das als eine gut gemeinte Warnung. Ach, vielleicht noch ein Punkt: Denken sie erst gar nicht daran, sich nach Dubai abzusetzen! Wir haben überall unsere Leute und hierher nach München müssen Sie schon wegen der Verhandlung wiederkommen."

Kögel schluckte. Was konnte er antworten, ohne etwas zuzugeben? Schließlich sagte er: „Sie sind verrückt, komplett verrückt! Von welchem Geld sprechen Sie überhaupt? Sie wollen mich umbringen für etwas, das ich gar nicht besitze. Zwanzig Millionen! Welche Fantasie Sie haben!"

Kögel war zwar geschockt, aber nicht dumm. Ein Plan reifte heran. Er würde mit seinem Freund in Dubai sprechen. Vielleicht konnte man ihm helfen.

„Kann ich Sie irgendwie erreichen?", fragte er, als die Frau nichts mehr sonst sagte.

„Das brauchen Sie nicht", antwortete sie. „Ich melde mich bei Ihnen."

Sie schob ihren Stuhl zurück, stand auf und schritt auf den Ausgang zu. Dann war sie seinen sprachlosen Blicken entschwunden.

(62)

In Locarno herrschte frühlingshaftes Wetter, als Brenner und Reiser nach gemütlicher Fahrt mit dem Wagen auf den Parkplatz vor der Bank einbogen. Eine Angestellte brachte sie zum Direktor der Bank. Verdutzt blickte dieser auf Reiser, als Brenner sich vorstellte.

„Angenehm", sagte er zu Brenner und mit einem breiten Grinsen an Reiser gewandt: „Sie waren doch erst vor ein paar Wochen hier. Haben Sie heute Verstärkung mitgebracht?"

„Nein, keine Verstärkung", antwortete Reiser, „aber jemanden, der Sie gerne mit Informationen versorgen möchte, die mir bei meinem letzten Besuch noch nicht zur Verfügung standen."

„Ich bin gespannt; lassen Sie hören", meinte der Direktor, immer noch lächelnd. Er zeigte auf einige Sessel und bat sie, Platz zu nehmen. Eine Edelstahlkanne mit Kaffee und Flaschen mit Wasser und anderen Getränken standen auf dem Glastisch.

„Bitte, bedienen Sie sich!".

Bedächtig goss Brenner Kaffee in eine Tasse, setzte diese auf einen Unterteller und nahm einen winzigen Schluck. Er schien alle Zeit der Welt zu haben und demonstrierte mit aufreizender Lässigkeit, wie wenig ihn die Anwesenheit des Direktors beeindruckte.

Als sich endlich auch Reiser mit Kaffee versorgt hatte, hob Brenner einen schmalen Aktenkoffer auf den Tisch, entnahm eine Mappe und stellte den Aktenkoffer zurück auf den Boden. Aus den Augenwinkeln beobachtete er dabei, wie der Direktor von dieser Zeremonie nicht unbeeindruckt blieb.

Brenner öffnete die Mappe und reichte dem Direktor wortlos einen Bogen Papier.

„Lesen Sie", forderte er ihn auf, „danach verstehen Sie besser, was wir von Ihnen wollen!"

Der Direktor setzte eine Brille auf und warf einen Blick auf das Papier. Schon nach wenigen Augenblicken fragte er erregt: „Woher haben Sie das?"

„Von Freunden", antwortete Brenner schlicht.

„Sie wollen mich erpressen?", stammelte der Direktor.

„Nein", erwiderte Brenner, „ich möchte Ihnen lediglich ein Geschäft vorschlagen."

„Ein Geschäft?"

„Hören Sie mir einen Augenblick zu, dann begreifen Sie, was ich meine", fuhr Brenner fort. „Wie Sie sehen, besitzen wir Informationen, wonach Ihre Bank in den letzten Jahren erhebliche Zahlungen ausländischer Staatsbürger in cash angenommen hat. Wie Sie weiter entnehmen können, liegen uns auch Fotos vor, die diesen Umstand belegen."

Langsam öffnete er die Mappe auf dem Tisch und entnahm ein Foto und reichte es seinem Gegenüber.

„Hier, bitte, Ihr Exemplar."

Das Bild zeigte einen Mann mit einem größeren Samsonite.

„Wenn Sie es wünschen, kann ich Ihnen hierzu gerne eine weitere Aufnahme überlassen, die genau diesen Mann bei geöffnetem Koffer zeigt. Ich muss Ihnen nicht sagen, was sich in dem Koffer befunden hat, nicht wahr? Sie wissen es ohnehin, denn dieser Mann war Ihr Gast. Vielleicht mag es Sie aber in Ihrer Entscheidung beflügeln. Alles Euronoten. Der ganze Koffer voll mit Fünfhundertern. Zum Tapezieren werden Sie es wohl kaum verwendet haben."

Das Lächeln war aus dem Gesicht des Direktors verschwunden. Es schien, als habe er auch etwas an Farbe verloren. „Ihr Geschäft?", fragte er anstelle von Erklärungen.

„Gut, ich sehe, wir kommen uns näher. Ich sichere Ihnen zu, von diesem für Sie kompromittierenden Material keinen Gebrauch zu machen. Im Gegenzug sagen Sie uns nur, ob Ferdinand Seifert bei Ihnen ein Schließfach besitzt. Das ist schon alles. Sie sehen: ein Geschäft, nicht mehr."

Der Bankdirektor zeigte sich nun als Mann mit schneller Auffassungsgabe und Entscheidungsfreude.

„Einen Augenblick", sagte er und hackte etwas in seinen PC am Schreibtisch. Sekunden später hatte er das Ergebnis vorliegen. Er schüttelte den Kopf und sagte: „Tut mir leid, ein Ferdinand Seifert ist bei uns nicht als Inhaber eines Schließfaches registriert."

„Das glaube ich Ihnen gerne", meinte Brenner, „aber dass unser Mann dumm genug gewesen wäre, das Schließfach unter seinem Namen einzurichten, daran haben wir nicht gedacht. Sie müssen schon die Nummernkonten überprüfen, damit Sie fündig werden."

Brenner war schon klar, dass dies nicht mehr als ein Versuch war, der auch schiefgehen konnte; entweder, weil ihr Gegenüber nichts herausrücken würde, oder weil Seifert tatsächlich kein Schließfach besaß.

„Wissen Sie, was Sie da von mir verlangen? Wenn das herauskommt, bin ich meinen Job los."

„Den sind Sie auch dann los, wenn wir unser Material veröffentlichen", entgegnete Brenner.

Wieder hackte der Direktor resignierend etwas in seinen PC, um dann über das Telefon eine knappe Anweisung zu erteilen. Kurze Zeit später wurde ihm eine Unterlage gebracht.

„Es tut mir leid, ich kann Ihnen nicht weiterhelfen. Unter den bei uns registrierten Kunden existiert der von Ihnen gesuchte Name nicht."

„Was bedeutet *registrierte Kunden*?", fragte Brenner.

Der Direktor wand sich etwas, sagte aber dann: „Es gäbe die Möglichkeit, sich das Schließfach zum Beispiel bei einer anderen Niederlassung oder im Hauptgeschäft zuweisen zu lassen. In diesem Fall wären die Basisdaten, wie die Passnummer, dort unter Verschluss."

„Wie können wir dieses Hindernis überwinden?", wollte Brenner wissen.

„Ich fürchte, gar nicht. Sie müssten mir die Verfügung eines Schweizer Gerichtes vorlegen. Mit dieser, und nur damit, könnte ich die entsprechenden Auskünfte einholen."

Seifert hatte sich in diesem Metier ausgekannt, das musste man ihm neidlos zugestehen.

Einer Eingebung folgend, fragte Brenner den Direktor: „Wie viele solcher Schließfächer gibt es in Ihrer Filiale?"

„Eines", gab der Direktor zur Antwort.

Das war es! Brenner war sicher: Sie hatten das Geheimnis gelüftet. Seifert besaß ein Schließfach exakt in dieser Filiale.

„Könnte man einen Blick in dieses Schließfach werfen?", fragte er und kannte bereits die Antwort.

Nein, das ginge natürlich nicht. Dazu bräuchte es eine höchstrichterliche Verfügung und selbst dann würde es noch eine Reihe von Hürden geben. Jahre könnten darüber vergehen.

Reiser kritzelte auf ein Stück Papier, das er Brenner hinschob: *Was nützt uns dann unser Wissen? Ein Schließfach zu besitzen, ist nicht strafbar. Der Inhalt macht es aus, und da kommen wir nicht heran.*

Einen letzten Versuch wagte Brenner noch: „Und wenn Sie es trotzdem öffnen, wir einen Blick hineinwerfen, und Sie es dann wieder verschließen?"

Jetzt stahl sich erstmals wieder ein Lächeln ins Gesicht des Direktors: „Sie sind gut! Was denken Sie, wo die Zweitschlüssel aufbewahrt werden? Im Safe in der Zentrale und da kommen wir schon gar nicht ran."

Ihr Plan war, eine Nacht in Locarno zu bleiben, aber nach diesem Ergebnis war ihnen nicht mehr danach zu Mute.

„Was können wir noch tun?", fragte Reiser.

„Ich weiß es ehrlich gesagt auch nicht", antwortete Brenner nachdenklich. „Ich komme langsam zu dem Schluss, dass wir mit humanen Mitteln nichts erreichen werden. Wie viel Zeit haben wir nicht schon aufgewendet? Wir können ein nahezu lückenloses Bild zeichnen, wie sie es gemacht haben. Wir können sogar Namen von Beteiligten nennen, aber wir können die Hauptakteure nicht knacken. Und wir können ihnen ja wohl schlecht Prügel androhen."

„Das können wir nicht, da hast du recht, aber könnten wir nicht jemanden mit ins Boot nehmen, der es könnte?"

„Du gefällst mir, mein Lieber. Was glaubst du, wie oft ich schon genau vor dieser Frage gestanden bin? Wir können alles tun, aber wir dürfen gewisse Grenzen niemals überschreiten, sonst sind wir nicht anders als jene, die wir im Visier haben."

Reiser nickte und sagte: „Auch damit hast du leider recht."

(63)

„Wie kommen wir näher an Lordano heran?", fragte der Spezialist sein Team am Montag bei der morgendlichen Routinebesprechung. „Wir wissen leider immer noch nicht, wen er angeheuert hat. Jemand eine Idee?"

„Können wir sein Telefon anzapfen oder eine Wanze installieren?", fragte einer der Männer.

„Negativ", antwortete der Spezialist.

„Wir brauchen ja nicht seine Gespräche, die Nummern der Anrufer würden ausreichen", meinte ein anderer.

„Keine schlechte Idee. Der Typ wird sich irgendwann mit Lordano in Verbindung setzen", meinte der Spezialist.

„Wenn er allerdings ein hier nicht registriertes Handy benützt, können wir keine Verbindungen feststellen", gab Franziska zu bedenken. „Aber vielleicht telefoniert er freundlicherweise auch mal vom Hotel aus."

„Ich danke euch. Franziska, kümmern Sie sich bitte darum. Wir brauchen eine Telefonliste von Lordanos Netzbetreiber", sagte der Spezialist und entließ die Runde.

Nur wenig später legte Franziska ihrem Boss eine Liste der Telekom auf den Tisch. „War kein Problem. Ich habe ein paar Scheine dafür lockergemacht. Ist doch okay?"

„Dann lassen Sie uns die Liste studieren." Sie hatten einen Ausdruck vorliegen, der neben der jeweiligen Anschlussnummer auch eine Kurzbezeichnung des Adressaten auswies. Sie sahen es beide gleichzeitig.

„Hier! Am fünfzehnten Februar. Hotel Bayerischer Hof", sagte Franziska Ebel und tippte mit dem Finger auf die Eintragung.

„Bingo, das ist er. Sehen Sie hier, hier und hier", der Spezialist zeigte auf weitere Telefonate mit der gleichen Nummer.

„Dann mache ich mich auf den Weg", sagte Franziska.

„Wir bleiben telefonisch in Kontakt. Ich, für meinen Teil, fahre nach Hause und befolge den Rat des Arztes."

Franziska nahm ein Taxi und war eine halbe Stunde später im Hotel. An der Rezeption verlangte sie, den Empfangschef zu sprechen. Franziska zeigte einen Ausweis vor.

„Was verschafft mir die Ehre, Frau Hauptkommissarin, wenn ich es richtig gelesen habe?"

„Sie haben", sagte Franziska. „Ich müsste wissen, wer von Ihren Gästen am fünfzehnten Februar mit dieser Nummer telefoniert hat."

Franziska gab ihm einen Zettel mit Lordanos Rufnummer.

„Sie wissen, der Kunde, unsere Gäste... ach, was soll's. Geben Sie her, ich sehe nach! Warten Sie hier! Vielleicht einen Kaffee?"

Er gab einer Bedienung ein Zeichen und bat Franziska, gleich vorne in der Lounge Platz zu nehmen.

Ein paar Minuten später war er schon zurück. „Ich habe den Namen des Gastes und seine Zimmernummer unter die Telefonnummer geschrieben. Der Kaffee geht aufs Haus."

Franziska nahm das Handy und rief in 13a an. „War eine einfache Sache. Hätten wir schon früher machen können. Der Mann heißt Davide Monti."

Der Spezialist fütterte seinen Computer mit dem Namen Monti und wusste danach einiges mehr über diesen Mann. Monti war einige Male im Zusammenhang mit Ermittlungen der italienischen Polizei erwähnt. Er wurde der Zusammenarbeit mit der sizilianischen Mafia verdächtigt, aber beweisen konnte man es ihm nicht. In Deutschland war über den Mann nichts bekannt, was nichts bedeuten musste. Er könnte unter einem anderen Namen aufgetreten sein. Dagegen sprach, dass er sich bei seinem aktuellen Job mit seinem richtigen Namen eingebucht hatte.

„Dann werden wir den Herrn Monti mal unter die Lupe nehmen", brummelte der Spezialist. Er führte einige Telefonate, bat einen seiner Leute, ihn von zu Hause abzuholen und informierte Franziska Ebel darüber, was er vorhatte.

„Ich denke, es ist besser, Sie sind nicht mit dabei, für den Fall, dass Sie sich später einmal über den Weg laufen sollten. Es ist sicherer, wenn Monti Sie nicht kennt."

„Okay, einverstanden", sagte sie nur.

Einer der Männer saß in der Lobby des Hotels und behielt die Rezeption im Auge. Ein Foto Montis, das aus der Akte der italienischen Polizei stammte, hielt er verdeckt in der Hand. „Er ist hier", sagte der Mann leise in ein Mikrofon am Revers.

Minuten später betrat der Spezialist das Hotel, passierte die Rezeption und ging in Richtung *Trader Vic's,* dem Restaurant für Fernöstliches und fruchtig schwere Cocktails. Vor der Treppe nach unten zum Lokal befanden sich linker Hand Garderoben für Veranstaltungen. Hier wartete er. Im Abstand von etwa fünf Minuten gesellten sich zwei Männer aus seinem Team dazu. Gelegentlich kamen Hotelgäste vorbei, die aber keine Notiz von den Männern nahmen.

„Wir machen es, wie besprochen", sagte der Spezialist leise. „Eure Funkgeräte sind eingeschaltet?"

Die Männer bestätigten es mit einem Nicken, drückten noch einmal gegen die Ohrstöpsel, dann begaben sie sich in die Lobby.

Der Spezialist flüsterte kaum hörbar in sein Mikrofon: „Wir gehen jetzt rauf."

„Okay, ich halte die Stellung hier unten", bestätigte der erste Mann aus der Lobby.

Sie fuhren mit dem Lift nach oben, checkten kurz die abzweigenden Flure und gingen dann zu Montis Suite. Einer von ihnen trug einen dunklen Anzug, gerade so wie ihn auch Hotelpersonal gerne trägt. Er betätigte die Klingel am Zimmer, während die beiden anderen sich links und rechts der Türe flach an die Wand pressten.

„Bitte?", ertönte eine Stimme von innen.

„Zimmerservice. Herr Monti, ich habe eine Nachricht für Sie."

„Einen Augenblick", sagte die Stimme, dann öffnete sich die Türe einen Spaltbreit.

„Wenn Sie mir den Empfang bitte quittieren wollen", sagte der Mann vor der Türe freundlich und zeigte ein Kuvert, das scheinbar die Nachricht enthielt.

„Okay, geben Sie her! Wo soll ich unterschreiben?", fragte Monti arglos und öffnete die Türe vollständig. Im selben Augenblick drängten ihn die drei Männer zurück ins Zimmer. Monti war völlig überrascht und leistete keine Gegenwehr. Als die Türe wieder ins Schloss fiel, blickte Monti in den Lauf einer Pistole.

„Setzen Sie sich doch", sagte der Spezialist und deutete auf einen Sessel.

Monti setzte sich, die Männer blieben stehen.

„Was soll das?", brachte Monti schließlich über die Lippen. „Ich bin stark beeindruckt."

Es gelang ihm dabei, ein höhnisches Grinsen in sein Gesicht zu zaubern, was das eben Gesprochene ad absurdum führte.

Der Spezialist ging nicht weiter darauf ein, sondern sagte: „Sie wissen, wer ich bin? Natürlich wissen Sie es, auch wenn wir uns bisher nicht begegnet sind. Ihr Vorgänger war auch ein Schlauer, so wie Sie, jetzt ist er tot. Haben sie Ambitionen, sein Schicksal zu teilen?"

Monti sah den Spezialisten aus kleinen, kalten Augen an und antwortete: „Bis vor einer Minute wusste ich nicht, wer Sie sind, aber jetzt weiß ich es. Sie sind also der Mann, der meinen Kollegen ins Jenseits befördert hat. Jetzt denken Sie, Sie sind ein Knallharter, vor dem alle zittern, aber Sie irren sich. Was wollen Sie denn mit Ihrer Aktion hier erreichen? Mir Angst einjagen? Mich zum Aufgeben zwingen? Sie sind ein Fantast. Legen Sie mich um, tun Sie es! Meinen Sie im Ernst, es würde irgendetwas ändern? Wenn ich es nicht mache, kommt der Nächste. Sagen Sie also, was Sie zu sagen haben, und dann verschwinden Sie!"

Hatte er anfangs vielleicht noch überrascht gewirkt, dann demonstrierte er jetzt den eiskalten Profi.

Das werden wir gleich ändern, dachte der Spezialist, und bevor Monti zu einer Gegenwehr fähig war, packte er ihn mit seiner Rechten am Revers des Sakkos und zog ihn aus dem Sessel, raffte das Revers und drehte es mit geschlossener Faust nach rechts.

Monti spürte, wie die Luft zum Atmen abrupt knapp wurde. Reflexartig öffnete er ein paar Mal den Mund, aber es half nichts. Der Griff blieb gnadenlos. Montis Körper sackte zusammen, woraufhin der Spezialist ihn zu Boden gleiten ließ. Es dauerte nicht sehr lange, und Monti kam würgend wieder hoch. Seine eben noch zur Schau gestellte Kaltschnäuzigkeit war verflogen. Er griff sich an den Hals, stand mühsam auf und ließ sich wieder in den Sessel fallen.

„Reden Sie", krächzte er, „und geben Sie mir ein Glas Wasser! Die Minibar ist dort, unterhalb ..."

Der Spezialist fuhr dazwischen: „Sie halten jetzt Ihre Schnauze!" Verdutzt hielt Monti inne. Dann fuhr der Spezialist fort: „Wir könnten Sie hier und jetzt kalt machen. Wir arbeiten aber auf einem anderen Niveau. Brutalität überlassen wir Leuten Ihres Schlages. Unterschätzen Sie uns aber nicht und denken Sie nicht, wir würden sie niemals einsetzen! Für den Augenblick reicht es, wenn Sie kapieren, dass wir Sie enttarnt haben. Sprechen Sie mit Lordano und sagen Sie ihm, er soll sein Vorhaben aufgeben! Und er soll damit aufhören, Leute wie Sie auf andere zu hetzen. Noch ein solcher Versuch und wir schlagen zurück. Wir haben die Mittel, und die würden Ihrem Boss sicher nicht gefallen. Weder er noch Sie werden an Seiferts und Kögels Millionen herankommen. Wir behalten Sie im Fokus. Sollten Sie etwas unternehmen, das uns nicht gefällt, werden Sie keine Freude mehr in Ihrem Leben finden. Wir wissen zu viel über Sie persönlich, aber auch über Lordano, und wir haben kein Problem, Freunde bei der Polizei damit zu füttern."

Monti war klar, dass dieser Mann nicht bluffte. Er war gefährlich! Einen Versuch, sich mit ihm zu einigen, sollte er noch unternehmen, dachte Monti. „Warum arbeiten wir nicht zusammen? Wir könnten teilen. Für jeden die Hälfte wäre besser als für keinen irgendetwas. Auch Sie werden an das Vermögen der beiden nicht herankommen. Das Wissen alleine darüber, wo das Geld ist, reicht nicht, um es auch in Besitz nehmen zu können. Zusammen wären unsere Chancen vielleicht nicht einmal so schlecht."

„Vergessen Sie es!", sagte der Spezialist trocken. „Mit Leuten Ihres Schlages arbeiten wir prinzipiell nicht zusammen. Sie sind Abschaum, und damit haben wir nichts zu schaffen."

Sie ließen Monti in seiner Suite zurück, fuhren mit dem Lift nach unten und verließen das Hotel. Der vierte Mann blieb in der Lobby und bestellte noch einen Drink. Er musste nicht sehr lange warten, bis Monti aus einem der Lifte kam. Schnell schob der Mann ein paar Scheine unter sein Glas, erhob sich und folgte Monti.

Gerade als dieser ein Taxi bestieg, erreichte auch der Mann ein Taxi, das etwas abseits auf ihn gewartet hatte.

„Folgen Sie bitte Ihrem Kollegen da vorne, aber mit etwas Abstand! Ich vermute, es geht nach Pullach."

Zwanzig Minuten später verließ Monti das Taxi und schritt auf den Eingang von Lordanos Anwesen zu.

(64)

Albert Kögel war im Grunde ein nüchtern abwägender Mensch. Die Frau aus dem Café in Haidhausen machte ihm Sorgen. Dann gab es noch jene zweite Frau, die ihn am Flugplatz in München angesprochen hatte. Beide hatten nichts miteinander zu tun. Es gab also zwei Parteien, die ihn verfolgten. Soweit war er früher auch schon gewesen, und seine Überlegungen beruhigten ihn nicht. Er fragte sich immer wieder, wie sie es hatten herausfinden können. Oder blufften sie am Ende nur? Aber wer so vorgeht wie diese Leute, der blufft nicht.

Er griff zum Telefon und wählte die Nummer des Mannes in Dubai, der ihm schon so oft zum rettenden Anker geworden war.

„Es geht um die Sache, von der ich dir kürzlich berichtet habe. Eine der Parteien hat gestern mit mir Kontakt aufgenommen und ein Ultimatum gestellt. Sie wollen zwanzig Mio bis zum siebten März. Wenn ich nicht zahle, wollen sie mich erledigen. Ich meine, die spinnen doch. Wo soll ich das hernehmen? Ich rackere mich doch nicht ab und gehe alle möglichen Risiken ein, um diesen Schmarotzern nun alles vor die Füße zu werfen. Was soll ich denn jetzt tun?"

Sein Freund überlegte nicht sehr lange und sagte: „Sprich nicht zu viel am Telefon! Komm heute Nachmittag um fünf Uhr deiner Zeit in die Bank, du weißt schon! Dann reden wir über die Sache noch einmal."

Kurz vor der vereinbarten Zeit stellte Kögel seinen Wagen auf den an Samstagen leeren Parkplatz. Jemand erwartete ihn bereits und schloss den Seiteneingang zur Bank hinter Kögel ab.

„Hier lang!", sagte der Mann, der ihn hereingelassen hatte.

In einem der Büros brannte Licht, die Jalousien an den Fenstern waren heruntergelassen.

„Bitte sehr", sagte der Mann und deutete auf einen Schreibtisch, „das Telefon ist abhörsicher."

Gerade als Kögel die Nummer wählen wollte, klingelte das Telefon. Er nahm ab und wartete, bis der Mann das Büro verließ.

„Ja bitte?"

„Ich bin's", sagte sein Freund nur. „Keine Namen! Also, ich habe in deiner Sache mit jemandem gesprochen, und wir haben eine Lösung."
Ein erstaunter Albert Kögel vernahm, er solle sich dafür verwenden, den Kontakt zu einer deutschen Firma herzustellen, die für ihr Sortiment an Präzisionsschusswaffen bekannt war. Außerdem wäre man daran interessiert, ein vertrauliches Gespräch mit einem der großen deutschen LKW-Hersteller zu führen. Es ginge um Spezialfahrzeuge und Waffen für die Polizei oder das Militär, so genau wisse er das nicht. Im Gegenzug wolle man ihm helfen, sein Problem aus der Welt zu schaffen. Sobald er den Ort und den Zeitpunkt des Treffens im März kenne, solle er die Daten durchgeben und das Treffen selbst ignorieren.

Als Kögel wieder zu Hause war und das eben Gehörte rekapitulierte, lief ihm ein Schauder über den Rücken. Was bedeutete, *sie würden sein Problem aus der Welt schaffen*? Er beruhigte sich allerdings sehr schnell, denn er wäre ja gar nicht involviert. Er solle sich verhalten wie immer, hatte sein Freund gesagt. Und die zweite Gruppe? Würde ihm sein Freund auch in diesem Fall helfen können?
Die verlangten Kontakte herzustellen, sah er als problemlos. Die Vorstände der genannten Firmen kannten ihn aus seiner Zeit bei SimTech, und ein Geschäft würden sie kaum ausschlagen. Dafür war der Markt zu eng. Jeder nahm alles mit, was sich bot.
Bei Waffenherstellern moralische Bedenken zu vermuten, wäre ohnehin annähernd so grotesk gewesen wie die Annahme, Kredithaien läge primär das Wohl ihrer Kunden am Herzen. Er war sicher, sein Teil der Abmachung wäre schnell erledigt. Er würde die Leute am Sonntag zu Hause privat anrufen. Keine neugierigen Sekretärinnen, die immer gerne tratschten, um ihre eigene Wichtigkeit herauszukehren.

Kögels Annahme traf zu. Am Sonntagabend waren die Weichen gestellt und schon sehr bald würden weitere Millionen auf sein Konto fließen.

(65)

Am Mittwoch, den 20. Februar 2008, nahm der leitende Direktor des BND gegen 13:30 Uhr in seinem Büro in Pullach auf dem abhörsicheren Apparat *Zwei* einen Anruf entgegen. Keine Begrüßung, kein Name. Er wusste trotzdem sofort, wer der Anrufer war.

„Sie hatten mich im Januar gebeten, ein paar Dinge zu überprüfen. Ich habe jetzt, was Sie wissen wollten. Der Mann, von dem Sie damals sprachen, geht in Dubai verschiedenen Geschäften nach. Offiziell arbeitet er als Immobilienmakler für ausländische Interessenten. Hierfür besitzt er eine Lizenz. Er vermittelt aber auch Kontakte zwischen ausländischen Firmen, vorwiegend aus Deutschland, Österreich und England und interessierten Stellen im arabischen Raum. Hierfür kassiert er Provisionen, die auf ein Konto bei der *Commercial Bank of Dubai* fließen. Einen Ableger dieser Bank gibt es auch in München, wie mir gesagt wurde. Andere Konten oder Schließfächer sind nicht registriert."

Der Direktor unterbrach: „Könnte ein Strohmann ein Schließfach angemietet haben?"

Der Mann am anderen Ende antwortete, man könne dies ausschließen; andernfalls hätte man es ihm gesagt.

„Meine Freunde dort haben gewissenhaft nachgesehen, glauben Sie mir. Was meine Freunde allerdings betrübt, wenn ich das noch anfügen darf, ist, dass jemand in Deutschland den Freund aus München bedroht."

Der Direktor hörte aufmerksam zu und prägte sich die Details ein.

„Ich habe gesagt, dass ich sicher wäre, Sie würden das bereinigen können. Darf ich das so bestätigen?"

Der Direktor brauchte nur eine Sekunde, dann sagte er seinem Gesprächspartner, dass es ihm eine Freude wäre, diesen kleinen Dienst zu erweisen.

Kein Zweifel, es konnte sich nur um Lordanos Aktivitäten handeln. Er war hinter Kögel her und setzte ihn nach Art des Hauses, das hieß, mit den Methoden seiner mafiosen Familie, unter Druck. Es bedeutete aber zugleich: Auch Lordano war bisher nicht fündig geworden. Er musste mit Lordano reden und ihn dazu bringen, die Sache abzublasen. Am besten sofort.

Er wählte dessen Nummer. Wie üblich nahm Lordano das Telefonat nicht selbst an, sondern sein ergebener Francesco, der ihn aber sofort durchstellte.

„Kommen Sie bitte gegen zwanzig Uhr zu mir in die Dienststelle. Wir müssen etwas besprechen."

Lordano kam selbstverständlich mit dem von Francesco gesteuerten Wagen. Das schwere Tor glitt zurück, ließ ihn passieren und schloss sich geräuschlos wieder. Francesco wartete im Wagen, während Lordano das Gebäude betrat. Der Direktor kam ihm entgegen und dirigierte ihn in ein Besprechungszimmer.

„Abhörsicher", sagte er zu Lordano und wies auf einen Tisch mit darum gruppierten Stühlen. „Kommen wir gleich zum Punkt, Signore Lordano", begann der Direktor die Unterredung, „wir wissen, dass Sie einen Mann namens Davide Monti angeheuert haben. Monti ist, und das mag Ihnen unbekannt sein, eine Art Doppelagent. Er arbeitet für Sie, aber auch für einen der US-Geheimdienste. Unser Wissen um die Vorgänge stammt eben von diesem Geheimdienst, mit dem wir übrigens auf allen möglichen Gebieten erfolgreich zusammenarbeiten."

Lordanos Sinne waren geschärft. Der BND wusste mehr über seinen eigenen Mann als er selbst, unvorstellbar. Ein ausführliches Telefonat mit seiner Anlaufstelle im Süden würde die unweigerliche Folge sein. Das war schlechte Kost und passte so gar nicht in ihre Organisation.

„Bitte, fahren Sie fort!", sagte Lordano.

„Wir wissen also, dass Sie hinter zwei der ehemaligen SimTech Manager her sind, weil Sie vermuten, diese Gauner hätten große Beträge beiseitegeschafft. Und dieses Geld wollen Sie sich unter den Nagel reißen, nicht wahr? Sehen Sie, welchen Geschäften Sie privat nachgehen, würde uns normalerweise nicht interessieren, solange Ihre Aktivitäten nicht unsere Kreise stören. Genau das tun sie aber."

Nichts an Lordano verriet dessen Seelenzustand. Gespannt wartete er, was sein Gegenüber noch auf Lager hatte. Er sollte es gleich erfahren, denn der Direktor hatte beschlossen, Lordano reinen Wein einzuschenken.

„Ihr Mann hat einige Dinge nicht auf die Reihe bekommen. Er neigt zur Selbstüberschätzung und dabei sind ihm Fehler unterlaufen. Fehler, die Kontakte unserer Behörde auf den Plan gerufen haben. Kontakte, die um Harmonie bedacht sind und deren Wohlbefinden uns sehr am Herzen liegt."

„Was hat Monti getan? Sagen Sie es mir. Ich bin sicher, das lässt sich geradebiegen."

Der Direktor sah mit Genugtuung, wie Lordano einknickte.

„Es sind zwei Fakten, die vermutlich auch Ihre Bewertung über den Mann revidieren werden. Erstens: Er bedroht einen der Exmanager mit dem Tod, falls er ein gesetztes Ultimatum verstreichen ließe. Und zweitens: Er hat kürzlich in New York einen schweren Fehler begangen."

„In New York?", fragte Lordano dazwischen.

„Der US-Dienst hat ihm den Aufenthaltsort einer Frau beschafft, von der Monti annimmt, sie sei mit dem Vermögen eines anderen Exmanagers durchgebrannt. Was tut nun Ihr Mann? Er lässt sich von dieser Frau übertölpeln, die daraufhin erneut untertaucht. Diese Frau mit vertretbarem Aufwand wieder aufzuspüren, ist kaum wahrscheinlich, sagte mir jemand des Dienstes vor Ort. Monti dachte, er wäre unbeobachtet, aber natürlich ließen ihn die Leute des Dienstes nicht aus den Augen, so dass sie nun die Details kennen."

„Was soll ich Ihrer Meinung nach tun?", fragte Lordano, dem es jetzt nur noch um sein Verhältnis zum BND ging. Die Zusammenarbeit mit dem BND, seine Kontakte dorthin, das war sein eigentlicher Trumpf. Niemand aus seinem Umfeld konnte Derartiges vorweisen, was wiederum seine Position in der Organisation erheblich stärkte.

„Ist ganz einfach", sagte der Direktor. „Sie müssen Monti abziehen und ihn kaltstellen. Wir werden keine Turbulenzen mit den wenigen Freunden im arabischen Raum dulden. Signore Lordano, das ist essentiell! Haben wir uns verstanden?"

Lordano hatte sich blendend unter Kontrolle und antwortete ohne zu zögern: „Kein Problem. Ich folge Ihnen und stimme ausdrücklich zu. Die Angelegenheit muss bereinigt werden. Ich möchte Sie dabei nur um einen kleinen Gefallen ersuchen. Wenn ich ihn einfach von seinem Auftrag entbinde, wird das nicht unbemerkt bleiben, und ich muss eine Menge unliebsamer Fragen über mich ergehen lassen. Deshalb denke ich, es wäre viel unkomplizierter, wenn Sie dafür sorgen, dass Monti keinen Unsinn mehr anrichten kann. Es würde mir eine Menge Ärger ersparen und es könnte auch dem Ansehen bei Ihren arabischen Freunden zuträglich sein. Dann wäre noch eine Sache zu klären: Ich habe bisher einiges in die Angelegenheit investiert. Soll ich das in den Wind schreiben?"

Dem Direktor war klar, dass er Lordano etwas anbieten musste. „Lassen Sie uns zuerst das Geld in unseren Besitz bringen, danach kann ich Ihnen ein Drittel anbieten. Mehr ist nicht drin. Es gibt noch andere, die auch etwas bekommen müssen."

„Gut", sagte Lordano, „einverstanden. Erledigen Sie Monti und sagen Sie mir, wenn ich Ihnen von Nutzen sein kann!"

„Francesco mach mir bitte eine Verbindung zu meinem lieben Freund auf der Insel!"

Lordano hatte es sich in einem der Räume seiner Villa bequem gemacht. Der Blick ins Isartal wäre im Sommer trotz der späten Stunde traumhaft gewesen, und der geräuschlos dahinziehende Fluss hätte selbst auf diese Distanz etwas Beruhigendes gehabt, aber jetzt im Februar gähnte ihm nur ein dunkler Schlund entgegen.

Er wohnte sehr bevorzugt, das wusste er, aber der Preis hierfür war nicht gering gewesen. Von den Millionen, die er vor vielen Jahren hingeblättert hatte, war ein großer Teil in Taschen von Leuten geflossen, die erst die Weichen für ihn gestellt hatten. Er wusste doch, wie solche Dinge zu handhaben waren. Wer sich in diesem Metier zu wenig auskannte oder nicht über die nötigen Mittel verfügte, hatte keine Chancen. Den Betrag hätten viele Kaufwillige gehabt, aber das reichte nicht. Solche Zahlungen erfolgten in bar ohne Quittung; sie mussten folglich über Schwarzgeld verfügen. Er hatte solche Mittel zu jeder Zeit zur Verfügung - andere dagegen nicht.

Lordano dachte über seine Situation nach. Hätte er die Sache anders angehen müssen? Bei sich konnte er keine Fehler sehen. Er hatte sich auf Monti verlassen. Dieser Mann war schließlich vom Chef der Familie benannt worden. Wenn es überhaupt Fehler gab, dann lagen diese 2000 Kilometer südlich von hier. Diese Erkenntnis half ihm zwar nicht weiter, beruhigte aber sein Gewissen.

„Ihr Gespräch, Signore", sagte Francesco und reichte Lordano ein Mobilteil der Telefonanlage.

„Pronto", eröffnete Lordano das Gespräch. Die Unterhaltung wurde auf Italienisch geführt.

„Was kann ich für dich tun, mein Freund?", fragte der Mann, der so unvorstellbar viel Macht besaß.

Lordano schilderte die wichtigsten Zusammenhänge und verwies ausdrücklich auf die Beteiligung des BND, mit dem er es sich nicht verscherzen wollte.

„Ist doch klar, mein Freund, den BND darfst du nicht enttäuschen. Lass uns eine andere Möglichkeit finden! Du sagst, diese Leute würden sich um Monti kümmern?"

„Ja, so ist es", antwortete Lordano. „Ich kann nichts unternehmen. Das würde sich herumsprechen. Du verstehst?"

„Ja, natürlich, aber sag deinen Freunden dort, wir übernehmen das selbst. Ich werde mich kümmern. Du kannst dich darauf verlassen, Monti wird keine Probleme mehr machen."

„Gut, ich spreche mit dem BND, aber warte nicht zu lange mit Monti, die Dinge sind in Bewegung geraten, und er darf nicht mehr stören!"

Lordano war kurz versucht gewesen, dem Boss mitzuteilen, was ihm Monti gestern Nacht berichtet hatte. Er hatte die Begegnung mit dem sogenannten Spezialisten geschildert und auch über seine Besuche in New York gesprochen. Allerdings war seine Version eine andere gewesen als jene, die er vom BND vernommen hatte. Etwas lief da an ihm vorbei und vielleicht auch an seinem Freund.

Der Direktor im BND war zufrieden. Lordano war aus dem Spiel, und es war jetzt seine Sache geworden. Kögel und Seifert, zwei völlig unterschiedliche Typen. Der eine gewohnt, Anweisungen zu erteilen, die Befehlen gleichkamen, der andere ebenfalls im Umgang mit Macht geübt, jedoch auf andere Weise. Er brauchte Anweisungen von Personen wie Kögel, um sein Potenzial ausschöpfen zu können. Lordano hatte diesen Umstand wahrscheinlich außer Betracht gelassen und beide gleichbehandelt. Das hat natürlich nicht funktioniert, sagte sich der Direktor. Jeder Typ verlangt nach einer eigenen Methode, sonst sind sie nicht zu knacken.

Das Telefon ertönte und unterbrach seine Überlegungen.
„Hier Lordano, können wir uns noch einmal treffen?"
„Kommen Sie morgen früh vorbei!", sagte der Direktor.
„Warum nicht mal etwas Abwechslung?", schlug Lordano vor.
„Von mir aus. Was schwebt Ihnen vor?"
„Neun Uhr, Königshof. Ich bestelle einen Tisch."

(66)

Während sich am Abend Lordano und der Direktor des BND gegenübersaßen, fanden sich Vinzenz Stangassinger, Karl Reiser und Brenner in dessen Büro ein.

„Ich denke, wir sollten wieder einmal über die Erfolgsaussichten in unserm Projekt nachdenken. Wir haben eine Menge unternommen, kennen Details, haben Schlussfolgerungen gezogen und sind von der Wahrheit wahrscheinlich nicht sehr weit entfernt, und trotzdem sehe ich nicht, wie wir diesen Job zu Ende bringen können", begann Brenner die Unterredung.

Stangassinger sah ihn kopfnickend an und sagte: „Ich hatte die letzten zehn Tage Zeit, ein paar Dinge gedanklich zu ordnen. Wir stoßen nicht durch, weil wir weder Seifert noch Kögel zwingen können, ihr Geheimnis offenzulegen. Sie haben keine Sanktionen zu befürchten, wenn sie es nicht tun. Das ist der Punkt. Polizei und Staatsanwalt könnten zwar für den nötigen Druck sorgen, unternehmen aber nichts, weil sie sich, aus welchen Gründen auch immer, festgelegt haben. Seht ihr, und deshalb komme ich zu folgendem Schluss: Staatsanwalt und Polizei haben niemals in diese Richtung ermittelt. *Wieso?*, werdet ihr fragen, gerade von dort kam doch das Statement, man habe ermittelt und könne eine persönliche Bereicherung der Beteiligten ausschließen. Schon damals schien uns dies unerklärlich, nicht wahr? Jetzt komme ich und behaupte: Es ist niemals ermittelt worden, und zwar auf Betreiben von SimTech. Man trifft ein Arrangement über die Höhe des Bußgeldes, die Arbeit ist getan, der Staatsanwalt läuft nicht mehr Gefahr, auf Unerklärliches zu stoßen, und SimTech darf darauf vertrauen, dass die Dinge in der Öffentlichkeit schnell vergessen werden. Daran, und nur daran, ist ihnen gelegen. Das Image, der gute Ruf, muss schnellstens wiederhergestellt werden. Jede Störung, zum Beispiel durch langwierige Prozesse gegen die ehemaligen Protagonisten, würde dieses Harmoniebedürfnis empfindlich stören. Ständig in den Schlagzeilen, das will keiner. SimTech legt alles dran, die Wogen zu glätten und der Welt zu zeigen, wie intakt doch der Konzern in Wirklichkeit ist. Für viel Geld heuert man

Deprión & Princeton an, die angeblich eine unerschütterliche Aufklärungsarbeit betreiben, aber in Wahrheit doch hauptsächlich damit beschäftigt sind, die US-Börsenaufsicht zu besänftigen. Eines der wichtigsten Ziele von SimTech ist es, auch in den USA mit einem blauen Auge davonzukommen. Die US-Börsenzulassung darf auf keinen Fall gefährdet werden, denn das könnte den Ruin des Konzerns bedeuten. Versteht ihr? Diesen Argumenten wollte sich auch die Staatsanwaltschaft nicht verschließen."

„Und die Forderungen von SimTech gegen ehemalige Vorstände?", warf Brenner fragend ein.

„Ist einfach zu erklären", fuhr Stangassinger fort, „das läuft auf einem anderen Level. Gegen Vorstände vorzugehen, das hat etwas, das verbreitet so ein Gefühl von ehrlichem Bemühen um Aufklärung. Da bewegt man sich oberhalb der Ebene der persönlichen Vorteilnahme ehemaliger Manager. Das interessiert die breite Masse entweder gar nicht oder jedenfalls weniger als das Voyeuristische, das im Diebstahl durch die Geschassten läge. Daran ließen sich Geschichten, wahre und erfundene, knüpfen, insbesondere von der Boulevardpresse. Es gäbe vielleicht sogar Stoff für Filme. Das ist die Gefahr, die SimTech geschickt gebannt hat."

„Respekt", sagte Brenner, „du hast eine gewagte, aber durchaus nicht ins Reich der Fabeln zu verweisende Analyse gezogen."

„Wenn das stimmt, brauchen wir weder Hilfe bei SimTech noch bei den Ermittlern suchen. Wir würden sie nicht bekommen. Ich möchte noch etwas ergänzen: Von früher ist mir einer der Consultants bekannt, der für SimTech gearbeitet hatte und dem übel mitgespielt wurde. Es ging um lancierte Nachrichten an die Presse aus dem Schoß von Staatsanwaltschaft oder Polizei über Aussagen Beschuldigter aus den Vernehmungsprotokollen. Da hat es massive Anschuldigungen durch Kögel und Seifert gegeben, dieser Consultant sei in den Komplex ominöser Zahlungen verstrickt gewesen. Die Presse schreibt querbeet voneinander ab, wodurch der Ruf dieses Consultants ruiniert wird. Später können die Schreiberlinge dann vor Gericht ihre Behauptungen nicht belegen und müssen zurückziehen. Manche müssen aufgrund einstweiliger Verfügungen Strafen zahlen. SimTech unternimmt natürlich nichts, um dem

Consultant aus der Bredouille zu helfen, was sie ohne weiteres gekonnt hätten. Ich denke, das geht genau in die Richtung, die du gerade erläutert hast, Vinzenz. Nebenkriegsschauplätze lenken doch so wunderbar vom eigenen Versagen ab."

Brenner nickte anerkennend und sagte: „Dem kann ich nichts hinzufügen, vielleicht noch eine Frage anschließen, und zwar nach Deprión & Princeton: Habt ihr da noch mehr Informationen?"

Bevor Stangassinger etwas sagen konnte, hatte Reiser schon angefangen zu sprechen: „Von dem vorher zitierten Consultant weiß ich, dass er von SimTech gebeten wurde, Deprión & Princeton zur Verfügung zu stehen. So hat er diesen Leuten zu einigen dubiosen Vorgängen, in die Repräsentanten von SimTech verwickelt waren, Namen und Vorgänge genannt. Später hat sich dann herausgestellt, dass D & P, entgegen deren Behauptung, mit keinem der benannten Personen auch nur den Versuch einer Kontaktaufnahme unternommen hatte. Der bei den Meetings mit D & P anwesende Anwalt des Consultants hat diesen Umstand SimTech mitgeteilt. Es wird euch nicht wundern, wenn ich sage, dass das bei SimTech niemanden interessiert hat."

Stangassinger schüttelte den Kopf und flocht ein: „Unglaublich! Aber es bestätigt, was ich vorher schon sagte: Die sollten primär SimTechs Weste reinwaschen. Seien wir doch realistisch: Was heißt schon Aufklärung? Aus Sicht von SimTech war alles willkommen, was den Verdacht einer groß angelegten Schwarzgeldoffensive ausräumte. Es sollte weiterhin die Story von der Verfehlung Einzelner kolportiert werden. Bisher jedenfalls scheint diese Rechnung perfekt aufzugehen."

Die Security meldete per Telefon einen weiteren Besucher.

„Frau Ebel", sagte Brenner. „Ich habe sie gebeten, dazu zu kommen. Ich denke, es ist heute der entscheidende Tag für uns."

Reiser runzelte fragend die Stirn. Brenner fuhr fort: „Es bringt doch nichts, weitere Wochen und Monate an Zeit und, was unseren Verlag anbelangt, auch an Geld zu investieren, wenn wir keine Möglichkeit mehr sehen, auch nur einen winzigen Schritt voranzukommen."

„Du meinst, wir sollen aufhören?", fragte Stangassinger, und Reiser fügte an: „Dieser Schluss liegt auf der Hand, aber haben wir wirklich alles ausgeschöpft?"

Der Türsummer ertönte. „Frau Ebel", sagte der sie begleitende Uniformierte der Security.

„Komm rein und setz dich zu uns!", sagte Brenner und winkte ihr zu.

Franziska war schnell im Bilde über das bisher Besprochene. „Ich verstehe euch, ihr habt keine Lust mehr, hinter einem Phantom her zu jagen", sagte sie. „Unser Metier ist da etwas anders gestrickt. Wir wissen sehr oft nicht, hinter was wir her sind, und erst nach und nach ergeben kleinste Mosaikteilchen ein immer größer werdendes Bild, bis wir schließlich erkennen, wonach wir suchen und wo die Lösung liegt."

„Eine Idee hätte ich noch", sagte Reiser unvermittelt.

Alle schauten ihn wie gebannt an.

„Wir haben uns bisher nur darauf konzentriert, herauszufinden, bei welcher Bank dieses Schließfach sein könnte. Wir meinen heute, es sei in Locarno. Jetzt kommen wir nicht mehr weiter, weil eintritt, was eintreten musste. Wir stellen fest, und ich muss mit einer gewissen Ironie anfügen, welch minimalen Gedankenaufwand es hierfür braucht, dass wir ohne die Betroffenen nicht weiterkommen. Nur sie haben den Zugang. Und wenn sie ihn nicht herausrücken wollen, dann war's das. Merkt ihr nicht auch, wie trivial diese Erkenntnis ist? Haben wir das nicht von Anfang an gewusst? Wir haben es gewusst, aber schlicht verdrängt, weil es uns nicht in den Kram gepasst hätte, oder weil wir dachten, bei unserer Cleverness wäre das nur am Rande von Bedeutung. Und jetzt wollen wir aufgeben. Wollen wir das wirklich?"

„Deine Idee", mahnte Brenner an.

„Lass dir Zeit, kommt gleich", antwortete Reiser. „Meiner Ansicht nach gibt es durchaus noch eine Chance. Wir haben sie bisher nur nicht beachtet. Zu einem Schließfach gehört ein Kennwort oder Zahlencode; ferner gehört dazu ein Zweitschlüssel oder eine Kennzahl, um über ein digitales Feld das Fach zu entriegeln. Der erste Schlüssel kommt immer von der Bank. Habt ihr noch nie einen

Krimi gesehen oder ein Buch gelesen? Oh, ihr seid überrascht? Macht nichts, bin gleich am Ende. Kein Mensch merkt sich solche Kennworte oder Zahlenkombinationen einfach nur, nein, er schreibt sie als Gedächtnisstütze irgendwo auf. Na, hat's klick gemacht?", beendete Reiser seine Ausführungen.

Franziska antwortete als Erste: „Ja, da frage ich mich tatsächlich, wieso mir das als Profi nicht eingefallen ist."

„Wo also hat er die begehrten Informationen notiert?", fragte Stangassinger.

„Irgendwo zu Hause", meinte Brenner. „Solch brisante Informationen vertraut kein Mensch einem Fremden an."

„Vielleicht den Eltern oder Geschwistern?", warf Franziska ein.

„Nein, glaube ich nicht", sagte Brenner bestimmt. „Keiner wird das Risiko eingehen, dass die Notiz verloren gehen könnte oder jemand zufällig Kenntnis von ihr erlangt."

„Folglich müssen wir bei den Leuten zu Hause suchen. Ich werde das übernehmen, einverstanden?", bot Franziska Ebel an.

Keiner war dagegen.

(67)

Die Rolltreppen aus dem Tiefgeschoss des Stachus spuckten bereits jetzt, kurz vor 09:00 Uhr, zahlreiche Menschen aus, die durch das Karlstor in die Innenstadt eilten. Später am Vormittag, wenn alle Geschäfte geöffnet wären, würde es zunehmend belebter werden.

Vom Königshof aus wäre das Treiben gut zu beobachten gewesen, aber die beiden Männer hatten keinen Blick dafür. Lordano und der Direktor des BND bestellten Kaffee und Croissants. Wegen des Frühstücks schienen sie hier nicht zu verweilen, denn das Angebot wäre reichhaltiger gewesen.

„Sie wollten mir noch etwas sagen", kam der Direktor auf den Kern ihres Treffens zu sprechen.

„Ja, es gibt noch einige Punkte, die Sie wissen sollten. Lassen Sie uns diese schnell abhaken und uns dann anderen Themen zuwenden, wie zum Beispiel neuen Geschäften. Ich hätte da etwas, das Sie vielleicht interessieren könnte."

Lordano nahm einen Schluck Kaffee und erklärte mit leiser Stimme: „Ich habe mit dem Mann gesprochen, der mir Monti empfohlen hatte. Er bedauert die Umstände, will aber die Angelegenheit selbst regeln und versicherte mir, ich könne die Sache als erledigt betrachten. Ich frage mich nun, ob Monti tatsächlich nicht schon damit begonnen hat, ein eigenes Spiel zu treiben. Nehmen wir die letzten Vorgänge in New York. Seine Version der Vorkommnisse ist eine andere als die, die Sie mir berichtet haben. Ich neige dazu, Ihrer Version den Vorzug zu geben, denn warum sollten Ihnen Ihre Quellen etwas mitteilen, das so nicht stattgefunden hat? Sie haben kein eigenes Interesse, schon deshalb sind Sie glaubwürdiger. Was also hat Monti vor?"

„Gut kombiniert", erwiderte der Direktor, „über zwei Dinge sollten wir beide uns im Klaren sein - ich weiß selbstverständlich von Ihren Verbindungen in den Süden, das aber nur nebenbei, diese Leute können tun, was sie für richtig halten. Ich für meinen Teil meine aber, wir sollten Monti nicht einfach so abreisen lassen. Jetzt ist er hier in München, und deshalb können wir ihm jetzt auf den

Zahn fühlen, und nur jetzt. Was wissen wir schon darüber, wie er bei seiner Familie behandelt wird? Vielleicht sehen wir ihn niemals wieder. Sollen ja nicht gerade zimperlich sein, Ihre Freunde. Nein, deshalb müssen wir mit ihm hier sprechen. Sehen Sie, und genau an diesem Punkt müssen Sie, Signore, noch einmal mit einsteigen."

„Ich?", fragte Lordano dazwischen.

„Lassen Sie es mich erklären!", fuhr der Direktor fort. „Monti steht auch auf der Payroll eines US-Dienstes. Nehme ich ihn mir als BND-Mann vor, kann ich nicht ausschließen, dass er sich mit seinen Kollegen in den Staaten verständigt. Das Ergebnis könnte sein, dass mir deshalb sehr schnell die Hände gebunden wären. Es bedarf nur eines Anrufs aus den USA, und ich erhalte eine entsprechende Anweisung, da bin ich mir ganz sicher. Wenn Sie ihn dagegen in die Mangel nehmen, wird er nichts davon wissen, dass wir beide uns einig sind. Ich kann Ihnen natürlich dabei helfen, Monti festzusetzen."

„Eine verzwickte Situation", gestand Lordano zu. Nach einer Sekunde des Nachdenkens ergänzte er: „Nehme ich ihn auseinander, bekomme ich unweigerlich Probleme mit der Organisation. Es würde gegen den ausdrücklichen Wunsch eines mächtigen Mannes geschehen, und das geht in der Regel immer ins Auge. Er würde es nicht akzeptieren, nicht akzeptieren können. So sind nun mal die Regeln bei uns."

„Dann geht es nicht anders", sagte der Direktor in die entstandene Pause hinein. „Wir greifen ihn uns, reden mit ihm, und was dann noch von ihm übrig ist, soll tun was es will. Von mir aus auch abreisen, in den Süden fliegen, ich weiß es nicht."

Ganz wohl war Lordano bei der Sache nicht, aber er hatte keine bessere Idee. Es durfte aber nichts an ihm hängen bleiben, sonst könnte er einpacken. Die Arme des Mannes aus Palermo reichten weit. Also bat Lordano Francesco gegen Abend, ihn eben mit diesem Mann zu verbinden.

„Sei unbesorgt", sagte der Mann aus Palermo, „ich habe meine Anweisungen erteilt. Du hast nichts mehr mit ihm zu tun. Und deine Freunde vom BND - sollen sie machen, was sie wollen, kümmere dich nicht darum! Es ist alles geregelt."

Lordano war klar, was das bedeutete. Er konnte und durfte nichts mehr unternehmen. Monti war für ihn ab sofort tabu.

Eine Frage quälte ihn noch. Er hatte keine Kontrolle über die Aktionen des BND. Folglich würde er auch nicht wissen, ob sie erfolgreich sein würden und die Millionen aufspürten. Sie konnten ihm also irgendwann einmal einen Betrag in die Hand drücken oder auch nicht. Dies fand er inakzeptabel. Er musste einen Weg finden, wieder die Oberhand zu gewinnen. Im Augenblick waren seine Karten hierfür jedoch mehr als schlecht.

(68)

Für zehn Uhr hatten sie ihn heute in die Orleansstraße bestellt. Das war Schikane. Vielleicht wieder mal eine ihrer Methoden, ihn weich zu klopfen, dachte Kögel. Er war vorbereitet, sollten sie es doch versuchen.

„Nehmen Sie Platz!" Der Beamte wies auf einen Stuhl und sprach dann in das Mikrofon des Aufzeichnungsgerätes: „Samstag, 23. Februar 2008, Vernehmung des Beschuldigten Albert Kögel in der Sache SimTech. Herr Kögel hat erklärt, mit der Aufzeichnung einverstanden zu sein. Auf anwaltlichen Beistand hat Herr Kögel verzichtet."

Nichts hatte er erklärt, aber sie fragten ihn schon gar nicht mehr, sondern zeichneten einfach alles auf, was er sagte. Später würde er mit seiner Unterschrift auf dem Protokoll bestätigen, dass alles seine Richtigkeit hätte.

Dann begann die Fragerei, wie schon so oft, immer das Gleiche. Und dann unvermittelt die Frage, wieso er so sicher sei, dass Seifert nichts beiseitegeschafft habe.

Diese Frage war doch schon abgehakt gewesen. Vor Monaten hatte es die Staatsanwaltschaft selbst medial verkündet. Was sollte das also jetzt?

Kögel durfte nicht zu lange mit einer Antwort zögern, dies würden sie ihm negativ auslegen, also sagte er, auch um Zeit zu gewinnen: „Sie sehen mich etwas überrascht. Ich dachte, dieses Thema sei abgeschlossen. Welche Gründe gibt es jetzt, das infrage zu stellen?"

„Keine, es gibt keinen speziellen Grund", sagte der Beamte. „Beantworten Sie einfach nur meine Frage!"

„Gut, wie Sie wollen", entgegnete Kögel und erklärte, was er hierzu schon früher gesagt hatte. Er sprach von dem besonderen Vertrauen, das er Seifert entgegenbrachte, davon, dass alles immer reibungslos gelaufen war, dass alle Beteiligten von der Integrität Seiferts überzeugt waren und so fort.

Plötzlich eine aus dem Zusammenhang gerissene Frage nach seiner Vollmacht als Bereichsvorstand hinsichtlich der Anweisung von Zahlungen. Diese Frage ist noch blödsinniger als die vorangegangene, sagte sich Kögel. Das war schon vor einem Jahr geklärt worden. Sie hatten die Unterlagen in ihren Akten, seine Verträge mit SimTech, aus denen alles hervorging. Er verstand immer weniger, worauf der Beamte abzielte.

„Das wissen Sie doch", sagte er deshalb absichtlich etwas unwirsch, „steht doch alles in den Akten."

„Gut, lassen wir das", sagte der Beamte, ohne auf eine Antwort Kögels zu drängen.

„Eine Frage noch zum Schluss: Wie war es möglich, über einen derart langen Zeitraum hunderte von Millionen aus dem Unternehmen zu ziehen, ohne dass Ihr Zentralvorstand, im speziellen der Finanzvorstand, davon Kenntnis erlangte?"

Das war es also, was sie versuchten: Ihn erst verunsichern, damit er dann gegen einen der Zentralvorstände aussagte. Aber auch das war doch schon abgeklärt und Schnee von gestern. Genau darauf hatte er doch schon hingewiesen, dass dies alles ohne Kenntnis oder zumindest Duldung dieser Herren gar nicht möglich gewesen wäre. Was sollte er also jetzt antworten? Sollte er ein Datum nennen, wann er darüber konkret und namentlich mit wem gesprochen hatte?

„Ich kann hierzu nur ausführen, was ich früher schon gesagt habe", beantwortete er die Frage schließlich und erläuterte, dass er anlässlich von Besprechungen immer wieder darauf hingewiesen habe, dass sein Bereich ein sicheres System etabliert hätte. Natürlich habe er mit dem Finanzvorstand auch über die Höhe der Beträge gesprochen.

„Er musste es doch wissen, schon wegen der Bilanz."

Eine Stunde später war er entlassen, stieg in seinen Wagen und fuhr nach Hause, die Garage mit dem Wohnhaus über einen Durchgang verbunden. Kögel schmiss die Türe zum Haus mit einem heftigen Schwung ins Schloss, stieg ein paar Stufen nach oben, durchquerte die Diele und betrat das Wohnzimmer, ein großzügiger Raum von über 70 qm mit Blick in den Garten. Da erstarrte er. Aschfahl registrierte er die Frau, die es sich auf dem Sofa gemütlich gemacht hatte. Es dauerte eine Weile, bis er die Situation einordnen konnte. Vor ihm die Frau vom Flugplatz, als er im Dezember nach Dubai flog.

„Wie sind Sie hier hereingekommen?", fragte er zornig mit einer steilen Falte auf der Stirn, „und was wollen Sie schon wieder? Ich werde jetzt die Polizei rufen. Einfach einzubrechen, das geht doch entschieden zu weit."

„Das werden Sie bleiben lassen!", zischte Franziska Ebel mit scharfer Stimme und richtete unmissverständlich eine Pistole auf Kögel.

Zögernd nahm er die Hand vom Apparat. Schweiß trat auf seine Stirn und die Beine versagten den Dienst. Er ließ sich in einen Sessel fallen.

„Ich verstehe nicht", stammelte er, „was soll das alles? Sagen Sie endlich, warum Sie hinter mir her sind!"

„Dann hören Sie mir jetzt genau zu! Wir wissen, dass Sie größere Beträge für sich abgezweigt haben, und wir wollen, dass Sie uns dieses Geld übergeben. Ist doch einfach zu verstehen, oder etwa nicht?"

Kögel hörte das Blut in seinen Ohren rauschen. Hochgradig nervös versuchte er, einen klaren Gedanken zu fassen. Sie wird dich umbringen, sagte ein Teil seiner aufgewühlten Empfindungen. Nein, das wird sie nicht tun, sagte seine Vernunft. Ohne dich kommen sie an das Geld nicht heran, bleib also ruhig!

„Ich habe es Ihnen schon damals am Flugplatz gesagt. Sie irren sich. Wer immer Ihnen da etwas eingeflößt hat, es hat mit der Realität nichts zu tun."

„Meinen Sie nicht, es wäre an der Zeit, das Versteckspiel aufzugeben?", entgegnete Franziska Ebel. „Unsere Auftraggeber wären damit einverstanden, wenn Sie einen Teil behielten. Sagen wir, ein Drittel für Sie, der Rest für uns."

Kögel hatte sich mittlerweile wieder gefangen und einen Entschluss gefasst. Er würde auf keinen Fall aufgeben, dafür stand zu viel auf dem Spiel.

„Ich habe nichts weiter zu sagen", gab er zur Antwort.

„Gut, wie Sie wollen. Es ist Ihre Entscheidung." Kögel sah die Mündung der Waffe, auf die eine Art Kolben aufgesetzt war. Schalldämpfer, dachte er. Ein hässliches Plopp und ein brennender Schmerz am rechten Knie. Kögel wollte aufschreien, aber mehr als ein Stöhnen kam nicht über seine Lippen.

„Wollen Sie jetzt reden?", fragte Franziska Ebel ohne jede Emotion.

Kögel, der rote Schlieren vor den Augen sah, klopfte das Herz bis zum Hals. Würde er das durchhalten können? Was hatte die Frau noch mit ihm vor?

„Ich habe nichts zu sagen", krächzte er. Wieder dieses Plopp. Der Schmerz jagte jetzt vom linken Knie ausgehend in sein Gehirn. Kögel stöhnte auf, blieb aber weiterhin stumm.

Lässig stand Franziska Ebel auf, machte zwei Schritte auf Kögel zu und sagte: „Noch verwende ich Gummigeschosse, aber das könnte sich sehr schnell ändern. Ich werde Ihnen jetzt ein paar Handschellen anlegen, dann in Ruhe das Haus durchsuchen und danach entscheiden, was mit Ihnen geschieht. Wenn ich nicht finde, wonach ich suche, und Sie es mir auch nicht sagen wollen, haben Sie keinen Wert mehr für unseren Klienten. Geht das rein in Ihren Kopf?"

Kögel spürte seine Knie als unförmige, schmerzdurchflutete Masse. Er wagte erst gar keinen Versuch, auf die Beine zu kommen.

„Wonach suchen Sie denn?", brachte er nach einer Weile hervor.

„Ich denke, Sie wissen das. Ich suche nach den Zugangsdaten zu Ihrem Schließfach. Kennwort, Schlüssel oder Code zum Öffnen des digitalen Schlosses."

Franziska Ebel beobachtete Kögel genau, aber es gab keine Regung, die ihr bei der Suche geholfen hätte. Sie zwang Kögel auf die Beine und mit schlurfenden Schritten gelang es ihm unter unsäglichen Schmerzen, ihren Anweisungen zu folgen. Mit einem *Klick* schlossen sich die Handschellen um den Anschlussstutzen eines Heizkörpers und Kögels rechtes Handgelenk.

(69)

„Ihr Handy", sagte ein Mann neben ihm am Tresen einer Kneipe irgendwo in Schwabing, dem Amüsierstadtteil Münchens.

Monti hatte es nicht wahrgenommen. Zu viel Lärm, und seine Gedanken weilten immer noch in New York. Er war seit dem Vorfall mit Claire Polingo nicht mehr so konzentriert. Es wollte ihm einfach nicht aus dem Kopf gehen, dass eine Frau es geschafft hatte, ihn, den Profi, zu übertölpeln.

„Danke", murmelte er und nahm das Telefon aus der Tasche. Es war kaum etwas zu verstehen. Eine italienische Stimme sagte ihm, er solle einen besseren Ort aufsuchen, man würde in zehn Minuten wieder anrufen.

Monti zahlte und verließ das Lokal. Die Luft war kalt. Langsam schlenderte er die Georgenstraße hinab zur Leopoldstraße, dann rechts zum Siegestor. Er war schon in der Ludwigstraße angekommen, als das Handy einen Anruf signalisierte.

„Monti, pronto?"

„Mein lieber Davide", tönte die ihm bekannte Stimme des Familienoberhauptes in sein Ohr, „was machst du für Sachen? Ich habe von deinem Abenteuer in New York gehört."

Monti wollte zu einer Erwiderung ansetzen, aber die Stimme fuhr fort: „Was soll ich jetzt mit dir machen? Bitte, sag es mir! Du kannst nicht mehr weiterarbeiten, dort, wo du jetzt bist, aber hier kann ich dich auch nicht gebrauchen, das verstehst du doch?"

Wieder versuchte Monti, etwas zu sagen, aber es gelang nicht, denn schon war die Stimme wieder da, dieses Mal eine Spur kälter:

„Es spricht sich herum. Niemand wird dich noch haben wollen. Ich kann dich nicht mehr einsetzen. Warum tust du mir das an? Was ist los?"

Jetzt war Zeit für eine Erklärung. Der Anrufer, sein über alles verehrter Boss, wartete darauf.

„Ich weiß, ich habe einen unverzeihlichen Fehler begangen und ich kann nicht erklären, wie es passieren konnte. Ich habe nicht damit gerechnet und, was soll ich sagen, es gibt keine Entschuldigung."

Der Mann aus seiner Heimat ließ ein paar Sekunden verstreichen und sagte dann: „Davide, was machen wir jetzt? Du bist großen Spielern auf die Füße getreten. Eine deiner Freundinnen hat jemanden bedroht und ein Ultimatum gesetzt. Was ist das für ein Unsinn? Machen wir solche Dinge nicht selbst? Wieso nimmst du eine Frau dafür? Wie viel weiß sie? Du musst das regeln Davide, haben wir uns verstanden?"

„Selbstverständlich", beeilte sich Monti zu versichern. „Darf ich noch etwas anfügen?", fragte er unterwürfig.

„Ja, sag, was du zu sagen hast!"

„Der Signore, für den ich hier gearbeitet habe, wird nicht aufgeben. Er ist hinter sehr viel Geld her. Soll ich ihn nicht wenigstens weiter beobachten?"

„Nein", kam die Antwort knapp, wie ein Peitschenknall, „ich sagte dir doch, da sind große und sehr mächtige Personen am Werk. Du wirst nichts mehr unternehmen! Nimm ein Flugzeug und komm zurück! Ich werde sehen, was wir noch tun können."

Der Boss hatte ohne Gruß aufgelegt. Ein sehr schlechtes Zeichen, fand Monti. Pia! Er musste sich um sie kümmern. Das war ein Auftrag. Zurück nach Hause? Würde er noch eine Chance bekommen oder war das Ende seiner Karriere angebrochen? Eingebrockt hatte ihm das Ganze Lordano, der feine Signore, der so sehr Wert auf gute Formen legte. Es war klar, dass er ihn bei seinem Boss hingehängt hatte. Zwei Dinge würde er noch erledigen, bevor er zurückflog: Pia und Lordano.

Ein Blick auf die Uhr: Kurz vor Mitternacht. Monti wählte Pias Nummer. Sie war sofort am Apparat. „Können wir uns gleich noch sehen?", fragte er.

„Wo?"

„Bei mir im Hotel."

„Okay, ich bin in einer halben Stunde da."

Monti wartete in der Lobby, bis Pia ankam. Er ging auf sie zu und sagte: „Lass uns runter ins *Trader Vic's* gehen. Wir müssen etwas bereden."

Drei Minuten später hatten sie einen Tisch.

„Es hat Turbulenzen gegeben. Eine davon hast du ausgelöst, mit Kögel. Wir sind da wohl Leuten zu nahegekommen, die so einflussreich sind, dass mich deshalb mein Boss angerufen hat. Er hat Sorge, du könntest zu viel wissen."

Pia sah Monti ins Gesicht und sagte mit verschwommenem Blick schlicht: „Und du hast jetzt die Scheißaufgabe, das Problem zu lösen. Du musst mich ausschalten? Ist das der Grund für unser Treffen um diese Zeit?"

Monti schluckte. In erster Linie war er seinem Job verpflichtet, da gab es für ihn keinen Zweifel, aber Pia war nicht irgendwer. Mit Pia war das anders als mit Frauen, die er sonst so kennengelernt hatte. Er mochte Pia. Er würde sie nicht einfach beseitigen können, nicht Pia. Deshalb sagte er: „Es kann sein, dass mein Boss an so eine Lösung dachte, aber einen direkten Auftrag hierfür habe ich nicht. Er sagte nur, ich müsse das Problem lösen."

„Und, was schwebt dir vor? Mich abknallen oder wie willst du es sonst machen?", fragte Pia leise.

„Nein, das werde ich ganz sicher nicht tun. Das wäre keine Lösung. Weiß ich, wer aus eurem Team ebenfalls informiert ist? Du arbeitest ja nicht im luftleeren Raum, genau so wenig wie ich. Soll ich euer ganzes Team auslöschen? Ich weiß noch nicht einmal, wer zu diesem Team gehört. Also, darüber sollst du dir keine Gedanken machen! Außerdem, Pia, ich würde es nicht können. Du bist vielleicht die erste Frau in meinem Leben, für die ich mehr empfinde als nur die Lust auf Sex. Ich weiß es nicht, vielleicht liebe ich dich sogar."

Jetzt war es Pia, die ihn, überrascht von seinen Worten, mit großen Augen ansah.

„Nein, das meinst du nicht im Ernst. Du, der Profi fürs Grobe, verliebt, in mich? Quatsch, vergiss es." Unbemerkt hatte sie ihre Handtasche geöffnet. Eine kleine Pistole mit Schalldämpfer lag in ihrer Hand. „Lass uns ein paar Schritte gehen, hier ist nicht der Ort, über solche Dinge zu reden."

„Ist gut", sagte Monti, „wenn du meinst, gehen wir."

An der *Kleinen Komödie* vorbei, verließen sie das Gebäude über den rückwärtigen Ausgang. Monti merkte nichts mehr davon, als er, von zwei Projektilen getroffen, zusammensackte, gegen eine Hauswand taumelte und gestürzt wäre, hätte Pia ihn nicht aufgefangen. „Du blöder Idiot", sagte sie noch, dann ließ sie ihn behutsam in die Nische eines Ladeneinganges gleiten. Niemand nahm Notiz von dem Vorgang.

Auf der gegenüberliegenden Seite des Hotels parkte ihr Wagen. Pia stieg gemächlich ein, startete und erreichte zügig die *Emmeramsmühle*, eine Gaststätte im Stadtteil Oberföhring. Eine Parklücke, eingeparkt und schnellen Schrittes runter zum Isarkanal.

Pia war in der Dunkelheit kaum auszumachen. Sie schraubte den Schalldämpfer ab und warf beide Teile in hohem Bogen in den Kanal. Dann leerte sie noch ihre Handtasche, stopfte alles in ihren Mantel, füllte ein paar Flusssteine in die Tasche und schmiss sie hinterher in das träge dahinfließende Wasser.

Danach nahm sie ihr Handy, wählte, wartete kurz und sagte nur: „Der Auftrag ist erledigt."

(70)

Franziska Ebel begann mit dem oberen Stockwerk von Kögels Haus. Gewissenhaft durchsuchte sie Bücher, Zeitungen, Magazine, Hefte, Schreibblöcke nach versteckten Notizen, losen Zetteln oder handschriftlichen Vermerken; nicht einfach, aber mit der nötigen Sorgfalt sollte es gelingen, das Gesuchte zu finden. Ein zeitraubendes Unterfangen, wie sie schon sehr bald feststellte. Bücherregale, Schrankwände, jedes Möbelstück konnte ein Versteck beherbergen. Teppiche umkehren, Bilder von der Wand nehmen; Franziskas Bemühungen brachten keinen Erfolg. Bäder, Toiletten - kein Resultat.

Ein kaum wahrzunehmendes Geräusch wie das Auf- und Zuziehen einer Türe ließ sie aufhorchen. Blitzschnell griff sie nach der Waffe, die sie in ihrer Jackentasche mit sich führte. Auf Zehenspitzen schlich sie zur Treppe und setzte vorsichtig einen Fuß auf die erste Stufe. Schon bald erschien Kögel in ihrem Blickfeld, der unverändert vor dem Heizkörper kauerte. Sie musste sich geirrt haben. Nichts Ungewöhnliches. Franziska Ebel ging wieder nach oben, um ihre Arbeit fortzusetzen. Sessel, Sofa, Fernseher, eine Sammlung von CDs, einige DVDs. Nichts. Den Fußboden auf Hohlräume hin abklopfen. Nichts. Franziska beschloss, unten weiterzusuchen.

Sie sah Kögel. Kauerte er jetzt nicht in einer veränderten Position? Irgendetwas stimmte nicht. Ihre körpereigenen Alarmsignale sensibilisierten sie auf das Höchste.

Vorsichtshalber griff sie wieder nach der Pistole, aber jede Abwehr wäre zu spät gekommen. Mit Wucht traf sie ein Gegenstand mitten auf die Stirn. Instinktiv riss sie ihre Arme nach oben, als sie einen Schlag am Hals verspürte und unwillkürlich auf die Knie ging.

Ehe sie reagieren konnte, wurde ihr die Pistole aus der Hand geschlagen und etwas ins Gesicht gedrückt. Franziska Ebel sah noch verschwommen, dass sich Kögels Gesicht zu einer höhnischen Grimasse verzerrte, dann schwanden ihr die Sinne.

Manchmal sind es nur kleine Fehler, die im Leben alles verändern. In diesem Fall aber war Franziska Ebel ein fundamentaler Anfängerfehler unterlaufen. Sie hatte Kögel nicht durchsucht, bevor sie nach oben gegangen war. Kögel hatte eine Weile gewartet, bis er hörte, dass Franziska sich in einem der Bäder befand, um dann ein Handy aus der Tasche zu fingern. Nervös tippte er eine Nummer in den Ziffernblock, doch erst der dritte Versuch gelang. Sein Freund aus Dubai hatte ihm diese Nummer gegeben, falls er einmal Hilfe benötigte.

Eine Stimme aus der ihm bekannten Bank meldete sich.

„Hier Kögel", sagte er, „ich brauche Hilfe, ich bin gefesselt und jemand ist bei mir im Haus."

„Bleiben Sie ganz ruhig, wir sind in wenigen Minuten bei Ihnen. Wie kommen wir ins Haus?"

Flüsternd erklärte Kögel, wo er den Ersatzschlüssel deponiert hatte.

„Wir nehmen sie mit", sagte einer der fremdländisch wirkenden Männer in einwandfreiem Deutsch zu Kögel.

„Machen Sie sich keine Sorgen, diese Frau wird Sie künftig nicht mehr belästigen."

Sie hüllten Franziska Ebel in eine Decke, die einer der Männer herbeischaffte. Ein anderer hievte die Bewusstlose über die Schulter, und sie verließen das Haus. Vor dem Eingang stand ein Van, die seitliche Schiebetüre geöffnet. Der eine Mann legte Franziska auf der mittleren Bank ab, setzte sich neben sie und zog die Schiebetüre zu. Die beiden anderen stiegen vorne ein. Sekunden danach fuhr der Wagen ab.

(71)

In den zahlreichen Informationen des BND gab es eine Lücke. Der Direktor besaß keine Kenntnis über die Zusammenhänge zwischen dem Spezialisten und Albert Kögel.

Er wusste um das Unternehmen in der Romanstraße und er hatte auch Berichte vorliegen, die sich mit der Zusammenarbeit dieser Leute und Harald Brenner beschäftigten. Über Kontakte, die der BND selbstverständlich zu Staatsanwaltschaft und Polizei pflegte, war der Anschlag auf den Mann bekannt geworden, den seine Auftraggeber den Spezialisten nannten. Den Berichten war ebenfalls zu entnehmen, dass ein Mann bei dem Versuch, den Spezialisten im Krankenhaus zu töten, selbst ums Leben kam, erschossen von dem Mann, den er als Opfer auserkoren hatte. Die Mutmaßungen der Polizei und die dürftigen Aussagen des Spezialisten zu diesem Vorgang trugen kaum etwas zur Aufklärung bei.

Die Verbindung zu Lordano blieb in den Polizeiberichten unerwähnt. Sie war den Ermittlern schlicht unbekannt.

In einem Dossier des BND waren Details von Personen festgehalten, die sich um Brenner gruppiert hatten. Aufgefallen war diese Verbindung deshalb, weil sie Brenner in dessen Büro zu ungewöhnlichen Uhrzeiten aufsuchten. Die Berichte erwähnten auch, dass es zwischen Lordano und Brenner zu Kontakten gekommen war. Und schließlich lag ihm als letztes Ergebnis der observierenden Mitarbeiter des BND vor, dass am 23. Februar drei Männer mit einem Schlüssel, der im Garten deponiert gewesen war, in Kögels Haus gelangten, welches sie nach kurzer Zeit wieder verließen, wobei einer einen in eine Decke gehüllten Gegenstand aus dem Haus in einen davor abgestellten VAN der Marke VW schleppte. Der Gegenstand habe sich als weibliche Person entpuppt.

Der Direktor mutmaßte nunmehr, dass es sich bei der Frau um jene Person handle, die Kögel in Montis Auftrag das Ultimatum gestellt hatte, was wiederum den Anruf bei ihm auslöste, mit der Bitte, der BND möge das Thema erledigen. Diese Frau war nun bei dem Versuch, Kögel erneut unter Druck zu setzen, von Männern des Bosses aus Palermo aus dem Verkehr gezogen worden.

Dass Monti zu diesem Zeitpunkt bereits nicht mehr lebte, wusste der Direktor ebenso wenig wie die Tatsache, dass Kögel von zwei Frauen bedroht worden war und eine davon zum Team des Spezialisten gehörte. Der Direktor sah zwar die Schwachstellen seiner Theorie - woher wussten die Männer vom Zweitschlüssel im Garten? Was war mit Kögel? – aber er ignorierte sie.

In Unkenntnis der tatsächlichen Zusammenhänge fällte der Direktor eine Entscheidung, die weitreichende Folgen haben sollte.
Er rief Lordano an und bat um ein erneutes Treffen. Nur eine halbe Stunde später saß Lordano in seinem Büro.
„Sie haben es sehr eilig gemacht. Gibt es eine neue Entwicklung?", fragte Lordano.
„Für mich schon", antwortete der Direktor, „für Sie aber vielleicht nicht. Es hängt wie so vieles vom Grad der eigenen Kenntnisse ab. Ich meine, es könnte gut sein, dass Sie in dieser Sache besser informiert sind als ich. Aus erster Hand sozusagen."
„Ich muss gestehen, dass ich nicht verstehe, worauf Sie hinaus wollen", sagte Lordano verwundert.
„Dann will ich es Ihnen sagen". Er erläuterte Lordano, was er zuvor den Berichten entnommen hatte.
Lordano saß in der Zwickmühle. Einerseits glaubte er ohne weiteres, was er soeben gehört hatte, denn aus welchem Grund sollte ihm der Direktor eine erfundene Geschichte auftischen, andererseits hatte ihm der Boss seiner Organisation versichert, Monti würde keine Probleme mehr machen. Sollte Monti etwa auf eigene Rechnung handeln? Er konnte sich das nur schwer vorstellen. Monti war nicht dumm und würde deshalb sehr genau wissen, wie riskant ein solcher Schritt wäre. Was also war tatsächlich vorgefallen, fragte sich Lordano. Auch er hatte noch keine Kenntnis vom Tod Montis.
„Hören Sie", sagte er schließlich, „einige Dinge passen nicht zusammen. Wenn mein Freund, Sie wissen schon, sagt, Monti würde in unserer Sache nicht mehr stören, dann wird er das auch nicht. Ich meine deshalb, dass die von Ihnen erwähnte Frau nichts mit

Monti zu tun haben kann. Ich kann das sofort nachprüfen, indem ich Monti ganz einfach anrufe und ihn frage."

„Tun Sie das!", entgegnete der Direktor.

Lordano zögerte nicht und tippte die entsprechende Verbindung auf seinem Handy.

Es dauerte ein paar Sekunden, dann war eine ihm fremde Stimme am Apparat: „Ja, bitte?"

Lordanos untrüglicher Sinn für Gefahr signalisierte höchste Vorsicht.

„Mit wem spreche ich?", fragte er deshalb.

„Hier spricht die Polizei, Hauptkommissar ...", ein undeutlicher Name folgte.

Lordano war versucht, das Gespräch einfach zu beenden, aber er tat es nicht, sondern sagte: „Ich möchte Herrn Monti sprechen. Das ist doch seine Nummer?"

„Ja, das ist Herrn Montis Nummer, aber Sie können ihn nicht sprechen. Sagen Sie mir doch, wer am Apparat ist, und ich werde sehen, was ich tun kann!"

Lordano ging nicht darauf ein und sagte stattdessen:

„Richten Sie Herrn Monti aus, dass ich mich später noch einmal melde", dann drückte er die rote Taste mit dem Telefonsymbol. Das Gespräch war beendet.

„Die Polizei", sagte Lordano, „da war die Polizei dran. Was hat das zu bedeuten?"

Der Direktor wusste hierauf auch keine Antwort, meinte aber, er könne es prüfen. Er wählte eine interne Nummer und sagte, welche Auskunft er wollte. Dann wandte er sich wieder Lordano zu.

„Könnte es sein, dass Sie mir etwas verschweigen?", fragte er direkt.

Was sollte er jetzt antworten, fragte sich Lordano. Machte es noch einen Sinn, zu verschweigen, dass auch noch andere hinter dem Geld her waren? Nein, er entschied, dass es bedeutungslos geworden war, ob der Mann vom BND diese Kenntnis hatte oder nicht. Er, Lordano, würde an die Gespielin Seiferts ohnehin nicht mehr herankommen können. Vielleicht sah sein Gegenüber noch Möglichkeiten?

Die nächsten fünf Minuten berichtete er in geraffter Form einem staunenden Direktor, was er dazu wusste.

„Meinen Sie, Brenner und Konsorten wissen, wo diese Frau, Claire Polingo, anzutreffen ist?"

„Ich glaube es nicht", sagte Lordano. „Monti war in dieser Hinsicht ganz sicher einen Schritt schneller gewesen."

„Ziemlich verworren", stellte der Direktor fest. Das Telefon auf seinem Schreibtisch ertönte. Er nahm ab, lauschte und sagte nach einer Weile: „Danke, bleiben Sie dran und informieren Sie mich, wenn es neue Erkenntnisse gibt!"

Er sah Lordano an und sagte: „Ihr Mann, Monti, ist tot, erschossen aus nächster Nähe, in der Nacht vom Dreiundzwanzigsten auf den Vierundzwanzigsten in der Prannerstraße, gleich hinterm *Bayerischen Hof*."

(72)

Als Lordano am Abend nach Hause kam und Francesco gerade den Signalgeber für die Einfahrt betätigte, beschleunigten plötzlich zwei Fahrzeuge, die nicht weit entfernt gestanden haben mussten, und blockierten Lordanos Wagen, noch bevor Francesco auf das Anwesen fahren konnte.

Männer sprangen aus den Fahrzeugen und näherten sich. Francesco hielt Türen und Fenster verriegelt und sah sich nach einer Fluchtmöglichkeit um, aber es war zwecklos.

Mittlerweile war einer der Männer auf Höhe der Beifahrerseite von Lordanos Wagen angekommen, zeigte einen Ausweis und sagte: „Kriminalpolizei! Wenn Sie bitte aussteigen würden."

Lordano verständigte sich durch einen Blick mit Francesco, zuckte mit den Schultern und öffnete das Fenster gerade so weit, dass er den Ausweis des Mannes besser erkennen konnte. Kein Zweifel, der Mann war von der Polizei.

„Warten Sie", sagte er, „ich komme raus!"

„Sind Sie Herr Lordano?", fragte der Polizist.

„Ja, der bin ich. Was kann ich für Sie tun und wozu dieser Aufwand?" entgegnete Lordano.

„Wollen wir nicht ins Haus gehen, dann erkläre ich es Ihnen?"

Lordano bat die Männer in ein kleines Zimmer gleich beim Eingang und fragte, ob jemand etwas zu trinken wünsche. Die Männer verneinten. Lordano bat Francesco, ihm einen Kaffee und ein Wasser zu bringen. Einer der Beamten begleitete Francesco in die Küche.

„Also bitte, sagen Sie, was Sie zu sagen haben!", bat Lordano.

„Sie haben heute Nachmittag versucht, über ein Mobiltelefon Herrn Davide Monti zu erreichen. Stimmt das?"

„Wenn Sie es schon wissen, warum fragen Sie?", entgegnete Lordano freundlich. Er hatte es sich so angewöhnt. Wurde es brenzlig, versuchte er stets, besonders freundlich und zuvorkommend zu sein, um die Situation zu entschärfen. Sie hatten seine Nummer zurückverfolgt. Wie dumm von ihm, sein eigenes, erst vor kurzem auf seinen Namen registriertes Handy zu benützen. Er wurde nachlässig. Früher wäre ihm so etwas nicht passiert. Jemand hatte gemeint, es sei verdächtig, kein eigenes Handy zu besitzen. Nun hatte er eines und schon gab es die ersten Probleme damit.

„Davide Monti ist tot, ermordet, um präzise zu sein."

Keine Regung in Lordanos Gesicht verriet, dass ihn diese Nachricht nicht mehr überraschte.

„Das ist ja tragisch, wie ist es geschehen?", fragte er.

„Zwei Schüsse in der Innenstadt", sagte der Beamte.

„Sie kannten Herrn Monti?"

„Ja, ich kenne ihn; ich wollte sagen, ich kannte ihn. Ein guter Bekannter aus Italien", ergänzte Lordano.

„Nicht mehr?", wollte der Beamte wissen.

„Worauf wollen Sie hinaus?", fragte Lordano.

„Nun, wir haben die Verbindungsnachweise von Herrn Monti eingesehen. Eine Reihe von Gesprächen hat er per Handy auch über Ihren Festnetzanschluss mit Ihnen geführt. Manche sogar vom Hotel aus. Ein bisschen viel für nur einen Bekannten, wie Sie sagten, finden Sie nicht auch?"

„Ich verstehe Ihre Zielrichtung immer noch nicht. Ich kann doch niemanden daran hindern, mich anzurufen. Davide Monti hat immer wieder mal meinen Rat eingeholt. Manchmal zu ganz banalen Dingen wie Fragen nach einem guten Restaurant."

„Interessant", sagte der Beamte, „aber wenig glaubhaft. Es ist ja nicht so, dass wir unsere Hausaufgaben nicht gemacht hätten, Herr Lordano. So unbescholten war Davide Monti gerade nicht, wie Sie ihn darstellen wollen. Die italienische Polizei führt immerhin eine Akte *Monti*. Sein Name fällt immer wieder im Zusammenhang mit ungeklärten Verbrechen und leider auch unaufgeklärten Todesfällen. Wie wir außerdem festgestellt haben, telefonieren Sie regelmäßig mit einer Nummer in Palermo. Für unsere italienischen Kollegen war es eine leichte Übung, den Namen des Anschlusses herauszufinden und dazu noch Fakten, die uns aufhorchen ließen. Die Polizei ist seit Jahren hinter diesem Mann her. Es wird Ihnen doch sicher nicht entgangen sein, dass er als ein hochrangiger Boss der dortigen Familien gilt. Sehen Sie, und weil das so ist, werden wir ein Auge auf Sie haben."

Lordano fragte sich, wie er aus diesem Schlamassel wieder herauskäme. Die Polizei auf den Fersen, das konnte er für seine Geschäfte nicht gebrauchen. Ja sicher, er war so etwas wie eine Informationsquelle für den BND, aber würde das ausreichen, um ihm die Polizei vom Hals zu schaffen? Würde es nicht wahrscheinlicher sein, dass sich der BND von ihm zurückzöge, wenn sie davon Kenntnis bekämen? Wegen dieses blödsinnigen Telefonats von heute beim BND hatte die Polizei ihn jetzt am Haken. Vielleicht wären sie auch so auf ihn gekommen, aber erst später und nicht unmittelbar nach dem Mord. Er hätte dann sicher schon mehr darüber gewusst und sich auf entsprechende Fragen einstellen können. Jetzt war ihm diese Möglichkeit genommen. Er konnte sich nicht einmal mit der Organisation abstimmen. Wer sonst könnte für Montis Tod verantwortlich sein? Sein Freund hatte ihm gesagt, Monti würde nicht mehr stören, und das hat er eingehalten, wie es eben in diesen Kreisen üblich ist.

Lordano hatte sich blendend unter Kontrolle. Jedenfalls schien es so, dass ihm weder die Anwesenheit der Polizei noch die Nachricht vom Mord an Monti besonders naheging. Er lächelte sogar, als er den Beamten ansah und sagte: „Ich verstehe schon, dass Sie ein wenig konfus sind, bei all diesen Anschuldigungen. Sehen wir uns aber die Fakten an, dann verlieren die Dinge ihre Brisanz. Es stimmt, ich habe versucht, Herrn Monti zu erreichen. Aber - ist das verboten? Nein, ist es natürlich nicht. Ist es verboten, Herrn Monti zu kennen? Selbstverständlich auch nicht. Und schließlich frage ich Sie: Ist es verboten, mit jemandem in Italien zu telefonieren? Nein, ist es nicht. Sie sagen, dieser Herr sei der Boss von Familien. Gut, ich habe es gehört, aber was konkret meinen Sie damit? Die Polizei sei hinter ihm her, sagen Sie. Selbst wenn es so wäre - müsste ich davon Kenntnis haben? Und Sie sagen auch, Davide Monti wäre in obskure Kriminalfälle verwickelt, bei denen es sogar Tote gegeben habe. Ich frage Sie, wenn das stimmte, warum hat ihn dann die italienische Polizei nicht verhaftet? Und ich schließe meine Frage von vorhin an: Warum sollte ich von solchen Vorgängen Kenntnis haben? Ich kann beim besten Willen nicht erkennen, an welcher Stelle ich etwas getan haben soll, was gegen die Gesetze dieses

Landes verstieße. Wenn Sie anderer Ansicht sind, erklären Sie es mir, bitte! Wenn das nicht der Fall ist, dann bitte ich Sie, Ihre Mannschaft einzusammeln und mein Anwesen zu verlassen! Sie können selbstverständlich auch hierbleiben und tun, was Sie für richtig halten, aber dann müssten Sie mir schon eine schriftliche, richterliche Anordnung vorlegen. Falls das so wäre, würde ich einen meiner Anwälte verständigen, damit er diesem Schauspiel beiwohnt. Mehr habe ich nicht zu sagen. Ich gebe Ihnen zwei Minuten, mehr werden sie doch nicht benötigen. Francesco wird Sie hinausbegleiten."

Lordano bluffte, dessen war sich der Beamte sicher, aber gegen Lordanos Argumente hatte er nichts in der Hand. Er musste mit seinen Leuten abrücken.

„Ich habe verstanden, Herr Lordano, Sie wollen nicht kooperieren. Kein Problem. Wir kommen auch anders an unser Ziel. Kommen Sie morgen früh acht Uhr dreißig in die Ettstraße aufs Präsidium! Das ist eine Vorladung. Ich sage das nur, falls Sie mit Ihrem Anwalt sprechen sollten und auf die Idee kämen, meiner Anweisung nicht folgen zu wollen. Dann würde es für Sie richtig unangenehm werden. Das verspreche ich Ihnen."

„Ich verstehe nicht, warum Sie mir fortwährend drohen", sagte Lordano. „Ist nicht nötig. Ich werde morgen pünktlich mit meinem Anwalt bei Ihnen im Präsidium sein."

Nachdem die Polizei abgerückt war, dachte Lordano über sein Verhältnis zum Oberhaupt der Organisation im Süden nach. Konnte es ein Zufall sein, dass man ihm zwei Leute schickte, die am Ende tot waren? Im ersten Fall konnte die Familie kaum etwas mit dem Tod des Mannes zu tun haben. Das wäre nicht voraus planbar gewesen. Bei Monti sah es anders aus. Das war ohne Zweifel die Tat eines Auftragskillers gewesen. Warum haben sie dich nicht informiert? Diese Frage hämmerte in Lordanos Kopf. Es war unüblich. Welches Spiel wurde hier getrieben? Sie ließen ihn praktisch ins offene Messer laufen. War er für die *Firma* nicht mehr wichtig? Musste er sich vorsehen?

Francesco stellte eine Verbindung nach Italien her.

„Wie geht es dir?", fragte die bekannte Stimme. Sie sprachen sizilianischen Dialekt. Niemand würde das Gesprochene deshalb leicht verstehen können.

„Es geht mir gut", antwortete Lordano. „Ich bin nur etwas betrübt, dass es Vorkommnisse gibt, von denen ich hätte wissen sollen, aber niemand hat versucht mich zu erreichen."

„Ach, das ist es, was dir Kummer bereitet. Vergiss es. Ich dachte mir, es wäre vielleicht besser."

„Was meinst du damit?", fragte Lordano.

„Könnte doch sein, dass man dir Fragen stellt, nicht wahr? Wenn du nichts weißt, ist es besser für dich."

„Ich danke dir sehr für deine Fürsorge", fuhr Lordano fort, „aber habe ich jemals Anlass zur Sorge gegeben?"

„Hast du nicht, aber was regst du dich auf? Deine Freunde haben es dir doch gesagt, bevor die Polizei dich besuchte, oder?"

Lordano fror es plötzlich. Der Mann aus Palermo wusste Bescheid über sein Treffen beim BND, denn nur dort hatte man vom Tod Montis gesprochen, und er wusste von der Polizei in seinem Haus. Mit einem Mal waren Lordanos Sinne auf das Äußerste gespannt. Was ballte sich da über ihm zusammen? Der Mann, mit dem er sprach, besaß zweifellos Verbindungen, von denen er nichts wusste, und er ließ es ihn überdeutlich spüren. Eine Demonstration der Macht, der er nichts entgegensetzen konnte.

„Was soll jetzt werden?", brachte er mühsam über die Lippen.

„Sei unbesorgt", sagte die Stimme aus dem sonnigen Süden. „Vielleicht wäre es gut, du machtest mal Ferien. Es ist so schön hier bei uns. Besuch mich doch und lass es dir ein paar Tage gut gehen! Du bist jederzeit willkommen, und wir könnten in Ruhe über alles reden. Überlege es dir und gib mir Bescheid!"

Wer aus seiner nächsten Nähe kam als Informant für Palermo infrage? Francesco schloss er aus. Der hatte oft genug bewiesen, dass er ihm treu ergeben war. Einer der Anwälte, mit denen er öfter zu tun hatte? Keiner von ihnen besaß aktuelle Informationen. Es musste jemanden im BND geben. Dort wusste man sicher auch um die Polizeiaktion bei ihm. Der BND hatte naturgemäß Verbindungen überall hin. Wer aber war der Spitzel? Der Direktor, sein direkter Ansprechpartner? Warum nicht? Eine Sekretärin, ein Mitarbeiter, irgendwer? Lordano würde es nicht herausfinden können. Der Apparat dort war zu komplex und undurchsichtig.

Er grübelte über den Anlass des offenkundigen Misstrauens gegen ihn. Es konnte hierfür einen gewichtigen Grund geben. Der Südländer hatte sicherlich Spuren hinterlassen, die unweigerlich zu ihm nach Pullach führten. Auch mit diesem Mann hatte er natürlich telefoniert. Eine absolute Schwachstelle, wie sich jetzt auch bei Monti gezeigt hatte. War das für den Boss in Palermo schon zu viel des Guten? Oder hatte sich der BND eingeschaltet und selbst Verbindung mit der Organisation aufgenommen?

Schlagartig wurde ihm bewusst, dass weder die Familie noch der BND ihn wirklich benötigten, um die Millionen von Kögel und Seifert abzuräumen.

Er war ein Strippenzieher, auch bei anderen Vorhaben. Er setzte Personal ein, das die Arbeit erledigte, und benützte Informationen, um Menschen gefügig zu machen. Er hatte viel Wirbel gemacht und die Polizei am Hals und zwei der besten Männer waren jetzt tot.

Er musste sich eingestehen, in der Sache selbst bisher nichts erreicht zu haben. Das war es, was dem Boss in Italien sauer aufgestoßen ist. Die Regeln ihrer *Firma* waren einfache. Solange du erfolgreich bist, kannst du machen, was du willst, und solange du nicht versuchst, deinen Boss zu hintergehen. Riss die Erfolgskette und barg dies zudem noch die Gefahr, den Boss selbst in Schwierigkeiten zu bringen, warst du für die *Firma* nichts mehr wert. Sein Resümee: Auf keinen Fall nach Italien reisen und fortan den BND meiden. Beides hätte sich als tödlich entpuppen können. Also war es für seine eigene Sicherheit dringend erforderlich, schnellstens für ein paar Monate von der Bildfläche zu verschwinden. Um niemanden misstrauisch zu machen, brauchte er hierfür einen Grund, einen sehr guten und plausiblen Grund. Lordano führte einige Telefongespräche und wies Francesco an, Flüge zu buchen. „Nimm zweimal First Class. Wir wollen ausgeruht sein, wenn wir ankommen."

Francesco nickte und erlaubte sich dann doch noch eine Frage: „Signore, soll ich spezielle Outdoor-Kleidung besorgen und Schuhwerk?"

„Mach das Francesco!", gab Lordano zur Antwort. „Wir sollten auch ein Satellitentelefon mitnehmen. Wer weiß, ob in dieser Gegend reguläre Verbindungen bestehen."

Ein Piepston kündigte den Eingang eines Faxes an, das wenig später im Papierauswurf des Gerätes landete.

Lordano nahm das Fax zur Hand, las es aufmerksam, schmunzelte und schien mit dessen Inhalt äußerst zufrieden.

(73)

Das Erste, was Franziska Ebel wahrnahm, war der Geruch von Äther. Um sie herum herrschte Finsternis. Es war mehr als das. Es war absolut dunkel. Nicht ein Lichtschein. Die Luft roch etwas abgestanden - sie musste sich in einem Raum ohne Fenster oder mit Vorhängen befinden, jedenfalls drang kein Licht von außen ein.

Sie erinnerte sich wieder, dass sie damit begonnen hatte, Kögels Haus nach Hinweisen auf ein Schließfach zu durchforsten. Dann gab es eine Phase, an die sie sich nur sehr vage erinnern konnte, und nun hatte sie keinen Schimmer, wo sie war.

Der Geruch nach Äther? Hatte man sie auf diese Weise betäubt? Das würde ihre Gedächtnislücken erklären.

Noch etwas grub sich in ihr Bewusstsein: Sie war gefesselt. Sie konnte die Arme heben und ertastete mit dem Mund ein schmales Plastikband, mit dem ihre Handgelenke aneinandergebunden waren. Sie tastete weiter und war sich sicher, es handelte sich um einen Kabelbinder. Ebenso waren die Fußgelenke gefesselt. Als erstes versuchte sie, mit den Zähnen die Fessel an den Handgelenken durchzubeißen. Das gelang nicht. Nach ein paar Versuchen gab sie es auf und überlegte angestrengt, wie sie in diese Situation geraten konnte. Kögel musste Hilfe erhalten haben. Er hatte jemanden verständigen können, ohne dass sie es bemerkte. Wie konnte das geschehen? Handy! Er hatte ein Handy benutzt. Na klar, sie hatte ihn nicht durchsucht, war sich zu sicher gewesen. Das war jetzt bedeutungslos. Sie musste ihre Hände befreien und zwar, bevor sie jemand aufsuchte. Soweit es der Spielraum ihrer Bewegungsfreiheit zuließ, tastete sie ihre Kleidung ab, aber sie fand nichts, womit sie die Fessel hätte durchtrennen können.

Franziska Ebel hörte die Schritte der Person nicht, aber sie vernahm das Öffnen einer Türe. Jemand kam auf sie zu, ein brennender Schmerz! Mit einem brutalen Ruck riss diese Person ein Tape von ihrem Gesicht, das über die Augenpartie geklebt war. Sie hatte es vorher nicht bemerkt. Wahrscheinlich, weil sie ihre Sinne auf anderes konzentriert hatte. Sonnenrollos verhinderten den Blick durch die Fenster, und gleißendes Licht traf genau in ihre Pupillen.

Tränen schossen in ihre Augen. Nur verschwommen sah sie die Gestalt vor sich. An der Stimme, die in ihr Ohr drang, konnte sie einen Mann ausmachen. Eine tiefe Stimme mit einem fremdländischen Akzent. Das „ch" kam irgendwie tiefer aus der Kehle, L-Laute erschienen voller und viele Endungen waren nicht ausgesprochen, sondern hörten sich wie umgewandelte Vokale an.

„Warum können Sie Herrn Kögel nicht in Ruhe lassen? Was wollten Sie bei ihm?"

Franziska Ebel überlegte kurz, was sie antworten sollte. In ihrer Jackentasche steckte das Dokument, das sie als Kriminalkommissarin auswies.

„Wenn Sie vielleicht mal in meine rechte Jackentasche greifen wollen", sagte sie.

„Wozu", antwortete der Mann, „wir haben Sie bereits durchsucht. Alles!", fügte er noch anzüglich an.

„Sie sind also von der Polizei. Ein merkwürdiges Verhalten für eine Polizistin, finden Sie nicht? Braucht man für eine Hausdurchsuchung nicht eine, wie sagt man, Erlaubnis von einem Gericht? Und wieso fesselt eine Polizistin die Person, deren Haus sie durchsucht? Wieso kommt sie überhaupt alleine? Viele Fragen, und da haben wir uns gedacht, rufen wir einfach bei der Polizei an. Landeskriminalamt steht auf dem Ausweis, aber niemand kennt Sie dort, Frau Ebel. Was sagen Sie dazu?"

Franziska Ebel musste sich etwas Neues einfallen lassen. Nur - was? „Gut, wenn Sie es ohnehin schon wissen, ich bin nicht von der Polizei. Ich arbeite für eine private Organisation, die verschiedene Leute observiert und Albert Kögel gehört dazu."

„Sehen Sie", sagte der Mann, „ist schon viel besser. Allerdings - ein wenig mehr müssen Sie mir schon noch erzählen!"

Dann war seine Freundlichkeit plötzlich wie weggeblasen. „Ich will alle Details wissen. Für wen Sie arbeiten, wer Ihr Auftraggeber ist, was Sie gesucht haben, alles. Haben Sie mich verstanden? Versuchen Sie keine Tricks. Es könnte sonst sehr übel für Sie werden. Glauben Sie mir, wir haben keine Skrupel, bloß, weil Sie eine Frau sind. Reden Sie!"

(74)

Das Räderwerk des Dienstes arbeitete so präzise wie das einer Schweizer Uhr. Informationen trafen ein, wurden gesichtet oder direkt per Datenverarbeitung erfasst, zugeordnet und gespeichert. Datenbanken fügten aneinander, was zusammen zu gehören schien. Einige Suchkriterien reichten aus, um aus scheinbar belanglosen Details Mosaike zu formen, die Transparenz erzeugten, wo menschliches Denkvermögen schon an der Datenmenge gescheitert wäre.

Der Direktor des BND tippte auf seinem Laptop Namen in das interne Informationsnetz und schon wenig später sprudelte das elektronische Gehirn aus seinem Fundus.

Claire Polingo: Die üblichen Meldedaten sowie online Bestellungen und Buchungen, persönliche Daten. Über Karl Reiser und Vinzenz Stangassinger enthüllten die Speicher ebenfalls nichts Aufregendes was man als Durchbruch hätte bezeichnen können.

Über Brenner hatten sie eine Menge mehr auf Lager. Logisch, ein Journalist, der immer wieder etwas ausgrub und Verbindungen zu allen möglichen Leuten unterhielt, war eben interessanter als der Normalmensch.

Romanstraße 13a: Nur sehr oberflächliche Daten verfügbar! Es war noch nicht einmal bekannt, wer dort beschäftigt war. Es handle sich um eine Auskunftei; Informationen gegen Auftrag. Genau so las der Direktor es vom Bildschirm. Nichts über den Inhaber. Seine Behörde, schien es, hatte die ganze Firma ausgeblendet. Es lag lediglich eine Zusammenfassung der Vorgänge um die Schießerei im November letzten Jahres vor.

Zweifellos verstanden diese Leute ihren Job hervorragend. Keine Aktivitäten im Internet, keine Buchungen, einfach nichts.

„Das gibt es nicht!", entfuhr es dem Direktor. In der heutigen Zeit kam niemand mehr ohne Internet aus; das hieß, diese Truppe hatte einen Weg gefunden, sich völlig abzuschirmen. Selbstverständlich lagen die Berichte der Polizei vor, das war es aber auch schon. Der Direktor erteilte den Auftrag, umgehend ein Exposé über 13a zu erstellen.

Dann überlegte er, welche Optionen er besaß, halbwegs legal an die gesuchten Millionen heranzukommen.

Seifert hatten sie bereits unter Druck gesetzt. Da musste nachgehakt werden, aber würde dies das probate Mittel sein, jemandes Widerstand zu brechen? Nur darum würde es gehen. Er war nicht ein Lordano, dessen Organisation auch vor Gewalt nicht zurückschreckte. Zimperlich war auch seine Organisation nicht, wenn es galt, Gefahren abzuwehren. Dabei wurden sie aber durch politische Kontrollgremien überwacht. Sicher, Berichte und beigefügte Fakten waren manipulierbar und sehr einfach an die bezweckten Ziele anzupassen, und geheim war ohnehin alles, so dass dadurch schon ein gewisser Schutzwall aufgebaut war. Zudem benötigten sie von diesen Gremien keine Erlaubnis für Aktionen, sondern nur Zustimmung, wenn überhaupt. Das machte einen gewaltigen Unterschied. Der BND arbeitete im Interesse des Staates und zwar parteiübergreifend. Zustimmungen unterlagen dem Mehrheitsprinzip. Die bei Abstimmungen Unterlegenen konnten ihren Frust aber nicht an die Öffentlichkeit tragen. Sie mussten ihn schlucken, weil sie sich dazu verpflichtet hatten, Schluss!

Der Direktor sann nach einer intelligenten Lösung. *Wie knacke ich diese Brüder?*, fragte er sich zum wiederholten Male.

Eine Option wäre, nichts zu tun und abzuwarten, bis sie selbst an ihr Vermögen herantraten. Zu viel Aufwand. Er müsste die beiden ständig überwachen lassen. Hinzu kam, dass sich die Schließfächer wahrscheinlich außerhalb Deutschlands befanden.

Option zwei: Kögel analog zu Seifert weiter unter Druck zu setzen. Wenig Erfolg versprechend, so sein Fazit. Ohne die Möglichkeiten tatsächlich Zwang auszuüben, würde auch diese Option ins Leere laufen, also brauchen wir einen Weg, ihren Widerstand durch Strafmaßnahmen zu brechen. Welche Aktionen wären derart wirkungsvoll, dass alleine schon deren Präsenz ausreichte, um sie gefügig zu machen? Das war der Schlüssel. Bloß, er besaß ihn nicht.

Der Direktor wäre nicht die Karriereleiter emporgestiegen, hätte er nicht stets Lösungen für schwierige Fälle parat gehabt. Also überlegte er, wie Lordano Seifert und Kögel knacken würde. Eine rein hypothetische Frage, denn er kannte die Antwort. Wie würden es die Leute um Brenner schaffen? Eine Unbekannte, denn er konnte an dieser Stelle nur Vermutungen anstellen. Zeitungsleute sammeln Details aller möglichen Ereignisse, und die Datenspeicher der Verlage sind ein schier unerschöpflicher Fundus. Was also hätten sie in der Hand, um Kögel und Seifert gefügig zu machen? Eine Idee fing in des Direktors Gehirn an zu keimen. Die Beschuldigten hatten begonnen, sich kooperativ zu zeigen, nachdem sie ein paar Wochen im Gefängnis zugebracht hatten. Das war der eine Punkt. Der andere bezog sich auf das Strafmaß. Niemand zweifelte daran, dass sie mit Bewährungsstrafen davonkämen. Zusätzlich ein Bußgeld, das sie mit der linken Arschbacke wegdrücken würden.

Dann werde ich mal ein wenig daran feilen, dachte der Direktor, und ein gemeines Grinsen überzog sein Gesicht.

(75)

Lordano hatte die letzten Tage viel über seine Situation nachgedacht. Nicht nur was ihn augenblicklich beschäftigte, war an ihm vorbeigezogen, sondern sein Leben generell.

Wer war er eigentlich? Diese Frage beschäftigte ihn, und nur sehr zögerlich gestand er sich die Wahrheit ein. Eltern, Großeltern, viele Generationen zurück konnte er seine Abstammung verfolgen. Sie alle hatten ihre Wurzeln im Süden gehabt. Cefalú, Palermo, Catania, Siracusa, das waren die Orte, aus denen seine Familie kam. Kein fremdes Blut aus anderen Regionen Italiens. Schon als Kind kannte er es nicht anders als dass der Vater, wenn er mit seiner Familie ausging, stets zuvorkommend behandelt wurde. Sie bekamen immer einen Tisch, mussten nie warten, und es war offensichtlich: Seine Familie war allerorts beliebt. Später in der Schule drängten seine Mitschüler um ihn und suchten seine Freundschaft. Nicht viel anders war es während seines Studiums in Palermo gewesen.

Mittlerweile verstand er natürlich sehr genau, welcher Art *Beruf* sein Vater nachging. Er lernte sie alle kennen und schon bald begriff er, dass seine *Familie* weit mehr Personen umfasste als seine Eltern und ihn. Geschwister hatte er keine, aber er vermisste in dieser Hinsicht nichts. Alle Kinder wollten mit ihm spielen. Seine Eltern hatten großen Wert auf seine Erziehung gelegt und alles vermieden, was ihm als Kind schon die Privilegien des Vaters beschert hätte. Aber es blieb natürlich nicht aus, dass ihm seine besondere Stellung unter seinesgleichen allmählich bewusst wurde.

Als ihn sein Vater dann eines Tages fragte, ob er sich vorstellen könne, für die Familie im Ausland zu arbeiten, hatte er spontan zugesagt. Das Leben auf der Insel war angenehm; das war es nicht gewesen, weshalb er zusagte, aber er wollte einfach raus, etwas anderes sehen und erleben. So kam er über verschiedene Zwischenstufen schließlich nach München. Die *Familie* versorgte ihn großzügig mit Geld, damit er sich ein vernünftiges Haus kaufen konnte. Irgendwann zahlte er es zurück. Er vermittelte allerlei Geschäfte, stellte Kontakte her und kassierte hierfür Provisionen. Das spülte über die Jahre ein Vermögen auf seine Konten. Einen Teil bekam sein Boss in Palermo. Ja, er war sein Boss, daran gab es nichts zu deuteln, auch wenn er ihn stets als seinen Freund bezeichnete und ihn gerne auch so sah.

Lordano fragte sich, warum er diese Erkenntnis erst jetzt so klar vor Augen hatte. Selbstverständlich würde der Boss wissen, dass er nicht unmittelbar verantwortlich war für den Tod der beiden Männer, die man ihm geschickt hatte. Das schon, aber er, Lordano, hatte sie angefordert, und damit war er auf eine Weise verantwortlich geworden, wie man es nur innerhalb der *Familie* verstand.

Zwei gute Männer tot, weil er sie haben wollte und nicht in der Lage gewesen war, für ihre Sicherheit zu sorgen. Das war der springende Punkt. In den Augen des Bosses hatten nicht nur die Männer versagt, sondern auch er. Ein solches Versagen blieb niemals ungestraft. Nicht in diesen Kreisen.

Francesco steuerte den Wagen in die Zone, die am Flugplatz in München mit *Sicherheitsparken* ausgewiesen war. Hier konnte der Wagen über eine längere Zeit stehen bleiben, und es war nicht weit zum Terminal. Francesco kümmerte sich um das Gepäck und dirigierte einen Träger mit Gepäckwagen zum Check In für die Erste Klasse. Er schob Tickets und Pässe über den Tresen und achtete darauf, dass der Träger auch alles auf die Waage hievte. Die Stewardess am Schalter warf einen Blick in die Pässe und tippte etwas in den Computer vor ihr. Ein Drucker spuckte zwei Bordkarten aus.

„Einen angenehmen Flug", wünschte sie und eine Kollegin brachte die Herren Diaz und Rodriguez in die Senator Lounge.

Lordano hatte aus dem Safe zwei spanische Pässe gewählt, weil sowohl Francesco als auch er ein recht passables Spanisch sprachen. Andere Namen und Nationalitäten hätten zur Verfügung gestanden. Die Pässe waren erstklassig, denn sie waren keine Fälschungen im eigentlichen Sinn. Seine Verbindungen reichten weit, und das Beschaffen von Pässen gehörte zum Grundhandwerk. Der Boss wusste natürlich, dass er solche Pässe besaß, aber nicht, auf welche Namen sie lauteten. Francesco hatte das kürzlich erhaltene

Fax mit einigen Sätzen versehen nach Palermo weitergeleitet. Lordano sei zusammen mit ihm, Francesco, für ein paar Tage verreist, um eine Erbschaftssache in Boston zu regeln. Einzelheiten ergaben sich aus dem Fax, weshalb weitere Ausführungen nicht erforderlich wären.

Die Bordkarten indessen wiesen als Zielort Buenos Aires aus. Das sollte zum Verwischen der Spuren reichen.

Lordano hatte noch keine konkreten Vorstellungen, wie es weitergehen würde, war aber sicher, eine Lösung zu finden. Vielleicht würde später eine größere Zahlung ausreichen, um den Patrone wieder gewogen zu stimmen. Jetzt würde er aber erst einmal untertauchen, sich etwas erholen und nichts überstürzen. Alles war vorbereitet und Francesco hatte eine Menge Vorarbeit geleistet.

Die Lounge war gut besucht, und zahlreiche Fluggäste warteten auf den Aufruf ihres Fluges. Ein Mann um die Fünfzig, grau melierter Bart, Aktenkoffer, sportlich gekleidet, nahm in der Nähe Lordanos Platz und vertiefte sich in eine Zeitung. Er schien keinen Blick für seine Umgebung zu haben. Lordano nickte kaum merklich und gab Francesco ein Zeichen.

Es mochten vielleicht zwanzig Minuten verstrichen sein, als der Mann aufstand, die Zeitung in den Koffer packte und an Lordano vorbei Richtung Ausgang schritt. Wie unbeabsichtigt stieß er dabei an Lordanos Tisch, murmelte eine Entschuldigung auf Spanisch und verließ die Lounge.

Lordano kümmerte sich ganz offensichtlich nicht weiter um diese Lappalie und nippte an seinem Getränk. Es schmeckte bitter. Er nahm noch einen größeren Schluck und stellte das Glas ab. Noch ein Blick zu Francesco, dann sackte Lordano unvermittelt zusammen und kippte seitwärts aus dem Sessel. Francesco sprang sofort hoch, beugte sich über Lordano, sah auf und rief nach einem Arzt. Lordanos Körper vollführte noch einige Zuckungen, als würde er von einem Krampf oder ähnlichem geschüttelt, dann lag er still. Eine Traube von Menschen hatte sich mittlerweile um den Mann am Boden geschart. Erregt redeten alle durcheinander. Ein Arzt, der sich in der Lounge befunden hatte, eilte herbei, tastete Lordano ab, öffnete dessen Augenlider, schüttelte den Kopf und bedeutete den Leuten, zurückzutreten. Dann nahm er eine Decke, die ihm eine hinzugekommene Stewardess reichte und breitete diese über dem Körper Lordanos aus.

„Da ist leider nichts mehr zu machen", sagte er.

Francesco nutzte indessen den Auflauf und entfernte sich blitzschnell vom Ort des Geschehens. Lordanos Tasche mit Pass und Bordkarte nahm er mit. Niemand registrierte ihn wirklich, und keiner verlangte von ihm zu bleiben. Aus den Augenwinkeln sah er noch, wie ein paar Polizeibeamte in Uniform herbeieilten, dann hatte er die Lounge hinter sich gelassen.

„Ein epileptischer Anfall", erklärte der Arzt zwei Beamten der Flughafenpolizei.

„Wir rufen die Ambulanz", sagte einer der Beamten und sprach etwas in sein Sprechfunkgerät.

Nur wenige Minuten später waren zwei Sanitäter vor Ort. Sie hoben Lordano auf eine fahrbare Trage, schnallten ihn fest, breiteten die Decke wieder über ihn aus und verließen ohne ein weiteres Wort die Lounge.

„Wenn Sie noch bitte mit auf die Wache kommen", sagte einer der Polizisten zu dem Arzt.

Zusammen verließen sie die Lounge. Ein paar Augenblicke später deutete schon nichts mehr auf den Vorfall hin.

(76)

„Wir haben keine Spur von Franziska", sagte der Spezialist.

Brenner, der ihm gegenübersaß, überlegte, welchen Zusammenhang es mit ihrer gemeinsamen Sache geben könnte.

„Sie sagen, Franziska wäre bei Kögel gewesen und seitdem gäbe es keine Verbindung mehr zu ihr."

„Genauso ist es", antwortete der Spezialist.

„Dann gehen wir doch zu Kögel und fragen ihn", meinte Brenner.

„Haben wir natürlich als Erstes versucht, aber entweder ist der Typ ausgeflogen, verreist oder weiß der Teufel, wo er steckt", erwiderte der Spezialist.

„Wir kriegen ihn schon. Sie finden einfach heraus, wer sein Anwalt ist, und ich werde bei diesem um ein dringendes Gespräch mit seinem Mandanten ersuchen. Ich bin überzeugt, er wird es mir vermitteln. Wäre nicht der erste Fall, bei dem die Ankündigung einer Story die Leute beflügelt, den Mund aufzumachen."

Nur ein paar Stunden später war Brenner bei Kögels Anwalt in der Baierbrunner Straße.

„Wenn Sie bitte Platz nehmen wollen", sagte der Anwalt und deutete auf eine Gruppe von Sesseln.

Brenner stutzte kurz und fragte, wo Kögel sei.

„Mein Mandant meint, und ich stimme dem zu, Sie sollen mir erläutern, um was es geht. Falls es dann noch nötig wäre, Herrn Kögel mit einzubeziehen, könnten wir einen entsprechenden Termin vereinbaren."

Brenner blieb stehen, sah den Anwalt an und sagte: „So denken Sie sich das also und glauben, besonders raffiniert zu sein. Ich sage Ihnen jetzt, was ich davon halte." Brenner legte eine kleine Pause ein und fuhr dann fort: „Nichts. Ich halte davon absolut gar nichts. Sehen Sie, hätte ich vor, einen Artikel über Sie zu schreiben, dann würde ich wohl mit Ihnen sprechen wollen. Ich werde aber über Ihren Mandanten schreiben, deshalb werde ich darüber nur mit ihm sprechen. Wenn er es wünscht, von mir aus in Ihrem Beisein. Aber ich spreche nicht mit Ihnen über Kögel."

Der Anwalt suchte nach einer Erwiderung. Man konnte sehen, wie es in seinem Gehirn arbeitete. Er war es ganz offensichtlich nicht gewohnt, dass jemand in diesem Ton mit ihm sprach.

Bevor er jedoch noch etwas sagen konnte, fuhr Brenner fort: „Sie können Ihren Mandanten jetzt anrufen und ihm nahelegen, er möge seinen Hintern hierher bewegen. Ich gebe ihm hierfür eine Stunde. Danach wird es kein Gespräch mehr zwischen ihm und mir geben. Sagen Sie ihm das. Den Artikel schreibe ich, so oder so. Und sagen Sie ihm auch, ich hätte sehr weitreichend recherchiert. Es kann sein, dass vielleicht manche Schlussfolgerungen nur annähernd richtig sind, aber das würde mich im Augenblick nur wenig stören."

Brenner machte Anstalten, das Büro des Anwalts zu verlassen.

„Warten Sie", sagte der Anwalt, „meinen Sie nicht, dass man Ihr Auftreten als ein wenig dreist bezeichnen könnte?"

„Sie können es bezeichnen, wie Sie wollen", antwortete Brenner und bewegte sich bereits auf die Türe zu.

„Also gut, ich versuche Herrn Kögel zu erreichen."

„Prima", sagte Brenner nur und öffnete die Türe. „In einer Stunde, keine Minute länger", fügte er noch an und ließ einen beunruhigten Anwalt zurück.

In einem nahen Café warf Brenner noch einmal einen Blick auf die Fakten. Der Zugriff auf Kögels Millionen war überschattet von Franziskas Verschwinden. Sie unbeschadet aufzufinden, hatte jetzt absolute Priorität, und Kögel, so hoffte er, würde dabei eine zentrale Rolle spielen. Es kam also darauf an, ihn von Anfang an kompromisslos zu attackieren.

Exakt eine Stunde später war Brenner wieder zurück in der Kanzlei. Eine Assistentin brachte ihn in das Büro des Anwalts. Kögel war anwesend. Eingefallene Wangen, die Augen unstet hin und her wandernd, schmale Lippen, Haare zurückgekämmt, sah er weit weniger vorteilhaft aus, als ihn Brenner von Fotos her in Erinnerung hatte. Keine Begrüßung!

„Brenner, Südverlag", begann Harald Brenner ohne Aufforderung zu reden. „Herr Kögel, ich habe Erkundigungen zu Ihrer Verstrickung im SimTech-Skandal eingeholt."

Brenner beobachtete, wie Kögels Augen bei den Worten SimTech-Skandal zuckten. „Ihre Rolle im Unternehmen hat mich dabei weniger interessiert. Diese ist ja mittlerweile hinlänglich bekannt. Ich wollte in Erfahrung bringen, was Sie abseits Ihrer ehemaligen Funktion mit dem Skandal verbindet."

„Werden Sie bitte konkret", warf Kögel diszipliniert ein, „meine Zeit ist begrenzt, und ich bin nicht geneigt, mir weitere journalistische Hypothesen anzuhören, von denen ich schon zu viele habe über mich ergehen lassen müssen. Ihre Zunft hat leider nur eine sehr begrenzte Fähigkeit gezeigt, die heutige, globale Welt und ihre Anforderungen zu verstehen."

Du denkst, du bist ein harter Brocken, dachte Brenner, nickte verstehend und zauberte sogar ein Lächeln auf sein Gesicht, bevor er betont leise wieder das Wort ergriff: „Ich verstehe, Sie haben keine besonders hohe Meinung von meinem Berufsstand. Das ist Ihr gutes Recht, berührt mich aber in keiner Weise. Ich werde mich im Augenblick nicht dazu äußern, was ich von Managern Ihres Kalibers halte. Das können Sie dann meinem Artikel entnehmen." Brenner sah, dass Kögel zu einer Erwiderung ansetzen wollte, schnitt ihm aber rigoros das Wort ab. „Warten Sie, bis ich fertig bin, wird nicht mehr sehr lange dauern. Es entspringt nur meinem Verständnis einer fairen Berichterstattung, demjenigen, über den berichtet wird, die Gelegenheit zu geben, seine Sicht der Dinge darzulegen. Sie sollen in dieser Hinsicht keine Ausnahme bilden."

Wieder zuckten Kögels Augen, aber er hielt sich zurück.

Der Anwalt war nur stiller Beobachter.

„Fangen wir mit Ihren besonderen Beziehungen in die Vereinigten Emirate an. Sie betreiben dort Immobiliengeschäfte, wie Sie bei Ihrer Vernehmung zu Protokoll gaben. Ein interessanter Ansatz für jemanden, der vorwiegend auf einem völlig anderen Gebiet tätig ist. Finden Sie nicht? Ich frage mich auch, wozu Sie hierfür ein

Schließfach bei der *Commercial Bank of Dubai* benötigen. Steht dieses Schließfach etwa im Zusammenhang mit Zahlungen, die über diese Bank gelaufen sind? Ich weiß natürlich auch von der Freigabe der Zahlungen durch Ferdinand Seifert. Nun, Sie werden es wissen, und ich kann nur Annahmen treffen. Annahmen, die die breite Öffentlichkeit aber interessieren könnten, denke ich."

Wieder wollte Kögel die Ausführungen Brenners unterbrechen, aber Brenner winkte ab und fuhr fort: „Am Samstag, den dreiundzwanzigsten Februar, erhielten Sie den Besuch einer Frau. Die Absicht dieser Frau war es, Ihr Haus nach den Zugangsdaten für das Schließfach zu durchsuchen. Interessant ist nun, dass seitdem jede Spur von ihr fehlt. Und noch etwas will ich Ihnen nicht verschweigen: Diese Frau gehört zu einer Gruppe von Personen, die Ihnen die abgezweigten Millionen abnehmen will. Sehen Sie, das alles in einen überschaubaren und packenden Zusammenhang gebracht und die Leser werden uns die Zeitung aus der Hand reißen. Wird sich wie ein Krimi lesen." Brenner legte eine Pause ein und sah Kögel durchdringend an.

Für einen Augenblick war zu erkennen, wie Kögel nach Worten rang. Mit einem Blick auf seinen Anwalt sagte er dann: „Wie ich vorhin schon sagte, Sie verstehen nichts davon, wie heute Geschäfte zustande kommen. Sie rennen mit einem Kopf voller Ideale durch die Gegend und schreiben darüber, wie es Deutschland immer wieder schafft, zu den größten Exportnationen zu gehören, ohne den Schimmer einer Ahnung zu besitzen, in welchem Umfeld sich internationale Unternehmen bewegen. Ich gehe sogar noch einen Schritt weiter: Sie bemühen sich noch nicht einmal darum, es zu verstehen. Denn wenn es anders wäre, würden Sie mal hinter Ihrem Schreibtisch hervorkommen und sich im Ausland umhören. Sie würden endlich einmal damit beginnen, dort zu recherchieren, wo Geschäfte zustande kommen und nicht nur drucken, was Ihre Auflage fördert."

Brenner staunte. Der Mann war unverfroren. Ohne jeden Zweifel war dies der Versuch, durch einen Gegenangriff den Kopf aus der Schlinge zu ziehen. Er hätte Kögel die passende Antwort geben und sich darüber auslassen können, zu wessen Lasten Korruption letztlich gehe. Wie insbesondere in den wirtschaftlich weniger starken Ländern Korruption eine kleine Schicht reich mache, während das Volk darbe. Warum Korruption wegen der damit verbundenen überhöhten Preise die Bevölkerung immer weiter in den Abgrund ziehe. Wie Schmiergelder in Unternehmen zum Bestandteil der Kalkulation und Kultur würden. Der Letzte zahlt die Zeche, so sähe es aus, und er konnte sich nicht vorstellen, dass Kögel diese Zusammenhänge nicht kannte. Brenner wollte an dieser Stelle aber keine fruchtlose Diskussion beginnen und vermeiden, dass Kögel sich elegant herauswinden könnte. Er sagte also nichts und wartete, dass Kögel weiterredete, was dieser schließlich auch tat.

„Was Sie da sonst noch daherfaseln von einem Schließfach, das ich angeblich besäße, von Millionen, die ich beiseitegeschafft haben soll, und ich weiß nicht, was sonst noch kommen wird, ist nicht mehr als journalistischer Blödsinn."

Während Kögel, wie er selbst fand, locker sprach, arbeitete sein Gehirn auf Hochtouren. Dieser Brenner war gut informiert, keine Frage, und zu gerne hätte er erfahren, wie Brenner zu seinen Informationen gelangt war. Wie sollte er sich zur Frage nach der Frau verhalten? Auf jeden Fall durfte er keine Schwäche zeigen, also fuhr Kögel fort: „Ja, es stimmt, was Sie sagen, am Samstag war tatsächlich eine Frau in meinem Haus. Sie überraschte mich, als ich von einem Termin nach Hause kam. Was sie konkret wollte, weiß ich nicht, denn eine gewöhnliche Einbrecherin schien sie nicht zu sein. Es war nichts entwendet worden, vielmehr wartete sie auf mich, sagte aber auch nicht, was sie eigentlich wollte. Es gelang mir dann, mittels meines Handys unbemerkt Hilfe herbeizurufen. Ein paar Männer überwältigten die Frau und führten sie ab. Wenn Sie sagen, man wisse nicht, wo sie sei, kann ich Ihnen nur darauf antworten: Ich weiß es auch nicht. Nun zu Ihren merkwürdigen Anschuldigungen: Ich besitze kein Schließfach, und selbst wenn, kann ich mir kaum vorstellen, dass dies strafbar wäre. Vielleicht ist es Ihrer Aufmerksamkeit entgangen, dass die Strafverfolgungsbehörde schon vor Monaten bestätigt hat, dass eine persönliche Bereicherung nicht vorliege. Jetzt kommen Sie und wollen es besser wissen. Aufgrund welcher Fakten denn? Aufgrund Ihrer journalistischen

Fantasie vielleicht, aber das werde ich mir nicht bieten lassen. Schreiben Sie, was sie wollen, aber nicht in dem Tenor, den Sie soeben vorgetragen haben! Wir werden das juristisch verhindern. Ein entsprechendes Schreiben wird noch heute an Ihre Geschäftsleitung gehen. Von nichts eine Ahnung haben, aber mit Schmutz um sich werfen."

Kögel hatte sich sichtlich in Rage geredet, und Brenner musste einräumen, dass sein Vorstoß bisher nicht sehr viel gebracht hatte. Er musste Kögel weiter aus der Reserve locken, ihn zu einer unbedachten Äußerung verleiten.

„Schön, was Sie mir so alles erzählen, Herr Kögel. Da sitzt also einfach so mir nichts dir nichts eine Frau bei Ihnen zu Hause, und Sie haben keine Ahnung, was sie von Ihnen gewollt hat. Dann rufen Sie Hilfe herbei; wen eigentlich? Die Polizei? Wer immer es war - die Polizei jedenfalls nicht", bluffte Brenner. „Und ich sage Ihnen noch etwas: Meinen Sie, ich komme hier zu Ihnen mit fingierten Fakten? Wenn ich von einem Schließfach spreche, glauben Sie mir, dann kann ich das auch beweisen", bluffte er weiter und Brenner sah die Wirkung seiner Worte. Kögels Augenbrauen zuckten nervös.

„Haben Sie Spaß daran, einen Menschen fertig zu machen?", fragte Kögel, und man sah, wie er um Fassung rang.

„Ich mache Sie nicht fertig, das tun Sie schon selber. Was ist nun mit der Frau? Wen hatten Sie um Hilfe gerufen? War die Frau bewaffnet? Es gäbe noch viele Fragen, die ich anfügen könnte und für die sich wahrscheinlich sogar die Polizei interessieren dürfte. Wissen Sie, wenn jemand einfach so verschwindet ..."

Kögel platzte dazwischen und sah seinen Anwalt an: „Sagen Sie, muss ich mir das gefallen lassen? Ein windiger Schreiberling, der sich da etwas zusammendichtet. Sagen Sie etwas dazu!"

Der Anwalt räusperte sich und sagte: „Nein, das müssen Sie natürlich nicht, und ich werde mich anschließend sofort mit Doktor Brandner in Verbindung setzen. Ich denke, der Chef des Verlages wird dem Treiben des Herrn Brenner schnell Einhalt gebieten."

„Tun Sie das", sagte Brenner grinsend, „da werden Sie ganz sicher die richtige Antwort bekommen. Allerdings wird sie anders ausfallen, als von Ihnen erhofft. Wir haben nämlich Pressefreiheit in diesem Land, falls Ihnen das nicht gegenwärtig sein sollte, und zu schreiben, was Ihr Mandant von sich gegeben hat, mag zwar für ihn brisant, aber keinesfalls verboten sein. So werde ich es machen, genau so. Die Story wird noch viel interessanter und aufschlussreicher werden, als ich das ursprünglich gedacht hatte."

Brenner machte Anstalten, sich zu entfernen, als Kögel unvermittelt sagte: „Den Sicherheitsdienst der Bank, ich habe den Sicherheitsdienst der Bank verständigt."

„Der Bank?", fragte Brenner erstaunt und setzte sich wieder.

Kögel ging in diesem Moment ein Licht auf. Er hatte zu viel gesagt. Diese ganze Geschichte setzte ihm mehr zu, als er sich hatte eingestehen wollen. Wieder einer jener Fehler, wie sie ihm auch bei Polizei und Staatsanwalt schon öfter unterlaufen waren. Dort motiviert durch seinen überzogenen Eifer, Kooperationsbereitschaft zu demonstrieren und hier durch das unsinnige Bestreben, den Journalisten los zu werden und zu glauben, damit wäre alles erledigt. Wie kam er da bloß wieder heraus?

„Sie rufen nicht die Polizei, sondern bei Ihrer Bank an, an einem Samstag noch dazu?", bohrte Brenner gnadenlos nach und sah, wie Kögel sich wand.

Es waren nur kleine Signale, die dessen Unsicherheit verrieten. Mehrfach strich er sich mit der Hand über die Stirn, korrigierte seine Sitzposition, wippte mit den Zehenspitzen.

„Nun gut", sagte Kögel schließlich in die entstandene Pause hinein, „es ist so, dass ich seit einiger Zeit immer wieder von Leuten bedroht werde. Da habe ich mich an Freunde gewandt, die mit diesem Milieu umzugehen wissen. Selbstverständlich hätte ich auch zur Polizei gehen können, aber versetzen Sie sich für einen Augenblick in meine Situation! Was hätte ich in diesem Fall alles ausgelöst? Hätte man mir überhaupt geglaubt oder gedacht, ich wollte ablenken? Glauben Sie mir, ich bin froh, wenn dieser ganze Zirkus vorüber ist."

Brenner schwieg und nickte Kögel aufmunternd zu.

Kögel schien sogar dankbar zu sein, jetzt nicht unterbrochen zu werden, und fuhr fort: „Was denken Sie, wie es sich anfühlt, im

Gefängnis zu sitzen für etwas, was zwar unter rein juristischen Gesichtspunkten falsch gewesen sein mochte, aber aus Sicht des Wettbewerbs dringend geboten war? Niemand in der Öffentlichkeit, die Medien nicht, die Polizei nicht, die Staatsanwaltschaft sowieso nicht, stellt sich die Frage oder recherchiert darüber, wie es denn die anderen Wettbewerber machen. Für die eigene Auflage ist nicht von Interesse, was ein Unternehmen in Japan oder Korea tut, oder welche Maßnahmen man in Schweden für richtig hält. Aber wenn man einen Konzern wie SimTech in den Dreck ziehen kann, dann nichts wie drauf, das befriedigt die Leute!" Kögel hielt kurz inne, um Luft zu schöpfen.

Brenner feixte innerlich. Er hatte Kögel dort, wo er ihn haben wollte. Unbemerkt hatte er schon zu Beginn die Aufnahmefunktion seines Handys aktiviert. Kögels Originalton wollte er sich nicht entgehen lassen, auch wenn diese Aktion nicht gerade unter *Fairness* einzuordnen war. Der Mann hatte damit begonnen, ein Plädoyer für seine Unschuld zu halten. Würde er sich später vielleicht nicht mehr daran erinnern wollen, könnte die Aufzeichnung noch wertvolle Dienste leisten.

Kögel redete weiter: „Sie selbst, Herr Brenner, machen auch keine Ausnahme. Sie recherchieren, wie Sie es nennen. Jemand erzählt Ihnen etwas. Fragen Sie nach Beweisen? Nein, es reicht schon, wenn es Ihre Fantasie beflügelt und wenigstens theoretisch so sein könnte, wie es Ihnen berichtet wurde. Sie bewegen sich nur in eine Richtung: Was hat der Kögel getan? Was sich rechts und links abspielt, übergehen Sie; es würde Ihre Intention nur stören. Gut, wir haben dafür bezahlt, Aufträge zu bekommen. In Ihrem Fokus verkennen Sie, dass andere genau dasselbe tun. Jeder tut es. Glauben Sie mir, jeder! Die Amerikaner genauso wie alle anderen auf unserem Globus. Ja, es ist verboten. Findige Köpfe haben sich ausgedacht, entsprechende Regeln und Richtlinien zu entwickeln, diese schließlich in das Regelwerk der OECD einzubringen sowie, und, das ist entscheidend, die Unterzeichnerstaaten anzuhalten, all das in ihre jeweilige nationale Gesetzgebung zu übernehmen. Der Plan geht auf. Die Unterzeichnerstaaten folgen diesem Begehren. Gleichzeitig haben die Initiatoren dafür gesorgt, dass gerade die

Unternehmen aus ihren Staaten jetzt nicht in die Bredouille kämen. *Wie?*, fragen Sie. Ganz einfach, hören Sie genau zu: Einem Unternehmen, in den USA oder Deutschland beispielsweise, ist es untersagt, ausländische Governmental Officials zu bestechen, also Regierungsmitglieder, Staatssekretäre et cetera. Also tun die Amis das auch nicht mehr. Wie verhält es sich aber mit Unternehmen, die ihren rechtlichen Sitz im Ausland haben und zwar in Staaten, die die OECD Konvention nicht unterzeichnet haben oder in denen Verstöße dagegen nicht weiterverfolgt werden? Sehen Sie, das ist der Punkt! Sie brauchen jetzt nur noch ein System, das solche Unternehmen mit Geld versorgt und schon funktioniert es. Das Motto lautet: Bleib schön sauber zu Hause und lass den Dreck die anderen machen! Was glauben Sie, wie oft ich noch in den neunziger Jahren von US-Unternehmen angesprochen worden bin, ob wir bei gemeinsamen Projekten die notwendigen Zahlungen nicht aus Deutschland machen könnten? Die Amis hatten sich formal schon lange vor Deutschland strenge Regeln gegeben. Bei uns war das im Wesentlichen ja erst 1998 der Fall. Bis zu diesem Zeitpunkt konnten solche Zahlungen ganz offiziell als Betriebsausgaben verbucht werden. Also tun wir doch bitte nicht so, als wäre jetzt ganz plötzlich der Schein der Erkenntnis über uns gekommen. Alle haben es gewusst und wissen es noch, wie es gemacht wird, oder denken Sie, die Welt hat sich deshalb plötzlich verändert, weil Deutschland OECD Bestimmungen in nationales Recht überführt hat? Das glauben Sie ganz sicher nicht, und niemand glaubt das, wenn er ehrlich ist. Aber Personen, wie mich zum Beispiel, die packen Sie und stellen sie an den Pranger, stellvertretend für all die anderen, deren Sie nicht habhaft werden können. Indessen gehen die Geschäfte weiter, werden Großaufträge vergeben, und nichts hat sich geändert, glauben Sie es mir, nichts. Die Methoden wurden da und dort vielleicht angepasst. Das Verfahren um uns und SimTech bringt so viele Details an den Tag, dass andere davon nur profitieren können. Sie werden es künftig besser machen. Das wird das eigentliche Resultat sein. Vielleicht noch einen Punkt: Haben Sie sich schon einmal die Mühe gemacht, Preise exportierter Produkte mit denen im Inland zu vergleichen? Da kämen Sie nämlich auf ein weiteres

Phänomen: Sie würden feststellen, dass das so leicht gar nicht geht. Da sind Projekte mit Exportspezifika ausgestattet, dass es einem schier unmöglich scheint, durchzudringen und einen Vergleich herzustellen. Was denken Sie, wie einfach es dabei ist, über die Kalkulation Zahlungen quasi querbeet zu verstecken? Sie werden über alle Leistungen eines Projektes verschmiert. Dann können Sie eben den Preis, sagen wir für eine Turbine, nicht mehr eins zu eins mit solchen vergleichen, die hier im Inland verkauft werden. Gerne werden Vorhaben auch mit sogenannten Civil Works ausgestattet. Das sind pauschal gesprochen alle Leistungen, die mit dem eigentlichen Produkt nichts zu tun haben. Beispiele wären Bauvorhaben, Gebäude, Straßen, Kanäle, Kabelverlegungen, jegliche Art von Infrastrukturmaßnahmen. Sites müssen gebaut werden, also lokale Einrichtungen zum Betrieb der gelieferten Techniken. Was denken Sie, welche Spielräume sich dabei eröffnen? Machen Sie sich die Mühe und vergleichen Sie die Kosten für solche Baumaßnahmen mit den Kosten ähnlicher Vorhaben in Deutschland! Sind Sie aber nicht überrascht, wenn Sie feststellen, dass einfachste Arbeiten, wie zum Beispiel der Aushub von Boden, in Ländern mit niedrigsten Löhnen um ein Vielfaches teurer ist als in Deutschland, wo es doch eigentlich umgekehrt sein sollte. Warum ist das so? Natürlich kann und wird kein Unternehmen solche Zahlungen aus dem Gewinn begleichen, jedenfalls nicht in beliebiger Höhe, sondern auf die Preise umlegen. Daraus folgt: Die Auftraggeber zahlen sich die erhaltenen Provisionen selbst, indem sie höhere Preise akzeptieren. Natürlich ist mir die Diskussion um die damit verbundene Problematik der Ausbeutung von Staatshaushalten nicht unbekannt. Aber wir als Auftragnehmer werden diese Situation nicht ändern, denn es wäre eine absolute Illusion, zu glauben, alle Lieferanten der Welt würden ad hoc die Finger vom etablierten System lassen und fortan Zahlungen verweigern. Glauben Sie mir, wo es einer nicht mehr tun würde, stünden sofort ein paar Dutzend andere bereit, die dessen Position bedenkenlos übernähmen. Ich will Ihnen Ihre Illusionen nicht rauben, aber die Welt funktioniert anders, als Sie das vielleicht gerne hätten."

Erschöpft hielt Kögel inne und nahm ein paar Schluck Wasser aus einem Glas. Sein Anwalt hatte den Versuch aufgegeben, ihn am Sprechen zu hindern. Explosionsartig war es aus ihm hervorgebrochen. Das war nicht zu stoppen gewesen.

Wo aber war Franziska? Diese Frage bewegte Brenner im Augenblick mehr als Kögels illegale Millionen. Für einen Moment dachte er sogar daran, Kögel anzubieten, er würde ihn künftig in Ruhe lassen, wenn er dafür sorgte, dass Franziska unbeschadet zurückkehrte. Er hätte es ihm anbieten können, aber es wäre gelogen gewesen. Niemals hätte er seine Arbeit verleugnet. Und Kögel, so dachte er, würde das wissen.

Kögel, dem langsam dämmerte, was er soeben alles von sich gegeben hatte, überlegte fieberhaft, wie er die Situation noch retten könnte. Diese Scheißjournalisten kotzten ihn in Wirklichkeit an, aber das zählte jetzt nicht. Als seine Erregung etwas abgeklungen war und er meinte, seine Gedanken wieder unter Kontrolle zu haben, sagte er schließlich: „Hören Sie, auch wenn Sie es mir vielleicht nicht abnehmen, aber ich bin nicht gegen eine objektive Darstellung der Zusammenhänge. Ich habe nur etwas gegen dieses ständige Kesseltreiben, das Ihre Zunft veranstaltet. Ich, wir alle, sind schon vorverurteilt, bevor überhaupt eine Verhandlung stattgefunden hat. Wir werden als gierige Monster hingestellt, als Kriminelle, die über Leichen gehen. Ist es wirklich so? Strengen Sie doch ganz einfach mal Ihren Grips an, erkundigen Sie sich, Sie haben doch den Apparat dafür, und berichten darüber, wie die Wirklichkeit tatsächlich ist! Ich habe es vorher schon angerissen, wie die Businesswelt funktioniert. Nehmen Sie andere Bereiche in Gesellschaft und Politik! Bohren Sie hinein! Was denken Sie, werden Sie finden? Eine heile Welt, wie sie Idealisten allzu gerne vorzufinden wünschen? Nein, Sie erahnen es selbst, wenn Sie einmal ehrlich sind. Sie werden allerorts mit Korruption konfrontiert. Und schauen Sie insbesondere bei jenen hin, die sich in der Öffentlichkeit als besonders integer und frei von jedem Makel präsentieren. Schauen Sie den selbsternannten Sittenwächtern auf die Finger und Sie werden überrascht sein, was Sie da zu Tage fördern. Ich sage das nicht, um von meinem eigenen Engagement abzulenken, aber es würde ganz einfach zu einer objektiven Berichterstattung gehören, finden Sie nicht auch?"

Brenner war für einen Augenblick platt. Dieser Mensch rechtfertigte seine kriminellen Verfehlungen nicht nur mit den aus seiner Sicht international üblichen Praktiken, sondern auch mit den Korruptionsfällen in anderen Bereichen. In einem Punkt hatte Kögel allerdings nicht unrecht: Es stank zum Himmel, mit welcher Unverfrorenheit immer mehr Menschen jede noch so kleine Gelegenheit nützten, um sich die Taschen zu füllen. Sie verkauften sozusagen ihre Funktionen und Zuständigkeiten. Und es passierte tatsächlich überall. Im Bauamt, in der Stadtverwaltung, im Passamt, beim TÜV, bei Kirchenämtern, in Vereinen und Verbänden und so weiter. Auch politische Mandatsträger machten da keine Ausnahme. Chefärzte setzten Patienten gegen Zahlung entsprechender Beträge in der Liste für Organspenden nach oben.

Er hätte einiges dazu sagen können, aber er war nicht hier, um mit Kögel eine Diskussion über Korruption in Deutschland zu führen. Er wollte von ihm hören, wo Franziska steckte. Das war sein Ziel! Also schluckte Brenner seine Erwiderung hinunter und sagte stattdessen: „Ihre Ausführungen könnten bei Gelegenheit das Thema für eine Sonderausgabe geben, aber jetzt haben wir andere Fragen, die ungeklärt sind, und zu denen ich Ihnen Gelegenheit geben wollte, sich zu äußern. Das haben Sie getan, und wenn Sie sonst nichts mehr hinzufügen wollen, dann, ja, dann können wir unser Gespräch gerne beenden."

Brenner beobachtete Kögel, der, so schien es, noch etwas sagen wollte.

„Haben Sie noch etwas für mich?", fragte er deshalb.

Kögel räusperte sich und sagte dann unvermittelt: „Ich werde mit dem Sicherheitsdienst sprechen. Sorgen Sie aber bitte dafür, dass ich künftig von unverschämten Annäherungsversuchen dieser Dame oder anderen Subjekten verschont bleibe. Was ich zum Thema SimTech zu sagen habe, bespreche ich mit Polizei und Staatsanwalt und nicht mit Dritten. Das gilt auch für Sie, Herr Brenner. Ich kann Sie nicht daran hindern, in Ihrer Zeitung zu schreiben, was Sie wollen, aber ich werde meine Rechte schützen, sollten Sie sich zu lächerlichen Unwahrheiten und Diskriminierungen hinreißen lassen."

Brenner nickte und sagte erst einmal nichts. Warum es der Mann bis an die Spitze im Unternehmen gebracht hatte, war einleuchtend. Er war kalt, hatte sich hervorragend unter Kontrolle und gab nichts aus der Hand. Dann stand er auf und sagte im Hinausgehen: „Sie fühlen sich sehr sicher, Herr Kögel. Passen Sie auf, dass der Schuss nicht nach hinten losgeht! Eines noch: Erhalte ich nicht innerhalb der nächsten zwei Stunden eine Information, dass die Frau wiederaufgetaucht ist, werde ich nicht zögern, meine gesamten Recherchen der Staatsanwaltschaft zu übergeben."

Brenner war zuversichtlich, was Franziska anbelangte, aber hinsichtlich des Schließfachs war er keinen Deut weitergekommen. Er brauchte eine Lösung, denn sehr viel Zeit bis zur Verhandlung würde nicht mehr zur Verfügung stehen, denn anschließend, wenn die Urteile gesprochen waren, würden Kögel und Seifert sich aus dem Staub machen. Wie sollte er dann noch an sie herankommen? Entweder gelang es, das ganze Unterfangen innerhalb der nächsten paar Wochen abzuschließen oder er und seine Mitstreiter mussten sich eingestehen, nichts erreicht zu haben.

Ein Gedanke blitzte auf. Dann entspannten sich Brenners Gesichtszüge, die tiefen Falten glätteten sich etwas und verliehen ihm einen wissenden Ausdruck. Unwillkürlich musste er lächeln. Es war so einfach. Wieso war er bloß nicht schon früher darauf gekommen?

Akribisch machte er sich daran, verschiedene Teilstücke neu zu sortieren und Seifert und Kögel zuzuordnen. Er fand, wonach er suchte. Munition! Munition, die, einmal abgefeuert, das Nervenkostüm der beiden empfindlich treffen würde. Und Brenner hatte keine Hemmungen, genau das zu tun.

(77)

Am Dienstag, den 4. März 2008, ahnte Ferdinand Seifert nichts Gutes, als das Telefon läutete.

Seit einiger Zeit war er von niemandem mehr behelligt worden. Es war beinahe so, als hätte es die Affäre SimTech niemals gegeben. Auch dieser merkwürdige Mensch, der vorgab von einer Behörde zu kommen und ihn ins Café Schuntner bestellt hatte, war nicht wiederaufgetaucht. Die Frau vom November hatte er schon beinahe vergessen. Es war nicht so, dass er sich keine Gedanken deswegen gemacht hätte, aber da nichts weiter geschehen war, fingen die Dinge an zu verblassen.

Seifert nahm das Mobilteil aus der Ladeschale und meldete sich. Schlagartig verschlechterte sich seine Laune. Die Ermittler baten ihn, heute Mittag um 12:30 Uhr in der Orleanstraße zu sein. Was wollten sie denn noch? Es gab nichts mehr, was er nicht schon mehrmals berichtet hätte.

Mit einem unguten Gefühl betrat er kurz vor der vereinbarten Zeit das ihm mittlerweile bekannte Dienstzimmer. Wie immer begann alles sehr freundlich. Kaffee wurde gereicht, dazu heute sogar Kekse und ein paar Stücke eines trockenen Kuchens. Seiferts innere Sensoren signalisierten Alarm! Wieso diese besondere, beinahe übertriebene Freundlichkeit? Zwei Minuten später wusste er warum.

„Wir sind dabei, die Ermittlungen abzuschließen, und dachten, dieser Umstand wäre auch für Sie von Interesse", sagte einer der Beamten.

Seiferts Aufmerksamkeit wurde dadurch nicht herabgesetzt, im Gegenteil. „Ja, natürlich. Aber ich verstehe nicht, Sie wollten mich deshalb sprechen, hier, in Ihrer Dienststelle?"

„Nein, deshalb nicht. Es gibt da noch eine Ungereimtheit."

Seifert durchzuckte es. „Was denn für eine Ungereimtheit?", fragte er, als würde ihn das Thema nicht weiter interessieren.

„Haben Sie heute noch keine Zeitungen gelesen?" Seifert fühlte sich plötzlich äußerst unwohl. Hitze stieg in ihm hoch und Schweiß trat auf seine Stirn. Was hatte das nun wieder zu bedeuten?

„Nein, ich habe tatsächlich noch keine Zeitung gelesen. Um was geht es bitte konkret?", versuchte er, beherrscht zu fragen. Es blieb beim Versuch.

Die Beamten, alte Hasen in ihrem Geschäft, registrierten mit Genugtuung, dass es ihnen gelungen war, Seiferts Selbstsicherheit einen Stoß zu verpassen.

„Sehen Sie, die Welt ist zu klein, als könnte man darin etwas verstecken", antwortete einer der Beamten. „Hätten Sie ein Blatt in die Hand genommen, genauer gesagt das vom Südverlag, so wüssten Sie, um was es uns geht."

Seifert, der immer noch keine Ahnung hatte, worauf sie hinauswollten, hatte das Gefühl, als schwitze er wie in einem sportlichen Wettkampf und das Wasser schieße ihm aus allen Poren. Er sagte nichts und blickte die Beamten erwartungsvoll an.

„Wir wollen Sie nicht länger auf die Folter spannen", fuhr jetzt ein Kollege fort. „Sie hätten gelegentlich eine Frau auf ihre vielen Dienstreisen mitgenommen? Wie man aus gut unterrichteten Kreisen erfahren habe, so die Zeitung. Wer immer auch diese Kreise sind, wir möchten von Ihnen die Story aus erster Hand hören. Gleichzeitig wäre es hilfreich, wenn Sie uns noch erklärten, warum Sie diese Tatsache bisher verschwiegen haben. Oder sollte der Bericht am Ende falsch sein?"

In Seifert arbeitete es fieberhaft. Die Zeitung, sie hatten es herausgefunden. Was musste er zugeben? Was konnte er sagen, ohne seine Glaubwürdigkeit zu untergraben?

Erwartungsvoll waren die Augen der Beamten auf ihn gerichtet. Er musste antworten. Eine noch längere Pause würde zu seinem Nachteil ausgelegt werden. Also sagte er nur lapidar:

„Ja, es stimmt. Eine Bekannte, die mir hin und wieder beim Einrichten von Konten geholfen hat."

„Von Konten", wiederholte einer der Beamten, „dann lassen Sie mal hören!"

Seifert glaubte, eine winzige Unsicherheit bei diesem Beamten ausgemacht zu haben, ohne es präzisieren zu können. Sie wissen nicht sehr viel, sonst hätten sie ihre Fragen anders formuliert, sagte ihm sein klarer Verstand.

„Es schien mir weniger transparent zu sein, Konten mit anderen Namen zu verwenden. Ich hatte Kontovollmacht, und die Dame, von der Sie sprechen, war deshalb niemals in irgendwelche Transfers eingebunden. Ich habe die Dame nicht erwähnt, weil ich davon ausgegangen bin, Sie wüssten darüber Bescheid. Sie haben doch alles mehrfach umgedreht, der Name der Dame musste Ihnen dabei doch untergekommen sein. Wozu sollte ich also ihren Namen erwähnen? Für das, was geschehen ist, spielte sie keine Rolle."
Vielleicht unbewusst hatte Seifert eine geschickte Antwort gegeben.

Die Beamten fragten sich tatsächlich, wie es möglich gewesen war, dass die Frau ihrer Aufmerksamkeit entgangen war. Sie konnten diesen Umstand Seifert gegenüber schlecht zugeben. Es wäre Munition für seinen Anwalt gewesen, der daraus sicher konstruiert hätte, wie liederlich sie ermittelt hätten und wie fragwürdig deshalb manche ihrer Schlussfolgerungen seien.

Sie verständigten sich mit einem kurzen Blick, wie Seifert wahrnahm, und einer sagte schließlich: „Es mag sein, dass es für die Ermittlungen ohne Bedeutung ist, aber trotzdem wäre es, sagen wir, runder gewesen, wenn Sie von sich aus auf die Dame zu sprechen gekommen wären, meinen Sie nicht?"

„Vielleicht, ja, aber noch einmal, an den relevanten Vorgängen hätte sich deshalb nichts geändert."

Sie fragten nicht weiter nach; nicht nach Claire Polingo und auch nicht danach, wer ihre Auslagen bezahlt hatte und vor allem von welchem Geld? Seifert schloss daraus, dass Claire Polingo abgehakt war und keine Rolle mehr spielen würde.

Es fiel ihm ein, dass er nach der Episode mit der Frau im November für einen Augenblick nahe daran gewesen war, mit diesen Leuten zu kooperieren. Er wollte endlich seine Ruhe. Zweifel keimten hoch, ob im Augenblick nicht nur eine trügerische Ruhe herrschte? Sollte er mit dem Verfasser des Artikels in der Zeitung sprechen oder einfach nur abwarten? Seifert war aufgewühlt, hatte aber keine Lösung für seine Sorgen und Probleme parat.

(78)

„Hoffentlich machst du keinen Fehler", sagte Kögels Freund aus Dubai. Kögel hatte ihn unmittelbar nach Brenners Besuch angerufen, kurz die Situation geschildert und gebeten, sein Freund solle darauf einwirken, dass Franziska Ebel schnellstens wieder freikäme. „Sie wird kaum zur Polizei gehen. Wie soll sie den Einbruch bei mir erklären?", meinte Kögel.

„Das wird sie sicher nicht tun, aber wie sieht es mit ihren Klienten oder Bossen aus? Wir wissen nichts darüber. Ist die Gefahr für dich gebannt? Seit sie bei unseren Leuten in der Bank ist, hat sie nicht ein Wort über ihre Auftraggeber herausgerückt. Man hat ihr angedroht, sie in die Mangel zu nehmen - keine Wirkung. Eine starke Frau, würde gut zu uns passen. Ich meine zu unseren Leuten in Europa. Hier in Dubai haben wir andere Verhältnisse, wie du weißt. Da würde es mit der Frau nicht funktionieren. Ich habe mir schon überlegt, ihr ein Angebot zu machen. Mit Geld kannst du die meisten Widerstände knacken. Was meinst du?"

„Ja, warum nicht? Biete ihr etwas, lasse sie irgendwo für euch arbeiten, aber verlange von ihr, die Namen ihrer Auftraggeber zu nennen", stimmte Kögel zu.

„Okay, so machen wir es. Bisher haben sie ihr nichts getan. Im Gegenteil, man hat sie gut bewirtet. Sie musste lediglich in dem zur Bank gehörenden Apartment bleiben. Man hat immer wieder versucht, sie zu verhören, aber ich glaube, sie ist zu clever und hat sehr schnell gemerkt, dass wir ihr zwar Gewalt androhen, es aber nicht tun. Sie ist eben eine Frau, und da machen wir solche Sachen nur als letzten Ausweg."

Kögel war insgesamt nicht unzufrieden. Die Sache mit der Frau war gelöst. Warum also sollte Brenner sich nicht an seine Zusage halten und der Staatsanwaltschaft sein Material übergeben? Dies war aber nur ein Teil der Probleme. Würde er auch aufhören, in seinem Privatleben herumzuschnüffeln? Er musste es darauf ankommen lassen und je nach Situation reagieren.

Aufmerksam hatte Kögel Brenners Artikel vom Dienstag gelesen. Das betraf Seifert, aber nicht ihn. Natürlich würden die Medien weiterhin Schmutz ausgraben und der Öffentlichkeit präsentieren. Das war ihr Beruf. Sie konnten vermutlich gar nicht anders. Das war ihm auch alles egal. Er war einzig daran interessiert, die Aufmerksamkeit von sich weg zu lenken. Gut, er hatte einen schönen Batzen zusammengetragen, aber sein Leben, wie er es sich für die Zukunft vorstellte, würde sehr viel Geld verschlingen. Das kleine Vermögen im Schließfach war seine Reserve. Sein Leben würde er aus den Provisionen finanzieren, die üppiger denn je fließen werden, denn Waffen und Kriegsmaterial wollten sie alle haben, seine Freunde in den arabischen Regionen. Hinzu kamen Materialien jener Kategorie, deren Ausfuhr aus den Lieferantenländern problematisch sein würde. Er, Kögel, würde aber auch hierfür Wege finden. Je größer die Hürden, je höher die Provisionen.

Kögel rieb sich die Hände, schenkte Kaffee ein und wollte zu einem gemütlichen Frühstück ansetzen, als sein Blick auf die Zeitung am Tisch fiel. Das ging ihn an, kein Zweifel! Brenner schrieb in einem Kasten rechts unter dem Titel - *Die Geschäfte der Deutschen!* - über einen ehemaligen hochrangigen Manager der SimTech, der möglicherweise sogar in die Affäre um die schwarzen Kassen verwickelt sei und dessen Arbeit sich in der Vermittlung von Geschäften jeglicher Art erschöpfe. Von arabischen Verbindungen war die Rede und davon, dass dieser Mann, soviel man wisse, formal eine Lizenz als Immobilienmakler besitze. Sein Name wurde nicht genannt, aber es war zu lesen, dass man weiter recherchiere.

Kögels Laune verschlechterte sich schlagartig. Frühstück und Kaffee ließ er stehen und vergrub sich in seinem Arbeitszimmer. Dieser Drecksack von Zeitungsschmierer. Wenn sein Name in diesem Zusammenhang fiele, könnte er einpacken. Er wäre verbrannt, egal welchen Wahrheitsgehalt ein solcher Artikel tatsächlich hätte. Selbst wenn er erstunken und erlogen wäre, würde ihm das nicht viel nützen. Seine Geschäftsfreunde würden sofort ihre Finger zurückziehen und ihn fallen lassen wie eine heiße Kartoffel. Seine Art Geschäfte beruhten auf absoluter Vertraulichkeit. Ohne diese wäre er erledigt. Er machte sich nichts vor, dieser beschissene Artikel war Brenners Antwort auf ihr Treffen bei seinem Anwalt. *Sag' mir, wo das Schließfach ist, sonst erledige ich dich.* Brenner hatte seinen wunden Punkt getroffen.

Für einen Augenblick spielte Kögel mit aberwitzigen Gedanken. Sollte er in Auftrag geben, Brenner auszuschalten? Sein Freund in Dubai würde die Mittel dazu haben. Aber es würde nichts, aber auch gar nichts nützen. Ein anderer würde zu Ende bringen, was Brenner begonnen hatte. Er musste also mit Brenner reden und sehen, ob noch etwas zu retten sei.

(79)

Ganz so einfach, wie sich das der Direktor des BND gedacht hatte, war es dann doch nicht. Seine Idee brauchte noch etwas Futter. Einer der Staatsanwälte aus der Ermittlungsgruppe *SimTech* hatte es ihm erklärt. „Wir können nicht einfach hergehen und jemanden ins Gefängnis stecken. Da braucht es schon einen handfesten Grund. Wir leben ja schließlich in einem Rechtsstaat, und da entscheidet immer noch ein Richter, ob jemand einfährt. Ich sage es einmal anders: Beschaffen Sie einen Anlass, und ich werde für Sie da sein!"

Er hatte sein wahres Ansinnen verschwiegen, aber das war unerheblich. Der Staatsanwalt brauchte einen Grund. Dabei war seine Idee denkbar einfach: Ein paar Tage oder Wochen Knast würde sie mürbemachen. Sie wären zugänglich und würden ihr Geheimnis ausspucken. In Gedanken hatte er bereits einige Möglichkeiten durchgespielt. Man könnte zum Beispiel eine Alkoholfahrt mit Unfallfolge inszenieren oder die Verwicklung in Kinderpornos. Kögel und Seifert wären dem nicht gewachsen und würden sicher nach jedem Strohhalm greifen. Seine Gedanken nahmen Formen an und endeten schließlich in einem konkreten Plan.

Kurz entschlossen wählte der Direktor eine Nummer, und drei Minuten später saß ihm einer seiner Abteilungsleiter gegenüber.

Den wahren Hintergrund für die geplante Aktion verschwieg er, was seinem Mitarbeiter aber ohnehin egal war. Sein Job bestand nicht darin, Aufträge durch Fragen zu torpedieren, sondern professionell auszuführen, was die Leitung von ihm verlangte. Der Direktor erläuterte, an was er dachte und fragte, wie lange man für Vorbereitung und Ausführung bräuchte.

„Die Pornosache kriegen wir innerhalb von einer Woche über die Bühne. Wir brauchen nur ein paar Dateien auf die Computer überspielen. Der Betroffene merkt davon erst einmal nichts. Wir schieben diese über verschiedene Internetportale, damit es auch authentisch wirkt. Eine Alkoholfahrt ist um einiges komplizierter.

Wir brauchen mehrere Spezialisten, aber es ginge, sagen wir, innerhalb der nächsten drei bis vier Wochen."

Der Direktor war hiervon nicht begeistert. „Das dauert mir zu lange", sagte er, „wie wär's mit einer fingierten Sportwette im illegale Milieu?"

„Auch nicht einfach", antwortete der Mitarbeiter spontan. „Die Wette wäre kein Problem, aber der Kandidat muss ja von irgendeinem Konto bezahlen, und das bekommen wir nicht so leicht hin."

„Haben Sie eine Idee, was sehr schnell funktionieren könnte?", fragte der Direktor.

„Ich könnte mir ein öffentliches Ärgernis vorstellen: Wir setzen den Kandidaten kurz matt, zum Beispiel mit k.o.-Tropfen, flößen ihm Alkohol ein und drapieren ihn in der Nähe einer Schule mit offener Hose in eindeutiger Stellung. Dann sorgen wir dafür, dass ihn auch tatsächlich jemand sieht und informieren anonym die Polizei. Aus der Nummer käme der Mann so schnell nicht heraus."

„Gefällt mir sehr gut", sagte der Direktor grinsend. „Die Kinderpornos für Kögel, den Exhibitionisten für Seifert. Ich freue mich richtiggehend darauf."

Der Spaß des Direktors verflog rasch, als das Telefon ertönte. Es dauerte einige Zeit, bis er verstand, dass jemand in gebrochenem Deutsch ihn zu sprechen verlangte.

„Ich bin am Apparat, was wünschen Sie?", unterbrach er den Redefluss.

„Un momento", sagte die Stimme. Der Apparat wurde offensichtlich weitergereicht, dann sprach jemand in einem sehr passablen Deutsch: „Guten Tag, mein Name tut nichts zur Sache. Wir haben, oder besser, wir hatten einen gemeinsamen Bekannten. Ich spreche von Signore Lordano."

Kurze Pause. Der Direktor sagte nichts.

„Leider ist er von uns gegangen, aber wir sind interessiert daran, seine Sache zu Ende zu bringen."

„Von welcher Sache sprechen Sie?", fragte der Direktor und überlegte, ob der Anrufer seine Durchwahl von Lordano bekommen hatte oder ob es eine undichte Stelle im Amt gäbe.

„Hören Sie, reden wir doch nicht, wie sagen Sie, um den heißen Brei herum. Sie und Lordano waren hinter Leuten aus diesem Konzern mit den unschönen Schlagzeilen her. Sie wissen, wovon ich spreche?"

„Was konkret wollen Sie?", fragte der Direktor mit leiser Stimme.

„Ist ganz einfach", sagte der Mann, „Sie haben es mit Signore Lordano gemeinsam begonnen, und wir bringen es gemeinsam zu Ende. Das ist alles, was ich verlange."

Der Direktor wusste mittlerweile, von wo aus das Gespräch kam. Ein Mitarbeiter hatte ihm einen Zettel auf den Tisch gelegt. *Palermo* stand darauf, aber es war auch vermerkt, dass man die Adresse des Teilnehmers nicht lokalisieren konnte.

Er sprach also mit großer Wahrscheinlichkeit mit Lordanos großem Boss. Er sollte sich den Mann warmhalten, wer weiß, für was es einmal gut sein könnte.

„Wie stellen Sie sich das vor? Sie wollen solche Dinge am Telefon besprechen? Ich nicht!", antwortete der Direktor kurz angebunden.

„Ich mache es einfach für Sie. Ich komme nach München", schlug der Mann vor, „wir treffen uns im Kempinski am Flugplatz. Heute Abend, zwanzig Uhr. Kommen Sie zur Rezeption, ich werde Sie erkennen!"

(80)

Knapp drei Wochen nach seinem Treffen mit Kögel hatte Brenner seine Mitstreiter zu sich ins Büro eingeladen. Der Spezialist fehlte noch.

Kurz nachdem Brenner das Meeting bei Kögels Anwalt verlassen hatte, war Franziska Ebel bereits wieder in 13a aufgetaucht. Wo sie die letzten Tage zugebracht hatte, darüber konnte sie nichts sagen. Ein Apartment mit Jalousien vor den Fenstern, schalldicht und nicht zu öffnen, nichts, woran sie sich hätte orientieren können. Es waren immer die gleichen Männer, die versuchten, sie mit Drohungen gesprächig zu machen. Aber dabei blieb es, Gott sei Dank. Und dann war sie unvermittelt freigelassen worden. Ein Klebeband über die Augen, eine Autofahrt, vermutlich aus einer Tiefgarage heraus, da sich erst ein Rolltor öffnete und der Wagen eine Auffahrt hochfuhr. Das war alles. Sie kurvten hin und her. Die Orientierung zu behalten, war unmöglich. Schließlich brachte man sie zu einem Lift, schubste sie hinein, sagte ihr, sie solle warten, bis der Aufzug hochfahren würde, dann könne sie das Band an den Augen abnehmen. Während sie das Klebeband entfernte, war der Lift bereits ein paar Stockwerke nach oben unterwegs. Wieder unten angelangt, stellte sie fest, dass man sie ins Sheraton im Osten der Stadt gebracht hatte. Wahrscheinlich war sie von der Hotelgarage aus in den Lift bugsiert worden. Von den Entführern fehlte natürlich jede Spur.

Brenner setzte seine Besucher über die letzten Ereignisse ins Bild. „Meine Idee, Kögel und Seifert an einem wunden Punkt zu treffen, habe ich bereits umgesetzt. Seifert hat bisher nicht reagiert, aber Kögel hat sich gemeldet. Erst versuchte er wieder, eine Story abzuziehen, aber ich habe ihn sofort gestoppt. Das hat gewirkt, zumindest treffe ich ihn morgen. Nur wir beide, kein Anwalt, niemand sonst."

„Hoffentlich geht's voran, wäre doch zu schön", bemerkte Reiser. „Wir, ich meine Vinzenz und ich, können zu unserem Fall doch kaum mehr etwas beitragen. Das ist schon ein wenig unbefriedigend und frustrierend."

„Halt, nicht so voreilig!", meinte Brenner. „Egal wie wir die Geschichte zu Ende bringen, ich werde auf jeden Fall noch einen abschließenden Artikel schreiben, und da, mein Freund, kommst du ins Spiel."

„Ich? Wieso?", meinte Reiser erstaunt.

„Ich dachte, ich beginne mit der Vergangenheit, schreibe, was früher bei SimTech schon Usus war, und leite über auf den aktuellen Skandal. Ich werde aufzeigen, wie sich diese kriminelle Praxis zu einer Kultur entwickelte, die das Handeln im Konzern bestimmte und derer sich die Mitarbeiter in den relevanten Positionen nicht einfach entziehen konnten."

Vinzenz Stangassinger wiegte seinen Kopf und meinte: „Kann man das wirklich so pauschal sagen? Der Konzern beschäftigt über 300000 Leute, und darunter tummeln sich eben auch ein paar schwarze Schafe."

„Nein, nein, das sehe ich leider völlig anders." Brenner blickte in die Runde: „Wir haben unseren Schwerpunkt auf Seifert und Kögel gelegt. Soweit gut, aber ohne die vielen Vertriebsleiter, Kaufleute, Manager in der Buchhaltung, Chefs der Revision, wäre das System Seifert doch gar nicht erst ins Laufen gekommen. Ich nehme an, SimTech kann nicht einmal feststellen, wer davon gewusst hat, egal ob direkt in Bestechungshandlungen verwickelt oder als Mitwisser. Ich gebe dir ein einfaches Beispiel: Rechnungen wurden geschrieben. Ist es niemandem aufgefallen, dass es für gleiche Produkte je nach Kunde gravierende Preisunterschiede gab? Niemand hat bemerkt, dass Leistungen abgerechnet wurden, die gar nicht stattgefunden hatten? Niemand hat sich etwas dabei gedacht, dass Bauleistungen in manchen Ländern zu einem Preis verrechnet wurden, wie es selbst in Deutschland, immerhin einem Land mit den höchsten Löhnen, nicht möglich gewesen wäre? Weil das so ist, spreche ich von Kultur. Und nicht zuletzt, überlegt einmal, wie viele Bestechungsskandale es bei SimTech über die letzten Jahre gegeben hat: Italien, Österreich, Griechenland und so weiter. Ich kann euch gerne die entsprechenden Artikel aus dem Archiv kommen lassen."

Stangassinger blickte einigermaßen verzweifelt auf Reiser. Man sah, wie ihn Brenners Schlussfolgerung schmerzte.

Reiser versuchte, Brenners Vorwürfen etwas die Spitze zu nehmen. „Bis zu einem gewissen Grad hast du sicher recht, aber ganz so einfach, wie du es darstellst, sind die Dinge auch wieder nicht. Bleiben wir bei deinen Beispielen. Diejenigen, die für Rechnungen verantwortlich sind, prüfen nicht die Qualität des Inhaltes, sondern lediglich, ob sie konform sind. Alles ist hinterlegt in Datenspeichern. Es gibt niemanden mehr, der eine Rechnung anhand eines Vorganges ausfertigt, den er selbst noch kennt, wie das in früheren Jahren einmal der Fall war. Alles wird von ineinander verzahnten Softwaremodulen bewältigt. Dies führt sogar dazu, dass einfachste Systemänderungen nahezu unmöglich sind, weil niemand in der Lage wäre, alle Implikationen zu durchschauen. Andere Dinge, wie die angesprochenen Bauleistungen, fallen einem Bearbeiter in Deutschland nicht auf, wenn es sich um Leistungen der Niederlassungen handelt, die von diesen selber beauftragt, betreut und abgerechnet werden. Die Krux liegt darin, dass das Management oft nicht mehr in einer Hand liegt, sondern zwischen den Niederlassungen und dem Stammhaus gesplittet ist. Oftmals haben wir dann auch noch eine Verteilung über mehrere Bereiche. Da vermischen sich Dinge. Allenfalls könntest du den Projektleiter zur Verantwortung ziehen, aber dieser ist in aller Regel nicht zugleich der Verkäufer dessen, was er managt. Nur so haben Leute wie Seifert und Kögel überhaupt erst eine Chance, dubiose Systeme ins Leben zu rufen."

„Okay, okay, ich sehe schon, ihr wollt halt immer noch an das Gute glauben. Ich verspreche euch, ich werde mit dem, was ich schreibe, vorsichtig umgehen. Außerdem bist du ja dabei", antwortete Brenner grinsend und deutete auf Reiser.

Franziska Ebel hatte schweigend zugehört. „Warum wollt ihr eigentlich auf Biegen und Brechen an eurem Ziel festhalten?", fragte sie. Was wollt ihr denn mit dem Geld anfangen, wenn ihr es tatsächlich in die Finger bekommt? Bei SimTech einzahlen? Dass ich nicht lache! An den Konzern zurückzahlen, der den ganzen Schlamassel überhaupt erst ausgelöst hat? Ihr müsst verrückt sein.

Wenn ihr es wenigstens einer gemeinnützigen Organisation geben würdet, das könnte ich ja noch verstehen, aber dem Konzern?"

Brenner schaute verdutzt auf Franziska und sagte bedächtig: „Ein berechtigter Gesichtspunkt, insbesondere, wenn man feststellt, dass das begehrte Ziel immer weiter in die Ferne zu rücken scheint. Was sagt ihr denn dazu?", wollte Brenner wissen.

Stangassinger und Reiser sahen sich an und zuckten mit den Schultern. „Was willst du denn hören?", fragte Stangassinger, „dass wir besser aufhören sollten, weil wir diesen Sumpf ohnehin nicht trockenlegen können?"

Harald Brenner behagte diese Wendung ihrer Zusammenkunft überhaupt nicht. „Freunde", sagte er deshalb, „es geht nicht darum, klein beizugeben. Das habe ich als Zeitungsmann noch nie getan. Es kommt gar nicht so sehr darauf an, ob wir es schließlich schaffen, den beiden Ganoven ihr Geld abzujagen. Viel wichtiger ist es doch, aufzuzeigen, was in diesem Klüngel so alles möglich war. Wenn wir das hinbekommen, hat sich doch unsere Arbeit schon mehr als gelohnt."

Reiser nickte, Stangassinger schaute skeptisch.

Franziska reckte sich leicht und sagte: „Ihr habt mich falsch verstanden. Ich will nicht aufhören, sondern meine nur, es wäre vielleicht besser, das Ziel neu zu definieren. Wäre es nicht schon ein Erfolg, die zahlreichen Widersprüche, die uns bisher begegnet sind, aufzuzeigen? Ich meine: Wir könnten einige gute Fragen anschneiden, die den Staatsanwalt veranlassen noch einmal einzusteigen und den ganzen Schmutz neu aufwühlen."

„Glaube ich nicht", bemerkte Reiser. „Sind wir nicht selbst zu dem Ergebnis gekommen, es könne eine Vereinbarung zwischen Staatsanwaltschaft und SimTech geben? Hat Vinzenz uns nicht schlüssig erklärt, welchen Zweck die internen Ermittlungen von Deprión & Princeton tatsächlich verfolgen? Hört mal, es geht doch nicht um die lückenlose Aufklärung, von der manche nicht müde werden, sie immer wieder zu betonen. Es geht um die Interessen von SimTech und die Allianz zwischen dem Konzern und den Ermittlungsbehörden. Egal was wir tun, oder was Harry schreibt, machen wir uns bitte nichts vor, kein Mensch wird noch einmal einsteigen, um irgendetwas nicht schon mehrfach Widergekautes hervorzuziehen. Im Gegenteil! Sie werden alles tun, um die Dinge klein zu reden und unter den Teppich zu kehren."

„Mein Vorschlag", sagte Brenner, „schauen wir, ob meine Aktionen, ich meine die beiden letzten Artikel über Kögel und Seifert, zu etwas führen. Ergeben sich daraus keine Resultate, lassen wir es bleiben. Ich schreibe noch einen schönen Abschlussartikel, und das war's dann. Geht es aber weiter, lassen wir uns überraschen, wie. Einverstanden?"

Franziska war noch geblieben. Ihr Boss würde erst am späteren Nachmittag dazu stoßen. Sie nützten die Zeit und spekulierten, wo Franziska festgehalten worden sein könnte. „Vielleicht in der Bank", meinte Harry.

„Kann aber auch woanders gewesen sein. Genau genommen ist diese Frage bedeutungslos, oder etwa nicht? Würde uns eine Antwort weiterbringen? Nein, jedenfalls sehe ich nicht wie", sagte Franziska irgendwie resignierend.

„Sie würde uns weiterbringen", meinte Harry, dem Franziskas Resignation nicht entgangen war. „Ich könnte unangenehme Fragen stellen. Glaube mir, wer immer es war, er würde gehörig nervös werden."

„Er hat den Sicherheitsdienst der Bank angerufen, das hat Kögel doch zugegeben. Reicht das nicht, um den Leuten auf die Pelle zu rücken?"

„Ich denke, sie würden es einfach abstreiten. Was hätte ich dann schon groß in der Hand? Kögels Aussage nutzlos, ohne Wert. Er wird einfach behaupten, da müsse ich etwas komplett missverstanden haben, wie überhaupt die ganze Geschichte eine Erfindung eines überreagierenden Journalisten sei. So würde das laufen, liebe Franziska, und sein Anwalt würde exakt genau dieses bestätigen. Wo stehe ich dann?"

Wie elektrisiert fuhr Harry plötzlich hoch. „Das ist es. Ich habe den ganzen Käse aufgenommen, aufs Handy. Nicht die feine Art, stimmt, aber wen juckt das schon? Ich bin richtig gespannt, wie das Treffen morgen ausgehen wird."

Der Spezialist war erst gegen 19:00 Uhr bei Brenner. „Tut mir leid, aber ich wollte noch einige Details geklärt haben. Was habt ihr Neues?"

„Ich würde gerne wissen, ob wir in meiner Sache etwas unternehmen wollen?", fragte Franziska.

„Ich sage euch meine Meinung: Zur Polizei können und wollen wir nicht gehen. Was könnten wir selbst tun? Wir könnten von unseren Leuten jemanden darauf ansetzen. Wahrscheinlich sogar mit Erfolg, aber würde es wirklich sehr viel mehr bringen als wir nicht ohnehin schon wissen? Also belassen wir es dabei."

Franziska und Harry nickten beifällig.

„Dann zu den Informationen, die für euch beide vermutlich noch neu sind. Bedauerlicherweise gibt es zwei weitere Todesfälle, wie ich vom LKA erfahren habe. Unser zwielichtiger Freund, Signore Lordano, wurde wahrscheinlich ermordet. Es könnte aber auch ein epileptischer Anfall gewesen sein." Der Spezialist erläuterte, was die Polizei hierzu festgestellt hatte. „Merkwürdig ist, dass er unter den Namen Diaz und Rodriguez Flüge für sich und vermutlich Francesco nach Buenos Aires gebucht hatte. Von Francesco fehlt jede Spur, allerdings fehlt auch eines von Lordanos Fahrzeugen, und der Safe im Arbeitszimmer seiner Villa war leer, nicht aufgebrochen, sondern ordentlich geöffnet und wieder verschlossen. Die Herstellerfirma konnte die elektronische Sperre lösen. Wir können also davon ausgehen, dass sich Francesco abgesetzt hat und hierfür Bares aus der Villa mitnahm. Er könnte auch als Mörder infrage kommen. Lordano könnte vergiftet worden sein. Francesco hätte ihm sehr leicht ein paar Tropfen eines Giftes in ein Glas mischen können. Stellt sich die Frage des Motivs! Raub passt nicht sehr gut ins Schema. Wir können davon ausgehen, dass Francesco mehr als gut bei Lordano verdiente, und warum sollte er ein Risiko gegenüber der *Familie* eingehen? Er hätte gewusst, dass sie ihn überall finden würden, außer er hat den Auftrag direkt vom Patrone der Familie erhalten. Warum aber sollte der Boss der Familie Lordano beseitigt haben wollen? Es könnte allerdings ein Motiv geben. In diese Theorie passt nämlich nahtlos ein zweiter Mord, der zeitlich vor dem an Lordano liegt. Davide Monti, den von

Lordano angeheuerten Mann, hat es ebenfalls erwischt. Er wurde in der Prannerstraße, gleich hinterm *Bayerischen Hof,* aufgefunden, aus nächster Nähe erschossen. Waffe mit Schalldämpfer, kleines Kaliber. Niemand hatte etwas bemerkt. Ein Kellner aus dem *Trader Vic's* im *Bayerischen Hof* konnte sich zwar daran erinnern, dass Monti dort in Begleitung einer Frau gewesen war, aber eine Beschreibung war ihm, schon wegen des diffusen Lichtes in dem Lokal, unmöglich. Hatte Lordano es mit der Angst zu tun bekommen? Zwei Männer, die für ihn gearbeitet hatten, tot. Rechnete er damit, der Boss würde das nicht hinnehmen? Wollte er sich deshalb absetzen? Die Polizei hat übrigens bei Lordano nur sehr oberflächlich ermittelt. Ein zufällig anwesender Arzt hatte den epileptischen Anfall diagnostiziert, dem sich der Amtsarzt anschloss, nachdem er sich die Leiche noch am Flugplatz zeigen ließ. Daraufhin hatte man die Leiche freigegeben und, soweit ich erfahren habe, wurde sie bereits von irgendjemandem in Empfang genommen. Viele Fragen, deren Klärung uns zwar dem Täter und seinem Motiv näherbrächten, aber nichts dazu beitrügen, Kögel und Seifert gefügig zu machen."

„Ich stimme Ihnen zu", bemerkte Brenner, „aber eine weitere Frage wäre schon noch von Interesse: Ist damit die Gruppe um Lordano zerstört oder nimmt ein anderer dessen Platz ein und ansonsten hätte sich nichts geändert?"

„Gute Frage", antwortete der Spezialist, „ich weiß es ehrlich gesagt nicht, aber wir sollten davon ausgehen, dass Lordanos Organisation sich das Geld nicht entgehen lassen will."

„Das heißt, es geht weiter?", flocht Franziska ein.

„Ich gehe davon aus", sagte der Spezialist, „allerdings kann ich nicht vorhersagen in welcher Weise, und das wird unsere eigene Lage nicht gerade erleichtern."

Brenner informierte den Spezialisten über sein für den nächsten Tag geplantes Treffen mit Kögel.

„Das passt sehr gut", meinte dieser, „denn ich habe vor wenigen Stunden noch eine brandneue und besonders aufschlussreiche Information erhalten. Kögel unterhält tatsächlich ein Schließfach in der Zentrale jener Bank, die auch eine Niederlassung in München führt. Allerdings sollte ich korrekt sagen: Er hatte ein Schließfach geführt."

„Er hatte?", warf Franziska fragend ein.

„Ja", fuhr der Spezialist fort, „denn ganz überraschend wurde dieses Schließfach aufgelöst und dessen Inhalt vermutlich außer Landes gebracht. Wohin konnte mir mein Informant nicht sagen. Er kann es nicht in Erfahrung bringen, ohne selbst aufzufallen, und dieses Risiko schien uns zu hoch."

Franziska schaltete sich ein: „Wenn Kögel also behauptet, er habe kein Schließfach, dann sagt er streng genommen sogar die Wahrheit?"

„Ja, formal könnte es tatsächlich so sein. Vielleicht hat er kalte Füße bekommen und jemand in Dubai hilft ihm, möglichen Komplikationen aus dem Weg zu gehen."

„Trotzdem eine Information von unschätzbarem Wert, die ich morgen verwenden werde", meinte Brenner.

„Wie läuft es mit Seifert?", fragte der Spezialist.

„Er hat bisher nicht auf meinen Artikel reagiert, aber ich habe schon noch etwas nachzulegen", antwortete Brenner.

„Nämlich was?", wollte der Spezialist wissen.

„Ich habe bisher mit euch noch nicht darüber gesprochen, aber ich habe Hinweise - noch vage, aber ich arbeite daran-, dass jene Claire Polingo auch in einem anderen Zusammenhang bekannt geworden ist. Sie soll als Domina tätig gewesen sein. Erhärtet sich diese Information, dann spreche ich mit ihm direkt und erkläre ihm, was ich daraus in der Zeitung machen werde. Bewegt ihn auch das nicht, hat er möglicherweise tatsächlich nie ein Schließfach besessen oder ist noch ausgebuffter, als wir denken."

„Meiner Information nach wird das Verfahren demnächst eröffnet. Das Gericht hält noch etwas hinter dem Berg damit, aber die Spatzen pfeifen es schon von den Dächern", erklärte der Spezialist.

„Da beide voll geständig sind, rechnet man nicht mit einer besonders langen Verfahrensdauer. Einige Anklagepunkte, zum Beispiel Begünstigung zur Steuerhinterziehung durch SimTech, werde man fallen lassen, weil sie entweder nicht nachweisbar sind oder das hierfür zu erwartende Strafmaß im Vergleich zur Gesamtstrafe unbedeutend ausfiele."

„Es bleibt also nicht mehr viel Zeit", bemerkte Franziska.

„So ist es leider", bestätigte der Spezialist, „und ich frage mich, ob Sie, lieber Herr Brenner, nicht noch einmal einen Vorstoß bei SimTech machen sollten. Konkret beim Chef der Rechtsabteilung. Sie wissen schon, dem feinen Herrn Dr. Schrofen?"

„Sie meinen, ich soll den gesetzten Stachel weiter ins Fleisch treiben?", fragte Brenner.

„Ja, das genau sollten Sie tun. Oder gab es bisher irgendeine Reaktion aus dem ZV? Ihr Besuch bei Schrofen liegt ja schon länger zurück. Jeder noch so kleine Hinweis könnte von Nutzen sein."

„Es gab tatsächlich eine erste Reaktion", erklärte Brenner. „Im Ergebnis etwas vage allerdings, weshalb ich es bisher für mich behalten habe. Wenn ich es mir jedoch überlege, ist vielleicht weniger die Information selbst das Interessante, sondern die Tatsache, dass es im Vorstandgebälk anfängt zu knirschen."

„Lassen Sie's raus, wir sind gespannt! Oder soll es ein Zeitungsgeheimnis bleiben?", fragte der Spezialist und grinste.

„Nein, natürlich nicht. Es war der Verantwortliche im Zentralvorstand für die Niederlassungen. Viel Geschwafel, aber dann doch die Zusicherung, er wolle einen Termin für ein Treffen außerhalb Münchens nennen. *Wissen Sie,* hatte er zum Abschluss gesagt, *bei uns im Zentralvorstand sind manche Dinge keinesfalls so einvernehmlich, wie man meinen möchte. Dort weiß man mehr als Sie glauben.* Wir werden sehen, ob der Termin zustande kommt."

„Fragen Sie den Herrn nach Griechenland", forderte der Spezialist Brenner auf. „Wir könnten das überprüfen!"

(81)

Kögel war nervös. Mit allen war er bisher einigermaßen zurechtgekommen, aber dieser Journalist war nicht zu greifen. Brenner lag ihm im Magen. Er hatte nur Andeutungen gemacht, aber das reichte schon. Hier ging es längst nicht mehr um eine informative Berichterstattung, sondern um knallharte Erpressung. Dieser Mensch würde ihn fertigmachen, wenn er ihm nicht gab, was er verlangte. Vielleicht sollte er ihm einen Teil davon anbieten, aber wie sollte er es machen, ohne unweigerlich ein Schuldgeständnis mit abzuliefern? Würden ihm seine Freunde in Dubai nochmal helfen können? Er griff zum Telefon.

„Es wird kompliziert. Was stellst du dir vor? Schläfst du niemals?", fragte der Freund. „Bei uns ist es drei Uhr morgens, und da kommt dir ganz plötzlich ein weiteres Problem in den Sinn?"

Kögel schluckte. Es war unverkennbar: Der Mann am anderen Ende war genervt.

„Es ist nicht nur das Geld, es geht um mehr", versuchte Kögel, seinem Freund die Dringlichkeit deutlich zu machen.

„Wenn ich in Zusammenhang gebracht werde mit den anderen Jobs, dann ist es aus mit den schönen Geschäften. Verstehst du das? Die Leute, zu denen ich Kontakte herstelle, verstehen gerade noch mit einiger Mühe, dass ich in diesen Scheißskandal verwickelt bin, aber sie drehen mir keinen Strick daraus. Und warum tun sie das nicht? Weil sie es alle genauso machen. Wäre es nicht so, würden sie mich erst gar nicht benötigen. Wenn sie aber in der Zeitung lesen, dass ich als Schaltstelle aufgeflogen bin, dann ist diese Schiene tot. Sie werden mich aus ihren Telefonlisten und Adressbüchern streichen, ausradieren, als hätte es mich niemals gegeben. Sie werden selbstverständlich ihre Geschäfte weiter betreiben, aber nicht mehr mit mir. Bin ich aber raus, wird der goldene Regen auch bei dir zu Ende sein!"

Es war erst einmal still in der Leitung. Sein Freund kaute an den Brocken, die er ihm hingeworfen hatte. „Ich verstehe, wir müssen etwas tun. Was konkret hast du mit dem Journalisten vereinbart?"

„Er will sich mit mir am Sonntagabend treffen."

„Ich werde sehen, was ich tun kann. Viel Zeit bleibt mir nicht. Morgen, das ist knapp. Ich werde dich nicht darüber informieren, was wir vorhaben. Es wird einfach geschehen. Geh zu deiner Verabredung mit ihm, aber sei nicht verwundert, wenn der Herr nicht kommt!

Kögel fuhr es kalt über den Rücken. Was würde mit Brenner geschehen? Aber was kümmerte ihn Brenners Schicksal? Er war selber Schuld. Warum steckte er auch fortwährend seine Nase in Dinge, die ihn nichts angingen. Wer sich mit Großen anlegt, muss damit rechnen, dass sie ihn zermalmen. Und Kögel zählte sich durchaus zu diesem Kreis.

Manchmal fragte er sich, wie er überhaupt in diesen Sumpf hineingeraten konnte. So viel Realist war er natürlich schon, dass ihm sein Anteil an der aktuellen Situation bewusst war. Das meinte er aber nicht, sondern ihn quälte das Dilemma, warum ausgerechnet er es sein musste, dessen Laufbahn ihn dahin geführt hatte, weswegen er heute wie ein Krimineller behandelt wurde.

Er war stets bereit gewesen, alles für die Karriere zu geben und jeden Weg zu gehen. Er meinte, ein Gespür dafür zu haben, was man von ihm erwartete, auch wenn es oft unausgesprochen blieb. Und das waren eben Dinge, die nach Männern wie ihn verlangten. Großes zu erreichen, erforderte adäquaten Einsatz. Und nichts anderes hatte er getan. Aber diese Kleingeister verstanden das nicht, verstanden ihn nicht. Sie waren nur ihren Gesetzen und Vorschriften verpflichtet und übersahen dabei das Ganze.

(82)

Exakt zur gleichen Zeit, als Kögel seinen finsteren Gedanken nachhing, zermarterte sich auch Seifert den Kopf. Er hielt schon lange keinen Kontakt mehr zu Kögel. Als es anfing brenzlig zu werden, damals mit der Sache in Liechtenstein, fing Kögel an, von ihm abzurücken. Zwar beschaffte Kögel gute Anwälte für ihn, aber das war mehr zum Selbstschutz geschehen. Das war Seifert heute klar. Wenn es möglich gewesen wäre, hätte Kögel ihn wahrscheinlich schon damals ans Messer geliefert. Aber Kögel brauchte ihn noch. Eine Reihe von Transfers musste er noch veranlassen, allesamt auf eines der Konten in Dubai. Seifert zweifelte keine Sekunde daran, wofür das Geld in Wirklichkeit bestimmt war. Sicher nicht für Kunden, die vertraulich behandelt werden wollten, wie Kögel vorgab, sondern das war Geld, eine Menge Geld, für Kögels Privatschatulle. Seifert hatte der Polizei von seinen Bedenken natürlich nichts berichtet. Auch wenn er und Kögel sich nicht mehr besonders mochten, vertraute er darauf, dass auch Kögel sich in dieser Hinsicht nicht geäußert hatte. Eine Krähe hackt der anderen kein Auge aus. Das würde auch für sie beide gelten.

Nun war die Situation aber irgendwie eskaliert: Ein Journalist namens Brenner hatte sein Geheimnis ausgegraben, Claire Polingo. Andere waren hinter ihm wegen seines Geldes her. Claire, die sein Schließfach vielleicht bereits leergeräumt hatte. Er, der nichts davon überprüfen konnte, dem die Dinge entglitten. Seifert spürte, wie sich eine gewisse Verzweiflung breitmachte. Hinzu kam das bevorstehende Gerichtsverfahren. Er musste zu diesem Zeitpunkt in Topform sein und Fragen ohne Widersprüche beantworten können. Wie aber sollte er das zu Wege bringen, wenn ihn eine Last von Hoffnungslosigkeit niederdrückte?

Einem spontanen Gefühl folgend, wählte er die Nummer des Verlags, bei dem Brenner beschäftigt war. Obwohl es Sonntag war, meldete sich eine Stimme. Seifert merkte erst nicht, dass er mit einem Anrufbeantworter sprach, registrierte aber schließlich, dass es für dringende Fälle eine weitere Nummer gab. Er notierte sie und drückte die Nummer ins Tastenfeld. Einige Freizeichen ertönten.

„Südverlag, Redaktion vom Dienst, Sie wünschen bitte?"

Eine lebende Stimme, keine Maschine! Seifert erklärte, dass er dringend mit Herrn Brenner sprechen müsse.

„Sie können ihn morgen zu den normalen Geschäftszeiten erreichen. Rufen Sie unsere zentrale Nummer an, und man wird Sie verbinden."

„Nein, hören Sie, das ist zu spät. Ich muss Herrn Brenner jetzt sprechen. Die Angelegenheit duldet keinen Aufschub."

Die Frau am anderen Ende schaltete schnell und sagte: „Gut, ich will versuchen, ihn zu erreichen. Er wird Sie unter der bei mir angezeigten Nummer zurückrufen. Ist das okay für Sie?"

Seifert murmelte etwas wie, es wäre in Ordnung, nur schnell müsse es gehen. Ein Gedanke durchzuckte ihn: Der Verlag kannte jetzt seine Festnetznummer. Es würde ein Einfaches sein, seinen Namen und die Adresse herauszufinden.

Was versprach er sich eigentlich von einem Gespräch mit Brenner? Er hatte hierauf keine Antwort, aber es schien ihm, dies sei eine bessere Variante, als sich mit irgendjemand Unbekanntem einzulassen. Seifert gestand sich ein, dass von seiner Persönlichkeit als Manager in einem Weltkonzern nicht mehr sehr viel übriggeblieben war. Er ging sogar soweit, sich selbst als ein armes Schwein zu bezeichnen.

Selbst Träume und Erinnerungen an seine Zeit mit Claire Polingo wollten sich nicht mehr einstellen. Wenn Ansätze aufflackerten, wandelten sich diese im Bruchteil von Sekunden zu Zerrbildern. Claire zerfloss, nahm verschiedenste Gestalten an, ihre ausgeprägte Weiblichkeit erschien ihm nur noch schemenhaft. Am schlimmsten war es, wenn sie ihn in solchen Momenten verspottete, ihm mit einem höhnischen Grinsen ins Gesicht sagte, was er in Wirklichkeit doch für ein Widerling sei, und sie all diese Dinge, die er von ihr verlangte, nur gemacht habe, um an sein Schließfach heranzukommen. Seiferts Puls beschleunigte bei dem Gedanken, es könnte alles weg sein, verloren für immer. Das Telefon riss ihn aus seinen Gedanken.

„Brenner, Sie wollen mich sprechen?"

Seifert schluckte, als er die Stimme des Mannes vernahm, von dem er sich versprach, er würde ihm aus seiner misslichen Lage heraushelfen.

„Ich würde Sie gerne treffen", sagte Seifert ohne seinen Namen genannt zu haben.

„Sie wollen mich treffen, Herr Seifert? Wozu?", fragte Brenner.

Er hatte also schon nachgesehen und wusste, wer er war, resümierte Seifert. „Ja. Sie haben kürzlich einen Artikel über mich verfasst, und dazu gäbe es einiges zu sagen. Hätten Sie heute noch Zeit?", antwortete Seifert.

„Okay, wenn Sie wollen", sagte Brenner und nannte Seifert Zeit und Ort ihres Treffens.

Seifert war irgendwie erleichtert. Es war eine angenehme Stimme gewesen. Brenner schien ein umgänglicher Mensch zu sein. Vielleicht würde sein Plan aufgehen. Brenner sollte nichts Negatives mehr über ihn schreiben und vor allem Claire Polingo vergessen. Dafür würde er ihm eine fertige Story über SimTech liefern. Dem wird er nicht widerstehen können, dachte Seifert. Noch gute vier Stunden, dann würde er Brenner gegenübersitzen.

(83)

Im *Kempinski* herrschte das übliche Treiben. Menschen, die ins Restaurant strebten, andere, die mit ihrem Gepäck den Ausgang nahmen oder im Aufzug entschwanden.

Pünktlich um 20:00 Uhr näherte sich der Direktor des BND der Rezeption. Ein paar Hotelgäste, die eincheckten, nichts Außergewöhnliches. Wie zufällig kam ein jüngerer Mann auf ihn zu und murmelte im Vorbeigehen: „Im Restaurant, links hinten, älterer Herr, blättert in einem Buch."

Der Direktor sah den jungen Mann auf die Aufzüge zusteuern, änderte seine Richtung und ging in einem Bogen auf das Restaurant zu. Links von der Bar machte er im Hintergrund einen Tisch mit dem beschriebenen Herrn aus. Am Nebentisch zwei Männer in dunklen Anzügen. Der Direktor ging auf den Tisch des älteren Herrn zu:

„Sie erwarten mich?"

„Nehmen Sie Platz!", antwortete dieser freundlich. „Darf ich Ihnen etwas bestellen?"

„Ja, gerne", antwortete der Direktor und schob sich einen Stuhl zurecht, damit er die Männer vom Nachbartisch im Auge behalten konnte.

Der ältere Herr lächelte und meinte: „Keine Sorge, wir wollen uns doch unterhalten. Meine Männer werden nur darauf achten, dass wir dabei nicht gestört werden."

Ein Kellner eilte herbei, und der ältere Herr bestellte eine Auswahl italienischer Vorspeisen, dazu einen sizilianischen Roten.

„Lassen Sie uns gleich zur Sache kommen", begann er das Gespräch.

Der Direktor nickte zustimmend.

„Wir hatten einen gemeinsamen Bekannten, der leider nicht mehr unter uns weilt. Er soll nach einem epileptischen Anfall verstorben sein, sodass wir beide nunmehr die Dinge zu Ende bringen sollten, die er begonnen hatte."

Der Direktor war verblüfft, wie gut sein Gegenüber die deutsche Sprache beherrschte. Mit Akzent und etwas gestelzt, aber gewandt im Ausdruck. „Ich sehe, Sie wundern sich, dass ich Deutsch spreche?", fügte der Mann aus Italien noch an. „Ich habe in München studiert, müssen Sie wissen."

Der Direktor wartete, bis der Kellner das Bestellte am Tisch ablegte und kam dann ohne Umschweife auf den Punkt. „Warum sitzen wir hier, und von welchen Dingen sprechen Sie?"

„Gefällt mir: Sie wollen sich nicht mit Nebensächlichkeiten aufhalten. Wir kennen uns bisher nicht persönlich, aber ich weiß trotzdem viel über Sie. Signore Lordano hat mich immer gut informiert. Wie sagt man? Auf dem Laufenden gehalten. Sehen Sie, meine Firma hat bereits viel Herzblut investiert, auch Geld natürlich, und ich möchte nicht deshalb leer ausgehen, weil Signore Lordano so unerwartet von uns gegangen ist."

Der Ton des Sizilianers war überaus freundlich, aber der Direktor verstand die Botschaft. „Sie wissen also Bescheid, gut. Welche Vorstellungen haben Sie?"

Der Signore aus Sizilien antwortete lächelnd: „Ihr Deutschen seid immer schnell bei der Sache und immer direkt. Wir Italiener sind da anders. Wir lieben die Umschreibung, gebrauchen freundliche Worte. Warum sich aufregen, wenn Dinge sind, wie sie sind?"

Der Direktor verstand nur zu gut, was sein Gegenüber meinte. Er betrachtete ihn eine Weile. Silbergraues, lässig zurückgekämmtes Haar, buschige Augenbrauen, Gesicht schmal, energisches Kinn, gewinnende Mundpartie und eingekerbte Falten auf der Stirn deuteten auf ein bewegtes Leben hin. Ohne Zweifel, dieser Mann war eine Autorität. Sein Alter war schwer zu schätzen. Vielleicht um die siebzig. Tadelloser Anzug, Hemd und Krawatte vortrefflich aufeinander abgestimmt. Da mangelt es bei unsereinem schon an der Figur, dachte der Direktor. Mit all seiner Freundlichkeit antwortete er: „Sie mögen recht haben, aber sind Dinge nicht deshalb so, wie sie sind, weil wir sie so geformt haben?"

Der Sizilianer lächelte, als er auf dieses Hin und Her einging und sagte: „Ich sehe, wir verstehen uns. Es ist unsere Aufgabe, Dinge zu gestalten. Sie tun es in Ihrem Bereich und ich", er zuckte mit den Schultern, „leiste einen bescheidenen Betrag bei mir zu Hause. Nun, werden wir ein wenig konkreter. Ich möchte Ihnen vorschlagen, Sie unternehmen nichts weiter, pfeifen Ihre Leute zurück und lassen Ihre letzten Gedanken einfach einfrieren. Verstehen Sie? Welcher Aufwand, um aus diesen nichtsnutzigen Managern Pädophile und Exhibitionisten zu machen. Überlassen Sie diese Leute mir. Meine Organisation arbeitet anders, zugegeben, aber sehr effektiv, wie Sie wissen. Die Früchte teilen wir, was meinen Sie dazu?"

Dem Direktor war das schelmische Lächeln des Mannes nicht entgangen. Dieser Patrone wusste nur zu genau, dass er mit seinen Äußerungen einen Pfeil in sein Innerstes getrieben hatte. Es musste eine undichte Stelle im Amt geben. Woher hätte er sonst von den geplanten Maßnahmen gegen Kögel und Seifert wissen können? Der Direktor fasste sich und sagte äußerlich völlig gelassen: „Sie sind gut informiert. Ich stimme Ihnen zu: Wir müssten einigen Aufwand betreiben, den ich sehr gerne unterlassen würde. Sie scheinen sicher zu sein, die Dinge auf Ihre Weise lösen zu können. Dann machen Sie es so! Wir halten uns ab sofort raus. Tun Sie das Richtige!"

(84)

Harald Brenner war guter Dinge. Irgendwie hatte er das Gefühl, der Knoten würde sich lösen und sie kämen doch noch an ihr Ziel. Er gestand sich als Realist ein, dass ihn die Reaktionen von Kögel und Seifert auf seinen letzten Artikel hin beflügelten. Er war in Hochstimmung und war sich deshalb nicht bewusst, dass er zur Fehleinschätzung seiner tatsächlichen Lage neigte.

Langsam schlenderte Brenner entlang der Luxusläden in der Maximilianstraße, warf hie und da einen Blick in die Schaufenster, ohne wirklich Notiz zu nehmen, und war gespannt auf die Zusammenkunft mit Kögel. In einer der Seitenstraßen gab es eine Bar, wo sie sich treffen wollten. Ein Blick auf die Uhr: noch zehn Minuten. Danach das Treffen mit Seifert; nur ein paar Schritte von der Bar entfernt. Er hatte alles im Griff.

Brenner wechselte die Straßenseite und bog in die schmale Straße ein, die zum *Mandarin* führte. Es war noch genügend Zeit für einen kleinen Umweg.

Plötzlich wurde er heftig nach vorne gestoßen. Brenner stolperte und hörte im selben Moment den peitschenden Knall eines Schusses.

„Bleib unten", rief eine Stimme.

Brenner, tief auf dem Boden kauernd, sah aus den Augenwinkeln, wie eine Gestalt über die Straße hetzte und sich mit einem Bündel beschäftigte, das ein auf dem Boden liegender Mensch sein konnte.

Nach und nach realisierte er, dass es Franziska war, die er da sah. Sie gab ihm ein Zeichen, und Brenner richtete sich wieder auf.

Einige Passanten waren stehen geblieben und sahen erstaunt, wie eine Frau dem Mann am Boden Handschellen anlegte. Franziska sprach etwas in ihr Handy und sagte zu Brenner, der jetzt neben ihr stand, dass Polizei und Notarzt in wenigen Minuten hier sein würden.

„Wie kommst du hierher", fragte Brenner, „und was ist geschehen?"

Franziska klärte Brenner auf, dass sie ihm aus Vorsicht unauffällig gefolgt wäre und gerade noch rechtzeitig beobachtet habe, wie der Mann eine Pistole gezogen und auf ihn angelegt hätte.

„Ist nur ein Streifschuss am Bein. Er wird es überleben. Wir kommen jetzt natürlich nicht mehr ohne Polizei aus. Nur: Was sagen wir ihnen?"

„Müssen wir?", sagte Harald Brenner leise.

„Was meinst du?", wollte Franziska wissen.

„Können wir nicht einfach verschwinden und den Kerl mitnehmen? Ihr nehmt ihn dann in die Mangel."

„Ich denke, das wird nicht funktionieren. Er verliert Blut und wird kaum laufen können."

„Es käme auf einen Versuch an", entgegnete Brenner.

„Okay, aber man hat uns gesehen. Es wird nicht sehr lange dauern, bis die Polizei an deine Türe klopft."

„Keine Sorge! Wir bringen ihn erst einmal zu euch in die Romanstraße, anschließend erklären wir der Polizei, der Mann sei uns an einer roten Ampel entwischt."

Franziskas Augen waren prüfend auf Harry gerichtet, als sie sagte: „Dann schnell! Alles Weitere besprechen wir später."

Harry zischte dem Mann zu, man wolle der Polizei aus dem Weg gehen, wenn er kooperiere.

Der Mann fluchte etwas, das sich arabisch anhörte und sagte dann auf Deutsch, er wäre einverstanden.

„Mein Wagen steht gegenüber der Oper, bei der ehemaligen Post", brummte Harry und zog den Mann hoch. „Kommen Sie, beeilen wir uns."

Mehr humpelnd als laufend zerrten sie den Mann mit sich. Widerwillig traten die Schaulustigen zur Seite.

„Wollen Sie nicht warten, bis die Polizei hier ist?", fragte jemand.

„Er verliert zu viel Blut. Wir bringen ihn direkt in ein Krankenhaus", erklärte Franziska und schob die Leute zur Seite. Niemand folgte ihnen. Nur der Ton eines Martinshorns zerriss die sonntägliche Ruhe der Stadt.

(85)

Seifert war mit einem Taxi zum vereinbarten Treffpunkt gefahren. Öffentliche Verkehrsmittel liebte er nicht und den eigenen Wagen ließ er wegen des leidigen Parkplatzproblems stehen. 20:30 Uhr war vereinbart, aber Seifert wollte schon früher dort sein.

Eigenartiger Ort für das, was sie vorhatten. Das Hofbräuhaus war gut besucht von Touristen aus aller Herren Länder, aber vielleicht war es gerade das, was Brenner schätzte. Bei dem Lärmpegel würde sie niemand belauschen können.

Seifert saß vor einem Bier und wartete. Gegen 21:00 Uhr bezahlte er und wollte schon gehen, als sein Handy anschlug. „Bitte?", sagte Seifert nur und dann: „Woher haben Sie diese Nummer?"

„Herr Seifert, ich bin Journalist. Haben Sie das schon vergessen? Es ist leider etwas Unerwartetes dazwischengekommen. Ich schaffe es deshalb heute nicht. Würde es morgen, Montag, um die gleiche Zeit bei Ihnen gehen?"

Seifert stimmte zu und verließ das Lokal. Er bemerkte, dass oben zur Maximilianstraße hin noch Polizeifahrzeuge standen und Beamte zugange waren wie vorher, als er gekommen war.

Gedanken schwirrten durch seinen Kopf. Wohin war er bloß geraten? Er war doch kein Krimineller. Alles, was er getan hatte, war immer nur zum Wohle der Firma geschehen. Nicht ganz allerdings, das musste er sich eingestehen. Ein wenig hatte er vom großen Kuchen für sich abgezweigt. Insofern war er nicht ganz ehrlich, aber andere machten es doch genauso. Kögel zum Beispiel, ein Vorgesetzter und Manager ohne Format, ließ ihm freie Hand, ließ ihn alles machen, was er wollte, nur um selbst nicht den kleinsten Spritzer an der Weste zu haben. Aber es hatte ihm nicht viel genützt. Sie hatten ihn genauso am Arsch wie ihn selbst. Geschah ihm ganz recht. Und all die anderen, die nur nach dem Motto arbeiteten: Augen zu und durch! Hauptsache, es war jemand da, der ihnen die ungeliebte Arbeit abnahm. Und wenn es irgendwie ging, davon war er überzeugt, dann langten auch sie hin. Wer sollte schon etwas beweisen können? Dann gab es auch noch die Vorstände. Sie wussten natürlich von nichts, hatten nicht die blasseste

Ahnung, was in ihrem Konzern vor sich ging. Sie merkten nicht einmal, dass hunderte von Millionen verschoben wurden. Niemand konnte das wirklich glauben. Sie hatten sich abgesichert, glaubten sie, indem sie verlangten, dass alle Manager des Unternehmens entsprechende Erklärungen unterschrieben, demzufolge sie streng nach den Regeln von OECD und nationalem Recht verfuhren, andernfalls drohte die fristlose Kündigung.

Für das Notwendige gab es Leute wie ihn, die dumm genug waren, zu glauben, das Unternehmen würde sie irgendwie schützen. Sie hatten ihn fallen lassen wie eine heiße Kartoffel. Kögel und einigen anderen erging es auch nicht besser. Sie mussten ausbaden, was zum Vorteil des Konzerns und damit natürlich auch zum Vorteil der Vorstände initiiert worden war.

Seifert griff sich an den Kopf. Wurde er langsam verrückt? Er war sich doch erst vor wenigen Tagen sicher gewesen, dass seine ursprüngliche Schlussfolgerung falsch war. Sie hatten ihn nicht fallen lassen. Er konnte alles behalten. Sie hatten sich mit der Staatsanwaltschaft geeinigt. Keine persönliche Bereicherung! Was sollten dann seine Zweifel von soeben?

Glaubte tatsächlich jemand, die Welt hätte sich aufgrund von Bestimmungen und Bestrafung der Geschassten grundlegend verändert? Wer am Hebel saß, nützte seine Position aus und kassierte. So war das, ob es einem gefiel oder nicht. In Nigeria, Russland, in allen Staaten dieser Erde das gleiche Bild. Wer nicht mitmachte, ging leer aus. Ausschreibungen, Evaluationen, Sicherheitsbarrieren, letztlich gab es immer einen Zirkel von Entscheidungsträgern, der nicht selten von hochrangigen Politikern, Ministern und Regierungschefs angeführt wurde. Berater, Schattenmänner tauchten auf, die die Interessen dieses Zirkels vertraten, und an ihnen kam keiner vorbei. Fakt!

Seifert war zutiefst davon überzeugt, dass sich diesbezüglich nichts geändert hätte. Durch den Wirbel um SimTech waren andere jetzt lediglich gewarnt. Sie würden die Zeit längst genützt haben, um an ihrem System zu arbeiten und es noch perfekter zu arrangieren. Jedes noch so ausgefeilte Kontrollsystem konnte von denen hintergangen werden, die es erfunden hatten. Die Katze biss sich in den Schwanz.

Seiferts Gedanken kreisten unaufhörlich – jedoch machte er sich weniger Sorgen um die Dinge, die seine frühere Funktion bei Sim-Tech betrafen, sondern es ging nur um eine Person: Claire Polingo. Er konnte es nicht wagen, nach Locarno zu fahren, folglich würde er weiterhin mit der Ungewissheit leben müssen, ob sie ihn ausgenommen hätte. Es zerrte an seinen Nerven, machte ihn krank und vernebelte seine Gedanken. Wie sollte er, derart geschwächt, ein Verfahren durchstehen können? Hinzu kamen die wiederholten Angriffe der jüngsten Zeit, die alle nur ein Ziel verfolgten: sein Schließfach.

Er spürte, er würde sich nicht schützen können. Er war diesem Druck nicht gewachsen. Er war kein draufgängerischer Held. Vielleicht bot Brenner eine Lösung. Er musste es versuchen. Eine andere Alternative sah er nicht.

(86)

Ihre Ankunft in 13a war unspektakulär. Brenner schob den unfreiwilligen Gast hinein, Franziska schloss die Türe. Drinnen warteten bereits der Spezialist und zwei weitere Männer auf ihre Ankunft. Ohne Schwierigkeiten hatten sie Brenners Wagen erreicht und den Verletzten auf die Rückbank geschoben. Franziska saß neben ihm, während Harry fuhr. Die Handschellen hatten sie ihm schon auf dem Weg zum Wagen abgenommen. Franziska bedeutete dem Mann unmissverständlich, dass sie ohne Vorwarnung schießen würde, sollte er den wahnwitzigen Gedanken fassen, fliehen zu wollen.

Einer der Männer in 13a kam auf den Verletzten zu.

„Ich bin Arzt und werde mir Ihre Verletzung ansehen. Gehen wir hier hinein", deutete er auf eine Türe.

Der Angesprochene zischte etwas Unverständliches.

„Ach, Sie sprechen arabisch", sagte der Arzt.

Der Mann verstummte, wartete eine Weile und sagte schließlich in seiner offensichtlichen Muttersprache: „Allah ist groß. Sie brauchen sich keine Mühe zu geben, ich werde nichts sagen. Allah stehe mir bei."

„Interessant", sagte der Arzt, „Sie schämen sich nicht, Allah für Ihre schmutzigen und heimtückischen Machenschaften zu bemühen? Wir werden sehen. Denken Sie, ich bin nur hier wegen Ihrer Schusswunde? Wie naiv sind Sie eigentlich? Glauben Sie mir, etwas Alkohol zur Desinfektion, ein paar Stiche und zugenäht ist das Ganze, aber was dann kommt, dafür bin ich hier. Dafür sollten Sie Allah um seinen Beistand bitten. Es wird wehtun, sehr weh, und ich werde Sie dabei medizinisch versorgen, damit Sie uns nicht in Ohnmacht fallen. Wäre doch schade!"

Der Arzt übersetzte kurz für die anderen und zwinkerte unmerklich mit den Augen. Sie verstanden.

Der Verletzte nahm die Äußerungen des Arztes offensichtlich ernst, denn er beeilte sich, auf Deutsch zu sagen: „Versorgen Sie meine Wunde, und ich werde Ihre Fragen beantworten! Es ist nicht nötig, zu solchen Maßnahmen zu greifen."

Das war gut. Ein Held schien er nicht zu sein. Unruhig wanderten seine Augen hin und her. Er sucht nach einer Möglichkeit zu fliehen, dachte der Spezialist. Sie mussten also höllisch aufpassen.

„Habt ihr ihn abgeklopft?", fragte er mit einem Blick auf Franziska.

„Er hatte nur die eine Waffe bei sich." Franziska reichte dem Spezialisten eine Pistole mit Schalldämpfer.

„Okay, Doktor, erledigen Sie Ihre Pflicht!", sagte der Spezialist.

„Eine Lokalanästhesie werden Sie nicht wollen, nehme ich an, also machen wir es so. Sie müssen halt die Zähne zusammenbeißen, dann wird es schon gehen", meinte der Arzt.

Der Verletzte sagte nichts, aber in seinen Augen war eine gewisse Panik zu erkennen. Die blutdurchtränkte Hose war schnell mit einer Schere aufgeschnitten.

„Hat doch eine ganze Menge Blut verloren", bemerkte der Arzt beiläufig. „Die Wunde ist größer, als ich dachte. Vielleicht wollen Sie doch eine Betäubung?" Der Mann nickte.

„Ja oder nein?", fragte der Arzt.

„Ja", hauchte der Mann, und die Panik in seinen Augen sprach Bände.

„Gut!", sagte der Arzt abschließend und fing an zu hantieren. Eine halbe Stunde später war die Wunde gesäubert, genäht und ein Druckverband angelegt.

Der Spezialist schob dem Mann einen Becher Kaffee über den Tisch und sagte: „Nun erzählen Sie! Wir sind gespannt. Lassen Sie alles Unwichtige weg!"

Und tatsächlich redete der Mann. Von den Hintergründen habe er keine Ahnung. Sein Auftrag sei es gewesen, den Journalisten auszuschalten. „Nicht unbedingt zu töten", sagte er, „aber für längere Zeit außer Gefecht zu setzen." Dann schwieg der Mann.

Der Spezialist durchschaute das Manöver des Mannes sofort, denn mehr war es in seinen Augen nicht. Er wartete ein paar Sekunden, um dann gefährlich leise zu sagen: „Ihre Bluffs sind nicht gut genug. Sie geben vor, reden zu wollen, und tischen uns dann einen Haufen Mist auf. Sie erzählen uns, was für jeden offenkundig ist. Ob Sie dabei die Absicht hatten, unseren Freund hier zu töten, spielt keine Rolle. Wissen Sie, es ist mir eigentlich egal, ob Sie reden oder nicht. Ihren Auftraggebern allerdings wird es nicht gleichgültig sein. Was glauben Sie?"

Die Augen des Mannes fingen wieder an zu wandern. Er war keinesfalls so selbstsicher, wie er vorgab.

Unvermittelt bemerkte Franziska: „Ich habe Sie nunmehr lange genug vor Augen gehabt und bin mir sicher: Sie sind einer der Männer, die mich aus Kögels Haus geschleppt haben."

„So ist das!", sagte der Spezialist erstaunt. „Dann wird es immer weniger wichtig, ob Sie reden. Wir kennen die Zusammenhänge auch ohne Ihre Mitwirkung. Wir lassen Sie gehen, so machen wir das. Den Rest besorgen Ihre Freunde. Sie werden denken, dass Sie geredet haben. Habe ich nicht recht? Lasst ihn raus!", wies er seine Leute an.

Erst unschlüssig, wie er sich verhalten solle, blieb dem Mann nichts übrig als zu gehen. Beinahe widerwillig stand er schließlich auf der Straße.

Unbemerkt folgte ihm einer der Leute des Spezialisten, als sich der Mann stadteinwärts davonmachte. Er sah den Mann mit einem Handy telefonieren und führte seinerseits ein kurzes Gespräch, woraufhin ein Wagen vorfuhr, in den er einstieg.

„Der Mann wartet auf jemanden", sagte er. „Wir fahren hinterher - eine Vorsichtsmaßnahme, um sicher zu sein, dass er tatsächlich zu den Leuten von der Bank gehört. Wir schießen ein paar Fotos, das sollte reichen."

(87)

An diesem Donnerstag, den 20. März 2008, liefen verschiedene Ereignisse völlig anders ab, als Albert Kögel sich das ausgemalt hatte. Nicht nur die frühlingshaften Temperaturen waren in den Keller gegangen, sondern auch dieser Journalist Brenner nervte ihn weiterhin. Seine Freunde aus Dubai hatten entweder noch nichts unternommen oder waren nicht erfolgreich gewesen. Die Dinge entwickelten sich sowieso merkwürdig. Das Ungewöhnlichste war, dass sein spezieller Telefonkontakt in Dubai trotz seiner wiederholten Anrufe nichts von sich hören ließ. Es musste etwas vorgefallen sein, aber er konnte nicht herausfinden, was es war. Er hatte beabsichtigt, am kommenden Wochenende für ein paar Tage nach Dubai zu fliegen, aber so, wie die Dinge lagen, verzichtete er besser darauf.

Kögel sah zufällig auf die Uhr. Es war exakt 10:00 Uhr, als der Gong ertönte. Unbedarft schlurfte er in seinen bequemen Hauslatschen zur Eingangstüre und öffnete diese. Bevor Kögel überhaupt zu einer Reaktion fähig gewesen wäre, wurde er bereits mit einem kräftigen Stoß zurück ins Haus bugsiert. Zwei Männer drangen sofort nach und zogen die Türe ins Schloss.

„Was soll das? Was ... was wollen Sie?", stammelte Kögel. Wieder so eine Scheißsituation, mit der er nicht zurechtkam. Alles, nur keine Gewalt! Er hasste Gewalt. Und nicht nur das. Kögel machte sich nichts vor, er war im Grunde seines Herzens ein Feigling. Schon in der Schule vermied er jeden Streit, der in einer Prügelei hätte enden können. Absurd, solche Gedanken in dieser Situation. Eines schoss ihm noch durch den Kopf: *Du lernst nicht dazu!* Er fragte sich, wieso er immer wieder so unbedarft war und einfach die Türe öffnete – *das nächste Mal legen sie dich wegen deiner Blödheit um!*

Einer der Männer hob die Hand, und noch bevor Kögel sich versah, klatschte ihm der Handrücken des Mannes quer übers Gesicht. Mit einem spitzen Schrei, der mehr von Angst als vom Schmerz getrieben war, ließ sich Kögel in einen Sessel fallen. Das waren

Gangster, denen er nicht gewachsen war. Er unternahm einen erneuten Versuch, während er sich mit einem Taschentuch das Blut seiner aufgeplatzten Lippe abwischte, und schrie: „Was, um Himmels willen, wollen Sie?" Wieder traf ihn die Hand des Mannes, der sich mittlerweile feine Lederhandschuhe übergezogen hatte. Ein brennender Schmerz durchzuckte Kögel.

„Sie reden nur, wenn Sie gefragt sind", sagte einer der beiden Männer in schlechtem Deutsch.

Kögel blieb ruhig. Während einer bei ihm blieb, überprüfte der andere, ob sonst noch jemand im Haus sei.

„Hören Sie jetzt ganz genau zu, Herr Kögel", sagte der Wortführer und betonte dabei das *Herr* auf eine Weise, dass es hart und bizarr zugleich klang.

„Wir wollen, dass Sie uns sagen, wo sich Ihr verdammtes Schließfach befindet oder wo Sie sonst die gestohlenen Millionen aufbewahren. Haben Sie das verstanden?"

Und zur Bekräftigung des Gesagten traf Kögel erneut der Handrücken des Mannes. Blut quoll aus seiner Nase und er bekam keine Luft mehr. Ein brennender Schmerz breitete sich über sein Gesicht aus. Mit einer abwehrenden Handbewegung wollte er die Männer um Einhalt ersuchen. Sie mussten diese Geste aber völlig falsch verstanden haben. Als sie endlich von ihm abließen, war sein Gesicht verquollen und die Augen nur noch durch kleine Schlitze zu gebrauchen.

„Jetzt passen Sie mal auf", sagte der Wortführer, „damit Sie nicht auf falsche Gedanken kommen: Wir machen so lange weiter, bis Sie uns sagen, was wir wissen wollen."

Ein weiterer Schlag traf ihn, diesmal am rechten Ohr. Kögel glaubte, sein Gehör sei zerborsten. Außer einem fürchterlichen Dröhnen konnte er nichts mehr hören. Verzweifelt versuchte er, ein Zeichen zu geben, dass er reden wolle. Ein letzter Funke seines Verstandes sagte ihm, dass sie ihn nicht totschlagen würden - wie sollten sie sonst an die verlangte Information geraten?

„Wer schickt Sie?", brachte er mühsam über die Lippen. „Das kann Ihnen egal sein", die Antwort. Ein Faustschlag bohrte sich in seinen Magen. Kögel klappte zusammen, rutschte aus dem Sessel zu Boden. Dann rührte er sich nicht mehr.

„Scheiße", zischte einer der Männer. „Was machen wir jetzt?"

„Wir warten. Er wird schon wieder zu sich kommen. Verträgt eben nichts - Schreibtischmensch."

Das Dröhnen ließ nach und Kögel bekam wieder mit, was die Männer sagten, stellte sich aber weiterhin ohnmächtig. Er hoffte, dies könnte ihn retten.

Seine Rechnung schien tatsächlich aufzugehen, als einer der Männer sagte: „Gehen wir, aber schieben wir ihm einen Zettel in die Hosentasche, dass wir wiederkommen, ihn immer finden werden, egal wo er sich gerade aufhält."

„Und zwar solange", sagte der andere, „bis er uns gesagt hat, was wir wissen wollen", und dann hörte Kögel das dreckige Lachen der beiden.

Die Haustüre fiel ins Schloss. Kögel rappelte sich hoch, schleppte sich ins Bad und sah in den Spiegel. Komisch, ich dachte, ich sehe viel schlimmer aus. Kögel konnte nicht wissen, dass er von zwei Schlägern heimgesucht worden war, die ihr trauriges Handwerk verstanden und nur wenige Spuren ihrer Tat hinterließen.

Kögel war am Rande dessen, was ein normaler Mensch ertragen konnte. Frauen, die ihn anpöbelten, der Journalist und jetzt zusammengeschlagen in den eigenen vier Wänden. Alle wollten sie das Gleiche. Ist doch verrückt, sagte er sich, die Staatsanwaltschaft glaubt nicht, dass er Geld für sich unterschlagen habe, damit ihm anschließend dubiose Leute das Leben schwermachten.

Er hatte es aufgegeben, herauszufinden oder auch nur zu verstehen, woher diese Menschen ihre Informationen bezogen. Welche Optionen besaß er denn noch? Seine Freunde aus Dubai hatten ihm mehr als einmal beigestanden, aber beenden konnten auch sie die Attacken gegen ihn nicht. Augenblicklich besaß er nicht einmal Informationen darüber, wo sich sein Geld wirklich befand. Für ihn gab es nur einen Weg: Durchhalten bis zur Verhandlung und anschließend sofort ab nach Dubai. Dort kämen sie nicht mehr an ihn heran.

(88)

Das geplante Treffen mit Brenner fand auch am Montag nicht statt. Der will mich hinhalten, dachte Seifert, als Brenner anrief und sagte, das Treffen müsse leider noch einmal verschoben werden. So vereinbarten sie jetzt den Freitag, etwas früher am Abend und an einem anderen Ort.

Seifert wusste nichts von Kögels Absichten, aber es schien so, als würde sie beide wieder ein imaginäres Band verbinden.

Während Kögel beschloss durchzuhalten, war Seifert zu dem Schluss gekommen, aufzugeben und Brenner auf seine Seite zu ziehen. Er wollte einfach nicht mehr. Zu viel Stress und die Ungewissheit, was noch alles auf ihn einstürzen würde.

Seifert hatte wieder ein Taxi genommen und kam ziemlich pünktlich kurz vor neunzehn Uhr beim *Schwarzwälder* in der Innenstadt an. Brenner war schon da und gab ihm ein Zeichen, als er das Restaurant betrat. Sie bestellten etwas, und Brenner sah ihn auffordernd an.

Seifert war noch unschlüssig, wie er die Runde eröffnen sollte, als Brenner das Wort ergriff: „Ich denke, wir können uns Floskeln ersparen und gleich zur Sache kommen."

„Einverstanden", sagte Seifert.

Brenners Augen waren auf ihn gerichtet und ein kurzes Nicken Brenners forderte ihn auf, endlich zu beginnen.

„Ich fange am besten mit Ihrem letzten Artikel an. Sie erwähnen dort eine Frau namens C. P. Ich bin mir natürlich bewusst, dass Sie den Namen der Dame kennen. Nun, ich muss zugeben, dass die Erwähnung des Namens einige Komplikationen für mich nach sich ziehen könnte. Die Frau hat mir bei der Einrichtung von Konten geholfen, gutgläubig geholfen, will ich noch anfügen. Sie jetzt in den ganzen Sumpf hineinzuziehen, möchte ich vermeiden, und ich ersuche Sie deshalb, von weiteren Berichten über die Dame Abstand zu nehmen."

„Wie naiv sind Sie eigentlich, Herr Seifert?", übernahm jetzt blitzschnell Brenner das Wort. Er spürte, dass Seifert bereits angeschlagen war, und das wollte er ausnützen. „Sie meinen, mich von weiteren Veröffentlichungen abhalten zu können, nur, weil Sie das gerne so hätten? Ich verstehe, dass Sie nicht sehr begeistert wären, wenn ich etwas mehr über Ihre Beziehung zu dieser Dame berichten würde." Brenner beschloss, einen Pfeil abzufeuern und fuhr fort: „Vielleicht sogar über Ihr intimes Verhältnis berichte und darüber, wer das wohl alles bezahlt hat?" Er sah, wie Seifert anfing, heftig zu schlucken. „Möchten Sie etwas dazu sagen?", fragte er Seifert lapidar und lehnte sich in seinem Stuhl zurück.

„Ja, gut, Sie haben... was soll ich sagen?", fing Seifert an zu stammeln und fasste sich dann, als er mit klarer Stimme seinen Vorschlag auf den Tisch legte. „Ich liefere Ihnen Details zu Sim-Tech, die Sie von niemandem sonst bekommen, wenn Sie im Gegenzug damit aufhören, über die Dame zu berichten. Es würde nicht nur die Dame, sondern auch mich kompromittieren."

Beinahe hätte ihm Seifert leidgetan. Ein Mann, der Millionen verschoben hatte, gab jetzt eine so merkwürdige Figur mit einem noch merkwürdigeren Weltbild ab, und war, so hatte er den Eindruck, den Tränen nahe. Seifert war so weit, er durfte ihn nicht mehr vom Haken lassen. „Ich sage Ihnen, was ich von Ihnen will, und ich gebe Ihnen hierfür nur wenig Bedenkzeit, sich zu entscheiden", schoss Brenner einen weiteren Pfeil ab.

„Sagen Sie, was Sie wollen!", flüsterte Seifert.

Brenner sah Seifert durchdringend an und ohne jedes Mitgefühl sagte er: „Ich will den Inhalt Ihres Schließfaches. Das ist der Preis dafür, dass ich Ihre Abenteuer mit C.P. vergesse."

Seifert brach in diesem Augenblick seelisch zusammen. Er sackte etwas nach vorne, schob den Teller zur Seite und starrte Brenner an. Eine Weile konnte er nichts hervorbringen. Es schien, als sei sein Mund versiegelt, dann sagte er so leise, dass Brenner ihn kaum verstehen konnte: „Von mir aus. Ich kann und will nicht mehr. Aber lassen Sie mich in Ruhe! Schreiben Sie nichts mehr über mich! Ich bin fertig. Am Ende!"

(89)

Einige Tage nach dem Überfall auf Kögel meldete sich der abhörsichere Apparat im Büro des Direktors. Unverkennbar vernahm der Direktor des BND die Stimme des Militärattachés jenes befreundeten Staates, mit dem er schon des Öfteren in arabischen Angelegenheiten gesprochen hatte.

Ohne Umschweife sagte dieser: „Ich habe die unangenehme Aufgabe übernommen, Informationen zu übermitteln. Es handelt sich einmal mehr um jene leidige Angelegenheit, die uns in jüngster Zeit auf Trab hält. Einflussreiche Stellen in den Emiraten sorgen sich, weil man einen ihrer Partner nicht in Ruhe lässt. Ich spreche von dem Mann, nach dem Sie sich erkundigt hatten. Sie müssen wissen, dass dieser Herr eine wichtige Schaltstelle ist, nicht nur für die Emirate, sondern für den gesamten arabischen Raum. Auch Ihr Land profitiert davon, wenn durch seine Vermittlung komplizierte Geschäfte zustande kommen."

Der Direktor wusste sofort, wer mit dieser blumigen Umschreibung gemeint war: Albert Kögel. „Was stellen Sie sich vor, soll ich dabei für unsere Freunde tun?"

Der Militärattaché fuhr fort: „Ich werde es Ihnen erläutern. Zuerst müssen Sie wissen, dass man etwas ungeschickt gegen einen Journalisten vorgegangen war."

„Sie meinen gegen ..."

„Ja, den meine ich", unterbrach der Militärattaché, der offensichtlich bemüht war, jede Nennung von Namen zu vermeiden. „Die Leute haben es nicht sehr professionell gemacht. Eine Frau hat den Anschlag mit einem gezielten Schuss verhindert. Aber das nur am Rande. Unsere Freunde würden es begrüßen, wenn Sie sich persönlich dafür verwenden würden, weiteren Verdruss abzuwehren. Sie sollten doch Möglichkeiten haben, nicht wahr?"

Der Direktor verstand die Tragweite dessen, was ihm soeben übermittelt worden war. Es gab keine Alternative. Albert Kögel hatte es irgendwie geschafft, den Scheichs unentbehrlich zu sein. Aber das war noch nicht alles. Kögel war auch eine wichtige Schaltstelle der hiesigen Wirtschaft und genoss demzufolge sicher auch politisches Wohlwollen. Clever eingefädelt. Ausgerechnet er war nun aufgefordert, Kögel zu schützen. Wie absurd es auch immer sein mochte: Derartiges gehörte zu seinem Tagesgeschäft. Als erstes wählte er die Nummer seines neuen Partners in Palermo.

„Wir müssen uns treffen", sagte er, „rufen Sie mich zurück!" Der Direktor musste nicht sehr lange warten. „Ich wollte sichergehen, dass Sie es auch wirklich sind. Sie werden meine Dienstnummer wohl kaum weitergereicht haben, dachte ich."

„Was verschafft mir die Ehre?", war die Stimme des Mannes aus Palermo zu vernehmen.

„Könnten Sie nach München kommen? Gleicher Ort wie beim letzten Treffen?"

Im *Kempinski* herrschte der übliche Betrieb. Der Sizilianer saß am gleichen Tisch.

„Wie schaffen Sie es, Termine mit einer derartigen Geschwindigkeit wahrzunehmen?", fragte der Direktor anstelle einer Begrüßung.

„Ich fliege nur privat. Ich dachte, Sie wissen das. Sind Sie nicht einer der Chefs in Ihrer Behörde?", antwortete der Mann aus dem Süden mit einem gewinnenden Lächeln. „Was gibt es Dringendes?", wollte er wissen.

„Haben Sie schon etwas gegen Kögel unternommen?", fragte der Direktor.

„Meine Leute haben ihm eine Lektion verpasst."

„Sie meinen, Ihre Leute haben ihn zusammengeschlagen?", fasste der Direktor zusammen.

„So kann man es auch ausdrücken. Sie konnten allerdings nicht so lange bleiben, bis Kögel wieder zu Bewusstsein kam. Meine Leute werden ihm wohl morgen oder übermorgen nochmals einen Besuch abstatten. Irgendwann wird er reden, seien Sie unbesorgt. Bisher hat diese sehr einfache Methode noch immer zum Ziel geführt."

„Das ist genau der Punkt. Sie müssen es einstellen! Kögel ist ab sofort für uns tabu. Haben wir uns verstanden?"

„Ich habe Sie verstanden", sagte der Sizilianer verblüfft, „aber warum?"

„Kögel genießt den Beistand schützender Freunde, wenn ich es einmal so bezeichnen darf. Im Klartext bedeutet dies: Finger weg von ihm!"

„Wir reden von Millionen, und ich habe schon beträchtlich in die Sache investiert. Soll das jetzt verloren sein?", wollte der Sizilianer wissen.

„Ich mache Ihnen einen Vorschlag", sagte der Direktor leise. „Wir haben mit Lordano gut zusammengearbeitet, warum also nicht auch mit Ihnen. Daraus könnten wir doch beide unseren Nutzen ziehen, nicht wahr?"

„Ein Mann muss erkennen, wann eine Sache zu Ende ist."

„So ist es, mein Lieber. Diese Sache ist zu Ende. Es sei denn, Sie sehen noch einen Weg, Seiferts Freundin aufzuspüren. Falls das so wäre, könnten wir wenigstens an dieses Geld herankommen", meinte der Direktor.

Der Sizilianer überlegte kurz und bemerkte dann: „Wege gibt es immer. Es ist nur die Frage, ob es sich lohnt, sie zu gehen."

„Was meinen Sie damit konkret?", wollte der Direktor wissen.

„Es würde einen großen Aufwand bedeuten, die Dame aufzufinden, Personal binden und Geld verschlingen, das ich besser für andere Dinge einsetze."

Auf dem Nachhauseweg überlegte der Direktor, wie weit er dem Sizilianer wirklich trauen könnte. Am Ende müsste er sogar noch Leute zum Schutz Kögels abstellen. Ein absurder Gedanke!

(90)

Um die Mittagszeit des 26. März erreichte Brenner ein merkwürdiges Telefonat. Jemand sagte, ohne sich näher vorzustellen, er solle sich bei der Berichterstattung um SimTech zurücknehmen.

„Sie besitzen eine gewagte Fantasie", sagte Brenner nur und legte auf.

Das Telefon läutete erneut.

„Hören Sie, ich verstehe, dass Sie ein einfaches Telefonat nicht von der Notwendigkeit dessen überzeugt, was ich gesagt habe. Ich lasse Sie in einer halben Stunde abholen. Wir treffen uns dann bei mir im Büro und ich erkläre Ihnen alles."

„Wer sind Sie?", fragte Brenner.

„BND", war die knappe Antwort.

Brenner rätselte, was diese Entwicklung zu bedeuten habe. Was verband den BND mit SimTech? Konnte der BND Kenntnis von seinem Engagement in Sachen Kögel und Seifert erlangt haben? Wie konnten sie es erfahren haben? Gab es undichte Stellen im Verlag? Zuträger des BND konnten überall sitzen. Kögel und Seifert schloss er als Quellen aus. Blieben Lordano und dessen Leute.

Wenn das stimmte, säße der BND mit Kriminellen an einem Tisch. Zweckverbindungen, warum nicht? Gibst du mir, so gebe ich dir, sinnierte Brenner. Das kam ihm irgendwie bekannt vor. Eine Hand wäscht die andere. Selbst wenn es jeder wüsste, wäre es kaum zu beweisen. Er musste sich etwas einfallen lassen. Das Telefon ertönte. Der Wagen war da.

„Ich komme sofort. Sagen Sie dem Fahrer, er soll einen Augenblick warten!"

Aus einer der Schubläden eines Büroschranks entnahm er ein längliches Gerät, verstaute es in der rechten Brusttasche seines Sakkos und verband ein dünnes Kabel mit der Knopfleiste. Das Gleiche machte er mit einem zweiten Gegenstand, den er in die linke Brusttasche steckte. Noch ein prüfender Blick durchs Zimmer, dann verließ er sein Büro.

(91)

Die Ereignisse nahmen an Fahrt auf. Mangels Kenntnis der Zusammenhänge war dieser Umstand für die Beteiligten allerdings nicht zu durchschauen. So fehlten Brenner und seiner Gruppe Details der Hintergründe um den BND.

Auch wussten sie nicht sehr viel über Claire Polingos Rolle. Gut, Seifert hatte aufgegeben, und Brenner war nunmehr im Besitz der Zugangscodes zu dessen Schließfach in Locarno. Selbst an dieser Stelle hatte er noch Zugeständnisse machen müssen. Seifert würde einen Teil des Vermögens behalten können. Das hatte er ihm zugesichert, ohne es mit den anderen vorher besprochen zu haben.

Jetzt war er hier, um den Anruf von heute Nachmittag und seinen anschließenden Besuch in Pullach zu beurteilen.

„Sie sagen, es sei der BND, der da mitmischt?", fragte der Spezialist, und ein leiser Zweifel in seiner Stimme war nicht zu überhören.

„Natürlich", antwortete Brenner, „ich weiß doch, wo ich heute Nachmittag gewesen bin."

„Okay, dann spannen Sie uns nicht länger auf die Folter!", meinte der Spezialist.

„Es klingt so banal, dass ich geneigt bin, zu glauben, was ich gehört habe. Demnach soll es ausländische Interessen geben, die es ungern sähen, wenn ich weiter über Kögel berichte und ihn wegen des Schließfaches unter Druck setze. Jetzt könnte ich sagen, das kümmert mich nicht, aber so einfach ist es dann doch wieder nicht. Es soll auch massive politische Interessen hier in Deutschland geben, die dies unterstützen. Und, fragte ich, *was wäre, wenn ich mich daran nicht gebunden fühle?* Da lachte mir mein Gesprächspartner ganz offen ins Gesicht und meinte, dass er mir in meinem Interesse davon abraten würde. Niemand könne sonst für meine Sicherheit garantieren. Dann sagte er sinngemäß noch, unser Gespräch habe niemals stattgefunden."

Franziska und der Spezialist hielten für eine Sekunde den Atem an. „Das ist ja ungeheuerlich", meinte Franziska schließlich.

„Das ist es", war der knappe Kommentar des Spezialisten. „Wie wollen Sie sich verhalten?", fragte er Brenner.

„Für mich steht die Entscheidung. Ich berichte, auch über die Verstrickung des BND. So blöd, wie mein Gegenüber dort wohl angenommen hatte, bin ich Gott sei Dank nicht. Ich habe unbemerkt Aufnahmen von ihm geschossen. Knopfkamera! Hinterm Mond leben wir von der Zeitung auch nicht mehr."

„Ich stimme Ihnen prinzipiell zu, aber die Warnung über Ihre Sicherheit dürfen wir nicht auf die leichte Schulter nehmen", meinte der Spezialist.

„Was kann ich machen? Mit Franziska als Begleitschutz im Schlepptau?"

„Ich fürchte, das wird nicht viel helfen. Es gibt zu viele Möglichkeiten für gedungene Killer", sagte Franziska. „Du solltest eigentlich gewarnt sein, meinst du nicht?", fügte sie noch an.

„Sehen wir es pragmatisch", sagte Brenner, „erst einmal schreibe ich sowieso nicht, sondern fahre nach Locarno. Das Schließfach lockt! Vielleicht willst du mich begleiten und für meine Sicherheit sorgen, und danach sehen wir weiter", bemerkte Brenner abschließend.

„Geht in Ordnung", stimmte Franziska zu.

(92)

Die Verhandlung rückte näher, und Seifert traf sich häufig mit seinen Anwälten. Die richtige Strategie war festzulegen. Alle gingen von einer Bewährungsstrafe aus. Die Staatsanwaltschaft würde wegen Seiferts Mitwirkung bei der Aufklärung kein höheres Strafmaß fordern. Zusätzlich wäre noch mit einer Geldbuße zu rechnen, über deren Höhe man momentan nur spekulieren konnte. Gering würde sie aber sicher nicht ausfallen.

Als das Telefon schrillte, dachte Seifert, es sei einer der Anwälte, aber es war Brenner.

„Ich war gestern in Locarno", begann er sofort. „Das Schließfach war leer. Dachten Sie, Sie könnten mich an der Nase herumführen?"

Brenner konnte hören, wie Seifert ein paar Mal tief durchatmete, bevor er antwortete: „Nein. Ich habe es die ganze Zeit befürchtet, aber ich konnte nichts dagegen tun. Nun ist es eben so, wie es ist", sagte er resignierend und hängte einfach ein.

Brenner wollte es für den Augenblick dabei belassen. Seifert konnte er sich für später aufheben. Jetzt war die Luft erst einmal raus. Seifert hatte nichts mehr, und deshalb gab es auch kein Druckmittel mehr gegen ihn. Welche Fakten oder Beweise gab es denn schon? Ein leeres Schließfach! Es war nicht verboten, ein solches zu besitzen, und alles andere, was Brenner dazu geschrieben hätte, wäre von Seiferts Anwälten in der Luft zerrissen worden. Die Geschichte eines sensationsgeilen Journalisten. Für eine Sekunde keimte ein Verdacht in ihm auf. Was, wenn Seifert mit jemandem gemeinsame Sache machte, der das Schließfach für ihn leergeräumt hat? Selbst wenn es so wäre, solange er es nicht beweisen konnte, blieb jede Story eben nur eine Geschichte seiner Fantasie, mehr nicht.

Es blieb noch Kögel. Welche Strategie wäre geeignet, das Bollwerk um ihn aufzubrechen? Lordano, der Mafioso in Deutschland, tot. Von Francesco, dessen Vertrauten, keine Spur. Eine Gruppe war ausgeschieden, oder sollte er besser sagen, eliminiert worden? Wer steckte dahinter? Wie ernst war die Warnung des Mannes vom BND zu nehmen?

Er hatte jetzt stets Franziska und gelegentlich einen ihrer Kollegen um sich, aber konnten sie wirklich für seine Sicherheit sorgen? Eine Frage, die ihn natürlich bewegte, die er aber nicht ständig bewusst vor sich hertrug. Wie hätte er sonst seine Arbeit verrichten sollen? Er hätte sein Büro nicht mehr verlassen dürfen und seinen Beruf für Wochen einstellen müssen. Unmöglich!

Am Nachmittag verständigte er Franziska über seine Absicht, Kögel einen Besuch abzustatten.

„Ich will noch einen Versuch starten. Geht der auch ins Leere, fällt mir für den Augenblick nichts mehr ein. Vielleicht müssen wir es dann sogar ganz sein lassen."

Kurz darauf fuhr ein Fahrzeug des Verlages direkt zum Nebengebäude und Brenner stieg ein. Von unterwegs rief er die Nummer im BND an und hatte tatsächlich den Direktor am Telefon. „Ich möchte Ihnen nur sagen, dass ich Aufnahmen von unserem Treffen gemacht habe. Eine ebenfalls abgebildete Tageszeitung bestätigt das Datum. Dazu habe ich ein Protokoll über unseren Gesprächsverlauf erstellt."

„Warum erzählen Sie mir das?", fragte der Direktor.

„Sie haben mir gedroht. Falls mir etwas zustoßen sollte, werden Fotos und Protokoll nicht nur in unserer Zeitung erscheinen. Ich wollte, dass Sie das wissen!"

„Ich soll Ihnen gedroht haben? Weswegen denn? Leiden Sie vielleicht an überreizten Nerven?", entgegnete der Direktor mit gespielter Verwunderung.

„Sie haben immer alles im Griff, nicht wahr? Das denken Sie jedenfalls, und alle anderen sind in Ihren Augen nur Objekte, ist es nicht so? Aber Ihre Cleverness hat Grenzen, das gebe ich Ihnen noch gratis mit. Als Sie bei unserem Gespräch verlangten, die Handys auf den Tisch zu legen und abzuschalten, dachten Sie, dies würde die Möglichkeit einer Gesprächsaufzeichnung verhindern, aber da waren Sie ein wenig zu sorglos. In meiner Jackentasche lief ein Aufzeichnungsgerät mit einem sehr präzisen Mikrofon, das direkt unterhalb der Knopfkamera angebracht war. Sie haben nichts bemerkt. Wie gesagt, zu sorglos, nein, falsch: Es ist eine Art Überheblichkeit, die Sie treibt, weil Sie davon überzeugt sind, Ihrem Tun wären keinerlei Grenzen gesetzt. Nehmen Sie einfach zur Kenntnis: Jeder hat irgendwo seine Grenzen, und bei Ihnen sind sie noch nicht einmal besonders hochgesteckt."

Am anderen Ende war es eine Weile ruhig. Schließlich sagte der Direktor in scharfem Ton: „Es ist mir egal, was Sie angeblich alles aufgenommen haben wollen, Bilder, Ton. Es spielt keine Rolle, weil es sich nur um Fälschungen handeln kann. Das angebliche Gespräch, das Sie zitieren, hat niemals stattgefunden. Es kann nicht stattgefunden haben, jedenfalls nicht mit mir. Ich war zu dem Zeitpunkt nämlich verreist, was sagen Sie jetzt? Und ich kann es belegen: Taxiquittungen, Flugtickets und eidesstattliche Versicherungen von Personen, mit denen ich zusammen gewesen bin. Also, nur zu, schreiben Sie, was Sie wollen, und tragen Sie die Folgen für Ihre Unverschämtheiten!" Ein höhnisches Lachen klang Brenner noch eine ganze Weile im Ohr. Das Gespräch war beendet. Der Direktor hatte aufgelegt.

Brenner war baff. Er hatte den Typen unterschätzt, so einfach war das. Der Mann arbeitete beim Nachrichtendienst und konnte auf alle Möglichkeiten dieser Mammutbehörde zurückgreifen. Das Fälschen von Fakten und Beweisen zählte dazu. Das Gespräch hatte nichts bezweckt. Im Gegenteil. Seine Provokation war zur Herausforderung geworden. Jetzt ging es nicht mehr bloß um ein Schließfach. Er war zum Dorn im Auge des BND geworden.

Vorsichtig schaute sich Brenner um und taxierte die hinter ihm fahrenden Fahrzeuge. Nichts Ungewöhnliches. Einmal meinte er, Franziska erkannt zu haben, die ihm folgte, aber sonst war nichts.

Der Wagen hielt direkt vor Kögels Anwesen. Brenner wartete noch etwas, stieg aus und eilte auf den Eingang des Hauses zu. Ein Druck auf die Klingel ließ im Haus einen Gong ertönen. Noch einmal, dann näherte sich jemand der Türe. Tatsächlich öffnete Kögel, stutzte und hatte wohl die Absicht, die Türe wieder zuzuschlagen. Als er Brenner sah, überlegte es sich dann aber anders.

„Was wollen Sie denn schon wieder?", fragte er wenig begeistert.

„Lassen Sie mich rein, dann sage ich es Ihnen!", entgegnete Brenner.

„Also gut." Kögel trat einen Schritt beiseite und deutete auf ein paar Sessel. „Setzen Sie sich, wenn Sie wollen! Ich verstehe Ihre Intention nicht", meinte er und wartete darauf, dass Brenner etwas sagte.

„Unser letztes Treffen war ja eher frostig. Lag vielleicht am Anwalt. Unsere zweite Zusammenkunft konnte nicht stattfinden, weil jemand meinte, auf mich schießen zu müssen. Sehr bewegte Zeiten! Also dachte ich mir, versuchen wir es noch einmal. Ich will Ihnen heute eigentlich nur eine Information geben, damit Sie Ihre eigene Situation überdenken können."

„Ich höre", sagte Kögel nur.

„Wissen Sie, dass es in Ihrer Angelegenheit bereits Tote gegeben hat?"

„Tote? Ich, äh, in welchem Zusammenhang?", fragte Kögel, und Brenner meinte, die Farbe in Kögels Gesicht habe einen leicht fahlen Ausdruck angenommen.

„Es wird Ihnen ja nicht verborgen geblieben sein, dass sich unterschiedliche Leute für Sie interessieren, und alle wollen sie das gleiche. Ihr Schließfach! Zu leugnen, dass Sie eines besitzen, wäre zwecklos. Meine Quellen sind absolut zuverlässig, aber lassen wir das. Ich habe Ihnen das ja schon das letzte Mal erklärt. Heute möchte ich Sie lediglich fragen, ob es das tatsächlich wert ist, das eigene Leben zu riskieren, nur wegen ein wenig Geld?"

„Sie sind gut. Ein wenig Geld! Sie haben keine Ahnung!" Kögel merkte zu spät, dass er sich mit dieser unbedarften Äußerung selbst verraten hatte. Brenner schien nichts bemerkt zu haben, jedenfalls ging er nicht darauf ein.

„Die Leute wurden brutal ermordet", sagte er kalt.

Kögel schluckte und sagte mit einer gewissen Nervosität in der Stimme: „Ermordet, sagen Sie? Und was hat das mit mir zu tun?"

„Es hat damit zu tun, dass es diesen Personen nicht gelungen ist, für ihre Auftraggeber befriedigende Ergebnisse zu erzielen, die gewesen wären, Ihnen das Geheimnis um Ihr Schließfach zu entreißen."

„Gut, ich besitze ein Schließfach. Sie haben es ohnehin herausgefunden, aber wissen Sie deshalb auch schon, was ich darin aufbewahre? Nein, natürlich nicht. Also vermuten Sie etwas Großes. Kögel, der geldgierige Profiteur! Darüber möchten Sie gerne berichten. Das törnt die Menschen, Ihre Leser, an. Aber ich muss Sie enttäuschen. Das, was Sie mir unterstellen, hat nicht stattgefunden."

Kögel sprach, um Zeit zu gewinnen. Er brauchte eine Lösung, um diesem unliebsamen und hartnäckigen Menschen ein für alle Mal den Wind aus den Segeln zu nehmen. Seine Freunde waren bisher ganz offensichtlich nicht erfolgreich gewesen. Da kam er auf eine Idee und sagte unvermittelt: „Ich mache Ihnen einen Vorschlag, damit dieses blödsinnige Gewäsch endlich aufhört. Begleiten Sie mich, wenn ich das nächste Mal nach Dubai fliege, und Sie können einen Blick in das Schließfach werfen. Aber bis dahin lassen Sie mich in Frieden."

Brenner musste zugeben, der Mann war nicht dumm. Er hatte nach einem Ausweg gesucht, und, wie er glaubte, auch einen gefunden. Was konnte er gegen diese Offerte einwenden? Nichts, außer dass sie so gar nicht seinen Vorstellungen entsprach. Er, nach Dubai, und den Leuten und Schergen Kögels ausgeliefert sein! Was für eine Entwicklung! Kögel war und blieb aalglatt. „Geben Sie mir Bescheid, ich werde es mir überlegen!", sagte Brenner und konnte sehen, wie Kögel sichtbar feixte.

„War's das?", fragte Kögel und Brenner blieb nur übrig, aufzustehen und zu gehen.

So leicht war er noch niemals abgefertigt worden. Ärgerlich schmiss er die Wagentüre zu und vergrub sich auf der Rückbank. Einer Eingebung folgend wählte er Kögels Nummer. „Denken Sie an die gedungenen Killer. Wenn es Ihnen zu viel wird, rufen Sie mich an! Vielleicht kann ich etwas für Sie tun. Vielleicht!"

In einigem Abstand folgte ein Motorradfahrer auf einer Enduro. Der Helm verdeckte sein Gesicht, und die Lederkombi ließ ihn eine

Spur zu massig erscheinen, gerade so als trüge er darunter weitere Kleidung. Sorgfältig beobachtete der Fahrer den rückwärtigen Verkehr in den Spiegeln. Sein Lächeln war durch das Visier des Helms nicht auszumachen, als er die beiden Begleitfahrzeuge Brenners entdeckte. Sie würden kein Problem für ihn darstellen. Brenner war hinten rechts eingestiegen. Der Straße folgend würde in wenigen hundert Metern ein separater Fahrradweg beginnen. Den würde er benützen, auf gleiche Höhe mit dem Wagen Brenners gehen, seine Waffe ziehen und mit zwei, vielleicht drei gezielten Schüssen Brenners Kopf durch die Scheibe kaum verfehlen können. Bevor Brenners Bewacher auch nur annähernd reagieren könnten, würde er schon wieder außer Reichweite sein. Noch gute 200 Meter. Der Biker öffnete den Reißverschluss der Lederkombi, beschleunigte jetzt auf dem Radweg und griff nach der Pistole.

Brenner hing seinen Gedanken nach und sinnierte darüber, wie er Kögel vielleicht doch noch beikommen könnte, als er aus den Augenwinkeln den Motorradfahrer wahrnahm. Wieso fuhr dieser auf dem Radweg? Brenners Gedanken eilten zurück zu Kögel. Sollte dies der erste unlösbare Brocken seiner Karriere werden? Irritiert beobachtete er, wie der Motorradfahrer an seiner Kombi hantierte und kurz darauf etwas hervorzog. Brenners Puls beschleunigte, Adrenalin schoss in seine Adern. Kein Zweifel, der Motorradfahrer hielt eine Waffe in seiner Rechten und zielte auf ihn. Brenner sah, wie sich der Finger am Abzug krümmte. Instinktiv riss er seinen Kopf nach unten und vernahm beinahe gleichzeitig das Zerbersten der Scheibe. Ein Knall wie der einer Fehlzündung, nur eine Spur lauter vielleicht. Die beiden anderen Einschläge hörte er nicht mehr.

Es dauerte einen Augenblick, bis Brenners Fahrer die Situation erfasste. Abrupt trat er auf die Bremse und rief gleichzeitig etwas in ein unsichtbares Mikrofon. Mit quietschenden Pneus kamen die Begleitfahrzeuge neben Brenners Wagen zum Stehen. Männer mit Pistolen im Anschlag sprangen heraus, aber es gab nichts mehr für sie zu tun. Einer der Bodyguards telefonierte, die anderen suchten offensichtlich nach Spuren. Erfolglos!

Franziska Ebel erreichte die Nachricht im Büro. Ausgerechnet heute war sie nicht mit von der Partie gewesen. Die getroffenen Maßnahmen wären ausreichend, hatte sie gedacht. Ein fataler Fehler, wie sie jetzt wusste.

Ein Notarztwagen brauste heran, zwei Streifenwagen der Polizei waren schon vor Ort. Nach und nach stießen weitere Einsatzfahrzeuge in zivil hinzu.

Zusammengekrümmt hing Brenners schlaffer Körper im Sicherheitsgurt. Langsam sickerte Blut durch die Kleider und bildete ein unwirkliches, bizarres Muster auf dem Weiß seines Hemdes.

(93)

Dieser Freitag, der 28. März 2008, war ein Tag weitreichender Ereignisse. Es gab niemanden, der sie aufeinander abgestimmt hatte. Sie geschahen einfach, wie manchmal Dinge eben auf einen zukommen, ohne dass man hätte sagen können, warum es so war.

Bald nach dem Anschlag auf Brenner erhielt Kögel Besuch. Der zweite an diesem Tag. Von dem Anschlag wusste er nichts. Weder Fernsehen noch Radio hatten bisher darüber berichtet. Was ihm vielleicht aufgefallen wäre, hätte er aus dem Fenster gesehen oder das Haus verlassen, wäre ein vor dem Haus abgestelltes Motorrad gewesen. Eine Enduro, die gerne von Personen gefahren wurde, die Wert auf ein schnelles und leicht zu handhabendes Motorrad legten.

Gegen 21:00 Uhr erhielt er einen Anruf, der nur aus der Information bestand, er würde jeden Augenblick Besuch erhalten. Fast zur gleichen Zeit ertönte der Gong am Eingang. Einmal, zweimal und noch ein drittes Mal. Derbe Schläge gegen die Eingangstüre dröhnten durchs Haus. Plötzlich war es still, vielleicht zehn Sekunden lang, dann begann der Spektakel von vorne. Kögel fragte sich, was dieser Terror sollte.

Er vernahm eine Stimme: „Herr Kögel, öffnen Sie, sonst brechen wir die Türe auf oder kommen durch eines der Fenster!"

Mit zitternden Fingern tippte Kögel 110 ins Tastenfeld des Telefons. Die Leitung war tot. Das Handy! Wo, verdammt noch mal, war es? Drüben bei den Zeitungen. Nur drei Schritte, als der Gong erneut anschlug und gleichzeitig ein anderes Geräusch seine Sinne beanspruchte.

Das Surren einer Bohrmaschine, zweifellos! Wie hypnotisiert starrte er auf das Handy und verfolgte parallel dieses Surren. Dann schnappte er es sich und wollte gerade die Nummer eintippen, als ihm das Gerät entglitt und zu Boden fiel. Kögel stöhnte laut auf, bückte sich und erstarrte.

„Lassen Sie es liegen! Sie brauchen es jetzt nicht. Telefonieren können Sie später."

Das war keine freundliche Empfehlung, sondern eine unmissverständliche Aufforderung, der er unverzüglich nachkam.
Die Türe war aufgebrochen. Professionell wie ein Schlüsseldienst, durchfuhr es ihn. Eine Frau und ein Mann standen ihm gegenüber.
„Ich kenne Sie doch", stammelte er zur Frau gewandt.
„Ja, wir sind uns schon begegnet, zuletzt in Haidhausen. Dann wissen Sie, was wir von Ihnen wollen", sagte sie wenig freundlich, und der Mann ergänzte: „Machen Sie keine Umstände! Es täte mir leid, Ihnen wehtun zu müssen."
Kögel spürte, wie ihm Schweiß in den Nacken perlte, auch seine Stirn fühlte sich feucht an. Welche Optionen hatte er? Es fiel ihm nichts ein. Es war zu spät.
„Geben Sie uns die Zugangsdaten für Ihr Schließfach und schon sind Sie uns wieder los!", sagte die Frau.
Kögel zögerte nur ein wenig mit der Antwort, da traf ein fürchterlicher Schlag sein rechtes Knie. Am rechten Handgelenk des Mannes baumelte ein ausziehbarer Schlagstock, den er gnadenlos benutzt hatte. Kögel schrie vor Schmerz laut auf. Sein Gesicht war aschfahl, und er dachte, er müsse sich übergeben.
Da traf ihn ein zweiter Schlag am unteren linken Rippenbogen. Abrupt blieb ihm die Luft weg. Er konnte nicht mehr atmen und hatte das Gefühl, seine Lungen würden im nächsten Augenblick zerplatzen. „Aufhören!", presste er verzweifelt hervor. „Ich gebe Ihnen, was Sie wollen."
Pia lächelte und der Mann nickte beifällig.
Kögel nahm ein Stück Papier, einen Stift, kritzelte etwas darauf und reichte es Pia. „Es ist in Dubai", krächzte er noch.
„Ich hoffe für Sie, dass Sie nicht versuchen, uns einen Bären aufzubinden. Finden wir das Schließfach dort nicht oder lässt es sich nicht öffnen, sind Sie ein toter Mann. Habe ich mich deutlich ausgedrückt?" Wie ein Spuk waren sie verschwunden.
Kögel konnte sich vor Schmerzen kaum bewegen. „Ihr Schweine! Das werdet ihr mir bezahlen!", stöhnte er leise. Mühsam griff er nach dem Handy und wählte die Nummer in Dubai.

(94)

Der Mann auf der Enduro folgte dem Wagen vor ihm.
Pia fuhr umsichtig, und schon bald hatten sie die Stadtgrenze hinter sich gelassen.
Francesco war eines nachts vor ihrer Wohnung aufgekreuzt und hatte sie abgefangen, als sie gerade das Haus betreten wollte. Wie ein Schatten stand er plötzlich vor ihr. Sie hatte ihn nicht kommen hören und wunderte sich, woher er überhaupt ihre Adresse hatte.
Die Mitglieder ihrer Gruppe lebten zerstreut irgendwo, und keiner kannte die jeweiligen Aufenthaltsorte der anderen. Mit einer Ausnahme. Der Chef kannte ihre Adressen und Telefonnummern und er beorderte sie jeweils zu ihren Einsätzen. Er hatte sie einzeln rekrutiert, gescannt und mit Waffen und anderen Ausrüstungsgegenständen versorgt. Selbstverständlich besaß sie einen Waffenschein und nahm an, dass das auch für ihre Kollegen galt. Sie kannten sich untereinander, vermieden aber jeden persönlichen Kontakt. Seit langem war sie ausschließlich für Aufträge aus Italien eingesetzt. Es waren zwar wechselnde Personen gewesen, mit denen sie unmittelbar zu tun gehabt hatte, aber sie fand natürlich sehr schnell heraus, dass es dahinter einen großen Boss gab. Sie wäre nicht Pia gewesen, wenn es ihr nicht gelungen wäre, schon sehr bald zu wissen, wer dieser Boss war.
Sie war deshalb auch nicht sonderlich überrascht, als sich dieser Mann eines Tages telefonisch bei ihr meldete. Er wolle sie persönlich kennenlernen, hatte er gesagt und mit ihr ein Treffen in einem italienischen Restaurant in München vereinbart. Man schien ihn dort zu kennen, denn er wurde mit einer ausgesuchten Höflichkeit behandelt. Und noch etwas war ihr aufgefallen: An keinem der Nachbartische saß jemand, obwohl das Lokal sehr gut besucht war. Er hatte gesagt, seine Leute hätten sie als ausgesprochen zuverlässig und professionell geschildert, weshalb er ihr eine engere Zusammenarbeit anbieten wolle.
Ihre Frage, was er darunter verstehe, beantwortete er mit der Gegenfrage, ob sie sich vorstellen könne, Aufträge direkt von ihm anzunehmen. Als sie dies bejahte, meinte er, dann sei man sich ja

einig. Niemand solle von solchen Aufträgen Kenntnis erhalten, auch ihr Boss nicht. Notwendige Kontakte würden nur zwischen ihnen beiden laufen und die Bezahlung direkt von ihm veranlasst werden.

Es waren oft verrückte Aufträge, die der Mann für sie parat hatte. Sie ging mit Männern aus, spielte ihnen irgendeine Story vor, wer sie sei. Alles ganz so, wie ihr Auftraggeber es vorgab. Sie horchte die Männer aus, verfasste Notizen darüber, was sie gesagt und getan, mit wem sie gesprochen oder über welche Angelegenheiten sie telefoniert hatten. Manchmal stieg sie mit Männern ins Bett, um mehr Informationen aus ihnen heraus zu locken. Sie wurde gut bezahlt dafür und empfand ihre Aufgaben als nicht besonders anstrengend. Sie war nicht zimperlich oder moralisch betroffen, wenn sie jemanden beseitigen sollte. Auch das war schon vorgekommen. Die Männer, die es betraf, schöpften natürlich keinen Argwohn. Sie war doch so etwas wie eine Geliebte. Manchmal verspürte sie sogar eine angenehme Erregung, wenn sie es tat, wenn sie in ihre blöd glotzenden Gesichter blickte, bevor sie den Abzug einer Waffe betätigte. Stets mit Schalldämpfer und meistens in irgendwelchen Hotels, wo sie niemand kannte und auch niemand mitbekam, wenn sie die Herren in ihren Suiten aufsuchte. Solche Aufträge bescherten ihr mit der Zeit ein gewisses Vermögen.

Dann kam jenes Wochenende im Februar. Dieses Mal sollte es Monti sein, der Mann, mit dem sie einiges mehr verband als nur die Arbeit. Sie müsse besonders auf der Hut sein, hatte ihr Auftraggeber ihr eingeschärft. Er habe Monti in dem Glauben gelassen, dass er sie, Pia, loswerden müsse. Sie wisse zu viel. Das mache Monti ihr gegenüber weniger vorsichtig und solle ihr den Auftrag erleichtern. So war es dann auch. Dieser Idiot von einem Mann hatte nicht die geringste Ahnung gehabt, was auf ihn zukommen würde.

Vor ein paar Tagen tauchte nun Francesco auf. „Wir müssen reden", hatte er gesagt und sie aufgefordert, voranzugehen.

„Ich denke, dein Boss ist verstorben", hatte sie zu ihm gesagt, nachdem sie in ihrer Wohnung waren. „Bist du deshalb hier? Suchst du Arbeit?"

Nein, deshalb sei er nicht gekommen. Er wolle vielmehr mit ihr zusammen diesen Manager Kögel ausnehmen. Er wisse davon, dass sie direkten Kontakt zu Palermo pflege, und er wisse auch, dass ihr dortiger Auftraggeber mit dem BND vereinbart habe, in der Sache nichts mehr zu unternehmen. Seiner Meinung nach wäre dies vollkommener Schwachsinn, denn Kögel sei Millionen schwer.

„Du wirst es mir glauben", hatte er gesagt, „ich habe immer noch Quellen, die mich mit Informationen versorgen, beim BND und in Palermo. Wenn du nicht dumm bist, machen wir es zusammen. Es sind sicher einige Millionen drin, für jeden von uns."

Sie hatte nur kurz überlegt und zugestimmt. Es ging um so viel Geld, dass sie es einfach nicht ausschlagen konnte. Jetzt war sie im Besitz der Zugangsdaten.

Pia steuerte den Wagen auf den Parkplatz einer neu erbauten Wohnanlage in Freising, wo sie im zweiten Stock eine 3-Zimmer-Wohnung gemietet hatte.

Im Rückspiegel sah sie, wie Francesco seine Enduro abstellte und auf ihren Wagen zuging.

„Gehen wir nach oben", sagte er, als sie ausstieg.

Pia holte eine Flasche Wasser aus dem Kühlschrank und fragte Francesco, ob er etwas anderes trinken wolle. Er verneinte, und sie setzten sich an einen Tisch in der Küche.

„Wie gehen wir jetzt weiter vor?", fragte sie.

„Einer von uns oder wir beide müssen nach Dubai", fügte sie an.

„Ich werde fliegen", antwortete er.

„Wieso nicht wir beide? Wie kann ich sicher sein, dass du dich nicht aus dem Staub machst, sobald du den Mammon hast?"

„Gar nicht", sagte er bedächtig, und als Pia hochblickte, um eine weitere Frage anzuschließen, blickte sie in die Öffnung eines Schalldämpfers. Wie blöd bin ich gewesen, durchzuckte sie noch ein Gedanke, dann war es zu Ende. Francesco hatte zwei Mal abgedrückt, wobei schon der erste Schuss Pias Leben auslöschte.

Pias Oberkörper lag vornübergebeugt auf dem Tisch. Ein schmales Rinnsal von Blut sickerte aus dem Einschuss am rechten Ohr. In der Stirn klaffte ein Loch. Francesco nahm ein Tuch aus einer Tasche seines Overalls und begann damit, sorgfältig alle Flächen abzuwischen, die er berührt haben konnte. Er hätte seine Motorradhandschuhe anlassen können, wie er das bei seinem ersten Besuch getan hatte, aber er war nicht sicher gewesen, ob er damit die Waffe hätte präzise handhaben können. Das Glas hatte er nicht berührt. Er fasste es mit dem Tuch an, schüttete den Inhalt ins Spülbecken, trocknete es ab und stellte es zurück ins Regal. Francesco blickte sich noch einmal um, steckte das Tuch wieder ein, zog seine Motorradhandschuhe an, griff sich Pias Tasche, entnahm den Zettel mit den Daten des Schließfachs und verließ die Wohnung.

In weniger als 45 Minuten war Francesco zurück in München. Am Stachus fuhr er die Enduro in eine Tiefgarage. An der Schranke, die den Weg zur Garage versperrte, stoppte er die Maschine, stieg ab, legte das Motorrad auf den Boden, bückte sich unter der Schranke hindurch und zog das Motorrad auf der anderen Seite zu sich heran. Niemand beobachtete den Vorgang. Auf einer der unteren Ebenen stellte er die Maschine ab, ging zielsicher auf einen nicht weit entfernt parkenden Wagen zu, fuhr gemächlich zum Kassenautomaten, zahlte und machte sich auf zur Autobahn nach Starnberg.

Unterwegs wählte er eine Nummer über das Display des Wagens und sagte, als die Verbindung hergestellt war: „Alles erledigt. Ich bin in zwanzig Minuten da."

(95)

Als Erstes eilte Franziska an diesem Samstagmorgen gegen zehn Uhr ins *Klinikum rechts der Isar*.

„Kann ich zu ihm?", fragte sie die diensthabende Ärztin.

„Herr Brenner ist noch etwas schwach, aber Sie können ihn besuchen. Machen Sie aber nicht zu lange, er braucht noch ein wenig Ruhe!"

Zwei Minuten später war Franziska bei ihm und sah erstaunt in ein lächelndes Gesicht.

„Was ist so spaßig? Ich dachte, du bist dem Tod erst vor ein paar Stunden von der Schippe gesprungen?", fragte Franziska und gab Harald Brenner ungeniert einen Kuss.

„Es ist Gott sei Dank nicht so schlimm ausgegangen, wie es ausgesehen hat", antwortete Harry.

„Ich bin gespannt", meinte Franziska.

„Es ist schnell erzählt. Ich sah einen Motorradfahrer, der etwas aus seiner Kombi zog. Wir befanden uns etwa auf gleicher Höhe, als ich feststellte, dass es sich um eine Waffe handelte, die unmissverständlich auf mich gerichtet war. Instinktiv duckte ich mich. Der erste Schuss verfehlte mich deshalb wahrscheinlich, der zweite traf mich im Gesicht. War aber nur ein Streifschuss. Der dritte Schuss schlug durch die Seitentüre und verletzte mich am Oberkörper. Auch dies nur eine Fleischwunde, zwar stark blutend, aber nicht bedrohlich. Ich hatte wohl durch den Schock schon nach dem ersten Schuss das Bewusstsein verloren und war immer noch bewusstlos, als die Polizei eintraf."

„Wer könnte es gewesen sein?", fragte Franziska, schon wieder ganz der Profi.

„Ich weiß es ehrlich gesagt nicht", meinte Harry. „Vor kurzem waren es Kögels Freunde, die mir ans Leder wollten. Diese Sache aber geht darüber hinaus, das war ein regelrechter Mordanschlag, wo nur wenig gefehlt hat und ich wäre jetzt tot. Das zweite Mal in meinem Leben, dass mich jemand aus dem Weg räumen will. Kein sehr angenehmes Gefühl!"

Franziska verstand nur zu gut, was Harry bewegte. Es war zwar glimpflich für ihn abgelaufen, aber der Schock würde sicher eine Weile nachwirken.

„Was hast du eigentlich der Polizei gesagt?", wollte Franziska wissen, um seine Gedanken in andere Bahnen zu lenken.

„Nichts. Ich sagte, ich wisse nicht, wo ein Motiv zu finden wäre. Ich konnte ja schlecht erzählen, dass ich hinter Millionen her sei und wahrscheinlich deshalb aus dem Weg geräumt werden sollte."

„Ich werde gelegentlich im LKA bei ehemaligen Kollegen nachfragen. Mich würde schon interessieren, in welche Richtung sie ermitteln."

„Ich habe mir natürlich meine Gedanken gemacht, und es bleibt eigentlich nur eine Option übrig", sagte Brenner.

Franziska schaute ihn fragend an.

„Schau mal, der Seifert ließ mich einen Blick in sein Schließfach tun. Es war leer. Warum sollte er also ein Motiv für den Anschlag haben? Dann Kögel, er rückt absolut nichts heraus. Der BND bemüht sich, ich solle die Finger von SimTech lassen. Und dann passiert es. Welche Schlussfolgerung soll ich folglich ziehen? Kögel und Ausland! BND und Warnung! Der Anschlag konnte gut von jenen Leuten geplant worden sein, denen das Wohl Kögels so sehr am Herzen liegt. Ergo, der BND oder die Emirate."

„Oder beide", ergänzte Franziska.

„Du meinst, sie hätten zusammengearbeitet?"

„Warum nicht?", bestätigte Franziska.

„Andererseits", fuhr sie fort, „passt die zeitliche Nähe von Warnung und Anschlag nicht zusammen. Am Mittwoch warst du beim BND, am Freitag dann der Anschlag. Gab es am Donnerstag oder Freitag etwas von dir in der Zeitung?"

„Nein, gab es nicht", bemerkte Brenner.

„Siehst du! Warum sollten sie also derart kompromisslos gegen dich vorgehen? Die Warnung macht doch nur dann einen Sinn, wenn diese Leute feststellen wollen, ob du dich daranhalten würdest. Was meinst du? Niemand warnt jemanden, um ihn dann in der nächsten Sekunde umzubringen."

Brenner nickte und sagte: „Du hast absolut recht. Die Leute um Kögel scheiden folglich aus. Wer war es also? Lordano ist tot, er kann deshalb auch nicht der Mann im Hintergrund gewesen sein. Wer kommt sonst noch infrage?"

Franziska überlegte, aber die Schlussfolgerung Harrys war nicht zu widerlegen.

„Harry, wir stoßen an unsere Grenzen."

„Eine Idee habe ich noch", sagte Harry unvermittelt.

„Lass mich nicht zappeln, mein Lieber, sonst habe ich auch gleich ein Attentat vor, aber anders als du denkst", bemerkte Franziska.

„Warte, warte! Es könnte jemand gewesen sein, der verhindern will, dass ich etwas über die Schließfächer schreibe, weil er selbst schon so nahe dran ist, dass er seinen Erfolg gefährdet sieht."

„Ich ahne etwas, verstehe aber noch nicht ganz, worauf du hinauswillst", sagte Franziska.

„Nehmen wir an, jemand ist kurz davor, Kögels Schließfach zu öffnen."

„Ja, und?", fragte Franziska neugierig.

„Ein Artikel von mir könnte alles zunichtemachen. Kögel geht zur Polizei und beichtet oder seine arabischen Freunde helfen ihm erneut. Ergo wäre der Zugriff auf das schöne Geld vertan."

„Deine Idee hat etwas, macht aber die Lösung des Rätsels nicht gerade einfacher", meinte Franziska.

(96)

Francesco steuerte den Wagen vorsichtig in die schmale Einfahrt, betätigte die Fernbedienung zum Schließen des Tores und stellte den Wagen beim Eingang zur Villa ab.
Es war kurz vor Mitternacht. Im Haus herrschte Ruhe, obwohl in einigen Zimmern noch Licht brannte. Zielsicher schritt Francesco auf eines der Zimmer zu, klopfte kurz an die Türe, wartete auf das „Komm rein", öffnete die schwere, von weißem Hochglanzlack spiegelnde Türe und stand im Raum.
„Signore, es ist alles bestens erledigt." Mit einer schnellen Bewegung legte er den Zettel mit den Daten von Kögels Schließfach auf den Tisch.
„Danke dir, Francesco. Wir werden keine Zeit verlieren und schon morgen nach Dubai fliegen. Ich denke, wir nehmen dieses Mal Pässe mit italienischen Namen. Ist doch unsere Muttersprache, da werden wir uns leichter tun. Mach alles klar. Wir fliegen privat. Nimm eine Gesellschaft, mit der wir bisher noch nichts zu tun hatten!"
Francesco nickte nur und verließ den Raum.

Signore Lordano lächelte selbstgefällig, was selten der Fall war. In diesem Augenblick war es aber berechtigt, wie er fand. Das alles zu arrangieren, war nicht einfach gewesen. Er liebte Francesco wie einen Sohn. Auf ihn war einfach unerschütterlicher Verlass.
Präzise wie ein Uhrwerk hatten die Dinge geklappt. Er hatte die richtigen Leute gefunden. Der Mann am Flugplatz, der sich wie unbeabsichtigt am Tisch stieß und dabei blitzschnell das Mittel in sein Getränk kippte. Es war Francescos Idee gewesen, damit man bei ihm auch nach einer akribischen Durchsuchung nichts finden könnte, auch keine Rückstände. Dann der Arzt, ein richtiger Doktor med., aber von Francesco für die falsche Diagnose bezahlt. Der Amtsarzt, ebenfalls ein tatsächlicher Amtsarzt, auch er fürstlich entlohnt. Die Sanitäter, natürlich bezahlt. Und schließlich die Frau, die seinen *Leichnam* in Empfang genommen hatte, auch sie bezahlt. Das Verschwinden seiner Person hatte schon ein kleines Vermögen

verschlungen. Nicht zu vergessen das Beerdigungsinstitut, das die Einäscherung veranlasste. Sie verpassten irgendeinem Verstorbenen seinen Namen. Er hatte nicht nachgefragt, woher sie die Leiche genommen hatten.

Auf Francesco verlassen musste er sich schon wegen des Mittels, das er beschaffte, wieder für einen ansehnlichen Betrag. Dieses Mittel roch leicht bitter, wirkte je nach Dosierung bis zu drei Stunden und verursachte Symptome, sehr ähnlich denen eines epileptischen Anfalls. Herabgesetzte Herzfrequenz und kaum Lungentätigkeit. Aufgeflogen wären sie nur, wenn irgendein Wichtigtuer dazwischengefunkt und auf eine Überführung in die Gerichtsmedizin bestanden hätte. Aber das war nicht der Fall gewesen. Die Beamten der Polizei waren froh gewesen, keine weiteren Umstände zu haben.

Die Leute kannten sich untereinander nicht, bekamen ihr Geld und verschwanden wieder. Die Villa hier in Starnberg hatte Francesco für drei Monate gemietet und gleich im Voraus in bar und ohne Quittung bezahlt.

Da konnte sich der Direktor des BND und der Patrone die Hacken ablaufen. An das Geld würden sie nicht herankommen. Auch die Polizei nicht. Dafür war gesorgt. Obwohl er Gewalt an sich verabscheute, schien sie ihm in diesem Fall nicht nur angebracht, sondern leider auch unvermeidbar.

Die Frau namens Pia stand auf der Gehaltsliste des Italieners, wie er seinen ehemaligen Boss jetzt bezeichnete. Sie hatte Monti erschossen, bestimmt nicht aus eigenem Antrieb. Francesco brauchte Pia noch für die Sache mit Kögel, danach war sie nutzlos geworden und hätte eine ständige Gefahr bedeutet. Dann war da noch dieser Journalist, der in letzter Minute alles noch gefährden konnte. Ein blödsinniger Artikel in der Zeitung, ein Geschwafel über Schließfächer und skrupellose Manager, und schon wäre der Staatsanwalt wieder auf dem Plan erschienen.

So war jetzt dank Francesco alles geregelt, und sie konnten sich schon morgen das Geld abholen und verschwinden. Zuerst würde es zurückgehen nach Italien. Er kannte einen verschwiegenen Flugplatz im Norden. Dann mit dem Wagen weiter nach Mailand, zu einer Bank, bei der Francesco schon vor Längerem ein Schließfach gemietet hatte. Nach und nach würden sie es dann auf mehrere Stellen verteilen. Seine bisherigen Bankkonten hatte er rechtzeitig vor dem inszenierten Abgang aufgelöst und unter anderem Namen neue Konten bei anderen Banken angelegt.

Um die Villa in Pullach tat es ihm leid. Diese war auf die Schnelle nicht zu retten gewesen. Er hatte noch echte Familie, unten in Sizilien allerdings, die würden erben. Vielleicht war da später einmal etwas zurückzuholen, aber jetzt im Augenblick nicht.

Die Polizei wird rätseln, warum er unter falschem Namen nach Buenos Aires gebucht hatte, aber Pässe und Tickets hatte Francesco gerettet. Da sollten sie mal ruhig ermitteln. Viel würden sie nicht finden, auch in Pullach nicht. Alle Dokumente waren vorher in Sicherheit gebracht worden. Signore Lordano streckte sich genüsslich und freute sich auf sein neues Leben.

(97)

Harald Brenners Zustand war bereits nach einigen Tagen so stabil, dass er das Klinikum verlassen konnte.

Die Polizei stellte noch einige Fragen, aber Brenner gab vor, sich nur sehr undeutlich erinnern zu können. Man sagte noch, er habe großes Glück gehabt, weil der Schütze vermutlich vom Motorrad aus nicht präzise genug hatte zielen können. Weder über den Täter noch das Motiv konnten sie etwas sagen.

Franziska hatte Brenner abgeholt, und sie verbrachten zwei Tage bei ihr zu Hause.

„So könnte es eine Zeit bleiben", feixte Brenner. „Selber nichts tun und von einer attraktiven Frau ausgehalten zu werden, ist nicht das Schlechteste."

„Ich werde dir gleich was geben, du Simulant. Mir den Leidenden vorspielen und mein Mitleid ausnützen, das hat jetzt ein Ende!", scherzte Franziska und zog ihn sanft zu sich her.

„Sag es mir, wenn es nicht geht. Ich will dich nicht überbeanspruchen, sonst landest du am Ende wieder dort wo ich dich abgeholt habe!"

Das Telefon unterbrach ihr Herumalbern. Franziska hörte schweigend zu und sagte: „Ich denke, es wird gehen. Wir sind morgen um viertel vor zehn da." Und zu Harry: „Mein Boss. Er hat interessante Neuigkeiten in unserem Fall".

Zur vereinbarten Zeit stellte Franziska am nächsten Tag ihren Wagen auf einem der zu 13a gehörenden Parkplätze ab.

Der Spezialist erwartete sie bereits und bat sie in sein Büro. Franziska holte Kaffee aus dem Automaten, und Brenner beantwortete geduldig einige Fragen.

„Ich habe euch hergebeten, weil es eine unerwartete Entwicklung in unserm Fall gibt."

„Noch mehr Entwicklung, als ich eben erst erlebt habe, dann spannen Sie uns nicht länger auf die Folter!", meinte Brenner.

„Das habe ich nicht vor", ergriff der Spezialist wieder das Wort. „Einer meiner Freunde aus Dubai hat mich gestern überraschend angerufen. Derselbe Mann, den ich zu Anfang unserer Recherchen in Dubai besucht hatte. Nun, er berichtete mir Erstaunliches. Letzten Sonntag, das war der dreißigste März, landete in Dubai eine Privatmaschine. Ich wette, ihr werdet nicht erraten, wer an Bord dieser Maschine war. Um es vorweg zu nehmen, es waren zwei alte Bekannte."

„Zwei alte Bekannte?", wiederholte Franziska.

„Geduld! Ich komme gleich zur Auflösung des Rätsels. Etwas Spannung muss schon sein. Es sind zwei Männer. Sie legen der Passkontrolle zwei Reisepässe mit italienischen Namen vor. Soweit nichts Besonderes. Die Pässe schienen in Ordnung, und gerade als die beiden Männer weitergehen wollten, stellt sich ihnen ein Mann in den Weg, zückt einen Ausweis und fordert sie auf, ihm zu folgen. Um der Sache Nachdruck zu verleihen, kreisen plötzlich auch noch mehrere mit Maschinenpistolen bewaffnete Uniformierte die Männer ein. Sie werden zu einem rückwärtigen Raum gebracht, wo man ihnen eröffnet, dass sie festgenommen seien und man ihnen die Verwendung falscher Reisepässe und eine Reihe anderer Vergehen zur Last lege. Diese beiden Männer sind keine anderen als unsere lieben Bekannten Signore Lordano nebst Butler Francesco. Der ehrenwerte Signore Lordano ist quicklebendig und erfreut sich bester Gesundheit. Man durchsucht die beiden bis aufs Hemd und was findet der Beamte? Ihr werdet nicht darauf kommen, deshalb sage ich es euch. Er findet in Lordanos Brieftasche einen Zettel mit Zugangsdaten für ein Schließfach bei der Commercial Bank of Dubai. Ihr werdet euch denken können, wem dieses Schließfach gehört. Richtig, es gehört unserem anderen Freund, Albert Kögel. Mein Freund findet nun heraus, dass man eben diesem Herrn Kögel jene Zugangsdaten gewaltsam entrissen hatte, der aber seinerseits umgehend seine Freunde in Dubai darüber in Kenntnis setzte. So schließt sich der Kreis. Kögels Freunde in Dubai sind einflussreich und deshalb geschah, was geschehen ist. Lordano und Francesco erwartet jetzt ein Verfahren in Dubai, und das kann dauern. Es soll sogar schon vorgekommen sein, dass man von manchen Häftlingen niemals wieder etwas gehört hat und es auch nie ein Verfahren gegeben hat. Man kennt in dem Land ein

Sprichwort, das sagt: Der Sand deckt alles zu. Und noch etwas will ich euch nicht vorenthalten. Dieses angebliche Schließfach Kögels soll es zwar einmal gegeben haben, aber aktuell besitzt er tatsächlich keines. Lordano und Francesco hätten den ganzen Aufwand so und so umsonst betrieben. Es darf vermutet werden, dass Kögel in Dubai geholfen wurde, seine Fährte zu verwischen."

Brenner wunderte sich nicht, warum ihn das Gehörte eigentlich kaum überraschte. Seit seiner Begegnung mit dem BND wussten sie doch, dass Kögel unter dem Schutzschild mächtiger Leute stand. Man brauchte ihn eben, dort wie hier. Das sollte einiges erklären. Der Spezialist und Franziska stimmten ihm zu, als er seine Gedanken erläuterte.

„Vielleicht noch ein Punkt", ergänzte der Spezialist, „Sie haben in allem recht, Herr Brenner. Mein Kontakt kennt den Weg, über den der BND mit Dubai in Verbindung steht. Sie machen es nicht direkt. Es läuft über den Militärattaché eines befreundeten Staates. So macht man das. Immer alles schön verwischen! Und so wird auch der BND schon sehr bald die jüngste Entwicklung kennen und die Finger von Kögel lassen. Kögel ist für diese Leute nicht bedeutend genug. Sie leben in anderen Sphären und fühlen sich den großen Zusammenhängen verpflichtet, und da gehören ein Kögel und Konsorten einfach nicht dazu."

„Das war es dann wohl", meinte Brenner. „Alles für die Katz. Wir haben etwas gelernt, aber nicht bekommen, was wir wollten. Ich werde es meinen beiden Teamgefährten erklären. Der Reiser wird es verstehen, der Stangassinger eher nicht. Er glaubt nicht, dass die Welt so ist, wie sie ist. Vielleicht lernt er ja noch dazu, wer weiß?"

(98)

Ende April eröffnete in Kensington, London, eine Agentur ihre Pforten: *Privat Management* stand auf dem Messingschild am Eingang. Die Chefin war eine gewisse Ruth Windwood. Ihre Ähnlichkeit mit Claire Polingo konnte nur ein Zufall sein, denn ihre Papiere vom Taufschein bis zum Reisepass wiesen Mrs. Windwood als rechtmäßige Eigentümerin aus. Und hätte es jemand überprüft, er hätte es bestätigt gefunden.

Ruth Windwood besaß Lizenzen zur Vermittlung von Leiharbeitskräften. Und genau das tat sie. Man hätte einwenden können, warum sie vorwiegend weibliches Personal beschäftigte, aber niemand tat das. Man hätte auch fragen können, warum sie nur ausgewählte, gutaussehende Damen mit hervorragenden Umgangsformen anstellte, aber niemand fragte danach. Man hätte vielleicht auch noch Interesse daran haben können, nach welchen Kriterien ihre Angestellten vermittelt wurden, aber dazu hätte Ruth Windwood keinerlei Auskünfte gegeben. *Geschäftsgeheimnis*, hätte sie gesagt.

Ausklang:

Am 28.07.2008 ergeht am Landgericht München das Urteil gegen Ferdinand Seifert: Zwei Jahre Haft zur Bewährung und eine Geldstrafe von 108.000 Euro.
Das Urteil gegen Albert Kögel fällt das gleiche Gericht am 20.04.2010: Zwei Jahre Haft zur Bewährung und eine Geldstrafe von 60.000 Euro.

Der Vorwurf der persönlichen Bereicherung wird von der Staatsanwaltschaft als nicht gegeben festgestellt und deshalb bei Gericht auch nicht behandelt.

Der BND stellte die Aktivitäten in der Angelegenheit Kögel und Seifert ein. Der leitende Direktor wurde aufgrund seines außerordentlichen Engagements bei der Zusammenarbeit über Grenzen hinweg befördert und ist heute in einem Bundesministerium mit der Koordination der verschiedenen Dienste befasst. Es sei noch erwähnt, dass eine schriftliche Anerkennung über die *so hervorragend geleisteten Dienste* eines befreundeten arabischen Landes vorlag.

Die Überwachung von Vinzenz Stangassinger durch den BND war bereits frühzeitig eingestellt worden. Es hatten sich keine Hinweise auf ein Fehlverhalten Stangassingers ergeben.

Dr. Hubert Schrofen, Leiter der Rechtsabteilung bei SimTech, übt diese Funktion bis heute aus.

Deprión & Princeton legten den erwarteten Abschlussbericht vor. Ausführlich wird erläutert, mit welch enormem Aufwand SimTech die Aufklärung der Affäre betrieben habe. In 2008 wird in den USA von der obersten Führung des Unternehmens erklärt, man habe alles getan, was zur Aufklärung möglich war. Weiter versicherte man in einer formalen Note, der amtierende Zentralvorstand sei nicht in die Affäre verstrickt gewesen, noch habe er Kenntnis über diese Vorgänge gehabt. SimTech behält daraufhin gegen Zahlung einer millionenschweren Geldbuße die US-Börsenzulassung. Anderslautende Aussagen beschuldigter und verurteilter Manger wurden negiert und weder bei der Staatsanwaltschaft in München noch von US Behörden weiterverfolgt.

Jahre später ist den Akten der Staatsanwaltschaft zu entnehmen, dass es gegen die von Seifert der Korruption bezichtigten Consulting Firma aus Monaco weder einen Anfangsverdacht gegeben habe noch Ermittlungen eingeleitet worden seien. In einem Aktenvermerk ist hierzu festgehalten: *Seifert neige zu Gefälligkeitsaussagen.*

Das traurige Ergebnis für den Konzern: Hunderte von Millionen an Bußgelder, Millionen-Honorare an Deprión & Princeton, riesige Summen für Anwälte und Millionen-Abfindungen an scheidende Vorstandsmitglieder sowie jahrelange Negativschlagzeilen. Die Aktionäre haben es geschluckt, der Aufsichtsrat hat von nichts gewusst. Und sie machen weiter, als sei nichts geschehen. Aber es bleibt nicht geheim, denn so manche Nachrichten schaufeln es immer wieder an den Tag.

Geschäft, Marktanteil, Umsatz, Gewinn, das zählt! Die Welt bleibt wie sie ist: Die einen geben, die anderen nehmen.

Der Staat verdient durch die erhobenen Steuern mit - auf Umsatz, Gewerbe, Gewinn und anderes mehr.

tredition®

www.tredition.de

Über tredition

Der tredition Verlag wurde 2006 in Hamburg gegründet. Seitdem hat tredition Hunderte von Büchern veröffentlicht. Autoren können in wenigen leichten Schritten print-Books, e-Books und audio-Books publizieren. Der Verlag hat das Ziel, die beste und fairste Veröffentlichungsmöglichkeit für Autoren zu bieten.

tredition wurde mit der Erkenntnis gegründet, dass nur etwa jedes 200. bei Verlagen eingereichte Manuskript veröffentlicht wird. Dabei hat jedes Buch seinen Markt, also seine Leser. tredition sorgt dafür, dass für jedes Buch die Leserschaft auch erreicht wird

Autoren können das einzigartige Literatur-Netzwerk von tredition nutzen. Hier bieten zahlreiche Literatur-Partner (das sind Lektoren, Übersetzer, Hörbuchsprecher und Illustratoren) ihre Dienstleistung an, um Manuskripte zu verbessern oder die Vielfalt zu erhöhen. Autoren vereinbaren unabhängig von tredition mit Literatur-Partnern die Konditionen ihrer Zusammenarbeit und können gemeinsam am Erfolg des Buches partizipieren.

Das gesamte Verlagsprogramm von tredition ist bei allen stationären Buchhandlungen und Online-Buchhändlern wie z. B. Amazon erhältlich. e-Books stehen bei den führenden Online-Portalen (z. B. iBook-Store von Apple) zum Verkauf.

Seit 2009 bietet tredition sein Verlagskonzept auch als sogenanntes "White-Label" an. Das bedeutet, dass andere Personen oder Institutionen risikofrei und unkompliziert selbst zum Herausgeber von Büchern und Buchreihen unter eigener Marke werden können.

Mittlerweile zählen zahlreiche renommierte Unternehmen, Zeitschriften-, Zeitungs- und Buchverlage, Universitäten, Forschungseinrichtungen, Unternehmensberatungen zu den Kunden von tredition. Unter www.tredition-corporate.de bietet tredition vielfältige weitere Verlagsleistungen speziell für Geschäftskunden an.

tredition wurde mit mehreren Innovationspreisen ausgezeichnet, u. a. Webfuture Award und Innovationspreis der Buch-Digitale.

tredition ist Mitglied im Börsenverein des Deutschen Buchhandels.